一书一世界。
愿你在这里舒展心怀，
畅快遨游古今未来！

辰东

网络文学
名作典藏丛书

神墓

精修典藏版

02

—谁与争锋—

辰东 ◎作品

作家出版社

《网络文学名作典藏》丛书

总策划

何　弘　张亚丽

主编

肖惊鸿

统筹

袁艺方

主编的话

《网络文学名作典藏》丛书聚焦网络文学，遴选名家名作，工于精修校订，集于精品丛书，力图成为记载中国网络文学成长的历史见证，和致敬中国网络文学发展的一座里程碑。

网络文学名作的实体出版极为重要。这是扩大网络文学影响力、推动网络文学经典化的重要途径，也是展现网络文学成果、引领大众阅读和传播以及拉动文化产业发展的有力手段。

在中国作协的支持下，网络文学中心领导和作家出版社领导担纲总策划，落实主编责任制，确定经过时间验证和社会公认的名家名作，组织精修团队，在作家本人参与下，与责编共同负责精修工作。

回顾网络文学发展历程，这样的一套丛书是前所未有的。精修，意味着与作家的高度共识，意味着对作品的深度把握，完成去粗取精、去伪存真的过程，以实体出版的"固化"形式，朝着网络文学经典化、精品化的目标迈进。精修团队本着为作家负责、为读者负责的态度，重视作品的文学性、思想性，尊重读者的阅读体验，为新时代网络文学高质量发展贡献出集体智慧。

愿更多的读者阅读它、检验它。愿中国网络文学真正成为新时代文学的一座高峰。

肖惊鸿

2021 年 5 月 18 日

《神墓》精修成员

总负责人
肖惊鸿　袁艺方

修订
安迪斯·晨风　安　易　李　夏　王　烨

校订
程天翔　田偲堂　李伟元　李伶思　于　杨

目 录

第一章　浴血修罗　　　　　　　　　　1

第二章　死亡绝地　　　　　　　　　　44

第三章　神魔再临　　　　　　　　　　144

第四章　否极泰来　　　　　　　　　　213

第五章　谁与争锋　　　　　　　　　　283

第六章　混天魔王　　　　　　　　　　329

第七章　仙宝之争　　　　　　　　　　379

第一章
浴血修罗

辰南抱着小晨曦来到龙宝宝的面前，此刻小龙正在"呼噜呼噜"大睡，即便是在睡梦中都能够看出它一脸得意的龙笑。的确，这一次它大丰收，它的身前是一堆五颜六色的奇异果实，散发着阵阵诱人的清香。这些都可谓天材地宝，平常万难寻到，而如今在古仙遗地，它却一下子采摘到这么多。龙宝宝深知这些奇果的珍贵之处，这三天只吞食了三枚，而后便忍住了口腹之欲。此刻它感应到了辰南的到来，睁开一双大眼，一脸兴奋之色地望着他。

"小龙龙……"晨曦甜甜地笑着，向龙宝宝晃了晃雪白的小手，稚嫩的嗓音充满了亲切的感情。这三日小龙自己虽然忍着口腹之欲，没有贪吃，但对晨曦却毫不吝啬，将其中最为珍贵的奇果都送给了她。可以说在辰南极度悲伤的三天里，一直是小龙在照顾着小晨曦。"咿呀咿呀。"龙宝宝摇摇晃晃站了起来，对小晨曦显得亲热无比。辰南摩挲着小龙的鳞甲，轻轻叹道："多谢你了，我们走吧，离开这里。"

小龙点了点头，而后又"呜呜"地叫了起来，伸出一只龙爪，指着地面的一堆"宝贝"嘟囔不停。辰南笑了笑，将小晨曦放在地上，解开身后的包裹，取出几件宽大的长衫，将地上的一堆奇果包裹了起来，而后又用一件长衫将三个包裹系在一起，挂在了小龙的颈项上。小龙显得高兴无比，步履蹒跚地跟着辰南一起向谷外走去。

"哥哥，我们要去哪里？"走出百花谷后，小晨曦似乎有些不舍，不时回头向谷内观望。

"哥哥将你带到城镇去好不好？那里有好多和你一样大的小朋友，

到那里后你会有很多的玩伴。"辰南对小晨曦的真实身份迷惑不解，但对她是发自内心的怜爱，有时会把她当成雨馨的影子。这是他为自己设定的一道精神幻影，给自己一个希望，给自己一种期盼。当然这绝非儿女之情，这是对过去的一种追忆，从情感上来说他把小晨曦当成了自己的女儿。小晨曦回头向谷内望了望，有些恋恋不舍，但最后还是露出了纯真的笑颜，道："哥哥去哪里，晨曦去哪里。"

看着如此乖巧、可爱的小晨曦，辰南有些说不出话来了。这个看似只有三岁左右的可爱小天使，身上有着太多的神秘，却似乎懵懵无知。辰南对她又怜又爱，决定一定要给她一个最幸福的童年，绝不能像雨馨那样与世隔绝，在大山中生活。辰南抱着小晨曦，身后跟着步履蹒跚的龙宝宝，离开了古仙遗地。当他们刚刚走出百花谷时，消失了几天的四个妖怪头领再次出现在他们的眼前。

羽翼乌黑光光亮的八哥公主在空中飞来飞去，拍打着翅膀叫道："你们出来得正是时候，古仙大阵马上又要运转起来了，这处古仙遗地每千年间只开放数日。"接着它不停地叫着，"小仙子你真的要和那个家伙离开昆仑山吗？为什么不留下来？如果你留下来，我们会尊你为王！"其他三个妖怪也满含期待。

小晨曦脸上有几分不舍之色，冲它们晃了晃雪白的小手，道："谢谢你们对我这么好，但我还是要跟哥哥一起离开这里。也不知道为什么，我总感觉哥哥是我最亲最亲的人。"辰南的心一颤，越来越迷惑。究竟是神玉通灵，记住了雨馨所诉说的点点滴滴，还是雨馨借助神玉再次来到了这个世上？扑朔迷离！万年来百花谷内到底发生了什么？小晨曦到底是谁？这一切都被一团迷雾包围着。

八哥公主不甘地道："这个家伙到底哪一方面好？怎么看都普普通通嘛，小仙子为什么偏偏对他有好感呢？"

"不要这样说哥哥，哥哥很好。"小晨曦反驳道。

"哪里好啊，怎么看也不像一个好人。"八哥公主坚持不懈，频频诱导。

"闭嘴！你个贫嘴乌鸦，若是再聒噪，拔光你所有的鸟毛。"辰南看着在他眼前不断飞来晃去的八哥公主，再也忍受不住，出声斥责。

八哥公主被辰南抢白后，异常气愤，在空中大声叫嚷着："小仙子你看到了吧，这个家伙满嘴脏话，你怎么能够和他在一起呢？"

辰南知道这些妖怪不能够随意伤害人类，故而对眼前的几个妖怪没有丝毫惧意，出言毫不客气。看着八哥公主不断地吵嚷，他大声斥道："每个人都有权利选择自己的生活，你凭什么胡乱干预？再敢不断鸟语，让龙宝宝烤熟你。"小龙非常配合地大步上前，对着空中的八哥公主眨了眨大眼，而后又挥了挥龙爪。前几日龙宝宝没少和四个妖怪头领打架，论实力稍胜一筹，令几个不愿大动干戈的妖怪非常头疼。八哥公主看到小龙耀武扬威的样子，非常气愤，尖叫道："别以为我怕你，我只是不想和你大打出手而已。"它虽然嘴上说不怕，但却再也不敢叫小龙为"大笨鸟"了。因为它发现每次那样称呼龙宝宝，都会令小龙狂性大发，和它缠斗个没完没了。小龙对它这些话直接无视，露出一个"龙式"表情，撇了撇嘴，表示不屑。

小晨曦被辰南抱在怀中，长长的睫毛眨了眨，一双大眼宛如黑宝石一般。她看了看面前四个奇怪的妖怪，又看了看满脸挑衅之色的小龙，道："小龙龙你不要打架，小鸟、小猪你们不要拦着哥哥，我以后会回来看你们的。"

八哥公主看小晨曦早已打定了主意，根本不会留下，不免有些泄气。它轻轻叹道："小仙子你不知道外面的人有多么地坏，所有人的脑子里充满了肮脏的想法。在人类社会中，许多人会为了一点点的利益而不择手段。我们怕你吃亏，才不愿意你走出大山。"

小晨曦甜甜地笑着，道："我不怕，哥哥会保护我的。"

"他？这个家伙本领奇差，怎么能够保护你呢？不信，让我们来试试他的本领。"八哥公主拍打着翅膀，在辰南头顶上方飞来飞去，似乎根本未将他放在眼里。被一只怪鸟如此轻视，的确令辰南有些上火，虽说是一只妖怪，但这也足以令他感觉气愤不已了。他将怀中的小晨曦放在了龙宝宝的背上，快速摘下背后的长弓，将一支雕翎箭搭在弓弦上。他双手用力拉开硬弓，弓如满月，弦声轻响，飞箭破空而去。八哥公主似乎丝毫没有将这一箭放在眼里，对着飞向它的羽箭视若无睹。直到雕翎箭离它不足十厘米时，它才感觉有些不妙。

"啊，魔法箭！"

的确，副院长给了辰南一套经过魔法加持的武器，这支雕翎箭正是威力绝大的魔法箭。箭羽自离开弓弦的一刹那便开始和空中的魔法元素共鸣了起来，其蕴含的魔力被彻底激发。羽箭如电光，正中八哥公主。蕴含着强大魔法力的雕翎箭"轰"的一声爆碎，强大的魔法能量波瞬间在空中荡漾开来，将附近树上的叶子都震落了。辰南挡在龙宝宝的身前，阻挡着魔法能量的余波，以免四散的能量流殃及小晨曦。强大的魔法箭羽并未伤害到八哥公主，却令它光亮的羽翼翻卷了起来，看起来有些滑稽。辰南知道，魔法箭虽然威力巨大，但对付这个和龙宝宝实力相差不多的妖怪头领远远不够。他快速弯弓搭箭，魔法箭一支接着一支连续射出。林内"轰轰"之声不绝于耳，被射出的魔法箭一支接着一支地爆碎，空中爆发出一团团耀眼的光芒。

事实上，魔法箭真的无法伤害到八哥公主，在它疏忽大意、毫无防范的情况下，第一箭才能炸卷了它的羽翼。其他蕴含着强大魔法力的雕翎箭皆在它身前数尺之外便碎裂了，魔法箭爆发出的强大的魔法能量皆被八哥公主身上散发的黑亮光芒阻挡在外，万难伤到它分毫。万千道黑色光芒自它体内透发而出，如一轮黑太阳当空悬挂。眨眼间箭筒内便空空如也了，辰南停止了无谓的攻击。

八哥公主也敛去了黑色的光芒，在空中气急败坏地叫嚷着："啊，该死的混蛋，竟然偷袭我，可恶！居然还用魔法箭！"它几次想冲下来攻击辰南，但又强行忍住了，气哼哼地道："若不是顾及祖训，我一定要扯烂你，呜……我漂亮的外衣，呜……可恶透顶！"

"贫嘴乌鸦，你自己说过想试试我的本领的。"辰南揶揄道。

"混蛋，可恶！"八哥公主气得在空中飞来晃去，羽毛翻卷之后，它看起来狼狈不已。旁边的野猪精、白兔精和梅花鹿精一副幸灾乐祸的表情，戏谑地看着八哥公主。小晨曦眨动着一双大眼，道："哥哥不要和小鸟打架。"辰南抚摩着她柔顺的发丝，道："有时候有些事情是无法避免的，就像现在，哥哥如果不如此对它，它会一直聒噪下去，且会得寸进尺，没完没了。"

"胡说，我只是想让小仙子留下来而已。"八哥公主不服气地反驳着。

这时，那只肥壮的野猪精慢慢地走了过来，带给辰南一股沉重的压迫感。它伸出一只前蹄，以不可思议的角度翻转向上，拍了拍自己的脊背，辰南目瞪口呆。八哥公主虽然很气愤，但还是没忘记做翻译，它气哼哼地道："它想试试你的本领，你可以尽全力给它一击，它绝不会还手。它想看看你到底有没有能力保护小仙子。"辰南感觉有些好笑，这几个妖怪竟然跟小孩子一般，不过它们的确对小晨曦充满了好感。既然这个野猪精让他全力攻出一击，他也不好拒绝，令它们轻视，他决定全力劈砍一刀。

三日前，在百花谷内，辰南那把普通的长刀已经被暗中的一名老妖怪击碎了。这时，他将副院长送给他的那把魔法长刀拔了出来。刀光并不璀璨，甚至有些暗淡，和寻常的刀剑并无两样，但辰南却可以清晰地感应到刀体内蕴含的强大力量。他稍一运力，刀内蕴藏的魔法力便随着刀芒透发而出，和空中的魔法元素共鸣了起来。辰南双手抱刀举过头顶，集全身功力于刀身。熊熊金色烈焰自他身体透发而出，璀璨金光缭绕于他的体外，令他看起来如同一个火人一般。强大的力量被他灌注到刀体之中，原本暗淡的长刀爆发出慑人心魄的寒光，璀璨的刀芒激发而出，在空中发出"咝咝"破空之声。

辰南手中长刀向天，刀气直冲而上，冷森的杀气弥漫在当场。强大的力量波动以他为中心向四外荡漾开去，在空中传出阵阵波动。长刀所透发而出的金色锋芒越来越明亮，越来越耀眼。近一米长的刀身之外是一丈多长的炽烈刀芒，金色的锋芒逐渐有实质化的迹象。四个妖怪大吃一惊，虽然它们的修炼方法和人类不同，但殊途同归。它们感应到了辰南外放而出的强大力量，没想到他的修为强深至如此境界。总的来说，这几个妖怪心智还不成熟。虽然本领高强，但许多方面都远远不及同级别的人类高手。若是一个人类中的高手有他们那样的修为，早已感应到了辰南的真正实力。

刀气最后介于有形与无形之间，一丈多长的刀芒近乎实质化，逼人的寒气令附近温度直线下降。"斩！"辰南大喝道。手中长刀直落而下，有形刀气如死神的镰刀一般向野猪精身上落去。与此同时长刀所蕴含的魔法力也爆发而出，绚烂的光芒耀人双目。强大的魔法力与猛烈的刀气威势慑人，将前方的几棵大树摧残得乱叶飞舞，枝杈"咯吱咯吱"作响。最后，几棵大树终于在狂暴而又强大的力量波动下轰然爆碎，在空中扬下纷纷扬扬的碎屑。这仅仅是有形刀气与魔法力汹涌而出所造成的结果，还未真个触及几棵大树。野猪精眼中泛出一丝恐惧的光芒，虽说它的修为无比惊人，但若是一动不动硬挨这一刀，恐怕也难以承受。

接近于实质化的炽烈刀芒即将劈中野猪精的刹那，它忽然扭动了起来，原本并不是多么大的躯体在一瞬间像充气一般膨胀了起来。在一刹那，野猪精变得比大象还要庞大许多，两根白森森的獠牙像两把巨剑一般寒光慑人。它扭头晃动着两根恐怖无比的獠牙，迎上了劈砍而下的有形刀气。一丈多长的实质化璀璨刀芒"轰"的一声劈在了野猪的獠牙之上。一声惊天动地的巨响，整片山林都仿佛颤动了起来。绚烂夺目的刀芒和野猪精的森森獠牙碰撞之后爆发出一团如太阳一般耀眼夺目的光芒。

剧烈的能量波动在百花谷外的山林内到处肆虐，林木狂舞，落叶纷飞。四散的刀气和魔法力将附近的山地冲击得不成样子，一个个巨大的深坑出现在林地之上。许多大树都已折断，地上尽是残枝败叶。野猪精虽然修为惊人，但面对这强势一击，也被轰得摇了三摇，晃了三晃。辰南则被对撞后的大力掀飞了出去，在空中横着飞出去五六丈距离后才掌握平衡，翻身落地。魔法长刀此刻已经彻底碎裂，只余一把刀柄在手里。并不是辰南修为不够深厚，实在是野猪精修为太过惊人，若是以人类的修炼等阶来划分的话，它最起码也达到了五阶境界，甚至已经接近六阶。虽然它只是被动防守，没有进行猛烈反击，但那强大的反震之力也不是一般高手所能够承受的。

辰南气血一阵翻涌，好在没有受伤，如此表现足以令几个妖怪震惊了。要知道它们是昆仑山中新生一代的妖怪头领，寻常人万难接住它们一击。在刚才刀气与魔法力始一肆虐的时候，龙宝宝便载着小晨曦飞到了空中，此时小晨曦焦急无比，在空中挥舞着小手，道："哥哥……你没事吧？"刚才看到辰南被轰飞时，她差一点哭出来，直到此刻眼中还有点点泪光。

辰南冲她挥了挥手，柔声道："晨曦不要担心，不要害怕，哥哥没事。"野猪精停止了膨胀，且躯体又开始快速缩小，又恢复成了原来的样子。辰南丢掉刀柄，对着野猪精道："还要试探我的本领吗？"

原本说好一动不动，任凭辰南尽全力给出一击，但最后关头它却突然变幻形体进行了适当的反击，这令野猪精感觉大失颜面，"呼噜呼噜"叫了几声，感觉有些不好意思。在空中飞舞的八哥公主又充当起了翻译，道："它已经肯定了你的能力，在无超级强敌的情况下，能够保护小仙子的安全。"

辰南知道这几个妖怪是发自真心地在乎小晨曦的安危，他点了点头，道："你们放心，我决不会令晨曦受到半丝委屈，更别说安全问题了。现在，可以让我们走了吧？"八哥公主无奈地点了点头，其他三个妖怪也不再阻拦。龙宝宝自空中落了下来，辰南上前将小晨曦抱在怀中。小晨曦一把抱住了他的脖子，长长的睫毛上挂着几颗晶莹的泪珠，她有些后怕地道："哥哥……我真的很担心！""乖，晨曦不怕，哥哥没事。"辰南安慰道。

八哥公主虽然想让晨曦留下来，但却没有任何办法，无可奈何地在空中飞来飞去。最后落在梅花鹿的角上，对着三个妖怪叹道："小仙子到底还是要和他离开这里了，可是老祖宗说他魔种深种，有一天可能会变成一个杀人魔王。唉，小仙子为什么要和这样的人在一起呢？"

辰南六识聪锐，灵觉超常敏感，八哥公主的话虽然微不可闻，但还是被他捕捉到了。他心中一颤，想起了当年父母所说的话："东方啸天来袭的那个夜晚，辰南差一点走火入魔，魔种已经深种，他所要走的修炼道路可能与我完全不同……"如今类似的话语再次响在他的耳边，他不禁有些动容。小晨曦似乎也听到了什么，偏着头看了看八哥公主，想说什么，但最后又忍住了。辰南心中一动，没想到小晨曦的灵觉竟然也如此敏锐。

辰南抱着她一起坐到龙宝宝的背上，在即将起身的一刹那，他忍不住向八哥公主问道："你们的修为如此高深，几乎都已经能够幻化出人形，为何没有到人类的社会去历练？"

"你以为我们不想啊，若不是顾忌那可怕的仙……"说到这里它突然闭口了。辰南大奇，道："你们到底有什么顾忌？"八哥公主对于辰南将小晨曦带走这件事，一直心存不满，气哼哼地道："哼，没有必要告诉你。总之，若不是有某些限制，恐怕人类社会中早就出现了一些本领强大的妖魔。"

辰南点了点头，他总算明白了。即便是修炼有成的强大妖怪也是有所束缚的，并不能够随意闯入人类社会。小龙载着辰南和小晨曦冲天而起，小晨曦冲下方挥舞着一双雪白的小手，稚嫩，但饱含感情的话语自空中传来："小鸟、小猪、小兔、小鹿，我会回来看望你们、看望伯伯他们的，我会想念你们的……"

昆仑山近千年来，一直流传着一个古老的传言，百花谷内的仙葩中孕育着一个迷失的仙子，这个生命极有可能成为未来的昆仑山妖界之王。四个妖怪心绪复杂无比，传说在今日彻底破灭了。妖界之王随辰南离开了这里，它们心中无比失落，无比遗憾……只是它们心中的失落远远比不上辰南。看着下方越来越远的百花谷，辰南心中无比酸涩，万年前的点点滴滴似乎就这样随着岁月彻底消逝了。雨馨和晨曦两个人的名字与身影在他心中纠缠不断……

再回首恍然如梦，再回首往事如风，他无言地冲下方挥手再见。

插天峰海拔七千米，如一把利剑一般直上云霄，山峰寒流涌动，云雾缭绕。峰顶空气虽稀薄，但冷冽的寒气吹到人身上后如同利刃加身一般，刺骨、难耐，寻常人万难忍受这种极限低温。

辰南将包裹中所有的衣服都裹在了小晨曦的身上，令她看起来像个胖胖的布娃娃一般。同时辰南倒坐在小龙的背上，用自己的脊背为他怀中的小晨曦阻挡迎风而来的寒流。他体内玄功流转不停，金色的光芒充斥在他的体表，将晨曦笼罩在里面，阻挡着外界的严寒。令辰南感到惊异的是小晨曦似乎根本不惧怕寒流，感觉不到寒冷。细看可以发觉，晨曦体表充盈着微不可见的七彩光华，阻挡着冷气，推斥着他的金色真气。这一发现着实令辰南吃惊不已，小晨曦体质非同寻常，与她的出身一样蒙着一层神秘的面纱。

雪峰之上银装素裹，大雪纷飞，小晨曦从百花盛开的古仙遗地突然进入这片冰雪世界，感觉异常惊奇，一双大眼不断眨动。后来她似乎感觉到了辰南在打量她，娇憨地道："哥哥，我一点也不冷，你不要担心。"

辰南溺爱地抚了抚她的软发，道："不要说话，免得寒气灌到口中。"晨曦用力点了点头，不再说话，样子很是乖巧。不过她越是如此纯真、可爱，辰南越感觉心酸，因为在她身上有着和雨馨惊人相似的特质。小龙不愧为五阶圣龙，飞若疾电，眨眼间便将巍巍昆仑山甩得无影无踪。出离高山区后气流逐渐变暖，在辰南的命令下小龙放缓了飞行速度，令好奇的小晨曦能够更好地在空中俯瞰大地上的景物。

从本质上来说辰南是一个自由散漫的人，不喜欢被外界力量束缚，从拒绝露丝的百般利诱就可见一二。副院长抓住了他的一些把柄，让他参加在仙武学院举行的四大学院强者热身赛，令他很是反感。辰南虽然知道奸诈的副院长本性并不如外表显现出的那样坏，但还是很抵触这种手段。一边沿原路回返，辰南一边思索着一些问题，考虑是否要回返罪恶之城。或许现在已经没有必要回去了，就此隐居在晋国，将小晨曦抚养成人，看着她快快乐乐长大。然而他又觉得这个想法太颓废了，人生不应如此暮气沉沉。

一路上辰南想了很多，从复活到现在，他细细回想了一遍。他这一个万年前的人竟然自远古神墓中复活而出，这令他自己都感觉有些难以相信。他死前，修为平平，能够被埋葬在那里，其中定然有隐情。从他那座没有墓碑的低矮小坟也可以看出，他这位"死者"似乎和别的坟主不一样。在楚国西境那个小镇生活了一年，他不断调整心态，迷茫的他渐渐摆脱了过去的阴影，他渐渐地将自己当成了一个现代人。

不过在他的内心最深处却掩藏着一丝沧桑，为了更好地活下去，他只能将一切深深掩藏在心底。为了生活，他不得不演戏，将真实掩藏，用虚伪包装，或许生活原本如此。辰南有时虽然会有一丝疲惫的感觉，但不得不那样做，压抑本性。大闹楚国帝都，逃到罪恶之城，走进古仙遗地百花谷……

如今他的身旁多了一个小晨曦，看着小晨曦那纯真的笑颜，他决定要改变，不再逃避，正视现实，因为他的身上多了一份为父、为兄的责任。他需要振作，他需要重新开始。一直以来辰南都在追寻万年前的惊天大秘，今后他还将追寻下去。他想知道一万前到底发生了什么，号称永生不灭的神魔为何死去，为什么自己会被埋葬在神魔陵园，为何自己能够复活而出……就连小晨曦的真实身份似乎也要追溯到万年前，是的，他怀疑晨曦的真实身份，晨曦似乎真的不是雨馨。但她的身上却折射出了雨馨的某些影迹，似乎在向他暗示着什么，要他一路追寻下去……

"难道雨馨特意留下了点滴线索，要我沿着某条道路探索下去？"太多的秘密，太多的无解之谜！辰南现今的生活和万年前有着千丝万缕的联系，万年前的真相对他来说意义重大无比！他必须要探查出过去的点点滴滴，追寻神魔的遗迹，探索那段湮灭的历史，令真相彻底大白！辰南想了很多很多，发散式思维，从一件事跳到另一件事，渐渐地他自己都感觉有些乱了。最后他做了一个决定，不逃避，回到罪恶之城。人生不能太过消极，人不应太过消沉，有挑战的地方才能够激起奋发的斗志。

在高空极速飞行，极大地满足了晨曦的小孩子贪玩心性，令她笑声与惊叹声不断。昆仑山虽然距离晋国都城非常遥远，但在小龙闪电般的飞行速度下"千里成寸"。半个时辰之后，小龙降落在晋国都城外一片树林中。若是让龙宝宝走进晋国都城，定然会引起轩然大波，毕竟在东方很少能够看到西方的龙。在辰南百般"劝说"之下，小龙才放弃和他一起进城的想法，不情愿地走进了树林中。

辰南没有立刻前往仙武学院和龙舞等人会合，想进城先为小晨曦购买一些衣物，她小小的身躯裹着他宽大的衣衫实在不成样子。晋国国土虽然不算辽阔，但国力并不弱，该国百姓倒也能够安居乐业。其国都开元城繁华无比，算得上东大陆的一座名城。辰南抱着小晨曦走进了开元城，城内车水马龙，街道两旁店铺林立。拐角等地人群聚拢，里面多半是些杂耍、演戏的卖艺人，这令小晨曦无比好奇，不断向里张望。辰南耐心地为她讲解，就像当年初次将雨馨自大山中领进城镇时一般。

辰南抱着小晨曦穿过拥挤的人群，走进一家裁衣店。店内无论老板还是裁缝们都惊异于小晨曦的美丽，看着眼前这个粉雕玉琢一般的可爱小女童，店内所有人都不由自主地夸赞。裁缝认真而又仔细地为小晨曦量好尺寸后，告诉辰南一个时辰之后可以到这里来领取衣服。

开元城为东大陆的一座名城，自然繁华无比，酒楼林立。辰南抱着小晨曦走进一座三层酒楼，在一枚金币的打赏下，酒楼内的领班客客气气地将他们领进了雅间。雅间古色古香，门帘为紫竹块穿连而成，桌椅则为梨花木雕刻而成，墙上挂着几幅山水画，总的来说这家酒楼的装潢还算考究，不像寻常酒家那样俗套。

晨曦的心智虽然远远超出同龄小童，但对日常所知却相对甚少，当初老妖们所教有限。自从进城之后，晨曦对一切都感觉好奇无比，在雅间内也不例外，天真地问东问西，辰南耐心地为她一一解答。辰南在百花谷默默无言地待了三天，滴水未进，此时腹内早已空空如也。他没能够阻挡住肉食的诱惑，各色菜样总共叫了十几道。辰南一边给小晨曦讲解着一些生活中的常识，一边注意聆听隔壁雅间的谈话。事实上自进屋后他就一直在仔细倾听，因为在隔壁吃饭的人似乎来头甚大，而且在谈论仙武学院这次强者热身大赛的事情。

隔壁房间传来一个甜腻、柔媚的女子声音，娇笑着道："没想到小侯爷的大哥神勇过人，竟然真的打败了那个强大的魔法师。"被称为小侯爷的人话语比较霸道，一听就知道平日骄横无比，口气非常冲："哼，我大哥堂堂三阶亚龙骑士怎么可能会败给神风学院那个魔法师呢？虽然那个魔法师也已经达到了三阶境界，但他无论如何也不可能战胜修炼者中的战斗者——龙骑士。我大哥的修为即便是放眼四大学院，也没有几个青年高手能够比肩！"

女子娇笑道："小侯爷的修为不比大公子弱，若是下场定然也能够大显神威！"

……

辰南一皱眉，三阶魔法师竟然大败，神风学院居然败北。从隔壁的谈话可知，四大学院藏龙卧虎。在强者的热身赛中每个学院都出动了一名三阶修炼者，最后战神学院的神威小侯爷一战定局，战神学院最终胜出。辰南对于神风学院败北这件事并无过多想法，但对于隔壁那个小侯爷却有些不屑。从他们交谈的话语中明显可知这个人骄横自大、狂妄无比，似乎除了他大哥神威小侯爷，天下青年高手就数他最厉害。

隔壁房间似乎有五六个人，从其他人那些客气、略带恭维的话语，辰南得知了他的身份，为东方某一小国名门之后。他同大哥同在西方的战神学院修炼，这次来晋国参加强者热身赛。对于这个狂妄无知的二世祖，辰南鄙夷不已，了解仙武学院大战的结果后已无心倾听。

不多时伙计将菜一道一道地送了进来，辰南小心地将一块鱼肉中的刺剔净后夹给了小晨曦，道："来，尝一尝。"可是小晨曦刚含到口中又吐了出来。"怎么了，刺到了吗？"辰南紧张地问道。

"没有。"晨曦苦着一张小脸，道："哥哥我吃不下，感觉有些恶心……""啊！"辰南以为这道菜做得有问题，急忙夹起一块鱼肉尝了尝，发觉并无异常。他奇怪地望了望小晨曦，以为她不喜欢这道菜，又给她换了几道菜。结果还如刚才那般，小晨曦刚刚含到口中便又吐了出去。

她皱着琼鼻，道："哥哥，我真的吃不下这些东西。"辰南傻了眼，急忙将伙计叫了进来，不断地换菜，但每次小晨曦只是闻了闻，便开始摇头。经过反复询问她的感受，最终辰南终于发现了一个惊人的事实，小晨曦竟然吃不下任何饭菜，最终只吃了几粒果盘中的葡萄。小晨曦竟然不食人间烟火！辰南惊异无比，他怜惜地抚着小晨曦柔顺的发丝，道："晨曦，你不饿吗？"

小晨曦摇了摇头，灿烂地笑道："哥哥不要担心，我根本没有饥饿的感觉。""啊……"辰南再次目瞪口呆，道："你感觉你想吃些什么样的食物？"晨曦偏着头认真地想了想，最后从怀中掏出一枚晶莹剔透的奇果，道："吃它就可以。"辰南一阵头痛，那枚奇果是龙宝宝照料小晨曦时送给她的，这可是古仙遗地产的天材地宝啊！若是她必须以这种仙芝、参果为食物，那……

"哥哥不要为我担心，我真的没有什么不妥，我有一种感觉，我好久好久吃一枚这样的果子就可以了。"小晨曦稚嫩的话语令辰南想起了一些传说。强大的仙人，恐怖的妖魔，传说这些至强的存在平日已经不需要进食，修炼时所吸纳的天地精气已经能够维持他们身体所需。他们偶尔进食也是那些仙芝、参果之类的天材地宝。辰南看着小晨曦久久无语，直到小晨曦摇晃他的手臂，才醒悟过来。

"哦，你只喜欢吃这些东西啊，没问题，龙宝宝那里有许多。另外神风学院某个可恶的老混混手中更多。"辰南想起了神风学院副院长所掌握的药库，学院历年来所收集的珍贵药草都存放在那里，这也是龙宝宝看中神风学院的原因，他可以通过龙宝宝取得晨曦所需。辰南三日未进食，现在免不了狼吞虎咽，小晨曦饶有兴致地看着他的吃相。

吃过饭后，辰南带着小晨曦再次回到了裁衣店，裁缝将做好的几件童装递给了辰南。小晨曦虽然年龄幼小，但经过一番简单的打扮后更加惹人怜爱，像个可爱的小天使降临到了凡尘，惹得店内每个人都想上前抱一抱。看着许多人围着她赞美，小晨曦甜甜地笑了起来，而后挨个问好："伯伯好，叔叔好，哥哥好，姐姐好……"令所有人眉开眼笑，不停地夸赞她懂事。

突然，店门被人用力"砰"的一声推开了，一个略带骄横与霸气的青年男子声音传了过来："老板，我定做的衣服好了没有？"这是一伙年轻人，为首之人身材高大，面色微黑，一双大眼宛若铜铃，长相甚是凶悍。在他身旁是一个双十年华的美貌女子，妖艳无比，如小鸟依人一般紧紧地依偎在他的身边。不过怎么看，都有一种美女与野兽般的感觉。旁边几人身着名贵的绫罗绸缎，一看就是富家子弟，由几人外放的气息可以判断都是修为高深的武者，不过这几人似乎都唯那个身材高大的凶悍青年马首是瞻。

在高大青年开口说话的一刹那，辰南就已经从他的声音得悉了他的身份，正是刚才在酒楼吃饭时他隔壁那个雅间的小侯爷。对于这样一个蛮横的二世祖，他没有什么好感，匆匆结账后便领着小晨曦向外走去。

小晨曦刚刚穿上新衣，显得很兴奋，没有让辰南抱她，当先蹦蹦跳跳向前跑去，在与长相凶悍的小侯爷擦身而过时，不小心碰到了小侯爷长衫的下摆，一股大力快速向她涌去。晨曦还未明白怎么回事，就被小侯爷外放的劲气冲撞了出去，摔倒在地。小晨曦一边揉着膝盖呼痛，一边从地上爬了起来，一双大眼中噙满了泪水，随时可能会溢出。辰南大惊失色，没想到这个蛮横的二世祖竟然如此霸道，居然向一个小孩子出手。他快步上前来到小晨曦的身旁，但未明她哪里受伤之前没敢碰她。

"晨曦伤到哪里了？"他焦急地问道。"没有受伤，只是摔得有些痛，哥哥不要担心……"小晨曦声音低低地道，强忍着泪水。

辰南用袖子擦去她眼中滚落而下的几滴泪珠，柔声道："晨曦乖，不哭。是哥哥不好，没有保护好你。"辰南站起身来，转身愤怒地注视着那个小侯爷，心中像有一团火在燃烧。这个蛮横的二世祖实在可恶透顶，居然向一个小孩子下这么重的手。若非晨曦体质异于常人，早已被震伤。

小侯爷冷冷地瞥了一眼辰南，低头看了看晨曦，斥道："小丫头走路怎么不知道看路？！"

晨曦低着头小声道："对不起大哥哥，是我不小心……"小脸上满是委屈之色，长长的睫毛上挂着几颗晶莹的泪珠，样子让人又怜又痛。辰南的火气一下子蹿了出来，过去在他的心目中曾经有三个人容不得半点亵渎。生他、养他的父母是他最为尊敬的人，永世亲情，不容亵渎！了解他、用自己的生命来挽救他的雨馨是他最爱的人，深深情意万载岁月也难以磨灭，不能亵渎！如今小晨曦在他的心目中的地位毫不逊色于那三人，他已经将小晨曦当作亲生女儿一般看待。可以说在这个世上，小晨曦是他心中唯一的牵挂，不能容忍任何人伤害她。小晨曦是他这一世的逆鳞，自己可以委曲求全，但绝不能容忍晨曦受到半丝委屈。

"你怎么能够对一个三岁的小孩子下这么重的手？！"辰南愤怒地面对着小侯爷，言语甚是严厉。"哼！"小侯爷冷哼了一声，道，"本侯乃习武之人，这是出于本能的自我保护，当时已经手下留情，如若不然这样一个小东西早已骨断筋折。"

紧紧相依在小侯爷身旁的那个妖艳女子轻笑道："小孩子走不好路，撞到别人，自己栽倒在地，怨得谁？！"旁边那几个身着名贵绫罗绸缎的富家子弟脸上皆带着淡淡的笑意，一副看好戏的样子。衣店的老板、几个裁缝、还有几名顾客看着眼中满是泪水、脸上满是委屈之色的小晨曦，真是又怜又痛。他们虽然深深厌恶小侯爷的无耻与骄横，但却也不敢言声，毕竟得罪不起这样的豪门恶少。

"哥哥……"小晨曦眼中噙着泪水小声唤道。辰南强压下心中的怒火，转身来到晨曦的身旁，爱怜地拢了拢她的头发，而后将她抱了起来，柔声问道："晨曦怎么了？"

"哥哥，我们离开这里吧。"

小侯爷对辰南异常不满，平日每个人都对他毕恭毕敬，刚才辰南居然顶撞他，这令他心中非常恼火。此时看到辰南转身，以为他害怕退缩了，小侯爷冷声道："想走？哼，没那么容易，先给本侯道歉！"

旁边的那个女子对他道："此人修为似乎不凡。""哼，这样才有味道，今天本侯正好活动一下筋骨。"小侯爷转头对旁边的一个贵族公子道，"如今在你们的地盘，找人给我看住他，今天我要慢慢和他玩。"小侯爷脸上带着残忍的笑容。

辰南柔声对晨曦道："哥哥出去一会儿，你在这里等哥哥好不好？"小晨曦似乎知道接下来要发生什么，她一把搂住辰南的脖子，急切地道："我不要离开哥哥！"接着她又冲小侯爷道，"大哥哥对不起，是我不好，不小心撞到了你，我给你道歉……"

稚嫩的童音似乎令小侯爷都感觉羞愧了，但他深深恼恨于刚才辰南的无礼，他大声道："小丫头，现在没你什么事，那个小子，你到底道不道歉？"

辰南抚着晨曦的脸颊，擦净她脸上的泪水，道："晨曦你善良了，有时太过善良就是对自己残忍。这个世界上什么样的人都有，有些人是可以讲道理的，但有些人你根本无须敬他，越是敬他，他越是得寸进尺。和他讲道理就如同对狗讲道理一般，对这样的恶人只能以恶制恶！"

小侯爷气得脸色骤变，怪眼圆翻，他还是头一次被人当面羞辱，狠声道："小子你真是活腻了！"他身旁的妖艳女子，以及另外几个富家公子也异常不满，皆冷冷地瞪着辰南。

"哥哥可是……"小晨曦看了看小侯爷一伙人，又看了看辰南，眼中满是担忧之色。

辰南柔声道："晨曦不怕，这辈子只要哥哥还能够站着，就决不会让你受到任何伤害，受到任何委屈。"他抱着晨曦走到裁衣店的老板身前，道："可以帮我照看一下这个孩子吗？"店主虽然很害怕，但看到小晨曦惹人怜爱的样子后还是立刻答应了。辰南将晨曦放了下来，转身刚要离去，小晨曦忍不住叫道："哥哥……"

辰南停身看了看她，道："有些事情即使你再怎么躲避，也是无法避免的。就像现在，即使我们放下尊严给他们道歉，他们也会像疯狗一样狠狠地咬上几口。与其如此，不如直接打狗！"小晨曦不仅心智远远高于同龄小童，体质也大异于常人。她对能量格外敏感，早已觉察到了眼前那几人体内的强大力量。她非常担心辰南，眼睛红红的，对着离去的辰南用力点了点头，不再言声。

此刻，小侯爷早已怒极，眼前这个外表看起来平凡普通的青年频频出言顶撞他，这令平日一向骄横的他心中似有一团火在燃烧。他用手指点着辰南，道："小子，今天你死定了！"接着他又转头对旁边的几个青年道："你们都是开元城的贵族，今天我想在大庭广众之下和他玩，你们能够善后吗？"

其中一个青年贵族爽快地答应道："没问题。"小侯爷哈哈大笑道："好，爽快！"他脸上现出狰狞之色，狠狠地盯着辰南，道："小子你还有什么话要说吗？"

辰南此刻异常平静，冷声道："对人我可以和他讲道理，对你我无话可说，要战便战吧！"说完他当先向外走去。小侯爷怒极反笑，道："哈哈……好！好久没人敢和我这样说话了，我倒要看看你凭什么！"

裁衣店外是城内的一条主干道，宽阔无比，来往行人川流不息。当小侯爷一行人来到街道正中央时，来往的行人不由自主向两旁退去，从他们身旁远远绕过。原因无他，此时小侯爷身体放出一股强大的气息，一股剧烈的能量波动以他为中心如潮水一般向四外扩散。涌动的能量流令一些靠近的人跌跌撞撞，许多行人惊恐地望着他。这时原本喧嚣的大街一下子静了下来，所有行人驻足，远远地观望。宽阔的街道正中央变得空旷无比，小侯爷身旁的那个妖艳女子和那几个衣衫华丽的贵公子远远退到了路边，场中只剩下小侯爷和辰南两人。

"嘿嘿，小子，从来没有人敢像今天这样如此顶撞我，你可知道这样做的后果吗？"小侯爷狰狞地笑着，身体突然爆发出一团青色的光芒，青色光芒如跳动的焰火一般笼罩在体外。他上身的衣服在刹那间碎裂，粉碎的衣衫如尘沙一般在空中飘扬而下。赤裸的胸膛上是浓重的胸毛，黑乎乎一大片，此外他别处的体毛也分外粗长，整个人看起来像一只凶残的大猩猩一般，样子格外狰狞恐怖。

辰南双眼瞳孔缩了缩，绽放出两道寒光，冷冷地道："少废话，动手吧！"他虽然知道小侯爷的修为已经达到了二阶大乘境界，即将迈入三阶高手之列，但心中毫不在乎，出奇地冷静。这是万年前他就已锻炼出来的对敌心态，越是遇到强敌，越是面对大战，他心中越是冷静。

仙武学院的强者热身大赛刚刚结束不久，来此参加对抗大赛的各大学院的青年高手还没有离去。这两日许多青年强者都在晋国都城游览，这条主干道上的不平常事件很快就吸引来了一些四大学院中的青年高手。人群之中有人一眼便认出了长相凶悍，散发着强者气息的小侯爷，知道他是神威小侯爷的弟弟。毕竟神威小侯爷在强者热身赛中大出风头，击败四大学院参赛高手，他身边的人自然也成了人们关注的焦点。这些人不知道飞扬跋扈的小侯爷为何要在此大动干戈，但每个人都很期待这场大战。或许这是许多人心理阴暗面的共性吧，将发生在别人身上的惨烈冲突，视为自己的乐趣。

小侯爷一再在言语上吃亏，早已恨极了辰南，大喝道："小子，你给我去死！"滚滚音波如炸雷一般响在当场，围观的许多百姓被震得一阵摇晃，许多人吓得急忙掩上了耳朵。小侯爷身化一道青光，如一道光电一般向辰南冲撞而去。辰南冷哼了一声，体内蛰伏的强大力量一下子躁动了起来，一股强大的气息自他体内瞬间爆发而出。耀眼的金光充盈在他的体表，璀璨的光芒如战神金甲一般笼罩在他的体外。别人看到是一道青光向辰南冲撞而去，辰南看到是十几道交织在一起的拳影向他恶狠狠地击砸而来。他腾地一步上前，整条街道都跟着颤动了一下，右拳猛挥而出，以力抗力，以暴制暴。

金色拳影四周是一道道炽烈的金芒，如金蛇一般在舞动，强大的力量使空间发生了扭曲，似乎要将拳影附近的虚空撕裂。莫大的压力激荡四方，围观的人群被汹涌的力量推着向后退去，恐怖的波动令所有人都感到阵阵心悸，即便是人群中那些本领高深的修炼者也不例外。辰南的右拳径直轰入小侯爷拳影的正中心，一声惊天动地的大响在场内响起，一股至强至大的能量流在场内爆发。金青两道光芒宛若两轮骄阳当空而照，璀璨的光芒耀人双目，巨大的能量流如山洪暴发一般喷放而出。汹涌的大力将所有观战的人向后推出去三丈距离，许多人仰面摔倒在地，现场一片混乱。

街道的正中央，能量涌动，劲风呼啸，狂风吹乱了辰南的长发，但他的身体却像一根铁桩一般牢牢地钉在那里。在这一刻辰南给人一股高不可攀的感觉，四周仿佛激荡着一股神魔的力量，他如君临天下的帝主一般威慑四方。错觉？幻觉？观望的人已经分不清。肆虐的能量流渐渐逸散，狂风也已停了下来，在辰南的身前出现一个深一丈的巨大沟壑，街道被毁得不成样子。

"喀……"深坑内发出阵阵咳嗽声，一只巨大的手掌扒住了坑沿，满脸灰尘的小侯爷自坑中艰难地爬了上来。此刻他狼狈无比，右手掌瘀黑肿胀，若不是最后关头他用奇功将拳头上承受的大力导引向四肢百脉，右手就彻底废了。一拳！仅仅一拳败北！这令骄横的小侯爷有股想哭的感觉，这是他有生以来遭受到的最大耻辱，即便是他的大哥也不可能这样简单地击败他！

"我不服，小子再来，我一定要杀了你！"小侯爷双眼血红，如野兽一般在咆哮着。

辰南仿佛自梦中惊醒一般，刚才他陷入了一种奇妙的境界。在挥出拳头一刹那，他感觉一切是那样地自然，浑圆如意，道法自然，在那一刻他有种与天地合一般的感觉！没有执念，心中无我无物，了无痕迹，浑若天成的一拳！

他心有所感，冷冷地迎上小侯爷愤怒的目光，道："你不是我的对手！"听到这句话小侯爷仿佛受到了莫大的羞辱，他仰天长号，状若疯狂。号声对于普通百姓来说如同魔音穿脑，大多数人都无法忍受，纷纷痛苦地捂上了双耳，人群中修为稍弱的修炼者也眉头紧皱。

小侯爷的同伴，那个妖艳的女子，还有那几个贵公子急忙奔入场中，向他劝说着什么。小侯爷用力推开他们，大声喊道："不行，我一刻也忍受不了，我要他现在就死去。我走到哪里，我的龙飞到哪里，它离这里不会太远，当我的龙来到这里之后我一定要手刃这个小子。"天空中出现一个黑点，黑点越来越大，一头飞龙穿过云层，快速向地面冲来。不多时一头七丈多长的黑色飞龙降临到街道上空，在上方不断盘旋。狰狞巨大的龙头上一双银角寒光闪闪，碧蓝的大眼熠熠生辉，阔口中白森森的牙齿显得格外恐怖。龙身上闪闪发光的黑色鳞甲幽森冷寒，龙腹之上四只粗壮的龙爪看起来强而有力，一对角质巨翼荡起阵阵狂风，令下方地面尘沙飞扬，龙身末端长硕的巨尾似神话传说中的打神鞭一般让人望而生畏。

辰南以前看到西方的龙就会联想成生翼巨蜥蜴，但随着对这种具有极高智慧的生物的了解逐渐深入，便越来越不敢轻视了，他深深了解到了它们的强悍与可怕之处。

围观的百姓几乎从未看到过这种庞然大物，这个狰狞的巨大怪兽突然显现在街道上空，令众人恐慌无比。百姓纷纷逃离现场，街道上一片大乱，拥挤不堪，哭声喊声响成一片。混乱的街道上许多人被挤伤，被踩伤，直到一刻钟后现场才恢复平静。此时还留在现场的人都是一些修炼者，有一百多人，其中部分人是四大学院的学生。

小侯爷狂笑道："小子你死定了，今天我一定要将你碎尸万段。""你已经说过很多次了，但我还好好地站在这里。事情是做出来的，而不是说出来的。"说到最后辰南大吼道，"你来试试看，到底能不能够取我性命！"从百花谷回来之后他的心情一直很低落，刚才小晨曦又遭眼前这个恶少的欺辱，辰南的心情简直坏到了极点，此刻已经动了真怒。

小侯爷打了个呼哨，飞龙缓缓降落。这条主道虽然宽阔，但也难以容下七丈长的龙身，飞龙只能头尾顺着街道的方向降落而下。小侯爷纵上龙背之后，飞龙冲天而起，在场内荡起一股猛烈的狂风，搅得场外几个修为稍弱的人差一点栽倒在地。小侯爷拔出腰间的巨剑点指着辰南，道："我要让你明白龙骑士才是修炼者中的战斗者！"

辰南看了看在空中盘旋的巨大龙躯，又看了看不远处的裁衣店，他怕接下来的大战会殃及躲在店中的小晨曦。他冲空中大声喊道："我们去前方的广场决战！"说罢他大步向前走去。"好，正合我意，在那里才放得开手脚。"小侯爷驾御着飞龙向前冲去。为看热闹而观战的修炼者也向那里赶去。

辰南心中有一丝隐忧，即便胜了那个狂傲的恶少，接下来可能还要对付几个贵族公子，这是他们的地盘，他不知道最后能否全身而退。辰南已经做好了最坏的打算，就是浴血搏命，也一定要带着小晨曦突围而出。走出去十几步之后，辰南回头望了望，发现娇弱的小晨曦正站在衣店门前冲他晃着小手，口中轻轻地唤着："哥哥……"她双眼通红，脸上满是担忧之色。辰南收起冰冷的面孔，露出一个灿烂的微笑，冲她挥了挥手，大声喊道："晨曦乖，在这里等哥哥，哥哥一会儿来接你。"而后大步向前走去。无论如何，即便让他去死，也不能够让晨曦受到任何伤害。

晋国帝都飞龙咆哮，七丈长的庞然大物在高空不断盘旋，惊动了开元城内所有修炼者。无论是本地高手，还是四大学院的学生都向这片广场聚集而来，围观的人越来越多。小侯爷驾御着飞龙好不威武，黑色的飞龙咆哮震天，守城的军兵也发现了这里的异常，一队人马快速向这里赶来。

辰南喊了声："得罪。"他从人群中的一名武士手里夺来一把西式阔剑，这把巨剑可双手合握，也可以单手擎。对于喜欢大开大合、威猛招式的人来说，这是一把不错的兵器。辰南掂了掂，觉得还算合手。他站在地上一动不动，单手举剑，阔剑向天，大声喊道："来吧！"面对凶悍的飞龙和他的主人，辰南不敢轻视，已经做好了大战的准备，玄功流转，百脉内皆充盈着强大的力量。

"吼！"黑色飞龙发出一声咆哮，在小侯爷的命令下快速向下冲来，一股狂风从天而降，地面上沙尘飞扬，铺在广场地面的石板都发出了颤动的响声。飞龙张着血口，露着森森白牙，向辰南恶狠狠地扑来，同时两只粗壮有力的前爪也向他抓来，黑亮、锋利的巨爪足有半丈多长，寒光闪烁，慑人心魄。小侯爷端坐在飞龙背上狞笑着，手中握着一把西式巨剑，狠狠地向辰南劈斩而来，剑锋上激发出的青色斗气璀璨耀眼、冷森逼人。

面对这猛烈的冲击，辰南不敢托大，改为双手握剑，阔剑被他高高举过头顶。原本暗淡的剑锋在刹那间明亮了起来，金色的光芒充盈在剑体之上，阔剑像是有了生命一般不断颤动，发出阵阵鸣音。一道一丈多长的剑芒直冲而上，剑气穿空，锋芒耀眼。破空之声宛若金属交击，铿锵之音透发着一股死亡的气息。

"吼！"巨大的飞龙吼啸之音响在广场之上，震得所有人双耳嗡嗡作响，飞龙眨眼便冲到了辰南的眼前。辰南用力劈出一道凌厉无匹的璀璨剑气，和小侯爷劈来的斗气冲撞在一起，爆发出一团耀眼的光芒。而后他如闪电一般向后移动了两丈距离，在原地留下一道残影。俯冲而下的飞龙双爪抓空，狠狠地抓在了地面上，两个半丈多深的大坑出现在广场之上，大地一阵颤动。辰南已经腾空而起，跃到三丈虚空之中，举阔剑向下猛劈。飞龙摆头向上冲击而起，两根半丈多长的巨角向辰南顶去，与此同时，小侯爷手中长剑激发出的璀璨斗气也向辰南冲击而去。

辰南用力大吼了一声："斩！"至强至大的力量波动在广场上如海浪一般汹涌澎湃，辰南手中的阔剑爆发出一团比太阳还要夺目的光芒，一道近两丈长的实质化剑气如长虹经天，惊现在广场的上空。恐怖的力量波动，激荡在每一寸空间，场外所有观战的修炼者都感受到了一股窒息般的压迫感，莫大的压力重如泰山，压得他们喘不过气来。这威力绝大的一剑已经倾尽辰南全力，目前这是他所能够施展出的最浩大的一剑。强势一击令飞龙感觉到了恐惧，小侯爷脸色大变，集全身功力于手中巨剑，迎击而上。

"轰！"耀眼的光芒如十日耀空，广场上每一寸空间都明亮无比，汹涌的能量流到处肆虐。一声凄惨的龙啸在场中响起，凄厉的吼叫震耳欲聋，黑龙翻腾着冲天而起，血浪自空中喷洒而下。待到场内恢复平静之后，可以看到两根半丈多长的血淋淋的龙角落在广场之上，整片广场已经被肆虐的能量流冲击得不成样子，到处坑坑洼洼。辰南手中的阔剑不堪承载实质化的剑气，在那巨大的力量冲击下已经彻底碎裂了。黑龙在半空中凄厉地哀吼着，不断翻腾，小侯爷嘴角挂着血迹，死命地抓着龙身上的缰绳。过了好久黑龙才平静下来，不仅双角被辰南斩断，头顶之上也被劈出一道半丈多长的恐怖伤口，血水不断涌出，甚至可以看到森森白骨。

此时此刻，场外已经有数百人在围观，皆是被黑龙的咆哮声所引来。辰南这威力绝大的一剑差一点夺去黑龙的性命，令场外观战的每一个修炼者都感到阵阵胆寒，如此身手足以惊艳一方。尤其是四大学院的一些学生更是震惊，辰南如此年龄和他们相差无几，但身手却远远胜之。小侯爷怒火中烧，他最心爱的黑龙居然被伤成了这副样子，他自己也身受重伤，气得他不断暴叫。

"哼！"辰南冷冷地哼了一声，铿锵之音如铁锤一般砸在了在场每一个人的心间，让每一个人都打了个冷战。小侯爷再次驾御着飞龙冲击而下，但黑龙对辰南充满了惧意，在接近他时速度明显放缓，似乎不愿靠近。

正在这时一声轻笑在场外响起，一个嗲声嗲气的柔媚女子声音道："呵呵，你这个小丫头好可爱哟，让姐姐好好地疼爱你一番。"辰南闪眼观看，只见小侯爷一伙人中的那个妖艳女子正抱着小晨曦，不过并不是寻常的抱法，她的一双手臂正猛力地箍匝着晨曦。晨曦秀眉紧皱，小脸上满是痛苦之色，但却倔强地不吭一声。辰南大怒，胸中像有一团烈火在燃烧。他狠狠地轰出一拳，浩大的力量将飞龙逼退之后，他怒吼道："贱人放开晨曦！"

妖艳女子娇媚地笑道："呵呵，我好怕怕啊！"她一只手抱着晨曦，一只手轻轻地拍着自己高耸的胸部。辰南愤怒无比，快速向她冲去。"站住。"妖艳女子冷声道，她将一只手放在了小晨曦的咽喉上又媚笑道："放心，我会好好疼爱她的，不过你若是敢胡来，可别怪我不客气。"

辰南愤恨地止住了脚步，冷冷地盯了妖艳女子一会儿后无奈退回。这时小侯爷驾御着飞龙再次向他冲击而来，辰南手中阔剑已碎，他将靴筒中的匕首拔出，迎击俯冲而来的飞龙。广场之上龙啸震天，剑气、斗气纵横激荡，能量流到处肆虐，强大的力量波动在每一寸空间内激荡。

"啊……"小晨曦稚嫩的声音突然在场外响起，声音中饱含痛苦。

辰南心中一紧，一边躲避飞龙的冲击，一边扭头观看。妖艳女子正在掐小晨曦的小脸，令她滑嫩的脸颊不断变换形状。虽然相隔很远，但辰南还是能够看到小晨曦小脸已经被掐出一道道瘀青。他双眼冒火，直欲发狂。在辰南分心时，小侯爷恶狠狠劈斩出的斗气已经冲击到了他三尺之外。他急忙运转玄功，激发出一片金色光芒抵挡强大的斗气攻击。但由于太过匆忙，撑起的光幕未能够将斗气全部阻挡在外，他一下子被击飞了出去。

辰南在空中翻腾出去三丈距离后才落地，斗气的冲击虽然未给他造成多么严重的内伤，但还是令他胸腹间隐隐作痛。他将嘴角的鲜血抹净，冷冷地盯着妖艳女子，道："你现在如果放开晨曦，我发誓以后绝不会动你分毫。"

"哈哈……"妖艳女子放浪地笑着，道，"你今天有命离开这里再说大话吧。"她身边的四个贵族公子也跟着笑了起来，很显然他们已经决定要留下辰南的性命。小晨曦看到辰南嘴角挂着鲜血，焦急地喊道："哥哥我没事，你不要分心……"但话还未说完，就被妖艳女子用力拧了一下嘴巴。

此时此刻，开元城内许多修炼者被吸引到了这里，这些人对于场内发生的事都是一副看热闹的心态。虽然有不少人愤怒于妖艳女子一行人的无耻，但没有一个人肯出面，这些人都不想得罪那几个贵族恶少，深深知道他们家族势力的可怕。当辰南再次和小侯爷战在一起时，妖艳女子竟然将小晨曦像丢沙包一样丢了出去。晨曦即将摔落在地上的一刹那被旁边的一个贵族公子接住了，不过紧接着她又被丢给了另一个贵族公子。妖艳女子和四个贵族公子将小晨曦像沙包一样传来传去，但倔强的小晨曦再也不肯吭声，生怕令辰南分心。但辰南怎么会看不到呢，他的心神有一半留在了晨曦的身上，要不然也不会和小侯爷战这么久而不能取他性命，他心痛不已！

妖艳女子和几个贵族公子为了扰乱辰南的心神，让小侯爷有机可乘，竟然如此恶待小晨曦。辰南虽然明白他们的目的，但还是不能不怒。在这一刻他将他们恨之入骨，杀意在心底弥漫而出。小侯爷骑在飞龙背上哈哈大笑，道："把那个小东西扔给我。"他驾御着飞龙快速冲到了妖艳女子的上空。妖艳女子放浪地笑了笑，而后将小晨曦丢给了旁边的贵族公子，贵族公子将晨曦接到手中后用力向空中抛去。

辰南尽全力向前冲去，左手微扬，擒龙手出，巨大的光掌快若闪电一般向小晨曦迎去。但还是未能够快过离妖艳女子很近的小侯爷，飞龙快速沉下去的一刹那小侯爷一把抄住了小晨曦。辰南像发了疯一般向前冲去，待来到妖艳女子几人身旁时，飞龙已经冲天而去。他向空中望了望，而后将目光移到了眼前几人的身上，在这一刻辰南眼中射出两道电芒，令眼前的几人不由自主打了个冷战。

妖艳女子低声道："今天必须要置他于死地，不然有一个达到了三阶境界的仇敌，我们将寝食难安。"四个青年公子齐齐点了点头，不过其中一人和不远处辰南的目光对上后明显现出了惧意。其他几人看到了他的表情，便对他道："你还未达到阶位高手境界，就在旁边观战吧，待会儿可能会有护城的军兵赶到这里，你去和他们周旋。"

辰南将这一切看在眼里听在耳中，残忍地笑了起来，道："今天是你们逼我的，我不管你们是什么人，不管你们有着怎么样的背景，谁也不能够活着离开这里！"冰冷的话语不带任何感情，几人面色俱一变，娇艳女子道："我们四个阶位高手再加上小侯爷，瞬间便可置你于死地。"

这时，小侯爷驾御着飞龙还在高空中盘旋，辰南抬头望了望，而后突然发力向娇艳女子冲去。其他三个达到阶位境界的贵族公子急忙出手，但辰南突然生生将身子改变了方向，与妖艳女子和三个阶位高手擦身而过，向那个刚刚离去的贵族公子追去。那个贵族公子本身实力就弱，再加上对辰南早有了惧意，此刻看他向前冲来，吓得急忙撒腿奔逃。辰南紧追不舍，娇艳女子和其他三个贵族公子大惊，急忙在后追赶。

辰南早已动了杀心，此刻嘴角挂血，乱发狂舞，体内金色真气疯狂涌出，仿若熊熊燃烧的烈焰。他像一个魔王一般，在追出去三丈距离后，赶到了贵族公子的身后，右手匕首轻轻划出，一道血浪喷涌而出，贵族公子的人头飞出去五丈距离之后滚落在地。血浪自无头尸体狂猛地向外喷洒着，将辰南染成了一个血人。他从还未倒下去的尸体上摘下长刀，而后一刀从尸身的背后捅了进去，生生将他挑了起来，向着追来的几人甩了出去。

这个贵族公子死得可谓冤枉透顶，空有一身本领，却因心存惧意而未施展出一招便被结果了性命。此时场外已经聚集了五六百修炼者，许多人都是开元城的人，对于辰南能够将这个恶少手刃，并未觉得残忍，反而在心中称快。妖艳女子和三个贵族公子颜色大变，辰南竟然在他们的眼皮底下杀了他们的同伴，他们竟然未拦住，这令他们又惊又怕！辰南早已对他们恨极，刚才他们竟然将小晨曦当成沙包一样来丢去，这是无法忍受的，他已下了必杀的决心！

这时，小侯爷已经驾御着飞龙从高空俯冲了下来，竟然拎着小晨曦的一双小脚，将她倒提在手中。辰南看得目眦欲裂，仰天狂啸，愤怒的声音震得空中的飞龙都晃了一晃，围观的修炼者中一些本领稍弱的人吓得瘫软在地。可怜的小晨曦，刚刚走出大山就受了这么多的磨难！辰南悲愤无比，感觉血液沸腾了，有一股毁天灭地的冲动。如天使般可爱的小晨曦居然遭到了这样的欺辱，他不能够忍受，他曾发过誓就是自己去死，也不能够让小晨曦受到伤害，可是现在……

辰南长刀向天，刀芒似欲撕裂虚空，直冲而上。他愤怒地冲空中吼叫着："如果你是个男人，就放开这个孩子，和你的同伙冲我来！"小侯爷嘿嘿冷笑道："少要鬼叫，现在你得听我的，你如果不想我把这个小丫头丢下去，就乖乖地不要动。"

小晨曦倔强无比，虽然被拎在空中，但一声不吭。辰南的心在滴血，他强忍着悲痛，柔声道："晨曦不要害怕，是哥哥不好，没有保护好你。放心，你所受的委屈，哥哥一定要他们加倍偿还！"

小晨曦用力点了点头，大声喊道："哥哥我不怕，你不要分心，不要管我……"稚嫩童音令所有观战的修炼者都感觉又怜又痛，所有人都对这个小女童无限怜惜，对小侯爷深恶痛绝。看着小晨曦如同一朵柔弱的花儿一般被那个恶少握在手中，辰南撕心裂肺地痛，热泪差一点滚落而下。

小侯爷大声冲辰南叫道："不要反抗，否则我立刻捏死这个小丫头。"他命令飞龙俯冲了下来，而后又令飞龙张开巨爪向辰南抓去。辰南当然不可能让飞龙伤到，如果他被击成重伤，他和小晨曦都不能够活命。他快速躲闪到一旁，但却没有反击。飞龙锋利的龙爪将地面抓出两个深深的大坑，它对辰南可谓既恨又怕，这两爪未建功，急忙冲天而起。小侯爷气急败坏地叫道："我说过你不能躲，难道你不想要这个小丫头的性命了吗？"场外观战的人都在心中暗骂小侯爷无耻，每个人都对他鄙夷不已。

辰南闭目略微估算了一下飞龙双爪的力道，而后一字一顿，道："我——不——再——反——抗！"说罢，将长刀别在腰间，昂然立在场中。

"不，哥哥不要啊……"小晨曦哭喊着。

小侯爷狞笑着令飞龙俯冲而下，一股猛烈的狂风自天而降，粗壮有力的龙爪发着慑人心魄的寒光向辰南抓去。当巨大的龙爪将辰南包裹住的一刹那，辰南双眼射出两道寒光，强横的护体真气被催发到了极限境界，他的身体发出一片耀眼的金光，整个人都处在一片绚烂的光芒之中。飞龙虽然将他抓了起来，但却难以伤他分毫。不过辰南也不好受，被攥在龙爪中时时都要运功抗衡那强大的力道。飞龙冲天而起，来到了半空中，小侯爷哈哈大笑道："今天我要玩死你，竟敢和我斗，哼！"

小晨曦悲戚地哭喊着："哥哥……"

辰南闭上了双眼，在这危急关头他在思量是否要逆转玄功，施展从未尝试过的禁忌之法！他父亲的话语依稀响在耳边："若是有一天你觉得实在无法战胜对手，到了生死存亡的危机时刻，你可以尝试将玄功逆转。切记，非陷入死境，绝对不能轻易逆转玄功。如果可以选择，宁可拍穴击脉，以残身之法暂时催发出体内的潜能，也不要将玄功逆转！我虽然能够猜测到玄功逆转后的威力，但我总有一种不祥的预感，我从来都不敢去尝试……"

辰南猛一咬牙，体内强横的内力顿时逆向而行，开始逆转玄功！散布于他体外的金色护体真气突然如潮水一般倒流进体内。飞龙感觉龙爪中的那个让它既恨又怕的人似乎一下子失去了力气，异常兴奋，爪上更加用力。龙爪中传出骨骼即将断裂时发出的"咯吱咯吱"的响声。然而仅仅一刹那，一股浩瀚的大力自辰南体内爆发而出，滚滚魔气缭绕于他的体外，黑芒充盈在他的体表，辰南的双眼射出两道实质化的光芒。一瞬间，杀气充斥在每一寸空间，下方观战的人不由自主打了个寒战，每个人都感觉到了一股发自灵魂的震颤。一种死亡的气息，在天地间激荡！

辰南冷笑着，伸开双手用力向龙爪扯去，慢慢地竟然生生掰开了龙爪，从里面脱身而出。龙背上的小侯爷感觉到了那股滔天的杀气，感应到了一股死亡的气息，但他却无法想象这一切皆来自辰南。地面上的妖艳女子焦急地向他示警，飞龙也焦躁不安地咆哮。但为时已晚，辰南用力在龙爪上蹬了一脚，身化一道乌光冲天而起，刹那间他的身体似乎变成了一把利剑。一道乌光自下方穿进了龙翼，而后穿越而出，辰南将龙翼剖开一个血淋淋的大洞，自下方冲了上来。大片的血浪自空中洒落而下，飞龙凄厉地咆哮着。辰南通身血红，浑身沾满了龙血，似来自地狱的恶魔一般，身化一道红光向小侯爷扑去。

当小侯爷反应过来时，惊恐地发现他握着小晨曦双脚的那只手已经脱离了他的身体，辰南已经生生将它折了下来，鲜血正从他的断臂处狂涌而出。"啊……"小侯爷惨叫着，悲号着。

辰南丢下那只断臂，将小晨曦小心地抱在怀中，而后命令道："晨曦闭眼，现在什么也不要看！"小晨曦闭着眼点了点头，将头埋在了他的怀中。辰南残忍地笑着，将腰间的长刀抽了出来，乌光一闪，血浪翻涌，小侯爷另一只手臂已经飞离了身体。

"啊，恶魔……"他一边哀号，一边惊恐地望着辰南。辰南手起刀落，"噗"的一声斩去了小侯爷半个头颅，红的血、白的脑浆，喷溅而出，而后他一脚将小侯爷的死尸踢了下去。下方观战的人看得心惊胆战，所有人都没有想到短短一瞬间形势逆转。看着飞龙身上那个浑身沾满鲜血的年轻人，地面上每个人的心中都冒出一股凉气。小侯爷的同伙面如死灰，没有想到形势逆转会如此之快。飞龙在空中咆哮着、翻腾着，好久之后才平静下来，这时辰南才得以喘上一口气。

此时广场周围已经聚集了七八百名修炼者，另外一支两千人的军队也已经赶到了这里，团团将这里包围。这时，人群外几个匆匆赶来的年轻人看到空中的景象后齐声惊呼："是他，他怎么会在这里？"这几人正是神风学院的龙舞等人，今日他们在开元城游览之时听到这个方向传出巨大的龙啸之音，匆匆向这里赶来，但由于距离太过遥远，直到此时才赶到。当他们看清飞龙背上的人是辰南后惊讶地张大了嘴巴，他们无法想象这个消失了几天，在四大学院强者热身赛中也未现影迹的家伙，为何突然出现在这里浴血击杀龙骑士。

辰南一手抱着小晨曦，另一只手擎着长刀，强横的黑色真气被灌注到刀体中后，长刀发出阵阵乌光。他狠狠地将长刀刺进了飞龙的体内，鳞甲纷飞，鲜血汩汩涌出，黑龙痛得又欲咆哮、翻腾。辰南大喝道："畜生，如果你不想受罪的话，立刻给我老老实实地降落到地面。"飞龙似乎不服，在空中猛烈抖动了几下。辰南将手中长刀激发出一道一丈多长的黑色刀芒，再次狠狠地将长刀插进了飞龙体内。血浪狂涌而出，剧烈的疼痛最终令飞龙屈服，它疲惫地向地面落去。当飞龙降落到地面后，辰南嘴角露出一抹残酷的笑意，他将鹿皮囊中的三十三把飞刀取了出来。这不是普通意义上的飞刀，这是副院长送给他的经过魔法加持的飞刀，其上蕴含着强大的魔法能量，威力不容小觑。

辰南在跳下飞龙的一刹那，集全身功力于三十三把飞刀之上，飞刀发出耀眼的黑芒，刀体四周魔气涌动，黑雾缭绕，宛若地狱的冥魔之焰。他抖手将飞刀甩了出去，而后身体化作一道乌光快速向远方冲去。三十三把魔法飞刀发出阵阵异啸，散发着死亡的气息，在空中激荡起一股猛烈的能量波动，向着飞龙硕大的龙头袭去。

"噗"、"噗"、"噗"……飞龙发出一声惊天动地的吼叫，三十三把魔法飞刀同时在龙头内炸裂。飞龙头盖骨被掀开了，鲜血与脑浆一起迸发而出，七丈长的龙躯不断在广场上翻滚。围观的修炼者与军兵急忙快速向后退去，但即便如此，仍有些没来得及退去的人被飞龙长大的巨尾抽飞，死于非命。过了好久，飞龙才停止翻滚，倒在血泊中一动不动。并不是说魔法飞刀的威力有多么地大，只是飞龙今日遇上了实在招惹不起的人，这是它丧命的最主要原因。这时，场外混乱的人群渐渐平静了下来，军队中一个青年将领在场外冲辰南大声喊道："你过来……"

辰南没有理他，将目光移到了小侯爷的同伙，那个妖艳女子和那三个贵族公子身上。此时四人正在低声交谈着，似乎正在商量着什么。辰南眼中射出两道凌厉的光芒，他左手抱着小晨曦，右手提长刀向他们快速冲去。四人正在商量如何置辰南于死地。三个贵族公子的家族势力在晋国都城很不一般，他们想利用家族的影响力命令这支军队将辰南捉拿住。此刻看到浑身是血的辰南竟然向他们冲来，四人顿时变色，他们一边准备迎战，一边向军队中的那个将领大声喊话，要他赶紧派人格杀辰南。辰南此刻心中只有杀念，他一定要杀掉眼前的四人。在奔跑的过程中，一道道黑芒自他体内蹿出体外，他四周滚滚魔气如幽冥之焰，加上他全身上下触目惊心的鲜红血迹，他如来自地狱的凶魔一般。

军队中的那个将领看辰南欲逞凶，急忙命令人向前冲去阻止他，但军队的速度哪里比得上辰南。当他们刚有所动作时，辰南已经冲到了那四人的眼前。"你们当中没有一个人能够活着离开这里，你们都要死！"冷冷的话语森寒无比，辰南长刀横劈，近两丈长的黑色刀芒以横扫千军之势向四人劈斩而去。其势惊人，其威慑天！辰南先声夺人，此刻，他如魔王般的声势令眼前的四人皆恐惧无比。面对这凌厉无匹的一击，四人动作各不相同。

妖艳女子为小侯爷的爱妾，她恨透了辰南，举剑相迎。三个贵族公子中一人举剑相迎，一人闪身躲避，第三人则直接转身逃向军队的方向。三个贵族公子会有如此反应，非常正常，他们虽然修为不错，但皆是纨绔之流。辰南刚才怒斩小侯爷，愤屠飞龙，给他们留下了不可磨灭的印象，心中早已惧怕到了极点。辰南"嘿嘿"冷笑，黑色刀芒如死神收割生命的镰刀一般，破碎了妖艳女子和那个贵族公子劈斩出的斗气，彻底击碎了他们手中的长剑。

现场中两个还没有逃走的贵族公子吓得亡魂皆冒，再也不敢停留，也向军队的方向逃去。场内只胜下妖艳女子一人，她看着浑身缭绕着冥魔之气的辰南，不由自主打了个冷战。在这一刻，面对死亡的恐惧远远大于她心中的仇恨，她丢下剑柄，转身也想逃去。辰南制造出来的威凌声势将四人彻底分化，此刻，他怎么可能会放过最先折辱小晨曦的祸首呢。他一步上前，长刀猛劈而出，炽烈的黑芒瞬间斩去了妖艳女子半个肩膀。她哀号着，惨叫着，在血泊中不断翻滚。血水染红了地面，血雾蒸腾而起，缭绕在她身体上方，刺鼻的血腥味令人欲呕。

辰南抱着小晨曦大步上前，一刀自她前胸捅了进去，而后将她高高挑起，向着那三个贵族公子逃去的方向甩去。一百多名军兵冲到了辰南的近前，将他团团包围。这时龙舞等人已经挤进人群，但最后却被军队阻挡住了，他们大声喊着："辰兄不要冲动啊……"三个贵族公子已经来到了那个年轻的将领身旁，三人言行一致，都强烈要求立刻格杀辰南。辰南望了望龙舞等人，又看了看不远处的三个贵族公子，他眼中厉芒一闪。他无法抑制住心中的那股杀戮冲动，他冲着围在身前的一百多名士兵冷声道："你们闪开！"这一百多人虽然对他心存惧意，但也不可能因为他一句话就让开道路。

"我再问一遍，你们到底闪不闪开？"

正在这时，远处的那个将领下令道："把这个恶徒给我拿下！"一百多人手举刀、剑一齐向上冲去。

"今日我要大开杀戒！"辰南乱发狂舞，长刀向天，一字一顿，道："挡——我——者——死！"他挥刀向前冲去，刚一进入兵群中就荡起一股血浪。

普通的士兵怎么能够抵挡得住逆转玄功的辰南呢？他开始时还是一刀只砍翻一人，但最后见有些士兵还是悍不畏死地向前冲来，他的刀法立刻变得凶残、凌厉起来，几乎每劈出一刀便有四五颗人头滚落在地。当辰南冲出人群时，他的身后已是一地死尸，百人中近半死于非命。地面上血水沸腾，血雾弥漫，整片广场都是刺鼻的血腥味。辰南的头发都已经染成了血红色，当他甩头之时无数血珠自空中洒落而下，在这一刻，他如浴血修罗一般。晨曦的身上也早已沾满了血迹，她在辰南怀中颤动了一下，辰南低头观看，发现她的睫毛在不断眨动。

"晨曦不准张开眼睛，现在一定要听哥哥的话！"辰南命令道。"嗯。"晨曦小声应了一声。

辰南手提单刀再次向前冲去，这时三个贵族公子已经吓得亡魂皆冒，面对如同恶鬼一般的辰南，他们已经吓破了胆，三人分三个方向仓皇而逃。年轻的将领再次命令军兵向前冲去，阻挡辰南，可是此时所有士兵都已心生寒意，虽然被迫上前，但没有一个人再敢出手。辰南哈哈大笑，身体腾空而起，横空飞出去五丈距离，越过阻挡他的士兵，向一个贵族公子追去。他冷笑道："今天就是天王老子来了，也难保你们的性命！"如此狂傲冰冷的话语不仅令每位士兵感觉到了一股寒意，也让场外观战的那些修炼者心中一颤。

这时，龙舞已经穿过士兵的阻隔，来到了那名年轻将领的身前，低低和他说着什么。年轻将领在龙舞面前虽非一副谦恭的样子，但也明显客客气气。

"我看你往哪里逃？！"辰南已经距离那个贵族公子不足三丈距离，贵族公子吓得心胆俱寒，他快速冲进了士兵的队伍中。他边逃边大声喊道："快快保护本公子，谁能够伤他一分一毫，事后本公子赏他万金！"重赏之下必有勇夫，有不少士兵向辰南冲去，但羊怎么能够挡得住猛虎呢，辰南手中长刀劈出一道道炽烈的刀芒，无数人头滚落在地，简直是一场单方面的屠杀。贵族公子和辰南在两千人的军队中横冲直撞，在此过程中辰南砍翻无数人。

"即便是万千人马挡在我的身前，也不能够阻挡我杀你！"说话之时，辰南已经冲到了贵公子的身后，森冷的话语似来自九幽地府。他一刀向前劈去，狠狠地斩在贵族公子的后背之上，刀锋嵌在贵族公子的骨缝之内，痛得他撕心裂肺般地惨叫着。辰南在上千名军兵的注视下，将他挑飞到空中，而后手起刀落，将他斩为两段，血雨洒落而下。

此时此刻，龙舞和那名年轻的将领皆愤怒地注视着辰南，那两名贵族公子也站在他们的身旁，从两人的表情来看，两人似乎对龙舞有些顾忌。辰南对于龙舞的身份一阵猜疑，看样子她在晋国也是一个身份不一般的人，最起码不比那几个贵族公子差。此时龙舞和平日的神态迥然不同，此刻她显得端庄无比，她沉着脸对辰南喝道："辰公子请你保持冷静，不要冲动！收起你手中的长刀，过来一谈。"

辰南不答话，将长刀别在腰间，大步向前走去。看到辰南来到近前，两个贵族公子明显害怕不已，神色无比慌张。辰南静静地立身于四人身前，面无表情地看着他们。那个年轻的将领无比愤怒，今日他手下死伤过百，他冷冷地对辰南道："你为何在我晋国都城当街行凶，而且以身抗法，砍杀无数军兵，你可知道这是抄家灭族的大罪吗？"

突然，辰南闪电般拔出了腰间的长刀，一道乌芒闪现，冰冷的刀锋瞬间捅进了一个贵族公子的胸膛内。接下来他并未将长刀拔出贵族公子的身体，而是连带着他的尸首抡了起来，狠狠地劈在了另一个贵族公子的头上。被抡挑而起的那个贵族公子几乎被腰斩，另一个贵族公子被生生劈去半个头颅。这一切都发生在一刹那，所有人都未想到会发生这样惊人的变故。短短一瞬间，两个贵族公子被辰南手刃，伏尸于他的脚下。

辰南这一举动，无疑无视晋国军队的存在。年轻的将领暴怒，他快速向后倒退出去十几步，而后大声喊道："所有人齐上，将他给我拿下，一定不能够让此凶徒逃脱！"两千军兵将辰南团团包围，但没有一个人敢冲上前去。一人威慑数千人，这令年轻的将领异常愤怒，但他怎么也无法命令动这些士兵上前冲杀。龙舞错愕无比，怎么也无法相信眼前的辰南是她熟悉的那个总是嬉皮笑脸，总喜欢胡说八道的败类。辰南居然当着她的面持刀行凶，手段之残忍令她感觉如此陌生……

辰南自从逆转玄功那一刻起，心中便涌起一股杀戮的冲动，不过他脑中异常清醒，对眼前的形势了如指掌，也知道他所作所为的后果。善恶一念间，当一个人将心中善之门闭合，那么恶之门便已无声打开。在这一刻，辰南心中涌起一股不祥的感觉，他的家传玄功竟然如此妖异，玄功逆转之后竟然令他嗜杀若此，究竟是人御玄功，还是玄功御人？他终于明白为何他父亲已经初临仙武之境也不敢逆转玄功的原因了，玄功竟然能够左右人的情绪，让人心底最阴暗的一面爆发得如此淋漓尽致，玄功近乎妖！玄功近乎魔！不祥的感觉在他的心中弥漫，他不知道自今日之后在他的身上会发生什么！

眼前的形势不容辰南多想，他必须尽快离开这里，不然等到军方调来真正的高手，他再想离开恐怕势如登天。今日玄功逆转他虽然没有达到四阶超级高手境界，但比平日的他要高上太多了。要想离开这里，他只有依仗强横的功力杀出一条血路，冲出重围。辰南手中长刀向天，周身上下魔气缭绕，血红的衣衫，血红的长发，如一尊修罗魔神般昂然立于场中，大声喝道："今日之事在场诸位有目共睹，辰某在此大开杀戒，完全是被逼无奈。他们该杀！我不管他们什么身份，不管他们有着什么样的地位，今日即使他们侥幸逃脱，他日我也会取他们项上首级。现在事情已了，辰某就此离去，为保身家性命，如若有人阻拦，辰某绝不容情！"

说罢，辰南将外衫撕成长条状，将小晨曦牢牢捆绑在自己的胸前。他不敢将晨曦放在背后，怕照料不周，稍有差池，自己将追悔莫及。此时此刻，围着他的两千军兵虽然都手握刀剑面对着他，但没人敢贸然上前。正在这时，远处围观的修炼者当中有人惊呼道："我认出来了，他是楚国护国奇士辰南，当日他在楚国皇城弯弓射天龙，被人簇拥出来时我曾经有幸见到过他。"一石激起千层浪，此话一出，不仅围观人群一阵骚乱，就是围着辰南的两千名士兵也纷纷惊异不已。

当日辰南在楚国皇宫大战龙骑士，弯弓射天龙，其威名远播各国，各国修炼者都知道楚国有一位杰出的青年高手名为辰南。由于楚国封锁了他持后羿弓反楚，大战楚国帝都的消息，外界很少有人知道他早已叛出楚国，早非楚国的护国奇士。眼前这个浴血搏杀晋国恶少的年轻人竟然是楚国的护国奇士，竟然是射下巨龙的传奇人物，这实在出乎所有人的意料。其中最为吃惊的当数神风学院的龙舞等人，他们也无法想象"败类"竟然是那个大名鼎鼎的辰南。场内的那个年轻将领也一下子呆住了，这个满手鲜血的凶徒来头竟然这么大，这让他一阵犯难。楚国乃东大陆三个超级大国之一，其国力要强盛于晋国这样的小国无数倍。该国的护国英雄竟然在晋国闹出这么大的风波，这件事实在不好处理，他已经不能简简单单地把辰南定位为杀人魔王了。

这时围观的修炼者越聚越多，有四大学院的青年高手，有晋国都城的前辈名宿，也有其他国恰逢此事的修炼者，所有人都在议论纷纷。毫无疑问，今日辰南屠飞龙、杀恶少、对抗晋国军队，这一系列事件必将传到各国，辰南的大名必将再次成为人们谈论的焦点。

两千人的军队还在和辰南对峙，年轻将领一时不知道如何是好。就在辰南即将血战突围之时广场之外一阵大乱，尘土飞扬，沙尘漫天，五百骑兵手持长矛正在向这里冲来。围观的修炼者急忙闪开道路，五百骑兵一拥而入，冲入广场。当先一匹高头大马上端坐着一位四十多岁的将领，满脸悲戚之色，悲吼道："杀我儿的凶手在哪里？今日我一定要将他碎尸万段！"

龙舞看到这名身披金甲的将军之后，知道事情越闹越大了，死者之一的父亲来到了这里。她不是公主王女，即使出面也不会起到任何作用，现在只能旁观。其他人则为辰南担心不已，虽然这个同伴和他们相处时间不长，但毕竟已经有了一些感情。年轻将领见中年将军来了之后长出了一口气，他终于可以将这个烫手的山芋扔出去了，上前给这位中年将军施礼之后低声说明情况。中年将军悲愤地叫道："我管他什么楚国，我管他什么护国奇士，既然杀了我儿，今天我一定要将他抽筋剥皮！"

那位年轻的将领急忙上前向他低语，陈述两国之间可能发生的利害纷争。最后，中年将领挥手道："所有儿郎脱下你们的甲胄。"这五百骑兵显然久经训练，听到命令后没有丝毫犹豫，快速脱去了身上的铠甲。在中年将军的带领下，五百无甲骑兵取代两千步兵，将辰南围困在当中，每个人都手持长矛对着他。

"我现在不是什么将军，只是一个为儿报仇的父亲，他们也不是什么兵士，只是我府中的家将、兵丁。你现在在我眼里也不是什么楚国的护国奇士，你只是一个杀人的狂徒。我现在要带领我府中之人为我儿报仇，凶徒纳命来吧！"中年将军说完，便要命令人向辰南冲击。

"慢！"辰南喝道，"你不想弄明白我为何会出手斩杀你儿吗？"

"哼，不想。我现在只想弄死你，不惜任何代价！"将军满面狰狞之色。

"嘿，听到你这句话，我再无顾忌了，待会儿出手绝不留情。真是上梁不正下梁歪啊！来吧，辰某今日要大开杀戒！"辰南如魔神附体一般，长发无风自动，两眼射出两道乌光，缭绕在体外的魔气有实质化的迹象，在他的体外似乎形成了一层护体魔甲。

"上！给我杀了他！"将军咆哮着。五百骑兵训练有素，听到命令后并没有混乱齐上。东面最先冲出二十匹战马，马上之人手持长矛向辰南冲击而去。当那二十骑无甲骑兵离辰南不足十丈距离时，北面的又冲出二十骑持枪骑兵。辰南已经明白他们的阵势，每二十人为一组，四个方向轮流冲击，令他陷入永无止境的枪刺冲击中。他残忍地笑道："今天我就将恶魔当到底吧！杀！"

东面的二十骑已经冲锋到近前，辰南竟然持刀主动冲了上去，近两丈多长的黑色刀芒横扫而出。正对他而来的四人四骑被实质化的刀芒横斩为八段，血雨飘洒，尸块飞射。一刀之威震慑当场，无论是士兵，还是在场外观战的修炼者，每个人的心都剧烈地跳动了几下。这时从北面冲击而来的骑兵已经冲到了辰南的眼前，这一次他斩翻四骑人马后接着横空向前飞去，对着远去的骑兵狂劈了两刀，又将八骑人马砍翻在地。广场之上一地碎尸，鲜血漫红了地面，血雾不断蒸腾而起，再加上角落那个巨大的飞龙尸体，这里简直如同修罗场一般。辰南持刀立在场中一动不动，等待下一轮骑兵冲击。

魔王！绝对嗜血的魔王！在这一刻所有人都有这样一种错觉，广场之上那个巍然不动的年轻人仿佛真的是魔王化身，他身外所缭绕的冥魔之焰似乎在周围化成一条条恶魔虚影，无数的恶魔在他身前参拜。错觉？幻觉？在弥漫着死亡气息的广场，在每一寸空间都充斥着血雾的屠场，已经没有人能够分得清那是否真实！一队又一队的骑兵不停地向辰南冲击，但却难以伤到辰南分毫。如果继续这样下去，或许他们可以等到辰南精疲力竭之际将他杀死。但那样的代价太大了，到那时不知道将有多少人死于非命。

广场之上尸体堆积成山，血流成河，辰南已经斩杀了近百人，广场已经变成了人间地狱。不过辰南也已感觉乏累无比，就在他看好时机准备突围之际，一个黑袍蒙面人突然冲进场内，抬手劈翻几骑来到近前。辰南一惊，喝道："站住，你是什么人？"在这非常时刻他不敢相信任何人。场外一片骚乱，众多修炼者议论纷纷，谁也没有想到会有人闯入铁骑的包围圈中。

"是我，不要吵嚷，我是来救你的。"来人低喝道。

辰南惊讶无比，已经听出来人的声音，竟然是在仙武学院碰到的那个杨姓老人，是神风学院东方武系的教师，名为杨林。在前往古仙遗地之前辰南曾经向这个老人保证一定在热身赛开始前回去，但最后却放了他的鸽子。此刻在这样万分危险的情况下，杨林突然出现在他的身边，着实让他异常感动。

杨林低声道："仙武学院的高手已经向这里赶来，我们必须尽快离开这里。待会儿我助你一路杀出开元城，突围之后其他人会在城外接应你，我来断后！"辰南看着眼前这个蒙面的老人有些说不出话来了，他不是神风学院的学生，这次强者热身大赛他也未替神风学院出战一场，而这个老人却在这种危急关头挺身而出来救他。他在感动之余，也有一丝迷惑，看过太多的人性丑恶，难免会有些怀疑。

"您为何要救我？"

老人低声斥道："现在你还有时间胡思乱想？！不要多想，我绝没有恶意。逃出开元城后你们快速返回罪恶之城，神风学院会保护你。"听到这句话后，辰南明显又一愣，老人居然说神风学院会保护他，这未免让人摸不着头脑。

老人以最低的声音道："神风学院正在做一项重大研究，以后需要你的帮助，决不会允许任何人伤害你。我说得似乎有些功利，但这都是实话，请你相信神风学院对你没有半点恶意。"杨林如此坦白地说出其中的隐情，令辰南对他好感大增。辰南凝声道："好，以后我若是认可神风学院的研究，定会尽力帮忙。"这时铁骑在那位中年将军的指挥下，还是一队接着一队地冲击着，广场上死尸无数。

正在这时一声长啸自远方传来，一个宛若雷鸣般的声音在空中激荡着："哪个狂徒在我晋国撒野？在帝都对抗帝国军队，当我晋国没人吗？！"许多骑兵被震得差一点翻身坠落马下，步兵当中许多人被震得相互扶持，就是观战的那些修炼者也都感觉一阵气血翻涌。

杨林叫道："不好，这是仙武学院的一名老怪物，修为即将迈入第五阶境界，今日你斩杀的一名贵族公子是他的徒弟，快跟我走！"

杨林拉着辰南快速向前冲去，老人似乎感觉到了事态的严重与危急，出手不再留情，每掌拍出都会有几骑人马碎裂。两人拼命向外突围，此时辰南都已杀红了眼，他不知道自己已经杀死了多少人，刀刃都已被砍卷。

"所有人都给我闪开，我倒要看看究竟是何人敢如此猖狂！"一个须发皆白，身材高大的半百老人横空十几丈距离，自骑兵上空飞到了场内。老人冷冷地看了几眼杨林，而后一眨不眨地盯住了辰南，一股巨大的无形压力向辰南涌去，莫大的恐怖波动，在整片广场内激荡不止！

"你就是那个弯弓射天龙的青年？哼，不错啊，竟然又到我晋国扬威来了。"接着他话声转厉，道，"你是否小瞧我晋国无人啊？！"

辰南不卑不亢，道："我今日所作所为，在场之人有目共睹，那几个恶少死有余辜！至于杀那些官兵，我只为自保。"在听到"几个恶少死有余辜"之时，老人额头上的青筋跳了又跳，他怒道："少要狡辩，你今日在我晋国都城杀害了那么多的人命，老夫绝不会让你活着离去。我在晋国无一官半职，现在以私人的身份手刃你这个狂徒。记住老夫的名字，陶然，不要做糊涂鬼！"看得出来陶然很顾忌辰南为楚国护国奇士的身份。

辰南对眼前的形势了如指掌，知道这个老人对他动了杀心，说什么也不会放他。不过他不会放过任何逃命的机会，压低声音冷笑道："少要给我倚老卖老，你是真糊涂，还是老天真？我乃楚国护国奇士，如若在晋国都城被无耻之徒围攻至死，你说会有什么样的后果？在楚国我虽非什么身份重要之人，但为了国家的面子，楚国绝对不可能善罢甘休，晋国就等着被攻城吧！"陶然脸色一变再变，最后他也低声冷笑道："少给我危言耸听，为了你一个人楚国会发动一场战争？哼，今日我便杀你试试看！"辰南知道欺骗性的威吓已经失败，急忙做好战斗的准备。

陶然做出一副正义凛然的样子，高声道："今日不杀你这个凶徒，天理难容，今日老夫要替天行道！"一股磅礴的大力自他身上涌现而出，他举掌向辰南拍去。排山倒海的大力在整片广场内激荡，浩瀚的力量如怒海狂涛一般在汹涌澎湃。这绝对不是辰南能够抵挡的力量。他身旁的杨林急忙举双掌代辰南迎击，辰南也举刀尽全力劈了出去。但这接近五阶的力量不是两人所能够抵挡住的，磅礴的大力如滚滚长江，似滔滔大河冲破两人的掌力与刀芒向前冲击而来。

杨林或许能够勉强承受住，但辰南绝对无法接下这一击。杨林急忙拉着他飞快向后退去，但在退后的过程中，辰南挣开杨林握着他的手，快速掉转过身子，以防胸前的晨曦受到攻击。然而这样一耽搁，陶然轰击而出的浩瀚掌力已至，辰南后背被一股巨大的力量狠狠地撞了一下。他口吐鲜血翻腾了出去，在空中飞出七八丈距离才摔落下来，大口大口的鲜血自他口中喷涌而出。辰南感觉五脏仿佛碎裂了，不断咳血，不知道自己伤得有多重，甚至不知道还能否活下去。但他却感觉很庆幸，若不是及时掉转身躯，小晨曦恐怕难以幸免。

"哥哥……"这时他怀中的小晨曦已睁开了双眼，她脸上满是泪水，慌乱地伸着一双小手堵他的嘴，但鲜血顺着她的小手依旧向外涌出。晨曦似乎意识到了什么，一把搂住辰南的脖子，哭喊道："哥哥……你不要丢下我……你说过要照料我一生一世的……呜呜……"小女童凄伤的哭声令场外观战的人都感觉阵阵心酸，对辰南二人同情无比。

杨林担心地看着辰南，没有人比他更清楚刚才那一掌的力量，那是一个接近五阶境界老怪物的全力一击，若是寻常高手早已尸骨无存。他不知道辰南到底受了多么重的伤，不知道他还能否活下去！辰南又咳出五六口鲜血后，终于能够开口说话了，他抹净嘴角的血沫，强颜笑道："晨曦乖，不哭！哥哥没事，哥哥曾经发过誓，要看着你快快乐乐长大，而后看着你幸福地嫁人。在此之前哥哥绝不会离开晨曦，决不会丢下晨曦不管……"说到这里，他又差一点吐出一口鲜血，被他强行压了下去。

晨曦哭着道："哥哥不要骗我，哥哥永远都不要离开我……"

辰南强打精神，做出微笑的样子，道："哥哥永远不会离开你，晨曦不怕！是哥哥不好，刚带你离开大山，就让你受了这么多的委屈，让你看到了人世间这么多的丑恶。不过小时候受些苦难没有什么坏处，它将是你成长的宝贵财富。晨曦不哭，不怕，哥哥永远在你身边，永远保护你……喀……"他又剧烈地咳嗽起来，又连着吐了三大口鲜血。

陶然惊异地望着辰南，他没想到辰南承受那一击后居然还能够站着。这超出了他的想象，他不相信一个后生晚辈居然如此强悍。

"哥哥……"晨曦小声地哭泣着，轻抚着辰南的脸颊。辰南柔声道："晨曦，你虽然是女孩子，但也要学会坚强。"

"我只会为哥哥哭！"晨曦的一句话差一点让辰南眼泪掉下来，他柔声道："好了，不哭，哥哥现在要运功疗伤。"晨曦忍着自己想哭的冲动，抽噎着，慢慢地静了下来，乖巧地不再言声。这时一百多位仙武学院的高手已经步入场内，其中大多数是学生，他们将辰南和杨林团团包围。

仙武学院坐落于晋国都城南二十里处，学院在东大陆具有神圣的地位，各国朝中许多武将皆毕业于这里。它虽然地位超然，但毕竟地处晋国，自然会和晋国上层阶级有着一些联系。今日学院便是接到城内的飞鸽传书，紧急派人前来捉拿本领强悍的超级"凶人"。辰南闭上双眼，默默地检查着伤势，五脏竟然真的出现许多裂痕，性命堪忧！他惨笑着："好吧，我来搏上一搏吧。想不到一日之内我不仅被逼逆转玄功，还要被逼施展逆天七魔刀！"

这是一套霸绝天地的惨烈功法，有逆天之称，属于他家传玄功禁忌篇中的一门绝学。逆天之法，改天之命。传说曾经有一个盖世魔人在垂死之境，连劈七刀，破空仙去。辰南当然不会天真地认为自己施展逆天七魔刀后能够飞升成仙，但他现在实在没有任何办法，如果不突围他必死无疑。他现在需要扭转乾坤的实力，现在似乎只有逆天七魔刀能够给他带来一线希望。逆天七魔刀是一种以消耗生命力为代价的奇诡刀法，完全七刀施展差不多需要将一个人的生命之能全部抽出了体外，这就是它"魔"的一面，没有人愿意劈出这样七刀。

不过逆天七魔刀的刀诀最后却有明确的提示，若是能够劈出七刀而不死，被抽离出体外的生命之能会倒流而回，能够使濒临死境之身再现生机，且能够令施术者的修为再上一个台阶，这就是它"逆天"的一面。逆天七魔刀威力巨大无比，不能够以常理度之。但如果没有陷入死境，没有人愿意尝试。今日辰南已经没有退路，重伤之躯生死难料，眼前又有无法战胜的敌人虎视眈眈，只能破釜沉舟，背水一战，以求扭转乾坤！今天注定将成为他一生当中难以忘怀的一日，为救晨曦被逼逆转玄功！为求活命施展逆天七魔刀！冥冥之中似有一双无形的手牵引着他踏上了一条不归路！

辰南闭着眼低吟道："逆天七魔刀，逆天之法，改天之命！"在这一刻辰南仿佛一下子虚无缥缈了起来，身影似乎正在慢慢淡化，周围出现七条高大的魔影。辰南已经运转逆天七魔刀刀诀所记述的功法，七道真实的魔影环绕在他的周围。场内的士兵与场外围观的修炼者皆吃惊地望着他，无法相信眼前的事实。当然最震惊的莫过于那些东方武者当中的前辈名宿，传说东方武者修炼到极至境界能够身外化身，杀人于无形。他们无法相信眼前这个二十岁左右的青年已能够做到身外化身，而且化身七重，这超出了他们认知的范围。

　　杨林吃惊地看着辰南，当初得知他能够拉开封印的后羿弓时已经令神风学院的老古董门震惊不已，现在他居然又施展出了身外化身之法！杨林感觉眼前这个青年身上充满了迷雾，有着太多的神秘！陶然由吃惊变为震惊，无比骇然，辰南能够硬扛下他那股排山倒海般的五阶力量而不死，已经令他惊异不已。现在居然又施展出武学修炼到极至境界才能够伴随而出的神通——身外化身，这令他心中无比震撼！

　　七道魔影彻底实质化，如七尊魔神一般围绕辰南不停旋转，一股磅礴的大力如怒海狂涛一般以辰南为中心向四外汹涌澎湃而去。地面上那些碎尸、断刃皆诡异地飘浮了起来，在七道魔影外浮沉、起落。所有人都看得目瞪口呆，有些胆小的士兵吓得连兵器都已脱手，即便是那些本领强悍的修炼者也感觉身体一阵发寒，心中不由自主冒出一股凉气。

　　七尊魔神围绕辰南旋转越来越快，最后连成一片乌光，黑色魔影彻底将辰南包围。但刹那间，七尊魔神突然停了下来，而后一起向辰南扑去，和他的身体重叠在一起，最后彻底敛进他的体内。辰南原本若有若无的虚淡身影再次充实了起来，一股强者气息自他体内散发而出，浩瀚的力量在广场内波动、震荡。在这一刻辰南仿佛一下子高大了起来，宛如俯仰天地的巨人一般给人一种沉重的压迫感，令所有人都有一股窒息般的感觉，此时场内弥漫着一股死亡的气息。

　　此刻辰南睁开了双眼，眼中一片漆黑，眸中无眼白，如两个黑洞一般。那里没有丝毫生气，宛若地狱深渊，没有任何生命的迹象，望之令人有一股沉沦、毁灭的冲动。辰南抱着小晨曦来到杨林面前，道：

"帮我照看她。"冰冷的话语没有任何感情，似来自九幽地府。杨林木然地点了点头，不知为何在这一刻自己好像不能自制地去服从辰南的命令，小心翼翼地将小晨曦抱在怀中。此刻晨曦已经昏睡了过去，今日发生了太多的事情，幼小的她疲惫不堪，刚才在辰南的怀中她哭泣着昏迷了过去。若不是晨曦的心智和体质都远远异于寻常小童，恐怕早就崩溃了。

辰南转身向陶然走去，每向前迈一步大地都跟着一阵颤动，一股无形的压力向前汹涌而去，莫大的威压重如泰山。当他走到陶然近前时，仙武学院那一百多名高手已经被这股无形的大力逼退了出去，场内只剩下他和陶然两人。无形的暗战在两人之间爆发，能量疯狂涌动形成一股能量风暴，虚空中传来阵阵雷鸣之声。

"轰！"一声惊天动地的大响爆发而出，两人之间的地面被这股无形的大力轰炸出一个近两丈深的大坑。"老匹夫你去死！"辰南大吼道，抽刀力劈而下。近五丈长的黑色刀芒，灿若长虹，势若神罚，划破虚空，直落而下。广场之内，风雷阵阵，狂风大作，沙尘蔽天。一刀之威，天地失色！恐怖的能量波动在天地间激荡，无形的压力如怒浪一般向四外狂涌而去，无数观战之人被掀翻在地。

陶然脸上色变，自辰南身外出现七道魔影的那一刻起，他就知道眼前这个年轻人的实力不能够以常理度之，必有非凡的功法。在这一刻他竭尽全力劈出了一掌，浩瀚的力量化作一道青色剑气向五丈长的刀芒汹涌而去。然而两股大力相撞在一起后竟然无声无息，黑色刀芒似有生命一般竟然在吞噬那青色的剑气，青色的剑气越来越暗淡，最后消失于无形。逆天七魔刀魔性一面展露无遗，劈出的刀芒竟然如此诡异！黑色刀芒吞噬完青色剑气之后，恍惚间化作一道魔影，而后消散于空中。

陶然身体一晃，不由自主向后退了一步，感觉胸腔内气血翻涌，隐隐作痛。他异常震撼，没想到辰南竟然能够将他击得后退。辰南的身躯也一阵摇晃，身体似乎虚淡了一些。此时他手中只余一把刀柄，长刀彻底碎裂了。不过这并没有什么影响，他手握刀柄，逆天七魔刀第二刀已劈出。虽无刀身，但刀柄激发出的璀璨刀芒强盛一如往昔，同样是霸绝天地的一刀，发出阵阵风雷之声，激荡起怒海狂涛般的力量波动。陶然感觉到了刀芒的妖异与不寻常，他只能尽全力阻挡。

"轰"、"轰"、"轰"……震天六响，辰南连劈六刀，每劈完一刀，身体就虚淡一些，最后变得有些虚无缥缈不真实起来。在此过程中陶然连退六大步，他的嘴角已经溢出丝丝血迹，受了不轻的内伤。广场几乎被毁去大半，一道道两尺多宽的巨大裂痕出现在地面，场地内的碎尸已经被肆虐的能量冲击得点滴未剩，只留下片片血迹。围观的士兵与修炼者一退再退，远远地观望，不敢逾越雷池一步。每个人的心中充满了震撼，一个青年高手竟然将一位即将步入五阶绝世高手之列的老一辈名宿击成重伤，这是他们不敢想象的！

这一战，辰南之名注定要传遍整个大陆，如果他能够侥幸不死，无疑将成为新生一代高手中的传奇人物。辰南感觉身体越来越空虚，体内的生命之能已经十去七八，逆天七魔刀已经劈出六刀，还剩最后一刀！成败得失皆在最后一刀！第七刀！也许能够令他重伤之躯再现生机，也许他就此魂归九幽！在这一刻辰南有一丝茫然，有一丝彷徨……他回头看了看，发现小晨曦脸上带着泪水，在杨林的怀中正一眨不眨地望着他。

"哥哥……"晨曦轻轻地唤着，长长的睫毛一眨动，泪水便簌簌滚落而下。辰南猛地回过头，不再看她，他背对着杨林与晨曦，低沉地道："晨曦是这个世上最乖、最可爱的孩子，哥哥有事可能要离去一段时间。我不在你身边的时候，你不许哭闹……你要静静地等候哥哥回来……前辈请你帮我好好照料晨曦，不要让她受到任何委屈，让她快快乐乐长大……"辰南几次停顿，尽量让自己的声音平缓，最后几乎是用命令的语气，道："前辈，请你带着晨曦马上离开这里，这里的一切都与你无关！"这遗言似的嘱托，令许多观战的人都感觉阵阵心酸。

场外的龙舞看着这个既熟悉又陌生的男子，双眼模糊了。辰南究竟是嬉皮笑脸，喜欢胡说八道的败类，还是豪气冲天，怒杀四方的铁血男儿？抑或是和和善善，宠溺幼妹的柔情兄长？

"不，哥哥，你曾经答应过我，永远不会离开我，我要永远和你在一起……"小晨曦哭喊着，稚嫩的声音令所有人心中都酸涩无比。

杨林的面部抽动了几下，有接近五阶境界的高手陶然在此，他无法救走辰南。以他的修为怎么会看不出辰南已经到了强弩之末的境地呢，在辰南劈出第五刀的时候，他体内的生命之能就会流逝不少，现在已经到了油尽灯枯的地步！谜一样的青年，具有极高天分的武学奇才，即将陨落，杨林感觉有些沉痛。他轻轻拍了拍小晨曦的后背，安慰道："我们先走，你哥哥随后会跟来。"他准备闯重围冲出去。

　　"不，老伯伯，我求求你放开我，我不要离去，我要和哥哥在一起……"小晨曦心智远远高出寻常小童，她已经猜测出接下来要发生什么。她哭喊着，挣扎着……

　　辰南原本想等晨曦远去时再劈出最后一刀，不想晨曦看到那无法承受的结局。但这时他感觉实在坚持不住了，如果再耽搁下去就要失去知觉了。他大喝道："逆天七魔刀——第七刀！"一道七丈刀芒直冲高空，宛如九幽魔光，凄艳夺目。这是关乎生死的一刀，能否改天之命，成败在此一刀！

第二章

死亡绝地

一道七丈刀芒直冲高空，宛如九幽魔光，凄艳夺目。这是关乎生死的一刀，成败在此一刀！

第七刀当空劈下，陶然知道辰南已经耗尽了生命之能，这是最后一击，只要能够接下这最后一刀就完胜了。他虽然已经身受重伤，但不顾伤势地强行将自己调整到了巅峰状态，他决不能容忍自己败在一个后生的手下。逆天七魔刀的第七刀划破了虚空，照亮了整片广场，一道惊雷响在广场上空！黑色刀芒终于和陶然的青色剑气冲撞在了一起，刀芒依旧无声无息地吞噬了青色剑气。不过这一次它没有化成魔影，消散在空中，而是继续向前劈斩而去，炽烈的刀芒照亮了广场。

陶然大惊，急忙舞动双掌，拍出一道又一道排山倒海般的大力。"轰！"一声惊天动地的大响过后，黑色的刀芒与青色的剑气都不见了，天地间复归清明，场内一片宁静。"哈哈……"陶然的胸前虽然被劈出一道深可见骨的巨大伤口，但他笑得很豪迈得意。他接下了逆天七魔刀的第七刀，生死一步之遥，最终还是挺了过来。过了好久狂笑声才停止，陶然朗声道："你以为身怀魔功就能够战胜我吗？哼，天真！"转身冲着场外众人道："此凶徒已经耗尽生命之能，死于非命，现在我将他的头颅割下来，以敬死者！"

此刻浑身上下满是血迹的辰南依然昂然立于场内，强者气势依在，但他的双眼却早已经闭上，身体再无任何生命迹象。

"哥哥……"一声撕心裂肺的悲呼响起，小晨曦硬是挣脱了杨林，从远处跑了回来。大战过后，坑坑洼洼的地面令她不断栽倒，膝盖磕破了，小手擦破了，鲜血不断流出，但她没有丝毫疼痛的感觉。她磕磕绊绊地跑到辰南身前，一把抱住辰南的大腿，摇晃着，哭喊着："哥哥，你不要丢下我……哥哥，你快回来……"悲戚的哭声，闻者伤心，听者落泪。

陶然皱了皱眉，自己不能不顾身份地当着一个小孩子的面，直接上前去割下她亲人的头颅。有时一瞬间可以改变一切，短暂的耽搁为辰南迎来了宝贵的时机，天空中忽现七道魔影，如七道黑色闪电向辰南扑去。逆天七魔刀带走了辰南所有的生命之能，他体内一片空虚，但并不是真的死去，而是处于一种假死的状态。游离在空中的生命之能，一直受他体内气机的牵引，现在流转而回。

修道者的元婴，武者的身外化身，都是一种浓缩的生命之能，能够出离体外，进行攻防。逆天七魔刀就是依据身外化身的理论开创的，生命之能化身七重魔刀，出离本体，杀人于无形。七重"身外化身"复归体内的一刹那，辰南睁开了双眼，两道神光自眼中绽放而出。此刻他伤势尽愈，家传玄功自行正向流转起来，通体舒泰无比，一股磅礴的力量在体内流动着。他终于打破了修炼的壁垒，修为再上一个台阶，达到了三阶大乘之境，比之先前的三阶初级境界高上了太多。他目前的功力和刚才逆转玄功时相差无几，当然肯定不能够和施展逆天七魔刀时相提并论。逆天七魔刀透着玄邪，不能够以常理度之！

"晨曦乖，不哭！"辰南一把抱起了小晨曦，脸上满是灿烂的笑意。小晨曦一阵发呆，而后一把抱住了他的脖子，放声大哭起来。这一次她是痛痛快快地哭，不再是悲闷地呜咽。辰南不再劝阻，令她尽情地发泄着。"哥哥，你终于回来了，呜呜……我以为你丢下晨曦不管了，呜呜……"晨曦紧紧地搂着他的脖子，生怕一松手，辰南就消失不见。辰南轻轻地拍着她的后背，好久她才停止哭泣。

当七道魔影冲向辰南的一刹那，场外所有人都呆住了，半响才回过神来。此时此刻，场外所有人都不可思议地望着辰南，他竟然死而复生，这实在对他们冲击不小，太玄异了！杨林激动不已，他看好的年轻人又一次给了他惊喜，他的身上不断有奇迹发生，他发自内心地高兴。龙舞一阵失神，今天发生了那么多的意外，感触颇多。

陶然不敢相信地望着辰南，实在不明白为何眼前这个青年如此"强悍"，竟然能够死而再生！他有一种不真实的感觉，非常怀疑自己陷入了梦境。然而，就在这一刻，辰南抱着晨曦向他走来。辰南已发现，被逆天七魔刀重创的陶然已经是强弩之末，虚弱不堪。"嘿嘿……"辰南冷笑着。

陶然暗暗叫苦，以他的身份实在不好大声呼救，但若不出声，他绝对难以接下辰南的一击。仙武学院的百余高手中，有人发现了异常，急忙前来救援，但为时已晚。辰南一掌轰出，陶然惨叫了一声，口吐鲜血，倒飞了出去。这一切发生得实在太快了，接近五阶境界的前辈高手竟然被一个年轻人轰击得口吐鲜血，奄奄一息！绝世高手竟然被一个年轻人打败了，这令所有人都不敢相信，却是事实。一位青年高手的崛起，一位前辈名宿的陨落，今日一战辰南注定将名扬大陆！

陶然一边口吐鲜血，一边断断续续地道："杀了他……决不能够让他活着离开这里……否则二十年后再无人能够制他……"百余人瞬间将辰南围困在了中央，悲剧似乎又要上演。但就在这时，一声巨大的龙啸在广场上空响起，比之飞龙的啸声不知要响亮多少倍，宛如天雷一般震耳欲聋，传遍了整座晋国都城。广场之上所有骑兵的战马都在一瞬间瘫软在地，骑兵皆摔落马下。众人仰头观望，只见高空之上，一道灰褐色的影子俯冲而下，越来越近，最终，一头两丈多的小龙降临到广场上空。

辰南脸上露出喜色，龙宝宝竟然寻到了这里。小晨曦也高兴地笑了起来，冲空中挥着小手，叫道："小龙龙……"龙宝宝看到辰南满身血迹，明显现出了怒意，又发出了一声震天的咆哮，震得那些步兵、骑兵倒翻一地。所有人都看出了小龙的不凡，恐怖的咆哮，龙之王者的气势，"五阶圣龙"这四个字在所有人心中闪现而出。围着辰南的百余高手不由自主向后退去，小龙俯冲而下，降落到了辰南的身边。

杨林看到圣龙艾米来了，他悬着的一颗心终于放下了。没有人比他更清楚小龙的可怕，小龙绝对可以从容地带着辰南离去。趁着混乱之际，杨林转身冲出了重围。辰南抱着小晨曦跃到小龙的背上，小龙再次发出一声咆哮，巨大的啸声震得场内众人气血翻涌，许多人瘫倒在地。龙宝宝双翼一展，荡起一股猛烈的狂风，广场之上，顿时沙尘蔽天。它双眼射出神光，"呼"的一声飞了起来，向仙武学院的百余高手冲去。这些人虽然都是真正的强者，但面对五阶圣龙这样恐怖的存在，脸色都变得煞白。

众人慌忙举起刀剑对着俯冲而来的小龙，防止它近身。然而，龙宝宝的可怕实力，远非他们所能想象。它浑身上下坚若精钢，人间刀剑难以伤身。不过小龙似乎并不想造杀孽，只是贴着众人的头顶盘旋了一圈。它的双翼就像神兵宝刃一般，锋利无比，所有高举的刀剑，都在刹那间被削去半截，散落一地。龙宝宝再次咆哮，警告众人不要轻举妄动，而后冲天而起，停在广场上空俯视着众人。

辰南冷声冲下方喊道："你们是否还想围攻于我？"

陶然颤颤巍巍地用手点指着辰南，恨声道："辰南你少要得意，等我伤势尽愈之后，定然远赴楚国，取你性命。"

辰南冷笑道："你脑子烧坏了？这种情况下不赶紧躲起来，还敢站出来说场面话，真是自寻死路！辰某虽非大奸大恶之辈，但也决不是迂腐的呆君子，决不会为自己留下隐患，老匹夫今日你死定了！"在辰南授意之下，小龙俯冲而下，如一道电光般来到了陶然的近前。辰南挥右手直劈而下，一道金色锋芒瞬间将陶然劈为两半。接近五阶境界的绝世高手就此毙命，其可谓死不瞑目，竟然死在了一个实力远弱于他的后辈手中。

场外一阵大哗，今日发生了太多的意外，震撼一重接着一重。绝世高手竟然死于一位年轻人手中，每一个人都感觉不可思议。就在这时，远处一阵大乱，又有百余名仙武学院的高手赶到了，正好看见辰南劈斩陶然的情景。这些人虽然隐隐约约间感觉到小龙有些可怕，但并没有多想，丝毫不知那是一头不同寻常的圣龙，不知谁大喊了一声："杀了他，替陶前辈报仇！"

"杀了他！""拦住他！""不要让他离去！"……无数人抽出兵器，对空中的辰南叫喊着。

辰南冷冷一笑："谁能阻我？！"他命令小龙俯冲而下，劈出一道又一道炽烈的剑气，断刃纷飞，鲜血飞溅，许多叫嚣的人被剑气洞穿身体，死于非命。与此同时，小龙似乎怒了，张嘴喷吐出一道巨大的闪电，当场有十几人立刻化成了飞灰。这样恐怖的实力不要说地面众人，就是连对它有所了解的辰南，也吃惊地张大了嘴巴。余者心惊胆战，再无人敢叫嚣。

辰南震惊过后，驾御着小龙飞到高空之上，冲下方喊道："今日之战，有目共睹，是是非非，众位心中有数！辰某不想多说什么，现在我要离去，还有人想留下我吗？"

广场之上鸦雀无声，无论是那个为儿子报仇而来的中年将军，还是仙武学院的众多高手，皆无言而对，此时此刻实力代表一切。一人一龙威慑数千人，无人敢应声。辰南一声大笑，驾御小龙破空远去。

晋国都城一战，辰南威震大陆。仅仅几天时间，消息便传到了大陆的每一个角落。怒劈恶少，飞刀屠龙，一人独抗千人军队，逆天七魔刀斩杀五阶绝世高手，一条条震撼性的消息令辰南的声威攀升到了极点，成为最为引人注目的焦点。杀人魔王、浴血修罗等各种称号被安在了他的身上，楚国护国奇士辰南成为修炼界年青一代中最为传奇的人物！

距离辰南血战开元城已经过去了十日，但修炼界还在谈论着当日的大战。逆天七魔刀这门玄邪的功法令所有人神驰意动，是所有修炼者谈论的焦点。身外化身，七重魔影，杀人无形，令身陷死境者再生。这门玄奇的魔功令东方许多古老门派中退隐多年的老古董都感到了震动，纷纷出关，多方探察当日的详细情况。

身外化身是许多东方绝代高手终其一生也无法摸索到门径的神通，却在一个二十岁左右的年轻人身上重现，这不能不让人震惊。当东方武者修炼到极至境界后，体质会发生改变，这时往往会有一些神通伴随出现，比如说天眼通、身外化身等。但这需要盖世的功力、精深的武学功底，根本无捷径可走。然而，辰南似乎颠覆了这一常理，以三阶武者之身，施展出逆天七魔刀，七魔刀化身七重魔影，虽非正宗身外化身，但也相差无几。许多精研武理的老怪物迫切想知道他到底是怎么做到的，如若通晓这一新奇的玄门奇功，说不定东方武者的整体实力会大幅度增长。只是他们无论如何也不会猜想到，施展这门奇功九死一生，正常情况下没人愿意施展。

不仅东方的修炼者们震动了，西方的修炼界也震惊不已。弯弓射天龙，劈斩五阶绝世高手，这都是出自一个东方三阶青年武者之手，这让他们感觉不可思议。近百年来，东方修炼界似乎在衰落，修道者很少出世，武者中很少出现惊天动地的人物。反观西方，魔法与武技繁荣兴盛，学院林立。强大的龙骑士，恐怖的魔法师，一代强胜一代。然而就在最近两年，东方出现了不少强大的青年武者，再加上辰南携逆天七魔刀出世，西方修炼界似乎看到了东土古武术的复兴，令他们感觉有些忧虑。

西方的修炼界不会忘记，在遥远的过去，东方修炼界异常辉煌。在过去，东、西方修炼者之间没少发生冲突，有些噩梦他们不会忘记。在各类修炼者中最为恐怖的不是神秘的东方修道者，不是奇诡的西方魔法师，也不是至强的西方龙骑士，而是东方的绝顶武者，这类绝代高手拥有的类似身外化身的种种神通不能够以常理度之。修炼到极至境界的东方武者，肉体多半都已达到了金刚不坏之境，人间刀兵几乎难以伤身。此外，修为到了他们那般境界，已经能够如魔法师、修道者一般直接操控天地元气，再加上种种闻所未闻的特异神通，可以说盖世武者几乎天下无敌，是所有修炼者的噩梦。

辰南的出现，似蝴蝶效应一般，令西方修炼界感到了深深的不安。没落的东方武学即将再现辉煌，东方武者崛起的时代来临了！辰南浑然不知晋国都城血战的影响力这么大，不仅在东方修炼界引起轩然大波，还强烈地震动了西方修炼界。虽然他的修为还远远未达到绝顶高手水平，但他的名字已经被许多强横的修炼者熟知。

此时此刻，辰南正泡在温泉中，微眯着双眼，舒张着身体，一副放松的神态。他所处的环境是一处风景绝佳的谷地，虽然已是初秋季节，但谷内依旧郁郁葱葱。温泉位于谷地正中，热气腾腾。云雾缭绕，缓缓自谷内向外流淌而去。辰南在温泉中舒张着身体，全身上下无比舒泰，满脸笑意地看着在谷内跑来跑去的小晨曦。

此时，小晨曦正在不远处的花丛中追逐着几只彩蝶，可能是天气已经微寒的缘故，彩蝶已经不再机敏，竟然被幼小的晨曦捉到了一只，她高兴得又跳又叫。龙宝宝刚刚从温泉中爬出来，此刻正惬意地躺在一片菊花丛中，眨动着一双大眼，饶有兴致地看着又叫又跳的小晨曦。谷内一派和谐、温馨的景象。

当日，辰南带着小晨曦离开晋国都城之后，令龙宝宝一路西行。他原本想立刻返回自由之城，但当进入楚国境内时，经过一番考虑，决定先找个安静的地方隐藏一段时间，看看"风向"如何。毕竟他在晋国都城斩杀豪门公子，对抗国家军队，劈死仙武学院前辈高手，造成一系列重大流血事件，晋国不可能善罢甘休。当时晋国还不知道他早非楚国护国奇士，若是他们向楚国要人时，楚国会有什么反应和行动？辰南想先看一看事态的发展，虽然杨林说过神风学院会尽力保护他的安全，但在这种情形下他不能够全信于任何人。

这里距离楚国都城不足百里，是楚国有名的一片山脉，风景秀丽，景色怡人。辰南深恐血腥的刺激在小晨曦的心中留下阴影，特意选择风景绝佳之地休养。出乎意料的是小晨曦的心理承受能力格外强，那一天所发生的惨事似乎没有对晨曦产生不良影响，她还如从前一般天真活泼。此外，辰南发现了一些特异的事。小晨曦当日磕磕绊绊摔倒几次，手脚都擦破出血，但仅仅半日后，这些细小的伤口便消失了，没有留下一点疤痕，被妖艳女子曾经捏青撕肿的脸颊，也仅仅一个时辰就恢复如初，变得光洁无痕。

他只能慨叹晨曦天赋异禀，这绝对是修炼者梦寐以求的体质。辰南曾经询问她是否愿意修炼，但出乎意料的是小晨曦对此毫无兴趣。辰南只好无奈地笑了笑，不想强迫她做任何事，只要她快快乐乐就好。又过了两日，在多方打探之下，辰南得到了一个惊人的消息。晋国果真派人到楚国要人，强烈要求将杀人凶魔辰南交给晋国，杀之以敬死者。但大大出乎辰南所料的是，楚国竟然一口回绝，而且强烈谴责晋国毫无法纪，一国都城竟然被几个恶少搅得乌烟瘴气，差一点使楚国的护国奇士蒙难。

楚国毕竟是东方三个超级大国之一，这样极力维护辰南，令晋国这样的小国没有丝毫办法。想依靠官方的力量在大陆上明着捉拿辰南肯定是行不通的，如果暗地派遣高手袭杀辰南，极有可能会招来楚国的强烈报复。最后晋国宣布决不会放过凶手，但实际上却是暂时不了了之。辰南听得目瞪口呆，百思不得其解，实在不明白楚国为何会替他这个"叛国者"出面，竟然这样极力维护他。

辰南叛出楚国，大闹楚都平阳城，楚国皇帝楚瀚对此一直耿耿于怀。若不是老妖怪出面，楚瀚早就采取行动了。这一次辰南惹出这么大的乱子，楚瀚本想就此做个顺水人情，任晋国派人去追杀辰南。但他接到了老妖怪的亲笔书信，信上的几句话令他不得不改变了初衷。老妖怪的话只有寥寥几个字：此子于我而言异常重要，竭尽全力保护他！楚瀚看到这封信后半晌无语，当然知道老妖怪指的是辰南，却实在不明白老人为何一次又一次地维护他。长公主楚月若有所思，作为一个修道者，对于修炼界中的种种秘闻略有了解，她有一个模糊的猜想，不过不能确定。

辰南仅仅知道这次血战风波在楚国与晋国之间闹得沸沸扬扬，却不知道也震动了修炼界，他现在可谓焦点人物。当辰南带着小晨曦要离开这里时，她明显现出不舍的神色，仰着头摇晃着辰南的手臂道："哥哥，我们为什么非要到外面去，外面的人那么坏，我们不再出去好不好？"辰南心中一颤，一直以为小晨曦心中并没有留下什么阴影，但此刻看来，当日惨烈的景象还是在她心中留下了不可磨灭的印象。要想化开她的心结，似乎需要一段时间。

辰南拉着小晨曦坐到一块青石上，道："这个世界如此之大，肯定什么样的人都有，有些人心性恶劣也不足为奇。但绝大多数人还是非常善良、友好的，上次只是个意外，这次出去之后你会发现很多美好的事物。"

小晨曦偏着头，道："真的吗？大多数人都非常善良吗？"辰南笑道："真的，上次只是个意外。"晨曦认真地道："可是……在那次意外当中，为什么我看到了那么多的坏人？"小晨曦明显还是不愿意出离大山，辰南思索着如何才能够解开她的心结。

"唉，怎么说呢，正义与邪恶总是共容于世的，就像有白天便有黑夜一般，有些东西是无法根除的。你看阳光如此明媚，但某些角落依旧有阴影，这就是世间的法则，总有对立面，人生就是这样复杂，但你不能够逃避……"辰南说得口干舌燥，最后不知道费了多大的工夫，才令晨曦这个小大人露出笑颜。小晨曦蹦蹦跳跳地叫道："晨曦要做一缕快乐的阳光！"

小龙载着辰南和小晨曦经过楚国上空，向自由之城的方向飞去，一路上小晨曦看着大地上飞快倒退的景物，笑声与叫声不断。很快，一龙二人便出离了楚国西境，进入了天元大陆中部地带的十万大山中。茫茫群山一望无际，不同地段景色各不相同，让人感叹大自然的鬼斧神工。在距离自由之城还有数百里之遥时，辰南突然感觉胸前一阵发热，急忙伸手探入怀中，发热之物赫然是挂在胸前的古神遗宝玉如意。此刻晶莹剔透的玉如意正散发着淡淡圣洁的光辉，隐隐间有一股波动传出。

小晨曦好奇地问道："哥哥，这是什么？"说着将玉如意抓在了手中，但突然"哎呀"叫了声："好烫啊！"

辰南赶忙接了回去，不敢让小晨曦随意触碰这件神秘莫测的古神遗宝。这时龙宝宝似乎感应到了什么，扭过硕大的龙头观看，待看到散发着神圣光辉的玉如意后身体一颤，露出一丝畏惧之色，警惕地注视着古神遗宝。辰南大奇，虎王小玉看到玉如意时恐惧无比，此刻龙宝宝虽然没到那种程度，但明显也露出了一丝不安。这件神宝到底有着怎样的秘密呢？

空中风很大，辰南大声喊道："龙宝宝，你可知道这个玉如意的来历？"小龙摇了摇头，一边飞行，一边不时回头警惕地观望。

"那你为何露出一副戒备的神色？"这一次，龙宝宝开始咿咿呀呀低语起来，同时还伸出一对前爪不停地比画，脸上配着生动的表情。和小龙在一起有段时间了，辰南渐渐能够和它简单沟通，此刻，看着它的"龙式表情"与比画的"爪势"，大概明白了它的意思。它在告诉辰南，它从来没见过这件玉如意，但能够感受到玉如意的恐怖，其内似乎有一股非常可怕的力量。

这时玉如意越来越烫，光芒也越来越明亮，小晨曦也越来越好奇，想摸又有些害怕，道："哥哥，这到底是什么啊，我怎么感觉里面好像有个人在叫喊啊？"

"啊，"辰南大惊，急忙问道，"你听到了什么？"

晨曦仔细倾听了一会儿，道："听不清，好像是一个女子的声音。"

辰南震惊无比，晨曦居然能够听到了一个女子的声音。难道玉如意中真的有一个女子不成？这太荒诞了！同时他对小晨曦非凡的灵觉也很吃惊，小晨曦竟然在他都无法感知的情况下听到了玉如意内的神秘声音，而他只是在睡梦中曾经听闻过。

这时，辰南忽然发现西南那个方向，大山深处一片乌黑，那里似乎有一团黑云。万里晴空之下，仅仅有一片乌云，显得很是突兀。小晨曦显然也看到了，道："哥哥，那朵黑云好奇怪啊，给人一股沉闷、恐怖的感觉。"辰南点了点头，有相同的感觉，只不过没有多想。但当他们继续飞出去几十里之后，他发现了一丝异常，古神遗宝的温度竟然逐渐降了下来，不再发光、发热，又恢复成了原来的样子。

辰南若有所思，考虑一会儿后，他对小龙道："龙宝宝，沿原路回去，我倒要看看刚才那个地方有什么古怪！"小龙沿原路返回，玉如意果然越来越热，再次散发出圣洁的光辉。待黑云出现之后，这件古神遗宝变得滚烫无比，散发出强烈的神圣之光。

"果然如此，当真和那片乌云有关。"辰南自语道。

"哥哥，为什么会这样啊，那片黑云中有什么东西和这个玉如意遥相呼应吗？"

辰南心中一颤，仔细思索了一番，道："那里似乎真的有某种未知的神秘事物，不过现在还不能够确定。"他拍了拍小龙的脊背，道："龙宝宝，我想让你带我过去看一看，你飞行速度快如闪电，待会儿若是有什么危险，你能够第一时间逃走吧？"小龙是龙中的王者，平时几乎无敌，听到"逃走"这个词它很不满意，不过还是点了点头，算是回答了辰南。

"那好，我们过去看一看，探察一下那里到底有什么古怪。"开始时，小龙对于几十里外的那片黑云还满不在乎，但到后来，它似乎感觉到了什么，渐渐变得谨慎起来，快速下降飞行高度，贴着山林小心地向那里进发。待到离那座环绕着乌云的大山不足十里之时，辰南感觉到了强烈的不安，前方透发着一股诡异的波动，使人感觉到发自灵魂的震颤。

小晨曦向辰南怀中缩了缩，小声道："哥哥，我怕……"

"晨曦不要怕，哥哥保护你。"

小龙感应到前方的诡异波动后，变得焦躁不安起来，一双大眼时时露着警惕之色，飞行速度越来越慢。距离大山五里处，已经可以清晰地看到前方的景象，山脚下是一个山谷，浓重的黑色云雾自山谷中升腾而起。到达这里后，辰南明显感受到了强大的压迫感，一股莫大的威压让他感到心悸。

"哥哥，我好害怕，那里似乎有一个强大的妖魔……"小晨曦低声道。辰南对于她的灵觉深信不疑，小晨曦的体质异于常人，不会有错误。另外他也感应到了前方的恐怖波动，那里似乎真的有一个不寻常的存在！此刻，小龙也感应到了前方的莫大威压，出奇地安静了下来，眼中多了几分不安，它不再前进，停在空中静静地观望。

这时玉如意透发出的光芒越来越强盛，伴随着炽烈的神圣之光，它竟然轻轻地颤动起来，像是有了生命一般。辰南吓了一大跳，不知道接下来会发生什么。耀眼的光芒持续了半刻钟后渐渐趋于平和，玉如意停止了跳动。如水般的圣洁光辉将辰南、晨曦、小龙笼罩其中，两人一龙像是披上了一层神圣光甲。小晨曦似乎不再像刚才那般感觉恐惧，渐渐放松了下来。小龙也似乎安宁了许多，眼中的不安之色渐渐消失，又恢复了原来的样子。

辰南感受最深，玉如意就挂在他的胸前，柔和的光芒似乎中和了那股恐怖的波动，同时一股暖流弥漫全身，彻底消除了他的恐惧。"这……"他有些吃惊，玉如意内传出的波动似乎和前方山谷中所透发的恐怖波动性质相反。古神遗宝所透发的波动多半是仙神之力，而前方的恐怖波动显然偏向于妖魔的力量，前方似乎真的盘踞着一个强大的妖魔，或存放着一件威力奇大的魔宝。

如果晨曦不在身边，辰南肯定要上前去探察一番以解心中迷惑。但现在他不是一个人，不能够带着小晨曦去涉险。正在他决定是否退走之时，前方忽然飘来一股淡淡的清香，如兰似麝，沁人心脾。小龙的双眼一下子亮了起来，似乎忘记了刚才强烈不安的感觉。它舔了舔嘴，满是兴奋的神色。辰南也一阵意动，前方传来的阵阵清香竟然惹得小龙直咽口水，能令喜好天材地宝的家伙有这样的表现，足以说明前方必有仙芝、参果等类仙品出土。

小晨曦不食人间烟火，这恰是她所需要的。在这个神秘难测的凶险之地，有天材地宝出现，辰南一点也不觉得奇怪，毕竟仙品多半都生长在奇异之地。小晨曦看到龙宝宝一副快要流出口水的样子，忍不住笑道："馋嘴小龙龙，不要光想着吃，前方很危险，我们不能过去。"小龙舔了舔嘴，回头望向辰南，似乎在征求他的意见。辰南略微考虑了一下，道："小心地过去看一看，若是有危险，我们必须闪电般撤退。"

小龙点了点头，而后小心翼翼地贴着地面向前飞去。随着离山谷越来越近，谷内的恐怖波动也越来越强烈。在距离谷口不足半里处时，辰南终于彻底明白那黑色云雾的本质，事实颠覆了原来的猜想。他原以为山谷是一座低矮的火山口，附近匿居着强大的魔怪，或埋藏着恐怖的魔宝，黑色云雾是从火山中飘出来的。但近距离接触后他发觉大错特错，通过气机感应，他发现那根本不是什么云雾，而是纯正的魔气！这里到底是怎样的一个所在呢？难道是地狱的入口不成？难道异常强大的恐怖波动是从地狱中穿越而出？

辰南一阵胆寒，真的不想再前进了，并不是懦弱，而是懂得进退。可是，小龙却不这样想，在辰南未来得及命令之前，它突然加速，像闪电一般向谷内飞去。龙宝宝虽然知道这里定是一个大凶大恶之地，但它想凭借极速快进快出。

眨眼间，小龙就冲到了谷口，辰南无奈地拍了拍它的脊背，让它小心一些。龙宝宝似乎也觉得太莽撞了，放缓速度小心地向里飞去。山谷内魔气涌动，一片漆黑，透过滚滚魔气照射进来的光线非常暗淡，勉强能够让人看清里面的景象。谷内是一幅惨烈的画面，满地白骨森森，磷火幽幽，透发着一股浓重的死亡气息。辰南感觉头皮一阵发麻，这里真的像是地狱的入口一般。小晨曦颤声道："哥哥，我们走吧，这里太恐怖了，我感觉这里有一股毁灭性的力量……"辰南用手蒙上了她的双眼，道："晨曦不怕，我们马上离开这里。"

淡淡的清香是谷内唯一的一丝生气，小龙在辰南的示意下继续向清香之源进发。不过此时此刻它变得异常谨慎小心，一双大眼时时警惕地观察着四外的动静。开始时，辰南还很担心魔气的侵蚀，但发觉有玉如意的圣洁光辉保护，那些魔气根本不能对他们产生丝毫影响。

谷地非常广阔，小龙已经飞出了一里多地，还未到达清香之源。在这广阔的山谷内，每一寸地面都铺满了白骨。辰南越来越震撼，地面上不仅有许多见所未见的巨大怪兽的遗骨，还有许多巨人的头骨与巨龙的森森白骨。恐怖的画面，恐怖的景象！巨人的头骨比房屋还要大，十几颗巨人头骨堆放在一起如同一座小山，辰南已经发现不下十座这样的人头骨山。此外还有许多由巨龙的枯骨堆积成的龙骨山，这里当真是一处大凶大恶之地！又前进了半里多地，地面上万千枯骨中传来点点光芒，辰南的瞳孔一阵收缩，那竟然是几具神的遗骨，几具神骸被拆得七零八落，散落一地。他简直难以相信！若不是以前接触过古神遗骨，他绝对不知道散发着淡淡圣洁光辉的白骨会是神骨。四五具神骸散落在骨堆中，透发着微弱的光芒，令死亡之地显得格外诡异。

天不怕地不怕，万分骄傲的龙宝宝似乎也感觉到了不安，因为它竟然在万千枯骨中发现不少圣龙的遗骨。辰南发觉小龙似乎焦躁不安起来，轻轻拍了拍它，示意它不要恐惧。此时此刻，辰南渐渐冷静了下来，开始细心观察。他一直在追寻万年前的惊天大秘，探寻众多强大的神灵为何死去，自己为什么能够自远古神魔墓地复活而出，但一直未找到丝毫线索，过去的真相似乎早已湮灭在历史中，未留下点滴痕迹。然而，就在今天，就在眼前，他在这个死亡之地竟然发现了几具神骸。辰南隐隐觉得似乎能够从这里找到一点线索和提示。

就在这时，小龙已经寻到了清香之源，在一座白骨山上，一株通体血红的奇花扎根于荧荧骨粉之上。血红色的花茎、叶片、花朵，在森森白骨山之上显得格外诡异。血红色的花朵妖艳无比，传出阵阵清香，透发出一片红色的光芒，周围三丈范围之内都充斥着淡淡的红影。辰南眉头大皱，想起了传说中的一种邪物——死亡之花。死亡之花多生于万人坑内，专门吸食亡灵之气，成株会散发出浓郁的香气，为天下至邪至恶之物，无论人畜草木，触之即亡，端的是邪恶无比。这里能够出现死亡之花，辰南一点也不觉得奇怪，无尽的白骨，浓重的死亡气息，有什么地方比这里更适合它生长呢？只是他多少有些沮丧，原本以为有什么天材地宝，没想到却碰到了天下至邪之物。

龙宝宝早已通灵，也觉察到死亡之花并非祥物，表现出一副不甘心的样子。辰南更在意死亡绝地的秘密，地面上的枯骨有的早已化成了骨粉，有的依旧坚硬无比，从那些骨粉可以推断出这处绝地至少已有数千年历史，但不知此地是否有万年前的遗迹。

谷内恐怖的波动提醒着两人一龙，这里绝非善地，暗黑魔气不断涌动。因为几具神骸的出现，辰南改变了想早早离开这里的想法。既然都已经进来了，又发现了如此大的秘密，他想仔细探察一番。他示意龙宝宝继续向山谷的最深处进发，小龙虽然已经现出恐惧之色，但还是依照辰南的指示向前飞去。在此过程中，辰南一直捂着小晨曦的双眼，不让她看谷内的景象，怕吓到她。短短一段距离，辰南又发现无数巨大而又奇异的枯骨，但根本不知道是什么生物的遗骨，有的竟然通体乌黑，不仔细辨认还以为是黑岗岩呢。在这期间他又发现了几具神骨，这一次有了惊人的收获。

之前发现的那几具神骨被拆得七零八落，很难发现有用的线索，这一次发现的三具神骨中，竟然有两具保存得比较完整。辰南在这两具骸骨上发现了他们的死因。一具神骸的头骨上竟然有五个触目惊心的指洞，竟然是破脑而亡！另一具神骸的胸骨部位有一个拳头大小的洞口，可以想象，这个神当初是被生生掏去了心脏。辰南感觉从头凉到脚，一股寒气自心底升腾而起。两个神死相如此之惨，似乎和对手根本不是一个级别的，这让他毛骨悚然。突然，辰南心中涌起一股巨大的危机感，一股难言的恐惧充斥在心底。此刻四周弥漫着浓重的死亡气息，小龙竟然发出了轻微的颤抖，若不是已经降落在骨地之上，肯定会影响飞行。

晨曦颤声道："哥哥……"

"嘘……"辰南小声道，"不要说话。"此刻，他才注意到龙宝宝已经将他们带到了山谷的最深处，前方如刀削一般的峭壁挡住了他们的去路。魔气涌动，峭壁之下露出一个巨大的洞口，滚滚魔气正是自那里间断着喷涌而出。辰南心中无比骇然，魔气的源头竟然在此！暗黑的洞口像是有着巨大的魔力一般，辰南越看越恐惧，灵魂仿佛被吸引进去了，感觉自己在沉沦、毁灭。他想移开目光，但却发觉身体竟然不能动了。他惊恐无比，不断挣扎，却毫无效果，冷汗浸透了衣衫。最后他终于觉察到了，洞内一股若有若无的精神威压正笼罩在他的身上，他更加恐惧，从头到脚一阵发麻。

小龙似乎也被那股若有若无的精神压力锁定了，它也在苦苦地挣扎着，可惜也不能够动弹分毫。只有辰南怀中的小晨曦还能够动，她此刻虽然看不到什么，但还是感觉到了越来越强大的恐怖波动，害怕不已，将头紧紧地贴在了辰南的胸膛上。辰南心中一动，不再挣扎，慢慢放松身体，体内玄功也停止了运转，一瞬间，居然又能动了。真的如他猜想那般，那股若有若无的精神威压只对反抗它的强横力量进行制约。

他低声对龙宝宝道："不要反抗，尽量放松自己，慢慢便能够恢复行动。"此时此刻，辰南尽管心中恐惧无比，但还是在飞速地思考着。毫无疑问，黑洞之内有一个异常恐怖的存在。他真真切切地感应到了，若有若无的精神威压正是那个至强的存在发放的。虽然那股精神波动若有若无，但他毫不怀疑那个恐怖存在的强大与可怕。

一瞬间，辰南想到了种种可能。洞中的恐怖存在极有可能便是这片死亡之地的缔造者，整片山谷内的万千枯骨是他一手造成的，他是一个毁灭魔王。如果这种猜想成立，可以想象这个毁灭魔王有多么恐怖，无数的巨人、巨龙、圣龙、神人都折损在了他的手中。辰南胡思乱想着，突然听到了若有若无的低唤："快走……逃离这里……"他大惊失色，这是一个女子的声音，似乎在他的心中响起。这时玉如意突然颤动了一下，散发的光辉一下子暗淡了许多。辰南明白了，呼唤来自古神遗宝，玉如意在示警！

就在这时，前方那个漆黑的洞穴之内突然涌出大量的魔气，洞内闪现出一片惨烈的血红色光芒。借助那并不算明亮的凄艳光芒，辰南模糊地看到了里面的景象，顿时脑袋像炸开了一般，感觉恐惧到了极点，浑身上下所有寒毛都竖了起来。一个高大的魔影斜侧着身子立于洞内，右眼闭合，左半部连同左眼在内的少半颗头颅已经破碎。在完好的另一半头颅上是齐腰的血红色长发，似乎能够看到白色的脑浆沾染在了血发之上。头上余下一眼、两耳、一鼻、一嘴，若不是沾染着点点血迹与脑浆，则显得非常完美，如果不是缺了少半个头颅，魔影称得上一个绝世美男子。他身上的破碎衣衫满是血迹，已经看不出原来的颜色，样式显得很古老。辰南熟读大陆史，也不知道这个男子所穿的服饰属于哪个时代。

辰南之所以惊恐无比，完全是因为男子的背后竟然生着几对羽翼，那是西方神魔与天使的象征！头颅残缺的男子的左边是两只洁白的羽翼，右边竟然是一只灰黑色的羽翼，两边羽翼的颜色竟然不一样！

神魔！在一刹那，辰南心中浮现出这两个字。西方神话传说中所有的天使都不具有两色羽翼，只有那些最古老的神魔会有这种让人难以揣测的异常现象。头颅残缺的神魔腹部左、右两边各有一道触目惊心的巨大伤口，一直延伸到后背，可以猜想必然和他的羽翼根部相连。进一步能够猜想到，这两道伤口定然是被人生生撕扯去背后的羽翼时造成的，他本来有几对羽翼根本无法猜测！这位无名神魔的胸腔是一个血淋淋的大洞，心脏竟然被掏了出去，可是，他的胸部此时此刻竟然正在起伏，他居然还活着！洞内之所以出现红光是因为他心脏处那个血淋淋的大洞喷洒出的神魔之血所发出的光亮所致！神魔之血洒落在地，洞内再次陷入黑暗之中，洞内魔气涌动。此时此刻，辰南几乎虚脱了，他竟然看到了传说中的神魔！这个遭到重创的神魔竟然还活着，直觉告诉他，巨大的危险正在慢慢接近，他必须尽快离开这里！

这时，小龙恰好恢复了行动，此刻它恐惧无比，未等辰南命令就展开双翼冲天而起，如闪电一般向谷外飞去。当小龙载着辰南与小晨曦飞离死亡绝地十几里后，死亡山谷最深处峭壁下的巨大黑洞中亮起一点红光，红光向谷内扫视了一遍，而后又慢慢暗淡了下去，山谷内一片死寂。当小龙飞出去百里之后，辰南长出了一口气，感觉巨大的危机感消失了。刚才，他真真切切感受到了死亡的威胁，也许再慢一步，灾难就要降临了。虽然只是短暂的一段时间，但辰南真的有股再世为人的感觉。

小晨曦也是心有余悸的样子，虽然被辰南捂着双眼，什么也没有看到，但却真实地感受到了一股难以言喻的恐惧。"哥哥，刚才我真的好害怕，我感觉那里有一股毁灭性的力量，似乎能够毁天灭地，好恐怖啊！"

辰南轻轻拍了拍她的脊背，安慰道："我们再也不去那里了……"小龙似乎也才刚刚从恐惧中恢复过来，听到辰南这句话后，它心有余悸地冲后望了望，而后也跟着点了点头。

小龙飞行若电，数百里路程刹那而过，罪恶之城遥遥在望。辰南对这座城市并没有多深的感情，不过劫后余生，此时此刻，他有一股回家的感觉，他对小晨曦道："你看，前方那个被青山环抱，被绿水缭绕的美丽城市就是我们的目的地，以后我们就住在那里。"小晨曦娇憨地点了点头，道："和在路上看到的那些城镇不一样，这里很美丽，晨曦很喜欢。"

"喜欢就好。"辰南笑了笑。他不想太过招摇，接近罪恶之城后，本想命令小龙在城外降落，他和晨曦走进城去。但就在这时神风学院方向冲起两头飞龙，快速向他这里飞来，眨眼间便来到了他的眼前。辰南对于这两个人并不陌生，前不久他还乘坐过这两人的飞龙，和他们一同赶往仙武学院参加热身赛。两头飞龙在小龙面前战战兢兢，在空中不断颤抖。两个龙骑士脸上都泛着喜悦之色，其中一人道："辰兄，你终于回来了，副院长每日都在念叨你。副院长很担心你，生怕你遭遇危险，近日已经派出去不少人去寻找你。院长说过，如果谁发现你，立刻请你回神风学院。"

辰南考虑了一下，答应道："好吧。"来到神风学院后，小晨曦好奇地看东看西，对于这座占地极广，如同宫城一般的著名学府，觉得很新奇。路上，许多神风学院的学生看到辰南后议论纷纷，不过这一次他们不再像以前那般谈论"败类"的种种恶劣传闻，每个人看他的眼神都很复杂。

辰南在晋国都城大战的消息，早已随着参加热身赛的几人而带回了自由之城，学院的学生自然早已知晓。学院内所有人都没有想到大名鼎鼎的"败类"还有一个更加显赫的身份，竟然是楚国弯弓射天龙的护国奇士。箭射四阶巨龙，刀劈五阶绝世高手，辰南闹出这么大的风波，俨然已经成为年青一代的传奇人物。神风学院绝大多数学生都对他观感大变，不过以前由于对"败类"先入为主的关系，许多人对他的感觉都是复杂的。

辰南感觉到了路上人们异样的眼神，无奈地笑了笑，抱着小晨曦向副院长的办公地点走去。辰南推开副院长的房门，笑了笑道："院长大人好，找我有事吗？"小晨曦也嘴巴甜甜地道："老伯伯好。"

副院长惊异地望了望小晨曦，溺爱地摸了摸她的小脸，对辰南道："就是为了这个孩子，你才在晋国都城大开杀戒？"

辰南应声道："是的。"而后将小晨曦放了下来，对她道："晨曦，你先到院中和几个姐姐去玩好不好？"他知道副院长有话要说，其中可能涉及一些不便晨曦听到的话题。

"好的。"小晨曦蹦蹦跳跳向外跑去。在副院长的示意下，院中两名女生笑着向小晨曦迎去。

"唉！"副院长叹了一口气，道，"你可知道你闯下了多么大的祸吗？在一国都城对抗军队，大开杀戒，你当真是胆大包天啊！别看楚国现在保你，你自己应该清楚他们和你自己的实际关系，保不准某一天他们就会变脸通缉捉拿你。"

辰南点了点头，道："我知道，但我别无选择。"

副院长叹道："这件事有楚国帮你顶着，你一时还不会有麻烦。但你可知道你现在仍处于危险中？在晋国都城被你斩杀的那个龙骑士的哥哥，在战神学院的学生当中绝对是顶尖高手之一，他已经扬言，三个月后，在神风学院举行的青年强者对抗大赛中定要将你碎尸万段。"

辰南冷笑道："哼，我不喜欢惹事，并不代表我怕事，如果他真的找上门来，他将和他弟弟一个下场！"

副院长捋了捋胡须，摇头道："他在战神学院的学生当中有一定的影响力，与许多高手是莫逆之交。你和他生死相拼之际，保不准会有别人插手。"以辰南现在的修为来说，即使被人围攻，也可以从容突围而去。但如今多了一个小晨曦，他再不能像过去那样毫无顾忌了。

副院长接着道："这还不是你最大的威胁，你最大的威胁来自仙武学院。你劈死该学院即将迈入绝世高手之列的前辈名宿陶然，他的朋友弟子绝不会放过你的。另外，你在仙武学院一百多位高手面前耀武扬威，大大挫了他们的锐气，这件事传到该学院后，令许多人都感觉仙武学院颜面大失，你已经得罪了半个仙武学院啊！"

辰南眉头微皱，道："有时候人真的没有选择的机会，如果一切重来，我还会那样做！"

接下来，副院长详细向辰南询问了当日所发生的经过，当得知逆天七魔刀是九死一生的功法后，他点了点头道："我就知道这个世上没有免费的午餐，修为不达到登峰造极之境不可能真的能够做到身外化身。不过从今以后你要小心，修炼界有些老家伙对你这门功法无比震惊，有些人强烈地想一窥究竟，也许不久之后有人会找上你。"辰南感觉一阵头痛，他没想到晋国开元城之战竟然惹来这么多的麻烦，其影响力不仅震动了两个国家，还惊动了修炼界的许多老怪物。

接近半个时辰的谈话，副院长向辰南保证只要不出离罪恶之城，神风学院就能够保护他的安全，其他势力虽然庞大，但也难以在罪恶之城撒野。辰南知道他所言非虚，罪恶之城地理位置特殊，是连接东西大陆的枢纽城市，除非两个大陆全面开战，不然没有任何一个国家敢侵犯这里。毕竟这是一个敏感地带，东西两个大陆所有国家都不敢率先出头染指。神风学院在罪恶之城地位特殊，实际上就是该城的保护者，学院的意志就代表了整座城市的意志。他们如果决定保护辰南，外在势力很难将触手伸到这里。即便是仙武、战神等非国家势力也不敢虎嘴拔须，所谓强龙不压地头蛇，更何况神风学院本身就是猛龙呢！

当然，副院长这样费力地保护辰南是有代价的，要他以后全力配合学院的一项研究。经过辰南反复追问，副院长要他发誓决不说给第三者听，才告诉他这项重大而又神秘的研究的信息，竟然是将人——神化！学院内某位绝代高手在百余年前，曾经在大陆中部地带的大山中捡到一具古神的尸体并带回了学院。近一百年来，神风学院的一些鬼才不断研究古神的骨质结构，想挖掘神和人骨质的不同之处。经过百年的研究，几代鬼才也没有得到预期的答案。最后有人提出，利用强大的生命魔法将神骨活化，将它们根植于凡人的身上，看看能够达到什么样的效果。这项研究近年来虽然取得了初步成效，但一直不理想。

辰南听得目瞪口呆，神风学院的奇才、鬼才们太疯狂了！竟然想造神！他惊疑地问道："我不知道这和我有什么关系，我能够帮上什么忙呢？"

副院长双眼一眨不眨地盯着他，认真地道："因为我们怀疑你是神的后裔，这项研究需要神的鲜血。"

"我靠，死老头子你疯了！莫说我跟神八竿子都打不着，就算真的是神的后裔，也不可能给你们当造血机器啊！"

"不要激动，听我慢慢说。传说后羿弓曾经射下过天上的神，神惊恐于其巨大的威力，将它带回了神界。但不知为何，神弓先后几次流传到凡界，被凡人所掌握。最后，一位古神出手封印了神弓，非具有神力的人不能够轻易拉开。后来虽然被某位绝代高手破除了部分封印，但一年之内凡人也只能动用一次。而你修为并非登峰造极，却丝毫不受限制，能够多次拉开神弓，如果不是神，那只有一种可能，你体内流动着神的血液，你是神的后裔！"

辰南听得一阵发呆，万年前后羿弓还没有被封印过，料想是近万年来发生的事。按照副院长的说法，他似乎真的跟神是亲戚，不过这也太荒谬了！突然间，他想到了某种可能，他是从远古神墓中复活而出的……辰南心中剧震不已，心中再也难以平静，他暗暗思量：难道……在远古神墓沉睡的这万载岁月，我的体质发生了变化，沾染上了神魔的气息？一瞬间他联想到了许多，古神遗宝玉如意能够和他遥相感应，喜欢神圣器物的五阶圣龙对他亲昵友好，这似乎……

副院长道："到时我们只需你少量的血液即可，你不用担心什么。"辰南木然地点了点头。

这时小晨曦从外面跑了进来，开心地笑道："哥哥，我们以后就在这里吗？这里有好多漂亮的姐姐，她们非常喜欢晨曦，晨曦也喜欢和她们在一起玩……"看得出来，刚才小晨曦在外面备受欢迎。辰南很高兴，这样欢乐的环境，也许能够让她早日忘记在开元城留下的阴影。副院长笑着对她道："以后你和你的哥哥就住在这里，你喜欢吗？"

"喜——欢——"

辰南将小晨曦抱了起来，对副院长道："你给我安排一套房间吧，有些事情我需要好好想一想，也许我会告诉你一些惊人的消息。"他指的是罪恶之城几百里外的那处死亡绝地的恐怖场景。

副院长不知道他所指的是什么，道："是这个孩子的来历吗，我总觉得这个小丫头很是不一般，难道你现在不能告诉我在热身赛开始的那几天你到底在哪里吗？"关于古仙遗地之行，辰南一句话也没有向他透露，那里不仅是人间仙地，也是他心中的一块圣地，他不想让任何人知道百花谷。辰南摇了摇头，道："不是这件事，是别的消息。"

副院长一边派人去给辰南安排、收拾出一套房间，一边道："想起你缺席热身赛我就有气，你可知道，你让神风学院损失了五十万金币啊！"辰南不解，诧异地望着他。副院长有些不好意思，同时更多的是气愤，他厉声道："我为神风学院押下五十万金币，和另几个学院的老家伙打赌我们学院必胜，可是谁知……"辰南听完之后有些吃惊，没想到四大学院的院长们居然如此"胡为"。随后他感觉甚是解气，毕竟副院长曾经诈取过他五万金币，这次因为他而损失了五十万金币，他忍不住哈哈笑道："死老头，你……真是活该！"

神风学院最深处的西北角非常幽静，房舍很少，稀稀落落能有十几座小院，且都被成片成片的竹林分隔了开来，学院的重要客人都被安排在这里。这一次副院长对辰南可谓另眼相看，特意将他安排在这个幽静的贵宾接待处。一路上又惊又吓，小晨曦疲累不堪，慢慢进入了梦乡。辰南看她甜甜地睡熟了，才站起身来走出房间。院中有一片竹林，竹林里有一把雅致的藤椅，辰南躺靠在上面放松了身体，开始仔细回想死亡绝地的种种现象。

想起那个头颅残破，羽翼残缺的无名神魔，辰南心中一阵发寒。遭受过重创的无名神魔，身体破败成那个样子，居然还能够存活，简直让人难以置信！直到此时，辰南似乎还能够感受到那股毁天灭地般的恐怖力量，以及那激荡在天地间，重如泰山般的精神威压。按照辰南的认知，神魔也不过是一种高级生命，即便传说中他们可以长生不死，但那也是相对的，若是他们的身体遭受重创，也难免轮回之苦。然而死亡绝地之行，颠覆了他的想法，他实在不明白那个神魔为何还能够活着。总的来说，能够见到传说中的神魔，辰南除了震撼还是震撼。这个脑部残损，心脏被掏出去的神魔绝对大有来头，肯定不是刚刚踏入神域的寻常神人，不然绝不可能有这么大的神通！

　　从那古老的服饰来判断，神魔绝对是一个历经过无数悠久岁月的至强存在，或许是远古的神魔也说不定！在峭壁下巨大的洞穴前，一股若有若无的精神压力将他们锁定，令他们难以动弹分毫。然而辰南有些迷惑，神魔的精神力不可能时断时续，除非……除非他处在沉睡中，或神志不清醒。细想一下当时的情形，无名神魔胸部起伏平缓而有节奏，似乎真的处在沉睡中。如果这一猜想成立，可以想见他的实力多么地惊人！即便处在深度睡眠中，还能够凭借潜意识锁定外在的生命！

　　但就是这样一个强大的存在还是被人伤成了那副样子，究竟还有什么恐怖的存在能够伤得了这个古老的神魔呢？！辰南最开始时一直认为死亡绝地的万千枯骨是无名神魔一手造成的，但一想到他也被伤成了那副样子，又推翻了这个想法。冥冥之中似乎真的有强大到无法想象的恐怖存在！巨人、圣龙、神都万难和他匹敌，他毁灭一切强大的存在，似乎可以用毁灭者来称呼他。辰南心中一颤，既然毁灭者能够毁去神魔，万年前消逝的无数神魔是否也和他有关呢？辰南心中涌起滔天巨浪，再也难以平静，万年前的真相似乎就掩藏在死亡绝地！

　　可是，他又想到了一个问题，既然毁灭者能够毁去强大的巨人、圣龙、神魔，为何没有彻底消灭山洞中那个无名的古老神魔呢？难道说他猜错了，根本就没有什么毁灭者？那个无名神魔才是死亡绝地的缔造者？他身体上的重创是在无数轮战斗中留下的？谜，一切都是谜！乱，让人无从猜测。辰南感觉心乱了，很难理出头绪来。他闭上眼睛放松了一会儿，又开始猜想。整个死亡绝地最神秘之处，便是峭壁下那个巨大的山洞，滔天的魔焰便是自那里透发而出。他不知道魔气到底是无名神魔还是"毁灭者"散发的，一时间好几种可能在心间浮现：

第一种可能，滔天的魔气就是无名神魔散发而出的，其实力惊天动地，他杀死无数至强的存在，造成了死亡绝地现今的惨烈情景。

第二种可能，滔天的魔气是毁灭者散发而出的，他就栖息在山洞的最深处。无名神魔是他特意留下的，替他看守着山洞的入口。

第三种可能，山洞内别有洞天，是一个极其神秘而又恐怖的所在，也许连通着一个地狱般的世界，也许连通着一片奇异的空间……

辰南越是猜想，越是觉得可怕。虽然自己都觉得这些猜想非常荒诞，但细细想来，这些假想似乎都有一定的可能性。无数的假想令脑子越来越乱，辰南昏昏沉沉进入了梦乡。辰南做了一个奇怪的梦，梦到一个如神似魔般的高大身影立于他身前，低沉而又缓慢地对他说道："老朋友，你回来了吗？我感觉到了你的气息，我知道即便是天也不能够彻底毁灭你……希望我的感觉没有错，希望你真的回来了。我太倦了，不知还能不能够和你共同战斗。如果我消逝了，请不要忘记你的战友——大魔天王！"

沧桑的话语带着无尽的悲哀，声音越来越小，最后彻底消失。梦中的辰南心中涌起无限悲意，泪水不自制地流了出来……也不知过了多长时间，辰南感觉有一双温软的小手在轻轻地抚摩着他的脸颊，他睁开了双眼。

"哥哥你哭了……"小晨曦站在藤椅旁，眼睛红红地道。辰南将她抱了起来，道："傻丫头，人在睡梦中总会不自觉地流眼泪，这是正常的生理现象。"

"真的吗？我还以为哥哥有什么伤心难过的事呢。"小晨曦脸上露出了笑容，再次恢复了快快乐乐的样子。

古神风波已经渐渐停息，众多为神宝而来的修炼者难掩沮丧之情。有些人撤离了罪恶之城，但大多数人依旧没有离去，三个月后神风学院将举行四大学院青年强者对抗大赛，这等盛事自然会吸引众多修炼者前去观看。神宝风波停息了，罪恶之城渐渐平静了，但就在这时神风学院发生了一件神秘大事。

龙宝宝自从得知辰南和小晨曦住进神风学院，便自龙场移居到他们的后院，和他们住在了一起。辰南自然不会反对，有龙宝宝在身边，相当于一个五阶绝顶高手守护在一旁。小晨曦更是高兴，多日的相处使她对龙宝宝产生了深厚的感情。可是辰南渐渐发觉一丝异常，龙宝宝仿佛生病了，不再像从前那般具有活力，整日昏昏沉沉。

　　辰南大惊失色，深恐小龙发生意外，第一时间将这一消息告诉了副院长。奸诈的老头子听到这一消息后也急了，龙宝宝对神风学院来说意义非同小可，一头圣龙若是出现什么意外，那将是难以估量的损失。此外，副院长对小龙也怀有一份特殊的感情，种种迹象都表明，小龙似乎是千年前神风学院第一代女圣龙骑士的那头具有极高智慧的龙王。可以说，在这个世界上几乎没有完全相同的两头圣龙，不同圣龙间的体态相差甚大。

　　副院长熟知神风学院史，千年前第一代女圣龙骑士未能勘破死境，最后魂归黄土。她的圣龙虽然返回了大山，但学院内至今还保存着它的画像，龙宝宝和其形态惊人地相像。若不是龙宝宝的小孩子性格和那头具有极高智慧的圣龙相差甚远，副院长早就把它当作神风学院的第一代圣龙了。但他并未否认两者的关联，因为圣龙皆具有高智慧，像小龙这般脾气怪异、如同孩童性格的圣龙极其少见。不久前，经过他和神风学院一些对龙极有研究的老古董仔细而又认真地推敲之后，一致认为龙宝宝是一头经过涅槃但却失败的强大圣龙。

　　一般圣龙涅槃时只有两种结果，或化成神龙，或就此消亡。但史上也曾有特例，某些强大的圣龙具有化身成神龙的潜质，但最后关头由于受外界干扰等非常原因而功败垂成，由于这样的圣龙太过强大，虽然化身神龙失败，但还是能够存活下来。副院长和学院内的老古董们认为龙宝宝十有八九是千年前女圣龙骑士的那头龙王，它涅槃失败后虽然活了下来，但却失去了原来所有的记忆，这也是涅槃失败后的另类重生。这也能够解释为什么小龙会对神风学院有一种特殊的感情，总是赖在这里不肯离去，偶尔还会露出迷茫与回忆的神态，这些辅证了它便是千年前的那头龙王。

　　基于以上原因，副院长和学院内的老古董们对小龙有着一份特殊而又复杂的感情，绝不能容忍小龙出现任何意外。当副院长赶到现场时，发现小龙真的如辰南叙述的那般昏昏沉沉。若是往昔，有人在它睡觉时走近，它总会俏皮地眨动着眼睛，或者直接武力相向把人赶走。但现在小龙似乎对一切都失去了兴趣，懒洋洋地伏卧在地，连头都懒得抬一下。副院长焦急无比，最后将神风学院一大堆老古董都找来了，辰南的小院内一大片白花花的头颅，但众人却一筹莫展。

第三日清晨，惊人的事发生了。辰南来到后院时惊讶地张大了嘴巴，小龙的身体外结了厚厚的一层角质物，将它层层包裹在里面。副院长等老古董们得到消息后快速赶到了现场，他们震惊过后皆露出了狂喜的神色，有些须发皆白的老人甚至高兴得跳了起来。他们难以抑制心中的巨大喜悦，三日来的担心瞬间化为乌有，小龙居然再次涅槃！圣龙涅槃，如若成功，一头神龙将会自神风学院出世！

辰南也高兴无比，没想到小龙竟然如此神异，居然有可能要步入神龙之境。小晨曦高兴得又蹦又跳，这几日以来她以为小龙病了，曾经几次偷偷落泪。这件神秘的大事被神风学院高层列为最重要机密！传说凤凰涅槃，浴火重生；传说圣龙涅槃，历劫化身神龙。神风学院的老怪物们已经预感到这一次小龙再次涅槃，势必惊天动地！凡是有能力化身成神龙者，必是奇异非凡的龙。龙宝宝经历过一次涅槃，虽未功成，但却不死，足以说明其神异无比。另外，这些老家伙隐隐觉得，龙宝宝族上可能大有来头。

在传说中，龙族皇者的后裔，如果皇族血液已经不再纯正，有些神异的奇龙便会不断涅槃，来激活龙族皇者遗留的最优秀的血统，直到彻底进化为龙中的皇者为止。神风学院的老人们隐隐觉得小龙可能是龙族皇者的后代，它第一次涅槃未成，不过是为下一次涅槃做准备而已……

转眼间已经过去了一个月，小龙涅槃之事未透露出去半点风声。这期间，辰南的大名传遍了神风学院，原先熟知"败类"大名的人对他感观大变，曾经与他有瓜葛的人没有再来找麻烦。

仅仅一个月的时间，小晨曦成了神风学院的明星小宝贝，上至教师，下至学生，都对她无比喜爱。几乎人人得知辰南有一个如小天使、似小精灵般的妹妹，小晨曦成了名副其实的万人迷。晨曦的嘴巴总是甜甜的，"伯伯"、"哥哥"、"姐姐"常挂嘴边，她无论走到哪里都会被人抢着抱。就连对辰南万分痛恨的小公主和东方凤凰也被小晨曦聪明可爱的样子征服了。小晨曦一个人跑出去时，她们常常带着她去"飞天"，两个人都有会飞的宠兽，飞上天空自然轻而易举。

在这期间，辰南曾经去拜访过罪恶之城佣兵工会的那个李姓老佣兵。老人以前主动和他结交并且提供了仁剑的详细动态，令辰南很感激。辰南身份曝光之后自然有不少人前来和他结交，只不过他所住的地方是学院专门接待贵宾用的，一般人不能够接近。这令他稍感庆幸，他可不愿意整日进行无聊的应酬。当然一般人不能够接近，不代表所有人不能够接近，嗜武狂人冷锋成了常客。自从冷锋得知辰南的真实身份以及开元城大战的经过，便再次找到了他，要求与他重新比试。

辰南对于上次的败北一直没有忘记，就是冷锋不来找他，他也会主动找上门去破除这个败绩。强者只有迈过一道道曾经无法逾越的鸿沟才能够变得更强。这一次大战的结果毫无悬念，开元城一战辰南修为大进，已经步入三阶大乘之境，冷锋已经不是对手。此后每隔一段时间冷锋便上门来挑战，经过几次惨败之后，不得不承认自己已经不能够和辰南抗衡。辰南自从修为大进后练功更勤，家传玄功中许多绝学都需要强横的功力才能够施展，现在他修为提升之后一些绝学终于可以上手了。

不过，他心中一直有一丝隐忧，上一次他逆转玄功明显感觉到自己变得残暴嗜杀起来。玄功左右了他的情绪，玄功近乎妖！玄功近乎魔！后来逆转的玄功虽然返正，但辰南感觉到一丝异常，当他内视时发觉经脉中原本金黄光亮的真气中竟然夹杂着一丝黑亮的光线，这和他玄功逆转时的变异真气一模一样。辰战曾经警告过他，在生命危急关头，若有一线希望，也不要逆转玄功，可见辰战对于逆转玄功的忌讳。辰南不知道玄功逆转过一次会有什么后果，不知道以后会发生什么。他现在只能努力提升自己的修为，使自己再做突破，迈进一个新的领域。他相信只要功力够强就可以压制下一切可怕后果！

这一个月以来，辰南一直未将死亡绝地的秘密告诉副院长，他想等四大学院之间的青年强者对抗大赛开始时再说明。那时罪恶之城高手云集，如果大量本领高深的修炼者一起去探死亡绝地，应该会有些收获。不过可以预想，许多人都会一去不复返。

时间匆匆，两个月的时间转眼而过，四大学院强者大赛即将开幕。真正的强者对抗大赛远非热身赛所能够比拟，它是四大学院青年强者间的顶峰之战！四大学院皆具有近千年的历史，千年来威名震动大陆，这场大赛自然会吸引无数人前来观看。不仅有东方许多古老门派的青年高手，以及西方一些神秘世家的当代俊杰，还有东西方老一辈许多威名赫赫的人物，罪恶之城风起云涌，人满为患。

这一日，风和日丽，万里无云，万众瞩目的四大学院强者大赛终于开幕了！神风学院挤满了来自大陆各地的修炼者。在四大学院院长轮流发言之后，四大学院的顶峰强者之战即将开始。可是，就在这一时刻，突然传出一声震荡天地的巨大龙啸，无数道金光直冲霄汉，无数条东方黄金神龙的虚影在高空中飞腾。嘹亮的龙吟，上动九天，下震九幽！方圆千里之内，所有走兽皆匍匐在地，朝这个方向顶礼膜拜！

神风学院最深处无数道金光直冲霄汉，天空中无数条神龙虚影在飞腾。龙吟如惊涛拍岸，似天雷碎空，响彻天地间。学院广场之上万人惊呼，只在神话传说中出现的东方神龙出世，令所有人震惊到极点，每一个人都无法抑制内心的震撼！

最为高等的圣兽、神兽涅槃时，都会伴随有虚空倒影这一极其异常的现象，即将成形的样子会先行映射到天空。学院内的几个老古董望着空中飞腾的神龙虚影，神情皆激动无比，有的老人甚至流出了泪水。副院长喃喃道："圣龙涅槃，虚空倒影，身化神龙，不……是神灵龙，是东方神龙与西方神龙结合的后代！老天保佑，愿它涅槃成功……"一个须发皆白、满脸皱纹堆累，看不出多大年岁的老人站在神风学院的一个角落里激动地道："你竟然是神灵龙，祖先的优秀血统终于沸腾了。唉，我果然不配做你的主人啊！"

这时，广场之上细心的人已经发现，那些飞腾的龙影和东方神龙还是有些出入的，每条龙影身上都有一对轻灵的金色龙翼。一些上年岁的老人知道这是传说中的神灵龙的特征，具有东方神龙的龙体和西方神龙的神翼，集合了东西方神龙共同的优点，是世间最为强大的神兽之一。在这一时刻不光神风学院万人惊呼，整个罪恶之城都沸腾了，全城所有人都震惊地望着这个方向。不少人忍不住跪了下来，顶礼膜拜。

此时此刻，辰南的小院弥漫着如水一般的光华，圣洁的金色光辉不断向四外荡漾、扩散，远远望去，光雾氤氲，如同人间胜境一般。辰南抱着小晨曦正紧张地注视着后院中那个巨大的"龙茧"，龙茧霞光万道，瑞彩千条，散发着炽烈的神圣之光。小晨曦满脸担忧之色，小声道："哥哥，小龙龙怎么了，它不会有危险吧？"

"可能会有些危险，圣兽、神兽涅槃时会遭天妒，引来雷劫，不过想来小龙能够轻松地挺过去。"

"为什么会遭天妒，为什么会引来雷劫？"小晨曦更加紧张了，生怕龙宝宝出现意外。

辰南轻叹道："这是天地间一种潜在的法则，无论是人还是兽，力量强大到一定程度都会引来雷劫。相对来说，上天对人类还算宽容一些，非达到仙人之境，不会引来雷劫。但各种圣兽、神兽就没那么幸运了，每一次向更高层次进化时都要引来雷劫，经受上天的考验。"

小晨曦紧张地道："小龙龙能够顺利闯过这一关吗？"

"能，小龙一定可以，它的实力远比一般的圣龙强大，这次涅槃一定能够成功。你看，天上那些龙影，那就是小龙化身成神龙的样子，是不是神武了许多？"当初辰南在楚国皇家古书库时曾经详细地阅读过神兽进化的种种秘闻，在天空出现虚空倒影的一刹那，就已经得知小龙乃是神灵龙的后裔。他知道通过这次进化，小龙的优秀血脉将彻底被激活。

听到辰南肯定的回答，小晨曦似乎松了一口气，看着空中飞腾的神灵龙虚影，发自内心地称赞道："和以前小龙龙胖胖的样子比起来，真的神武了许多。"

辰南抱着她向外走去，道："我们离这里远一点吧，雷劫就要来临了。"两人退出去百丈距离后，虚空中的金色龙影自天际一齐向地面飞来，眨眼间没入了龙茧中，与此同时，空中响起了"隆隆"雷鸣。就在这一时刻，龙茧快速碎裂了，一道金光冲天而起，一声清亮的龙吟划破长空，响遍大地。一条两米多长、肋生双翼、通体金光闪闪的小龙在空中盘旋、飞腾。

小龙虽然不像神话传说中的神龙那样巨大无比，但其身上却散发着一股王者之气，凛然不可侵犯。神风学院所有观望的人都感觉到了一股莫大的威压，至强至大的龙之王者气息在天地间激荡。真龙气息如潮水一般向十万大山中涌去，无数飞禽、走兽皆匍匐在地，朝这个方向顶礼膜拜。与此同时，在死亡绝地最深处，峭壁下那个巨大的黑洞中，亮起一点血红的光芒，一股滔天的魔气自黑洞中汹涌澎湃而出……

真龙之身显现，神风学院沸腾了，罪恶之城沸腾了，人们疯狂地呼喊着，向空中挥舞着手臂。龙宝宝由原来的两丈多长，缩小到了两米多长，但实力却是大增。这次进化，它终于身化六阶神兽，若是能够成功躲避过雷劫，涅槃就算功行圆满了。就在这时，雷劫终于出现了，伴随着惊天雷响，一道巨大的闪电从天而降，炽烈的光芒耀得人睁不开双眼。

面对汹涌奔袭而来的闪电，小龙并不慌张，张口竟然也吐出了一道炽烈的电芒，电芒与它的身体大小不成比例，巨大无比，和空中袭来的闪电相比也弱不了多少。两道闪电对撞在一起，在天际爆发出一团如太阳般璀璨夺目的光团，惊天暴雷震得大地仿佛都颤动了起来，巨大的能量风暴在空中到处肆虐，空中一片明亮。"喀啦"一声大响，在第一道电芒所造成的巨大能量风暴还没有消失前，第二道闪电自高空直落而下，向小龙劈去。小龙发出一声震荡天地的龙啸，在空中一个摆尾之后直冲而上迎向闪电，巨大的电芒自它口中喷吐而出，和劈落下来的第二道闪电冲撞在了一起。"轰！"一声惊天动地的大响，整片天际都被照亮了。空中金蛇乱舞，肆虐的电流交织成一面铺天盖地的电网，形成一股巨大的能量风暴在空中汹涌、激荡。地面众人惊得目瞪口呆，幸好小龙是在空中对抗雷劫，若是在地面，肯定会殃及无数无辜之人。

"轰！"当第三道闪电劈落下来时，小龙不再以电芒对抗，开始在空中快速盘旋飞腾，周围的天地元气在这一刻开始剧烈波动起来。地面上的人明显感觉到了天地元气的异常波动，年老的修炼者也惊异于小龙能够操纵元气。

天地元气的波动越来越剧烈，当第三道闪电劈落，临近小龙的身体时，整片天地间的元气仿佛都震荡了起来。小龙周围能量汹涌澎湃，被它激发而起的天地元气如怒海狂涛一般向袭来的闪电奔涌而去。"轰！"两股不同性质的天地之力冲撞在一起，造成的能量风暴如洪水一般在空中奔腾、咆哮。天地间是一片刺眼的光芒，仿佛十日当空悬挂，天际白茫茫一片。在接下来的时间里，高空中又连续落下六道雷电，小龙或以己身之力相抗，或操控天地间的元气抵挡，六道雷电皆被它一一化解。当然，面对这令风云变幻、天地失色的九道雷劫，小龙也并不好过，成功抵住这九道闪电之后已经非常虚弱。原本金光闪闪的龙躯似乎暗淡了许多，不再像先前那般光芒闪烁，但龙之王者的气势依然在，给地面上的人一股沉重的压迫感。

辰南怀中的小晨曦冲着空中的小龙挥舞着小手，高兴地喊着："小龙龙……"虽然远在高空，但小龙似乎一下子便捕捉到了小晨曦的声音，它在空中一个盘旋之后，一摆龙尾俯冲而下，径直向着辰南他们那里飞去。小龙对辰南和小晨曦的感情并未有丝毫变化，虽然它无形之中透发着一股龙之王者的威严，但来到二人面前后它尽力收敛了神灵龙气息。龙宝宝调皮地眨动着一双大眼，露出龙式微笑，围绕着二人不断飞舞。辰南有些激动，没想到平日憨态可掬的小龙竟然化身成神龙出现在他的面前。他伸手轻轻地摩挲着小龙散发着淡淡金光的鳞甲，轻轻叹道："龙宝宝，你现在已经涅槃成功，不会要离我而去了吧？"小龙摇了摇头，悬停在他的面前，用龙头亲昵地蹭了蹭他的身子，而后一摆龙躯，横在了小晨曦的身前。

"呵呵……"小晨曦甜甜地笑着，被辰南放到了小龙的背上。小龙舞动着一对轻灵的神龙之翼，载着她在竹林中飞来飞去，竹林内传出阵阵清脆的童笑。远处，神风学院的三大绝世高手正惊异地看着竹林内的一切。第一人仙风道骨，脚踏飞剑悬立于空中。第二人金发金须，满脸皱纹，立于竹梢之上。第三人须发皆白、满脸皱纹堆累，已经看不出多大年岁，老人手拄龙杖，喃喃道："你真的化身成神灵龙了，我这个不是主人的主人真的为你感到高兴啊！"

辰南感应到了三大绝世高手的气息，他回头看了看，刚想和他们打招呼，但就在这时，一股更加强大的恐怖气息突然弥漫在整片竹林之内。他心中一颤，这种感觉太熟悉了，和在死亡绝地感应到的那股恐怖波动一模一样。这时至强至大的恐怖气息越来越强烈，在整片竹林内激荡着，三大绝世高手皆露出了震惊之色，他们实在难以想象来人的修为到底有多么高深。这时自东南方向飘来一大片乌云，黑压压的云朵仿佛要压到地面上来似的，给人一种沉重、可怖、压抑的感觉。辰南的心一阵剧烈颤抖，竹林内恐怖的气息竟然来自越来越近的乌云！三大绝世高手也惊异地抬头仰望，看着那墨浪一般翻滚的黑色云雾，他们相互看了一眼，皆震撼无比。

"魔气！"

辰南与三大绝世高手同时低低惊呼。三大绝世高手虽然未曾去过死亡绝地，但感应到了滚滚魔气中似乎有一个强大到无法想象的存在。在一瞬间辰南明白了，小龙涅槃过程中散发的强大神龙气息惊动了数百里外死亡绝地的至强存在。他焦急地大喊道："小龙危险，快快收敛气息，躲藏起来！"其实龙宝宝比辰南他们先一步感应到那股强大的死亡气息，因为来自空中的滚滚魔气第一时间就锁定了它，辰南和三大绝世高手的感受远远及不上它。

小龙身化一道金光，瞬间来到了辰南的身前，快速将小晨曦放到了他的怀中，而后焦急地示意辰南带小晨曦离开这里。小晨曦也已经感应到了那股令人心悸的恐怖波动，想起了三个月前死亡绝地的恐怖景象，她紧张地道："哥哥，那个强大的妖魔来了……他不会是为小龙而来的吧？"

小龙一摆龙尾，附近的天地元气震荡了起来，辰南和小晨曦被一股柔和的力道包裹着强行送到了三大绝世高手的身前。就在这时一道黑色闪电突然自滚滚魔气中劈落而下，径直奔袭向小龙。龙宝宝对抗九道雷劫之后已经虚弱不堪，它强行喷吐出一道巨大的闪电来阻挡黑色的电芒。"轰！"一声震天大响，小龙在低空翻滚着飞出去几十丈距离，身上的金光瞬间暗淡，鲜红的龙血自口鼻溢出。

小龙稳定下来后，开始操控附近的天地元气修复受损的身体，但滚滚魔气中的恐怖存在显然想立刻毙掉它的性命，根本不给它机会。一股磅礴的大力自高空汹涌而下向小龙笼罩而去，强大的力量震得地面都剧烈地晃动起来，竹林内乱叶纷飞，所有竹子都在疯狂舞动。小龙被惨烈的红光击得自空中翻坠地面，发出一声凄惨的龙吟，在地上不断翻滚。

　　小晨曦急得哭了起来："不，不要伤害小龙龙……"小晨曦和小龙相处多日，对它产生了深厚的感情。可以说在这个世上除了辰南外，小龙是她最亲近的伙伴。看到小龙遭遇危险，她的小脸上满是泪水，她哽咽着："小龙龙……"她想让辰南去救小龙，但又深知魔气中那个恐怖的存在无比强大，根本不可战胜。她怕辰南过去之后也遭遇危险，只能伤心地哭泣。

　　此时此刻，辰南大急，小龙若是再被击中，恐怕真的危险了。不管出于什么原因，一直以来小龙都对他非常亲昵，在晋国都城还救过他和小晨曦的性命，无论如何他也不能够眼睁睁地看着小龙丢掉性命。辰南将小晨曦放在地上，柔声道："在这里等哥哥，千万不要乱动，听到没有？"

　　小晨曦伤心而又有些害怕地道："哥哥……呜……我也想让你去救小龙龙，但你不可能战胜那个妖魔……呜……你不要过去……"

　　"放心，哥哥并不是一时头脑发热而莽撞得自不量力。还记得那块玉吗？有它保护，我想应该没什么大问题。"

　　小晨曦将信将疑，满脸担忧之色。她挥着小手，目送辰南向前走去。辰南在转过身的一刹那，立刻收起了脸上的笑容，此刻他已经摘下了玉如意，紧紧地握在右手中。

　　三大绝世高手相互看了一眼，虽然他们知道滚滚魔气中那个未明的存在是不可战胜的，但还是一齐点了点头，而后紧跟着辰南向前走去。此刻小龙已经停止了翻滚，勉强飞到空中，原本金光闪闪的鳞甲已经暗淡了下来，龙躯上满是血迹。它看到辰南来到近前，似乎有些焦急，想要动用天地元气将他推离这里，却发现根本没有能力施展了。它连遭九道雷劫，又被两道远强于雷劫之力的恐怖力量击中，此刻已经虚弱到了极点。

辰南抚摩着它的鳞甲，轻叹道："龙宝宝，你不要劝我离开这里。在人类中有种叫作'真情'的东西，虽然在越来越冷漠的人类社会中这种东西越来越少，但它却一直存在。你一直以来都视我为亲人朋友，而且曾经救过我和晨曦的生命，在你身陷死境时我怎么能够不管你呢？我承认我不是一个君子，也算不上一个纯粹的好人，但我心中却有'真情'这种东西，因为它的存在，我可以拼却性命来为你尽一份力量！"

小龙的眼中似乎有了一层水汽，伸出舌头舔了舔辰南的右脸颊。这时三大绝世高手成掎角之势将小龙护在了当中，三人都已知道小龙乃是千年前神风学院第一代圣龙骑士的那头龙王，对它有着一种特殊的感情，无法眼睁睁地看着小龙丢掉性命。莫大的威压自高空滚滚魔气中透出，但辰南和三大绝世高手等了好久，也未见那股浩瀚如海的力量汹涌而出。就在几人紧张不已之际，微不可闻的低低话语自滚滚魔气中透出。三大高手面面相觑，以他们的绝世修为堪堪捕捉到了那丝微弱的声音，但却一个字也没有听懂。

辰南六识敏锐，灵觉大胜常人，也捕捉到了那丝微弱的话语，他大惊失色，心中涌起滔天骇浪。来自高空滚滚魔气中的低低话语竟然是万年前仙幻大陆的语言！神魔低弱的话语带着一丝沧桑，带着一丝迷茫："我是谁？我怎么会在这里？"而后一股浩瀚的力量自魔气处狂冲而下，高空中魔气一阵涌动，恍惚间辰南看到了那个头部碎裂、心脏被掏、羽翼折断的无名神魔。他震撼无比，魔气中的那个恐怖存在竟然真的是死亡绝地的无名神魔！若不是他早先在死亡绝地曾经看见过他，肯定以为那是魔气涌动时造成的虚影。

辰南心中如怒海狂涛一般，再也难以平静，因为不仅证实了魔气中的至强存在真的是那个无名神魔，还因为他的口中话语竟然是万年前仙幻大陆的语言！无名神魔和西方的古老神魔体貌相似，但却说着东方远古时期的语言，这意味着什么？！在这一刻辰南心乱如麻，一瞬间想了很多很多，恍惚间似乎捕捉到了什么，但在刹那间那丝灵感又消失了。不过在这危急关头，他已经没有时间胡思乱想了。浩瀚的能量流自高空直落而下，而高空中的魔气却如潮水一般向东南方向退走。

　　辰南、三大绝世高手见无名神魔退走，心中大喜，护着小龙快速向远处退去，只要躲避过天空中那股铺天盖地的恐怖力量就彻底安全了。但这恐怖一击，威力浩大无比，他们虽然跑得快，但最终还是没有完全躲避掉。在能量风暴的边缘，为保护小龙而断后的三大绝世高手最先遭受重创，三人被击得口吐鲜血，身子横飞出去二十几丈，竹林被摧残倒一大片。三大高手被击飞后，浩瀚的力量如滔天巨浪一般向辰南奔涌而来。小龙似乎知道辰南的实力不足以抵挡这恐怖的能量流，想强行将辰南推离这片能量的海洋，但它此刻虚弱无比，早已没有了力量，只能用嘴叼住辰南的袖子扯了扯。辰南一阵感动，到了这种生死存亡的时刻，小龙还在想着他！

　　"龙宝宝，我一定要救下你！为救晨曦，我第一次逆转玄功，为救你，我可以第二次逆转玄功！"在这一瞬间，辰南做出了这样的决定。他不管玄功逆转后会带来什么可怕的后果，为了让小龙活下去，他没有别的选择。他只能以最简单实用的方法，在一瞬间让自己达到最强！小龙发出低低的哀鸣，一双大大的龙眼湿润了。

　　辰南的身体散发的金光收敛了，一道道黑芒自体内透发而出，缭绕于身前。他大喝道："通天动地魔功！"最近他修为大进，勤修家传玄功，许多需要强横功力才能够施展出的玄门奇功都能够上手了。通天动地魔功正是其中之一，功法如其名，练到极至境界能够通天动地。它最为奇诡之处便是能够将外界袭来的力量消散于无形，确切地说是将外界袭来的力量引导出体外，使身体遭受的伤害减小到最低限度。辰南双手握玉如意，高举对天，抵挡着恐怖的能量风暴。玉如意光芒大盛，疯狂地吸纳着向他涌来的能量风暴。余波都被他身体外缭绕的魔气引导向他的身体，通天动地魔功疯狂运转了起来。汹涌而来的狂猛力量通过他的身体导引向了地下，他的双脚之下是一道道巨大的裂痕。

　　此时此刻，辰南如盖世魔神一般，身外是无尽的黑芒，将肆虐而来的狂暴能量流皆纳入其中。黑芒似一面魔盾，抵挡着那股浩瀚的力量，令他身后的小龙处在一片宁静的空间中。辰南已经竭尽全力，但能量风暴太过凶猛，最终还是被轰出了疯狂肆虐的能量地带。小龙到底还是被猛烈的能量流笼罩了，凄厉龙啸直达九天。它浑身上下血淋淋的，几乎所有金鳞都脱落了，在空中不停地翻滚着，最后被击飞出能量风暴，落在离小晨曦不足三丈处。

三大绝世高手和辰南摇摇晃晃站了起来，四人脸上一片惨白，三大绝世高手修为绝世，辰南有玉如意保护，即便这样，他们在能量风暴最为稀薄的地带还是被击得受了严重的内伤。他们一齐望向小龙，心中涌起无限悲意，小龙虽然已经化身成六阶神灵龙，但早先已经耗光了力量，根本无法对抗那恐怖的能量风暴，现在只怕已经……四人走到小晨曦的身旁，发觉小龙的躯体早已经冰凉，心中大恸，刚刚化身成神灵龙的龙宝宝竟然死去了！

"呜呜……小龙龙，你快快醒来，不要睡了……呜呜……"小晨曦抱着小龙的头，悲戚地哭着，小脸上满是泪水。然而就在这一刻，令人惊异的事发生了，小晨曦的泪珠滴落在满是鲜血的龙躯上后竟然散发出七彩光华！点点光华皆涌进了小龙的体内。小晨曦似乎毫无察觉，还是不停地哭泣着，泪珠不断滚落而下，七彩光华不断绽放。就在这时，小龙突然动了一下，而后竟然慢慢张开了眼睛，虚弱地挪动了一下龙头，舐了舐小晨曦的小脸。

"啊，小龙龙你醒过来了，这是真的吗？！"小晨曦脸上挂着泪水，不敢相信地望着小龙。异变再次发生，小龙散发出一片耀眼的金光，缓缓飘浮了起来，身体慢慢缩小，慢慢变淡，最后化成一道虚影，缠绕在了小晨曦的一条手臂之上。场内几人皆忍不住惊呼，谁也没有想到会发生如此诡异的事情。小晨曦的左手臂上出现一条金光闪闪的小龙，像是彩绘一般，栩栩如生。

过了好久，那个长袖飘飘，宛如神仙中人的修道者才叹道："难道这便是传说中的神兽护体？！"其他两个绝世高手若有所思，点了点头。他们惊异地打量着小晨曦，从头到脚看了一遍又一遍。三人溺爱地摸了摸她的头，帮她擦干脸上的泪水，最后离去。辰南在听到"神兽护体"这四个字时一下子明白了其中的含义。在神话传说中强横到极至境界的修炼者，常于深山大泽之中寻觅神兽，一旦发现便强行驯服，而后利用它们可以幻化形体大小的特点，将它们封印到身体各个部位。

神兽的体魄一般强悍无比，它被封印到哪个部位，哪里便如同多了一层神甲一般，外力很难伤损分毫，而且神兽可以随时被主人召唤而出。从某种意义上来说，在这种情况下，神兽几乎成了主人的奴隶。不过神兽若受伤，性命垂危之际，可以借助主人的身体，进行自我封印，陷入漫长的沉睡中，直到恢复过来才能够被主人召唤出来。很显然，小龙知道小晨曦体质大异于常人，在性命垂危之际进行了自我封印，将自己封印在了小晨曦的左手臂之上，以期有朝一日能够恢复过来。

"哥哥……"小晨曦声音低低的，小脸上满是伤心之色，道，"小龙龙它……它……"辰南将她抱了起来，柔声道："不用担心，小龙龙就活在你的左臂之中，有一天它会调皮地出现在你的面前的。当然有个前提，你必须要健健康康，每天都要开开心心，这样小龙才能够借助你的身体早一日恢复过来。"

"太好了，刚才我似乎听到小龙龙在我心里说话，它说它很累，需要休息。我还以为是幻觉呢，原来是真的！"小晨曦长长的睫毛上挂着几滴泪水，但脸上已经充满笑意。

这一日神灵龙出世，令罪恶之城全城沸腾，只不过没有人知道神灵龙最后的下落。神风学院广场之上的众多修炼者都看到了那朵异常的"乌云"，皆听到了神灵龙的惨叫，不过他们并未感受到那朵"乌云"的莫大威压，心中虽有几分疑惑，但也无从猜测。最后副院长从三大绝世高手那里得知了事情的真相，为了保证小晨曦以及神灵龙的安全，他不得不编了一套谎言。他称神灵龙本是神风学院的一头圣龙，这次涅槃成功进化为第六阶神兽，现在已经离开学院，不知所终。

四大学院间的青年强者大赛因此中断了，四大学院的负责人决定推迟一日进行。众多修炼者在得到副院长批准的情况下，一起向学院的西北角涌去，想看看神灵龙对抗雷劫之地变成了什么样子。当人们赶到那里时惊得目瞪口呆，在竹林的深处是一片方圆百丈大小的沙漠，金黄的细沙与附近幽雅的环境显得格格不入。很明显，这是神灵龙对抗雷劫导致的结果，方圆百丈林地被肆虐的能量风暴摧残成沙地。可以想象，当时的雷电有多么地恐怖。

此时此刻，辰南和小晨曦已经另换住所，搬到了竹林的最深处，那里环境更加幽雅、宁静。八九座阁楼点缀于竹海之中，每座阁楼附近都是如画般的美景。阁楼附近，绿草如茵，鲜花芬芳，小桥流水，奇石罗列。远处，竹林青郁，鸟鸣婉转动听。如同诗境般的美景令人耳目清新，身处其中心旷神怡。

这片园林似的住所乃是专为神风学院内的前辈名宿准备的。透过婆娑的林影，可以看到不远处园林内有几个八九十岁的老人在散步，这些人在学院内地位尊崇无比，皆是退隐下来的前辈高手，这里是他们晚年间的闭关修炼所在。放眼整个神风学院，能够住在这片区域的老人不过十几人，其中包括出手救小龙的三大绝世高手。可以说，辰南目前的住所铜墙铁壁，除非数位绝世高手来袭，不然根本不可能攻破这里。辰南当然知道奸诈而又小气的副院长为何对他如此豪气。如今他体内的血液对学院的重大研究有着举足轻重的作用，同时小晨曦的体内封印着神灵龙，副院长决不会容忍他们有任何闪失。

辰南已经令逆转的玄功再次正向运行，这次他同样没有感觉到有什么不妥，玄功正向运行后和平日并无两样。不过他始终记得父亲的警告，非性命堪忧、迫不得已之际，万万不可逆转玄功。辰战已经功达仙武之境，还如此忌讳，肯定有其道理。辰南盘腿坐到了绿草地上，感受着微风的轻柔，闻着沁人心脾的花香，慢慢将心神沉浸到了体内，开始调理内伤。这一坐就是三个时辰，睁开双眼已经是太阳落山之际。绚丽的火烧云，将天边渲染得一片火红，恍惚间他有股凄凉的感觉。

他刚才内视时，发觉体内的金黄色真气中掺杂的黑亮真气又粗壮了一些，在这三个时辰中他一边疗伤，一边尝试将那缕真气化掉，但到头来徒劳无功，逆转玄功后所产生的黑亮真气始终活跃在体内。辰南有一种预感，黑亮的真气总有一天会改变些什么，不过他无从推测。

这时，不远处的竹林传来了小晨曦的笑声，一个须发皆白的老人正背着她在花丛中捉蝴蝶，辰南看得目瞪口呆。他深知这里每一位老人都是非同小可的前辈高人，这个之前从未谋面的老人竟然如此溺爱小晨曦，令他始料不及。不过他心中替小晨曦感到高兴，能够得到老人如此宠溺，足以说明小晨曦的可爱，有这样的靠山，不用为小晨曦的未来担忧了。辰南之所以有此想法，因为这几日心有所感，那完全是一种本能的直觉，似乎不久的将来有什么事情将会发生在他的身上，但无法感知是凶是吉。他非常相信自己这种玄异的直觉，因为在他所经历的二十一载岁月中，这种预感曾经一次次被证实。

他不担心自己，却担心晨曦，小晨曦是他的软肋。现在看到神风学院的前辈名宿如此宠她，当然高兴，若是哪一天他离开这里，也可以放心地将晨曦托付给他们照料。辰南隐约感觉和死亡绝地有关，因为他一直想到那里探个究竟，但那里绝对是一个大凶大恶之地，很有可能会发生一些令人意想不到的事。

这一次无名神魔涌动滔天魔气来到神风学院，古老的话语清晰地传到了辰南的耳中，在那一刻他心中的激动难以言表。具有西方古老神魔的体貌，却说着东方远古时期的话语，这预示着什么？包含了太多的信息！最起码说明无名神魔是万年前的古老存在，经历过那个众神消逝的年代！他是那场未知灾难的幸存者！

辰南的心很乱，以前对死亡绝地做出过种种猜想，但似乎都和事实真相有一定的距离。而如今无名神魔却带给了他莫大的希望，如果有可能，他非常想和无名神魔直接对话。他决定向副院长说明死亡绝地的一切，目前一个人的力量远远不够，他需要借助神风学院的力量去探究死亡绝地。

第二日，天气突然转阴，天地间竟然下起了瓢泼大雨，四大学院间的青年强者大赛被迫再次推迟。在这个雨天，神风学院三大绝世高手登门拜访，辰南将他们请进屋中，领着小晨曦和他们一一见礼。昨日下午辰南疗伤之际，小晨曦已经和附近的老人混熟，此刻见到三大绝世高手一点也不认生，先甜甜地向三个老人问了几声好，而后抱住三人当中那个修道者的袖子，撒娇道："老爷爷，你的那把小剑呢？我想让它带着我飞到空中去……"

老人溺爱地将她抱了起来，笑着道："好，待会儿爷爷让你飞起来。"几人坐下之后，老人果然满足了小晨曦的愿望，不知道他从哪里突然弄出一件光雾氤氲的器物，将小晨曦轻轻托了起来，飞到了空中，而后载着她在房间内飞旋。

"呵呵，真好玩……"小晨曦一点也不害怕，在空中快乐地笑着。

辰南运足目力发觉那是一个类似盾牌之类的器物，每一位修炼成的修道者都有几件威力奇大的法宝，料想这是老人的法宝之一，没想到他竟然拿出来给小晨曦这样玩耍。在修道者和小晨曦玩耍之际，旁边那个手握拐杖、满脸皱纹堆累的老人对辰南道："我来介绍一下吧，我们三人都为神风学院已经退休的老教师，在这里隐居修炼。老朽雷烈，乃是一名圣龙骑士，但说来惭愧，一直没有自己的圣龙……"

原来雷烈便是副院长所说的那个将小龙引回来的老龙骑士，虽然将小龙诱到了神风学院，但却不能够控制它，他心中一直有些无奈。但自从得知小龙可能是千年前第一代圣龙骑士的那头龙王，老人便感到无比自豪。通过老人的介绍，辰南已然明白了三人的身份。坐在一旁那个一直一言未发的金须金发的威猛老人乃是西方武系退下来的老教师，名为奥维，修为已达化境。那名陪小晨曦玩耍的修道者乃是东方修道系退下来到老教师，名为尹风，一身修为高深莫测。辰南明白这三个老人造访此地多半是因为封印在小晨曦体内的神灵龙。他看老龙骑士似乎想避开小晨曦和他说些什么，于是起身将老人请进了里间，奥维紧随其后跟了进去。

进屋之后，雷烈开门见山，直言道："老朽有什么说什么，不想拐弯抹角，我们三人想收晨曦为记名弟子。"辰南惊讶地张大了嘴巴，三个老人是何等的身份，恐怕徒孙的胡子都白了，竟然想收小晨曦为徒弟。不过随后他又释然，三个老人肯定因为神灵龙之故。

奥维似乎看出了他的心思，开口道："一方面我们看出这个小丫头的体质大异于常人，似乎可以用'仙肌玉体'来形容，着实让我们三人震惊无比，我们确实起了爱才之心。另一方面因为神灵龙，神灵龙也许会沉睡几年，也许会沉睡几十年，我们不希望小晨曦遇到任何危险，希望她能够修得一身傲世的修为，将来不惧任何强敌，可以从容地游走于这个世上。"辰南点了点头，和他料想一样，三个老人要收小晨曦为徒，最主要的原因还是神灵龙。神风学院绝不缺少资质超绝之辈，以三个老人的修为和身份，要想收徒弟，肯定会有大批人抢着上。

"感谢三位前辈的厚爱，能够得到三位前辈的垂青是晨曦的福分，不过……"

"不过什么？你不妨直说。"

"是这样的，之前我也曾经想教习晨曦一些武学，但小丫头似乎根本不喜欢踏入修炼这一领域，似乎很排斥。"

奥维点了点头，和雷烈相互看了一眼，道："看得出你很宠爱这个小丫头，不想她受到半丝委屈。如果我们有办法让她对修炼感兴趣，你愿意让她拜我们为师吗？"

辰南毫不犹豫地点头道："当然愿意，能够拜在三位前辈的门下是晨曦的福气。"他心中已经有了一番计较，早先几年三大高手必然要为小丫头筑基，不可能系统地教习修炼法诀，等到小晨曦入门之后，辰南想将玄妙莫测的家传玄功教给她。三大绝世高手的修为堪称震世，但辰南认为他们的修炼法诀未必及得上他的家传玄功。有三大绝世高手为晨曦打下坚实基础，将来她正式踏入修炼这一领域学习玄功时必将事半功倍，未来不可限量。

奥维和雷烈见辰南答应，非常高兴。雷烈笑道："你放心，我们三人一定会为她打下坚实的基础，我们在修炼界认识的朋友很多，一定会为她讨来天下一等一的修炼法诀，一定要将她栽培成傲然天下的人物。"

辰南对两人深深施了一礼，表示谢意。当他坐下之后，雷烈一脸严肃之色，道："现在可以和我们说一下这个小丫头的真实身份了吧，她到底什么来历？"辰南愕然，没想到会有此一问。

奥维道："自从见到那个小丫头的一刻起，我们就发现她不同寻常，之后神灵龙自封于她的体内，更是让我们感到了震惊。后来暗中观察之下，发现她的体质果然异于常人，小小的躯体称之为仙躯也不为过。如果不是她如此幼小，且没有半丝修为，我们真的认为她是一个小仙人。"辰南震惊之色现于脸上，没想到通过神灵龙事件，三个老人竟然发觉了小晨曦的秘密。他考虑再三，而后翻身跪倒在地，对着两个老人磕了三个响头。

两个老人连忙将他搀扶了起来，雷烈道："你这是干什么？"

辰南一脸正色道："请前辈答应晚辈一件事，我今日对你们所说的话除却尹风前辈外绝不能够告诉任何人。"两个老人相互看了一眼，而后郑重地点了点头。辰南这几日心神不宁，凭着与生俱来的玄秘直觉，他预感即将有大事件发生在他的身上，这完全是一种本能的直觉。这种预感令他很不安，他想趁这个机会，将小晨曦托付给三大绝世高手。现在三大高手对小晨曦宠溺有加，如果真的发生意外，他相信三人定会好好照料她的。他现在有必要先将小晨曦的一些事情告诉他们，因为晨曦若是和他们生活在一起，她不食人间烟火的秘密肯定会被发觉，还不如先一步告诉他们。

"前辈慧眼如炬，晨曦似乎真的不是凡人。晨曦是我在昆仑山中捡到的，她是自一朵奇葩中出生的……"辰南隐去了古仙遗地——百花谷和谷外遇妖的事，更没有谈及雨馨的种种，只将晨曦出世时的天地异象讲述了一遍。

两个老人闻言之后脸上满是震惊之色，久久未语。过了好长时间两人才对视了一眼，奥维道："你怎么看？"

雷烈一脸郑重之色，道："小丫头绝不是化形而成的玉妖，她一身仙气，倒像极了传说中的仙人借体重生。"奥维若有所思，点了点头。

"什么？！"辰南无比吃惊，他一直认为小晨曦不是雨馨转世重生，就是神玉通灵，化形而成。现在居然又听到仙人借体重生，这着实令他感到无比震惊。

东方有一些古老的传说，传说中一些强大的仙人如果发生意外，在形体消亡之际，能够保持灵识不灭，缓慢地聚集天地元气，经过漫长的岁月后也许能够借助外物再次修炼出躯体，当然只有极少数强大的仙人才有这种逆天的本领。这个逆天的过程艰险无比，即便再次"活"过来，原先的记忆也几乎将会永久尘封，除非新生之后再次修炼有成，或者在某种特定的外因触发下才能够恢复原本的记忆。

雷烈道："事实究竟是不是这样还很难说，一切都只是猜测，毕竟天下奇事太多，有许多事我们无从揣测。"接下来三人又围绕着小晨曦的身份问题谈论了一会儿，而后回到了外间。这时，小晨曦似乎玩得有些累了，辰南将她送回了房间，看着她进入了梦乡。

三大高手和辰南闲谈之际，终于将话题引向了神灵龙对抗雷劫之际所出现的滔天魔气。三大绝世高手未曾去过死亡绝地，不知道有无名神魔这样一个超级恐怖的存在。当日魔气中那个高大的身影惊鸿一现，他们也并未能够清晰地捕捉到，所以并不能够揣测出那股暗黑的魔气中到底隐藏着怎样的一个强大存在。不过当时那股沉重的恐怖气息令三人直到这时还心有余悸。辰南一直想找机会将在死亡绝地的所见所闻告诉副院长，借助神风学院的力量去探究那个神秘的所在，此时此刻该摊牌了，他觉得通过三大绝世高手向副院长说明更有说服力。当辰南组织好语言，向三大高手说起死亡绝地的事情时，如他所料，三人惊得半晌说不出话来。当然他是有选择性说的，他不可能提到是古神遗宝将他引到了那里，也不可能告诉三人在神灵龙对抗魔气时他听懂了那古老、低沉的话语。

好久好久之后，三大高手才醒过神来，尹风叹道："没想到传说竟然是真的……"

辰南听得莫名其妙，忍不住询问道："前辈可否明示，那个凶险的山谷是否早有传闻？"

尹风一脸凝重之色，道："罪恶之城一直有一个古老的传说，在十万大山中有一个身已死、心却还活着的恐怖存在在游荡。人们称他为'逆天者'，不知道他是神明还是妖魔，只知道他是一个无法战胜的存在，巨人、巨龙在他面前如玩偶一般弱小，根本难以承受他霸绝天地的一击。逆天者的体貌和你所诉说的完全一样，头部破碎，心脏被掏，黑白两色羽翼被撕扯下数只。唉，简直让人难以相信这是真的。传说逆天者每隔数百年现世一次，而后便神秘失踪，没有人知道他的神秘来历。据神风学院史册记载，学院创始人之一曾经在你所说的那个方向也发现过死亡绝地……"辰南大惊，没想到也有人如同他一般发现了那个如同地狱一般的所在。他惊道："他有什么发现？"

"那位前辈没有你幸运，始一进入那个山谷便被一股异常恐怖的力量推拒了出去，震惊之下他退走了。等到他联合众多高手再次寻到那里时，那个死亡山谷竟然凭空消失了，再也难以寻觅到。当时几位绝世高手反复讨论，认为那里有一座上古遗阵，而且是一座威力奇绝的惊天大阵，隐去了死亡绝地，非有通天之能，万难寻觅进入。现在想来那个神秘的所在便是逆天者的栖身之地，当真让人难以想象啊！"

通过尹风所述以及辰南的所见所闻，不难猜测出死亡绝地和逆天者的联系，毫无疑问那里是他的栖身所在。可以猜想死亡绝地所在的大阵常年封闭，千百年才打开一次，这一点和昆仑山脉中的古仙遗地颇为相似。只是不知道，死亡绝地处的大阵是受逆天者控制，还是依天地之力自行运转。虽然能够猜测到一些，但其间还是迷雾重重！最后三大绝世高手派人将副院长请到了这里，五人在辰南的屋中秘密谈论了三个时辰，商定待四大学院青年高手顶峰大赛结束之后邀各路高手探究死亡绝地，揭开它神秘的面纱。

第三日，雨过天晴，一道彩虹高挂天边，为天地间增加了一道亮丽的风景。万众瞩目的四大学院青年强者大赛终于开始了。这次顶峰大赛不同于不久前的热身赛，其影响力远远大于热身赛，吸引大陆各地无数修炼者前来观看。西方的战神学院、幻魔学院，东方的仙武学院总共来了三千多人，再加上各地的青年高手、前辈名宿，广场之上当真称得上人山人海，神风学院不得不出动学生来维护秩序。若不是神风学院广场无比广阔，根本难以容下这么多的人。由于有龙骑士参加强者对抗大赛，划定的比武场方圆足有数百丈，周围被画上了醒目的警戒线，观赛者不得踏入半步。

由于观赛的人太多，为避免有些人为观看比赛而向前拥挤造成意外，学院不得不搭建了许多高大的木质看台。此外远处的房屋等建筑物上也挤满了人，这样几乎所有人都能够正常观看比赛了。看台当中有五座最为高大、长阔，其中四座是为四大学院准备的。战神学院和幻魔学院的看台之上多半都是金发之人，仙武学院的看台之上多半都是黑发之人，神风学院的看台之上则有充满了各种发色的人，如黑发、金发、红发、绿发等。地域不同，人们的血统差别很大。第五座阔大的看台是为来自大陆各地的前辈名宿准备的，其上端坐的皆是高手，多半都是名动一方的人物。

辰南将小晨曦哄入梦乡之后来到了广场，他没有登临任何一座看台，而是挤进了人群。此时大赛早已开始，比武场内一个魔法师与一个东方武者正在激烈地拼斗。绚烂的魔法与纵横激荡的剑气到处肆虐，场外人声鼎沸，许多年轻人看得如痴如醉。

辰南动容，拼斗的两人明显都已经迈入了三阶初级境界，实力皆强悍无比。开始出场的人肯定不是最强者，往往实力卓绝者都压后，可以想象四大学院顶峰青年强者的实力有多么地恐怖。历年来每个学院允许参赛的人数上限是十六人，这一次四大学院协商后决定每个学院出场八名青年高手，共计三十二人。最开始上场的两人实力就已经这般高绝，可以想象压阵的最顶尖者实力是何等地强悍。

辰南暗暗思忖，如果不是在晋国都城开元城一战之后功力大进，恐怕和三十二位最强者比起来没有半丝优势。即便此刻他已经达到三阶大成之境，也不敢自大地认为比这些顶尖青年高手都强。他隐隐觉得可能有人已经达到了第四阶境界。这种猜测不是没有根据的，他荒废四年光阴，修为都已经达到了这般境界，世上奇才无数，肯定有许多惊才绝艳之辈，如果得遇名师，再加多年苦修，肯定有修为惊世的超级青年强者。

此刻，场内两人的大战已经接近了尾声，那名东方武者忍耐多时，待魔法师逐渐力竭之后，终于爆发，将魔法师诱骗到低空后，一道璀璨的剑气冲天而起，瞬间洞穿了魔法师的左肋。伴随着一声惨叫，血花喷洒，魔法师自空中坠落地面，东方武者大获全胜，仙武学院看台的方向传来一片欢呼之声。神风学院为来自大陆各地的成名高手搭建的那座阔大的看台离辰南非常近，其上端坐的皆是名动一方的人物，多半都是些上了年岁的老人，放眼望去是一片白花花的头颅。

在第二轮大战没有开始之际，辰南细细地打量着那些人物，看台之上大约有数百人，那些老人皆精气神十足，每一个人都流露着一股强者的气势。看台之上有一排人物明显不同于其他人，那十几人似乎皆是德高望重之辈，其他人如众星捧月一般将他们拥簇在正中央。其中一个年轻的女子格外引人注目，其他人的年龄都在五六十岁以上，唯独她仅双十年华，但却和那十几个老人平起平坐，着实令辰南感觉惊异。细看之下，他心神大震，眼前的女子当真称得上艳压天下，冠绝群芳。

此女身穿一袭白色衣裙，乌黑、亮丽的柔顺长发自然披散在肩头，雪白的肌肤如同凝脂美玉一般隐隐有辉华闪现，一双灵动的眸子充满慧光，琼鼻挺俏秀美，红唇泛着惑人的光泽，秋水为神玉为骨，堪称绝代佳人。这一世辰南已经见过几位堪称绝色的女子，如楚国长公主楚月、小公主楚钰，魔法少女东方凤凰，中性美女龙舞。长公主心思缜密，成熟、睿智；小公主心思玲珑，活泼好动，宛若精灵；东方凤凰任性、率直；龙舞神采飞扬，风采自信。几女在容貌上也许不次于眼前的女子，但在气质上却输了一分，看台上的女子仿佛集天地灵秀于一身，整个人透发着一股灵气，如精灵似仙子。

辰南即便早已见识过几位绝色美女，心还是不争气地加速跳动了起来，感觉脸上一阵发热。台上的绝代佳人似心生感应一般，朝他这里看了一眼，淡然一笑，而后望向别处。辰南感觉如沐春风，心神一阵荡漾，眼神再难离开身着白衣的女子。在这一刻，他的家传玄功仿佛受到一股未明气息的激发，自行运转了起来，辰南心中一震，蓦然醒转。

"好厉害的女子，灵觉敏锐，功法奇异……"辰南自语道。这时他忽然有一丝奇异的感觉，觉得高台之上钟天地灵秀的女子异常熟悉，仿佛似曾相识，他陷入沉思，忽然心中大震，差一点惊叫出声。万年前曾经有一个谜一样的女子，如划破长空的彗星一般，照亮了整个仙幻大陆。那是一个集美与智慧于一身的神秘女子，没有人知道她的师承，没有人知道她的过去，她游走于各大势力之间，当时大陆上许多重大的事件都曾经闪现过她的身影。神秘、美貌、智慧，令无数青年为之疯狂，她就是澹台璇……

直到万年后辰南才明白自身修为不进反退的原因，一切皆拜当年的仙子澹台璇所赐。自从得知真相后，他曾暗暗发誓，有朝一日武破虚空，一定要找到破空仙去的澹台璇了结恩怨。然而就在此时此地，他忽然发现台上那个绝代佳人竟然和澹台璇极其相似，两人虽然容貌不同，但气质神似到了极点。

"这……"辰南感觉震惊无比。旁边几个年轻人正如痴如醉地看着台上那个女子，辰南用手轻轻碰了碰他身边的一个人，道："请问兄台，那个女子是什么人，为何能够和那些前辈高人坐在一起？"

那个年轻人目不斜视，依旧痴迷地看着台上的女子，喃喃道："梦可儿，澹台派当代最杰出的传人，代表她师父来观赛，世上最美的女子之一……"年轻人如梦呓一般。听到"澹台"二字，辰南脸上瞬间变色，双拳紧握，眼中射出两道寒光，一眨不眨地盯着台上的梦可儿。

他再次问道："请问澹台派是怎样的一个门派？"可是此时那个年轻人似乎已经陷入虚幻之境，呆呆地看着台上的绝代佳人发愣，不再回答他。旁边的一个年轻人诧异地看了看辰南，道："不会吧，你没听说过澹台派？这个门派是东方最为古老的门派之一，也是东方修炼界的古圣地之一。"

辰南做出一副虚心受教的样子，道："小弟孤陋寡闻，请兄台细细说明一下。"

那个年轻人并未多想，道："保守估计，该派已经传承数千年，香火一直不熄。该派祖师别开天地，将武学与道法融合在一起，其修炼法诀玄秘无比。门人弟子皆是真正的高手，但该派之人很少行走于大陆，但凡出面者必是人中龙凤。据说该派祖师已经破空飞仙，但千年前曾经降临人间，在大陆各地都曾留下过仙迹，听人说似乎名为澹台璇。传说是否真实，已经无从分辨，毕竟已经过去了太久的时间。"

辰南现在可以肯定，澹台派必是万年前的澹台璇创立无疑，忍不住冷笑道："嘿嘿……"

那个年轻人看辰南对着台上的梦可儿冷笑，暧昧地道："嘿嘿，兄弟，我劝你还是收收心思吧，古圣地出来的最杰出传人不是你能够'招惹'的。该派的人在大陆上备受人尊崇。而且实力也都无比惊人，称得上同辈人中的翘楚，即便是四大学院的最顶峰强者都不一定是她们的对手。你若是……嘿嘿，只能自找苦吃。"辰南无言地笑了笑，转身走向别处。那个年轻人在他身后喊道："兄弟，我说的是真话，天涯何处无芳草，色字头上一把刀……"辰南不理他的胡言乱语，向后挥了挥手。他心中已经有了一番计较，他和澹台派之间注定会发生一些

"奇妙的事"。

此时，第二场大战已经开始，战神学院的一名西方武者已经和神风学院的一名东方武者战在了一起，斗气对剑气，战况非常激烈。辰南已经走出了人群，在外围透过人影依稀能够看到场内的比斗。然而就在这时，他感到了一股若有若无的杀气，凭着敏锐的灵觉他觉察到危险正在一步步临近。他心中一惊，究竟是什么人如此大胆，难道想利用这种场合趁乱将他袭杀？

辰南将手按在了刀柄之上，嘴角泛起一丝冷笑，杀气正自背后接近，他已经锁定了那个人。一道寒光如闪电一般突现，向他的后心刺去。这种刺杀很有技巧，来人修为显然不低，但为避免被辰南察觉，没有激发出半丝斗气，直接用利刃朝他刺去。总的来说这个杀手经验很老到，掩藏功夫很到位，算得上一个成功的杀手，但可惜碰上了一个狠角色。

辰南并未转身，手握刀柄，连带着刀鞘向后刺去，刀鞘在刹那间碎裂，刀芒璀璨，如匹练一般将背后的细刺剑击碎。刀气不衰，摧毁刺客的利刃之后，锋芒依然璀璨，瞬间洞穿了刺客的左肋，血花喷溅，空中洒下一大片血雨。刺客显然是老手，受重创之后毫不慌乱，倒飞出去三丈距离而后跳起，风驰电掣一般向广场外跑去。

这一切都发生在一刹那，大多数人都在观看场内的大战，没有几个人注意到这里。辰南挂着一丝冷笑，不慌不忙地追了下去。刚才不是没有机会击杀那名刺客，但他不想那样做，他想顺藤摸瓜，找出背后的主使者。他不紧不慢地跟在那个刺客的身后，远远地跟着。令辰南惊奇的是，刺客并没有逃离神风学院，而是跑进了神风学院的三号演武场。

三号演武场虽然远远不如广场那样广阔，但占地也很广，平日学院内一些规模不算太大的比斗都在这些演武场内进行。辰南冷笑了起来，很显然这个杀手是有意将他引到了这里。如今神风学院几乎出动了所有学生维持广场的秩序，其他没有分配到任务的学生也都在广场观看比赛，可以说其他地方几乎没有人。显然刺客不是一个人，他们有意将辰南引到这个无人的地方，想对他进行围杀。辰南虽然已经猜到，但还是再次迈步，进入了演武场，如今他修为大进，没有丝毫惧意。他相信即便不敌，也可以从容远退。果然如他所料，看台背后转出三个蒙面人，当中一人帮逃到这里的刺客包扎了一番，而后四人一起向辰南逼去。

"嘿嘿，护国奇士大人，今天对不住了，为了赚钱生存，我们只能得罪了……"辰南打断了他的话语，冷声道："少说废话，直接说出谁派你们来的，不然就直接动手吧。"

蒙面人被噎得一时无话，他狠狠地瞪着辰南，过了一会儿才道："辰南，你少要张狂，今天你插翅难逃。"辰南不再说话，用行动表态，直接将长刀握在了手中。

另一个蒙面人开口道："不要以为你在晋国都城大战之后就真的跃身为顶级强者了。据我们所知，你之所以能够劈杀临近五阶境界的高手陶然，是因为施展了一门极霸道的功法。哼，但凡这种功法利有多大，害有多大，你不可能每次都能够施展出。"

辰南诧异地看了看眼前几人，没想到他们还能够有这番见地，随后冷笑道："你们无非内心害怕，想让我自己说明一下。你们还想分散我的注意力，为暗中的人做掩护，想偷袭我。后面的人出来吧，不要再遮遮掩掩了。刚才我还在奇怪，凭眼前这几个废柴怎么敢和我叫板呢，原来如此！"四个蒙面人脸上的面纱一阵颤动，可以看出他们心中异常恼怒。的确，凭两个一阶西方武者、两个一阶魔法师，根本难以奈何辰南。

"够狂妄，不过有狂的本钱。"两个蒙面武者自演武场入口处的看台后面转了出来，从两人所流露出的气势看，显然都已经达到了二阶境界，两人堵住了出口。

辰南叹了一口气，道："难道非要一个一个地出来吗，另外两个人也出来吧。"两个魔法师自暗中走了出来，和刚才那两人站在了一起。这样，前后共八人将辰南夹在了演武场正中央。四位魔法师飘浮到了空中，开始聚集魔法能量，四个武者缓慢上前，开始提聚功力，向辰南逼去。此时八人的实力已经展现而出，四个魔法师中三人处于一阶境界，一人已经达到了二阶境界。四个武者修炼的皆是西方的斗气，两人处在一阶境界，另两人已经达到了二阶境界。五名一阶高手，三名二阶高手，这股力量合在一起，实力惊人。另外魔法师与武者相互配合，这种组合最为可怕，使攻防实力大幅度增长。

这样八个阶位高手联合在一起的实力岂容小视，辰南如果不是近来修为大进，现在早已落荒而逃了。鉴于遭遇过几次围攻，他修为大进之后痛下苦功，将几门需要强横功力才能够施展的绝学修炼成功。他心中笃定，实在不敌他还可以借助神虚步逃生。神虚步玄妙无比，能让一个人的移动速度快若闪电，适合混战，更适合逃命，传说练到最高境界能够离地而起，御空飞行。跟这些杀手没有道义可讲，辰南手持长刀向那名受伤的蒙面人冲去，迅如闪电，眨眼就冲到了他的眼前。

所有蒙面人都大吃一惊，没想到辰南竟然主动出击，而且速度快得让人感到不可思议，恍若鬼魅一般，双脚似离地飘了起来。空中的魔法师急忙发动魔法，其余的三名武者也慌忙援救。但辰南的速度真的太快了，神虚步不愧为远古神妙的步法，一瞬间就冲到了那个蒙面人的身前，出手无情，长刀寒光一闪，一片刺眼的光芒闪烁而过，刀气冲进了蒙面人的体内。

蒙面人手中的剑还未举起，便发出一声惨叫，倒了下去。刀气虽未真个将他洞穿，但大面积的刀气透体而入，已经摧毁了他多处经脉，他的一身功力几乎彻底废去。并不是蒙面人修为不够强，只因为不久前被辰南在广场外刺穿了左肋，负重创在身，加之辰南刚才的速度实在太快，所以才照面就倒了下去。辰南的身体如一道电光一般，留下一道残影快速退回了原处，自空中劈落而下几道魔法攻击全部落空，快速冲来的三个武者也白白出手。

如此身手令这些蒙面人倒吸了一口凉气，这简直太恐怖了，还未真个交手，他们这一方便折掉一人。倒在地上的蒙面人费力爬了起来，无言向场外走去。辰南没有拦他，他知道刚才那一击的威力，如果没有奇迹发生，那个人被摧毁的经脉很难复原，他这一生恐怕再也难以踏入修炼界了。所有蒙面人都默不作声，或许他们早就有这种觉悟，杀人者人恒杀之，夺命赚钱早晚要以命偿还，留下性命黯然收场也许是最好的结果。

　　这些人手上都有几十条性命，皆是一些冷血之辈，短暂的沉默后便又恢复了过来，一起呐喊向辰南冲去。如果真个正面交锋，辰南还真不是这七人的对手，毕竟三个二阶修炼者和四个一阶修炼者合在一起的力量实在太过强大了。但如今他掌握了神虚步，有如神助一般，一击之后快速远退，身体化成一道道虚影在演武场内忽东忽西，让人不可捉摸，令七人心中泛起一股无力感。空中的魔法师无比惊骇，他们能够在空中快速移动飞行，这是他们最大的优势，但却无法准确捕捉到辰南的身影，发动几次魔法攻击都告落空。

　　辰南心中无比喜悦，神虚步果然极其玄妙，面对众人的围攻，他进退从容，穿梭于斗气与魔法波束之间，毫无阻滞。当然这也不完全是神虚步的功劳，三阶大成之境和三阶初级境界不可同日而语，此时他的修为比之从前强上太多了。现在辰南几乎已经立于不败之地，他不再刻意躲避，开始主动攻击，刹那间演武场内冲腾起无数道金色的剑气。

　　“喀啦”一声大响，一道闪电当空劈下。辰南不避不闪，举刀向上劈砍，近两丈长的实质化刀芒破空而上。“轰”的一声，闪电撞上了刀芒，两股不同性质的能量相互冲击，爆发出一团耀眼的光芒，最后化为无形。辰南嘴角泛起一丝笑意，面对魔法攻击，他不再像先前那样无所适从了。说到底魔法不过是形式不同的能量而已，如果力量远远强盛于那股能量，一破百破。他想起以前和魔法师对抗时的蹩脚样子，一阵汗颜，以前由于对魔法不了解，和东方凤凰大战时束手束脚，赢得异常费劲。他自信如果现在重新和东方凤凰对战一次，绝不会像上次那样大费周折了。

　　辰南手中长刀大开大合，对抗七名阶位高手，一时间演武场内剑气、斗气、魔法到处肆虐。如果有人看到一个年轻人竟然独斗七大阶位高手而不败，一定会大吃一惊，必要惊叹此人神勇。由于立于不败之地，辰南慢慢放松了心神，逐渐沉浸到一种奇妙的武境当中。在这一刻，他心无杂念，只有对武道的追求，手中长刀挥洒心中武意，绚烂的刀芒不断变化，势若长虹，纵横激荡，无匹的刀气传出阵阵破空之响。

辰南心中无我无物，只有一丝对武的执念，许多武学上似是而非的问题，随着他手中长刀的挥动，渐渐明朗起来。他的身体透发出阵阵若有若无的七彩光华，手中长刀激发出的刀芒越来越强盛，他的四周充盈着一片彩光。围攻他的七人骇然失色，他们都是修炼之人，怎会不明白辰南此时的状态，知道他已经沉浸到了一种奇妙的武境当中，极有可能会在大战中做出突破。如此持续近半个时辰，七人越战越害怕，他们相互看了一眼，明白了彼此的心意，知道不能再放任辰南继续下去了，一定要想办法破坏掉他的这种奇妙状态。

四位魔法师疯狂聚集空中的魔法元素，魔法能量涌动，随后光芒闪现，铺天盖地的风刃从天而降。风刃大小不一，但皆寒光闪闪，密集地分布在空中，总共有千百道，如此恐怖的魔法攻击，在空中荡起阵阵剧烈的能量波动。围攻辰南的三个武者也齐聚功力，斗气一重接着一重，从三个方向如海浪一般向辰南冲击而去。来自空中和地面全方位的攻击，如怒海狂涛一般涌向辰南，但他却毫不在意，没有"醒转"的迹象，仍然沉浸在那种奇妙的武境当中。此时他体内的真气在外界的压力下自行加速运转了起来，如滚滚长江，似滔滔大河，越来越壮大，随后护体真气溢出体表，他的身体散发出的彩芒越来越强盛。

铺天盖地的风刃狂猛冲击下来之际，辰南手中长刀一旋，刀对长空，连续劈斩。一道道炽烈的刀芒似霸龙出海，威荡八方，逆天而上，将那片铺天盖地般的风刃冲击得不成样子，绝大多数都消散在空中。而后他一个旋身，长刀猛挥，横扫四方，刀芒划破虚空，将那如潮水般奔涌而来的斗气彻底击散。这时，空中部分没有消散的风刃袭到了辰南的身前，但在他体外三寸处便受到了一股莫大的阻力，皆悬空凝住，难进分毫，随后这些风刃纷纷爆碎，彻底消散。

辰南仰天长啸，长刀向天，四道冲天刀气直冲而起，血水飞溅，两名魔法师被刀气洞穿了身体，坠落地面，生死不明。另两个魔法师慌忙逃到高空，再不敢靠近地面。地面上的三个武者皆大惊失色，从开始到现在已经大战了近半个时辰，辰南似乎越战越勇，没有现出半丝疲累之色，而现在竟然又劈下两个魔法师，他们心中涌出一股寒意，相互看了一眼，快速聚在了一起。辰南手持长刀大步向他们逼去，每向前迈一步，大地都跟着颤动一下，迫人的压力令三个武者脸色一变再变。

"斩！"辰南大喝道。刀破虚空，两丈长的实质化刀芒斜着向三人劈去，无匹的刀气透发着莫大的威压，令三人身心俱感到一股浩大的压力。三人硬着头皮举剑相迎，绚烂的斗气向耀眼的刀芒冲撞而去，空中的两个魔法师飞快俯冲而下，劈下两道巨大的闪电后又快速直冲而起。三重斗气首先与刀芒冲撞在一起，但仅一瞬间便被冲散了，刀芒也暗淡了许多，但依旧向前冲击而去，合在一起的三个武者被迫分开快速躲避。与此同时，辰南正在挥刀劈斩自高空直落而下的两道巨大闪电，几重刀气冲腾而起，和闪电相遇在一起之后在空中发出阵阵"隆隆"之声。最后两股能量两相抵消，爆发出一大片耀眼的光芒之后消泄于无形。

击溃闪电攻击的一刹那，辰南脚踩神虚步，迅若闪电，向前方的三个蒙面武者冲去。三个武者大吃一惊，辰南的速度太快了，当他们举起长剑来时，辰南已经到了眼前。"叮当"几声脆响，三人手中的长剑已经被辰南激发出的刀芒斩去了一截，三人手持断剑迎击。辰南身形似鬼魅，在三人间穿梭往来，刀气一重接着一重向三人席卷而去，此时，三个蒙面人早已疲累不堪，再难抵挡汹涌奔袭而来的刀气。仅仅片刻间，三个蒙面人手中的断剑便在刀气的冲击下彻底碎裂，空中的两个魔法师想要援救，但辰南的速度实在惊人，难以捕捉，两个魔法师怕误伤到三个蒙面武者，迟迟不敢发动魔法攻击。

三个蒙面武者赤手空拳之下实在难以抵挡，其中一个人大叫道："停，我有话要说。"辰南已经从那种奇妙的武境中"醒转"了过来，但不为所动，刀势一如从前，很快一个蒙面人便被刀芒贯体而入，鲜血喷涌，倒地翻滚不停。

"停，快停下，我说出到底是谁想杀你。"

辰南收刀而立，感觉神清气爽，没有感觉到丝毫疲累。在刚才那种奇妙的武境中，他一身功力似百炼精钢再次被精炼般，更加精纯，许多武学上似是而非的问题，也在那种状态下融会贯通。他看着蒙面人，嘲弄道："你可真有职业道德啊！"

那个蒙面人的面纱一阵颤动，看得出他愤怒、羞愧无比。"要杀你的人是拜月国三皇子仁剑，不过拜月国近来政局发生动荡，他已回国争权，留给你一封书信。说如果我们不敌，可以将书信交给你。"说着，那个蒙面人从怀中掏出一封信，抖手向辰南甩来。辰南两根手指夹住飞来的信纸，展开后观看，上面仅有几句话：你和楚国的关系，我了解得清清楚楚。没有永远的敌人，只有永远的利益，希望有朝一日，能够和你合作。辰南一皱眉，而后一把揉碎了纸张，身体在原地留下一道残影，快速冲到了那两个蒙面武者的身前，举刀横劈。两人措手不及，几个照面后发出惨叫，刀气透体而入，两人摔倒在地。

"你……卑鄙，为何偷袭？！"

辰南冷笑道："笑话，你们这些杀手有资格责怪我偷袭吗？自己本身就见不得光！"

"我们已经将雇主的书信给了你，也说出了他的名字，你为何还如此？"

"哼，你们是真幼稚，还是在装糊涂？来此袭杀我，仅仅一封信、几句话，就以为没事了？世上哪有这么便宜的事！在神风学院我不想开杀戒，但必须废去你们的功力，免得你们以后继续作恶。"

"不行，你不能那样做。"倒在地上的几个杀手疯狂地大叫着，"求求你了，不要废掉我们的功力，我们宁愿用一条手臂换取。"

辰南叹了口气，道："杀人者人恒杀之，废去你们的功力，让你们像平常人一样生活，已经是对你们最大的恩赐。"他对着地上几人拍了几掌，不理他们的惨呼，而后冲着空中的两个魔法师道："现在轮到你们了。"他抬脚将地面上半截断剑踢了起来，朝空中激射而去。空中的两个魔法师早已胆寒，知道再不可能伤得了辰南，便转身向演武场外飞去。辰南嘴角泛起一丝冷笑，脚踩神虚步，在后面紧追不舍，在演武场的出口处腾身而起，跃上一座高大的看台，而后再次腾空而起。

空中的两个魔法师吓得亡魂皆冒，急忙再次向高处飞去，但就在这时，辰南擒龙手已经挥出，一个巨大的光掌飞快向空中的魔法师袭去，一瞬间便将那个二阶魔法师包裹住了。擒龙手将那名魔法师席卷而回，同时，辰南的身躯向地面坠去，他腾出另一只手不断向下轰击，阻挡下坠之势。当他安然落在地面上时，擒龙手也正好将那名魔法师捉了下来，辰南一把揪住他的衣领，将他狠狠地掼在了地面。魔法师惨叫一声，痛得差一点背过气去。辰南一只脚踩在他的后背之上，看着渐渐远去的魔法师，一阵皱眉，但嘴角很快又泛起了一丝笑意。他用力踩了一脚魔法师，恶狠狠地道："想不想活命？"

魔法师再次惨叫了起来，道："想……想活命……"

"想活命的话就按我的命令做。"说着，辰南双脚踏在了魔法师的后背上，道："马上给我飞起来，去追前面那个混蛋。"

魔法师一阵龇牙咧嘴，颤声道："可是你……你踩着我呢……"

"废话，我就是要你载着我去追那个家伙。"

"什……什么？！"魔法师气得差点没背过气去。

"你到底想不想活命了？"辰南稍微用力踩了一脚，痛得这个二阶魔法师眼泪差一点流出来。

"我答应你，不要用力了……"魔法师痛苦地呻吟着，而后念动咒语，载着辰南慢慢飘浮了起来。此时，前方逃走的那个魔法师已经停了下来，正在远处向这里观望，看到同伴竟然被辰南踩在脚下向他飞来，他惊讶得下巴差一点掉下来，而后警醒，慌忙飞逃。辰南稍微用力踩了一脚身下的魔法师，道："快追！你是二阶魔法师，他才达到一阶境界，如果追不上他，当心我立刻毙掉你的性命。"魔法师闻言，身体一颤，飞行速度明显加快。

"不行，继续加速，不要给我耍什么诡计，你应该清楚我的实力，如果我发现不妥，保准会先结果你的性命。"魔法师无奈，长叹了一声，快速向前方那个魔法师追去，距离越来越近。

前方的魔法师发现情况紧急，开始不辨东西，亡命飞逃，最后竟然冲进了神风学院广场上空。此刻广场之上正在进行四大学院青年强者的顶峰之战，聚集了上万人在围观，他突然飞临广场上空，很快引起了一些人的注意。当辰南脚踩魔法师追来之际，广场之上已经有大部分人看到了空中的景象，他们吃惊地张大了嘴巴，纷纷惊呼议论。

"天啊，我没看错吧！"

"那是……人形魔兽载着他的主人？！"

"那似乎……不是魔兽，是一个人吧！"

"哦，天啊，神风学院难道想表演一些节目来助兴？！"

……

广场上众人纷纷惊呼，指指点点，议论之声瞬间传遍了每一个角落，最后所有人都察觉到了空中的异常，纷纷仰头观望。就连看台之上稳如泰山的前辈名宿也忍不住向空中张望，看清空中的情况之后，忍不住"噗"的一声将口中的茶水喷了出去。副院长气得胡子翘了又翘，没想到辰南居然如此"耍宝"，令他感觉颜面大失。广场正中央的大战似乎已经失去了众人的注意力，几乎所有人都在仰头观望。终于有不少人认出了辰南，许多年轻人再次惊呼。

"那不是楚国的护国奇士辰南吗……"

"是他，我亲眼看见了他在晋国都城的一切，怒劈恶少、飞刀屠龙、一人独抗千人军队、逆天七魔刀斩杀五阶绝世高手，都是他干的！"

"他就是那个杀人魔王？！"

"他又想干什么？！"

"抗议，严重抗议！他竟然把尊贵的魔法师当作魔宠一般对待，要求惩罚他。"

……

辰南脚踩魔法师御空飞行，很快追上了前方的那个人，举右掌向前拍去，一道气劲冲进前方魔法师的体内，他惨叫了一声，摇摇晃晃向地面坠去。辰南下手很有分寸，摧毁了魔法师体内部分经脉，并没有取他性命。事已至此，他想命令身下的魔法师降落到地面。然而就在这时，广场西北方向发出一声震天虎啸，一个头生独角肋生双翼，通体雪白的老虎飞腾而起，如风驰电掣一般，瞬间来到了他的眼前。

飞虎之上端坐之人正是楚国小公主楚钰，她身着鹅黄色衣裙，乌黑亮丽的秀发随风飘扬，肌肤似雪，坐在通体雪白的虎王身上，如同临尘的仙子一般。此刻，狡黠的小公主一双灵动的大眼满是戏谑之色，她不怀好意地冲辰南笑了起来，道："嘻嘻，真好玩，败类你可真威风！"

辰南深知她的恶劣本性，不想和她纠缠，想打声招呼便走人，道："小恶魔你来干吗？"

"我？我当然是来帮你啊。"小公主脸上充满了迷人的笑容，当真称得上一顾倾人城，再顾倾人国。不过辰南可不这样认为，在他看来，小公主的笑容无疑是邪恶的，他似乎看到了一个头生双角、背生蝠翼的恶魔在冲他张牙舞爪。他道："小恶魔，你可不要乱来，现在绝大多数人都已经知道了我的身份，肯定也有少数人猜测到了你的身份，在众目睽睽之下，你这个公……可要注意礼节啊！"辰南瞥了一眼脚下的魔法师，将"主"字咽了回去。的确，自从辰南的身份曝光，小公主的身份也引起了部分人的怀疑，现在已经有少数人得知了她的身份。

小公主冷哼了一声，道："知道又如何？嘿嘿，我现在就想帮你把你脚下的魔法师解决掉，看你做自由落体运动。"她笑得甚是邪恶。

辰南可真是吓了一大跳，如果是在地面，他无所畏惧，但现在在空中，狡猾的小公主有飞兽虎王相助，他立时感觉不妙，急忙对魔法师，道："快快降到地面。"魔法师背负着一个人，早已感觉疲累不堪，闻言便飞速向下落去。

小公主笑嘻嘻地道："想跑，没那么容易。小玉快攻击他们，把曾经欺负过我们的家伙摔下去。"虎王张嘴喷吐出一大片烈焰，向辰南席卷而去。魔法师对空中荡漾的魔法元素格外敏感，发觉攻击，出于本能立刻念动咒语撑起一面水幕，将火焰阻挡而回。

辰南乐得不出手，谨慎地盯着紧追不舍的虎王。小公主气急，冲魔法师喊道："大笨蛋，你都被人这样欺负了，还在帮他，你如果还是个男人，赶紧把他摔下身去。"魔法师何尝不想将辰南丢下去，但他知道稍微妄动，就可能陷入万劫不复之地。从他开始很快就屈从于辰南，可以看出他是一个贪生怕死的人，早先都已经妥协，现在就更不愿冒险反抗了。小公主见喊话根本没有任何效果，而且距离地面越来越近，有些焦急，只得命令虎王发动更猛烈的魔法攻击。小玉对辰南没有半丝好感，有的只是深深的怨气，现在格外卖力，围绕着辰南和魔法师狂轰滥炸。

魔法师早先已经透支魔法力，现在没有多少力气了，暗骂自己一声傻瓜，不再抵挡来自虎王的魔法攻击，统统甩给了辰南。辰南劈砍出一道道刀气，将魔法攻击一一化解。小公主又气又急，没想到在空中也无法奈何辰南。地面上的修炼者吃惊地望着高空，没想到现在居然上演了一场空战，这突来的事件吸引了所有人的目光。可以预想，在接下来的一段时间里，辰南之名必然会再次成为人们谈论的焦点。

辰南看着围着他飞来绕去的小公主，嘴角泛起一丝笑意，轻声对魔法师传音道："以最快的速度向那头飞虎冲去，我保证你在这个过程中毫发无损。"魔法师犹豫了一下，而后停止下落之势，快速向小公主冲去。小公主吓了一大跳，没想到对方突然反袭，赶紧命令小玉躲避。但为时已晚，辰南擒龙手闪电般挥出，巨大的金色光掌散发着祥瑞之光向她和虎王笼罩而去，一人一虎未来得及做出任何反抗便被席卷而去，这一绝学引起地面上无数人惊呼。

"啊，又是这个烂招……"小公主气得在光掌中挣扎叫嚷，当初在楚国帝都她就是被辰南用擒龙手捉住的，导致她差一点成为辰南的侍女，现在又被这一绝学所困，她又气又恨。

"哈哈，小恶魔，你三番五次地招惹我，一定要给你一些教训。"辰南看着一人、一虎不断挣扎，大笑了起来。

"你……你敢？！"小公主心虚地叫道："不要忘了你是我的奴隶，已经和我签下了契约，如果敢对我不敬，我就把它公之于众……"辰南听到这些话后有一股抓狂的感觉，想起了在楚国西境时的悲惨遭遇，快速收拢擒龙手一把抓住了小公主，而后翻身跃到了虎王的背上。

"啊，死败类你放开我……"小公主又惊又怕，心中气恼不已，每次算计辰南时，最终她似乎都要倒霉。看到小公主色厉内荏的样子，辰南"嘿嘿"笑了起来，这令小公主一阵发毛。这时失去擒龙手的束缚，虎王开始挣动了起来，想把令它万分痛恶的辰南甩下身去。辰南用拳头在它头上砸了一记，喝道："你的主人在我的手里，难道你想让我把她扔下去吗？"

虎王真可谓万分委屈，大仇人就坐在自己的背上却无可奈何，最后停止了挣动。魔法师见辰南跃到了虎王的背上，眼珠转了转想就此逃走。辰南看出了他的意图，冷笑道："你如果自信快过这头虎王，不妨逃走试试看。"闻听此言，魔法师身体一颤，最终没敢动弹。

这时小公主手、脚、口齐动，像个小豹子一般对辰南又抓、又踢、又咬，口中还不停地咒骂："死败类，我咬死你、抓死你、踢死你……"她了解辰南的底线，知道他目前肯定不会和楚国翻脸。所以，她现在虽然很害怕，但依然不示弱。

"哎哟，小恶魔还真敢咬我？！"辰南一不留神真的被她咬到了手臂，痛得一阵龇牙咧嘴。他快速掰开了她的小嘴，而后将她横着按在了虎王的背上，抬手对着她浑圆挺翘的臀部就是一巴掌。

"啪！"

"哎哟……死败类，你敢打我？！我和你没完……"小公主又羞又气，不断挣动。辰南想到小公主的种种可恨之处，再想起卖身契约，他感觉身上似乎有一团火在燃烧，当下不再犹豫，按住她曲线曼妙的娇躯后，抡起巴掌对着她的臀部就是一顿乱盖。"噼啪"之声不绝于耳，地上观望的众人吃惊地张大了嘴巴，小公主看到下面的人指指点点，羞愧得无地自容。

一国公主竟然被人在大庭广众之下这样对待，成何体统，小公主羞气得都快哭了，最后不得不妥协道："哎哟，死败类，我再也不害你了，快停手，哎哟，快停手，要是传到我姐姐耳中，她不会放过你的，哎哟……"削了一顿巴掌，辰南感觉神清气爽，总算出了一口恶气。神风学院看台之上，副院长吃惊得下巴都快掉下来了，别人不知道小公主的身份，他可知道，没想到辰南竟然胆大包天。广场西北角，东方凤凰也同样吃惊地张大了嘴巴，多日的相处，通过蛛丝马迹，已经猜到了小公主的身份，她急忙驾御神雕冲天而起。

与此同时，一座高大的看台之上彩光一闪，一个风华绝代的白衣女子脚踩玉莲台徐徐飞上高空，仿佛神仙中人一般。广场之上无数人惊呼，许多年轻人都恍惚以为仙子临世。白衣女子脚下的玉莲台直径一米，莲瓣晶莹、璀璨，重重叠叠，散发着五彩之光，其上弥漫的氤氲彩雾如同袅袅娜娜的仙气在缭绕。绝代佳人立身于玉莲台之上，无双的容颜挂着淡淡的笑容，如雪的肌肤似凝脂美玉一般，隐隐有光华闪现。衣袂飘动，长发飞扬，白衣女子真如谪临人间的九天仙子。

"太美了，仙子啊！"

"她是一个修道者！"

"她名为梦可儿，为古圣地澹台派最杰出的传人……"

"真的是古圣地传人，那朵玉莲台为澹台派至宝！"

"天啊，天下竟然有如此美丽的女子！"

……

广场之上绝大多数都为年轻人，梦可儿始一飞临到空中，人群一下子沸腾了。

金色巨雕划破长空，先一步来到辰南的近前，东方凤凰一身紫衣，婀娜曼妙的娇躯近乎完美，无双的容颜布满了寒霜，冷冷地看着辰南。自从得知辰南的真实身份，了解他的真正实力后，东方凤凰知道"大仇"一时难报，再也没有找过麻烦。由于近来发生了一系列的大事，在神风学院内关于她和辰南的流言渐渐淡化了，被人们遗忘，若还是像以前那样，东方凤凰也不会像现在这样从容。

"败类辰南快放开小麻烦，今天是四大学院青年强者大赛正式开始之日，你肆无忌惮地在上空逞威，成什么样子！"虽然已经知道辰南的真实身份，但东方凤凰由于心怀怨气，还是称呼他为败类。

"啊，凤凰姐姐快救我，把这个死败类、大混蛋踢下去，哎哟……"小公主刚一叫嚷，挺俏的臀部又被辰南拍了一巴掌。

这时梦可儿脚踏玉莲台，已经飞临到这里，悬停于空中。道家至宝玉莲台晶莹璀璨，真如仙人的九品莲台一般。梦可儿立身其上，眼中流露着慧光，脸上漾着一丝微笑，显得睿智而又自信。其绝代风华令东方凤凰和小公主震惊不已，她们本已是倾城倾国之色，但在此姝面前还是感觉到了莫大的压力。至于那个魔法师，早已看得呆住了，眼睛一眨不眨地盯着玉莲上的绝代佳人，口水都快流出来了。梦可儿钟天地之灵秀，身上透发着一股灵气，辰南看到她便想起了万年前那个集美与智慧于一身的神秘女子澹台璇，心中涌起一股难言的滋味，他"嘿嘿"一阵冷笑。

梦可儿冲东方凤凰点了点头，而后面带微笑对辰南道："辰兄，你为何在空中动武？"

小公主一双大眼转了转，叫道："姐姐快救我，这个大色狼对我意图不轨。"

辰南闻言，狠狠地拍了她一巴掌，道："如果你愿意，我可以满足你的愿望，让它名副其实。"

梦可儿见辰南对她的问话没有丝毫反应，不禁皱了一下眉，不过脸上依旧带着笑容，道："辰兄，请你放开这位小妹妹好吗？"

"我为什么要听你的？"辰南直接顶撞。得知她身份时，辰南心中便涌现出一个邪恶的想法。他知道澹台古圣地在大陆声望甚隆，其门人弟子备受人尊敬。他想击垮澹台璇一手建立的古圣地，为达到这个目的，首先便要从该派的门人着手。梦可儿是澹台派当代最杰出的传人，如果想对付这个美丽无双、风华绝代女子，那么就应该……辰南感觉自己甚是邪恶，竟然会有魔鬼般的可恶想法。其实，自从在晋国开元城一战，他的心性就开始慢慢发生了变化，万年前那个被称作同辈第一人的辰南似乎又回来了，原本颓废的身影似乎正在渐渐淡去。

万年前，辰南功力被废，四载光阴无色无彩，雨馨的离去令他彻底崩溃，在精神上他几乎已经是一个废人，即便是从神墓中复活后依然无比颓废。今世，在喧闹繁华之中，辰南内心深处充满了深深的孤独悲哀，仿佛身边的一切都不过是一场幻影，随时都会如烟花般消散。看似胡闹的行为，不过是想让自己忘记那久远的记忆和孤独的自我……

东方凤凰、小魔女、长公主、纳兰若水一个个绝世美女，都曾与他有过交集碰撞，但都难以唤起他心中那曾经的感动。一幕幕繁花似锦，却仿若隔世，到底自身存在的意义何在？为什么会在万年后醒来？是自己疯了，还是这个世界疯了？嬉笑的辰南，一直在掩藏自己的内心世界……颓废的人生始于万年前百花谷外的生离死别，止于万年后古仙遗地的遥思追忆，那三天的所思所感深深触动了他的灵魂，他内心深处某些干涸的情感开始慢慢复苏。随后他在晋国都城大战之际逆转了玄功，逆转的玄功近乎妖、近乎魔，似乎能够将人潜在的暗黑心性彻底激发，这令他的内心世界又经历了一番冲击。晋国之行，令辰南的内心世界发生了巨大的变化，他感觉曾经的"自己"复苏了。

梦可儿并没有因辰南顶撞而动怒，脸上依然带着微笑，淡淡地道：

"辰兄似乎对我颇有成见。"

"没有，我这个人不习惯被人命令，即便是澹台古圣地的传人也不行。"

东方凤凰大吃一惊，失声道："你是澹台古圣地那个修为达到四阶境界的最杰出传人梦可儿？"梦可儿冲她微微笑了笑。

东方凤凰惊呼："天啊，这一年来我常听到你的大名，如彗星一般崛起，斩邪除孽，名震大陆。"

辰南一直认为梦可儿之所以能够御空飞行，完全倚赖于她脚下的那件道门奇宝，本身修为并不一定比他强多少。但此刻闻言他倒吸了一口凉气，四阶境界，这……以他目前的修为万难匹敌！

这时，小公主似乎一下子来了精神，在旁叫道："可儿姐姐快救我，我姐姐楚月是澹台派的外门弟子，她常提起你，说你是年青一代中第一人。"辰南当初还在奇怪，为何楚月能够武道双修，那时他就有过一些联想，现在终于明白了。同时他心中再次震惊，如果梦可儿真的是年青一代中第一人，那么可想而知澹台派的可怕！

"原来是楚小妹，姐姐可不是那第一人。"梦可儿笑了笑，而后对辰南道："辰兄，请你放开楚小妹。"

辰南摇了摇头，只说了两个字："不放！"而且又在小公主的翘臀上拍了一巴掌。小公主被辰南在熟人面前如此对待，真是又恼又羞，恨不得咬上辰南一口。这一次，梦可儿脸上终于变色，她已经看出辰南似乎非要和她对着干，这是她出道以来从未遇到过的事，一般的青年在其绝代风华下无不言听计从，即便有些想追求她的情场高手，故意装出一副不为所动的样子，也不会像辰南这样和她对着来。

"辰兄，我和你并无仇怨，你影响到了大赛的正常进行，我上来只是想劝你赶快离去，并不是针对你。顺便恳请你放开楚小妹，我知道她很调皮，但请你高抬贵手。"

辰南波澜不惊，道："我说过，不放！"

梦可儿眼中闪过一道寒光，但在刹那间又敛去了，正言道："那我可要得罪了。"

看着梦可儿终于收起了笑容，辰南脸上渐渐露出了笑意，他知道该派功法重在"修心",他就是要激怒她,令她失去一颗平常心,扰乱她的修行。然而辰南脸上的笑容还没有敛去,一片金光便向他狂涌而来。辰南双眼瞳孔一阵收缩,发现那赫然是一道巨大的光掌,竟然是他的家传绝学擒龙手!由于太过突然,他还未来得及防范,小公主便被那巨大的金色光掌笼罩住席卷而去。辰南冷哼一声,双眼射出两道冷电,右手高高抬起,挥出同样的巨大的金色光掌,擒龙手对抗擒龙手!两个巨大的金色光掌在空中相遇,同时将小公主笼罩,小公主痛得大叫道:"哎哟,痛……"

梦可儿担心她受创,急忙散去了力道,小公主被辰南席卷而回。东方凤凰看得咬牙切齿,当初她就是被辰南用擒龙手打败,在众目睽睽之下被他自高空以极其不雅的姿势搂抱着捉了下来,现在看到他再次施展擒龙手,她分外羞恼。下方广场之上传出阵阵惊呼,失传的擒龙手竟然在两个对立的人手中施展而出,令他们感到不可思议。

梦可儿双眼放出两道异彩,一眨不眨地盯着辰南,道:"擒龙手失传已近千年,我无意间在我派圣地一处极隐秘的地方找到了副本,不知辰兄得自哪里?"

"失传近千年?哈哈,嘿嘿,无可奉告!"辰南心中滋味难明,万年前他曾经将这门绝学传给了澹台璇,万年后她的传人竟然再次修成此功,还和他拼了一记,世事难料啊!梦可儿脸上再次变色,三番五次被顶撞,这是以前从未有过的事。辰南知道澹台一派的功法重在"修心",今日他已经成功令梦可儿动了嗔怨,惹得她心中生怒,目的已经到达,他不想再继续下去,以免适得其反。

然而,就在这时,一声震天的龙啸在学院东北方响起,一头十几丈长的墨绿色亚龙腾空而起,向这里飞来。东方凤凰的坐骑神雕和小公主的坐骑虎王,均露出戒备之色,一眨不眨地盯着越来越近的庞然大物。亚龙转瞬即至,巨大的龙躯在空中荡起一股猛烈的狂风。整条龙躯长足有十六丈,墨绿的鳞甲碧幽森寒,恐怖的四只龙爪粗壮锐利,幽光森然,狰狞的龙头硕大无比,白森森的巨齿形如阔剑。在亚龙背上端坐着一个高大、威猛的青年,浓眉豹眼,如钢针一般的短须根根直立,此刻他的面上带着浓重的煞气,无比怨恨地看着辰南,咬牙切齿地道："辰南……我要与你决战，不死不休！"

辰南感觉有些诧异，问道："你是谁，我们有仇吗？"

"杀弟之仇！"亚龙骑士恶狠狠地盯着辰南，双眼都快喷出火来了。

辰南顿时了然，此人竟然是战神学院高手之一神威小侯爷。他早已料到对方会找上门来，所以并不感到吃惊，从容答道："我可以和你决战，不过此时此地不宜。"

小公主这时已经停止了挣扎，一言不发，一边瞪辰南，一边打量着神威小侯爷。东方凤凰也未言一语，静观事态的发展。梦可儿脚踏道家至宝玉莲台来到了辰南和三阶亚龙骑士之间，道："不管两位有何恩怨，此时此地真的不宜动手。"

神威小侯爷直到此时才转移注意力，眼前的三大绝色美女令他神情一呆，险些失态。三女之中他只知道梦可儿的身份，忙拱手道："原来是澹台古圣地最杰出的传人梦仙子，久闻大名！"

梦可儿微笑道："兄台谬赞了。"

神威小侯爷转头对辰南道："既然此时此地不宜大战，三日之后，你可敢应战？"

辰南点了点，道："有何不敢，我应战。"

"三个月前，你在众目睽睽之下斩杀了我弟弟，我发过誓一定要在众目睽睽之下将你击杀。哼，三日之后相见！"神威小侯爷向梦可儿拱了拱手，眼中流露出一丝痴迷之色，而后驾御亚龙转身离去。

梦可儿道："辰兄究竟想如何？"

辰南已经看到她眼角闪过一丝寒光，知道她已经心生怒意，甚至已经动了一丝杀念。既然已经令她失去了一颗平常心，目的已经达到，他不想再做纠缠。他又用力拍了小公主一巴掌，令她羞怒得差一点哭出来，而后将一直守在一旁的魔法师叫了过来，踩在他的背上快速向下降去。梦可儿绝美的容颜现出一丝冰色，眼中射出两道凌厉的光芒，她传音给辰南道："辰兄近来名震大陆，有机会可儿定要和辰兄切磋一下。"

"哈哈……"辰南一阵大笑。

梦可儿心中一颤，暗道："难道他知道我的心法重在修心，故意扰我修行？"

小公主重获自由后咬牙切齿，原本想来报复辰南，没想到却遭羞辱，现在真有一股抓狂的感觉，她冲下方大叫道："败类，我和你没完，啊啊啊……"

四大学院青年强者顶峰之战如火如荼，上万观战者看得热血沸腾，广场内亚龙咆哮，剑气冲天。凡参战者修为最低也达到了三阶境界，这令所有人都感觉到不可思议，这一届四大学院的顶峰强者的整体实力为近十年来之最。这样的青年强者大赛放眼整个大陆也称得上空前盛况，可以说这一届的顶峰大赛几乎已经能够体现出整个大陆青年强者的最高水平。长达十几丈的三阶亚龙破坏力惊人，动辄巨尾横扫，广场被冲击得残破不堪，每一次龙骑士下场比斗后，都要暂停比赛，重修广场。三阶魔法师也异常可怕，铺天盖地的可怕魔法，宛如流星雨降世，威力着实巨大无匹。

自从近几个月来辰南这个东方武者横空出世，历年来不被看好的东方武者，在这一届中也备受人关注，几场大战下来取得了非凡的成就。只是这次大赛没有东方修道者参加，虽然仙武学院和神风学院都有修道系，但这并不是两学院的主干系，匮乏青年修道高手也属正常。总的来说，这次大赛水准非常高，令那些前辈名宿也不禁动容，此赛似乎预示着修炼界将要迎来一个高峰时期。

开赛三天来，辰南一直在观战，心潮起伏，暗叹果然不愧为四大学院青年强者的顶峰之战，许多人的修为都已达到了非常惊人的水准。大战之中有几个人引起了他的注意，其中战神学院有三人，一个人便是和他有三日之约的神威小侯爷，他的确有过人之处，比起他那个嚣张的弟弟强得太多了，从那裂空的斗气可以看出他的修为恐怕已经直追四阶境界，当初三阶魔法师在仙武学院败在他手里的确不冤。

战神学院的另外两个引起辰南注意的人是一对姐弟。姐姐莉莎为亚龙骑士，勇猛无比，身上似乎充满了爆炸性的力量，炽烈的斗气似狂猛的海浪般一重接着一重，令所有的对手都吃足了苦头。由于她骨骼粗大，长相一般，被场外众人送了一个女暴龙的绰号。莉莎的弟弟名为索恩，是一个身材高大的西方武者，修的是西方的斗气，习的是东方的武学招式，两者结合后有许多亮点，加之一身修为也已达到三阶大成之境，想不被人注意都不行。

幻魔学院的女魔法师艾丽丝也同样引起了辰南的注意，这名女子一直蒙面对战，不知相貌如何，但从那曼妙玲珑的娇躯来看似乎是一个极品美女。艾丽丝的魔法造诣令场外许多人都惊叹不已，不仅因为她修为高深，还因为她对魔法的领悟超人一等，许多魔法几乎都不需念动咒语便能够施展而出，普通的魔法到了她的手里也威力巨大无比。简简单单的风翔术经她施展已经大变样，她像一个精灵在空中飞快闪移，飞行速度快到了极点，令对手几乎捕捉不到她的身影，许多人猜测她的实力可能已经初临四阶境界。

神风学院最为引人注目的青年强者为东方武系的萧风，传闻他乃是神风学院第一高手，其崇拜者无数，每次出场都会引起神风学院众多学生的欢呼。萧风身材高大，长相粗犷，很有男人味，一身武学深不可测，传说两年前就已经达到三阶大成之境，三场大战下来，根本无法让人看清他的底牌。

最后一个引起辰南注意的人名为潜龙，乃是仙武学院的学生，他之所以引起辰南的注意，并不是因为在大战当中有出色的表现，只因他每次大战过后，神风学院绝色美女龙舞就会出现，在没人的地方会细心地帮他擦汗。当辰南无意中看到这一幕时，惊讶地张大了嘴巴。平日的龙舞神采飞扬、风采自信，性格甚至还有一点叛逆，要不然她也不会留着仅仅盖过双耳的短发，穿着男孩子的宽大衣衫。她脸上总是挂着阳光般的灿烂微笑，总喜欢称自己为哥哥，平时喜欢"调戏"女生，整个人透发着无与伦比的青春活力，中性之美散发着异样的诱惑。但今日辰南却惊讶地发现她满脸温柔之色，小心翼翼地帮潜龙擦汗，和她平日的样子大相径庭。

这一幕如果被人发现，一定会成为神风学院的特大新闻，许多男生恐怕都会听到自己的心碎裂的声音。由这一幕辰南联想到了龙舞去仙武学院时，几个女生说她去会情郎，看来传说并不是空穴来风。由于龙舞的缘故，潜龙也成为辰南开始关注的青年强者之一。潜龙身材高挑，貌赛潘安，标准的东方美男子。他每次出场都是勉强获胜，辰南观看了几场他和别人的对战后心中大惊，原因无他，他发现无论对手多么强，潜龙都能稍胜一筹，这说明了潜龙的真正实力深不可测，他在隐藏自己的实力！最后辰南得出结论，潜龙一身修为绝对超强、恐怖无比。

广场之上亚龙咆哮，斗气惊空，剑气如虹，大战激烈无比，围观的众人狂呼呐喊，许多人都喊哑了嗓子。这一日，一则震撼性的消息在众多修炼者之间迅速传播开来，近几个月来横空出世的楚国护国奇士辰南即将与战神学院顶尖青年强者神威小侯爷进行生死决战。人们议论纷纷，关于两人的八卦不胫而走。

神威小侯爷乃是东方某一小国的贵族，自幼师从西方武学高手后，进入西方最具盛名的武学院战神学院进行修炼，成为该学院的青年高手之一，一身实力深不可测，在西方小有名气。辰南的生平为一片空白，没有人知道他师从何人，但始一出世便在修炼界引起了小小的震荡，因为他能够连续多次拉开封印的后羿神弓。其成名之战，便是依靠此弓，在楚国皇宫内先是枪挑龙骑士、棍砸飞龙，而后开后羿神弓射下咆哮的巨龙，被楚国皇帝亲封为护国奇士，一时名动四方。后在晋国都城，他一人独抗千人军队、逆天七魔刀劈斩五阶绝世高手，经这一战，他名震大陆，修炼界许多人得知了他的名字。一个是师从于西方的顶峰青年高手，一个是新近崛起于东方的武学奇才，大多数人都知道两人间的恩怨，但人们并不在意，人们关注的只是这两人几时开始进行生死大战。

辰南已经从副院长那里得知了消息。神威小侯爷向战神学院副院长提出请求，希望在四大学院进行强者大赛期间能够安排一个档期，他将和辰南进行生死决战。战神学院副院长开始不同意，他听说过辰南的名字，也知道自己的学生和对方的恩怨，虽然很喜爱这个弟子，但他不想节外生枝，神威小侯爷是战神学院的主力，他不想有任何意外发生。可是神威小侯爷似乎已经痛下决心，非要和辰南一战不可，不然他拒绝接下来的比赛。自从那一日见到辰南后，他心中仇火似欲焚身，定下三日之约后无时无刻不在倒计时，恨不得立刻杀死对方，以泄心中之恨。

战神学院副院长在没有办法的情况下找到了神风学院副院长，而当时幻魔学院和仙武学院的副院长也恰逢在场，这两个老狐狸"嘿嘿"一笑，一致表态同意这一战，最后，这一场特殊的大战便被通过了。这一场大战称得上万众瞩目，人们议论纷纷，翘首以待。不负众人所望，四大学院的副院长很快联合发布了这一消息，当然，场面话还是要说上一些的。他们称近日来连场大战，四大学院的选手都已经疲累不堪，经研究决定，让所有人都休息一日。在这一日会有知名青年高手进行生死决斗，其精彩程度绝不下于四大学院的青年强者顶峰大战。

神风学院副院长最后宣布道："请楚国护国奇士辰南和战神学院神威小侯爷上场！"辰南思量再三，从兵器架上提起一杆丈二长矛，大步走进场中。场外观战众人对他并不陌生，几个月以来他的名字已经传遍大陆，加之前几天他脚踩魔法师出现在广场上空，大多人都已经记下了他的样子。神威小侯爷驾御着亚龙自远处冲天而起，快速向这里飞来，墨绿色的三阶亚龙发出阵阵震天的咆哮声，令观战众人心惊胆战。

"辰南，你等着授首吧，我要你血债血还！"神威小侯爷手擎阔剑，在空中疯狂大叫着。

"少废话，来吧！"辰南手中长矛向天。

"吼！"震天龙吼响彻神风学院，十几丈长的墨绿色亚龙在空中一摆尾，俯冲而下。荡起一股猛烈的狂风，吹得广场上沙尘飞扬，亚龙那巨大狰狞的龙头上一双龙角寒光闪闪，似锋利无比的巨刀一般，血红的阔口内两排白森森的巨齿森光慑人，宛如利剑，它恶狠狠地向辰南扑去。看着那巨大的龙头越来越近，辰南手提长矛，脚踩神虚步快速倒退，在原地留下一道残影。

"吼！"亚龙扑空，发出一声怒吼，腾空而起，长达八丈的巨尾甩抽向辰南，在空中留下一片可怖的尾影，荡起阵阵风声。面对这来势凶猛的一击，辰南避其锋，身形再闪，亚龙的巨尾狠狠地抽在了地上，地面立刻龟裂，一条条巨大的裂痕向四外扩散而去。辰南几次和龙骑士大战，已经积累了丰富的经验，躲避过亚龙横扫千军的一记尾抽后，他如闪电一般快速跟进。在亚龙的巨尾还没有离地前，他化作一道淡淡的虚影，冲上了它刚刚腾空而起的尾端。他伸左手扒住它的鳞甲，身子跃起，向上再次跟进三丈距离。

此刻辰南距离地面已经有五六丈的高度，亚龙的尾端已经离开地面，他不敢再向上跟进，怕出现意外。他手中的长矛散发着炽烈的金芒，被灌注精纯的内力后，矛头激发出实质化的璀璨锋芒。他猛一用力，狠狠地将长矛插进了龙尾之内，几乎是齐根没进，而后双脚用力在龙尾上一蹬，双手用力将长矛拔了出来，快速向地面落去。血箭激射出三丈距离，血水自空中洒落而下，亚龙发出一声悲吼，尾端一顿乱甩，但此时它已经离开地面，根本难以对刚降落到地面上的辰南造成任何伤害。所有的一切皆发生在一瞬间，辰南的一系列动作可谓干净利落，漂亮之极。场外众人震惊过后，爆发出一片震天的喝彩声。

亚龙飞上高空后不断盘旋怒吼，在空中折腾了好半天才平静下来，神威小侯爷脸色铁青，没想到才一个照面就吃了一个大亏，他暴怒无比。辰南看到亚龙尾部的伤口很快就开始凝血，血水不再外流，暗叹龙这种生物果然生命力顽强，不愧为兽中王者。

"吼！"亚龙一声大吼，再次俯冲而下，两只粗壮有力的前爪向辰南抓去，黑亮锋利的巨爪足有一丈多长，寒光闪烁，慑人心魄。辰南快速闪向了一旁，森然的龙爪抓在了地上，土石迸溅，两个半丈多深的大坑出现在广场之上。与此同时，神威小侯爷手中阔剑狠狠地从龙身一侧劈了下来，数丈长的炽烈斗气在空中荡起一股猛烈的能量波动，整片空间仿佛都震荡了起来。辰南双眼中射出两道冷电，手中长矛仿佛化成了蛟龙，在空中舞出一片龙影，一道道无比璀璨的锋芒自矛头冲出，激射而去，与小侯爷劈出的一重重斗气冲撞在一起。

空中发出阵阵雷鸣，实质化的锋芒与猛烈的斗气相遇后爆发出一团刺眼的光芒，最终一起消散。神威小侯爷在亚龙背上身子一仰，一阵晃动，辰南连续向后退了五步才稳住身形。亚龙这次俯冲下来后并没有立刻飞离地面，见辰南身形晃动着向后退去，便晃动着巨大的龙头，用头上那近丈长、如同阔刀一般的龙角向辰南刺去。

辰南大惊，将神虚步法发挥到了极限境界，快速向后倒退，寒光闪闪的龙角与他擦身而过，险些划破胸膛。辰南虽惊，但并不慌乱，准确地捕捉到了战机，在龙头摆过去的一刹那，他腾空而起，跃到了亚龙颈项之上。神威小侯爷急忙挥动阔剑，不想让辰南再次重创他的坐骑。炽烈的斗气似欲撕裂虚空，发出阵阵破空之声，如怒海狂涛一般向辰南席卷而去。辰南将长矛当作棍棒用，狠狠地向前劈砸而去，修为到了他这般境界，任何兵器到了手中都可以杀敌，一片炽烈的锋芒自长矛处如海浪一般向前涌去，锋芒与小侯爷劈斩而出的斗气相遇在一起后发出一阵隆隆之声，而后消散在空中。

在这个过程中，辰南双脚狠狠地在亚龙的颈项上一蹬，身子倒飞了出去。这两脚集结了辰南全部的力量，亚龙硕大的龙头被这股力道冲击得打了个摆子，身体也一晃，差一点翻倒在地，一声不甘的怒吼冲天而起。

场外大哗，辰南的表现太过惊人，两次交锋皆占上风，其出色表现令人惊叹。毕竟神威小侯爷在四大学院青年强者大赛中表现突出，但此时竟然稍落下风，人们不禁猜测，若是辰南参加四大学院举行的青年强者大赛会取得什么样的成绩。神风学院的学生发出阵阵喝彩之声，尽管以前辰南在神风学院遗有"败类"恶名，但毕竟那已经是过去的事了，而且他长住神风学院，从某种意义上说也算得上学院的一员，因此绝大多数人都为他喝彩加油。

战神学院的学生当然倾向于神威小侯爷，幻魔学院的学生以及非四大学院的观战者立场中立，只为精彩大战而喝彩。仙武学院情况比较复杂，有一半人为辰南喝彩，有一半人对他发出了嘘声。原因无他，只因辰南在晋国都城劈杀了该院临近五阶境界的前辈高手陶然。陶然有许多亲朋好友，以及弟子门徒，他们当然对辰南恨之入骨，不过仙武学院绝大多数人都清楚当日晋国都城的真相，因此对他并不敌视。

小公主和东方凤凰也在场外观战，小公主秀拳紧握，气声道："这个该死的家伙怎么越来越厉害了？"她咬牙切齿，道："竟敢当着上万人的面打我的……哼，我早晚要你好看！"远处，高大的看台之上，梦可儿美目连泛异彩，自语道："难道真的是神虚步，当真玄妙无比……"

广场正中央尘沙弥漫，杀气冲天，亚龙巨大的咆哮声震耳欲聋。

辰南和神威小侯爷已经大战了近半个时辰，战斗进入白热化阶段，两人的嘴角都已溢出丝丝血迹，均被对方强横的气劲冲击得受了不轻的内伤。辰南险险躲避过亚龙的凶猛扑击后又接下小侯爷七重斗气，当亚龙腾空而起时，它的巨尾却突然当空劈下，巨大的尾影荡起一股猛烈的狂风，狠狠地向辰南袭去。辰南虽然已经掌握了神虚步，速度快若闪电，但还是慢了一线，眼看亚龙的尾梢就要挨到了他的身体。

在避无可避的情况下，他集结起全身功力准备硬抗，丈二长矛被灌注精纯的内力后在刹那间神光灿然，爆发出比天上的太阳还要耀眼的光芒。一股浩瀚的大力以辰南为中心向外汹涌澎湃而出，在整片广场内激荡，恐怖的力量波动令所有观战的人感到阵阵心悸。当亚龙的巨尾袭来之际，辰南将长矛当作棍棒使用，以力劈华山之势狠狠地砸向亚龙尾端末梢。

"噗"的一声轻响，血浪翻涌，亚龙的尾端末梢被生生截去一米多长，亚龙发出一声震天的悲吼，在空中疯狂地甩动着巨尾，上下翻腾，血水狂洒而下。辰南虽然成功给亚龙造成重创，但自己也被亚龙甩抽了出去，在空中翻腾出去七八丈距离，重重摔落在地。他浑身剧痛无比，身体仿佛散架了一般难受，他手拄长矛费力地爬了起来。

此时，亚龙还在空中折腾，咆哮震天。他利用这个机会赶紧调息，恢复功力。当亚龙停止吼叫，平静下来之际，辰南睁开了双眼，虽然身体伤势不轻，但现在只能以这种状态迎战。神威小侯爷大怒，他最为心爱的亚龙屡屡受创，这是从未有的事，且自战斗开始到现在他已身负不轻的内伤，这令他颜面大失。他轻轻安抚了亚龙几句，而后命令它对辰南发动了最为猛烈的攻击，他不想再拖下去了，想速战速决。这正合辰南心意，以他此时的体力来说很难再进行持久的大战，他冷冷地注视着俯冲下来的亚龙，双眼射出两道精光，寻找着最佳战机。

亚龙越来越近，自高空涌来的狂风越来越猛烈，吹得辰南身上的衣衫猎猎作响。当亚龙那狰狞的龙头、锋利的巨爪离他不足两丈距离时，辰南终于动了，快速闪向一旁，而后从亚龙的侧面冲去。此刻，辰南体内的真气仿佛沸腾了一般，强横的内力透体而出，体外笼罩着炽烈的金光，如熊熊燃烧的烈焰一般。他腾空而起，以不可思议的速度冲上了亚龙的身体，向着它背上的神威小侯爷袭去。

神威小侯爷大惊失色，辰南的速度超过了他的想象，对方竟然利用亚龙俯冲到地面这短暂的滞留时间冲上了龙背，向他恶狠狠地袭来，这一切拿捏得太精准了。神威小侯爷手中的阔剑连续挥动，想把对方轰击下去，但辰南这一次是冒死拼进，怎么可能这么容易退却呢。他手中的长矛透发出万丈金芒，幻化出万千条矛影，一往无前地向着神威小侯爷冲击而去，恐怖的能量波动震荡四方，这是关系到生死存亡的一次冲锋！

万千条金色矛影汇聚成一面金网，向神威小侯爷笼罩而去，莫大的压力重如泰山。神威小侯爷又惊又怒，辰南发动这番猛烈的攻击不得不令他全力抵挡，两方气劲相遇在一起后在空中发出阵阵"隆隆"之声。最后辰南依仗神虚步辅助，终于突破他的防御。"嘿嘿……"辰南嘴角溢血，手拄长矛，立于亚龙背上，和神威小侯爷遥遥相对。神威小侯爷脸色铁青无比，但此时已经不容多想，他将手中低垂的阔剑缓缓抬起，指向辰南的心脏。

辰南虽然已经攻了上来，但体内伤势又加重了一分，他双手紧握长矛，一脸凝重之色。亚龙扑空后发出一声怒吼，已经感觉到辰南跃上了它的身体。它冲天而起，想将辰南摔落下去。神威小侯爷露出一丝冷笑，亚龙始一飞天而起，他便开始集聚功力，准备对辰南发动一番疯狂的攻击。他为龙骑士，自信比辰南更懂得如何在空中作战。的确，辰南不是龙骑士，当然不如神威小侯爷在龙背上那般自然。在亚龙冲天而起的一刹那，他身体一阵晃动，险些失去平衡摔落下去。不过辰南很快就想到了一个令身体稳定住的方法，他集全身功力于双脚，高高跳起，而后猛力踏向龙背。在这一刻，他的双脚似两把无坚不摧的宝刃一般，两道璀璨的锋芒自他脚底透发而出，穿透了坚如精钢般的龙甲，狠狠地刺进了亚龙的体内。

"噗！"血浪翻涌，辰南膝盖一下全部没入龙背之内，他如一根铁桩一般牢牢地钉在了龙身上。亚龙发出一声凄厉的悲吼，在空中剧烈翻腾起来，疯狂地甩动着身体，想把背上对它造成伤害的人甩下去。但辰南钉在龙身上，牢不可动，任它如何折腾也不可能被甩落下去。

相反，神威小侯爷倒差一点自龙背上翻落下去，如果不是有龙缰绳等绳索牢牢地固定着他，他可能真的被自己的龙摔死了。他暴怒，辰南竟然如此伤害他的坐骑，令他痛惜不已。他一手抓着龙缰绳，一手持阔剑向辰南冲去。此时辰南又做了件差点让神威小侯爷抓狂的事，面对对方气势汹汹的冲击，他双手握矛也向前冲去，每前进一步都要在龙背上留下一个近二尺深的血洞，鲜血狂涌。似激泉一般的鲜血自那些血洞处喷洒而出，瞬间将少半个龙身染红了，血水自龙身洒落而下，空中降下一阵血雨。亚龙悲吼更加凄厉，在空中翻腾的动作也更加剧烈。

　　"啊……"神威小侯爷疯狂大叫，双眼血红，似野兽一般冲到了辰南的近前。龙背之上，剑气冲天，斗气惊空，东西方两大青年高手厮杀在一起。万千道金色矛影与惊涛骇浪一般的斗气交织在一起，龙背之上光芒万丈，在光影中两条人影如闪电一般移动出击，冲撞在一起的斗气与金色矛影不断发出震天大响，空中仿佛有无数道惊雷在齐鸣。亚龙翻腾，血雨飞洒，斗气如虹，矛锋碎空……

　　震天的龙吼，炽烈斗气与金色锋芒冲撞在一起的雷声，加之场外上万修炼者的狂呼呐喊，整个神风学院陷入到一种狂烈的气氛中。望着空中生死相搏的大战，所有人都疯狂了，即便是那些德高望重的前辈名宿也不例外。辰南和神威小侯爷这场生死大战，无论胜负如何，都注定将被列为青年强者的经典一战。如此疯狂的对决，已经持续了近一个时辰，按照两人所透支的力量来说，早已应该力竭。但事实上二人却还似生龙活虎一般在交锋，在龙背之上闪耀的万丈光芒中，两人依然矫健无比，动作迅如闪电，如两道光影一般在移动。

　　此时此刻，二人都是凭着钢铁般的意志在坚持，忍受着浑身撕裂般的剧痛在施放自己的潜能。亚龙的背部在两大青年顶峰高手的激烈对抗中，鳞甲几乎都已经脱落，整个龙背血肉模糊，鲜血淋漓，有的地方甚至已经露出了森森白骨，最后它虚弱地自高空晃晃悠悠地向地面落去。然而就在这时，辰南和神威小侯爷的战斗已经接近尾声。神威小侯爷毕竟是龙骑士，只擅长驾御亚龙作战，但此刻却和东方武者近身相搏，明显是以己之短攻敌之长，败势已不可阻挡。

辰南脚踩神虚步，恍若鬼魅，手中长矛，激射出万千条金芒，无数道锋芒似蛟龙一般将对手笼罩在里面。就在辰南取得压倒性胜利的时候，体内真气突然倒行逆转，原本金光璀璨的真气在刹那间变得漆黑如墨，他的眸子射出两道乌光，长矛舞动出的万千道璀璨锋芒也在刹那间变成了一道道炽烈的黑芒，玄功竟然自行逆转！

这是辰南万万没有料到的，他根本没有去尝试逆转玄功，但体内的真气竟然自行逆转。他知道自从第一次被逼逆转玄功后，身上早晚会发生些什么，但没想到这么快就初现征兆，他心中莫名其妙涌起无限杀意！辰南长矛向天，乱发无风自动，体外是无尽的魔气，在这一刻他如一个临世的魔王一般！玄功逆转之后，他的功力疯狂飙升，体内力量如滚滚长江，似滔滔大河一般雄浑。他双手握矛，身体化作一道乌光向神威小侯爷冲去，化为乌黑色的长矛以摧枯拉朽之势击破重重斗气，瞬间刺到了神威小侯爷的胸前。

辰南双眼开阖间，两道实质化的黑芒若隐若现，在长矛刺向神威小侯爷心脏的一刹那，心中一惊。在原本的意识里，他如果战胜对方，会废去对方的功力，但不会下杀手。可是此时此刻，他不由自主下了杀手，逆转的玄功影响到了他的心性。长矛在即将刺进神威小侯爷心脏的一刹那，辰南强行压制下心中的那分杀念，双手微抬，矛锋向上扬起三寸，刺进了对方的肩胛，血水喷溅，神威小侯爷发出一声凄厉的惨号，胜负在这一刻已经分晓！

广场围观的上万修炼者沸腾了，欢呼、谩骂、喝彩、嘘声……各种声音交织在一起，这精彩一战的最后结果已成定局。人群之外，金发美女露丝眼中露出无比惊骇的神色，没想到辰南的修为竟然强悍到如此境界，随后陷入沉思。一座特殊的看台之上，四大学院的副院长彼此看了一眼，每个人的眼中都闪过一丝异样之色。另一座看台之上，梦可儿美目连泛异彩，轻声自语了几句。此刻，亚龙离地面已经不足五丈距离，辰南手持长矛纵身飞下，他知道神威小侯爷被他刚才那最后一击摧毁了半数经脉，复原的希望十分渺茫，根本不足为虑。

亚龙见在它背上"作威作福"的大仇人终于落了下来，双眼中爆发出两道仇恨的光芒，晃动着虚弱的身体朝辰南扑击而去。此刻辰南体内强大的力量一直在汹涌澎湃，刚才他放过小侯爷一命后，心中的杀意不但没有得到抑制，反而有增无减，杀意像一座活火山一般随时可能喷发而出。亚龙来袭彻底激发了他的杀意。辰南脚踩神虚步快速躲避过空中巨兽的袭击，亚龙一双巨爪落空，在地面上造成两个可怖的大坑。当亚龙摆头向他冲撞而去时，辰南双手握长矛，集全身功力于矛身，将精钢打造的长矛当作长刀使用，恶狠狠地向亚龙的颈项劈去。

此时此刻，辰南体内玄功已经逆转，功力已经达到了骇人听闻的地步，这全力一击的威力浩大无边。一道三丈多长实质化黑色刀芒出现在长矛前端，恐怖的能量波动在整片广场内震荡，让所有观战者都感到阵阵心惊。亚龙似乎感觉到了危险的气息，飞快扭头退缩，但为时已晚，辰南手中长矛似长刀一般已经挥落而下，三丈长的实质化黑色刀芒准确地劈在了它的颈项上。血浪翻涌，一颗房屋大小的龙头被劈了下来，滚落出去。场外观战众人大哗，这惊人的场面再次令众人沸腾。

这是几天来最为血腥、最为惨烈的一战，长达十几丈的亚龙竟然被人屠毙，残酷的画面令许多胆小之人心惊胆战。龙颈处喷出的血水如激泉一般，在下方汇聚成一条血河，血雾蒸腾，刺鼻的血腥味弥漫全场。龙尸如推金山倒玉柱一般轰然翻倒在地，神威小侯爷横着跌飞了出去，摔落在尘埃中。

今日，神威小侯爷彻底惨败，不仅一身修为几乎被毁，连坐骑也被生生击毙。他摇摇晃晃站了起来，无比恶毒地对着辰南的背影喊道："今生今世我和你不死不休，早晚有一天我要亲手杀死你！"听到这句话，辰南身形一顿，停了下来，但最终又迈动脚步，向前走去。神威小侯爷见辰南没有做出任何回应，眼中闪过一道凶光，将残存的气劲灌注到手中阔剑之内，而后猛地向辰南后心掷去。

此刻，辰南逆转的玄功还没有调整过来，此时修为足以位列四阶境界，在危险来临的一刹那便已感应到了。他没有回身，挥左掌向后拍去，一片乌黑、炽烈的光芒刹那间将飞袭而来的阔剑笼罩住了，阔剑寸寸断裂，坠落地面。紧接着，辰南头也不回地将长矛向后掷了出去，而后大步向前走去。散发着乌黑光芒的长矛荡起阵阵恐怖的波动，如一道闪电，刹那间穿进了神威小侯爷的胸膛，带着他飞出去八九丈的距离，而后将他的死尸生生钉在了地面之上。

"哗！"场外再一次沸腾，辰南不理那喧嚣的叫嚷声，大步向场外走去，围观的众人不由自主纷纷躲避，为他分开一条宽阔的道路。

辰南于神风学院广场劈斩三阶亚龙，钉死战神学院顶峰青年高手神威小侯爷，一时间威名再次上升到了一个新的高度，又一次成为所有修炼者谈论的焦点。人们对其褒贬不一，有的人认为他太过冷血残酷，有的人认为他行事果敢，够得上一个真男人。绝大多数年轻人都对他持赞同的态度，其神勇的一面令许多青年崇拜不已，甚至许多女生都在千方百计地打听他日常生活的点点滴滴。

这一战辰南受创不轻，当他回到竹海深处后，急忙调整体内玄功的行功路线，将逆转的玄功强行倒转了回来，而后拿起一套换洗的衣服走进浴室，冲洗浑身的血污，不想被小晨曦看到他浑身血淋淋的样子。洗浴过后，他穿着干爽整洁的衣服走了出来，院舍内很清净，小晨曦被三位绝世高手带出去玩了，现在还没有回来，他开始打坐调息。如他所料，体内黑亮的真气又粗壮了一分，不过和金黄色的精纯真气并不排斥，两者仿佛同根同源一般，相安无事。辰南在心中叹了一口气，照这样下去，早晚有一天，体内的金黄色真气会被黑亮的真气彻底取代。他在房间内一遍又一遍地运转玄功，疗治受损的经脉肺腑，直到傍晚时才结束。当他睁开双眼时，发现小晨曦正眨着一双大眼在看着他，眼中充满了担忧、好奇和惊异。

"晨曦，你回来了，白天和几个老爷爷玩得开心吗？"

"开心，我坐在尹爷爷的飞盘上在空中飞啊飞，好好玩。他还说只要我跟他学习修炼的方法，以后就把那个会飞的盘子送给我。"小晨曦的脸上满是兴奋之色。

辰南笑了笑，溺爱地摸了摸她的头，道："你想学习修炼的法门吗？"

小晨曦偏着头认真地想了想，道："现在还不想。"辰南苦笑，不知道为何，小晨曦似乎对修炼天生排斥。

小晨曦似乎突然想起了什么，一脸认真之色，道："哥哥，刚才你打坐调息的时候，我好像看到有两个光球在你体内到处乱跑，可是我一眨眼，它们就都消失不见了。"

辰南一惊，问道："两个光球，我怎么没有感觉到？"

"是真的，晨曦没撒谎，一个金光灿灿，一个乌黑光亮，两个光球都有拳头那么大。它们总是在一起滚动，总是碰碰撞撞，好像是在打架。"小晨曦一脸认真之色。

辰南陷入沉思，良久之后才道："晨曦，这件事不要告诉别人，就连那三个老爷爷也不要告诉，知道吗？"

"晨曦明白，不会告诉任何人。"

辰南笑了笑，将她抱了起来，道："还记得我替你编造的那个身世吗？千万不要在那三个老爷爷面前穿帮。"

小晨曦甜甜地笑道："当然记得，哥哥总是把我当小孩子，其实晨曦明白很多事，绝不会对别人提起古仙遗地的事。哥哥放心吧，晨曦知道哪些事情该说，哪些事情不该说。"晨曦像个小大人一般，稚气的小脸上是一本正经的神色，让人看着想笑。

"晨曦，哥哥给你说件事。过段时间，哥哥要出去办一件事，也许很快就会回来，也许要花费很长时间，我不在的时候，你和三位老爷爷在一起生活，好吗？"

小晨曦有些不依地道："哥哥你要去哪里，为什么不带上晨曦？"

"哥哥要去调查一个惊天大秘密，晨曦跟在哥哥的身边会很危险，哥哥会放心不下，不能全力以赴地去调查。你在这里耐心地等候哥哥，到时候哥哥办完事会回来找你的。快的话也许几天时间，慢的话也许需要……半年时间。"说到这里辰南一顿，他原本想说一个月的时间，但忽然又临时改为半年。不久之后，他将出发去探查死亡绝地，他有一种预感，可能有些事情将要发生在他的身上，他不知道究竟是些什么事，不知道什么时候才能够回来，只好将时间说长了一些。

"哥哥，晨曦真的希望你早点回来，不然我会天天想念你的……"小晨曦声音低低的，情绪有些失落。

"晨曦乖，别伤心，哥哥答应你，尽量早回来。走，哥哥带你去逛夜市。"

在接下来的几天里，四大学院的青年强者大赛进入了最后的角逐阶段，虽然高潮迭起，但再也没有出现一场像辰南和神威小侯爷那样的精彩又惨烈无比的生死之战。接下来的大战虽然也很精彩，但观战的人们心中总是会不由自主浮现出辰南的身影，想象着他当日的神勇。许多人纷纷猜测，如果辰南能够参加接下来的青年强者顶峰之战，会取得怎样的成绩。

大赛进行到第七日时，已经只剩下十二名选手，这些人当中包括引起辰南格外注意的那几人，战神学院女暴龙龙骑士莉莎和她的弟弟索恩，幻魔学院神秘蒙面女魔法师艾丽丝，神风学院第一高手萧风，仙武学院一直隐藏实力的选手潜龙。这五人一直还没有正面交锋，显然是四大学院的副院长各自在选派人手下场时，故意这样安排的，他们不希望这几人在开始时就直接碰撞。

大赛进行到第八日，一则震撼性的消息开始在众多修炼者之间流传，有人发现距离神风学院数百里之外的大山深处魔焰滔天，那里有一个充满了死亡气息的山谷，整座谷地内枯骨万千，堆积成山。这则消息像可怕的瘟疫一般，迅速传遍了每一个角落，仅仅两天的时间，几乎所有在罪恶之城的修炼者都得知了这一消息。消息越来越明朗，最后人们清晰地得知，那处死亡绝地内白骨铺地，巨人的头骨和巨龙的枯骨随处可见，有无数座巨人头骨山和巨龙枯骨山，甚至在万千白茫茫的枯骨中还散落着一些神骨！那处死亡绝地内有一个深不可测的魔洞，滔天的魔气正是自那里散发而出，浓重的死亡气息也源于那里。

消息是震撼的！所有人得知这一消息后都无比震惊，惶恐的气氛在修炼者之间弥漫，有些胆小的人甚至想立刻逃离罪恶之城，但更多的修炼者则想前往死亡绝地探查那里究竟是一个什么样的所在。所有这一切都出自神风学院副院长的精心策划，是他一手导演了这场风波，自从他从辰南处得知这一震撼性的消息后，就派了两个龙骑士前去察看是否实属。

两个龙骑士在死亡绝地十里外远远地观望到了那冲天的魔气，他们再也不敢前进一步，事实上即使他们想继续前进，他们的坐骑飞龙也不会听他们的命令，来到这里之后飞龙早已惊恐不安，都快失控了。

两个龙骑士将在死亡绝地外围所看到的情景详细向副院长汇报之后，副院长便开始酝酿如何才能够让所有修炼者都关注这件事。经过众多负责人商议，众人一致认为应该借助这次大赛的影响力，将死亡绝地的事情推上台面。因此在大赛进行到如火如荼之境时，副院长开始派人在修炼者之间宣传死亡绝地的消息。

此刻，战神学院、幻魔学院、仙武学院的副院长正在神风学院副院长的办公室，经过神风学院副院长详细的解释，其他三人慢慢从震惊中清醒过来。其中一个老人道："你这个老东西可真能隐瞒啊，这等大事居然到现在才告诉我们！"其他两人也附和道："真是让人难以想象，居然有这样一个神秘、恐怖的地方，老东西你可真该罚。""就是，亏我们跟你是几十年的老朋友呢！"

神风学院副院长叹道："事情太过重大啊，我不敢轻易说出口啊！好了，现在我们商量一下，接下来该如何办？"

幻魔学院副院长道："我觉得应该立刻广发英雄帖，邀请大陆各地成名高手前来罪恶之城，由大陆上的绝顶高手组成一队人马，到死亡绝地进行深入的探察。"

仙武学院副院长点头道："这个主意不错，要把那些隐世的前辈高手都请出来，毕竟死亡绝地中有一个如神似魔的存在，一切都充满了变数，探险的人员必须由实力通天的人组成。"

战神学院副院长这几日情绪比较低落，神威小侯爷是他非常赏识的一个后辈高手，不想却被辰南钉死在广场之上，他心中很是悔恨，责备自己不该让两人决战，但事情已经发生了，现在说什么都晚了。虽然情绪不高，他依旧说出了自己的见解，道："我觉得现在应该中止四大学院的青年强者顶峰大赛，自这些精英高手中选出一些人，先行前往死亡绝地。让这些人先在外围探察一番，收集到足够有用的资料，这样等到那些隐世的前辈高手来到这里之后不至于对死亡绝地一无所知。"其他三个学院副院长纷纷点头表示赞同，四人在屋中开始秘议，直到一个时辰之后才自屋中走出。

四大学院青年强者大赛进行到第十日时，死亡绝地的消息已经尽人皆知，这个时候人们已经知道是神风学院的人最先探察到的死亡绝地，人们纷纷要求神风学院的负责人出来说明。现在死亡绝地的事情成了人们谈论的焦点，万众瞩目的四大学院青年强者顶峰大赛被彻底盖过了风头，人们对于一切有关恐怖绝地的消息都格外关注。

第十日，四大学院的副院长在神风学院广场联合发布了一份声明，四大学院青年强者顶峰大赛暂停，四大学院将从参赛的精英中挑选一批人手去探察死亡绝地。这一消息，像一块巨石落进了平静的湖面，激起了轩然大波，上万观战的修炼者议论纷纷。最后神风学院副院长向所有人详细介绍了一遍辰南进入死亡绝地时所看到的景象，并言明将会飞鸽传书，邀请大陆各地前辈高人前来罪恶之城，去探察神秘的恐怖绝地。

上万修炼者沸腾了，所有人都激动无比，神秘的死亡绝地到底隐藏了怎样的惊天大秘？有哪些隐世高人会被邀请到这里，他们能否探察到真相？所有人都在庆幸来到了罪恶之城，赶上了数十年难得一次的修炼界大聚会。毫无疑问，不久的将来，罪恶之城将会风起云涌，无数绝顶高手会从大陆各地奔赴到这里。恐怖、神秘的死亡绝地，将会令修炼界掀起一场声势浩大的行动。最后神风学院副院长又补充了一点，所有人都可以报名去探察死亡绝地，四大学院会从报名者中选出最顶尖的高手，十日后和四大学院的精英高手一起出发，将先一步去探察死亡绝地，为绝世高手打前站。

无数信鸽冲天而起，飞往大陆各地，神风学院沸腾了，罪恶之城沸腾了……西大陆各大学院、各个著名的古老家族……在同一天都接到了罪恶之城的消息，那些隐修的老龙骑士，胡须花白的超级大魔导师，怀着激动的心情纷纷上路……东大陆各大武林世家、神秘的古老门派也都接到了来自罪恶之城的惊人消息，许多老古董被后辈请出隐修之地，纷纷出关……

四大学院的顶峰青年强者纷纷报名，要求去探察死亡绝地。来自大陆各地的青年高手也纷纷踊跃报名，四大学院的副院长们吃惊不已，这些青年高手中竟然有不少闻名大陆的侠少，有不少人是著名修炼世家的少主，或者是著名古老门派的杰出弟子。这些人都是专程为看四大学院的青年强者大赛而来，碰上死亡绝地这等奇异的事自然不会错过，都想亲身去探究一番。最后四大学院的几位副院长经过反复考虑，从众多精英高手中选出十大高手，由他们打前锋，先一步去探察死亡绝地。

这十人的名单公布出来以后毫无争议，落选的人毫无怨言，因为这十人太出名了，每一个人都是非常杰出的青年高手。其中四大学院占了五个名额，分别为：神风学院第一高手萧风，仙武学院实力高深莫测的奇才潜龙，战神学院修为恐怖的女暴龙龙骑士莉莎和她的弟弟索恩，幻魔学院被疑已达到四阶境界的神秘天才美少女魔法师艾丽丝。这五人在四大学院的青年强者大赛中的表现有目共睹，虽然潜龙开始时表现平平，但真正的高手到最后都已经注意到他在隐藏实力，其真正实力只能用深不可测来形容。另外五人是来自大陆各地的杰出青年高手，皆具有不凡的威名，分别为：王天、凯瑞拉、凌云、梦可儿、辰南。

王天，满脸络腮胡须，彪形大汉，为小林寺最为杰出的俗家弟子，一身修为已经达到三阶大成之境，直追四阶境界。小林寺乃是东大陆最为古老的门派之一，历经重重乱世而不倒，其历史可以追溯到万年前，远在仙幻大陆时代就已经存在。在悠久的历史当中，小林寺虽然有几次险些被人灭派，寺址几经迁移，但终究挺了过来，一直传承到现在，是东大陆的古圣地之一。王天虽然为俗家弟子，但资质超群，被寺内长老破格传了一身奇学，近年来在东大陆威名甚隆。

凯瑞拉，眼中充满了忧郁，虽然是二十几岁的年轻人，但给人一种沧桑的感觉。他总是在各地流浪，在一个地方最多不会待上一个月，看到不平的事会管上一管，常年过着游侠般的生活。他一身实力非常恐怖，为西大陆知名青年高手，许多王公贵族都曾礼贤聘请，但都被拒绝。

凌云，剑眉星目，英气逼人，极具魅力的英挺青年，乃是东大陆著名武学世家凌家少主，一身修为深不可测。提起凌家，东大陆无人不知无人不晓。一百五十年前，凌家家主凌霄武破虚空，登临仙境，在大陆留下无尽传说。近百年来凌家高手辈出，每一代都有绝世高手出世，终于位列东大陆十大修炼世家之一。目前凌家具体有几名绝世高手，外人无从猜测，只知道在两名以上。

梦可儿，为澹台古圣地当代最杰出的传人，风华绝代，艳压天下，绝世风姿似乎不属于尘世，宛若九天降下红尘的仙子。澹台古圣地同小林寺一样具有悠久的历史，自那久远的年代一直传承到现在，为东大陆古圣地之一。澹台派充满了神秘的色彩，没有人知道该派位于何处，也没有人知道该派到底有多少传人。该派祖师别开天地，将武学与道法融合在一起，创出了举世无双的"道武"修炼法门，在修炼界中独树一帜。神秘的澹台派每一代行走于大陆的人并不多，不过，但凡出面者必是人中龙凤。梦可儿是澹台古圣地当代最杰出的传人，其高深的修为可想而知，传说她足以位列大陆顶峰青年强者中的前十名。

辰南，目前大陆上最富传奇色彩的青年高手，几个月前横空出世，造成了一系列轰动事件，备受各方势力瞩目，现在可谓如日当空。萧风、潜龙、莉莎、索恩、艾丽丝、王天、凯瑞拉、凌云、梦可儿、辰南，这十人可以说是目前罪恶之城的顶峰十大青年高手，被选中毫无争议。能够入围十大高手之列，说明每个人都有不凡之处，这是一种肯定和荣誉，但同时也意味着他们即将置身于生死险境之中，死亡绝地充满了未知的变数，谁也不知道此行是凶是吉，谁也不能保证自己能够安然而返。之前，辰南曾经想发动罪恶之城所有修炼者一起去探究死亡绝地，但经过反复思考之后觉得不妥，接受了神风学院副院长的主意。

在临出发的前几天，他陪着小晨曦到处游玩，罪恶之城内的大街小巷、城外的青山绿水间都曾闪现过他们的身影。日子一天天接近，终于到了出发之日，辰南将采摘自古仙遗地的几大包仙果交给了三大绝世高手，将小晨曦托付给了他们。小晨曦眼中含着泪，抱着辰南的脖子道："哥哥，你一定要快一点回来啊，不然晨曦每天都会不开心的。"

辰南拍了拍她的后背，柔声安慰道："哥哥一定尽量早点回来，不过，晨曦每天必须要开开心心，不然哥哥心中会很不安的。"他心中涌起一股不祥的预感，似乎这一次分别之后真的会发生一系列不好的事情。但他无从逃避，每一次有这样的感觉，无论怎样躲避，都无法逃脱。

小晨曦含着泪用力点了点头，哽咽道："晨曦每天都会想哥哥的……等着哥哥回来……"辰南用力抱了抱她，将她放在了地上，而后对着面前的三大绝世高手跪了下去，道："辰南将晨曦拜托给三位前辈了……"三大绝世高手连忙将他搀扶了起来，尹风道："你放心吧，我们已经将小晨曦当成了自己的亲孙女，绝不会让她受到任何委屈。"辰南站起身来，转身大步离去。

"哥哥……"小晨曦在他背后带着哭腔喊道。辰南没有回头，飞快向竹海外走去，直到走出去几十丈距离后才微微回了一下头，只见小晨曦正在后面小跑着，脸上布满了晶莹的泪水，冲他不断地挥动着小手……辰南心中涌起一股酸酸的感觉，眼泪差一点掉下来，再也不敢回头观看，快步向前走去。

神风学院广场之上，上万修炼者在为十大高手送行，死亡绝地之行无疑万分凶险，人们对十人表示敬意的同时，只能祝福一声。十大高手先后跃上女暴龙龙骑士的坐骑，这是一条长达十七丈的青色亚龙，不要说坐上十人，就是坐上三十人也没问题。青色亚龙冲天而起，荡起一股猛烈的狂风，上万修炼者目送十大高手远去……白云飘逝，亚龙在十万大山上空极速飞行，下方青峰翠谷飞快倒退，龙背之上十大高手各怀心思，皆沉默不语。在出发前，十人已经照过面，彼此间都已经认识，但此时此刻众人都默默无声，皆在思索着在死亡绝地可能会遇到的种种变数。

这些人当中萧风年龄最大，已经近三十岁，身材高大，长相粗犷，很有男人味。王天和凯瑞拉年龄次之，大概二十七八岁的样子。王天满脸络腮胡须，是一个彪形大汉，外表看起来有些匪气，有点黑道绿林大哥的味道。余下七人年龄相差不多，都在二十到二十五岁之间。女暴龙龙骑士莉莎不同于普通女子的纤细秀美，身材非常高大，丝毫不逊于她的弟弟索恩，姐弟俩一直坐在一起，靠近亚龙颈项的位置，按照辰南告知的方向指引着亚龙。

潜龙和凌云在七个男人当中无疑是最为英俊的两人，貌比潘安、颜赛宋玉，不过两人的气质截然不同。潜龙懒洋洋地躺在龙背上，很随意，就像隔壁家的坏小子一般，给人一股亲切的感觉。凌云出身东大陆十大修炼世家之一的凌家，为凌家当代家主最小的儿子，身上带着一股贵气，脸上总是挂着笑容，典型的修养极好的世家公子。十人中幻魔学院女魔法师艾丽丝无疑是最神秘的，直到现在她还蒙着面纱，没有人见过她的庐山真面目，这是一个如谜一样的女子。如果说十人中谁最引人注目，那毫无疑问是澹台古圣地最杰出传人梦可儿，她的身上仿佛笼罩着七彩光环，无论走到哪里都会成为人们注目的焦点。的确，梦可儿实在太美了，她的美超尘脱俗，似乎不属于尘世，似九天降下红尘的仙子，整个人透发着一股灵气，称得上钟天地之灵秀。

辰南是这十人中对死亡绝地了解最多的人，此刻他已经摆脱了和小晨曦离别时的失落情绪。他和梦可儿很近，不过半丈距离，虽然空中风很大，但还是能够闻到她身上那淡淡的清香。他的目光在梦可儿身上放肆地游离着，丝毫没有把她当成古圣地出来的仙子看。他对澹台派成见甚深，自从得知梦可儿是澹台一派的传人，心中就再也难以平静，开始思考今后如何对付这一派。辰南自己都有些奇怪，不知道自己为何会变得有些邪恶，竟然将对澹台璇的怨愤迁怒到她的传人身上。或许是对澹台璇的怨念太深了，是她害得他修为大跌，从此自暴自弃。如果不是因为她，他也许会如他父亲一般顺利进军武道无上至境，根本不会经历如此之多的坎坷。

万载岁月后复活，过往的一切都已经成烟云，在喧闹繁华之中，辰南内心深处充满了深深的孤独、悲哀，仿佛身边的一切，都不过是一场幻影，随时都会如烟花般消散。看似胡闹的行为，不过是想让自己忘记那久远的记忆和孤独的自我……这或许就是他要报复澹台璇，报复和她有关的一切的原因吧。辰南越来越清晰地感觉到万年前的"真我"复活了，也许是因为他父亲加于他脑中的情感封印破开了；也许是古仙遗地之行深深触动了他的灵魂；也许是家传玄功不断逆转，激发了他心中的黑暗心性，在他的内心世界掀起了巨大的波澜……

梦可儿显然知道辰南在肆无忌惮地打量着她，她的道武修行法门重在修心，她已经猜测到辰南在故意扰她修行。她眼中闪过一道冷光，但旋即又消失了，脸上带着淡淡的笑容回头看了辰南一眼，而后将头扭向别处。

亚龙飞行速度疾若闪电，数百里之遥对于它来说根本算不了什么。一片乌云出现在远空，黑压压的云朵笼罩在大山之上，给人一股沉重、压抑的感觉，似妖云如魔雾。辰南感觉古神遗宝开始发热，心中一惊，如果一会儿玉如意散发出炽烈的光芒就坏了，定然要被其他九大高手发现秘密。他急忙手抚玉如意，用微不可闻的话语低声道："我虽然不知道你到底有何古怪，但却知道你早已经有了灵识，肯定懂得我所说的话语。从现在开始，你不要出现任何异常，不然会被其他人发觉的。当然如果魔气侵袭，我如果不能够化解，你要像上次那样，用圣光保护我，不然我挂了，你也将再次深埋地下。"

辰南感觉有些不好意思，居然威胁一块儿古怪的神玉，抬头望了望，发现没有人注意他，才松了一口气。一声幽幽轻叹，一个年轻女子的声音突然在他心中响起："保护你？你，是谁？我，又是谁？我是谁，沉睡……"声音杳逝。辰南真的吓了一大跳，这是他头一次在清醒的状态下听到玉如意内的低语。他集中全部精神仔细倾听，但却再也听不到任何声音，仿佛什么也没有发生过似的。

风声呼啸，亚龙穿云跃岭，距离那座乌云压顶的大山越来越近，此时十大高手都已经感觉到了丝丝异常的波动。片刻后，众人距离那座缭绕着滚滚魔气的大山已经不足十里，可以清晰地看到带状的魔云在大山附近缭绕、涌动。这时亚龙开始变得焦躁不安，在空中发出阵阵低吼，似乎在向莉莎倾诉着什么，非常不愿意再继续前进。此时，随着距离越来越近，众人明显感觉到那丝波动变得异常强烈了起来，每个人心中都涌起一股极其不安的感觉，一股寒意自众人心中升腾而起。

莉莎不断安抚着亚龙，让它继续前进，这样又前进了几里地，已经距离前方的大山不足五里，亚龙再也不肯前进，在空中不断盘旋。这个时候，众人在高空中已经能够清晰地观看到前方的恐怖景象，前方那座缭绕着浓重魔云的大山脚下是一个山谷，滚滚魔气自那里不断升腾而起，恐怖的景象令人心底发颤。鉴于亚龙已经开始发抖，再也不肯前进，莉莎不得不命令它降落到地面，十人决定步行前进。

众人步行途中，闻到了一股如兰似麝的清香，淡淡香味沁人心脾，众人已经从辰南那里知道这是死亡之花的诡异香味，并未觉得奇怪。翻过两座小山包，穿过重重荆棘，十人终于来到了死亡绝地的谷口。谷内暗淡无光，一片漆黑，不断有魔气升腾而起，向山谷所靠着的大山缭绕而去。大山之上，滚滚魔气遮天蔽日，浓重的魔云在高空中翻腾涌动，似有一个狰狞的妖魔在兴风作浪。到达这里后，十人明显感受到了一股强大的压迫感，一股莫大的威压让他们感到心悸和震颤。

辰南已经有过一番经历，不再像第一次那样震惊，但其余九人第一次感受到这股恐怖的压抑感，每个人的心中都惊骇无比。九人一起望向了辰南，希望他能够详细解说一下。辰南摊了摊手，道："不要看我，我也不比你们多知道多少，来到这里之后，我停都没有停，直接闯了进去。"九大高手看着他的眼神怪怪的，如此恐怖的绝地，他竟然直接闯了进去，真不知道该说他艺高人胆大还是太过鲁莽。

梦可儿拢了拢飘扬的秀发，道："我们来此只是为后面的绝顶高手打前站，应尽量搜集一切有价值的线索提供给那些前辈。我们首先应该将谷外情形搞清楚再说，先看看谷外是否有什么古怪，而后再考虑是否进谷探察。"众人点头同意，最后分了三个小组，萧风、王天、凯瑞拉为一组，女暴龙龙骑士姐弟和女魔法师艾丽丝为一组，潜龙、凌云、梦可儿、辰南四人为一组，三组人开始在谷外仔细探察。

辰南和梦可儿两人间虽有芥蒂，但在这种场合下不得不合作。辰南满脸不在乎的神态，梦可儿脸上也是笑盈盈，但鬼才知道他们心里在想什么。三组人在谷外搜索了大半个时辰，没有发现特别有价值的线索，谷外除了没有鸟兽，异常死寂外，跟别处的荒山野岭没有任何区别。众人再次齐聚在谷口，十人相互望了望，梦可儿叹了一口气，道："看来我们真的非要进谷不可了，在外面不可能发现什么。但按照辰兄所说，谷内有一个如神似魔的恐怖存在，走入山谷无疑充满了凶险，我建议我们分为两组，一前一后。如果真的不幸有危险发生，不至于全军覆没，最起码要让后面的人把消息带出去。"

辰南看到众人点头同意，立时感到不妙，他曾经来过这里，是唯一对里面有所了解的人，第一组的人选，他一定跑不掉。他心中暗道："果然不愧为澹台璇的传人啊，这个时候还给我耍了个小小的心计。"辰南立刻附和道："梦仙子果然心思缜密，这个提议不错，我愿意进入前一组，在前面探险。"见众人脸上对他现出敬意，他接着道："不过也谈不上冒险，梦仙子有道家至宝玉莲台，能够御空极速飞行，如果我们真的遇到危险，应该能够在第一时间逃走。"辰南言下之意很明显，要梦可儿和他一起在前面探险。他知道无法避免，将成为第一组的成员，就打定主意，拉上梦可儿和他同样赴险。

梦可儿眼中不经意间闪过一道精光，别人根本无法看到，但却无法逃过辰南的双眼，因为他一直在盯着她。梦可儿还没有表态，有人却先她站了出来，东大陆十大修炼世家之一的凌家少主凌云道："这样好像有些不妥，梦仙子身具道家至宝，应该在第二组，这样如果有意外发生，她能够第一时间驾御玉莲台逃离这里，将这里所发生的一切告诉外界。"凌云说得合情合理，让人挑不出毛病，不过辰南却早已发觉他看梦可儿时眼中会流露出异样之色，想必已被梦可儿的绝代风姿所迷，现在所说的话多半是私心使然。

潜龙懒洋洋地道："我愿和辰兄在前面探险。"最为神秘的蒙面女魔法师艾丽丝也道："我也想进入第一组，在前面探险。"其他几人也纷纷站出，要进入第一组。这时，梦可儿嫣然笑道："大家不要争了，还是我和辰兄在前面探路吧。辰兄说的对，我有玉莲台，如果真的有危险，我和辰兄能够在第一时间内逃走。"凌云见众人没有反对，笑道："是我多虑了，呵呵，还是梦仙子说的对。"

众人始一踏进谷中，除却辰南之外，其余九人倒吸了一口凉气，谷内是一幅惨烈的画面，满地白骨森森，磷火幽幽，透发着一股浓重的死亡气息。每个人都感觉头皮一阵发麻，这里真的像是地狱的入口。一望无际的白骨在暗淡无光的谷内显得格外刺眼，微风轻轻拂动，地上不知沉积了多少年的骨粉随风飘扬，在明灭不定的磷火映照下如同惨白的雾气一般。黑暗的山谷内除去白骨，别无他物，阴森、恐怖的画面让这些年轻的高手身上不由自主起了一层小疙瘩，一股寒意瞬间从头顶凉到脚底。

步进谷内，死亡之花的香气越来越浓烈，在充满死亡气息的山谷内显得格外诡异。魔气向众人汹涌而来，武者纷纷催发出体内的真气斗气护住了身体，各色光芒在谷内闪现而出。神秘的女魔法师艾丽丝快速念了一句咒语，如水一般的淡蓝色光华瞬间就将她护在了里面。

辰南带着一丝玩味的笑意对梦可儿道："梦仙子，我们走吧。"梦可儿展颜一笑，当真如春花绽放一般，暗黑的死亡绝地仿佛一时明亮了起来。她回头对其余八人道："我们只是为绝顶高手收集有用的信息而来，没有必要真走进山谷的最深处。为避免惊动谷内那个如神似魔般的存在，我们以谷口为始点，先在两百丈距离内仔细搜索，看看能否找到有价值的线索。另外请各位和我们保持在百丈距离以上，如果发觉情况不妙，我们会出声示警。"众人纷纷点头。

辰南和梦可儿并排向山谷深处走去，走出去约有百丈距离后，辰南轻笑道："梦仙子在想什么，你不会想在这里把我杀掉吧？我知道你足以跻身于大陆十大顶峰青年高手之列，也许你能够杀掉我，但要想做到神不知鬼不觉，可有一定的难度啊，动手之前你先要仔细考虑一下。"

此时，梦可儿早已收起了笑容，冷冷地道："我和你早晚有一战，到时希望你能够从我剑下逃生！"

"我非常期待啊，不过希望你一直能够保持心如止水，不要为凡俗的事情扰乱心中的平静，更不要儿女情长啊，哈哈……"

梦可儿绝美的容颜上布满了寒霜，双眼之中射出两道冷电，杀气在空中弥漫，她冰冷地道："你果真在扰我修行，你对我派的功法了解还颇多啊，不过我劝你还是不要动那些无聊的心思了，回到罪恶之城后我定要取你性命。"

辰南笑了笑，道："取我性命，恐怕没那么容易。我有一种预感，将来我们之间一定会发生一些美妙的事情。"

梦可儿冷冷地看着辰南，为抵御谷内的魔气，她的身体发散着淡淡清冷的光辉，让她看起来如同立身于氤氲仙气中的仙子一般。此刻，她动了真怒，语音寒冷，道："你真的让我动了杀机，不要逼我！"

辰南见她杀机已露，道："真是让人难以想象，风华绝代的梦仙子会有如此冷寒的一面，情绪波动这样剧烈，似乎有悖澹台一派的修心之法啊！"

梦可儿忽然笑了起来，眼望山谷深处，道："如果你以为扰乱我心中的宁静，就能够扰我修行，那就大错特错了。每个人都有七情六欲，人不可能做到绝情绝性，不可能抛开一切私欲。在修行的过程中，过分强调心中无欲，只能沦落为下乘。我派祖师在派中秘典中曾经特别提到，容身于世间，体验人生百态，了解人性种种，才能够感悟天地至理，达到天人合一之境。"

辰南忍不住叹道："澹台璇，你果然了得……"他心中感慨颇多，澹台璇虽然害他差一点修为尽废，但不可否认，这个神秘的女子天资高绝，世所罕见。他又对梦可儿道："体验人生百态，感悟天地至理，达到天人合一，说到底还是重在修心，以你现在的修为来说，恐怕还是处于抱守心灵宁静阶段吧。"

梦可儿诧异地看了他一眼，道："你对我派功法果真了解一些，不过你不要对我枉费心思了，我早已超越了那个讲究心灵宁静的境界。"

"哈哈，是吗？现在多说无益，我们还是赶紧探察谷内的情况吧。"

梦可儿脸上的冰霜之色渐渐退去，但也没有笑容，变成了古井无波的样子，和辰南先是在距离谷口百丈范围内搜索着，而后又延伸到二百丈远的地域，后面的八人始终和两人保持着百丈距离。十人在这段地域不断搜索，没有漏过每一个角落。在各种怪兽的枯骨堆中有不少人类的骸骨，在众人的预想中，应该能够找到一些断折的兵器，或者死者的随身饰物。然而他们失望了，根本没有任何遗物可寻。

十人毫无所获，再次汇聚到了一起。最后商定，辰南和梦可儿继续前进两百丈，其余八人依旧保持一段距离跟在后面。死亡绝地内，万千枯骨铺地，整片谷地白茫茫一片。辰南和梦可儿脚踩在枯骨之上，时时发出"咔嚓"、"咯吱"的异响，加上远处忽明忽暗的鬼火，显得格外恐怖。此刻两人距离谷口已经有四百丈距离，到了这里之后，魔气涌动得越来越猛烈，二人不得不进一步激发体内的真气来抵御魔气的侵袭。来自山谷深处那股莫大的压力也越来越重，沉重得让他们几乎喘不过气来。

十人在这段地域反复搜索之下终于有所发现，辰南在一座高达十丈的巨人头骨山下找到半面锈迹斑斑的残破铁盾，这是众人首次发现的遗物。众人围在一起，小心翼翼地清除掉盾牌上的锈迹。盾牌上镌刻着古老的花纹，不过由于年代太过久远，上面那些纹理都已模糊不清。翻转过铁盾，除净它背面的锈痕，一行以指力划刻的小字映入众人的眼帘，所有人都一阵激动，铁盾上竟然有文字，这是他们找到的最有价值的线索！复杂的文字，一看便知是数千年前的字体，众人面面相觑，一阵犯难。

辰南叹了口气，道："我认得，只是上面的意思太让人费解了。"

众人惊异地望着他，凌云迫不及待地道："上面到底说了些什么？"

"是他……他还活着……"辰南按照原文读了出来。

众人震惊，陷入沉默。按照铁盾上刻划的文字来猜测，这个"他"极有可能是指谷内深处那个如神似魔的存在，这样看来他的身份非同小可，在那遥远的过去，"他"极可能有着惊天动地的身份！辰南心中思潮起伏，没有人比他更想知道这里隐藏着怎样的秘密，想要探察万年前众神消逝的真相，这里是一个极佳的切入点。

他站起身来，道："向里探索，一定还能够有更大的发现，我和梦仙子依旧先行一步，你们跟在后面。"深入到这里后，众人已经感觉到了一股莫大的压力，那是一股精神威压，他们知道那是来自死亡绝地最深处的那个恐怖存在，因此到达这里之后众人都有一丝犹豫。不过，最后众人还是齐齐点头，同意继续向里探索。当辰南和梦可儿向里走去百丈距离后，明显感应到了一股不同寻常的气息，来自山谷深处的精神威压在急骤增加，他们感觉到了一股发自灵魂的战栗，巨大的恐惧充斥在他们的心中。

辰南大叫道："不好，无名神魔觉醒了……"

梦可儿在第一时间里召唤出了道家至宝玉莲台，嘴角露出一丝冷笑，瞥了辰南一眼，而后腾空而起向着山谷外的方向飞去。辰南苦笑，早就知道如果真的有危险，梦可儿一定会置他于险地而不顾。谷内暗淡无光，后面的八人看不清前方的景象，但却清晰地听到了辰南示警的声音，也感觉到了突然急骤加重的精神威压，八人快速向谷外飞退而去。然而一切都晚了……

　　辰南刚刚跑出去三步，身后便传来一股剧烈的能量波动，一股浩瀚无匹的力量将他卷到了半空中，而后他便一动也不能动了，只能静静地悬立在空中。梦可儿也仅仅飞出去十丈距离，便再也动弹不了了，而后好像被一双无形的大手牵引着一般，被拉到了半空，停立于辰南的身侧。辰南不能言不能动，看到梦可儿刚刚逃走但在刹那间又被强行拉到了他的身旁，他心中涌起一股难以言表的快意，冲着她眨了眨眼。梦可儿感觉一阵无奈，没想到有道家至宝玉莲台在手都难以逃脱，她瞪了一眼辰南，不再看他。百丈外的八大高手也仅仅跑出去十几步，便惊恐地发现身体不能动弹了，八人也被一股浩瀚的力量席卷到了半空，而后被拉扯着来到了辰南与梦可儿的身前。

　　十人都困身于半空之中，一丝也不能够动弹。魔气涌动，一股浩瀚无匹的精神威压骤然而至，众人突然感觉心中像压了一座大山一般压抑难受，有一股精神仿佛要崩溃般的感觉。这时，缭绕在众人身边的魔云突然剧烈震荡了起来，黑色魔气开始汹涌澎湃，似怒海狂涛一般动荡起伏。十大高手有一种错觉，仿佛整片天地都开始晃动了起来，他们像狂风中的落叶，像滔天大浪中的小舟，在剧烈地飘摆、起伏……

　　震荡结束了，空中的魔云再次恢复了平静，不过那股令人窒息的精神威压却强盛到了顶点，众人感觉脑中一片空白，几乎要虚脱崩溃了。一团奇怪的魔云出现在众人的身前，宛如地狱深渊一般，那里仿佛别有洞天，似乎连接着地狱的入口，死亡的气息自那里散发而出，在空中弥漫。突然，一点血红的光亮出现在漆黑如墨般的魔云内，直射十大高手，十人感觉如利剑戳心一般难受，每个人都想狂呼、嘶吼。

　　辰南心中大骇，虽然感觉极度压抑，似欲发狂，但还是能够思考。他已经感应到了那股熟悉的气息，魔云中掩藏着那个无名神魔！无名神魔来了，与他们近在咫尺！沉重的精神威压重如泰山，十人即将陷入疯狂之境。然而就在这时，巨大的精神压力如潮水一般退走了。十人如释重负，长出了一口气，身体似乎也能动了，不过依然被一股古怪的力量束缚在半空。魔云中那点血红的光亮依然在，只是不再像刚才那般锋芒毕露，不过依然透发着令人心悸的光芒。

梦可儿稳定了一下心神，轻声道："无上的神魔，请不要怪罪我们，我们并不是故意打扰您的修行……"

"轰！"空中的魔气一阵剧烈震荡，十人的身体在刹那间失去了束缚，自高空坠落而下，穿过重重魔气，向白茫茫的骨地落去。除去魔法师艾丽丝和道武双修的梦可儿外，其他八人心中大骇，此刻他们距地面足有三十丈，如果真的这样落在地上，非摔成肉泥不可。仅片刻间，艾丽丝和梦可儿也变得慌乱了起来，她们一个无法施展魔法中的飘浮术，一个无法控制道家至宝玉莲台，同其他八人一样快速向地面坠去。

众人耳边风声呼啸，劲风猛烈，距离地面已经不足一丈距离，就在他们以为生还无望之际，他们的身体突然诡异地悬空定住了。一瞬间从极速下落变为悬空静止不动，生死两重天，十人此时的感觉已经超离了震撼，他们相互看了一眼，而后同时大叫道："啊……"

"扑通"、"扑通"、"扑通"……十人一起坠落地面。谷地内的魔气相对于高空来说少了很多，十人抬头观望，发现那团妖异的魔云就在他们头顶上方，散发着浓重的死亡气息，那点血红的光亮在魔云中显得格外刺眼。十人相互看了看，心中都涌起一股无力感，他们在大陆青年中绝对算得上出类拔萃，是最前列的人物，然而在无名神魔面前却是如此地弱小，根本没有半丝反抗的力量。

妖异的魔云围绕着众人转了一圈，突然在刹那间消散，一条高大的魔影出现在众人的眼前。除辰南之外，其余九人头皮一阵发麻，浑身上下所有寒毛都竖了起来，惊恐地大叫起来。高大的魔影悬立空中，一头血红色的长发随风飘扬，只是血发之下半颗头颅已经破碎，左眼以上一片血肉模糊，红的、白的混合在一起，点点脑浆沾染在血发之上。完好无损的右眼无眼白和瞳孔之分，整个眼球赤红无比，透发着令人心悸的血红色光芒。毫无疑问，之前众人看到的那点血红色光亮正是无名神魔的右眼直射而出的光芒。让人无比惊恐的是他的胸前有一个血淋淋的大洞，心脏竟然已经被人掏了出去，里面散发着刺眼的血色光芒。无名神魔的背部，左边是两只洁白的羽翼，右边竟然是一只灰黑色的羽翼，两边羽翼的颜色截然相反！这是西方最为古老的神魔与高阶天使的象征！不过两色羽翼，似乎更趋向于神或魔！

梦可儿等人虽然已经从辰南的口中大致了解了一些关于无名神魔的体貌，但此时还是难以抑制心中的那份震撼，一个个呆若木鸡。一个身躯残破的神魔活生生地立于他们身前，令他们的大脑一时间短路了。辰南正在仔细观看着无名神魔背部的创伤，想弄明白他到底有几对羽翼，然而他失望了，无名神魔的背部是两道血槽，缺少的羽翼是被齐根拔出的。魔气涌动，无名神魔身上那古老破碎的衣衫在风中猎猎作响，上面沾满了血迹，触目惊心。究竟是什么人将一个神魔伤成了这副样子？！众人感觉心中的寒意越来越浓。

　　"数百年匆匆而过，绝地之门再次打开，但为何只来了十个如此弱小之人？竟然连一个仙神级的人物都没有！"无名神魔话语低沉苍凉，除去辰南之外，没有一个人听得懂，因为他用的是远古时期仙幻大陆的语言。梦可儿等人面面相觑，不明所以，然而让他们更加无比惊异的是辰南在这个时候开口说着和无名神魔类似的语言。

　　"数百年匆匆而过，你到底在等待什么呢？"辰南直视无名神魔。无名神魔无比惊异，独眼中射出一道红光。辰南在刹那间又感受到了那股消失的莫大精神威压，在这一瞬间精神差一点崩溃，好在那股压力在瞬间又消失了。无名神魔低沉地道："没想到还有人懂得这种古老的语言，真是让人难以相信啊，你是跟谁学的？"

　　辰南眼中闪现出一丝痛苦之色，道："我本是万年前的人，但死去万载岁月过后，却从远古神墓中复活而出……"这是他的心中最大的秘密，现在终于遇到了一个活了万载岁月的神魔，万年前的真相似乎马上就能够揭开了，他心中无比激动，近乎发泄似的嘶吼着："我想知道万年前到底发生了什么？"可是辰南却没有注意，无名神魔几次听到"万年"两个字时，已经处在暴走的边缘。

　　"请你告诉我，万年前到底发生了什么？号称永生不灭的神魔为何会死去？仙幻大陆和魔幻大陆的神灵为何葬在了一起？神魔陵园究竟是谁修建而成？"辰南疯狂地大吼着。

　　无名神魔突然抓住血红色的长发，如受刺激一般疯狂地大叫着："啊……万年前……不要问我万年前的事！我想不起来，啊……万年前到底发生了什么？谁能够告诉我？谁能够告诉我！啊……我是谁？我是谁？！"震天的吼声令十大青年高手体内气血翻涌，十人皆忍不住吐了几大口鲜血，所有人都被震得摇摇欲倒。无名神魔飞到了半空，状若疯狂地持续大叫着，莫大的精神威压不受控制，再次袭向地面十人。十大高手感觉天旋地转，最后一起昏倒在了地上。无名神魔在空中咆哮着，发泄着，整座山谷仿佛都震荡了起来。

"我是谁？万年前到底发生了什么？！"他不断地疯狂大叫，在空中横冲直撞，鲜红的血水不断自他胸口那个大洞喷涌而出，大异于常人的血水，无名神魔的血水在空中散发着炽烈的红光。神魔之血并未洒落而下，也未在空中蒸腾消失，而是化作一道道红光笼罩在无名神魔的体外，最后自他的皮肤又渗透了进去。震天的吼声持续了三个时辰，十大高手几次醒转，又几次昏厥了过去。

当十大高手再一次醒转时，无名神魔已经停止了咆哮，静静地立身于半空之中，仰望着黑暗的天际。高大的身影显得那样地萧索与孤寂，一股莫名的悲意弥漫在死亡山谷之内。十大高手仿佛也被那股悲意感染了，他们心中升腾起各种复杂的情绪：孤独、无助、仇恨、无奈、寂寞。他们明白那是无名神魔的情绪，在这一刻，他们感受到了神魔心中那种孤寂的无奈与悲凉、那种无力回天的悲哀……

无名神魔收回了遥望黑暗天际的目光，自半空徐徐降落到地面，立身于十大高手的身前。显然此刻他已经恢复了神志，将那浩瀚如海的精神威压收敛了起来。"不知道自己的过去，不知道自己是谁，这样活着究竟有什么意义……"无名神魔低沉自语道。萧风、潜龙等人看到辰南又要开口说话，一起捂住了他的嘴巴，生怕他再如刚才那般将无名神魔刺激得狂性大发。辰南苦笑，摇了摇头，摆了摆手，示意他们松开。众人狐疑地看了看他，确定他不会再做出什么出格的事后才松开手。

无名神魔突然盯住了辰南，道："刚才你令我陷入了痛苦的回忆，但我却不能够想起过去的点点滴滴，迫不得已还要将你对我说的话封印。我已经忘记了你对我所说的话，千万不要再次提起，不然我会迷失本性，毁灭一切……"辰南发出一声沉重的叹息，原本以为万年前的惊天大秘马上就要揭开谜底了，谁知到头来还是一场空，他对过去的一切还是一无所知。

"你修为通天，身躯残破到了这个样子，还能够好好地活着，为何不到仙神界去寻找答案呢？一定有人知道你的秘密。"

"我还活着？！哈哈……"无名神魔仰头狂笑，道："你觉得我还活着吗？"他收起了笑容，脸上有一丝无奈，有一丝悲哀，叹道："我的身体早已死亡，你没感觉到浓重的死亡气息吗？只是我灵识不灭，残缺的魂魄仍在！灵魂被死亡的躯体束缚，哈哈，很好笑是吧，但却是真的！"无名神魔仰望黑暗的天际，沉声道："我不能够远离这里，潜意识告诉我，要永远守护这里，直到这个世界毁灭！"辰南心中涌起滔天海浪，这里究竟有着怎样的秘密，无名神魔竟然要永远在这里守护下去，可是又有什么值得他去守护呢？连他自己似乎都不知道！

无名神魔叹了一口气，道："我清醒的时间越来越少了，迷失的时间越来越长了……"他脸色突然转为阴沉，道："你们很走运，没有在我迷失本性的时候闯进来。我不管你们是什么人，但只要来到此地，一切按规矩办事。"他右手一挥，十大高手立刻被一股狂猛的力量席卷到了半空，无名神魔低沉地道："虚天幻境，开！"

十人大惊失色，原本暗淡无光的半空，此刻竟然一下子明亮了起来，一个花香鸟语的世界出现在他们的眼前。那里鲜花铺地，绿草芬芳，蜿蜒的小河在芳草地中缓缓流淌而过，可爱的小鹿、遇人不惊的白兔，在花丛中好奇地眨动着大眼看着众人。在阴气森森的死亡绝地上空出现这样一个如梦似幻的奇异世界，十人疑似在梦中，他们呆呆地看着眼前这个多姿多彩的世界，一时无语。

"这是我创造的虚天幻境，在那里你们将会和自己的心战斗，谁能够战胜自己的心，谁就可以活着离开，否则就为这个山谷再增加一缕亡灵之气吧。"无名神魔一挥手，十人跌入那繁花似锦、一片祥和的世界中。辰南急忙将听到的内容，解释给其他九人听，九人听后一时迷惑不解，如何跟自己的心战斗呢？

"你们所看到的、听到的，未必是真实的，但一切都依你们的内心世界构建而成，害怕什么，便会发生什么。"无名神魔的话语低沉而有力。辰南再一次充当翻译，这一次九人似乎明白了什么，每个人脸上都变了颜色。无名神魔的声音冷酷无比，道："就从你开始吧！"

"呼"的一声，梦可儿连同她的玉莲台飞了起来，落入不远处的花丛后面。无名神魔低声道："幻境开启！"梦可儿一身白衣飘飘，如同仙子一般清丽脱俗，不沾染一丝尘世气息，她冷静地站在花丛中，静静地等待着即将来临的考验。突然，她惊叫了一声："啊……"在她的身边出现了一个奇异的"世界"，一切都是她所熟知的，她忽然跌落了进去。辰南九人心中一颤，梦可儿所立身的那片花丛竟然成了一个"世界"，在这一刻他们如俯视众生的神一般，可以清晰地看到里面的一切。那是梦可儿的内心世界吗？那里云雾缥缈，仙气氤氲，奇花宝树遍地皆是，简直如同仙境一般，难道那里便是传说中的澹台古圣地？她将在那里和自己的心作战？九人面面相觑，心中骇然。

无名神魔冷酷地道："所有人都去战斗吧！"余下的九人在刹那间被分开了，一瞬间，所有人都沉浸到了自己的内心世界。在无名神魔所创建的虚天幻境中，一下子出现十个不同的"世界"。"幻境基于你们的内心世界构建而成，但人物的命运却由幻境主宰。"无名神魔冷冷地道。仅仅一瞬间，十人皆陷入了自己的梦中悲苦地挣扎着。每个人的内心世界都不一样，遭遇也不一样。众人进入幻境的一刹那就忘记了许多事情，忘记了这根本就是一个虚幻的世界，忘记了这是无名神魔对他们的生死考验，他们真的融入了幻境中，以为所经历的一切都是真实的。

无名神魔所创建的虚天幻境包含了十个"世界"，各个"世界"演绎着不同的故事，但有一点是相同的，十人都在经历着一生中最为害怕发生的事情。无尽的精神折磨，让他们快要崩溃了，哀号、惨叫、痛苦的呻吟……从各个"世界"发出。

辰南还没有陷入自己的"世界"时，就已在心中默默地背诵起了家传玄功的总诀："观空亦空，空无所空，所空既无，无无亦无……"这段总诀他熟得不能够再熟了，但对当中蕴含的真意却总是似懂非懂，不过每次朗诵，他都会觉得心中一片空灵。在陷入他自己的那个"世界"后，辰南没有失去自我，是唯一一个未受到影响的人，大声地背诵着家传玄功的总诀："一片光辉周法界，虚空朗彻天地耀，双忘寂静最灵虚……"

无名神魔有些诧异，而后神色开始变得凝重起来，连声道："好！好！好！妙！妙！妙！"他一挥手，辰南的那个"世界"消散了。"你修为虽低，但悟性却极高，竟然能够彻悟到这等境界，想必这虚天幻境也不能够困你真心，你过关了。"辰南汗颜，这哪里是他悟到的境界，这分明是他家传玄功的总诀啊！他越来越觉得家传玄功玄秘莫测了，竟然让一个远古的神魔连声赞叹，可想而知其中蕴含的修炼要义是多么地博大精深！

无名神魔接着道："你虽已过关，但你要等到所有人都结束生死考验时才能够离去。另外我总觉得你有些古怪，我想把你送进其他人的世界去经历一番，但你在他们的世界只是一个旁观的见证者。"辰南不解，不明白无名神魔为什么会做出这样的决定，"呼"的一声，他被无名神魔送进了梦可儿的世界。

无名神魔独眼中红光闪烁，低沉地道："那究竟是什么，我为何感到了一丝不安，这个古怪的青年身上到底隐藏着什么？"

梦可儿的世界，峰青谷翠，仙雾缭绕，奇葩盛开，瑶草铺地，仙鹤飞舞，白猿欢跳，真个如同仙境一般。在这仙境入口处，一方青石巍然而立，上刻两个古体大字：澹台。这就是澹台古圣地，当年的澹台璇便是在此传道授法，而后破空仙去。这虽然是幻境，但一切都是依据梦可儿的内心世界构建而成，里面所发生的事也许是虚构的，但场景却都是真实的。辰南大步走了进去，如梦似幻的仙境中，往昔的欢乐祥和气氛荡然无存，此时此刻喊杀冲天，一个面目狰狞的恶魔正在对一群仙女大肆追杀，鲜血染红了仙境的土地。

往昔沉静如仙子一般的梦可儿慌乱不堪，混在仙女中无力地奔跑着，口中大叫着："不是真的……不是真的……"恶魔在她们的身后疯狂地大笑着："哈哈……澹台璇，我亲手摧毁了你一手创建的圣地，等我飞升仙界之日，就是你成为阶下囚之时……"辰南心中大震，那个恶魔的想法和他的想法何其相似啊！可这是在梦可儿内心幻想的世界中啊，难道在她的脑海中真的有这样一个恶魔存在？！

一群仙女花容失色，不断喊着："不是真的……你只是澹台祖师梦中出现的一个人物，这个梦不可能会成为现实。"恶魔已经停身站住，冷声道："既然只是澹台璇的一个梦，她为何在你派秘典的夹层中留下一张血书，将这个梦境记载下来呢？只因她已预见了未来，知道早晚有一天我会突破封印，将梦境变为现实。"辰南震惊，觉得这个恶魔和自己颇为相似，但又有许多地方和他明显不符，难道澹台璇当年真的封印了这样一个可怕的人物？

恶魔嚣张地大笑着："谁能够阻我，堂堂澹台古圣地竟然没有一个人是我的对手！今日澹台派注定就此消失……"梦可儿突然站出人群，道："恶魔，你和我派祖师结怨，为何要牵连我们这些无辜弟子呢？你如果有本事，去仙神界找澹台祖师报仇，欺负我们这些后辈算得上什么本事？！"

"我说过，和澹台璇有关的一切我都要摧毁！放心，我不会杀掉你们这十几人，你们是澹台古圣地最美丽的女子，也是许多男人心中最贞洁的女子，我想如果把你们都变为欲女，一定是一件非常有意思的事。"恶魔笑得甚是邪恶。所有女子都吓得花容失色，眼前的人当真是恶魔的化身！恶魔又道："太古六大邪道中的情欲道，你们派中的秘典应该有所记载吧，今天就让你们尝试一下情欲道中的雕虫小技。"这群美丽的女子闻言，身躯皆不由自主一颤。太古六大邪道比之澹台派还要久远，仙幻大陆远古时期，破灭道、绝情道、情欲道等六大邪道是修炼界最为古老神秘的门派，被尊为邪道六大圣地，传说六道全盛时期，曾经一度统一修炼界，可见这六道的强绝。

梦可儿心中恐惧到了极点，情欲道是六道中最为淫乱的一派，如果一个女子落在该派人手中，那当真是生不如死。无数道劲气袭上了梦可儿的身体，古怪的真气在她体内到处乱窜，她感觉身体越来越热，她知道中了情欲道的术法。

辰南对于太古六大邪道也不陌生，在他那个时期，六大邪道就已经是邪道六圣地，当然，他并不知道六大邪道后来曾经一度统一修炼界的事。万年前六道中的破灭道和辰家有着难以化解的仇怨，辰战劈死邪道大魔人东方云飞，惹得盖世老魔王东方啸天出世，于岳山之巅和辰战进行生死大战。后，惨败的盖世魔王神志错乱，于深夜闯入辰府，将雨馨击得百脉寸短。雨馨不得不走进百花谷闭死关，和辰南生离死别。当时辰南武学半废，红颜知己又陷入死境，人生的天空一片灰暗，颓废的他最终瞒着父亲，和破灭道的传人进行了一场必死的决斗，了结了一生。

辰南心中一动，凭着直觉觉得六大邪道传承仍在，这一世他可能还要和破灭道牵扯到一起。他冷静地看着眼前的一切，知道这些都是幻觉，在这个"世界"中只有他和梦可儿两个人是真实存在的。

往昔端庄秀丽，风华绝代的梦仙子，此刻衣衫半解，脸色潮红，呼吸越来越急促。任谁也想不到澹台古圣地当代最杰出的传人会有这样的姿态，情欲差不多已经冲垮了她的理智。辰南目瞪口呆，如仙子般圣洁的梦可儿居然情难自抑，两条欺霜胜雪的藕臂暴露在空中，不知所措地撕扯着自己的衣衫，丽靥羞红如火，樱唇轻哼细喘。她如醉酒一般，旋转时纱裙飞扬，隐约间可见一对修长圆润的美腿，引人遐思万千。伴随着"嘶啦"一声轻响，梦可儿的一双纤手撕破了自己的衣裙，欺霜胜雪的白嫩胴体若隐若现。

辰南感觉无名神魔创建的虚天幻境太过匪夷所思了，竟然能够让人忘记一切，完全融入到自己的内心世界中。冰清玉洁的圣地传人梦可儿平日是何等端庄、圣洁，如同仙子一般，然而此刻在这个世界中，她竟然失去了自我，变成了惹火性感的尤物。他知道在这个"世界"中所有的一切都是虚幻的，但梦可儿却是真实的。这时，他忽然发现这片如梦似幻的仙境内一下子静了下来，其他的女子和恶魔都消失了，只剩下了他和梦可儿两个真实存在的人。辰南可以清晰地听到梦可儿的娇吟轻喘，看着那半裸的完美娇躯，感觉血脉在偾张，血流加速，心跳加快。

此时，梦可儿正在快速向他扑来。他在心中大叫："无名神魔到底想干什么？！难道又在变相对我进行生死考验，我又陷入了幻境之中？"辰南虽然对澹台派敌意甚深，也对梦可儿动过邪恶的念头，但现在他可没有那种想法，无名神魔虎视眈眈地在这个"世界"外俯视着他，天知道他到底要干什么。辰南收敛心神，急忙大声背诵家传玄功总诀，道："观空亦空，空无所空，所空既无，无无亦无……不生不灭，云散碧空山色净；无去无来，慧归禅定月轮孤……"

梦可儿完全迷失了自我，此刻她眼中如荡漾着两汪春水一般，满脸的春情，似雪的肌肤变成了粉红色，晶莹滑润，透发着诱人的光泽。她一把抱住了辰南，宛若无骨一般，软软地粘在辰南的身上，再也不肯分离。天仙般圣洁美丽的绝代佳人此刻竟然变成了欲女，如此香艳的刺激，令辰南心头火起，他差一点就要反抱住怀中那个娇软的身体。但他还能够保持住一丝清明，明白一切都是无名神魔有意安排的，他和梦可儿现在不过是人家手中的一枚棋子而已，绝不能如梦可儿一般陷入幻境，沉沦下去。

辰南一边大声背诵着家传玄功总诀，一边想推开梦可儿，却忽然发觉自己失去了对身体的控制权。他大声冲高空喊着："你到底要干什么，你不是说过我已经过了关了吗，我在别人的'世界'不过是一个旁观的见证人，你为什么不讲信用？！"没有人回答他，整个"世界"，除了梦可儿的娇吟细喘，再没有任何声音。辰南隐隐觉得无名神魔失信了，似乎想重新考验他。在这香艳的幻境中，虽然无比刺激，但他却感觉到了一丝不安和恐惧。在这无比香艳的气氛中，辰南却陷入了苦境中，发觉自己连声音都不能够发出了。他不甘心被人摆布，一边又一遍地默诵着家传玄功，对于身上的绝色丽人不予理会。可是对于外界的刺激，他还是能够感知的，默诵玄功想要心中空灵，然而，外界刺激却又欲让他发狂，但他却不能够动弹，根本不可能推开梦可儿。

辰南越来越焦躁，再也无法静下心来，体内真气开始在经脉内横冲直撞，鲜血自嘴角不断溢出，即将走火入魔！在辰南即将陷入万劫不复之地时，虚天幻境中的无名神魔变了脸色，独眼射出一道红光。神魔看到两个光球在辰南体内闪现而出，一个金光灿灿，一个乌黑光亮，两个光球都如拳头那般大小，彼此之间你追我赶，碰碰撞撞。此外，他感觉到了一股熟悉的气息——浓重的死亡之气。

无名神魔突然抓住自己血红色的长发大叫了起来："啊……"虚天幻境中的十个"世界"刹那间消失了，每个"世界"正在发生的故事都突然结束了，从幻境中走出的众人如大梦方醒一般，所有人都精神萎靡不振，刚才在幻境中他们差一点精神崩溃。无名神魔用手指着辰南疯狂地大叫着："你是被人逆天改命的人！你也是一个死人！你身上的神魔之力也难以掩盖住那浩瀚如海般的死亡气息！逆天改命，啊……"除却辰南之外，没有人能够听懂那古老的话语，无名神魔陷入了疯狂之境，如同疯了一般，冲进了虚天幻境的深处。随着无名神魔的消失，莫大的精神威压也消退了，众人脸色苍白无比，刚才所有人都险些精神崩溃。

"啊……"梦可儿惊恐地叫了起来，此刻她身无寸缕，欺霜胜雪的两条藕臂正缠绕在辰南的颈项上，两人正赤条条地纠缠在一起。花丛外的八人透过婆娑的花影，依稀可以看到里面的景象，八人皆惊讶地张大了嘴巴，实在无法相信眼前的事实，冰清玉洁的澹台圣地传人梦仙子竟然和一个男人赤裸着搂抱在一起，姿态香艳，暧昧至极。所有男士都感觉到了一股异样的气息，即便是女暴龙龙骑士莉莎和天才女魔法师艾丽丝也呆愣了两秒钟。梦可儿如闪电一般退了出去，不敢相信地看了看辰南，又看了看自己，而后发出了一声刺耳的尖叫："啊……"此刻，她和辰南赤裸相对，她简直无法相信眼前的事实，过了好一会儿才从震惊中醒转过来，快速将地上破碎的衣衫套在了身上，而后用手指着辰南，颤声道："你……你……你……"

可是此时此刻，辰南对外界发生的事一无所知，耳边不断回响着无名神魔的话语："你是被人逆天改命的人！你也是一个死人！你身上的神魔之力也难以掩盖住那浩瀚如海般的死亡气息！逆天改命……啊……"

第三章
神魔再临

虚天幻境内，仙气氤氲，奇葩盛开，瑶草铺地，仙鹤飞舞，白猿欢跳，如同仙境一般。然而在这看似祥和的世界中却暗流涌动，八名青年男女正注视着花丛中的一男一女。那名男子身上未着一缕，光洁的身子散发着淡淡宝辉，双眼却暗淡无神，脸上一片茫然之色。那名女子虽然衣衫不整，发髻蓬松，但却难以掩尽绝代风华，婀娜多姿的娇躯发散着圣洁的气息，如雪的肌肤似凝脂美玉一般隐隐有光华闪现，不过，此刻无双的容颜上却满是羞愤之色。她用手点指着眼前那个赤裸着身躯的男子，一句话也说不来，身躯似乎微微有些颤抖。

梦可儿从未曾想过会有这样一天，堂堂澹台古圣地当代最杰出的传人在片刻前竟然和一个男人赤裸着缠绕在一起，这令她羞愤到极点，有一股抓狂的感觉。花丛外的八名男女面面相觑，他们何曾想到会出现这样的场景呢，梦仙子近一年来在大陆闯下了不小的名望，是正义的化身，是美与贞洁的象征，是误落凡尘的仙子，但眼前却……

辰南似乎根本未曾感应到旁边那八人的异样目光，似乎也未曾感应到眼前那绝代佳人身上涌动而出的杀气。他双眼无神，用远古仙幻大陆时期的话语喃喃着："我是被人逆天改命的人，我是一个死人，神魔之力也难以掩盖住那浩瀚如海般的死亡气息，逆天改命……"无名神魔的话语深深震撼了他的心神，他似乎明白了什么，感觉心中一片悲苦。"逆天改命，是善意的挽救，还是有预谋的操控？为我逆天改命的那个人是谁？是他赋予了我一身神魔之力，还是神魔陵园万载的沉淀累积？我是一个'活死人'吗？我身上真的蕴含着浩瀚如海般的死亡气息？我到底是被人无意中救了，还是一直被人操控着命运？"辰南心中有无尽的疑问，一遍又一遍地问着自己。

微风轻轻拂动，绿玉宝树摇曳生辉，花香阵阵，沁人心脾，只是此刻场内众人的心情却滋味难明。冷冽的杀气在场内弥漫，刺骨的寒冷气息让人不由得战栗，一道剑气冲天而起，而后直落而下，向辰南劈落而去。梦可儿含愤出击，被召唤出的飞剑，光芒璀璨，杀意盎然，似匹练一般，向辰南的颈项劈斩下去。辰南虽然陷入迷茫之境，但并不表示心神已经彻底迷乱，迫人的杀气瞬间将他惊醒，出于本能，他脚踩神虚步快速闪向一旁。飞剑与修道者的心神联系紧密，随修道者意念而动，在短距离内可谓如臂肘一般随意控制，飞剑击空的刹那，瞬间便又改变了方向，化作一道璀璨的虹芒再次向辰南飞击而去。冷冽的气息令附近温度急骤下降，透发而出的无尽杀气惊得附近的小动物慌乱奔逃，祥和的气氛瞬间荡然无存，"哧哧"而响的剑气四处激射，残花败叶纷飞舞动，四处飘零。

花丛附近似陷入严冬季节，冲天剑气纵横激荡，光芒四射的飞剑追逐着辰南横劈竖斩，若不是他身具无上步法，早已伤在飞剑之下。辰南渐渐清醒，知道梦可儿为何要杀他，但此时此刻一切解释都显得苍白无力，是是非非两人心中都清清楚楚，对方想杀他无非是羞怒之下的本能反应。他将腰间的长剑拔了出来，举剑击挡空中杀意无限的飞剑，金黄色的璀璨锋芒自长剑激发而出，与光华四射的飞剑相撞在一起，爆发出一片耀眼的光芒，劲气四处激荡，将附近的花木摧残得枝叶凋零，败花纷舞。但飞剑受阻之后仅仅停顿了一下，便一如初始，速度不变，再次向辰南极速劈斩而去。

辰南大惊，暗暗惊骇梦可儿修为高绝，急忙集全身功力于长剑之上，精钢打造的长剑在瞬间由凡铁化成了金精，长剑金光璀璨，光雾氤氲，它像是有了生命一般轻轻颤动起来，发出阵阵轻鸣。金黄色的长剑与绚烂夺目的飞剑直接冲撞在了一起，随着一声轰响，璀璨光芒四处激荡，辰南的身子一下子倒飞了出去，手中的长剑被生生斩断，只余半截在手中。他感觉胸腹一阵疼痛，喉咙有些发咸，一口鲜血险些喷出口外。在这一刻，他终于明白自己和梦可儿确实有着不小的差距，澹台古圣地当代最杰出传人果然了得，不愧为大陆顶峰十大青年高手之一，不愧为澹台璇的后辈传人！

梦可儿白衣飘飘，绝美的容颜上羞愤之色渐敛，但眼中杀意却丝毫未减，素手一挥，飞剑再次向辰南劈斩而去。辰南恼极，体内通天动地魔功意随心转，玄功生生不息，运转起来，准备放手大战。然而就在此时，萧风与潜龙同时出手，两人身如闪电一般冲了上去，在原地留下两道残影，一刀一剑交叉着架上了冲击而来的飞剑。

"轰隆隆！"伴随着震天大响，梦可儿、萧风、潜龙三人身躯皆微微摇动，三人皆不由自主退后了一步，光华四射的飞剑回到了梦可儿的手中，场内杀气俱敛，再次恢复平静。观战者大惊，梦可儿的实力当真高绝到了极点，两大高手联手之力竟然与她将将持平。但辰南并不这样认为，他离得最近，已经看出萧风和潜龙在隐藏实力，并未全力出手，不过，即使这样也可以看出梦可儿的实力的确强绝无比。

萧风虽然长相粗犷，但并不是一个粗人，劝解道："两位请息怒，此时此刻，我们应该团结在一起，自己人绝不能刀兵相向，应该一致对外，想方设法逃离这里。"潜龙也认真地道："萧兄说的对，我们自己人千万不能互相仇视，刚才我们都进入了恐怖的幻境，在幻境中发生的事情都是'误会'，这并不是某一个人的错，起因皆来自无名神魔。"辰南利用这个机会，快速将散落在地上的衣衫穿在了身上。

这时，其他人也纷纷走了过来，劝解梦可儿，场面虽然很尴尬，但剑拔弩张的局面已不复存在。梦可儿渐渐冷静了下来，想想幻境中的情景，脸上真的有些挂不住，在那可怖而又暧昧的幻境中，竟然是她主动扑向的辰南，而且是她扯去了两人的衣衫。梦可儿不愧为澹台古圣地最杰出的传人，刹那间她便收起了脸上的杀意，脸上是一片平静之色，绝口不提刚才的事情，好像什么也没发生过一般。她环视众人而后道："各位，我们太冒失了，真的不应该闯进死亡绝地的深处，现在被困虚天幻境中，恐怕很难逃离这里了。"

众人默然，此时此刻，谁也没有办法逃离这里，虽然无名神魔不在身旁，但现在他们与外界隔离，根本不知道怎样闯出这片幻境，这里仿佛另成一片天地。辰南暗叹梦可儿果然了得，发生了那样尴尬的事情，若是寻常的女子早已羞愤得不成样子，哪能面不变色地站在这里，但她似乎根本不在意似的，再也看不出任何波动。辰南心中一凛，梦可儿和澹台璇太像了，心机都很深沉，以后必须多加防范。场内众人此时可谓各怀心思，都在思考着怎样逃离这里。

辰南不经意间扫过众人，发现东大陆十大修炼世家之一的凌家少主凌云对他目露怨毒之色，这令他心中一惊，不过那道阴狠的目光很快便消失了。辰南一直以来就觉得这个剑眉星目、英气逼人的凌家少主似乎表里不一，虽然他的言谈举止表现出了极好的修养，但辰南总感觉他有些虚伪，当然这完全是一种本能的直觉。当时进入死亡绝地，梦可儿提议分为两组探险时，凌云极力维护梦可儿，找理由让她走在后面。辰南在那时便看出了一些端倪，凌云在向梦可儿示好并追求，不过在那种情况下，明显显现出了他自私的一面，危险留给别人，安全留给"自己人"。辰南心中了然，凌云定然是恨他与梦可儿的赤裸缠绵，不过这能怨他吗？他心中对凌云的评价再次降低，这个家伙明显不是善辈，表里不一，绝对是个狠角色。

这时，幻魔学院神秘的蒙面女魔法师艾丽丝转头面向辰南问道："辰兄，你为什么能够和无名神魔交谈呢，你怎么会懂得他的语言呢？"其他八人也一直存在着这个疑问，闻言齐看向他。辰南就知道他们要问到这个问题，面不改色地道："我在一个与世隔绝的小山村长大，那里比较落后，和外界少有联系，当地的语言很古老，似乎没有随着外界的变化而变化，故此我看得懂古文，也听得懂古语。无名神魔所说的话和那个古老的小山村用的语言极其类似，因此我能够听懂。"众人对他所说的话半信半疑，并没有完全相信，但也没有办法继续探究。

就在众人各怀心思之际，空中传来一阵阵剧烈的能量波动，鲜花芬芳的场地上空飞来一个高大的魔影，方才发狂而去的无名神魔回来了。浩瀚如海般的威压当空而下，众人感觉阵阵心悸，无比压抑的沉闷气息让他们喘不过气来，每个人的心中都异常难受。不过无名神魔很快便收敛了强大的气息，众人惨白的脸色渐渐恢复了过来。无名神魔当空落下，此刻他已经清醒了过来，立身于众人面前，一只独眼一眨不眨地盯着辰南，透发出的血红色光芒仿佛欲穿透他的身体。

他话语低沉而有力："为什么？为何我心中如此迷茫，为何我在你的身上感觉到了熟悉的气息，我仿佛看到了自己，你我仿佛是同一种人！毫无疑问，你也是一个被人逆天改命的人，但却绝非仅仅如此！你的体内到底隐藏着什么？为何让我感觉阵阵难安？无尽的生之力，浩瀚的死之气，为何生与死两种不同性质的力量交融在了一起，你身上到底隐藏着怎样的秘密？"

辰南静静地看着无名神魔，心潮却澎湃不已，无名神魔虽然忘记了过去的许多事情，但却提到了他是一个被人逆天改命的人，无名神魔似乎看透了发生在他身上的某些不可思议的事情，也许能够告知他为何能够复活的秘密！他心中期待、紧张、不安、恐惧等各种复杂的情绪交织在了一起，他想了解真相，又害怕得知真相。

"你来自哪里？你究竟是谁？你有着怎样的身份？"无名神魔话语低沉，面色凝重，似乎这些问题包含了某些异常重大的事情！谜底似乎即将揭晓，辰南心中无比激动，困扰他的生死之谜，似乎要浮出水面了！辰南无比激动，刚想组织话语，但似乎又像想起了什么，他叹了一口气道："我想回答你，但怕你再次迷失本性，之前我曾经询问过你一些事情，结果令你陷入了疯狂之境，后来你自己将我们的对话强行封印，我现在想说，但却不敢说。"

"是这样啊……"无名神魔若有所思，陷入沉默，过了好久才凝重地道："我在你身上真的看到了一些不可思议的事情，我不知道为什么会这样，也不知道是谁做的。等我把他们都解决掉，和你好好谈一谈。"他用手指了指梦可儿等九人，右手一挥，虚天幻境瞬间被剖开了一道巨大的裂缝，暗淡无光的死亡绝地出现在众人面前，透过滚滚魔气隐约间可以看到下方的森森白骨地。辰南大急，听无名神魔的意思，似乎要对其他九人出手了，急忙道："且慢，你不可以杀死他们！"虽然他和九人并没有深厚的交情，但他们毕竟是他的同伴，他不能够眼睁睁地看着他们死去。

"他们没有一个人能够通过虚天幻境的考验，按照我先前所说，他们都应该去死，为绝地再添几缕幽魂！"九人似乎也感觉到了危险的气息，似乎预感到无名神魔要下杀手了，王天急问道："辰兄，他说了些什么？"辰南快速将刚才的话翻译给了他们，而后对无名神魔劝解道："幻境的考验还没有结束，你现在还不能够杀死他们，方才因为你自己，中止了幻境，不能作数。"

无名神魔摇了摇头，低沉而又坚定地道："他们根本无法战胜自己那颗心，败局已定，失败的代价就是死亡！"他大步向九人逼去，莫大的精神威压刹那间浩荡而出，九人感觉到了一股发自灵魂的战栗，死亡的恐惧瞬间弥漫心底，他们知道生命即将结束了！

正在这时，梦可儿突然用整脚的远古时期的仙幻大陆语言嘶喊了起来："万年……万年前……请你告诉我，万年前到底发生了什么？号称永生不灭的神魔为何会死去？仙幻大陆和魔幻大陆的神灵为何葬在了一起？神魔陵园究竟是谁修建而成？"所有人都愕然，不明白她为何也懂得无名神魔的古老话语。无名神魔听到这些话后如受刺激了一般，双手抓住血红色的长发，仰天悲吼，巨大的啸音震得所有人面色惨白，莫大的精神威压让众人心神欲裂。体质最为柔弱的神秘蒙面女魔法师艾丽丝被空中震荡的巨大能量波动当场震晕，无力软倒在地。离无名神魔最近的辰南也难以承受那震荡在身旁的恐怖波动，连续吐了三大口鲜血后摔倒在花丛中。无名神魔如疯了一般冲上高空，在天际横冲直撞，巨大的吼叫声震荡整片虚天幻境。

就在这时，梦可儿飞快将道家至宝玉莲台召唤了出来，而后脚踏光芒四射、晶莹璀璨的莲台腾空而起，自虚天幻境破开的那道巨大裂缝飞进了死亡绝地，转瞬间消逝在滚滚魔气中。众人恍然，明白了其中的原因。所有人都惊叹梦可儿心思慧敏，她竟然记得辰南和无名神魔对话时所说的古老话语，此刻照搬了出来，将无名神魔刺激得狂性大发，寻得机会逃逸而去。这当真是一个异常聪睿的女子，不得不让人心中叹服。

惊变再次发生，东大陆十大修炼世家之一的凌家少主凌云突然发难，自怀中掏出一个卷轴，展开之后，以手代刀，猛地刺进了身旁王天的左肋之内，鲜血喷溅，俱染在了卷轴之上。而后凌云再次快速出手，刺进了莉莎和她的弟弟索恩的身体内，这一切都发生在一刹那，谁也没有想到他竟然会突然向同伴出手。喷涌而出的鲜血彻底将卷轴染红，一片刺目的血红之光自卷轴爆发而出，在空中发出阵阵恐怖的魔法能量波动。在高空中横冲直撞的无名神魔感应到了强烈的魔法能量波动，他虽然陷入了疯狂状态，但并未彻底迷失本性。他左手连连挥动，一片黑色的魔气当空笼罩而下，然而还是慢了红光一步，红光一闪，裹带着凌云瞬间消失在空中，不过黑色的魔气彻底将虚天幻境的那道巨大裂缝封锁了。

强烈的魔法能量波动，将昏迷的神秘蒙面女魔法师艾丽丝刺激得苏醒了过来，正好看到红光一闪而逝，失声惊叫道："血色生命祭礼，传说中的'空间魔法卷轴'！"众人皆震惊无比，仅仅一瞬间，两个同伴逃去，三个同伴倒在了血泊中，潜龙、萧风几人急忙将王天、莉莎、索恩三人扶了起来，小心翼翼地帮他们止血，处理伤口。然而，三人受创实在太严重了，凌云不仅刺穿了他们的软肋，而且巨大的掌力将他们的五脏都已震裂，眼看三人活不成了。众人皆震怒，凌云太过阴损无情了，为了逃走竟然偷袭同伴，实在冷血无耻。

辰南虽然被无名神魔震得摔倒在地，但并没有昏迷过去，将这一切看在心里，他叹服于梦可儿的急智，不齿于凌云的无耻。总的来说，他对这两人都没有好感，梦可儿心机深沉难测，凌云阴损卑鄙。艾丽丝站起身来，口中念动咒语，一片白光笼罩在三人身上，他们的伤口渐渐愈合，但并无醒转迹象。"我已经尽力了，很少有人精通生命魔法，我虽然练习过，但这样重的伤势，我也没有办法。"众人皆愤恨于凌云的卑鄙无耻。

艾丽丝道："凌云所用的卷轴为传说中的空间魔法卷轴，能够在一瞬间将人送出数千米之外，不过那个卷轴似乎为邪恶的亡灵魔法师制造，如果想开启它，必须以鲜血和生命之能祭礼。空间魔法早已失传多年，现在世人所掌握的不过是皮毛而已，再也没有人能够制造出强大的空间魔法卷轴，今日没想到在那个卑劣的人手中见到，我想他一定是在古墓中发掘出来的。"

半个时辰之后，在空中横冲直撞的无名神魔渐渐平静了下来，他双手连连挥动，一道道血红之光涌向自己的脑际，周身上下涌动出滔天的魔气。莫大的压力当空笼罩而下，这一次无名神魔并没有收敛自己的气息，他飞临到众人的头顶，脸色阴沉得有些可怕，加之他少了半个头颅，显得格外恐怖。"竟然有人在我面前耍诡计逃离而去，数千年来我还是头一次被人戏弄，实在可恶！不过这也算她有本事，让我气愤的同时也有一丝佩服。哼，剩下的人不要妄想用这种方法逃走了，我彻底封印了某部分记忆，现在就了结你们的性命吧。"无名神魔双手挥动，滔天的魔气向众人笼罩而去，莫大的压力重如泰山，除却辰南被推到一旁之外，所有人都软倒在地。

无名神魔显然动了真怒，他无法容忍被一个修为远远差于他的女子戏弄。就在众人以为了无生望之际，辰南大喝道："且慢，这里的每一个人都有不凡之处，刚才那个女子戏弄了你，让你气愤的同时也让人有些钦佩她的机智，我敢说这里的每一个人的才智都不逊于她，只要给他们机会，他们照样能够表现出让你值得赞赏的一面。"无名神魔停止了动作，独眼一眨不眨地盯着辰南，沉声道："你们这些人有些地方的确出乎我的意料，先是你的身体古怪异常，让我发现了一个天大的秘密，而后那个女子又成功令我发狂，从容逃去。不过我言出必践，他们绝不可能活着离开这里，都要去死！"

"轰！"一声巨响，滔天的魔气涌动而出，将萧风、潜龙等人彻底吞没了，而后魔气形成一股席卷天地的旋风向着虚天幻境的深处旋转而去。花香鸟语的世界，满目疮痍，遍地皆是残枝败叶，如同仙境一般的幻境一片凋零，美景彻底毁去。

"你……你杀了他们？！"辰南又惊又怒，他从来都不觉得自己是一个好人，但也从不承认自己是一个恶棍，在他的眼中，没有绝对的黑与白，没有真正的善与恶，不过他心中始终有一条道德准线，不容越过。对敌人可以残忍、恶毒、卑鄙，但对于自己的同伴和认可的友人，他绝不会冷血无情。他对无名神魔的所作所为感到无比愤恨，但却无力阻止。无名神魔不言不语，降落在地，敛去了身上散发出的强大气息，落寞地仰望着天际，而后长长叹了一口气，道："我们聊聊吧，也许能够得到我们各自想知道的秘密。"

辰南渐渐冷静了下来，平息了心中的怒火。有些事情注定无法追究，他不想做无意义的事，实力代表一切，他无力辩驳什么以及做些过激的事情。他冷冷地道："我如果和你说些什么，你可能会再次失去本性，陷入疯狂之境。"

"不会的，我已经将自己害怕恐惧的记忆封印了。"无名神魔有些无奈，有些悲哀。辰南惊异不已，究竟是什么事能够让一个神魔感觉惊恐呢？无名神魔仿佛看出了他的疑问，落寞地道："我也不知道是什么事情，只有些模模糊糊的印象，根本想不起来，无从知道在那遥远的过去到底发生了什么。不过每次想起，我都会不自觉地想去探究那片模糊的记忆，但从未成功过。只要触及那片记忆，我就会迷失本性，陷入疯狂之境。现在好了，那片记忆彻底被我封印了，再不会发生什么了。"

辰南震惊，忍不住问道："那究竟是怎样的一种感觉，为什么你会有模模糊糊的印象，却总不能够清晰地忆起过去的事情呢？你曾经说过，自己迷失本性的时间越来越长，清醒的时间越来越短，是否也是因为那片模糊的记忆呢？"

无名神魔摇了摇头，叹道："平常迷失本性和那片模糊的记忆没有关系，是我自己的精神出了问题，越来越混乱了。至于那片模糊的记忆，我感觉很奇特，在那遥远的过去一定发生了什么重大事件，似乎包含了某些惊天大秘，但我真的抓不到那片模糊的记忆所蕴含的信息。我有一种感觉，似乎有人对我的灵魂动了手脚，抹去了某些重要的印记，我想这就是我失忆的最主要原因。"

"什么！有人对你动了手脚？！抹去了你灵魂中的某些印记？！"辰南惊呼，竟然有人对这样一个强大到无以复加的古老神魔施展了某些手段，这令人有些难以想象！

"是的，这完全是一种本能的直觉，你应该也有过那种玄而又玄的感觉吧，不能推测、不能证明，但却是事实。这一切都是本能的直觉，事实究竟怎样我也不知道。不过有一点是可以肯定的，有人在我身上施加了某些封印，我的许多神通都无法施展了，现在仅仅凭着力量和人动手。究竟是什么人对我施展了这些手段，我无从得知，这是令我最为痛苦的事。"

辰南震惊之余，对他有些怜悯了，修为强绝到神魔之境又如何，到头来不过是被人操控的一个人偶。不过背后那个人实在太过恐怖，无名神魔这样具有通天之能的强大存在足以纵横天上地下，但到头来……"你知道万年前的神魔之秘吗？你知道自己为何会出现在这片绝地吗？"辰南有些不死心，他非常想知道万年前的事。

"万年前的事我不知道，肯定已经被人自我的记忆中抹去了，仅存的那点模糊记忆只能让我发狂，根本不能够得到什么有用的信息，刚才，我已经彻底将它封印。我不知道自己为什么会出现在这里，这里是我主要记忆的初始地带，似乎我的记忆从这里开始。"无名神魔脸上现出一片悲苦之色，不知道自己是谁，不知道自己来自哪里，关于自己的过去他一无所知。

"你为什么不离开这里呢？"

无名神魔仰望着天际，独眼中的红光有些暗淡，眼神渐渐空洞起来，过了好久好久，他才回过神来，长叹道："我不能离开这里，我的灵魂时刻在提醒着我，这里需要我来守护，绝不能容忍任何人踏足这里，方圆数百里内任何强大的存在，如果威胁到这里，我都要不择手段地去毁灭。我要永远守护这里，直到这个世界毁灭！"

"你都不知道自己在守护什么，还要这样坚持，你觉得有意义吗？"

"你不明白的，潜意识告诉我，即使我死去，也不能让人侵扰这里。即便我迷失本性的日子里，我的潜意识也在控制着我的身体，巡视、守护着这片绝地。"辰南渐渐明白，当日无名神魔驾御滚滚魔气，莫名出现在神风学院上空，可能就是受潜意识支配去袭杀小龙这个成功进化为六阶神兽的强大存在。他忽然想起了绝地内的万千枯骨，那白茫茫的骨地如此地恐怖，真不知道有多少强者陨落其中，他感觉声音有些发颤，道："绝地内那万千魂骨是你造成的吗？"

无名神魔摇了摇头，道："只有很少一部分是我杀死的强者的枯骨，其余在我出现在这里之前就已经存在了。"

"什么？！"辰南大惊，急切地问道，"你什么时候到达这里的，有多久了？"

"大概有数千年了吧，也许近万年了，年代太过久远，我已经记不清了。"

辰南心神震撼，这里竟然是万年前的遗迹，这里的确掩藏着惊天大秘！"难道这里便是万年前那场浩劫的战场之一？"辰南自语道，迷惑不解地看着无名神魔，道："这数千年来，你在这里究竟阻挡了些什么人，究竟是什么人想闯进这里？"

"绝地四周笼罩着'困天大阵'，平日依星辰之力运转，没有人能够自由出入。数百年会打开一次，约百余日的时间，百日过后大阵便慢慢启动，在四周形成巨大的阻力，直至大阵彻底运转起来，将死亡绝地掩尽、深藏，外界再难以找到。在绝地开放期，闯到这里的人，有人类中的绝顶强者，有仙神界的仙神，也有许多异类修炼者。除却仙神界的人外，余者皆是怀着好奇心闯进来的，不过即便是仙神界的人也仅有少数几人是按照古老传说找到这里的，其他仙神多半都是无意间闯进来的。"

辰南头脑有些混乱，今日所得到的信息太过震撼，他似乎抓到了什么，但仔细思索后又无从捉摸。无名神魔并没有明确的敌人，凡是超过六阶的绝顶强者，在困天大阵开放之际，闯进方圆百里范围内都会遭受他的攻击。不过辰南还是有些迷惑，忍不住问道："我上次曾经闯进死亡绝地，你为何没有击杀我？"

"你说的是三个月前吧，那时困天大阵刚刚停止运转，我还处在沉睡中，那时我曾经感应到过一股若有若无的气息，但我刚刚有苏醒的迹象，还未彻底醒转，所以没有清晰地捕捉到你的行迹。"

辰南闻言出了一身冷汗，当时他太过冒失了。通过无名神魔的讲述，恐怖绝地的迷雾渐渐消散，他对这里终于有所了解。随后辰南问到了一个关键性的问题，道："谷内最深处的山洞中时时涌动出滚滚魔气，那里究竟是怎样的一个所在？"

无名神魔对此摇了摇头，道："那里异常古怪，似乎有一个小型的困天大阵，时时在运转着，永不停息。任何人都无法闯进山洞的最深处，即便是我也不知道最里面是一个什么样的所在。"

"你……你竟然也不能够走进最深处？！"尽管一则则震撼性的消息已经令辰南感觉有些麻木了，但此刻还是感觉无比震惊，稍微平静之后问道："那里是否就是你所要守护的根源所在？"

"不是，我根本不知道具体要守护什么，但却心甘情愿留在这里，因为潜意识告诉我这里值得用生命去守护。这片山谷内，唯独那个深不见底的魔洞让我感到不安，它让我心中不由自主涌起一股敌意，如果不是有小型的困天大阵布在里面，我早就闯进去摧毁里面的一切了。那里绝非我要守护的所在，是一片恐怖难测的天地，里面可能真的有某些未知的神秘事物。"无名神魔似陷入梦境一般，喃喃着，"我知道……这片山谷内始终存在着两股让我望尘莫及的力量，一股气息让我感觉无比亲近，似乎是我的亲人，但我始终不能够找到它。另一股让我感觉无比厌恶，甚至感觉有些恐惧，它就藏在魔洞的最深处……"辰南心思百转，最后摇头叹了口气，那两股力量不是他所能够探究的，让神魔感觉恐惧的力量似乎不应该出现在人间界！眼下最重要的事情是探察他复活之谜。

梦可儿逃离出死亡绝地后，一路飞出去百里距离后才停下来，她略微思索了一下，降落在一座山峰之上。凌云被空间魔法卷轴送到了五里外的一片谷地中，经过两个多小时的艰难跋涉，终于找到了回路，发现了女暴龙龙骑士的那头青色亚龙，他大喜过望，飞快跑了过去，亚龙对他并不陌生，对他没有丝毫敌意。凌云卑鄙无耻的本色再次发挥了重大的作用，经过他反复的欺骗与游说，亚龙载着他飞离了大山，向罪恶之城方向飞去，而且速度比平日快了一倍。龙虽然是一种智慧型的生物，但远远没有人类狡猾，亚龙被凌云欺骗了，以为自己的主人亟待罪恶之城的高手救援，殊不知眼前的人是真正的刽子手。梦可儿看到凌云坐在亚龙背上，从大山上空飞跃而过时，眼中闪过一丝异色，想要腾空而起，但最后又停下来了，这个过程她始终没有出声……

凌云来到罪恶之城后，便写了一封信：速遣家族最精锐高手乘坐飞龙来助我……他洋洋洒洒写了数千字，而后绑在信鸽的腿上，放飞了出去。完成这些之后，凌云才赶向神风学院。

无名神魔心神渐渐稳定，他直视辰南，道："你已经问了我许多问题，现在来谈谈你吧。你究竟来自什么地方？为什么懂得我所说的古老语言？你有着怎样的身份，体内为什么有着那么多的古怪？"

辰南有些激动，终于谈到有关他的秘密了，无名神魔一定有所见解。他慢慢平静了下来，组织了一下语言，道："在那遥远的过去，天地清明，众神高高在上，所有人都用你我现在所说的语言，我就是那个时期的人，在一场决斗中死去。可是当我再次睁开眼睛的时候，却发现整个世界变样了，我的眼前是无尽的神魔墓群，昔日的神灵都已死去，我竟然是从神墓中复活而出的。沧海桑田，一切都已改变……"辰南声音沙哑，话语低沉，即便早已适应了这个世界的生活，但心中依然感觉失落、茫然……

无名神魔静静地听着，直到辰南说完，他伸手抵在了辰南的后背之上，不久脸上便露出了震撼之色，而后开始闭目沉思。过了好久神魔才收手，睁开独眼，道："自从发现你体内的秘密时，我就一直怀疑你和我一样，身体早已死亡，灵魂被禁锢在了死去的身体之内。"闻听此言，辰南噔噔退出去几大步，他无法接受这个事实，脸上露出骇然之色。

无名神魔摆了摆手，道："不要害怕，事情远没有那样简单，听我说完。我一直怀疑有人强行将我的魂魄禁锢在了我本已死去的躯体内，所以看到你体内充斥着大量的死亡气息，就认为你也是一个'活死人'，现在看来并非如此。可以肯定，在你死后的确有人对你施展了某些手段，逆天改命，让你重生！你的体内虽然掩藏着无尽的死亡气息，但也充斥着大量的生之气，生与死共融于一体，这等异事我还是头一次见到。"辰南心中稍感安慰。

无名神魔接着道："如果对一个性命垂危的人逆天夺命，我想世间有不少强大的存在都能够做到，但如果硬是将一个早已死去多时的人救活，这就实在太过可怖了，这等修为可谓功参造化啊！想一想，他如果愿意，岂不是可以将传说中早已作古的至强存在的魂魄召唤出来，我实在无法想象会有这样的人存在！不过他远远没有我想象的那般强大。"无名神魔略微思索了一下，道："你之所以能够复活，一方面仰仗了那个人的无上修为，为你逆天改命，将你消散的魂魄重聚，镇在了你的体内。另一方面仰仗了神魔陵园内已逝神魔所散发的灵气，帮你重聚生之气。为你逆天改命的人，其手法可谓惊天，竟然将主意打到了已逝神魔的头上，当真称得上一个天才啊！"辰南释怀，长出了一口气，不再担心。

无名神魔看了看他，道："神魔陵园是一个极其特殊的所在，充满了神灵的气息，很容易聚集生之气，是复生的极佳所在地。但天地间生死相依，有生之气便有死之气。为你逆天改命的人肯定在你那个小墓的周围布下了某种玄秘莫测的阵法，阻挡着死之气，聚集着生之气。不过死之气不可能全部被拒之阵外，在你吸纳了无尽的生之气时，你体内也积累了无尽的死之气，只不过生之气更多一些罢了。不过如果某一天这种格局被打破，你将再次陷入万劫不复之地。"辰南一惊，没想到会有这么大的隐患。

无名神魔道："唯有将你体内无尽的死气导出你的体外，才能够彻底除去隐患，不过牵一发而动全身，稍有不慎就会打乱生死格局，那样的话你将彻底消逝，再不可能重聚魂魄，所以，即便是我也不敢帮你。"辰南一阵头大，初窥复活之秘，便多了一丝隐忧。无名神魔安慰道："你体内的死气虽然难以导出体外，但如果没有意外发生，那种微妙的生死格局也不会被轻易打破的，总的来说，你不会有什么危险发生。"辰南却不这样认为，他觉得体内就像埋藏着一桶炸药一般，稍有不慎就可能会引燃爆破。

无名神魔道："生死格局的稳定与否还不是你最大的隐患，你最大的隐患来自你体内的神魔之力。为你逆天改命的人虽然法力无边，但还是未推算出另一变故。神灵气息在凝聚生之气的同时，众神魔消散的神魔之力也在悄悄凝聚，万年来神魔之力在你体内沉淀积累，已经达到了一个相当可观的程度。我睁天眼，发现你体内有两个由神魔之力凝聚而成的光球，它们竟然传出了阵阵生命脉动，明显是两个活物，我担心有一天你会被他们反噬。"辰南有些紧张，道："你认为他们何时开始反噬我？"

"这个不好说，不过有一点是可以肯定的，他们在借助你的身体成长，早晚有一天会反噬你，而后破体而出。"辰南脑际"轰"的一声，刹那间，他心中升腾起一个荒诞的想法，但却一点也不好笑，非常可怖，他感觉脊背都在冒凉气，内心无比恐惧。他颤声道："这样说来，我的身体岂不是炉鼎？"

"是这样。"无名神魔应声道，突然，他仿佛明白了辰南的意思，独眼射出一道骇人的红光，失声道："你、你认为……"辰南感觉心中有些发冷，苦笑道："一个具有通天彻地之能的人怎么会无缘无故救我呢？我想一切都在他的算计当中，我不过是充当一个可怜的炉鼎而已，他所要的结果是我体内的两个生命来到这个世上……"

"好手段！好大的一个局！"无名神魔也不禁露出震撼之色，沉声道，"如果这真的是某一个人布下的局，他所期望的结果肯定无比高远。这个惊天大局，竟然需要万载岁月来完成，可真是大手笔啊！他究竟是谁？他到底要干什么？！"无名神魔突然现出痛苦之状，用力地揪扯着自己血红色的长发，似乎正在努力地回想着什么，仿佛抓到了问题的本质，狰狞的面容不断扭曲，但最终只是痛苦地呻吟，无奈地叹气。

辰南默然，如果这一猜想真的成立的话，这一切实在太可怕了。究竟是善意相救，还是苦心经营出的惊天大局？一切都是谜！如果是善意相救也就罢了，这个世间总会有些让人无法想象却偶然发生的幸事。但如果是苦心经营，刻意营造出的一个大局，那么布局的人未免太过可怕了！法力通天，心思缜密，苦心经营万载，他究竟是怎样的一个人？他到底要干什么？他到底在期待着怎样的一种结果？微风轻轻拂动，吹乱了辰南的长发，也吹乱了他的心，在这一刻他感觉茫然无比。本是万年前一个平凡的青年，死去万载岁月之后竟然从远古神墓中复活而出，复活之谜贯穿于万载岁月，掩藏着无尽的秘密，蕴含着神魔的谋秘，被无尽的迷雾所笼罩……

无名神魔沉重地叹了一口气，拍了拍他的肩膀，道："你不要担心，一切都只是猜想而已，事实究竟怎样，现在还无从猜测。你努力回想一下还有什么重要线索，给我参考，说不定我能够推测出什么。"

辰南自语道："我不知道，我真的不知道！自从复活之后，我一直在苦苦追寻，小心求证，想知道万年前到底发生了什么，想知道自己为什么能够自远古神墓中复活而出……可是，到现在，我有些害怕了。我怀着无比激动的心情追查到死亡绝地，渴望获得某种线索，但现在却……我真的感觉无比恐惧，不想再追查下去了，知道了那些秘密又如何，不知道又如何，还不是要活下去。与其如此，还不如本本分分，平平淡淡，好好地享受活着的每一个瞬间，我再也不想去探察那令人苦恼恐惧的秘密了……"

无名神魔独眼中射出一道寒冷的红光，狠狠地扇了辰南一个耳光，冷声道："你醒醒吧，不要做梦了，你以为能够逃避吗？如果真的有人在利用你，你觉得自己能够逃脱出他的掌控吗？退缩，只会令他的阴谋顺利进展，不反抗不挣扎，连懦夫都不如！"无名神魔的一个巴掌，将辰南抽倒在地，他嘴角淌着鲜血，从地上爬了起来。此时此刻，他如走出梦魇一般，彻底清醒了过来，苦笑道："被神扇了一个巴掌，嘿嘿……"无名神魔道："我总觉得有人对我做了手脚，抹去了生命中的某些印记，总感觉自己是别人局中的一颗棋子，我实在不甘心！我不想被人操控着命运！我不想被人牵着走！虽然你我经历不同，但我在你身上看到了我的某些影迹，我不想你走上我的道路。你究竟是否被人设计在一个局中，现在还不好说，但不管如何，你应该抗争，应该把握住自己的命运，去寻找万年前不为人知的秘密，闯出命运中既定的轨迹。"

此刻，辰南已经彻底冷静了下来，点了点头，道："我知道该怎么做，我会努力争取。"

无名神魔道："不要害怕什么，不要担心什么，按照你对我述说的情况，万年前，天地间一定发生了什么大动乱，越是强大的存在，受到的波及越大。想来，无数强者皆难逃一死，对你施展手段的人肯定也受到了巨大的波及，虽然不一定死去，但重伤难免。强如神魔，如果受到了巨大的伤害，一定会掩藏自己的行踪，在最为隐秘之地陷入沉睡。料想，这万年来他早已和你失去了联系，无法顾及你。你现在有的是时间和精力去寻找真相，去了解未知的秘密，去摆脱命运的安排！"

辰南似走出了迷雾一般，再无一丝迷茫之色，他点了点头，道：

"多谢鼓励，我明白该怎样做。"

无名神魔看了看他，道："现在我来探究一下你的身体，看看你体内的那两个光球到底如何。"

辰南在无名神魔的要求下放松了身体，一股倦意向他袭来，慢慢地昏迷了过去。他平倒在地上，而后又缓缓飘浮了起来，悬停于无名神魔的身前。无名神魔独眼中射出一道红光，直透辰南身体，捕捉着原先所看到的那两个光球的轨迹。此刻，两个光球正静静地潜伏在辰南丹田处，它们似乎随着辰南情绪的波动而动荡，每当他心潮澎湃时，两个光球便在他体内乱窜，每当他心灵宁静时，它们就潜藏在他的丹田一动不动。无名神魔点了点头，他觉得这两个光球果然大有来头，如果不睁天眼，根本无法发现它们。他猛地一抖身躯，激荡天地的恐怖气息自他体内汹涌澎湃而出，无尽的红芒充斥在天地间。他双手轻轻挥动，刺眼的红芒通过双手化作柔和的红光涌进了辰南的体内，直达丹田，一金、一黑两个光球被淡淡的红光彻底笼罩了。

开始还没有什么，两个光球无比安静，并没有什么反应，但随着红光越来越多，两个光球渐渐躁动不安起来，开始在辰南的丹田内旋转，似乎想将红光驱散。无名神魔感觉到了阻力，不禁加快红光的注入，红光和两个光球开始纠缠起来，辰南的丹田一片通明，红、金、黑三色光芒相互映射而出。忽然，就在这时，辰南的胸前散发出一片柔和的白光，一股圣洁的气息弥漫在虚天幻境内。辰南胸前的玉如意轻轻地颤动着，如水般的圣洁光辉自他的胸口缓慢地涌进了他的体内，向他的丹田汇集而去。

无名神魔大惊，他虽然早已感知到辰南的胸前佩戴着一个仙宝级的器物，但没有想到它竟然如此神异，居然涌动出圣洁的仙气，如有生命一般运作起来。柔和的圣洁光辉很快涌进了辰南的丹田，参与到了红、金、黑三色光芒的拉锯战中，四色光芒搅动在了一起。无名神魔不得不再次加大力度，快速注入红光，和其他三色光抗衡。他原本想禁锢住金、黑两个光球，仔细探究一下它们到底有什么古怪。然而，此刻他感觉太过大意了，小小的两个光球竟然蕴含着无尽的神魔之力，他竟然无法压制住它们，更不要说彻底禁锢了。

随着玉如意涌动进来的圣洁光辉越来越多，无名神魔感觉越来越吃力，四色光芒纠缠在一起后，他不得不放弃了初衷，开始被动地抗衡起来。时间慢慢消逝，无名神魔透发的红光与辰南体内的三色光苦苦地纠缠着，四色光渐渐达到了一个平衡状态，谁也奈何不了谁，谁也无法率先摆脱而去。不过有一点是共同的，四色光都在小心翼翼地将力量禁锢在辰南丹田这一个狭小的范围内，它们不敢四处驰骋，怕将辰南的身体撕碎。这种微妙的状态一直持续着，辰南一直处于沉睡中。无名神魔暗暗焦急，有些后悔，感觉自己有些冒失了。

如果想打破现在这种微妙的格局，急需要第五道力量，哪怕那种力量无比微弱！但现在在这个虚天幻境中哪里去找第五道力量呢？除非辰南醒来，利用他体内那相对微弱的力量打破这种平衡。无名神魔一动也不能动，所有力量都注入到了辰南的体内，和其他三色光抗衡、纠缠着。他暗暗后悔，不该令辰南陷入深层次的睡眠中，如果等到他自行醒来，天知道需要多长时间！

时间流逝，一天一夜已经过去了，辰南还没有清醒的迹象。无名神魔有了一股精疲力竭的感觉，在这一天一夜中，他有所发现。金、黑两色光球一直都是被动地防守着，没有丝毫意识流传出，似乎是两个不会思考的活物。而那道自辰南胸前的玉如意侵进来的柔和白光似乎极具进攻性，总想将两个光球纳为己有，似乎想吞噬它们，而且在那圣洁的光辉中，隐隐有一股意识流传出。无名神魔想将那道意识流捕捉到，但却感觉无比吃力，他的力量都被注入到了辰南的丹田内，难以施展任何神通。

转眼间又过去了两天两夜，无名神魔感觉身心俱疲，他从没想到过一个凡人的身体竟然能够令他一筹莫展，彻底丧失行动力。他怀疑如果这种状态再持续下去，自己有油尽灯枯的可能，这着实令他恼火不已。通过和三色光的交锋，无名神魔越来越觉得恐惧，两个光球明显还处在成长中，然而，仅仅这种状态就已经让他感觉吃力了，天知道将来它们会发展到何种程度。不过令他迷惑不解的是这两个光球似乎真的没有思维，不会思考，根本未有点滴意识流传出。最让无名神魔感觉到可怕的是玉如意透进辰南丹田内的圣洁白光，当真浩瀚如海，深不可测，而且它居然有意识流传出，似乎一直在打金、黑两个光球的主意，似乎想将两个光球的力量据为己有。无名神魔真的感觉一阵头大，辰南身上的秘密当真不小啊，无论体内还是体外，都存在着常人难以想象的古怪。

第四日，就在无名神魔感觉后继无力之际，辰南终于睁开了双眼，慢慢恢复了神志。无名神魔当真激动无比，他想张口叮嘱辰南该如何做，但发现已经没有力量了，想用意识流告诉他，但发现也已无能为力了，只能焦急地看着他。不过，自从辰南醒来之后，他体内蛰伏的真气便开始活跃起来，开始缓慢地在体内流动，这令无名神魔大喜过望。自行流转的真气越来越壮大，当这些真气流进丹田时，辰南感觉身体一震，气海内似乎剧烈翻腾了起来。

微妙的格局被打破，无名神魔大口喷出一口鲜血，借助那股真气涌进丹田的瞬间，他快速撤出了所有红色的力量。四色光去一，圣洁的白光再无能为力，它无法借助无名神魔的力量来压制两个光球了，最后，它也无奈地退出了辰南的身体。辰南的丹田终于恢复平静，两色光球静止不动，蛰伏气海之内，真气缓缓流淌，生生不息。辰南一个旋身，由空中静止不动的悬浮状态，改为站立在地。

无名神魔长出了一口气，叹道："你身上真的隐藏了不少的古怪啊，我没有探察出那两个光球的秘密，只知道它们没有任何精神波动，似乎是不会思考的活物，这有些让人难以想象。没想到它们的力量那般强大，不愧是众神众魔力量的积累与沉淀，如果当真成长起来，对于你来说是天大的祸事。"

辰南一皱眉，道："没有精神波动，不能够思考的活物，这……"

无名神魔道："现在没有精神波动，不代表以后不能够产生思维，你要早做准备。"辰南点了点头。无名神魔指着他胸前已经暴露在外的玉如意，道："我早已感应到了这个仙宝级的器物，但没有想到它远比我想象中的强大，它竟然有思维，传出了阵阵意识流。可惜我那时无法清晰地捕捉到那些思感，现在想要和它试着交流，它却没有半丝反应。嗯，它的存在，为你灭掉你体内的两个光球提供了契机，我感应到它一直想吞噬那两个光球，想将它们的力量据为己有。这当真恐怖无比，居然想吞噬那么多的神魔之力！想来这个玉如意在仙神界大有来头，可惜，我忘记了过去的事情，对它根本没有半点印象。你到底是如何得到它的？"辰南对无名神魔没有丝毫保留，将罪恶之城的古神风波详细地说了一遍。

无名神魔点了点头，道："能够让两个古神舍生忘死地争夺，足以说明这件神宝的珍贵与重要，但我现在却不能够感应到它的特别之处，不知道它的用法。当然，它的不凡已毋庸置疑了，你要好好把握。不过，我总觉得这件神宝太过神秘，虽然它散发着圣洁的气息，但还是令我感觉有些恐怖。在驱狼吞虎时，你千万要小心，不要把狼虎齐招上身，因为我怀疑玉如意是上古时期的禁忌之物。"无名神魔和辰南谈了许多，辰南感激不已。

突然，整个虚天幻境震荡了起来，这片天地仿佛要崩塌一般，天旋地转。无名神魔叫道："不好，'困天大阵'要运转起来了，死亡绝地要封锁了。"他右手横劈，虚天幻境刹那间出现一道巨大的裂缝，他提着辰南快速飞了出去，出现在死亡绝地的上空。无名神魔一挥手，滚滚魔气将辰南包围了，包裹着他向死亡山谷外飞去。无名神魔的话语在他身后远远传来："是否有人利用你布下了一个惊天大局很难说，但这天地间没有破不了的局，只要你永不屈服，敢与天抗，一切皆有可能发生。另外，千万要小心你身上的玉如意，它可能比你体内的两个光球还要恐怖！"

魔气包裹着辰南飞出了死亡绝地，平稳降落在谷口。辰南回头看去，莹莹光辉充斥在山谷的四周，里面的万千枯骨在淡淡光芒的映射下，显得格外阴森恐怖。他试着推了推如屏蔽一般的光罩，感受到了一股阻力，但还能走进绝地，不过想来用不了几天，死亡绝地就彻底封锁了，会再次消失。

辰南看着死亡绝地叹了一口气，来时十大高手满怀信心，想一探绝地隐藏的惊天大秘，然而此刻，只有三人逃出生天。梦可儿利用其自身的智慧逃走也就罢了，凌云这个卑鄙无耻的小人居然用同伴的生命与鲜血也成功逃了出去。他轻叹道："好人未必有好报，坏人未必有恶报，我这个不好不恶的人……"他心中着实有几番感慨。无名神魔所说的话语似乎还回响在耳畔，他强制自己不去想那些话，因为现在还不是时候，在步入仙武之境前他没有能力改变什么，只能先搁置死亡绝地所知道的一切。

辰南摇了摇头，自语道："所谓大难不死必有后福，看看有什么福分在等着我。"他沿着原路，开始回返，在穿越丛丛荆棘时辰南有些发傻了，这里崇山恶岭，险阻重重，远离罪恶之城数百里，如果按照记忆中的方向走回去，真不知要花费多长时间。在这茫茫大山中，如果方向稍有偏差，便可能会走进大山的最深处，很难再找到回路。辰南眉头轻皱，期盼女暴龙龙骑士的那头青色亚龙还在原地等候，然而走出去五里路之后他失望了，亚龙早已不知去向。没有办法，辰南只能徒步前行，根据记忆中的路途前进。他在心中祈祷：千万不要有一点点偏差啊！

离开死亡绝地后，沿途山林渐渐出现了生气，摆脱了死亡般的沉寂，在距离死亡山谷五里之外已经能够听到鸟鸣兽啸。就在这时，辰南突然发现远处的山林反射出一道强光，不过瞬间便消失了。他心中一惊，转而大喜，凭着经验，他知道那是刀剑等利器反射的光芒，在这茫茫群山中能够看到人迹，令他非常兴奋，料想是神风学院派来的人。他刚想出声，但又止住了自己的这种冲动，隐藏自己的行踪，小心谨慎地向前移去。当辰南潜行到前方的山林之际，已经能够清晰地感应到林内几个高手的气息，林内共有三人，呼吸绵长，内息强劲，都是阶位高手。他更加小心起来，潜伏在一棵巨树的后面，收敛气息，一动也不动。

林内的三人一直沉默无言，但却透发着一股若有若无的杀气，仿佛掩行的猎豹在狩猎一般，静静地等待猎物步入埋伏圈。辰南心惊，越来越感觉不妙，眼前的几人似乎真的在等候什么人落入陷阱一般。辰南一下子联想到了冷血无耻的凌云，将这一切和他联系到了一起。辰南眼中射出两道寒光，瞳孔急剧收缩，心中动了真怒。不过他没有轻举妄动，依然静静地蛰伏着，在暗中观察着三人。林中的三人似乎很有耐心，确切地说很"专业"，都是出色的"猎手"，已经过去了一个时辰，三人仍旧一言未发。如此又安静地过了两个时辰，林内的三人依旧一动不动，没有半点声息。渐渐地，辰南有些焦急了，就在他将要采取行动时，终于有人出声了。

"真的有人能够活着离开死亡绝地吗？我想不可能，剩下的人很难活着出来。"

"没有什么不可能，这个世上没有绝对的事，我们没有必要多想，只要严格执行上面交代下来的事情就行，绝不能放过一个人。"一个像是头领的人开口道："你们两个给我闭嘴，其他小组离我们很近，如果让他们听到我们在出声议论就麻烦了。我们现在的任务就是默不作声，静静等待，等到目标出现，立刻招呼其他小组的人袭杀目标。"林内又恢复了宁静。

辰南暗暗心惊，果然如他所料，事情非常不妙。这几人居然准备围杀自绝地生还的人，简直可恶透顶！糟糕的是埋伏在此地的人并非仅仅三人，离此不远处还掩藏着多个小组，可以料想在回返罪恶之城的路上，险阻重重，必然有多重埋伏。半个时辰之后，辰南脚踩神虚步，如鬼魅一般，无声无息地绕到了一人的背后，右掌轻轻向下挥动，那个人一声未吭软倒在地。接着，他再次如鬼魅一般在林内无声无息地游动，仅仅片刻间，三人便被他偷袭，被击昏在地。辰南小心地将三人一一拖离了山林，在一处他认为较安全的地方，将一人弄醒了过来。看到那人刚想大叫，辰南封了他的哑穴，冷声道："你敢大声呼喊，我立刻剐了你！"

那人并不屈服，呜呜叫了几声，辰南不再多说，直接错开了他的肩胛骨，将他的两条膀臂卸了下来，那个人痛得满头大汗，两条手臂无力下垂着。辰南冷声道："我不想废话，我问你问题你必须老实回答，不然你明白下场如何。"不过令他气恼的是这个人非常硬气，居然还不屈服，虽然不能够开口说话，但不断呜呜出声，眼中放着凶光，似乎在咒骂。辰南直接一巴掌将他拍晕了过去，又将另一人弄醒，但没想到这个人还跟刚才那人一般，居然也很硬气。他将最后一人弄醒，但情形一样，那人还是不肯屈从于他。这下辰南火大了，这几人若是光明磊落之辈，有此骨气也就罢了，但几人都是见不得光的打手，居然如此又臭又硬。

他开始对三人施展残酷的刑罚，分筋错骨等手段在他们身上一一进行，但三人铁嘴钢牙，硬是不肯开口，且都一个个眼放凶光，恶狠狠地瞪着他。辰南无奈，见问不到什么，开始对他们进行搜身，仍旧没找到有价值的线索。最后，他想了想，直接废掉了三人的修为，而后点了他们全身的大穴，丢在了草丛中。他再次向山林潜行而去，如果还没有发现，他准备悄悄地清理山林中的人，而后绕道回返罪恶之城。

　　山林中依旧静悄悄，但辰南知道在通向罪恶之城的路上险阻重重，一张巨大的网早已张开，等待着逃离死亡绝地的人入瓮。这一次他更加小心地潜行蛰伏，想在背后探听一下能否得到有价值的线索。在山林内他又感应到了一个小组的气息，他一动不动，就地掩藏了起来。

　　过了好久，才听到有一人开口道：“你们说真的有人能够活着出来吗，我觉得不可能。”紧接着，便听到一人训斥道：“闭嘴，你不想活了，你忘了上面怎么交代的，绝不能够乱议论，万万不可走露风声。”辰南暗骂，但也没有办法。忽然，就在这时，有人轻声传声：“一组你们那边怎么样了？”辰南暗道一声：不好。他拿下的那三人想来就是一组的成员，此时根本不可能有人回答，他想了想，而后硬着头皮回答道：“没有什么情况。”

　　“咦？”林内传来疑惑的声音，而后大叫道，“不好，有人混过来了。”林内响声无数，许多条人影快速向这个方向冲来，辰南真是无言，没想到这帮人的组织竟然如此严密，刚刚逃离死亡绝地，就遭人围杀，一场血战已经在所难免。

　　罪恶之城可谓风起云涌，死亡绝地的秘密暴露在世人面前之后，众人的心情再也难以平静。几日前十大青年高手动身前往死亡绝地，没想到很快就传来了噩耗，除去澹台古圣地当代最杰出传人梦可儿和东大陆十大修炼世家之一的凌家少主逃了出来，余者皆被无名神魔困在了绝地。梦可儿踪迹难寻，所有的消息都是从凌云口中传出的，罪恶之城沸腾了，惊悸、恐惧等情绪在修炼者之间蔓延。人们为没有逃离出来的八大高手感到惋惜，他们的崇拜者纷纷担心不已。所有人都在期盼大陆各地隐修的前辈高手早一点到来，事情已经发展到了这等地步，只有那些前辈高人才有资格再去绝地探究一番。修炼者们在焦急与惶恐中等待。

同时，四大学院的院长们遣派了一些高手在寻找梦可儿的下落，毕竟她是生还者之一，生怕她发生什么意外。凌云受到了罪恶之城所有前辈高人的称赞，同时受到了所有青年高手的追捧。不过，凌云并不好过，万一有人自绝地生还，谎言将不攻自破，他冷血无耻的嘴脸必将暴露在世人的面前。虽然已经有所布置，但他还是非常担心！此外，他一个人在神风学院一片园林中漫步时，曾经感应到了一股若有若无的杀气，那是一丝熟悉的气息。仅仅一瞬间，他就已经猜测出暗中的人是梦可儿！

在那种情况下，凌云脑筋急转，最后压低声音道："是梦仙子吗，你放心，我绝不会乱说什么。一直以来，我都对你仰慕不已，在虚天幻境中发生的那些事都算不得真，你永远是我心中最圣洁的仙子。另外，请你放心，如果辰南逃出了死亡绝地，我一定亲手杀死他，我无法容忍他曾经亵渎过我心目中的仙子。"凌云不可谓不阴险，保命的同时还为自己留下一个精妙的后招。最后，杀气慢慢消退了，像是什么也没有发生过一般。

血雾在林内弥漫，辰南和林内埋伏的高手已经激战多时，已经有两个阶位高手被他生生劈毙。此刻他手中的兵器都是夺来的，左手长剑，右手长刀，大开大合，横斩竖劈，实质化的剑气与璀璨的刀芒长达两丈，在林地内荡起阵阵可怕的啸声，所向披靡，无人能挡。但辰南越战越是心惊，围住他的阶位高手在陆续增加，不断有人自远方跑来加入战团，总共有七大阶位高手在围攻他。这样下去，他非力竭战死不可，即使他功力通玄也架不住人多啊！竟然有如此多的阶位高手，可想而知，他们背后的势力有多么地可怕。

正在这时，远处传来一阵啸声，一道人影穿过密集的林木飞快向这里冲来。辰南感觉不妙，从那悠长的啸声中可以得知来人非常了得，必是一方高手。啸声越来越近，只见一个身穿灰袍的老人如大鸟一般，一纵数丈，如飞一般来到了十丈之外。灰袍老人腾空而起，双脚踏在空中，向辰南一连踢出十几道脚影，剧烈的能量波动在林地内激荡，一股排山倒海般的大力向辰南奔涌而去。

辰南大惊，刀剑齐举，对着空中的脚影连续劈出去十几道锋芒，两股力量在空中冲撞在了一起，如惊涛拍岸一般，爆发出一阵阵剧烈的能量波动，四周树木被猛烈的能量流冲击得成排成排地向四外倒伏。辰南噔噔噔退后了几大步，空中的老人从容落下，此刻场内只剩下了他们两人，其他的人将他们团团包围。辰南暗呼不妙，眼前老人的修为似乎不差于他，再加上周围的阶位高手，如果硬拼的话，他当真要饮恨收场，他道："老家伙，你们到底是什么人，为何埋伏在这里袭杀我？"

老人眯缝着双眼，看着手中的画册，不经意间射出两道寒光，冷笑道："你是辰南吧，我们是什么人没有必要告诉你，今天你死定了！"

在距离死亡绝地五里外的一座山峰之上，一个白衣飘飘，肌肤如雪的绝代佳人，正一眨不眨地注视着山林中的动静，微风轻轻拂动，如仙子般的绝色佳人仿佛要乘风归去一般。只是，此时此刻，山峰上的仙子满脸冰霜，没有一丝笑容，双目中冷光如电，她的周围涌动着一股杀气。白衣丽人正是梦可儿，她曾经悄悄回过一次罪恶之城，而后又回到了这片大山中，一直守候在回返罪恶之城的必经之路上。她已经发现了林中辰南的身影，不过没有现身，不想暴露在林内众人面前。

辰南怒极笑道："老家伙，还真是狂妄啊，就凭你们？嘿嘿……"老人并不动怒，冷声道："你看到的只是部分力量，还有更多的人正在向这里赶来。"正在这时，又传来一阵啸声，同样苍劲有力，辰南暗道，不好，又一个老家伙！他不敢再多说，脚踩神虚步，快速向包围圈外冲去。灰袍老人如影随形，在他身后恶狠狠地拍了一掌。辰南看也不看，就向后劈了一剑，同时，右手长刀猛力向前方阻挡的人劈去。

辰南向后劈出的璀璨剑气和老人拍出的猛烈掌力冲撞在了一起，爆发出一团耀眼的光芒，巨大的冲撞力量令辰南感觉胸腹间难受异常，好在没有受伤。他借助这股大力快速向前冲去，手中长刀似死神的镰刀一般无情落下，阻挡在他身前的那人瞬间剑毁人亡，被生生劈碎。

辰南脚踩神虚步，飞一般冲过那重血雾，向着死亡绝地的方向逃去。现在，他只能向那里逃走，其他三方都已经被人围堵住了。

在他逃去不多时，一名黑袍老人如飞一般赶到了发生战斗的这片山林，他低声问灰袍老人道："逃出死亡绝地的人是谁？"

"辰南。"

"哦，果然是他。我们不必急着追赶，以免惊动死亡绝地的无名神魔，所有道路都已经被我们封锁，谅他插翅难逃。"事实如何呢？无名神魔早已感应到了此地众人的气息，只是他没有动，六阶境界以下的修炼者如果没有闯入死亡绝地则难以引起他的注意。

转眼间，三天过去了，辰南在死亡绝地和五里外的山林间"奔波"着，他成功地斩杀了四名阶位高手，当然多数为偷袭。他一次次潜进林地，凭着敏锐的灵觉，隐藏在林中的高手在他面前无所遁形，他连续反袭杀众多埋伏的高手，令那伙人怒极，同时紧张不已。在这三天中，梦可儿依旧隐藏在暗中冷眼旁观，并未出手，不想暴露自己的行藏是一方面的原因，另一方面，她也怕惊动死亡绝地的无名神魔。

死亡绝地发生了惊人的变化。三天的时间，绝地四周的光罩越来越暗淡，仿佛要消融于空中，辰南曾试着走进死亡绝地，但前进几步便被一股大力给推拒了出来。他知道"困天大阵"已经运转起来了，似乎用不了多长时间，死亡绝地就要凭空消失了。到了第五日，辰南再次斩杀了两名阶位高手，林地中的首领心痛不已，培养出一个阶位高手不知道要花费多少时间和精力，短短几日工夫竟然连续被人反袭杀，他气得暴跳如雷，但却不敢追到死亡绝地去。

不过，这一切都在第六日改变了。第六日的清晨，辰南从梦境中醒来，忽然发觉那令人感觉沉闷的死亡气息，以及那如泰山般压在心间的沉重压力，都突然消失了。他急忙闪目观看，细看之后他大惊失色，死亡绝地连同挨着它的那座大山竟然不见了！竟然凭空消失了！虽然他早已从无名神魔口中得知了这种可能发生的事，但这时还是难免震惊，这实在太过匪夷所思了！震惊归震惊，最后他只叹了一口气。这次绝地之行，可谓光怪陆离，发生了太多令人难以想象的事情，但他现在只能暂时忘却，那些事情离他太过遥远了，现在他有心无力，根本无法去探究。忘却！忘却！暂时忘却！当辰南回过神来之际，突然发觉他再也没有安全的屏障了，死亡绝地消失了，埋伏在五里之外的众多高手再也没有顾忌了，他们很快就会冲杀过来的。如今三方被围，只剩下原死亡绝地所在的那个方向还没有被围困，但如果向那个方向逃去，只会离罪恶之城越来越远，那个方向是茫茫无际的大山……

五里外的众人清晨时发现那股令人感觉到恐惧的压力突然消失了，所有人都露出喜色，无数人影向前逼近。风华绝代的梦可儿站在山巅之上，远远地看着这一切，嘴角露出一丝笑意。辰南看着树林中由远而近的影影绰绰的人影，心中叹了一口气。现在他只能跑路了，因为他竟然发现了三个老头子，那三人的修为明显和他相差不多，再加上一些阶位高手在旁相助，他连半丝胜算都没有。临去时，辰南不忘记逞一下口舌之快，他大声喊道："你们这帮乌龟王八蛋，早晚有一天，老子要你们十倍偿还！"骂完之后，他用手指做了一个极其不雅的动作，而后转身向大山中跑去。

领头的三个老人气得胡子直翘，在后面喊道："小兔崽子，别跑……"旁边一个年轻人小声道："师父，你这样喊他小兔崽子，好像真是在进行龟兔赛跑……"

"混账家伙！给我追！"灰袍老人给了他一巴掌，而后领着众人在后对辰南紧追不舍。这时，黑袍老人停了下来，快速写了一张字条，绑在了随身携带的信鸽腿上，而后放飞了出去。梦可儿看着所有人都向大山深处奔去，驾驭玉莲台腾空而起，擒龙手轻挥，自山峰上空飞过的信鸽瞬间被捉了下来。梦可儿解下绑在信鸽腿上的字条，展开观看，只见上面有几行小字：死亡绝地如传说那般凭空消失了，但到现在还未捉到辰南，他已经向大山深处逃去……

梦可儿嘴角露出一丝笑意，将字条绑好，又将信鸽放飞了出去。

罪恶之城，当信鸽落在凌云身旁之时，他心中一惊，这几日他可谓坐卧难安，生怕身陷死亡绝地的青年高手们突然成功返回。他急忙展开字条，阅读完毕之后不禁皱起了眉头，他自语道："你这个家伙为什么这么好运呢，居然逃了出来，真是麻烦透顶，你如果和其他人一般永远陷在那里该多好啊！"凌云背着双手走来走去，最后狠声道："人不为己，天诛地灭，不要怪我，我也是迫不得已！"

这几日，已经有几位前辈高手被四大学院用飞龙接到了这里，随着前辈高手陆续到来，罪恶之城的修炼者们的心渐渐静了下来。十大青年高手只返回两人，其他八人被困死亡绝地生死不明，四大学院最顶尖的高手都在其中，这令四大学院的师生感觉格外沉重。凌云从客栈出来之后径直来到了神风学院，走进学院的大门，许多学生都向他投去了火热的目光，去探察死亡绝地平安而返的他俨然成了一个青年英雄。经过神风学院一名学生的指引，凌云很快找到了神风学院副院长的办公室。此时，四大学院的副院长都在，正在商量着死亡绝地的事情。凌云向他们施礼后，坐在了一把宽背靠椅上，而后开口道："各位前辈，我的身体已经调养好了，现在想向你们详细地述说在死亡绝地的所见所闻。"

"好啊。"神风学院副院长连日来虽然很疲惫，但还是露出了一丝笑意。上一次，凌云在神风学院禀报死亡绝地的情况时，只粗略地说了一遍，便称自己惊吓过度、头脑混乱，从而躲避了过去。当然上一次完全是借口，在事情未成定局前，他不想说出自己的"想法"，以免露出马脚。当时四大学院的副院长们看到他的模样，以为他真的遭受了莫大的惊吓，并没有为难他，告诉他精神好些的时候再来详细述说。如今事情已经向着凌云曾经设想的方向发展了，他觉得自己已经能够掌控目前的状况了，便来神风学院详细"禀报"。

凌云配合着自己的话语，脸上露出震惊的神色，道："各位院长大人，大体的情况上次我已经向你们说明了，现在说一下细节吧。当时我头脑有些混乱，有些事情虽然还记得，但不敢说出口，生怕自己在当时那种激动的情况下，做出错误的判断。现在说给各位前辈，请前辈们自行去判断、思考。当时发生了一件不可思议的事情，我一直以为是自己精神错乱，所以回来的时候一直没敢提，当时辰南竟然能够和无名神魔交谈，他竟然懂得古老的神魔语言！"这件事凌云一直没有向四大学院的副院长提起，他知道谎言的最高境界是真中有假，假中有真。他留着这条真实的信息，为以后编造的谎言增加说服力。四个老人明显露出了震惊之色，他更加投入，道："现在回想，我可以确信，那是真的，辰南确实懂得古老的神魔语言，各位前辈如果不信，等梦仙子现出踪迹之后可以向她求证。"四个老人明显情绪波动异常激烈，幻魔学院副院长激动地道："接着说。"

"辰南和无名神魔交谈了很久，最后，无名神魔把我们带进了一片奇异的天地，名为虚天幻境……"凌云真中有假，假中有真，极力营造出辰南刻意讨好无名神魔的意境，且渲染出无名神魔似乎对辰南非常友好的情景。当然他说这些话时，并没有直接言明，非常讲究语言技巧，娓娓道来，却不着丝毫痕迹。经过凌云详细的述说，一幅幅画面呈现在四个老人的面前，辰南似乎和无名神魔走得非常近，按理说，无名神魔不应该向他们下杀手，但最后辰南不知道和他说了些什么，无名神魔突然开始向他们下杀手，但却对辰南另眼相看，让他闪到了一旁。而最后关头，只有梦可儿和凌云冲了出去。最后，凌云又补充道："如果不是我身上带着保命的魔法卷轴，在最后关头发挥了作用，恐怕只有梦仙子一个人能够逃离出来。在我逃离虚天幻境的一刹那，我曾经匆匆一瞥，发现除了辰南外，其他七人似乎都倒在了地上……"模糊的说法更容易让人相信他所说的是真的，似乎除了辰南之外其余七人可能都已经遇害了。

四大学院最顶尖的青年高手都位列其中，这令四个老人心中都感觉很沉重。对于凌云所说的话，如果找来梦可儿求证，一定可以发现许多破绽，但凌云并不担心。他知道梦可儿恨辰南入骨，况且几日前梦可儿对他产生杀机时，他曾经布下了一个精妙的后手。那时他发誓，不会乱说在虚天幻境所看到的尴尬事情，而且将亲自手刃辰南，向梦可儿表示倾慕之心。他相信梦可儿绝不会跳出来拆穿他的谎言，因为梦可儿非常乐见辰南被除去。通过短暂的相处，凌云已经看出梦可儿虽然为古圣地的传人，但正道中那些条条框框根本无法束缚她，是一个心思"活跃"的女子，为了达到某种目的，她可能会不择手段。

看着四大学院的副院长们露出深思的神色，以及屋中端茶倒水的两个女学生震惊的样子，凌云笑了。凌云这一次报告的内容，像一粒小石子掉进了平静的湖面，涟漪一圈一圈地荡漾了出去。消息最先在神风学院蔓延，而后传到了学院外。仅仅几天的时间，罪恶之城不少人都得知了这一消息，在"有心人"的推波助澜下，辰南和无名神魔间复杂难明的关系已经被传得神乎其神。最后经过"暗中人"的煽风点火，关于辰南的恶事已经开始多元化，如："出卖朋友"、"卑鄙无耻"、"恶魔的走狗"……

　　许多人都已经"了解到"无名神魔每隔百年时间"补给"一次，如今他刚刚复苏，急需要生命洗礼和鲜血祭礼，资质超绝的青年人是他最好的口粮，而辰南正是恶魔的使者。谣言四起，虽然各种传言不尽相同，但有一点是共同的，辰南绝对是一个邪恶的人。许多人都看不得别人好，最近辰南风头正劲，名传大陆，这引起相当一部分人不满。在这次的风波中，原本许多无关的人都成了煽风点火的主力，他们不遗余力地宣传着辰南的"恶"。所谓众口铄金，经过反复的炒作，真的也变成假的，假的也能变成真的，更何况有相当一部分人非常愿意接受这个"事实"呢！"辰南风波"愈演愈烈，除去神风学院副院长曾经出面澄清外，其他三大学院的副院长竟然同时选择了沉默，这就更加让人相信事情的真实性了。

　　在凌云的本意中，他只想将局面搅乱，并没有想过让众人相信那些谣言，他虽然派遣了不少家族亲信混到人群中去诋毁中伤辰南，但事情却大大超乎了他的意料。凌云冷笑不已，这就是所谓的人性！他根本没有想到事情会发展到这种地步，只能感叹每个人都有与生俱来的劣根！他道："辰南，只能怪你风头太劲，惹得许多人不满了，真是天助我也！等到局面渐渐失控、所有人都得知死亡绝地消失，而你又被不满的众人在大山深处发现时，事情就要圆满了！嘿嘿……"事实上凌云也有很大的压力，如果事情暴露，不仅他身败名裂，就连他的家族都要受到莫大的牵连。事情一开始，他就已经无法收手，他已经踏上了一条不归路。

　　辰南的半边衣服已经一片黑红，那是鲜血蒸干后的痕迹，身上是浓重的血腥味。几天逃亡下来，他已经不知道和追杀的人发生了多少次剧战，从开始到现在他已经斩杀了十几名阶位高手，战果可谓显赫，但他自己也付出了一定的代价。此时此刻，他没有受到任何外伤，不过连场大战，他的内伤已经到了非常严重的地步。但他却没有任何休养的时间，追杀者随时会出现在他的眼前，如果再这样继续恶化下去，辰南的性命真的堪忧。虽然没有证据，但通过种种蛛丝马迹，外加凭着一种本能的直觉，辰南早已认定这些人是凌云派遣来的。

"凌云你个王八蛋果然够恶毒，为了保住自己的名声，竟然想将绝地逃出来的人一网打尽！等我逃出这里之后，我一定要让你吃不了兜着走！"辰南暗暗地诅咒着。随后他又想到了一种可能，如果凌云给他泼脏水怎么办？现在他被困在大山中，根本无从辩解，凌云若是想中伤、陷害他，那还不随他编纂。"我靠，这个王八蛋！"辰南知道，凌云肯定会大肆做些文章，这真令他头疼不已。现在对方最希望的莫过于将他这个眼中钉整死在大山中，以绝后患。辰南抚摸着冰冷的刀锋，咬牙道："小子，先让你得意一时，等到我逃出大山时，我要让你后悔来到这个世上！"辰南用力撕扯着烤熟的野兔，他快速地吞咽着，他不知道敌人何时会出现在他的面前，即便进餐时他也无比谨慎。"这群乌龟王八蛋，又是猎狗又是猎鹰，真是让人头痛！"

事实上辰南身怀神虚步绝学，速度上比追杀他的那些人不知道要快上多少倍，但由于经过严格训练的猎狗和猎鹰的存在，追杀者总能够准确地把握住他的行踪，他即使逃得再远，也难以摆脱掉身后的人。经过他的反袭杀，猎狗已经被干掉了几头，其中那只犬王还成了他的口中餐，将追杀他的那些人气了个够呛。但对于在高空飞行的猎鹰，他就无可奈何了，根本摆脱不掉。吃过野味晚餐，辰南来到林间的小溪旁洗了把脸，看着溪中满身血迹的倒影，他一阵叹气。他并不想惹是生非，但事情偏偏总是找到他的头上，这一次他如果能够侥幸逃离这片大山，注定将要在大陆掀起一股滔天骇浪。夜晚相对于辰南来说较为安全，因为猎鹰无法准确捕捉到他的踪迹，追杀他的人也不愿意在夜间对他进行围捕，怕被他反偷袭。此刻夕阳西下，晚霞染红了半边天。但夜晚来临之际，他还是无法避免一场血战，因为追杀的人又跟上来了，他已经听到了远处的犬吠。

辰南皱了皱眉，接下来的一战，他的内伤恐怕又要加重一分了。

他开始为战斗做准备，仔细地观察着附近的地形，以便血战时加以利用。最后，他将目光瞄向了小溪，嘴角露出一丝笑意，他右手提刀、左手握剑，找到一处水深的地方，沉入了溪水中。几分钟以后，三个气势不凡的老者领着几十人来到了辰南烧烤野兔的地方。

"应该还没走远，炭堆还温热呢。这个家伙狡猾得很，说不定就藏在附近，所有人都多加小心。"

"几头猎鹰还在上空盘旋，嗯，应该还在附近。"几十人立刻分散开来，开始在山林附近仔细搜索，三个老人各守一方，也分散开来混在人群中，以应付突发事件。

辰南虽然沉在水中，他却能够清晰地感应到附近搜捕者的气息，他在等待时机。追杀他的人总共有七十多人，除去被他干掉的十几人外，还有五十多人。这些人中除却跨入阶位境界的高手能够给他造成威胁外，余者不足为惧，其中领头的那三个老人对他的威胁最大。三个老人的修为都已经达到了三阶大成境界，和他的修为不相上下，他的内伤有大半是在和这三个老人交手时落下的。终于，辰南感应到一个修为高深的追杀者来到了河边，从其深厚的内息可以判断他定是三个老人当中的一个，不过似乎距离溪岸还有几米远，不在他的必杀范围内。

辰南忍住了自己的冲动，更加小心地掩藏自己的气息，使身体不外放出一点精神或力量波动，他在等待最佳时机，准备一击必杀！然而脚步声却远去了，这令辰南异常懊恼，正在他以为错过战机时，那个老人又转了回来，道："这个地方不错，如果找不到那个家伙，今晚我们就在此露宿吧。"辰南感觉这个老人已经来到了溪边，似乎要蹲下来洗脸，他高兴得差一点蹦起来，心中暗道：你追得我上天无路、入地无门，现在居然探着头来让我打，今天要是不把你送往极乐世界，我还真对不起你！

当对方双手浸入水中的刹那，辰南自深水中暴起，如怒龙出海一般迅速冲出了水面，手中的长刀激发出一道绚烂夺目的光芒向着灰袍老人冲击而去。灰袍老人"啊"地惊叫了一声，显然没有想到辰南埋伏在溪水中，突发变故令他大惊失色。但高手就是高手，他虽然知道万难躲避过那凶猛的一击，但出于本能的反应他蹲在地上迅速倒退，同时双掌猛力向前推去，打出一片排山倒海般的掌力。灰袍老人虽然反应神速，但匆匆推出的掌力毕竟已经晚了，炽烈的刀芒已经先一步冲进了他的体内，他后来的掌力变成了垂死挣扎，强劲的掌力向着辰南汹涌澎湃而去。

　　林内众人发现了这惊人的变故，数十条人影快速向这里冲来，但当他们冲到近前时战斗已经结束了。此刻辰南已经落在岸上，左手长剑化解了老人劈出的凶猛掌力，右手长刀催发出的实质化刀芒洞穿了灰袍老人的小腹，鲜血如泉涌一般向外喷发而出，血雾蒸腾而起。虽然看到众人已经到了眼前，但辰南并未退缩，反而大步上前，长刀再挥，刀芒如惊天长虹，激荡起一股风雷之声，将灰袍老人的身体冲击得四分五裂，碎尸溅得到处都是，冲上来的人纷纷躲闪。

　　"啊……"怒吼自林间传来，黑袍老人和蓝袍老人如发了疯一般快速冲了过来。"辰南，我要将你碎尸万段！"两个老人如怒狮一般攻向辰南。

　　"嘿，我可不陪你们玩了！"辰南右手长刀、左手长剑，齐齐挥动，刀芒与剑气并起，实质化的锋芒灿若划过长空的彗星一般，刺目的光芒闪耀在每一寸空间，无匹的气芒剧烈地激荡着，所向披靡，无人能挡！无数兵器碎裂的声音在场地内响起，许多人手中的兵器都被刀芒与剑气粉碎了，几个没有达到阶位境界的高手瞬间被洞穿了身体。不过阶位境界的高手就没有那么好对付了，数人暴起，玩了命一般拦住了辰南的去路，他们口中大叫着："你还我师父命来！"

　　"还你爸爸个头，一起去陪你们的死鬼师父去做鬼吧！"辰南动了真怒，没想到有人不要命地拦着他，后面两个功力高绝的老人马上就攻到他的身后了，如果不能够快速冲过前方几人的阻挡，当真性命堪忧。"去死！"辰南长刀力劈而下，刀芒碎空，灿如神光的刀气击碎了正前方那人手中的长枪，搅碎了他的一条手臂，但对方却未退缩分毫，赤手空拳向他攻击，另外几个年轻人也纷纷举刀剑恶狠狠地攻击着他。辰南泛起一股无力感，这些人居然如此硬气，令他感觉无比头痛。经这样一阻隔，后面攻击而来的两个老人的掌力已经袭到辰南身前。"乌龟王八蛋！"辰南怒骂了一声，还是陷入了包围圈中。剑气纵横，刀气惊空！一场大战，在河岸展开。

梦可儿白衣飘飘，立身于树颠之上，在远处静静地观看着林间的大战，绝代容颜上看不出任何情绪波动，依旧没有动手的意思。晚霞洒辉，她的身上仿佛被镶上了道道金色的光彩，令她看起来无比地圣洁，在徐徐清风中，枝叶摇曳，梦可儿仿佛要乘风仙去。

辰南苦苦地支撑着，他现在可谓身心疲惫，两个老人死死地将他逼在战团中，他有一股骂娘的冲动。两个老人像是玩了命一般，恶狠狠地向他不断攻击，完全是一副以命搏命的打法，加上一些阶位高手从旁相助，辰南感觉自己连半炷香的时间都坚持不下去了。"你们这两个老变态！"辰南咒骂着，尽管身怀神虚步，但如果不付出一定的代价，根本无法逃离这里。

他咬了咬牙，大喝道："大变态看刀，二变态看剑！"他和两人同时硬撼了一记，巨大的冲击力令他的身子斜着翻飞了出去，鲜血自他口中喷涌而出，在这个过程中旁边那些阶位高手也纷纷出手，猛烈的气劲同时向他袭去。辰南感觉五脏六腑仿佛翻腾起来了一般，剧痛无比，他强忍着身上的伤痛，提气自众人的头顶翻飞了过去，摇摇晃晃坠落在地。

两个老人在他落在地上的刹那，也如闪电一般追了上来，辰南看也不看，向后连挥了五刀，劈出一片璀璨夺目的刀芒，而后他沿着小溪向下游跑去。黑袍老人和蓝袍老人怒吼着，连续拍出几道排山倒海般的掌力，击散了奔涌而来的刀气，掌力瞬间涌进了辰南的身体。辰南如遭锤击一般，再次吐了三大口鲜血，但他却像离弦之箭一般，飞快向前冲去，片刻也不敢停留，他要在支撑不住前逃离这里。

山林飞快倒退着，辰南将神虚步法发挥到了极限，翻山越岭，直到感觉实在跑不动了才停下来。此时此刻，他的双腿麻木不已，都快失去知觉了。他再也站不住，"扑通"一声摔倒在地，伤痛、疲累使他立时昏迷了过去。也不知道过了多久，辰南悠悠醒来，感觉浑身冰凉无比，发现自己泡在水坑中。一道电光在黑暗中惊现，紧接着"喀啦"一声震天大响，惊得他立时坐了起来。

此时此刻，天地间是一片水幕，空中电闪雷鸣，大雨滂沱而下，他浑身上下湿淋淋，已不知在雨中淋了多长时间。辰南浑身上下酸痛无比，重伤之躯没有一丝力气，他就这样仰躺在泥水中积攒着力量。虽然浑身湿淋淋，倒卧在泥浆中，但辰南却感觉有些庆幸，庆幸这场大雨来得及时。这一次，他冒险干掉了一个功力高绝的老人，定会令那些追杀者陷入疯狂之境，他们肯定要连夜对他进行追杀。如果没有这场大雨，说不定他们已经在猎狗的帮助下找到了这里。以他现在如此衰弱的状态，根本无法应付强敌，故此他非常感谢这场及时的大雨。

辰南苦笑着，而后咒骂道："他妈的，没想到我会有这样狼狈的一天！"几分钟后他才艰难地爬了起来，摇摇晃晃地向着前方的一座矮山走去。他强忍着伤痛，经过半刻钟的搜索，在矮山脚下终于找到了一个干燥的石洞，他跌跌撞撞栽倒在石洞内。辰南强打着精神，开始打坐疗伤。白蒙蒙的水气自他的衣服上蒸腾而起，待到衣衫蒸干之后淡淡金光自他体内透发而出。

石洞内光雾氤氲，辰南的脸色忽明忽暗，他忍着腹内的剧痛，一遍又一遍地运转着家传玄功，修复着受损的五脏六腑，直到天明时才收功。严重的内伤已经好了两分，但新的一天又要开始了，也意味着追杀又要开始了，这样恶性循环下去，他必死无疑！不过，当辰南走出昏暗的山洞时，立刻高兴地大笑了起来："哈哈，真是天不灭我也！"此时大雨早已停了，但林间却白茫茫一片，五丈之内景物难以辨清，山林中竟然起了大雾。辰南真是惊喜交加，经过昨晚大雨的冲刷，他留在路上的气味定然早已点滴不剩，猎狗恐怕难以发挥作用了，而此时大雾又起，猎鹰也再难以捕捉到他的踪迹了。

他找到一处山泉洗漱之后，到山林内打了一只野兔，利用内功烘干一些树枝，开始烧烤起来。辰南一边吃着野味，一边盘算着。此时大雾封山，那帮人要想找到他，最少也要一天的时间。他"嘿嘿"地笑了起来，如果再有一天一夜的时间，自己最起码能够恢复七八成功力，到那时可以从容地和追杀者周旋了。果然如辰南所料，整整一天的时间，追杀的人也没有寻到他的踪迹，雨后的山林湿气很大，所有搜捕者都水淋淋的，但却没有发现丝毫有价值的线索。

辰南在石洞中运功不辍，疗治着重伤的身体，到了晚上的时候伤势已经好了大半，他相信再经过一夜，定可复原八成。辰南啃着冰冷的兔腿，嘴角露出一丝冷笑，双眼射出两道寒光。"我一定要你们付出惨痛的代价，等我的身体彻底恢复了，你们没有一个人能够走出大山！"追杀者中的阶位高手已经被他干掉了十几名，去了一半，三个功力高绝的老人也被击毙了一人，余者没有达到阶位境界的追杀者，他不放在眼里。辰南决定等身体恢复了以后，疯狂地对敌人进行反袭杀，将这些人都干掉在大山中。

天明时，辰南从入定中醒来，伤势果然好了八成，现在即使面对敌人的包围，他也有信心一战。这时，远处传来阵阵犬吠，对方终于要找到这里了。辰南从石洞中走出来，看了看昏暗的天空，而后笑了起来。老天还真是帮助他，到现在还阴雨绵绵，雨虽然不大，但绝对给敌人的搜捕行动带来了巨大的困难。他翻过矮山，向着大山深处奔行而去，跑出去足有百里之遥才停下来，他决定在身体完全恢复前暂时先躲避那些追杀者。山中不乏古洞，辰南找了一个隐蔽的山洞继续打坐调息，当下午他睁开双眼时，伤势已经好得差不多了。

这时，犬吠声再次传到了他的耳际。他走出山洞，看着灰蒙蒙的天空，叹道："老天，我真是爱死你了，如果不是你为我争取到了宝贵的疗伤时间，我一定不能够渡过这次险境。"犬吠声虽然越来越近，但辰南并不慌张，他坐在山洞的洞口，注视着远处的山林。可是犬吠声虽然很响亮，但并没有继续向他这个方向移动，只是在一里地以外转悠。辰南不禁失笑，淅淅沥沥的小雨还真是可爱，居然让狗鼻子失灵了。很快天色就暗淡了下来，追杀者在山林中撑起了帐篷，开始埋锅做饭。辰南嘴角泛起一丝残忍的笑容，看了看天色，冷声道："今晚的天气真的不错啊！"

雨夜的山林显得格外森冷，不知名的野兽在大山中嚎叫着，雨水打落在枝叶上沙沙作响。到了后半夜，雨越下越大，牛毛细雨变成了瓢泼大雨，天地间一片水幕，整片山林处在一片水世界中。辰南已经完全恢复了过来，处在巅峰状态。调息了三个时辰之后他睁开了双眼，两道神光在黑暗中一闪而逝。黑暗中，一条可怖的魔影穿过丛丛荆棘，向着山林中的帐篷渐渐逼近，杀气虽然已经内敛，但一股难言的压抑气氛却已弥漫在整片林地内……

辰南右手是雪亮的长刀，左手是锋利的长剑，任雨水打落在身上，他无声无息、步履坚定地向前逼近。大雨滂沱而下，熟睡的人不知死神已经接近。辰南将自己的气息全部收敛，尽量做到空灵之境，心中虽有杀念，但杀气却未透发出点滴。雪亮的长刀无声无息地划开了一座帐篷，血花飞溅，鲜血喷洒，两个熟睡的高手的人头已经滚落而下。辰南悄无声息地退走，像幽灵一般来到了另一座帐篷外……大雨倾盆而下，高空中闪过一道道雷电，在这个雷雨交加的夜晚，山林内一条魔影在无声无息地穿行着，整座山林弥漫着一股死亡的气息。对于追杀者来说，这是一个超绝恐怖的夜晚，一个如死神般的魔影在不停地收割着生命。

辰南已经挑开了十个帐篷，二十颗人头已经滚落在地。此刻他没有怜悯之心，没有愧疚之情，现实是残酷的，他如果不痛下杀手，这帮人早晚会杀死他。在辰南挑开第十一个帐篷时，这群人中功力最为高绝的那两个老人终于感应到了一丝死亡的气息，发觉到了不同寻常的气氛。

"谁?!"暴喝在雨夜中同时响起，不远处的两个帐篷同时冲出两道人影，两个老人终于发现了黑暗中的那条魔影，闻到了刺鼻的血腥味。"喀啦"一声震天大响，一道闪电划空而过，清晰地照亮了林中每一寸空间。两个老人终于看清了如魔神一般的辰南，他手中那把雪亮的长刀沾染着猩红的血迹，被雨水冲刷后渐渐变淡。十几个帐篷都已经被切开，血水自帐篷内向外汩汩地流着，混合在地上的雨水中，地面都仿佛变成了红色。

"啊……"两人悲吼。在两人最开始断喝时，就已经惊醒了所有人，一条条人影快速自帐篷内冲了出来。一瞬间，所有人都感觉到了一股浓重的死亡气息，借助一道道划空而过的闪电，人们终于明白发生了什么。切开的帐篷，滚落的人头，鲜红的血水……在闪电消失的一刹那，辰南突然自众人面前消失了，在伸手不见五指的林地内杀机暗藏，所有人都感觉到了一股发自灵魂的战栗。

在震耳欲聋的雷声中，几道巨大的闪电出现在林地上空，与此同时，辰南如鬼魅一般出现在两个老人的身前，雪亮的长刀如死神的镰刀一般，劈向两个老人。两个老人快速拔剑，给予了辰南最为凶狠的反击。刀芒、剑气在林间激荡，一道道耀眼的光芒照亮了黑暗空间的每一寸地方，已经分不清那是刀芒还是闪电。耀眼的光芒在林地内交织着、撕扯着，剑气、刀芒仿佛与天上的闪电连接到了一起，三道人影在光芒中飞快地移动着，冲击着……闪电消失了，但大雨依然滂沱不止。辰南和两个老人的大战似乎停止了，山林中一片黑暗，但死亡的气息依然笼罩在林地内。

　　"啊……"一声惨叫，黑暗中闪过一道刺眼的刀芒，在明亮的光芒中，一道血箭激射而出，一把雪亮的长刀自一人的胸前透出。一瞬间刀芒快速消失了，天地间再次一片黑暗。不过仅仅一瞬间，刀芒再现，再次照亮了林地，又一人惨叫着翻倒在地。不过，这一次两个功力高绝的老人终于再次锁定了辰南的气息，快速向他扑去，林内刀光剑影，剑气纵横激荡，在耀眼的光芒中三条人影在纠缠着、对攻着。黑暗中，那些训练有素的高手慢慢地向着三人围拢而去，并没有因为浓重的死亡气息而感到恐惧。辰南在劈出威力强大的一刀后突然暴退，在耀眼光芒消失的一刹那，他消失了，他快速自还没有围拢的缺口冲了出去。

　　"所有人都给我听着，你们没有人能够活着离开大山，人总要为自己做错的事付出代价，死亡是你们最好的归宿！"两个功力高绝的老人闻言气得暴跳如雷，一人大声冲着高空嘶喊着："为什么要下这场大雨啊？！如果不是连日来雨水不断，那个混蛋早就死上十次了！"的确，连绵的雨水改变了一切。如果不是前天夜里大雨滂沱而下，洗刷掉了辰南留在路上的气息，他们早已找到了他。那时辰南重伤难支，根本无还手之力，是斩杀他的最好时机，可是突来的天气扭转了一切。大雾、雨水为他赢来了宝贵的疗伤时间，经过两天的休养，他已经完全恢复了过来。

　　这一夜，滂沱的大雨掩去了众人的灵觉，为辰南刺杀创造了极佳的条件，在轰隆隆的雷声中两个功力卓绝的老人也是在最后关头才感应到危险的气息，更何况其他人呢？这一次，他们损失惨重，几乎折损了一半人，现在活着的人仅仅剩下了二十几人！两个老人几乎咬破了嘴唇，他们真是恨啊！聚拢在一起的青年人默默无语，他们都是凌家培养的死士，自小被灌输要忠于家族的思想，所有人都是在极其恶劣的环境下成长起来的，对于死亡并不陌生，此刻已经预感到这一次似乎凶多吉少了。

当众人回归帐篷就寝时，辰南再一次出现了，在远处静静地看着漆黑的林地，双眼散发着野兽般的光芒。他在等待机会以干掉一个功力高绝的老人，只有那两个老人才能够给他带来真正的威胁，如果能够成功刺杀掉一个老人，他就真正安全了。并不是辰南冷血嗜杀，在追杀与被追杀中，杀戮才是生存的根本，如果心慈手软，那是愚蠢。为了生存下去，他别无选择，只能不择手段地消灭敌人的力量。天地间一片水幕，冲刷着林间的罪恶痕迹。林间堆积在一起的冰冷尸体，似乎还在无声地控诉着。

辰南绕过尸堆，径直向一个帐篷无声无息地移去，刚才他一直在暗中窥视着，亲眼看到蓝袍老人钻进了前方的那个帐篷。他宛如幽灵一般，将身体气息调到了最低。刀光如虹，刺眼的光芒在林地内闪现而出，无匹的刀气爆发出阵阵隆隆之声，瞬间摧毁了帐篷，防水油布瞬间化为齑粉。但辰南的心却一沉，在出手的一刹那，他感觉到了一丝力量波动，但却不是发自帐篷内，而是来自旁边的一个帐篷。他知道坏了，老人并没有在这个帐篷内，已经神不知鬼不觉地转移了地方！

一道剑气冲破旁边的那个帐篷，向着他冲击而来，耀眼的匹练散发着刺骨的寒意，老人对他实施了反袭杀！辰南匆忙将左手的长剑举了起来，激发出一道凌厉的剑气抵挡，但匆匆一剑怎么能够抵挡得住对手蓄势而发的凶狠一击呢！辰南感觉一道气劲透体而入，胸腹内一阵绞痛，但终于还是被运转不辍的玄功化解了开来，虽然受了一定的内伤，但还没严重到失去行动能力的一步。姜还是老的辣啊！他这样感叹着，没想到这个老人竟然早已料到他会去而复返，实在是大意了。另一个老人自不远处的帐篷冲了出来，显然他所待的那个帐篷也不是原先的那个，青年高手们听到动静后也快速冲了出来。

辰南没有立刻逃去，反而将功力提升到了极限境界，金光透体而出，仿佛熊熊燃烧的烈焰一般笼罩在他身体四周，雨水被阻挡在金光之外。辰南如一尊金甲战神一般威势凌人，手举长刀向老人力劈而去。他在与敌人抢时间，必须在众人逼到眼前之前给予面前的老人造成一定的伤害。两丈多长的刀芒照亮了整片林地，老人举剑相迎，刺眼的锋芒冲撞在一起后爆发出如太阳一般刺眼的光团。辰南没有就此止住，大步向前逼去，手中长刀再次扬起，又一道刺眼的锋芒冲了出去。对战的两人激发出的刀芒与剑气在空中相遇后发出阵阵如金属交击般的铿锵之音，汹涌澎湃的能量波动将附近的大树摧残得成片倒下。

辰南向前迈了三大步，每一步都令整片林地跟着晃动一下，他连续劈了九刀，九道实质化的刀芒集中了他毕生的功力，威力奇大无比。原本和辰南功力持平的蓝袍老人竟然被生生逼退五大步，连续喷了三大口鲜血。狭路相逢勇者胜，在这一刻得到了最好的诠释！两人连续九次大对撞，辰南气势上更胜一筹，以命搏命的打法虽然让他受了严重的内伤，但蓝袍老人因为最后关头气势稍弱，所受到的伤害要比他严重得多。但这足够了，辰南有自知之明，知道无法干掉对方，这个结果已经令他非常满意了，他转身而退，在众人逼到近前的刹那冲出了包围圈，冲到了林外。所有的这一切都发生在一刹那。

辰南这一次差一点被反袭杀，险些吃个大亏，不过在最后关头却险中取胜，虽然受了不轻的内伤，但成功重创一个对手绝对值了。他知道自己家传玄功神异无比，疗伤速度要远远强过其他心法，外加他很年轻，一定会比蓝袍老人先一步恢复过来，故而他以伤换伤，也要重创对手。一两天之后他肯定能够复原，但对方那时却只有一个能够威胁他的高手，他可以对追杀者进行残酷的打击，那时他将是主宰者。

清晨，大雨终于停了，朝霞破开云雾，阴云密布的天空终于明朗了起来。然而山林内却愁云惨淡，林地内一大堆死尸，经过雨水的浸泡，尸体都肿胀了起来。信鸽自山林冲天而起，向着罪恶之城的方向疾飞而去。当凌云得知大山深处的最新情况后震怒无比，三个接近四阶境界的强绝高手带领着七八十个高手对辰南一人围剿，竟然损失惨重！他恨恨地撕碎了那张纸条，在院内来回地走动，思索着对策。

清晨的霞光洒满了山林，梦可儿立身于树梢之上，翠绿的叶片上沾满了水珠，在朝霞中散发着七彩光华，将她衬托得如同谪临人间的仙子一般。此时此刻，她脸上平静无比，辰南与追杀者的交锋，她一一看在眼里，但始终没有露面。绝美的容颜上看不出任何情绪波动，看不出她在想什么，但有一点是可以肯定的，她绝不会放过辰南。

"该死的天气，真是误我大事啊！终于晴天了，神风学院的那些老家伙该动身去死亡绝地了吧……"凌云眼中泛出两道精光，他一直在等待死亡绝地消失，到那时就可以实施先前的部署了。他已经将罪恶之城这池水搅得混乱，许多人都对辰南不满。凌云已经派人四处挑拨，同时了准备了大量的金钱，等死亡绝地消失的消息传出后，他就会匿名将十五万金币注入各个杀手组织与佣兵公会中，让他们进山追杀辰南，毕竟有钱能使鬼推磨。同时，他会以各种名义散发无数悬赏去鼓励人们斩杀"恶徒"辰南，在混乱的局面下，神风学院即使有心调控，也顾之不及。当所有人都对辰南喊打喊杀时，神风学院不可能去犯众怒。若辰南在乱局中被杀死，谁也无从追究。凌云已经没有退路，他期待着死亡绝地的消息。

近日来各地的前辈高手赶往罪恶之城，大陆修炼界沸腾了，东西大陆交界处的群山中竟然惊现死亡绝地，这则消息牵动了所有修炼者的心。著名大世家的老一辈修炼者都多多少少听闻过天元大陆中部地带的群山中一个"逆天者"，每隔数百年、上千年就会现世一次。这次"逆天者"的栖身之地就是死亡绝地，当真令人震惊无比。所有人都在关注着罪恶之城的最新消息，每日都有无数的信鸽往返于罪恶之城和大陆各地，罪恶之城的最新消息一日间就可传遍大陆各地的每一个角落。近来风头正劲的楚国护国奇士辰南在几日内变成了恶魔，所有关于他的负面消息传到了大陆各地修炼者的耳中，辰南的名声可谓彻底败坏了。当然凌家的势力"功不可没"，大陆各地的凌家负责人在暗中极力宣传着辰南种种的"恶"，这股推波助澜的力量起到了微妙的作用，像蝴蝶效应一般掀起了一片大风浪。

对辰南不满的人都恨不得立刻将他大卸八块。虽然有些人开始时并不相信传闻，但众口铄金，即便是假的也能够变成真的，辰南在不少人眼中已经成了"恶魔"。相反，凌云勇于探察死亡绝地之秘，而后又成功逃离无名神魔的虎口，已经成为世人眼中的英雄，他的声威一时攀升到了极点，成为最为引人注目的青年强者！梦可儿至今下落不明，所有人都在猜测她的去向，有人认为她最终并没有成功逃离死亡绝地，又被无名神魔抓了回去；有人认为她身负重伤，正在秘地疗养。大陆风起云涌，沉寂多年的修炼界因为死亡绝地而沸腾了起来。

罪恶之城雨过天晴，两日之后，各地的前辈高手都已经来得差不多了。当日凌云逃回来之后，故意将死亡绝地说得无比恐怖，似乎看一眼就会惹来杀身之祸。四大学院的副院长认为那里确实是一个大凶大恶之地，严禁所有人私自探察。所以，这些日子以来罪恶之城的修炼者们并没有一人去探察死亡绝地，根本不知道恐怖的绝地已经凭空消失了。其实没有四大学院副院长的命令，那些修炼者也不敢私自去探察，毕竟经过这么长时间的渲染，那里已经成了地狱的代名词，没人和自己的性命过不去。传说中的高手齐聚一堂，经过短暂的休息，便一起踏上了死亡绝地之旅。

外界无人知道来了多少位高手，也无人知道来了哪些人，也不知道他们怎样前往死亡绝地。不过罪恶之城内的所有龙骑士在某一段时间内都感受到了一股不同寻常的气氛，他们的龙都焦躁不安，似乎无比恐惧。据这些龙骑士猜测，罪恶之城在那段时间里最起码曾出现过三四头圣龙，出现了传说中的神龙。可想而知那些前辈高手的实力有多么恐怖，传说那些人都已经几十年未履尘世，如果不是这次消息太过惊人，很难请他们出山。当然传说毕竟是传说，事实如何，除却四大学院的副院长外，外人无从得知。

在罪恶之城沸腾之际，茫茫大山中的凌家死士们却苦不堪言。那一晚，所有人都知道辰南是重伤逃去的，他们知道绝不能让辰南将伤养好，不然就真的危险了，一定要在辰南身体恢复之前将他击杀，可以说这是他们唯一的机会了。众人连夜搜索，但一直到天亮，也没有发现辰南的任何行踪，夜里的大雨已经彻底洗刷掉了辰南留在路上的痕迹，猎狗失去了作用，根本无法觅得辰南的踪迹，放飞的猎鹰也没有丝毫发现。两天过后，这些人的噩梦开始了，辰南身体恢复后第一时间就开始对这些人展开反袭杀。凌家死士的人数已经不足原来的三分之一，当中的阶位高手在这之前就已经损失惨重，再经过这次反袭杀，已经没剩下几人，现在的整体实力相差原来甚多。虽然还有两个功力强绝的老人坐镇，但能动手的只有一人，另一个重伤的老人没有两三天根本不能彻底复原。

今日仅仅半天时间，凌家的死士再次折损十人，辰南利用山林地形不断偷袭这些人，这帮人都已经变成了惊弓之鸟，稍微有风吹草动，就会立刻握紧兵刃严阵以待。"啊……"一声惨叫，又一个死士被辰南偷袭，辰南手中长刀所激射出的刀芒，在那人的背后开了一个恐怖的血洞，前后透亮，鲜血狂涌而出。黑袍老人气急败坏，如怒狮一般向辰南追赶而去，辰南并不急着逃去，等到黑袍老人追到近前和他拼了几记后才从容离去。他想将黑袍老人引开，但黑袍老人根本不上当。黑袍老人知道辰南最终的目的是想袭杀已经身受重伤的蓝袍老人，如果蓝袍老人被辰南除掉，那么辰南就真的无所顾忌了。

十几个黑衣死士聚集到了一起，紧紧地将蓝袍老人护在了中央，黑袍老人站在最外面，冷冷地盯着不远处的辰南，咬牙切齿道："小子，你少要得意，两日后你将死无葬身之地！"辰南心中一凛，这两日他不断看到有信鸽腾空而起，知道黑袍老人一直和外界保持着联系，看着老人自信满满的样子，似乎不是在虚张声势。辰南不知道外界现在到底如何了，其实他很想尽快闯出大山，但几日来他在这茫茫大山中不辨东西地逃亡，早已忘却了回路，根本不知如何回去。此外，在临走前如果不干掉那两个功力卓绝的老人，他觉得是个隐患，说不定他们什么时候就会摸上来袭杀他，所以他一直没有离开。现在看到黑袍老人眼中那冷酷而又自信的眼神，辰南知道事情不妙，他们的援军可能要到了。

"该死的凌云不会又要派来一批高手吧？"他心中一阵嘀咕，眼前众人还没有解决，生力军又要来了，自己的处境堪忧。不过随后他又笑了，凌云如果派人来，肯定要用飞龙送人，他如果能够成功地夺得一头飞龙，那么闯出这片大山就不成问题了。辰南眯着双眼看着前方那些人，冷笑了起来，暗道：我就不信你们几天几夜都不休息，只要你们稍有疏忽，我必取蓝袍老人的性命！

罪恶之城，那些前辈离去仅仅半日工夫便回来了，带回来一个令所有人都感觉到不可思议的消息，死亡绝地凭空消失了！罪恶之城沸腾了，所有修炼者都吃惊无比，这实在超出了他们的想象。消息很快随着信鸽传到了大陆各地，各个世家、古老门派内的高手纷纷惊得张口结舌。罪恶之城许多修炼者为了验证这个消息，纷纷出发去探察死亡绝地，他们不是不相信前辈高手带回来的消息，主要是好奇，想亲眼看一下传说中的死亡绝地留下了什么痕迹。

凌云高兴无比，他一直在等待这个时刻，立刻发动人着手准备，当许多修炼者乘坐龙骑士的飞龙赶到死亡绝地时，凌云手下的人也赶到了。这些人去的目的主要是做戏，当人们盯着空旷的山林之时，他们却深入了大山中，而后开始大叫："恶魔辰南不要逃……"此举虽然不算高明，但目前"辰南"这两个字对于所有人来说非常敏感，立刻引起了所有人的注意，人们根本没有多想，一窝蜂地奔向大山。

消息很快传到了罪恶之城，辰南恶魔之名无疑被落实了，死亡绝地消失了，而他却毫发未损，"出现"在众人的面前，"许多人"都在大山中看到了他的身影。如果辰南心中无愧，干吗要逃呢？为何不敢面对众人呢？这一消息令罪恶之城的所有修炼者气愤到极点，人们纷纷痛斥其"恶行"，包括他以前在神风学院"调戏"东方凤凰的事情都被抖了出来。再加上他在晋国都城"滥杀无辜"的传闻，辰南真的成了恶魔。有些时候，人言真的可畏啊！同样的事情，前一秒还在被人们津津乐道，后一秒就被人们当作反面教材痛斥了。

凌云现在想狂笑，尽管近来自大山深处传来的消息都快让他抓狂了，但现在他真的感觉无比开心。他在心中感叹着，王朝历史掌握在统治阶级的手中，而修炼界的历史掌握在"实力派"的手中，所谓的"真相"都是被人为造出来的！他一点也不担心露出马脚，现在只是需要一个时间差，在一段时间内让所有人都认为辰南是一个恶魔。他只要在这个时间差内灭掉辰南，就完满地画上了句号，以后就是有人质疑，也无法找到证据翻案了。目前在罪恶之城，凌云手中可用的凌家人力已经不多，但金钱却还未启动分毫。他立刻下命令，在罪恶之城内挑拨人们对辰南的不满，进一步激化矛盾。同时用各种虚假的名字将大量的资金注入到各个杀手组织与佣兵公会，各种缉拿辰南的悬赏纷纷出台……

最后凌云将手中的王牌亮了出来，一个刚刚从家族赶来的四阶高手，将带领十位阶位高手随着佣兵公会等追杀大军奔赴大山深处。这支力量将混在人群中，化装成普通的一个佣兵组织，他们将在最为关键的时刻对辰南下杀手。两日后追杀大军纷纷动身，乘坐飞龙开赴大山，而此时也是那些前辈高手离去的时刻。凌云站在窗前冷笑着："只要你死了，一切就都可以结束了！"

在这两天的时间内，大山深处的追杀者与被追杀者似乎调换了过来。辰南终于成功刺杀了重伤的蓝袍老人，随后又陆续干掉了七八个凌家死士，现在只剩下黑袍老人和六名死士还在苦苦支撑。他们已经不敢奢求将辰南杀死了，由主动出击变成被动防守，形势逆转之快令人咂舌。几场生死对决，心神疲累的黑袍老人已经身负重伤，两个相处几十年的老兄弟竟然陆续被人斩杀，自己却不能够奈何凶手分毫，在黯然神伤的同时他无比气愤。

夜幕悄悄降临了，但山林的夜晚并不宁静，野兽的嘶吼声此起彼伏。漫漫长夜，对于所有凌家死士来说是一种难耐的煎熬，每一个夜晚都会有几名同伴死于非命，黑夜是那个恶魔的最爱，每次都在深夜收割生命。不过这一晚，这些死士似乎有些兴奋。他们已经得知大批的追杀大军在今日已经奔赴大山，也许明天就能够找到这里来，只要他们再坚守一晚，也许明天就可以看到那个恶魔枭首了。

黑袍老人冲着漆黑的山林深处冷笑着："小子，你的死期不远了，你将死无葬身之地！"暗中并没有人应答，只是自风口处传来阵阵幽香，闻之沁人心脾，令人陶醉不已。几个死士纷纷奇怪不已，用力地翕动着鼻子，其中一人惊奇地道："怎么会这么香啊，是不是有什么灵芝、仙参要出土了？"黑袍老人用力吸了一口，而后突然大叫道："不好，大家快闭住呼吸，这似乎是一种特殊的迷药！"但为时已晚，"扑通"、"扑通"……六名死士纷纷翻倒在地，黑袍老人感觉自己的眼皮越来越沉重，最后终于也坚持不住，摔倒在地上。临失去知觉的刹那，他还在迷糊，林内怎么会突然出现迷香呢？难道是辰南所为，不可能啊，他身上要是有这种东西，前几日早就用了。

这一切确实是辰南所为，今日他在这片山林中发现了一种熟悉的植物"醉香"，这种植物的花朵研成粉末能够制成最为上等的迷药，他大喜过望，感叹要是早几日发现就不必经历那么多的危险了。不过也不晚，辰南从黑袍老人的话语中猜测到近日内会有大批追杀者赶到，现在将"醉香"制成迷药后正好先拿黑袍老人等试验一下，也许过两日会派上大用场。辰南提着雪亮的长刀自黑暗中走了出来，大步向昏倒在地上的几人走去。他毫不犹豫，手起刀落，血花迸溅，几颗人头滚落在地。辰南面无表情，转身向山林深处走去。他不想无故杀戮，但不得不挥动手中的屠刀，明日如果让这些人和援军会合，也许挨刀的人会是他，为了活下去，他没有选择的余地！连日来追杀者终于被辰南彻底消灭了，但他并没有如释重负的感觉……

清晨，朝霞洒辉，草叶含露，山林内鸟儿婉转轻鸣。辰南在小溪旁洗漱过后自语道："但愿能够顺利回返罪恶之城。"

"你以为你能够活着走出这片大山吗？"梦可儿立身于十米外的一棵银杏树梢之上，本应无比动听的声音此刻寒冷无比，绝美的容颜上布满了杀机，但却不影响其出尘之姿，她看起来依然像一个不食人间烟火的仙子一般，白衣飘飘，在朝霞的映衬下如同九天玄女谪临人间。辰南的身子一下子僵住了，逃出绝地的人总共有三人，凌云从开始到现在一直在对付他，久无消息的梦可儿终于也出现，要下杀手了。凌云杀人灭口的原因很简单，因为他看到了"不该看到的"。梦可儿也有非杀他不可的原因，两人在进入死亡绝地之前就已经开始在暗中交锋了，当然最主要的原因是辰南曾在幻境中"亵渎"她，这是梦可儿绝对无法释怀的事，非除辰南不可。

"没想到你直到现在才出现，我以为一出死亡绝地就会被你阻杀呢。"辰南虽然知道梦可儿的修为要强盛于他，但并不慌张，平静地转过身来看着她。

梦可儿由开始时的杀机毕现慢慢平静了下来，此刻看不出任何的情绪波动，她淡淡地道："开始时只想借你之手除去凌云的人。"

辰南道："看来我是第一个，凌云是第二个，我们两人都被你列在必杀的名单中。圣地的传人就这么虚伪吗？如果十大高手都逃了出来，你难道要杀死所有人来灭口？在无名神魔的虚天幻境中，我们仅仅是赤裸相对而已，又没有真的发生什么，你难道真的放不开吗？"

梦可儿转头看着远处连绵不绝的群山，脸色平静地道："我早已知道你对我心怀敌意，你我之间发生冲突是早晚的事，不如让那一时刻提前来临。至于凌云，他死有余辜，我知道他暗中做过不少见不得光的事，这一次除去他也算还死者一个公道。"

"哈哈……"辰南大笑了起来，嘲讽道，"好一个圣地传人！明明想杀人灭口，还要找来冠冕堂皇的理由，嘿！"

梦可儿不为所动，冷声道："如果是换作神风学院第一高手萧风和流浪的武者凯瑞拉，我绝不会如此，因为我敬佩那两个人的人品，至于你和凌云，我实在找不到不杀你们的理由！"辰南飞快在脑中计较了一番，觉得如果和梦可儿硬拼实在没有半丝胜算，毕竟对方是大陆十大绝顶青年强者之一，一身强绝的修为毋庸置疑，可是又怎样才能够暂时避免与她发生冲突？他道："梦小姐，我觉得我们两人之间确实免不了一战，但不是现在……"

梦可儿打断了他的话语，道："你以为可以让我改变初衷吗？呵呵……"她突然笑了起来，笑容当真如春花绽放一般明媚娇艳，但紧接着脸色突然转寒，道："不要在我面前耍诡计！"辰南来回踱了几步，似乎在思考着什么，而后突然停身站住，道："如果我给你一个不战的理由呢？你一定会心动的！"

"好，你给我一个理由！"梦可儿站在树颠之上冷声道。

"我猜想你一定非常想除掉凌云，但似乎有些困难，一是他身在罪恶之城，如果动起手来肯定要惊动其他人。二是他手下肯定有些高手，会给你造成相当大的阻力，这也是近几日来你借我之手除掉他手下的原因之一吧。我们来合作，你我联手除掉凌云，做掉他之后我们再决战！"

梦可儿冷笑道："你可真是白日做梦啊！居然妄想借助我的力量对

付凌云，哈哈，真是好笑！"

辰南不慌不忙，从容地道："你听我慢慢讲。我不过孤家寡人一个，没什么背景，如果你想对付我，非常容易。但凌云不同，他身后是东大陆十大修炼世家的凌家，这样一个大家族的势力可想而知。你可能不知道凌云是怎样逃出死亡绝地的，他杀死了我们的几个同伴，用他们的生命与鲜血作为祭礼，展开了血色空间魔法卷轴逃离而去。如果我能够活着走出这片大山，去指证他的恶行，他一定会身败名裂，到那时凌家想保他恐怕也不行了。那时你要杀他，可谓易如反掌。"

梦可儿冷冷地道："你以为外界的人会相信你吗？"

辰南见她已经松动了口气，道："即使不相信，也会产生怀疑，这就足够了，到时候你立刻出来声援我，他必然身败名裂。另外，你不要担心他对你我造谣生事，到那时绝对没有人相信他的话。毕竟你是古圣地的传人，无论是你还是你的师门在大陆上都有着崇高的威望，人们绝对相信你的话。"辰南双眼中闪动着兴奋的光芒，看着梦可儿道，"除掉凌云就这样简单！"

梦可儿突然笑了起来，道："确实是好计策，不过得益最大的人却是你！从头到尾似乎都是你在利用我，你不仅洗刷了冤屈，还成功扳倒了自己的大仇人，真可谓一石数鸟啊！"

辰南道："话不能这么说，凌云现在是我们共同的敌人，所有这一切都是除掉他的必要手段而已。"

梦可儿淡淡地道："你所说的计策，我不是没有想过，但想除掉他的话，我有很多的办法，根本没有必要和你合作。"辰南心中一冷。不过接下来梦可儿又似笑非笑地看着他，道："我觉得自己似乎太心急了，似乎置身事外比较好，你我之战就暂时缓上一缓吧。"一瞬间，辰南明白了她的意图。梦可儿想继续看着他和凌云互斗，坐收渔翁之利。

"如你所愿，你我之间的大战再等上一段时间吧。"梦可儿脚踩玉莲台，如仙子般徐徐升起，向着远处的山林飞去，渐渐消失了踪影。辰南眉头紧皱，当他把凌云所有的手下都剪除时，恐怕梦可儿就要向他下手了。梦可儿显然想拿辰南当作一把刀来使用，想借他之手铲除凌云的势力。辰南当然明白她的目的，但目前却没有办法扭转局面，如果想在这大山中活下去，他不得不和凌云的人拼杀。辰南在原地闭目思考了一会儿，而后突然睁眼，冷声道："暂时让你占得上风，哼，当我走出这片大山，定要让你知道厉害，让你赔了夫人又折兵！"他知道想洗刷恶名，必须借助梦可儿才行，短暂沉思后已经有了一个模糊的想法。

无数的追杀大军分批乘坐飞龙来到了大山深处，凌家那个四阶高手凭着原来的追杀者留下的路标，一直遥遥领先于其他人，他们在路上妥善地处理了原先的战斗痕迹。两日后，他们终于发现了辰南的踪迹，而后向其他人发出了信号，无数人向着辰南出没的山林追去，大追杀终于开始了。

辰南站在一座高山之上，看着远处山林中影影绰绰的人影，以及低空中不断盘旋的飞龙，感觉无比头痛。他没想到追杀大军竟然实力雄厚，到目前为止已经来了数百人，其中许多人都是阶位高手。他已经和数批人短兵接触了，发现大半人竟然都是实力不凡的佣兵，在那一瞬间他将凌云骂了个遍，叹服凌云果然够毒，花下如此大的本钱来除他。仅仅一天的时间辰南就快支撑不住了，追杀大军的实力太恐怖了，里面竟然隐藏着无数的高手和专业杀手。发现这一情况后，辰南倒吸了一口凉气，这些懂得刺杀的人像猎豹一般让人防不胜防！

一切都向着凌云预想的方向发展，如果没有意外，辰南绝不会支撑过三天。第二天，辰南浑身是血，不辨东西，在大山中飞快地逃亡着。追杀大军实力太过雄厚了，他几次遇险，如果不是借助炼化醉香得来的迷药迷倒了几批高手，他可能真的被人斩杀了。"妈的，杀了这么多的人我也够本了！"辰南满脸的血污，在这两日间他已经斩杀了数十人。当他发现根本抢不到飞龙时，意识到自己有可能凶多吉少了，便开始不断反袭杀，大开杀戒。当然他最痛恨凌家的人，因此在反袭杀的过程中他总是重点"照顾"他们。如果不是凌家死士中有一个四阶高手坐镇，辰南早已将那十个死士杀光了，但即便如此还是让他干掉了两人。

第三日的黄昏，辰南遭凌家四阶高手重击后五脏欲裂，大口咳血，但硬是闯出了重围。翻过无数座大山，连续跑出去数百里，辰南感觉自己快要死了，连续大口咳血。他无力地靠在一棵大树上，任血水自口中不断涌出，此刻他已经变成了一个血人。他身上的衣服早已在激战中被刀剑划破，身体上有无数道纵横交错的恐怖伤口，碎布片被鲜血浸湿后一条一条地粘在身上。辰南不想死在敌人手中，他要留下最后一丝力气自己了断。当他终于止住咳血时，感觉似乎有些不对劲，附近的山林竟然死一般的沉寂，没有丝毫生气，偌大的山林竟然无鸟鸣、无兽啸，一股腥臊的味道在山林中弥漫着。

这显然大异于常，平日大山之中恶兽出没，猿啼虎啸，没有片刻安宁，眼前的景象明显不正常。辰南感觉这个场景有些熟悉，仅仅一瞬间就回想了起来。他拖着重伤的身躯吃力地向前走去，腥臊之味越来越浓，闻之令人欲呕。向前走出去一里之后，地面上开始出现巨大的脚印，每个脚印都有两丈多长，他终于确定所在为何地。"不辨东西地逃亡，竟然误打误撞地来到了这个地方。"辰南感觉有些兴奋，一个疯狂的计划在脑中闪现而出，他大笑了起来。

辰南小心谨慎地向前潜行。山地越来越平坦，前方隐现出一片开阔的山谷，透过婆娑的树影可以看到山谷中有一个美丽的小湖，碧蓝的湖水平滑如镜。山谷约有八九平方公里，四周皆是大山，但并没有将山谷围死。谷中树木稀稀疏疏，甚至连草丛都很少，地面被巨人踩得坚硬如石。一条小河自山谷蜿蜒而过，途经如镜的小湖，而后从小湖的另一端流出，向谷外缓缓流去。随着越来越近，山谷中被树林遮挡住的部分也暴露了出来，那是一幅令人毛骨悚然的惨烈景象。

一座高达百丈的白骨山矗立在谷中央，带状云雾缭绕在骨山周围，森森白骨慑人心魄，幽幽寒光令人胆寒。在白骨山上有一座大殿，高足有十几丈，宫殿不知用何种材料所建，整体漆黑发亮，大殿正门赫然是一个恶魔的巨口，狰狞恐怖。细看之下，整座宫殿似乎就是依据一个凶魔的头像建成，给人一股阴森可怕的感觉。此处对于辰南来说并不陌生，几个月前他曾经威逼虎王小玉带他来过这里。此乃是数千年前两个在罪恶之城外大战后幸存的那个古神所建造的魔殿。虽然曾经来过这里，但辰南还是感觉头皮有些发麻，浑身凉飕飕。尽管他已经知道了魔殿的一些秘密，但心中还是有些不安，因为他一直怀疑当初那个如干尸一般的老人似乎对他有所隐瞒。不过此刻他已经没有选择，只能借助了解的信息，对抗即将追赶上来的强敌。

谷内一片宁静，外出捕猎的巨人们还没有回来。辰南快速向白骨上冲去，要赶在巨人回来之前爬上那座恐怖的魔殿。这时无数的追杀大军在距离山谷数里外的山林中止住了脚步。他们一路追踪下来，来到这里之后感觉到了气氛的异常。死寂的山林、浓烈的腥臊味，这一切都说明前方有恶兽盘踞，绝对是一个危险地带。众人犹豫不决，生怕遇到什么可怕的怪物。不过最终有人迈开脚步，向前方走去。人为财死，鸟为食亡。追杀大军总共有数百人，有佣兵团，有杀手组织，还有独行的赏金猎人。凌云匿名巨额悬赏辰南，令许多"专业人士"陷入疯狂之境，现在已经得知目标重伤垂危，许多人都不愿错过击杀辰南的机会。有第一人迈开脚步就有第二人，数百人先后向前逼去，追杀大军再次前进。当辰南忍着冲天的恶臭爬上白骨山时，追杀大军已经来到了山谷外，所有人都呆住了，眼前的景象太过惊人，白骨上立黑魔殿，这恐怖的场景令所有人都感觉头皮发麻，脊背冒凉气，胆小之人都已快站立不住。所有人都萌生退意，前方那如魔域般的画面将他们震住了，都不敢再前进半步。然而就在这时，一个浑身是血的身影出现在了众人的视线中，辰南即将攀上白骨山，距离漆黑如墨的大殿已经不足五丈距离。

谷口众人大惊。人们纷纷转动心思，辰南已经是强弩之末，如果这时追上去一定能够将他顺利斩杀，但眼前的景象太过邪异，众人不敢贸然上前。就在辰南距离大殿还有一丈距离时，一个大佣兵团的团长终于忍不住，驾驭着飞龙冲了出去。空中其他几个龙骑士见有人开始行动，也忍不住催动飞龙向前冲去，想分一份功劳。几个飞龙骑士这几日在追杀辰南的过程中并没有什么优势，由于有山林阻隔视线，他们还不如那些在地面上的武者灵便。此外，在这片原始山林中，他们并不敢大肆驾驭飞龙在高空飞行，怕惊动偶尔横空而过的巨龙，这几日他们束手束脚。现在他们终于可以仰仗自身的优势抢先行动了，几头飞龙几乎是齐头并进向着骨山飞去。辰南心中大急，没想到追杀的人居然这么快就追上来了。看着越来越近的龙骑士，他拼尽最后一丝力气跃上了骨山，扑通一声坠落在大殿下的台阶上。

九级台阶铺满了神骨，散发着淡淡圣洁的光辉，将浑身是血的辰南映照得格外诡异。五名龙骑士闪电般来到了大殿上空，各举刀剑向下俯冲而去，在他们眼中辰南已经是砧板之肉，都想先一步抢到。然而就在这时，大地颤动了起来，远处的山林中出现两个高大的身影，两声震天大吼响彻天地。两个远古巨人发现了魔殿上空的飞龙骑士，他们像发疯了一般冲了过来。

"轰"、"轰"、"轰"……整片大地都在颤动。谷口众人吓得慌乱奔逃，飞快躲进了林中。几个龙骑士也顾不上击杀辰南，纷纷驾驭飞龙逃窜而去，不过在慌乱中一个飞龙骑士还是不甘心地劈下了一剑，炽烈的斗气声势吓人，发出阵阵破空之声。辰南已经力竭，艰难地向旁滚去。"轰"的一声大响，神骨被击得四处纷飞，九级台阶四分五裂。辰南虽然没有遭到正面冲击，但余波也不是此时的他所能抵抗的，强烈的能量流涌进了他的身体，本已出现裂痕的五脏六腑再遭震荡，伤势严重到了极点，他已经濒临死境。

远古巨人世代守护在这里，魔殿在他们眼中是神圣的象征，两个巨人看到台阶遭受破坏后愤怒到了极点，向着飞龙骑士追袭而去。躲在山林中的众人看到发疯的巨人，个个吓得冷汗直流，不辨东西地向着远处跑去，一时慌乱到了极点。几个飞龙骑士也大惊失色，没想到发狂的巨人竟然如此神速，几乎要追上他们了，几头飞龙吓得吼叫着向高空冲去。飞在最后的那名龙骑士更是大惊，因为他看到两个巨人似乎紧紧锁定了他，对于其他几个龙骑士视而不见。

"呼……"伴随着巨大的破空之声，一个巨人将手中的石棍抛了出去，径直砸向最后那名龙骑士。"嗷呜！"飞龙发出一声短暂的悲鸣，洒下无数血雨，自高空坠落而下。石棍不偏不斜，正好击中飞龙，刹那间将它砸得骨断筋折，飞龙背上的龙骑士则被砸成了肉泥。

其他几个龙骑士脸色苍白，被吓得几乎大小便失禁。林内逃亡的人也看到了这一切，胆小之人吓得腿肚子都抽筋了。巨人将那个敢于亵渎"神山"的人砸下来后，感觉出了一口气，但并没有打算放过其他人。平日根本就没有任何兽怪敢闯进他们的领地，即便是巨龙闻到他们的气味后也要退避三舍，今日竟然来了这么多人，而且如此"弱小"，他们感觉权威受到了冒犯。飞龙骑士最终越逃越远，逃出了巨人的攻击范围，但山林内的众人就没那么好受了，再怎么跑也不能够快过巨人的脚步。惨叫之声不时传出，许多人被巨人踩成了肉泥，不过好在有山林阻挡了巨人的视线，且这些人分散开来向四面八方逃散而去，减少了伤亡。但即使如此，也死伤了九十多人，追杀大军在山谷附近几乎折损了四分之一。

辰南凭着钢铁般的意志在坚持着，不敢闭上双眼。他知道如果此时昏迷过去，恐怕就再也醒不过来了。看到追杀他的人惨遭巨人踩躏，辰南笑了，他知道外出捕猎的巨人在天黑前会回到这里，他早已料到眼前的情况。不过此时辰南的意识越来越模糊，他感觉坚持不住了，拼尽最后一点力气爬进了魔殿，想求助里面那个如干尸一般的神仆，但仅仅爬进大殿门内，就昏迷了过去。

两个巨人踩死无数追杀者之后返回了山谷，他们在骨山前不断地顶礼膜拜，口中发着瓮声瓮气的响声，似乎在忏悔着什么。随后，其他巨人也陆续返回，他们将手中的猎物放下后也虔诚地跪在了地上，口中不停地祷告着什么。晚间，巨人们分食完食物之后，向山谷西面的那片石窟走去，夜间他们栖息在那些巨大的洞窟中。如水的月光洒落而下，山谷内一片银白色，只是白骨山显得无比阴森，那里磷火幽幽，鬼气森森。骨山上的宫殿在夜色中显得格外恐怖，似一头巨大的恶魔从万千枯骨中探出一个狰狞的头颅。狰狞恐怖的大殿正门内黑洞洞的，没有一丝光亮，丝丝寒气向外散发而出，且传出一股若隐若现的异啸。

辰南身处漆黑如墨的殿门内侧，他直直地躺在地上，四周是干涸的血迹。此刻他已停止了呼吸，身体已经渐渐冰冷，体内生机几乎已经断绝，可谓前脚已经迈进了死门，后脚也几乎迈进了一半。在最后一丝生机即将消失的刹那，他的身体突然诡异地飘浮了起来，平躺在空中。一金、一黑两个光球自他丹田处透体而出，环绕他的头脚开始横向旋转起来。旋转的两色光球携带着辰南飞出了殿门，来到了大殿的上空，在夜空下，金、黑两个光球灿若星辰。远远望去，在幽森恐怖的白骨山大殿上空，一个浑身是血的青年平躺于虚空中，一个金光耀眼的光球和一个乌光璀璨的光球围绕着他，横向快速地旋转着，在夜空中显得格外地诡异。

两色光球越转越快，最后在辰南体外形成一条光带，一半光带金光璀璨，一半光带乌光发亮。最后光带变成了光盘，同样一半是金光，一半是乌光，光盘越来越大。令人感觉不可思议的是金色的光球跑到了黑色光盘一边，黑亮的光球跑到了金色光盘的一边，两色光盘最终形成了太极状，金黑两色光球成了太极图中的阴阳眼。而辰南的身体也由原来的平直变成了蜷缩，成"S"形状，成了太极图的阴阳分割线。太极图形成之后，四面八方的天地精气如受招引一般快速向这里涌来。大量的天地精气汇聚在一起，渐渐形成如仙气般的彩光，太极图附近光雾氤氲，霞光不断向内涌去。与此同时，月华也被聚拢而下，形成一道明亮的光柱，自高空中连接到了太极图上。

一时间，雄伟的魔殿上方灵气浩荡，月华、天地精气不断向太极图凝聚而去。身处太极图中的辰南被灵气灌体，断裂的经脉在飞快地接续着，五脏六腑上的裂痕也在快速地愈合着。浓厚的灵气对于外伤来说好似仙药一般，辰南身上原本纵横交错的伤口在快速结疤，而后疤痕慢慢变淡，直至消失……

山谷西面峭壁下的远古巨人们被惊醒了，十一个高大的巨人自洞窟走出，看到魔殿上空的异象后惊得纷纷跪倒在地，冲着白骨山方向不断叩头，口中喃喃祷告。三个时辰之后，辰南身体已经好了七七八八了，然而就在这时异变发生，他胸前的玉如意突然爆发出一团璀璨的光芒，圣洁的光辉快速向太极图中的金、黑两色光球笼罩而去，似乎要攫住它们。金、黑两色光球快速挣扎了起来，似乎想返回辰南的丹田，但圣洁的光辉却将它们的去路阻挡住，切断了它们的回路，它们虽然不断挣动，但却始终无法挣脱。两色光球见无法回到辰南的丹田内，便不再强闯，按照原来的轨迹开始加速旋转起来，想把玉如意所透发出的圣洁光辉搅散。

太极图越来越清晰，逐渐有实质化的迹象，来自四面八方的天地精气如怒海狂涛一般激荡起来，疯狂向太极图汹涌而去。自高空聚拢而来的月华所形成的光柱也越来越明亮，最后，天地间仿佛有一道实质化的光柱自圆月连接到了太极图上。这浩瀚的灵气若是同时涌进辰南的身体，他非被撑爆不可，他的身体根本无法承受这么多的精华。就在这时，玉如意光芒大盛，轻轻颤动了起来，所有的天地精气与月华都向它聚拢而去。玉如意处似乎出现了一个能量旋涡，圣洁的光辉成漏斗状，将四面八方涌来的灵气都吸纳了进去。

灵气源源不断地涌来，而玉如意则如海纳百川般来者不拒，小小的一方玉佩竟然将在整片天地间激荡的灵气集聚了起来，当真让人不可想象。两色光球见激荡在天地间的灵气难以冲垮玉如意的圣洁光辉，旋转速度再次提升一倍有余，太极光图彻底实质化。方圆数十里的天地精气剧烈震荡了起来，整片天地间刮起一阵狂风，天地精气疯狂向魔殿上空涌去。而月华光柱更加粗壮，宛如擎天玉柱一般贯通天地，自星空一直连接到太极图。玉如意虽然似无底洞一般在吸纳着疯狂涌来的灵气，但还是有很少一部分灵气没有被卷进那个能量旋涡，被太极图吸纳了进去。当然这个"很少"是相对于玉如意所吸收的灵气而言，对辰南而言是一股浩大无匹的灵气流。

灵气通过太极图，涌进了辰南的身体，修补着受损的脏腑。一个时辰之后，辰南的内伤彻底痊愈，外伤更是早已愈合，连条疤痕都没有留下。当辰南睁开眼看清两色光球与玉如意所造成的天地异象后惊呆了，震撼性的场景令大脑一时短路，两分钟后才醒过神来。他看着两色光球自语道："这一定就是无名神魔所说的两个生命，它们以我为炉鼎在不断成长，定是怕我身死而连累了它们，故而出手相救。"

玉如意所造成的声势最让辰南吃惊，他没想到小小的一方玉佩竟然如无底洞一般，将那浩瀚如海般的灵气皆吸纳了进去，这令他感觉不可思议。玉如意在吸纳灵气的同时，似乎也想吞噬两色光球，这令辰南震撼无比，直到这时他才相信无名神魔所说的话，玉如意可能是上古时期的禁忌之物，也许这是他的希望，可以利用玉如意破除两色光球的威胁。灵气还在不断地涌入辰南的身体，他怎么会放过这样一个千载难逢的机会呢，他开始利用天地精气与圆月精华淬炼身体。灵气灌体而入，一遍又一遍地冲刷着他的身体，改善着他的体质。此时他体内新陈代谢急骤加快，短短一刻钟他便大汗淋淋，少量污物自毛孔排出体外，辰南感觉神清气爽，通体舒泰。这是一次难得的奇遇，辰南本已重伤垂危，但最后不仅身体康复，而且经历了伐毛洗髓，大大改变了体质。

修炼的过程本就是一个不断改变体质、释放身体潜能的过程，这一次从生到死，再从死到生的经历，终于令辰南再做突破，最终打破三阶壁垒，迈入四阶领域。在突破境界的一刹那，一股磅礴的大力自他体内汹涌澎湃而出，这是境界提升后与之相匹配的潜能释放。辰南大喜过望，他在进军无上武道的路上终于再次做出突破，迈出了关键的一步。其实追根究底，今晚的奇遇只是起到了一个催化剂的作用，即便没有经历灵气灌体，辰南也会在近期内突破三阶限制，迈入四阶领域。修炼的过程根本无捷径可走，辰南早已达到三阶顶峰状态，近日来经历了无数场生死大战，生生死死，死死生生，他早已处在突破境界的边缘地带。可以说辰南的一身修为都是自己勤修苦练，经历种种生死考验得来的，无半分取巧的嫌疑。

一个时辰之后，原本粘在辰南身体上的那些带血的碎布条彻底化为齑粉，消散在空中，他体表的污物也被不断激荡的灵气冲刷掉了，裸露的强横体魄隐隐有宝光显现而出。四阶境界的高手不同于前三阶境界的高手，前三阶境界高手之间的实力差距不是很悬殊，但修为达到四境界以后，境界每提升少许，修为都将提升数倍，可以说跨入四阶境界以后不同等阶高手之间的实力差距是巨大的。一个四阶境界的初级高手便可轻松干掉数个三阶境界的顶峰强者，四阶中级的高手更是可怕，即便面对一群三阶顶峰强者围攻，也可以从容离去。至于四阶境界当中的顶峰高手，那便已经是准绝世高手了，修为达到了那般境界就可以降巨龙战巨人了。今日辰南迈入四阶初级境界，即便是放眼整个天元大陆，也能够在青年顶峰高手中占得一个席位。

太极图中两色光球久久不能摆脱玉如意的束缚，似乎开始发狂了，旋转速度再次提升了一倍，身为阴阳分割线的辰南感受最深，他的身体随着两色光球的旋转而旋转。被聚集而来的天地精气与圆月精华越来越狂暴，但玉如意却轻轻颤动了起来，似乎在欢呼雀跃。同时，太极图传入辰南体内的灵气能量也越来越大，如果不是刚刚突破三阶壁垒，迈入四阶领域，辰南绝对支撑不住了，极有可能在一炷香内爆体而亡。方圆数十里内灵气震荡，魔殿所处的小山谷是动荡的根源，巨大的灵气流构成一股能量风暴，在山谷内形成一股席卷天地的旋风，声势恐怖，吓得那些跪在地上的巨人都躲进了石窟内。就连矗立在骨山上的魔殿都被汹涌澎湃的灵气风暴激荡得晃动了起来，可想而知此时的场面有多么恐怖。

整片山谷内一片明亮，白骨山四周的地面发生了奇妙的变化，一块块晶莹剔透的巨大玉石破土而出飞上了半空，四面八方总共有六十四块。每块巨大的玉石上面都雕刻着古老而又神秘的图案，晶莹璀璨的玉石光华涌动、灵气隐现，里面似乎封印了某种强大的力量。六十四块玉石并非杂乱无章地飘浮在空中，而是有规则地排列着，形成了一个类似八卦图般的图形，显然这是一个阵图。类似八卦图般的神秘古阵也能够凝聚天地之力，不过远远不及高空中的太极图，这六十四块玉石所构成的神秘古阵是被空中的太极图生生逼迫出来的。在太极图这个大盗的强行掠夺下，六十四块玉石中的神秘力量快速冲破了封印，飞快地向着高空冲去。

辰南将这一切看得真真切切，他一下子想起了魔殿中那个如干尸般的神仆曾经对他说过的话。魔殿之下镇着一头异常强大的蛮兽，巨人之所以将那些白骨堆积成山，完全是在执行古神遗留的命令。古神在这里布下了一座九幽白骨大阵，凝天地之力，聚万灵之魂，震慑地下那头蛮兽，使它不能够上来作恶。而九幽白骨大阵正是以六十四块凝元石与三百六十五块聚魂石为阵旗，是摄取天地之力的根本，需将它们一一拆除，方可瘫痪大阵。六十四块凝元石分布在白骨山的八个方向，三百六十五块聚魂石藏于魔殿之内。显然，现在空中浮现而出的六十四方玉石乃是神秘的凝元石，由于被空中的太极图强行摄取其中蕴含的灵气而冲出了地表。六十四块凝元石在太极图的强行掠夺下，光华渐渐暗淡，其内蕴含的灵气快速被抽离而出，最后六十四块凝元石在空中炸裂开来，化成粉末消散在空中。就在这时，一声震荡天地的巨大咆哮声突然自白骨下传出了地面，巨大的吼声震得白骨山上的万千枯骨不断滚落而下，骨山下白茫茫一片……

辰南大吃一惊，他知道太极图无意中破去了九幽白骨大阵中六十四块凝元石，大阵相当于破除了一半，里面的蛮兽即将破封而出。白骨山剧烈震动起来，魔殿也不停地颤动，地下的咆哮之声震耳欲聋。金、黑两色光球还在不停地旋转着，实质化的太极图不停地聚集着天地精气与圆月精华，玉如意依然如无底洞一般在吸纳着震荡在天地间的灵气。辰南已经快支撑不住了，涌进他的身体的灵气都快将他撑爆了，不得已他运起了通天动地魔功，将涌进身体的灵气不断地导出体外，即便是这样，他也感觉如利刀刮骨一般难受。这个过程虽然痛苦难耐，但对于辰南来说意义非同小可，天地灵气不断淬炼他刚刚踏入四阶领域的身体，不仅巩固了刚刚突破的境界，还帮他锻造出了一副铜筋铁骨，他的肉体强横到了极点。

就在这时，魔殿内光华闪烁，三百六十五块聚魂石飞出了大殿，有序地排列在空中，如天上的星辰一般璀璨夺目。聚魂石蕴含的力量远比凝元石强大，但在太极图的疯狂掠夺下最终也化为粉末。随着聚魂石的消失，白骨山上的魔殿剧烈晃动了起来，最后轰的一声坍塌了，而整座白骨山也剧烈震动不已，不过始终没有崩塌。蛮兽在白骨山下咆哮不断，惊得远古巨人们颤抖不已。虽然九幽白骨大阵的阵旗都消失了，但毕竟还有许多其他厉害的禁制，一时间蛮兽还难以突破残缺的古阵而冲上地面。

山谷内异象纷呈，实质化的太极图当空而旋，玉如意化形成的巨大漏斗吸纳八方灵气，天地精气聚集成能量风暴在谷内震荡，月华汇集成的实质化光柱宛如贯通天地的擎天玉柱。再加上地下传出的生生吼啸，这当真是一个恐怖的夜晚！三个时辰之后，天光放亮，一声惊天动地的兽吼响彻天地，骨山应声崩塌，白骨四处激射，整片山谷白茫茫一片，到处是枯骨。

在太阳升起的一刹那，一条百丈巨龙冲破封印，自地下直冲而上，腾跃九天！这是一条紫金神龙，长达百丈，浑身上下紫光闪烁，在高空中盘旋飞腾，龙啸震天！神龙出世，风云变幻，天地失色，高空中传出阵阵雷鸣。这条神龙显然要比刚刚进化为神灵龙的龙宝宝强大得多，毕竟它已经修炼了数千年，天晓得它已经达到了何等境界。在紫金神龙自地下冲出的一刹那，空中的太极图与玉如意被地下突然冲上来的强大力量冲击得一阵晃动。金、黑两色光球利用这个机会，快速冲破了玉如意的阻挡，冲进了辰南的丹田。

太极图消失，来自四面八方的天地精气立刻溃散，玉如意一阵颤动，但也无可奈何。辰南大惊失色，如果跌落下去，非被摔成肉泥不可，但就在这时，玉如意爆发出一团明亮的光芒包裹着他向地面缓缓落去。在这一刻辰南明白了一个事实，玉如意也如两色光球一般，现阶段不希望他出现任何问题，它也可能将他当成了一个炉鼎。紫金神龙一出世就感觉到了高空中的浓郁灵气，一边咆哮连连，一边贪婪地吸纳着天地精气与日月精华。

"嗷呜，哈哈……好浓厚的天地灵气啊，我刚刚冲破封印就享受了这样一套大餐，哈哈哈……"辰南看得目瞪口呆，紫金神龙已经停止了盘旋，百丈龙躯直立于空中，竟然口发人言狂笑着。"我晕！道法果然高深，居然会说人语了，到底是神龙还是老妖怪啊?!"辰南一阵嘀咕。

"嗷呜，太舒服了，我终于重见天日了，哇哈哈……"紫金神龙继续狂笑着，震天笑声响彻天地。过了段时间，紫金神龙似乎感应到天地间的灵气在渐渐消散，它低着头看着山谷内的辰南，咆哮道："小东西是不是你在搞鬼？刚才我明明见到你手中有个法宝在聚集天地精气，怎么一眨眼就消失不见了，识相的话赶紧把那件法宝给大爷交出来，可以免你一死，不然龙爷爷让你形神俱灭！"

晕！狂晕！在刹那间，紫金神龙在辰南心目中的形象指数大幅下跌。辰南认为东方神龙是一种神圣而又强大的存在，是高贵圣洁的，但眼前的紫金神龙却是如此的……他有些无言，呆呆地看着高空中的神兽。这时辰南注意到了，紫金神龙竟然为五爪神龙，这是神龙中的皇者象征，这就更加让辰南感觉不可思议了，这样一头顶级神龙竟然如此让人无法恭维。

"喂，小东西，你听到本大爷说话了吗？赶紧把法宝交出来，今天龙爷爷刚刚脱困，不想造什么杀孽，破例饶你一命，快点！"紫金神龙彻底颠覆了辰南对东方神龙的印象，东方神龙这一神圣的象征在他心中的地位一落千丈。他在心中感叹着："还是龙宝宝可爱啊，这头怪龙简直就像个痞子无赖一般！龙宝宝也是五爪龙王，虽然进化成神龙后只有两米多长，但总有一天会成长为百丈神龙。"看着紫金神龙一脸的凶相，辰南出奇地没有恐惧感，忍不住笑了起来，道："我没有什么法宝……"

"呔，兀那小贼竟敢骗你龙大爷！"直立在空中的紫金神龙如人一般弯下腰，伸出一只巨大的龙爪，一把将他抓了起来。龙爪实在巨大，一下子就将辰南裹住了，巨大的压力差一点让他爆体而亡，幸亏紫金神龙临时松了松龙爪。"小东西，快点把法宝给我交出来，刚才你已经怠慢了龙大爷，现在再不知悔改的话，我让你求生不能，求死不得。"紫金神龙张牙舞爪，喷了辰南一脸的口水，龙爪上又加了把劲，差点把他捏得背过气去。现在辰南终于对这条痞子龙感觉害怕了，这个家伙如果再加把劲的话非把他捏爆不可。他想了想，将玉如意摘了下来，双手捧着道："所有的天地灵气都是被它招引而来的，你只要先向它注入一道能量，就可以成功地激发出它的神通。"

紫金神龙伸出另一只龙爪，接过了玉如意，这样一方玉佩和龙爪实在不成比例，它狐疑地看了看辰南，道："小东西你敢耍滑头，龙大爷立刻捏碎你。"辰南心中一阵忐忑，不知道玉如意这个大盗能否成功将紫金神龙榨干，不过眼前已经没有退路，他硬着头皮道："我怎么敢骗伟大的神龙呢，你一试便知。"紫金神龙虽然看起来一副痞子相，但却很小心，它试探着向玉如意输送进去一丝微弱的龙元。辰南看着它小心翼翼的样子，心都提到嗓子眼了，没想到这个家伙竟然粗中有细，并不像表面看起来那样粗蛮。

"哇哈哈……你这个小东西果然没有骗我，真的能够快速聚集天地精气，哈哈……"紫金神龙得意忘形之下再次狂笑起来，巨大的笑声响彻天地，震得辰南的双耳嗡嗡作响。辰南一时蒙住了，玉如意不是一个抢劫灵气的超级强盗吗，它真的能够聚集天地灵气？紫金神龙彻底放松了下来，攥住玉如意狠命地输送龙元。"哇哈哈……有这样一个宝贝，我这数千年来损失的龙元要不了几年就能够恢复过来了。然而就在这时，惊变发生，紫金神龙的笑声戛然而止，它一脸惊恐之色，恐惧地望着爪中的玉如意。"该死的！嗷呜……"紫金神龙咆哮连连，它发觉体内的龙元正在快速地流失着，大量的龙元向着玉如意涌动而去，玉如意竟然由聚集灵气的法宝变成了攫取它体内龙元的吸血鬼。辰南感觉有些不可思议，玉如意竟然采取了骗术，它竟然真的有完整的意识！

紫金神龙集中全力和玉如意对抗着，想将损失的龙元重新夺回来。然而在玉如意这个天字一号大强盗的面前，就是强如紫金神龙也不够看，这样一用力龙元流失得更迅速了。紫金神龙发出一声震天大吼，开始拼命向回吸纳龙元，无法容忍数千年的苦修白白损耗。但玉如意乃是上古时期的禁忌之物，紫金神龙显然白费力气，体内越来越多的龙元流出了体外。玉如意绽放出璀璨夺目的光芒，圣洁的光辉逐渐漫延开来，将百丈紫金龙身笼罩在了里面。"该死的小东西，竟敢算计你龙爷爷，我要捏碎你！"紫金神龙边对抗玉如意，边用力握龙爪，想将辰南撕碎。然而，局面早已超出了它的掌握，直到这时它才发现自己早已不能动弹了。

玉如意透发出一股磅礴的神力，牢牢地将紫金神龙固定住了，这个天字一号大强盗如鲸吞牛饮一般贪婪地吞噬着它体内的龙元。"嗷呜……"紫金神龙直到这时才意识到自己犯了一个多么大的错误，它的一双紫睛一眨不眨地盯着玉如意，绝望地叫着："嗷呜，你到底是什么鬼东西，难道是传说中的禁忌之物？该死的！嗷呜……"

"该死的，快放开我！""求求你了，快停下来吧！""万能的禁忌存在，小龙知错了，饶了我吧！"……

紫金神龙由开始的蛮横变得低声下气，最后连连哀求，但玉如意根本无半丝反应，依旧狂猛地吸纳着龙元。辰南将这一切都看在了眼里，无比震惊，玉如意的表现大大超出了他的意料，它竟然有着完整的意识！他在心中默默地念着"上古禁忌之物"这六个字。这时，山谷西面峭壁下的远古巨人们冲出了山谷，向着远方的山林逃去，整片大地都仿佛颤动了起来，传出阵阵"轰轰"之声。

一个时辰之后紫金神龙百丈龙躯化为九十丈，两个时辰之后化为七十丈，三个时辰之后化为四十丈。五个时辰之后，一阵狂笑自山谷内发出："哇哈哈，小东西，我要捏碎你，让你求生不能，求死不得。"辰南赤裸着身躯站在山谷内，手中捏着一条蛇形物狂笑着，双手对蛇形物又捏又拉，简直把它当成了一根面条。

"哇哈哈，真是风水轮流转啊，小长虫看你还怎么翻风浪，哈哈哈……"此时的紫金神龙无精打采，它竟然缩小到了一米多长，比龙宝宝还要小上很多，成了典型的"迷你小龙"。玉如意实在是够狠，将紫金神龙苦修数千年的龙元吸得点滴不剩，令它变成了刚出生时的模样。如果它不是龙族皇者的嫡系后代，在龙元尽失的情况下它早已死翘翘了，堂堂龙中的皇者五爪紫金神龙居然变成了一条幼龙，它当真有一股撞墙自杀的冲动。紫金神龙抬起龙头恶狠狠地盯着辰南，道："小东西，快快把你龙大爷放下来，不然我撕碎了你……"

"想撕碎我？看谁收拾谁！"辰南将紫金神龙狠狠丢在了地上，道："我踩，我踩，我狠狠地踩，我嚣张地踩，我狂妄地踩……"

"嗷呜……该死的，竟敢对你龙大爷不敬，小东西我要吃掉你！"可怜的紫金神龙被辰南狠狠地踩了又踩，这对于它来说简直不可想象，堂堂五爪神龙何时遭过这样的对待。

"哇哈哈……太有趣了！"辰南狂笑，怎么也没有想到事情会发展成这样。他将紫金神龙揪了起来，揶揄道："小长虫，现在还想撕碎我吗？"

"混蛋，放肆！我乃五爪紫金神龙，是五爪龙！你看清了没有？我是龙中的皇者！再敢对我不敬，我让你求生不能，求死不得！"紫金神龙张牙舞爪，恐吓着辰南。

"不就比别的龙多了一爪吗，不过在我眼里没什么区别，我踩，我踩，我狂踩……"辰南又将它丢在了地上，一顿狂踩。"嗷呜……住手，小子，我妥协了……"紫金神龙一阵哀嚎。

当辰南把它拎起来时，紫金神龙无精打采，它被迫接受了事实，它已经不是高高在上的神龙，现已沦为阶下囚。看着自己一米多长的龙躯，它有一股吐血的冲动，哀叹着："天啊，你和我开的玩笑也太大了吧！被困在地下数千年，好不容易脱困，现在却……嗷呜……"直到这时，辰南才发现紫金神龙的龙躯似乎有些不对劲，仔细打量之下他才发现它除了头尾和四条爪臂外，其他地方竟然没有鳞片。"咦，小长虫看不出来你还挺臭美，居然将皮肤护理得这么好，竟然如此光滑，说，你怎么把身上那些龙鳞弄没的？"辰南不怀好意地看着它。紫金神龙真有一股吐血的冲动，它两眼一翻，无力地耷拉下了龙头。

"小长虫快说到底是怎回事？"紫金神龙发觉辰南似乎在调侃它，它翻了翻白眼，但却不敢发作，只能忍着气道："你自己不会看吗？"

"唔，原来你穿了一件马甲，居然和你的身体一个颜色，不仔细看还看不出来。"辰南将紫金神龙像布娃娃一般翻过来调过去地看，而后突然提高声音道："说，这不是传说中的仙宝玄武甲？！"紫金神龙听到这句话后，本来软绵绵的龙躯腾地立了起来，警惕地道："你……你怎么知道？"

"哇哈哈……"辰南狂笑了起来，和紫金神龙刚脱困时的狂笑声有得一拼，他笑着道，"真没想到有一天我会见到这件传说中的神甲，哈哈……"紫色的玄武甲隐隐有光华闪现，外表看起来似乎很华丽，但实际上却透发着一股古朴沧桑的气息，给人一股矛盾的感觉。"咦，不对啊，传说中的玄武甲是青色的，现在怎么成紫色的了，小长虫快说是怎么回事？"

"开始是青色的，但穿在我身上太刺眼了，我用神通掩去了它本来的样子。"辰南越看越是爱不释手，道："百丈龙躯能够穿在身上，一米长的小蛇也能够合身穿上，玄武甲还真是神奇啊！小长虫快脱下来，还原它本来的样子，让我看看自远古流传至今的神宝到底是什么样子。"紫金神龙翻了翻白眼，道："你以为说还原就还原啊，玄武甲不知被哪个法力通天的无上存在封印过，当初我耗费无尽龙元，炼化了百年的时间才穿到身上，现在半点龙元都没有了，连脱都脱不下来了。"

辰南一手拉住龙头，一手拉住龙尾，笑道："小长虫，落在我手里了，居然还敢和我要心眼，再不脱下来，我揪断你。"紫金神龙本来就是龙中的一个异类，身上有不少流氓痞子气，它已经忍耐很长时间了，现在终于忍不住破口大骂起来。

"敢骂我，我揪，我扯，我撕，嘿，你还挺结实，我就不信弄不断你！"辰南费了很大的劲撕扯紫金神龙，虽然把它弄得跟杀猪似的不断哀嚎，但就是无法扯断。开始时辰南只是想威胁紫金神龙，毕竟这是神话传说中才出现的神龙啊，根本没想把它真的扯断，但后来发觉紫金神龙的身体不是一般地坚韧，他即便用尽全力也无法奈何于它。

"我用了这么大的力气，你的身体都不变形，少给我鬼哭狼嚎地做戏。"

"靠，你这个天杀的小子，你要是能够扯断一条龙，你就成神了！但我身体不断，不代表我感觉不到疼痛啊，嗷呜……"

"知道痛了？快快把玄武甲给我脱下来，不然……嘿嘿。"辰南找来一块坚硬的黑石头，而后又将紫金神龙按在地上，道："不脱，我就慢慢敲打你，时间长了，我就不信砸不烂你！"

"天杀的小子，你果然够毒！"

辰南见它翻着白眼不肯屈服，真的开始敲打它，但石块砸在紫金神龙身上后竟然发出金属般的"铿锵"之声。不过，这样虽然伤不了紫金神龙，但还是痛得它鬼哭狼嚎一般大叫了起来。

"混账东西，竟敢如此冒犯你龙爷爷，我、我……"它虽然鬼叫连连，但一说到狠话，就感觉无比泄气，以它此时的状态，别说奈何不了辰南，就连普通的野兽也无法对付。

"你这头小长虫真是肉烂嘴不烂，我就不信治不了你。唔，现在太阳居然快落山了，一天一夜都没吃东西了。妈的，今天我要过一把天帝般的生活，烤龙肉！"辰南拎着它，大步向山谷外走去，很快就弄了一堆木柴，他将紫金神龙扔在地上，双手一搓，弄出了一团火焰，将木柴点燃。这时的紫金神龙真是又气又怕，"刺溜"一声向山林内逃窜而去，可是，刚刚逃出去半丈远就被辰南一脚踩住了。

"嗷呜……你这个混蛋，放开我。"

"嘿嘿，想跑，没那么容易。"辰南当真揪住紫金神龙的头尾，放在火堆上方开始烧烤起来。"天上龙肉，地上驴肉。唔，想一想就嘴馋，今天我居然有幸吃到烤龙肉，哈哈，真是人生一大快事啊！"

经过火焰的烧烤，紫金神龙又嚎叫了起来："嗷呜，天杀的小子，我算怕了你，我服气了行不行，快放开我吧，我们好好谈一谈。嗷呜，热死了。"五爪紫金龙不愧为神龙中的皇者，现在龙元都流失了，烈火居然还是无法伤到它分毫。辰南不理它，揪着它在火上烧烤不放。

"嗷呜，熟了，熟了，受不了了，快放下我。"紫金神龙哀嚎连连，不断挣动，但怎么可能从辰南的手中逃脱出去呢。"嗷呜，我叫你大哥还不行吗，大哥饶了我吧，嗷呜，热死了，嗷呜……大哥我是认真的，咱们开诚布公地谈谈吧，嗷呜……"紫金神龙在火堆上方鬼叫连连，彻底放下了神龙的尊严。辰南看将它的棱角磨得差不多了，不再桀骜不驯了，便将它从火堆上放了下来。获得自由后，紫金神龙在草地上又叫又跳。"嗷呜……好热啊……"辰南暗暗咂舌，面对烈火的烧烤，它居然只是感到有些热，并未造成半点伤害，不愧为神龙。

晚风轻轻拂动，传来阵阵花草的芬芳。此刻，辰南和紫金神龙已经远离魔殿所在的那个山谷十几里了，因为那个地方腥臊味实在太过浓烈。山林内一人一龙围在火堆旁。紫金神龙一边撕扯着烧烤成金黄色的山鸡，一边口水飞溅："那两个臭神打架也就罢了，居然打搅老子洗澡，我一生气就给了他们一尾巴，把他们都给抽飞了。谁知道那两个卑鄙无耻的混蛋竟然对我不依不饶，穷追猛打，他神奶奶的，害得老子东躲西藏，最后还被一个混蛋给抓住了。那个自以为是的家伙居然要让我给他当坐骑，靠，老子可是风流倜傥、英俊潇洒的无敌大帅龙啊，我怎么会给那个无耻的家伙当坐骑呢！最后那个混蛋居然用白骨大阵把我镇在了地下，一镇就是数千年！害得老子几千年没晒着太阳了，我这个无敌大帅龙居然遭受了如此残忍的事情，靠！"

紫金神龙口水飞溅，发泄着心中的不满。辰南现在已经渐渐习惯它满嘴脏话的样子，不过还是有些感叹，神龙中怎么会有这样一个败类呢？！一点都没有神兽的威严，简直就像一个流氓痞子。辰南从紫金神龙口中得知了一件可怕的事情，魔殿中的那个神仆竟然就是当年幸存下来的古神！他为什么要隐瞒呢？辰南无从得知，不过总觉得不是什么好事，也许那个古神感应到了他身上的神魔气息，也许发现了他体内的两色光球。"你既然被困在暗无天日的地下，没有任何补给的情况下你是怎么活下来的呢？"

紫金神龙似乎恨极了那个古神，使劲撕咬着鸡腿，道："那个臭神实在可恶透顶，他一年中有大半时间都在外面混，每次回来会给我扔下一些魔兽晶核让我维持生命，我是既怕他在外面挂掉，又盼着他早点死翘翘，当真是矛盾到了极点啊！我……"辰南笑道："当他回来看到魔殿坍塌，得知你已经破除封印，不知道会是什么表情。"

"当然是光速逃了，他在那场神战中落下了重伤，已经不可能恢复过来了，面对我只有逃的份。不过，可惜，我也……嗷呜……"紫金神龙仰天长嚎了起来，大叹老天不公，刚刚出困就再次遇到天大的灾难。

当辰南将玉如意的来历说出来时，紫金神龙将眼睛睁得大大的，嚎叫道："玉如意便是当年那两个混蛋争夺的神宝？我……嗷呜，我怎么这么倒霉！据那个混蛋神说，玉如意乃是上一个神话时代传下来的禁忌之物，即便是仙神界也没有几人知道其来历，据说凡是招惹上这个物件的人都没有好下场，那两个混蛋神就是最好的例子。嗷呜……"

"上一个神话时代……"辰南双眼瞳孔急骤收缩。

"是的。仙神界曾经破灭过一次，众多强大的无上存在都消逝了。"紫金神龙也仅仅知道这些，至于细情它也不通晓。辰南一眨不眨地盯着手中的玉如意，此刻小小的一方玉佩在他眼中重如泰山，要不是无名神魔告诉他玉如意也许能够帮他抑制他体内的两色光球，他现在真想将这个恐怖的禁忌之物扔掉。

"你居然有完整的意识，到底隐藏了怎样的秘密呢？"辰南话音刚落，玉如意突然光芒大作，散发出璀璨的圣洁光辉，一个缥缈的女音断断续续地传入辰南的心中："我是谁……我是谁……我要重见天日……我要重见天日……"辰南吓了一跳，手一抖，玉如意掉落在地。

紫金神龙似乎也听到了那个声音，现在见恐怖的禁忌之物散发着"可怕"的光芒，掉落在它的身边，吓得它"嗖"的一声蹿上了辰南的头顶，再也没有平时的狂妄自大之色。"吓死龙了，我的天啊，它居然用意识流在和我说话……"紫金神龙使劲地抓着辰南的头发，生怕一不小心掉在地上。玉如意光芒不散，飘忽的声音依旧在不断回响："我是谁……我是谁……我要重见天日……我要重见天日……"

辰南惊疑不定，道："须弥纳芥子……"

"嗷呜，吓死龙了，不要说了，嗷呜……"紫金神龙在辰南头上怪叫连连。突然玉如意透发出一道光束，将紫金神龙笼罩其内，吓得它在里面鬼哭狼嚎："大神饶命啊，我也不知道你是谁啊，嗷呜……"

一声幽幽叹息，一个如同天籁般的女音自玉如意中发出："破天神刀，名曰大龙，如若寻到，还你龙元。"此言一出，风云变幻，天地失色，接连九道天雷，上动九天，下惊九幽，声震三界六道！无数法力通天的无上存在，从沉睡中醒来。九道天雷响彻天地，辰南和紫金神龙被震得差一点趴在地上。玉如意内冲出一道炽烈的神圣之光，钻进紫金神龙的体内。片刻后雷声停止，高空之上乌云尽退，柔和的月光洒落林间。

"嗷呜……"紫金神龙如狼嚎一般吼叫起来，而后冲天而起，飞上夜空。"哇哈哈，我体内出现了一丝龙元，可以重新修炼了，嗷呜……"辰南心中一凛，不知道这个家伙现在本领如何，要是恢复了几分神通，他立刻跑路。紫金神龙从高空冲了下来，龙躯大小未变，但明显多了几分灵气，多了些神圣的气息。辰南悬着的一颗心放了下来，这个家伙体内虽然传出一股不弱的能量波动，但显然还不能够给他造成威胁，如果按人类的高手境界来划分的话，此时的紫金神龙顶多是个准阶位高手。

此时，玉如意光芒渐渐淡去，里面那个女子的声音未变，但似乎迷失了自我，又传出了最开始时的话语："我是谁……我是谁……我要重见天日……我要重见天日……"最后声音杳逝，玉如意光芒尽敛。

紫金神龙用龙爪轻拍胸膛，又擦了擦额头，叫道："嗷呜，太可怕了！"

"去把大龙刀找回来吧，那样你就可以彻底恢复过来了。"辰南坐在火堆旁笑着道。紫金神龙现出疑惑之色，道："她为什么要我去找大龙刀呢？"辰南向火堆了添了几根木柴，道："在修炼界什么样的神兵宝刃才当得起'瑰宝'二字？只有流传万古，经得起岁月的考验，被所有人认同的神兵利器才当得上这两个字，玄武甲无疑在此之列，但它绝不是其中之最。有一件瑰宝从未曾现世过，但却一直流传于世人口中，只有它当得起第一神兵之称。传说一个可与天抗的无上存在炼化了龙皇，耗费千年之久才打造出此神兵，威力足可毁天灭地。我想玉如意中的那个女子所提到大龙刀极有可能是此瑰宝，她之所以找上你，因为你是五爪紫金龙，对于万古前龙皇的气息远比别人敏感。"

"哇，我也听到过这个传说，难道那件神兵便是大龙刀？仙神界诸神都得不到的东西，我怎么会找到呢，嗷呜……可怜我数千年苦修毁于一旦，嗷呜……"这晚，一人一龙聊了大半夜。紫金神龙还真是一个怪胎，虽然失去了一身龙元，但似乎很快就摆脱了失落的情绪。

"泥鳅，天亮之后你我就分手吧，各奔东西。"鉴于每次称呼紫金神龙为长虫，都会令它发狂，辰南最后改称它为泥鳅，不管它怎么鬼叫，都不再改口。

"嗷呜……我现在变成了这副样子，如果碰到熟龙还不被笑死，真是让龙头痛啊！嗷呜……"紫金神龙口吐人言，却非要说"龙"，不过确实是一副愁眉苦脸之相，它唉声叹气了好半天才道，"要不我和你去入世修行吧，嗷呜……"

"你？算了吧，说一句话就要鬼哭狼嚎一通，出去后还不把人给吓死。"辰南摇了摇头，这当然是借口，他是怕紫金神龙万一哪天恢复过来后回头收拾他。

紫金神龙一脸痞子相，道："小子是不是怕龙大爷以后报复你啊……"辰南闻言一下子就把它揪了起来，道："小泥鳅刚会飞，便狂妄起来了，皮又痒了吧？"辰南将它捏在手中，又拉又扯。"嗷呜……"紫金神龙快速挣脱了出去，飞到辰南头顶上空，道："本龙是认真的，确实想入世修行，说不定真能够找到大龙刀呢，到时候也好让你身上那位把龙元还给我。"

辰南过去曾有一个梦想，修为到达仙武之境，驯服一条传说中的神龙当坐骑。现在想来有些可笑，但他确实有过这样一个梦，他看了看紫金神龙，嘀咕道："这么一丁点，当坐骑还不被人笑死。要不然我也来个幼龙养成计划？唔，不错，养几年说不定就慢慢长大了，其间慢慢驯服它，嘿嘿，不错，不错！"紫金神龙突然间感觉到了一股寒意，它鬼叫道："嗷呜……小子你嘀咕什么呢？"

"没什么，我同意了，明天我们出山。"

清晨，朝霞洒辉，飘在林间的薄雾渐渐淡去。"嗷呜……"紫金神龙从地上爬了起来，仰天长嚎。"嗷你个头！"辰南用力敲了它一下，道，"大清早就开始狼嚎，真不知道你是龙还是狼！"

紫金神龙飞到了空中，道："我们现在就出山吗？你不是说大山中有数百人在等着你自投罗网吗？现在出去，你不怕被他们抓到？"

"昨天我看那些巨人似乎非常恐惧你所散发出来的气息。我已经想到了一个好办法，待会儿要仰仗你的王霸之气去慑服巨人，而后……嘿嘿，我要让守候在外面的那帮混蛋也尝尝被追杀的滋味。"

"哇，果然够毒，嗷呜……我喜欢！杀完他们，我们驱赶十几个巨人去攻打罪恶之城吧，哇哈哈……这个主意不错吧，嗷呜……"

辰南冷笑道："血债当然要血还，凌云、梦可儿你们等着，一步步来！外面的人，哼，杀！""杀"字出口，山林温度骤降，森冷的杀气开始在林间激荡，绿叶凋零，纷飞、飘舞……

"嗷呜……"

第四章

否极泰来

茫茫大山深处，参天古树遮天蔽日，千年老藤苍劲如虬，珍禽飞舞，恶兽嘶吼，一派原始风貌。魔殿所在的小山谷吼声震天，紫金神龙在高空中不断盘旋，虽然龙躯只有一米多长，但它发出的震天大吼却如同惊雷一般。一股令万兽恐惧的龙气在山谷内不断激荡，十一个远古巨人吓得颤颤巍巍，跪倒在地，不断膜拜。

魔殿是远古巨人心中的神圣殿堂，但一夜之间却坍塌崩碎，这些巨人茫然不知所措，昨日亲眼看到传说中的神龙破封而出，更是让他们感到了前所未有的恐惧。此刻紫金神龙虽然力量不复往昔，但龙之王者的气息依在，巨人们出于天生的恐惧，纷纷跪拜在地。辰南冲着高空喊道："泥鳅，不要耍威风了。赶紧告诉他们，魔殿中的古神已经回返仙神界，你是古神的'使者'，让他们不要担惊害怕。"

紫金神龙得意扬扬地咆哮了一通，才拼尽全力施展出自己曾经能够轻易施出的小神通，用意识流在远古巨人们心中留下一大段话语。巨人们渐渐平静下来，不再惶恐不安。最后十一名远古巨人在"神使"的命令下，提起手中的石棍，大步向山谷外走去，一场远古巨人参与的追杀大战拉开序幕。"嗷呜……哇哈哈……"紫金神龙怪笑连连。

"泥鳅快下来，我们到前面给那些大家伙带路去。"紫金神龙不解，飞到辰南近前，道："小子你跑得过巨人吗，怎么可能跑到他们前面去带路呢？还是让他们自己去搜索吧，那些大家伙的鼻子特别好用，很快就能够找到那些人。嗷呜……"辰南看着张牙舞爪、口水飞溅的紫金神龙，嘿嘿笑道："你载着我飞起来不就快过他们了吗！"说完他一把抓住了紫金神龙。

"嗷呜……小子，快放开你龙大爷，你要干什么？你这个该千刀万剐的家伙居然打我的主意，门都没有！"紫金神龙咆哮连连，不断挣动。辰南抓住龙尾，硬是不放手，道："泥鳅，昨晚我们不是说过了吗，我带你入世修行，我们互相扶持，怎么才一晚上的时间你就忘了？你也知道我被人追杀得多么狼狈悲惨，现在大仇终于要报了，但不能够亲眼看到，我实在心有不甘啊！"

"嗷呜，嗷呜……"山谷内鬼哭狼嚎，紫金神龙吼叫连连，不断挣动。一刻钟后，一米多长的紫金神龙直立着飞了起来，尾巴被一只大手抓着，辰南吊在下面。"唉，泥鳅你什么时候长大啊，到时候我也不用这么出洋相啊！"

"嗷呜……该死的小子，你龙大爷都几千岁了，现在因为龙元尽失才变得这么小。你还妄想以后继续让我载着你啊？仅此一回，下不为例！"辰南笑了起来，心道有一回，就有第二回。

"轰"、"轰"、"轰"……大地在轻颤，无数的林木被远古巨人踩倒在地，山林中的野兽惊得慌乱奔逃，整片原始森林一片喧嚣，兽吼之音不断。辰南被紫金神龙吊在空中，飞在远古巨人的前方，他按照记忆中的路线领着巨人们前进。

此刻，围杀辰南的数百人正在几十里外的山林中静静等待辰南返回落网。他们这两日又惊又怕，没想到辰南竟然躲进了那样一个恐怖的所在，远古巨人追袭众人的可怕情景令所有人到现在还心有余悸。有些人已经萌生退意，但抵挡不住巨额悬赏的诱惑。众人明白辰南已经是砧板上的肉，他如果没有死去，早晚会从远古巨人的栖息地走出来，到时候有猎鹰和猎狗的辅助，他插翅难逃，那样大量的金币就轻易进入了口袋。等待是枯燥的，许多人在不停地咒骂着，在这茫茫大山中多待一日都是一种煎熬。然而就在这时，猎鹰快速自高空俯冲而下，发出阵阵鸣啸，这令分布在四面八方的狩猎者大喜过望，目标终于出现了，他们终于可以出手结束这次追杀了。

林内的五个龙骑士在众人既羡慕又妒忌的目光中飞身跃上飞龙，贴着山林向前冲去。"喂，你们几个不要打草惊蛇！"林内有人不满，大声地叫嚷着。"没事，让那几个臭龙骑士先去吧，那个小子滑溜得很，有高大的林木阻挡，他们肯定捉不到他。"

紫金神龙载着辰南，在前方引领着远古巨人们前进的道路，当翻过一座矮山时，紫金神龙怪叫道："嗷呜，前面好像飞来了几只大蜥蜴，嗷呜……"辰南双眼瞳孔急骤收缩，远方的山林上空来了几头飞龙，竟然是追杀他的龙骑士。他急忙对紫金神龙道："泥鳅，赶紧告诉那些巨人，藏身在矮山后，当那些飞龙骑士赶到这里时，把他们给我狠狠地砸下来……"紫金神龙嗷嗷怪叫，命令那些巨人隐藏在矮山后面准备偷袭。它和辰南也快速降落在旁边不远的山林中，静静地等待飞龙靠近。

几个飞龙骑士在前进的过程中，发现无数的野兽在山林中狂奔，这令他们心惊胆战，直觉告诉他们情况不妙，前方似乎有恶兽出世。但几人看到有几头猎鹰就在前方矮山上空盘旋时，冲动战胜了理智，很显然辰南就躲藏在那里，只要冲过去抓住他的话，十万金币就可以拿到手了。龙骑士们驾驭着飞龙争抢着向前冲去，丝毫没有意识到离死神越来越近。

"嗷呜……"紫金神龙一声震天大吼，吓得那些飞龙在空中不断颤抖，险些坠落在地。紫金神龙虽然龙元尽失，但神龙气息依然在，刚刚飞到矮山上空的二阶飞龙感应到了神兽的气息，出于天生的恐惧，俱惊吓得哀吼了起来。与此同时，十一个远古巨人自矮山后快速站了起来，手中石棍在同一时间出手，呼啸着飞向空中。几个飞龙骑士吓得亡魂皆冒，他们怎么也没有想到十几个可怕的巨人埋伏在这里，前几日的经历至今令他们心惊胆战，此刻再次遭袭，简直吓破了胆。

巨人常年狩猎为生，他们的食物都是强猛的巨大怪兽，当然也包括飞龙，每个人都是天生的好猎手，手中的粗大石棍既可近距离作战，也可以远投。现在飞龙距离他们不过二十丈远，可谓在他们的必杀范围内，十一根石棍交替着砸中空中的几头飞龙。"噗"、"噗"、"噗"……几头飞龙被砸得筋断骨折，哀嚎着坠落了下去，龙骑士当然不可能幸免，当场化为肉泥，强悍的二阶龙骑士在远古巨人面前当真不堪一击！

"嗷呜……"紫金神龙载着辰南飞了起来，怪笑道："哇哈哈，这些大蜥蜴太没用了，居然也被人称为龙，简直让'龙'这个字蒙羞。"辰南道："少要狂妄自大，西方也有高等阶的神龙，你遇到的时候就知道厉害了。"

"喊！数千年前我又不是没遇上过那些大蜥蜴，只能用'马马虎虎'来形容，拍马也赶不上当年的我。不过，我倒是对你所说的那个小不点神灵龙很感兴趣，到时候一定要见识一番它有何神异之处。"

辰南哈哈笑道："你还说人家是小不点，哇哈哈，真是笑死我了。龙宝宝涅槃成功后虽然只有两米多长，但再怎么说也比你大上一些吧，再说，人家现在可是有六阶的实力啊。我看你应该认它为大哥，让它罩着你，要不然我给你起个名正言顺的名字吧，叫龙贝贝，哇哈哈……"紫金神龙有一股吐血的冲动，气得差点从空中掉下去，又一顿破口大骂。

如此轻易地解决了几个二阶飞龙骑士，令辰南有一股不真实的感觉，这些阶位高手这几日来让他狼狈不堪、险死还生，没想到就这样被干掉了。不过他并没有掉以轻心，他知道即便将大山中的所有追杀者都杀死，也不过是解决了部分问题而已，他真正的威胁在大山外。他真正的对手是凌云、梦可儿，以及他们身后的势力，他已经预感到一场前所未有的大战在等待着他。

远古巨人们一阵欢呼，今天的食物有了着落，似乎根本没费什么力气，就得到了一日所需。紫金神龙一阵咆哮，命令远古巨人们把食物留在这里，继续前进。大山内万兽咆哮。

围剿辰南的众人还在山林静静等待几个龙骑士的消息，丝毫不知几人早已殒命。半个时辰之后，远方的山林传来万千兽吼之声，声势惊天动地，大地都仿佛在颤抖，似乎有无数的兽怪在奔跑。山林内众人大惊，不明所以。半刻钟后，一股腥风自前方传来，刺鼻的腥味，闻之令人欲呕，无数的巨大怪兽自远方的山林快速向众人冲来。万兽奔腾，场面慑人。

"不好，这些兽怪好像是冲着我们来的。"眼看无数张牙舞爪的兽怪就冲到了眼前，众人躲避不及，纷纷施展功法，飞跃到大树之上。

那些兽怪冲到他们眼前后，并未停下来攻击众人，嘶吼着继续向前方跑去。一些年老的修炼者皱着眉头大叫道："不好，前方可能有什么兽王出世了，此处绝非久留之地，我们快逃。"但树林中到处是兽影，这些佣兵和杀手根本没有落脚之地，如果跳到地面上去，恐怕瞬间就被万千兽怪给撕碎不可。在这一刻所有人都明白了事情的严峻性，但也无可奈何，只能等待这批兽怪大军先行冲过去。

"轰"、"轰"、"轰"……一声声沉闷的巨响，仿佛万钧重锤落地一般，大地在轻颤，整片山林都跟着晃动了起来。林木在剧烈摇摆着，落叶纷飞，山林内所有修炼者大惊失色，这沉闷的响声他们再熟悉不过了。每个人的头脑中都闪现出"远古巨人"的样子：十几丈的高大身躯，浓厚的兽毛，巨大的石棍……他们叫喊道："天啊，我们快逃，巨人来了……"

远处，一排远古巨人已经现出身影，不急不缓地向这里赶来，如十几座小山般在向这里移动，浓烈的腥臊之味，强烈地冲击着众人的嗅觉。"我的妈啊！快逃啊……"许多修炼者相继跳下大树，落到了慌乱奔逃的兽怪群中，不少人立刻被早已受惊的凶猛野兽撕为齑粉。在万千慌乱奔逃的兽怪中，即便是阶位高手也不能够幸免，林内密密麻麻的怪兽都在张着血盆大嘴向前冲撞，若有人阻挡住它们的去路，不撕咬才怪。血淋淋的画面惊得修炼者们呆住了，他们没有想到会遇到这等可怕的事情，都心胆俱颤。

"啊，你们看那不是恶魔辰南吗，他怎么会飞啊？"

"真的……真的是……恶魔啊！"有些人说话都颤抖了起来，许多人都脸色苍白，他们看到辰南竟然飞在巨人们的身前，似乎在引路。他们顿时叫道："完了，完了，这真的是一个恶魔啊，竟然能够役使远古巨人，太不可思议了！"紫金神龙被巨人的腥臊味熏得怪叫连连，虽然飞在远古巨人头上二十几丈的高空中，但即便这样，一人一龙也被熏得脸色发黄，差点没背过气去。

"嗷呜……兀那小子，现在已经发现目标，我们是不是可以功成身退了，本龙实在受不了了，这帮家伙臭气熏天啊，即便躲到九重天上去，也得被熏下来。嗷呜……"辰南一直在闭气，听到紫金神龙的抱怨，开口道："好吧，我们赶紧冲到前方去，远远地看着。"说完这句话后，他赶紧闭住了嘴巴。此时，万千兽怪终于冲过了树林，树上的佣兵与杀手们立刻跳了下来，亡命般向前逃去。

"轰"的一声巨响，一个远古巨人将手中的石棍丢了出去，一大片山林被砸倒，十几个黑衣人惨叫着翻飞了出去，口中狂喷着鲜血。"轰"、"轰"、"轰"……巨人们似俯视众生的魔神一般，每次落脚，山林都要剧烈颤动一下，无数惨叫声此起彼伏，在高达十几丈的巨人面前，林内亡命逃生的众人似蝼蚁一般弱小，瞬间便有几十人在远古巨人的脚下化成肉泥，一道道血箭自巨人的脚下激射而出……辰南感觉眼前一片血红，但这似乎并不是眼前众人的鲜血的影像，他似乎看到了未来，一场血战在等待着他……

茫茫大山深处，浓密的原始森林中，伴随着远古巨人"轰轰"的脚步声，整片山林都在颤动，哭声、惨叫声不断，数百人在亡命奔逃……在这一刻，在远古巨人面前，曾经大肆追杀辰南的众多高手是如此地无助，他们从来没有想过事情会急骤逆转，原本的追杀者变成了被追杀者。辰南冷冷地扫视这一切，心中虽有波澜，但并未阻止巨人们的行动。数日前，面对众多追杀者，辰南一边逃亡一边述说发生在死亡绝地的真相，但众多追杀者并未有丝毫波动，他们的眼中散发着狂热光芒，似乎辰南是一个光芒灿烂的金矿，贪婪蒙蔽了他们的良知，他们一心想杀死他，根本听不进分毫实情。

惨叫声此起彼伏，这是一片流血的山林。

辰南从这些追杀者中抢来一个包裹，终于用里面的布衣换下了藤茎编成的草衣。随后他开始寻找凌家的死士，即便放过所有人，他也不会漏下凌家死士中的一人。西北方向传来一阵骚动，那里爆发出一团闪亮的光芒。一个远古巨人手持七八丈长的石棍当空砸下，一个披头散发的老人双手连连向天轰击，数丈长的气芒硬是抗住了远古巨人的石棍。无匹的光芒照亮了整片林地，无数的林木化为粉碎，那个老人的身旁变得光秃秃一片，就连跟在他身旁的几个年轻人也没能够幸免，皆化成肉泥，瞬间死于非命。披头散发的老人正是凌家的那个四阶高手，他寻找机会带着几个弟子硬是冲出去很远，但终究还是被远古巨人给追上了。不过四阶高手毕竟是超级恐怖的强者，他竟然生生挡住了巨人几次的石棍轰击。要知道远古巨人的石棍足有七八丈长，每一击对于普通人来说都如泰山压顶一般，凌家这个超级高手能够生生挡下几击，当真了得！不过他毕竟还没有达到四阶大成境界，还远远不能够和十几丈高的成年巨人对抗，在他吃力的对抗过程中，他手下的年轻人都被强猛的能量流波及而殒命。

"辰南小儿……你休要得意，你即使逃得出这片大山，也难逃一死！"四阶高手披头散发，看到辰南过来后狠狠地叫骂着。他不是不想逃，但再快也跑不过巨人，只能将满腔仇恨斥于辰南。

"嗷呜……这个老小子好凶悍啊，嗷呜……"紫金神龙一声怪叫，又过来一个远古巨人。四阶高手直到这时才看清紫金神龙的样子，吃惊得差点坐到地上，简直不敢相信自己的眼睛，辰南的手中竟然抓着一条"幼小"的神龙。辰南只是冷冷地望了他一眼，便催促紫金神龙转换地点，他知道四阶高手必死无疑。他现在开始搜索梦可儿的踪迹，他相信这个圣地传人极有可能正在暗中注视着这里的一切。

一个时辰之后山林被踩为平地，地上是无数的血迹，到底有没有人生还，辰南无从得知。但这已经足够了，即便有侥幸生还者恐怕在这大山中也是九死一生，飞龙都已殒命，伙伴都已灭亡，少数几个人很难逃离险恶的大山。

辰南并没有发现梦可儿的踪迹，他不知道这个圣地传人是否看到了这里的一切。他站在空旷的平地上，注视着巨人渐渐远去的身影，对紫金神龙道："龙贝贝，我们出山！"紫金神龙在空中身形一颤，差点跌落下来。它吼叫连连，气得差点吐血。半个时辰之后，辰南翻过三座大山，坐在一块青石上对着空中喊道："龙贝贝……呃，不，泥鳅，你当真让我这样徒步前进？这样的话，我们即便方向正确，也不知要走上多少天才能返回罪恶之城。而且道路稍有偏差，可能要永远在这座大山中打转了。"

"小子少要打你龙大爷的主意，当年那个臭屁古神都没能把我怎么样，就凭你也想让我当你的坐骑，做你个千秋大梦去吧！"紫金神龙愤怒中带着不屑，在高空中飞上飞下。

"泥鳅你误会了，我何曾说过要你当我的坐骑，只是眼前情况特殊，只想委屈你一两天而已。你不是很向往人类社会中的美食吗？你不是很欣赏人类中的极品美女吗？只要你肯载着我出去，你很快就能够如愿。"辰南循循诱导。紫金神龙"咕噜"咽了一口口水，一本正经地道："少要诱惑我，你龙大爷根本不上当，人类中的美食算什么，当年我什么没吃过，皇家的御厨房任我出入。"说到这里，它不争气地又咽了一口口水，响声之大令它一阵尴尬，急忙掩饰道："仙神界的仙子我都见过，人间的美女算什么……"

这时，地面传来一股诱人的香气，辰南耐心地烤着一只野羊腿，不再说什么。紫金神龙被馋得口水都要流出来了，急忙从空中飞降而下，叫道："熟了，熟了，快给我撕下一块。"辰南撕下了一块，向它递去，但快要接近它时突然又收回了手，将烤肉不紧不慢地放进自己的口中，闭上双眼一副陶醉之色，道："味道好极了！"紫金神龙恨得咬牙切齿，"嗖"的一声扑向已经烧烤成金黄色的野羊腿。但辰南早有防备，快速伸手，一把抓住了它，而后当着它的面，举起香气扑鼻的烤羊腿享用起来。

"唔，色泽金黄，肉质细嫩，滑而不腻，好爽啊！"辰南吃得津津有味，令近在咫尺的紫金神龙狂咽口水。"嗷呜，快给我一块……"紫金神龙喉中"咕噜"声不断，口水流得稀里哗啦。

"想吃吗？"辰南撕下一块肉放到它的嘴边，香气飘进它的鼻中，就是不肯让它碰到，道："其实我烤的这些东西只能说马马虎虎，比起外面那些专业厨师来说差得远了，想吃真正的美食吗？"紫金神龙下意识地点了点。辰南道："呵呵，很好办啊，载着我赶快飞出这片大山，天天可以享用美食。"紫金神龙一边狂咽口水，一边道："哼，小子少给我耍手段，我当年……"辰南打断了它的话语，道："不要提皇宫御厨房了，你早就透露过自己的老底了，分明没去过几次人类社会，非要说谎，呵呵……"他将递到紫金神龙嘴边的烤肉收了回来，自言自语，道："既然不想去人类社会，那就算了，今天咱们就分道扬镳，以后你还是去吃生肉吧。"

"嗷呜……该死的小子就会给我耍手段，本龙、本龙妥协了，马上带你离开大山，天天吃美食。"听到这句话，辰南放开了它，紫金神龙"嗖"的一声扑到了烤羊腿上，口水飞溅，大嚼大啃起来。数千年来，紫金神龙一直被封印于地下，枯燥烦闷的封闭生涯差一点让它崩溃，面对辰南述说的人类社会中的种种的"好"，它根本无法坚持自己那脆弱的原则。它当然明白这一切都是辰南逼自己就范的手段，但还是无法抵挡这种诱惑，半个时辰之后，它载着辰南飞了起来。

紫金神龙恨得咬牙切齿，道："嗷呜，小子不准笑，你要明白本龙之所以载着你，一不是你的坐骑，二也不是因为嘴馋，三更不是想去看人间的极品美女……"

"明白，我明白一切，你是一条心志如铁，富有爱心的神龙，一切都是我的错，哈哈……"说到最后，辰南忍不住笑了起来。紫金神龙气极，嗷嗷怪叫。总的来说，"幼龙养成计划"很顺利。一日后，紫金神龙载着辰南飞越万山，距离罪恶之城已经不足百里之遥，如此速度，令紫金神龙垂头丧气。龙元尽失后，它的龙力无比衰弱，如果是它自己飞行，速度依旧快如闪电，但载上一个人后速度奇慢无比。在距离罪恶之城五六十里时，辰南抚了抚腰间的长刀，轻声道："凌云，等着受死吧！"随后他又调侃紫金神龙，道："龙贝贝辛苦你了……"

"嗷呜……"紫金神龙直直地坠落了下去，差点砸在地面，它怒吼连连，宁愿辰南称呼它为泥鳅，也不愿意听到这个名字。在距离罪恶之城三十里时，辰南让紫金神龙降落了下去，他怕引起罪恶之城偶尔飞上高空的龙骑士注意，开始徒步前进。然而，就在这时，他感觉危险正在接近，紫金神龙也落在了他的肩头上，嘀咕道："奇怪，好像有人在窥视……"突然一道剑光如惊天长虹一般划空而现，璀璨的光芒令天上的太阳都黯然失色，飞快向辰南胸前刺来。

"飞剑！梦可儿！"辰南一惊，如此威力绝伦的一击，若是换作前几天，他当真要应付得非常吃力，但步入四阶领域后，这一剑还威胁不到他。"斩！"长刀如虹，光芒刺眼，一道匹练自刀体内激发而出，冲向飞剑。"轰"的一声爆响，林内的树木被摧残得枝叶凋零，成排成排的林木向四外伏倒，转瞬间开出一大片空地。梦可儿立身于虚空，白衣飘飘，清丽无双的玉颜上无丝毫波动，她脚下的玉莲台晶莹璀璨，散发着五彩光芒，光雾氤氲，宛若仙气，缭绕在四周，将她衬托得如同仙子一般。辰南道："梦可儿你太心急了，凌云的手下虽然已经折损得七七八八了，但肯定还有所倚仗，如果你我对调，我一定会等到你和凌云两败俱伤之际再出来收场。"

梦可儿淡淡地笑了笑，整片山林都仿佛明亮了起来，她摇头道："你在大山中的表现让我很不安，居然能够役使远古巨人，如果放你进城的话，很难想象你是否还会有惊人之举。你现在已经快超出了我的掌控，我绝不允许不稳定的因素存在，你已经给了凌云猛烈的重创，居然令那么多的高手殒命，实在惊人啊！你已经体现出了应有的最大价值，现在可以——去死了！"说到最后，梦可儿语音转寒，透发出无限杀机，整片山林弥漫着一股冰冷的气息。

"哈哈……"辰南狂笑起来，朗声道，"我看你能奈我何？！"梦可儿冷声道："我知道你修为精进了不少，但是——你还远远不是我的对手！"辰南冷笑道："嘿嘿，圣地的仙子不要太过自信。今天你如果杀不死我，就等着去做一个本分的小女人吧！"梦可儿透发出的气息更加寒冷，情不自禁想起了虚天幻境中的情景，无双的容颜上充满了愤怒之色，双眼都快喷出火来了，咬牙切齿地道："我要让你后悔说过这句话！"

正在这时，一个古怪的声音在场内响起："刚刚步进人间，便看到一个极品美女，嗷呜……小子，你想把她变成你的小女人吗？咱们商量商量如何，把她让给我怎么样？嗷呜……"紫金神龙从辰南的背后探头探脑地爬上了他的肩头，眯缝着一双紫色龙睛，细细地打量着梦可儿。

"一边待着去，听说过人鬼殊途吗？就你那副鬼样子也想跟我争女人？"辰南一边打击紫金神龙，一边想方设法令梦可儿失去一颗平常心。梦可儿又惊又怒，两个家伙居然想"瓜分"她这个圣地仙子！不过她震惊多于怒火，她居然看到了传说中的神龙！虽然在大山深处时，她就已经发现辰南能够御空飞行，但那时由于距离太过遥远，并没有看清他手中是何物件。她以为是辰南自魔殿中得到的道家神宝，以为和她的玉莲台一般，她无论如何也没有想到会是一条神龙。此刻梦可儿的脸上满是震惊之色，第一次失态，她自语道："东方……神龙……"

"嗷呜，然也！本龙正是天地间有史以来最伟大的神龙！嗷呜，小子还不快上，拿下她，我们平分！"不用它提醒，辰南在梦可儿失神的刹那，已经冲天而起，跃上高空足有四丈距离，而后双手握刀向着正前方的梦可儿力劈而去。璀璨的刀芒，如惊天长虹，划破长空，实质化的刀气长达三四丈，恐怖的能量波动激荡在山林的每一寸空间，林内乱叶飞舞，附近的大树在巨大而无形的压力下轰隆隆成片倒下。一刀之威，强盛至此，当真恐怖至极！

梦可儿不愧为澹台古圣地当代最杰出传人，匆忙之下催动玉莲台快速后退，同时飞剑破空飞击而出，迎向刀芒。"轰隆隆"，空中像是有几道闪电划空而过，纵横激荡的剑气、刀芒剧烈地冲撞着，在空中形成一片密集的能量网。伴随着如惊涛骇浪一般的能量流波动，空中炽烈的刀芒与无匹的剑气到处肆虐，场外的林木如冰雪遇到夏日的太阳一般，快速地消融，木屑纷飞，如雪花一般飘洒。最终，辰南无功落地。梦可儿脸色潮红，在玉莲台上晃动了一下，而后稳定了下来。

"你竟敢偷袭我！"梦可儿脸色冰冷，气机牵引着飞剑快速向辰南劈斩而去。辰南虽然感应到了飞剑上所蕴含的浩大威力，但并不慌乱，他大步上前，手中长刀似欲撕裂虚空！无匹的刀气冲击向正前方的飞剑。武者与修道者的大战激烈展开。

一时间，山林内狂风大作，沙尘蔽天，气芒到处激射，猛烈的能量流激荡在每一寸空间！在飞剑上的浩瀚力量稍有不济时，辰南一声大吼，他上前迈了一大步，整片山林仿佛都颤动了一下，威力绝大的一刀当空劈下，狠狠地斩在了剑体之上，飞剑光华一阵闪烁，逐渐暗淡。取得优势之后，辰南步步紧逼，每一脚都重如万钧，每向前一步，整片山林都跟着晃动一下，长刀碎空！无匹的刀芒一重接着一重劈在飞剑之上，将飞剑压制得再难反击。乱发飞扬，辰南长刀向天，一往无前，刀芒仿佛要贯通天地一般，气势攀升到了极点！又是一大步，大地仿佛战栗了起来，整片山林剧烈震荡不已，威力浩大无匹的惊天一刀，破碎虚空，散发着璀璨夺目的光芒，向前劈落而下。

"轰"，飞剑光芒尽敛，快速飞离而去。辰南举刀向天，冷声道："修道者不过如此！"

"嗷呜……"紫金神龙一声怪叫，"小子刚才好酷啊！抓住那个小女人，你要人，我要莲台，嗷呜……"梦可儿并无半分沮丧之色，从容地道："我真的低估你了，原以为你只是功力稍微精进了一些而已，没想到你竟然突破了三阶境界，迈入了四阶领域。不过，你还是无法战胜我，今天定要取你性命！"冰冷的话语透发着强大的自信。梦可儿身体光芒大盛，玉莲台上的九片莲瓣脱离莲台，飘舞了起来，散发着五彩之光，一股神圣的气息弥漫在当场。

然而，就在这时，一股莫大的威压自树林深处铺天盖地一般狂涌而来，阵阵恐怖的波动震荡四方。山林内的林木不断爆碎，一棵棵参天大树竟然如气泡一般瞬间幻灭于强大的压力之下，"轰轰"爆碎之声此起彼伏。威压无孔不入，似乎在整片山林形成了一个巨大的力场，山林内能量流狂暴涌动。然而，最恐怖的还是那浩瀚如海般的精神波动，沉重的压力让人忍不住有一股顶礼膜拜的冲动！这绝对是一个超强恐怖的存在！

"嗷呜……"紫金神龙一声怪叫，让苦苦支撑的辰南感觉压力减弱了一些。

"泥鳅，你感应到了什么，那是一个什么样的存在？"辰南低声问道。精神威压难以奈何紫金神龙，但猛烈的力场波动让它感觉阵阵难耐，它吼叫连连："嗷呜……很恐怖的一个家伙，按照你说的现阶段的强者等阶划分，他最起码达到了六阶，嗷呜……"

"什么？！"辰南大惊，六阶是什么概念？几可谓无敌于世！此时梦可儿也在苦苦支撑，似乎她所受到的压力要远远强盛于辰南，九片晶莹剔透的莲瓣，围绕着她不断飞舞，五彩光华照耀林际，圣洁的彩光如同仙雾一般。隐约间，似乎有无数各式各样的花瓣在梦可儿的周围纷舞，她所立的虚空仿佛飘洒起了花雨，细小的花瓣飘舞于九片巨大的莲瓣之间，花香阵阵，沁人心脾。

紫金神龙甚是不安分，在一个超级恐怖的强者窥视之际，依旧双眼放光，嗷嗷乱叫："小子，你要女人，我要玉莲台，嗷呜……""要你个头！"辰南用力敲了它一下，现在他所受的压力越来越小，他已经渐渐明白，暗中的恐怖强者似乎有意针对澹台古圣地的传人。梦可儿终于经受不住，九片晶莹璀璨的莲瓣各归其位，玉莲台升腾起阵阵光华，包裹着她快速向远方冲去，留下阵阵花雨，在空中慢慢消散。树林深处的神秘人似乎不想为难梦可儿，并未阻挡、追击，任她离去。莫大的精神威压在刹那间退却，恐怖的压力消无行迹。微风轻轻拂动，传来阵阵花草的芬芳，刚才似乎什么也没有发生过一般。

　　辰南静静地注视着树林深处，等待着神秘人现身。他知道对方肯定还没有走，他已经感应到一丝微弱的波动，似乎有人正在慢慢接近。树林深处幽光一闪，一道朦胧的人影闪现而出，穿过重重林木向辰南这里移动。"嗷呜……鬼啊！"紫金神龙一声怪叫。辰南用力敲了一下它的头，道："闭嘴！"不怪紫金神龙乱叫，那道人影的确充满了阴冷的气息，淡淡的一片绿光包裹着一条人影，不急不缓地向这里移动着。绿光虽然很淡，但却无法清晰地看到里面的状况，只能模模糊糊看清里面是一个枯瘦的人影。仔细观看可以发现，绿光离地竟然有数寸高，那条人影居然是在缓缓地飘动！这实在太过恐怖了，虽然没有做到御空飞行，但却达到了随风飘动之境，当真让辰南惊骇无比。

　　辰南明白，这个能够随风飘动的神秘人不是精怪，而是一个货真价实的人类修炼者，且修习的是东方的武学，因为他身体之外的绿光是颇难修成的护体罡气。随风而行，一个恐怖的东方六阶武者！他感觉一阵恐惧，一种天生的直觉，让他感应到了巨大的危险正在慢慢接近。幽幽绿光包裹着那条枯瘦的身影，终于来到了辰南的近前，紫金神龙一阵躁动，飞离了辰南的肩头，在空中低低吼叫着。辰南静静地注视着对方，不言不动。

　　绿光中的人影看着空中的紫金神龙，叹道："今日竟然见到了传说中的神龙，真是三生有幸啊！"

　　"果然是你！"辰南轻叹道，"你要对我出手了吗？"绿光中的人影道："呵呵，为什么这么说呢？似乎从当初认识我时，你就从来没有信任过我，始终认为我对你有所图谋。"

　　辰南沉声道："难道不是吗？你曾经说过，我身具灵根，敏锐的直觉远远强盛于普通人，直觉告诉我，你一直对我怀有不可告人的目的。"绿光中的人影轻笑道："呵呵，你的灵觉似乎又精进了不少，告诉我，是不是我始一出现时，你就已经感觉到是我来了。"

辰南点头，道："不错，天下或许还有些六阶无敌强者，但我只认识你这个楚国皇帝的玄祖，罪恶之城恐怕只有你一人有此修为！"来人正是超级恐怖的无敌强者，楚国皇宫内的老妖怪。老妖怪轻轻摇了摇头，道："你错了，千万不要小觑罪恶之城，这里当真是一个藏龙卧虎的地方啊！"辰南听闻此话一惊，道："难道还有别的六阶无敌强者存在？"老妖怪没有回答，头部的绿光渐渐淡去，露出了一张中年人的脸孔，看起来很英俊，而且脱胎换骨后生长出来的白发，此刻竟然全都变得漆黑乌亮。

辰南惊骇，第一次见到老妖怪时，他脸上皱纹堆累，头上稀稀疏疏有几十根头发，一副风烛残年的样子，似乎随时可能会倒下去。但自从他修习了得自楚国皇宫地下古墓中的邪书，一日年轻一日，到了罪恶之城后，已经变成一副鹤发童颜的样子，精气神十足。辰南没想到仅仅一段时间未见，老妖怪又年轻了很多，居然由一个老人变成了一个中年人，当真返老还童！他一阵自责，当初如果不是他为老妖怪翻译了那本邪书，老妖怪绝不会脱胎换骨，返老还童。

"你……"辰南有些说不出话来了。

"呵呵，看到我的样子是不是有些吃惊啊？"老妖怪笑了笑，但紧接着轻声叹道，"唉，虽然看起来年轻了，但也只有二三十年好活而已，这还要感谢你为我翻译了那本邪书。唉，几十年以来死亡时刻威胁着我，我始终不能够摆脱它的阴影，多活二三十年又如何，到头来还是难逃一死。修炼邪书，虽然修为又精进了少许，但仙武之境却始终可望而不可即，唉！"老妖怪长吁短叹，一脸忧愁之色。辰南一惊，回想起过往种种，再联系到老妖怪现在所说的话，他隐隐约约猜测到对方在打他什么主意了，噔噔噔一连退后几大步。紫金神龙此刻也不再怪叫，在高空中不断盘旋，不敢靠近老妖怪。

"仙道缥缈啊，世上修炼者无数，到头来有几人能够勘破生死，迈入长生领域呢？许多惊才绝艳之辈苦修一生，耗费百余年光阴，最后也难逃一死，化为一抔黄土，到头来一场空！"老妖怪的话语略显凄凉，似乎在感叹自己也难逃那最后已定的结局。辰南稳定了一下心神，道："修炼本身就是一个逆天的过程，当然险阻重重，但重要的是这个过程，而不是最后的结果。以前辈的境界来说应当明白，如果心存执念，永远也不可能勘破生死，修炼者当"放得下"，不然恐怕离生死分界线永远有一步之遥。"

老妖怪苦笑道："话是这么说，道理谁都明白，但有几人真正能够'放得下'呢？况且我离生死境界远非一步之遥，以我的修炼体质来说，要想达到那一步之遥的境界，恐怕还需要三十年。但到那时我已经到了油尽灯枯的地步，如何去迈那修炼过程中最为艰辛的一步呢？"辰南目光坚定，像是宽慰老妖怪，又像是为自己树立信念，他大声道："不要说三十年，即便是一年也可能会改变很多事情。我相信，如果前辈修身、修心三十年，定然能够迈出那关键的一步。"

"呵呵，你不是一个好的说客，改变不了我的决心。我想你已经知道我要对你做什么了吧，所以才如此劝说于我。唉，我本不想对你动手，但时不待我啊，如果我还能够活四十年，我也不必如此焦急，可以静心悟武道。但仅仅剩下二三十年的时间，结局已经注定，如果不想他法，已经无力回天！"老妖怪笑了笑，道："幸好我遇到了你，我的命运终于有了转机。"事已至此，辰南知道老妖怪心意已决，恐怕很难改变什么了，他静静地看着老妖怪，一言不发。老妖怪长叹道："武者、修道者、魔法师，千百年来有几人能够破死境，迈入长生之列呢？隐世修行者就不提了，人们已知的修炼者，最近一个破碎虚空的武者步入仙武境界离现在也有一百五十年了，想长生谈何容易啊！"辰南知道这最后一位迈入长生之列的武者，此人正是他的大仇人凌云的老祖宗。一百五十年前，凌家家主凌霄武破虚空，登临仙境，在大陆留下无尽传说。凌家就是因为他的存在，才一举成为东大陆十大修炼世家之一。近百年来凌家高手辈出，每一代都有绝世高手出世，实力之雄厚，外人无从揣测。

幽幽绿光再次笼罩了老妖怪的头颅，他慢慢飘到辰南的身前，道："年轻人，对不起了，我猜测你的体内流淌有神血，我真的迫切需要你的身体，成功之后我不会忘记你的。"原本还低垂在老妖怪身侧的右手仿佛破碎了空间，仅仅一瞬间便突兀地出现在了辰南的额头上，老妖怪轻轻地一拂，辰南闭上了双眼，一下子失去了知觉。老妖怪轻轻将辰南放倒在地，而后自己冲着高空跪拜了下去，轻叹道："太古众神在上，请原谅弟子今日罪行。今日夺舍成功，他日定当潜心苦修，积造功德。"老妖怪跪拜完之后，盘腿坐到了辰南的身前，他身上绿光大盛，璀璨夺目，瞬间将辰南包裹住了。空中的紫金神龙仰天长嚎了一声："嗷呜……"而后龙躯爆发出一团刺目的光芒，直直冲撞了下来，大声咒骂道："小老头，敢在你龙大爷面前行凶，我要撞碎你，嗷呜……""砰……"紫金神龙结结实实地撞在了绿光之上，但并没有达到预想的效果，绿色罡气无丝毫波动，它自己反倒被一股大力弹了回去，翻着跟斗抛上了高空。

"我早已感觉到你似乎失去了原本的力量，你虽为神龙，但在这种状态下万难奈我分毫。"老妖怪摇了摇头，不再理它。辰南的身体慢慢飘浮了起来，而后直立盘腿，坐在了虚空中，老妖怪的身体也慢慢脱离了地面，与辰南对面而坐。这一切都倚仗于老妖怪玄功通神，他一边放松自己的身体，一边操控着辰南的身体。辰南的双眼随后睁开了，不过里面没有半丝光彩，无比木然，似乎根本没有半点生命迹象。

"夺舍！"老妖怪一声低吼，他的双眼中射出两道宛如有生命的绿光，直冲向辰南的的双眼。刹那间，辰南的双眼变得幽光森森，两道绿光成功占据了他的双眼。老妖怪的头顶跳动出一团淡淡的绿色光华，缓慢地向辰南头顶飘浮而去。那一小团绿色光华似乎在欢欣跳跃，发出阵阵轻鸣，在距离辰南头顶半尺距离之后急骤加速，快速向下冲去。夺舍即将成功，老妖怪如果成功占据了辰南的身体，毫无疑问，辰南原本的意识将被碾为齑粉，彻底从这个世界消失。然而，就在最后关头，那小团绿色光华像是看到了什么恐怖的景象一般，惊恐地尖叫了起来，发着刺耳难耐的尖刺声音，飞快逃离而去，瞬间没入老妖怪的头顶。而辰南眼中那两团绿光也在此时快速冲离而去，涌进老妖怪的双眼。辰南那没有光彩的双目再次闭合，一点也看不出发生了什么的样子。

老妖怪身形大震，口中鲜血狂吐不止，身体散发出的绿光渐渐暗淡，头上乌黑发亮的发丝在刹那间变成花白一片，脸孔上也渐渐现出皱纹。惊变发生后，老妖怪受创极重，由中年人的样子变为了一个老人。他的身躯剧烈摇晃了起来，最后忽然自空中跌落了下去，辰南也跟着跌落在地上。林内一片宁静，过了很长一段时间，老妖怪才艰难地爬起来，脸上充满了苦笑。血水染红了他的衣襟，他长叹道："自作孽不可活啊！"说完这句话，不再言语，开始打坐调息。也不知道过了多久，辰南从昏迷中醒来，睁开双眼，已经是漫天星斗。他像是想起了什么，噌的一声快速跳了起来，舒展着筋骨，观察自己身上是否有什么不妥。

"不用看了，你没有丝毫损伤，夺舍失败……"老妖怪满脸倦容，疲惫地睁开了双眼。辰南吓了一跳，回头看去，只见老妖怪在他身后不远的地方正在打坐调息。他的体貌发生了巨大的变化，身躯佝偻，原本熠熠生辉的双眼已经有些混浊，满脸皱纹堆累，雪白的长发尽显苍老之态……

"这是……夺舍失败的后果？"辰南心中既喜又忧，身体总算没有被人占据，但眼前这个无从揣度的老人会不会恼羞成怒、不计后果地报复他呢？

"喀……"老妖怪咳出一口鲜血，而后收功而起，道："自作孽不可活啊！你不要担心什么，我不会再对你不利，我们坐下来好好聊聊如何？"辰南闻言点了点头，坐在了地面。这时，远远躲在高空中的紫金神龙似乎感觉到危险已经远去，从空中飞落到辰南的肩头，小心翼翼地打量着老妖怪。老妖怪擦净嘴角的鲜血，脸上满是苦笑，他叹道："最后关头，我居然看到了一幅幅可怕的幻象，着实让人奇怪啊！折翼的天使、断臂的恶魔、无头的仙神……他们都围绕在你的周围，我多年不曾波动的心神居然在刹那间失守，差一点陷入万劫不复之地。唉，难道冥冥中真的有因果，是上天在警告我吗？"辰南心中一震，他觉得这些幻象可能和他身上的神魔气息有关，总的来说，这一切都是拜神魔陵园所赐。

神魔的陵园无论是在白天和黑夜都充满了圣迹，白天仙气氤氲，可以看到由远古仙神那不灭的强大神念幻化成的各种神祇，夜晚魔气涌动，可以看到传说中的恶魔虚影在陵园内肆虐。辰南暗自叹道，我身上敛有神魔之力，充斥着神魔的气息，也许那些幻象和神魔陵园产生的幻象道理相同吧。不过，为什么我的身体有些像一座移动的陵园呢？

当初，老妖怪自听说辰南能够多次拉开后羿弓时就开始打他的主意了。老妖怪知道能够拉开封印的后羿弓只有几种可能，其中最为可能的便是辰南是神的后裔，那时他无比兴奋。身体内流淌有神魔的血液，那意味着什么？那是修炼者梦寐以求的体质，能够快速步入修炼的极限境界，破碎虚空，成仙成神不再是遥不可及的镜中花水中月。老妖怪很想立刻夺舍，换上那副令他心动不已的身体，但最后他忍住了自己的冲动。他想慢慢"培养"辰南，当辰南的修为强绝到一定程度，体内的潜能释放得差不多时再出手，不然他怕辰南的躯体难以承受住他那浩瀚如海般的功力。所以，当初辰南大闹楚国帝都时，老妖怪放任他离去，未对他发难。而且，随后又跟了下来，不仅指点他修炼之法，在仁剑派人袭杀他时，还出面相救，所有这一切都是为夺舍服务。

三个多月前，老妖怪感应到了一股震慑灵魂的可怕气息，六阶高手的感知是常人无法想象的，他觉察到了大山中有一个异常强大的存在正在觉醒。凭着敏锐的直觉，他觉得不能够让那个强大的存在发现他，不然他很危险，老妖怪封闭了自己的功力，一直在一家客栈内闭关。后来他感知到了"神灵龙事件"，听闻了"死亡绝地风波"，惊出一身冷汗，直到近来死亡绝地凭空消失，他才敢解除禁制。最近罪恶之城各种风波不断，老妖怪深信辰南一定能够自大山中安然回返，他一直守候在辰南的必经路上。如果辰南有危险的话，他肯定会在暗中伸出援手，他不能容忍别人破坏他未来的"神体"。然而，令老妖怪深感意外的是辰南竟然突破三阶限制，迈入了四阶领域，他心中激动不已，耐心"培养"的完美"神体"竟然提前达到了标准，故此他在今晚出手，进行夺舍。

这是一个漫长的夜晚，老妖怪和辰南聊了很多，老妖怪坦然说明了以前的一切，后来又谈到了修炼上的问题、谈到了罪恶之城发生的种种大事件。"唉，夺舍反噬，我受创颇重，恐怕我在这个世上最多只能活十年了，看来我真的不能够摆脱死亡啊！"老妖怪脸上满是落寞之色。辰南现在对老妖怪谈不上恨，毕竟对方曾经出手救过他性命，虽然目的不纯，但那的确是一命之恩。

"前辈将何去何从？"

"天亮后立刻返回楚国帝都，从此不问世事，安享晚年。"说到这里，老妖怪露出了解脱的神色，他自语道："这么多年来，我处心积虑，想达到长生之境，没想到头来还是一场空，有些事情真的不能强求啊！"

辰南礼节性地安慰了一番，最后不知不觉间谈到修炼者在各个不同境界时的修为。对此，老妖怪述说甚详，耐心介绍了各个境界的修为状态。修炼者在四阶前，各个等阶间的实力差距不是很悬殊，但修为达到四阶境界以后，境界每提升少许，功力都将提升数倍，可以说跨入四阶境界以后，不同等阶高手之间的实力差距是巨大的。当然，步入四阶领域以后，修炼之路更加艰辛。突破一个小高峰，不仅需要勤修苦练，还需要机缘。实际上，步入四阶领域后，每个大境界之间的初级、中级、大成三个阶段的实力也是相差巨大的。

五阶高手在常人眼中已经是凤毛麟角，在寻常人的眼中当然称得上绝世高手，但在修为达到六阶境界的老妖怪眼中却是"不过如此"。按照老妖怪的说法，绝世高手不过是世俗人的谬赞。修为达到六阶境界，才算真正迈入了修炼者的神圣殿堂，只有达到这个境界的高手才有问鼎长生、破碎虚空而去的资格。

辰南听得暗暗咋舌，恐怕只有达到六阶境界的无敌高手才敢如此轻视五阶绝世高手。老妖怪早已达到六阶境界，但由于身体已经衰老不堪，修为再难精进，一直徘徊在六阶初级境界，直到获得了皇宫地下古墓中的邪书之后，他才隐隐有迈入六阶中级的迹象。但他知道，即便成功晋级，也难以修炼到六阶大成之境，故而想通过夺舍再做突破。直到这时，辰南方才明了，达到六阶大成之境，离长生便只有一步之遥，如果成功突破那关键的一步，便摆脱了生死限制，永生于天地之间。通过老妖怪的述说，辰南终于知晓，武者只要突破五阶限制，迈入六阶领域，便能够御空飞行了。而且修为到了这一境界，许多玄奇的神通将会陆续出现，如天眼通等。老妖怪由于身体太过衰老，身上有些暗疾，一直不敢耗费元气御空而行。

辰南看着老妖怪的眼神发生了变化，这居然是一个身具神通，能够御空飞行的无敌武者。怪不得老妖怪看到神风学院那个能够御剑飞行的五阶修道者时并未放在眼里，他居然早已能够凭借己身的修为畅行于天地间。"我如果能够凭借己身修为御空飞行，将不惧任何修炼者！"辰南在心中感叹道。一个能够御空而行的东方武者，其实力的强大是可想而知的！在修炼界的绝顶高手大战中，其他三系的修炼者对这样的东方武者最为忌讳，没有人愿意和这样一个身具神通的恐怖高手对敌。

老妖怪感叹道："年轻真好啊！"他似乎看出了辰南所思，道："你早晚有一天会步入六阶领域，不必心急。你能够在这么短的时间迈入四阶领域，就已大大超乎了我的意料，武破虚空之日不会太过久远。说来你们这一代年轻人要远远强盛于老一辈啊！在我那个时代，二十几岁的青年能够迈入三阶境界的人就已经屈指可数，迈入四阶境界的青年高手更如同凤毛麟角一般。这次罪恶之城之行，我发现世道真的大变了，青年高手一个强似一个，让人感叹啊！所谓盛极必衰，衰极必盛，平静多年的修炼界恐怕要出现大动荡了。"辰南若有所思，点了点头。

"自皇宫中跑出来的那个小麻烦没有再胡闹吧？"老妖怪在提到小公主时满脸慈祥之色，喜欢之情溢于言表，他轻声道："小钰儿的确很淘气，我希望你不要和她一般见识，这个小丫头是我见过的资质最好的人之一，但就是太过调皮，总是不肯刻苦修炼。"辰南感觉一阵恶寒，那个小丫头简直就是一个张牙舞爪的小恶魔，幸亏本领低了一点，要是修为高深，天都得被她捅破了。

老妖怪像是想起了什么，道："那个澹台古圣地的传人非常不简单，我感觉她体内似乎封印着一股玄秘难测的力量，以后你要多加小心！"

清晨，霞光散满林地，辰南从沉睡中醒来，此刻老妖怪已无踪迹，不知何时早已离去。"嗷呜……"紫金神龙张开眼睛就仰天长嚎起来，而后飞来飞去地叫道："小子你有何打算？"辰南整了整衣衫，手握长刀，眼望罪恶之城的方向，道："杀人！"

"嗷呜……我喜欢！哦，不，要活捉昨晚那个女人，嗷呜……"紫金神龙万分不情愿地躲进了辰南的袍袖之中，它也知道如果被人发现会招来无尽的麻烦，虽有怨言，但还是听从了辰南的命令。

近来，死亡绝地的种种秘闻闹得满城风雨，即便是普通的老百姓都听说了数百里外大山深处那个恐怖绝地的传说。关于辰南这个"恶魔"的种种恶行，更是传遍了大街小巷，罪恶之城几乎尽人皆知。辰南没有进城，小心谨慎地围绕着罪恶之城转悠，第一次如此详细地察看这座繁华城市周围的地形。他在为有可能发生的战斗做准备，必须做到万无一失，避免出现种种被动情形。

直到黑暗再次笼罩大地，辰南才自一个偏僻的地方越过环城河，进入罪恶之城，好在罪恶之城没有城墙，无军兵把守，减少了不少的麻烦。各个大街小巷都出现了辰南的身影，大街上并没有通缉他的画像，事情还没有严重到无以复加的地步，辰南长出了一口气，这样的话事情好办多了。事实上，凌云曾经向神风学院副院长建议过缉捕辰南，但硬是被副院长压了下去，没有采纳这个建议。夜晚，辰南翻墙进入一家位置偏僻、生意不景气的客栈，他没有进行"合法"登记，直接找个空闲的房间溜了进去，他暂时在这里落脚，在没有洗刷罪名前，他凡事都小心无比。一连数日，辰南昼伏夜出，晚间他如幽灵一般游走于各个赌场、风月场所等地，凡是繁华之所，都闪现过他的身影。他在暗暗查探近日来罪恶之城关于他的风波，如今他不敢相信任何人，只能自己暗中调查。

近日来，凌云坐卧难安，他不知道大山深处到底发生了什么，凌家的死士和他联系过一次后，就此中断了消息，他心中惴惴不安。他暗中派人去各个佣兵公会、杀手组织询问，得到了同样的消息，大山中的人就像凭空消失了一般，和外界彻底失去了联系。凌云心中涌起一股不祥的感觉，凭着直觉他觉得大山中的众多高手发生了意外，有惊人的变故发生。凌云知道大山深处巨龙等兽怪横行于林，他开始时还不断地安慰自己，如果众多高手有什么不测的话，辰南也难以活命，毕竟一个人的力量哪里有数百人联合在一起的力量强大呢。但是随着时间的推移，他开始坐卧难安，心中不知为何升腾起一种恐惧感。他暗中在居住的客栈布置了许多高手，同时派人在罪恶之城各个角落守候，捕捉辰南的踪迹。

五日来，辰南终于摸清了罪恶之城的情况，当他得知凌云的一系列动作之后，简直要咬碎了钢牙。他现在如果暴露在世人面前，定然会成为过街老鼠，人人喊打，先前的名声在短短的一段时间内让凌云彻底败坏了。

"杀掉凌云容易，但洗刷罪名难啊，看来需要冒险一试……"辰南做了一个决定，揪住紫金神龙小声嘀咕起来。

这一夜，某个印刷作坊来了一条如鬼魅般的黑影。这一夜，凌云所住的客栈来了一条鬼魅般的人影。三日后的午夜，辰南如幽灵一般飘荡在罪恶之城的大街上，无数纸张被洒落在各条要道之上。不久之后，凌云的客栈外来了一条虚淡的身影，模模糊糊的影迹仿佛融入了夜色中，即便超级高手用心去感应，也难以发现。辰南已经来过多次，如果是以前，他或许还不能够做到神不知鬼不觉，但修为达到四阶领域后，一切都改变了，几日来的暗中观察，他对于凌云住所的布置了如指掌。

夜风轻轻拂动，辰南如鬼魅一般在客栈内轻轻飘荡，他将四阶领域的修为发挥到了极限境界，敛去了身上所有的气息，仿佛已经融于这片天地，在几个角落打瞌睡的阶位高手纷纷倒地。做完这一切后，辰南停了下来，外围的八名高手顺利放倒了，里面的各个角落还有八名初临阶位境界的高手，他没有贸然继续，如同猎人一般静静地观察了一番，直到确信没有什么隐患存在，才飘了进去。

这一次，辰南分别对八人无耻地使用了无味的极品迷香，这是他在药店取来材料后亲手配置的。他并没有觉得可耻，既然敌人已经无耻地设计陷害他了，他也开始不择手段，只要能够奏效，一切手段都可选用。分而袭之，各个击破。为避免发出声音，辰南足足用了半刻钟，才将里面的八人无声无息地放倒。处理完这一切，他身上已经见汗，虽然未曾真个交手，但却花费了不少的心力。

夜色笼罩大地，黑暗的客栈内无比幽静。这是一座幽深的小院，仅有两人住在这里，一个是凌云，另一个是凌家的老一辈高手，凭着这几日的观察，辰南发觉那个老人的修为最起码也达到了三阶大成之境。两人的房间相邻，如果想对付凌云，必然要和那个修为恐怖的高手发生冲突。辰南悄无声息地来到了那个老人的房门之外，他挥了挥手，紫金神龙自空中飞了下来，而后自房外的换气孔钻了进去。与此同时，辰南手持长刀无声无息地破开了凌云的房门，他将身体机能已经下调到了极限，处于假死状态，幽灵一般走进屋中。

当他飘移到床前后挥刀落下，"噗"的一声，血花飞溅，将"凌云"的气海刺破，同时用刀气封闭了他身上数道大穴。辰南暗叫了一声"不好"，这个人绝非凌云，如果真的是他的话，绝没这么好对付，一个三阶高手即使睡得再沉，也不可能无丝毫感应。"这个杂碎竟然如此地谨慎小心……"

与此同时，隔壁的房间传来一声："谁？啊，神龙，天啊，我看到了什么？！"辰南想也不想，举起雪亮的长刀，将墙壁一刀破开。"轰"的一声大响，尘沙弥漫，辰南周身金色护体真气如沸腾了一般，笼罩在身体之外，他擎着长刀，一步迈入了那个高手的房间，举刀力劈而下。黑暗中像打了一道闪电，瞬间照亮了屋内的一切，这个凌家的老一辈高手穿着睡袍，胡须上沾满了迷药，手中捏着紫金神龙，脸上满是不可思议的神色。

"嗷呜……放开你龙大爷……"

辰南那凶猛的一刀顿时将老人惊醒。老人扔掉紫金神龙，快速滚落床下，翻滚了出去，迷药竟然没有对他起作用！璀璨的刀气瞬间摧毁了大床，同时在老人的背上开了一道恐怖的血沟，鲜血狂喷。

"啊……"老人一声惨呼，同时一道剑光升腾而起，他拔出了长剑，向后回斩而来。辰南冷笑着，长刀再次劈落而下，刺眼的光芒将屋内照得如同白昼。"轰"，老人由于仓促出剑，结果一下子被击飞了出去，整座房屋在刹那间倒塌。"四阶高手！"在这一刻，辰南震惊了，这个老人竟然是一个四阶初级高手，和他同一境界！如果不是攻了他一个措手不及，哪能这样轻松地让他受创呢！

"嗷呜……这个老小子中了迷药，坚持不了多长时间，快杀了他！"

紫金神龙在空中嚎叫着。辰南踏过瓦砾，向前逼去。突然，凌云的那个房间冲出一道璀璨夺目的剑光，自那破碎的墙壁处冲了出来，直取他的胸膛。"嘿！"辰南一个旋身，刀芒如虹，横扫而去。无匹刀芒瞬间破碎了整面墙壁，凌云的房间也在刹那间轰然倒塌，一道血箭激射而出，一个凌家死士被辰南劈出的刀芒拦腰斩断。辰南不再耽搁，快速向那个四阶高手冲去，举刀便劈。长达三四丈的金色刀芒在黑暗中显得格外璀璨夺目，无匹的刀气在整片院落内浩荡冲击，整片天地都仿佛跟着震荡了起来。剧烈的能量波动，令附近的房舍轰隆隆倒塌不断，墙壁像冰雪遇到艳阳一般消融。

四阶高手脸色惨白，虽说紫金神龙没能用迷药将他迷倒，但药效是有一定作用的，而且之前仓促中他又被辰南击伤，此刻看到辰南这威力绝大的一刀焉有不变色之理。

剑气冲腾而去，两个四阶境界的高手交锋，当真有毁天灭地之势，不仅附近所有的房屋在刹那间被劲气冲击得轰然坍塌，就连地面的石板都跳动了起来，最后纷纷爆碎。

"轰"，刀芒与剑气冲撞在一起后，半空中像打了一道惊雷一般，耀眼的光芒如十日耀空，这片小院落如同处在白昼一般。辰南噔噔退后了几步，而四阶高手在后退的同时，将长剑插在了地上，不断滑动着后退，地面出现一条长长的深沟，火星迸溅。四阶高手嘴角淌着鲜血，脸色更加苍白，紫金神龙的迷香以及他先前所受的创伤，令他在这一次的大对抗中吃了大亏，伤势更加严重。

"辰南，是你，卑鄙！"四阶高手稳住身躯后，狠狠地盯着辰南。

"去你的，你们凌家不配说这句话！"辰南举刀再次劈了下去，耀眼的光芒再次照亮了夜空。然而就在这时，凌云原来的那个房间的地下，突然爆发出一团刺眼的光芒，直冲辰南激射而来。辰南"嘿"了一声，扭转长刀，向着偷袭而来的璀璨剑气冲击而去。"轰隆隆"，大地一阵颤动，院内飞沙走石，整个地面被削去足有一尺厚的土层，凌云自地下暗室手持长剑冲了出来，随着他的现身，地下又陆续冲出六条人影，快速将辰南围在了中央。"四阶高手！"辰南盯着凌云，眼中射出两道寒光，今晚给了他太多的意外。原本以为凌家那个老一辈的高手不过三阶大成而已，却没想到他竟然是一个四阶初级高手。而眼前的凌云，毫无疑问，也已初临四阶境界。

凌家的实力超出了辰南的意料，他不知道能否将计划顺利进行，他在心中盘算道："一定要成功摆脱眼前的困境，将梦可儿引诱进这团乱局中。如果不成，我就大开杀戒，看谁能够阻我！"他手握长刀一步步向凌云逼去，浑身上下金光闪烁，护体真气如同沸腾了一般，整片院落跟着他的脚步在颤动，莫大的压力笼罩四方，劲气激荡！辰南如那远古的魔神复活了一般，他选择独抗两大四阶高手，身上透发出无限杀机，冲天煞气令天上的星月都黯然失色，今晚注定将有一场血战发生！

凌云冷笑道："辰南你好大的命啊！你如果死在大山中，是多么完美的一件事，可惜最终还是让你逃了出来。不过，这不要紧，你还是难逃一死，而且彻底地身败名裂！"事到如今，辰南已经不想和他多说什么，手握雪亮的长刀，向前横扫而去，无匹的刀芒宛如死神的镰刀一般，发着可怕的异啸，荡出阵阵恐怖的能量波动。刚刚平静下来的小院再次卷起了怒海狂涛般的气浪，瓦砾到处激射，泥土猛烈地翻涌。这恐怖的一击，令凌云变了颜色，他冲着不远处的那个四阶高手喊道："刘管家，我们齐上，赶紧拿下他，避免夜长梦多。"四阶高手原本正在调息，闻言快速冲来，两人两道剑气冲向辰南的璀璨刀芒。

"轰隆隆"，这个区域仿佛地震了一般，大地在剧烈晃动，三人的脚下出现一条条巨大的裂痕，延伸向远处。无匹的刀芒、剑气冲撞在一起后爆发出的可怕能量风暴，将整片院落摧残得不成样子。废墟上的瓦砾瞬间化为细沙，这片院落成了一个小型的沙漠，跟随凌云出来的六名高手则被冲击得翻飞了出去，每个人都大口吐血不止。

震耳欲聋的响声不绝于耳，客栈其他院落的客人早已吓得逃了出去，刀芒、剑气似那划破虚空的闪电一般，照亮了夜空，在空中纵横交错着。三大高手都在竭尽全力地交锋，生死搏斗，每个人都没有保留，施展出了生平最为拿手的绝学。辰南体内通天动地魔功不断运转，化解着体外那刚猛的气浪，手中雪亮的长刀灿若长虹，势若神罚，带动起阵阵惊雷之响，激烈地和两大高手冲撞着。一排排房屋不断地坍塌倒下，三人已经转换战场，厮杀到了别的院落，激烈的大战无比惨厉，房倒、地裂，杀气冲天，刀芒、剑气令天上的星月都黯然失色。随着三人不断地移动，原本被辰南放倒的那些外围高手，通通在昏迷中死于非命，皆死在三人的刀芒、剑气下。

辰南独抗两大四阶高手，虽然没有占上风，但对方也暂时奈何不了他。不过他体内的真气，却在这时躁动了起来，原因无他，受两个四阶高手莫大的压力刺激，玄功竟然要逆转。辰南大惊，随着功力的精进，他最不愿意发生的事就是玄功逆转。先前修为在三阶境界时，他发现每一次逆转玄功，他体内那黑亮的真气就会粗壮一分。如果这样下去，早晚有一天他体内的真气会彻底变质，化为黑亮的逆向真气，到那时玄功只怕永远逆向运行了，金色真气恐怕彻底从他体内消失。

辰战学究天人，一身修为震古烁今，他曾不止一次告诫辰南，不可逆转玄功，必有其道理。如果有选择，辰南当然不会逆转真气的走向，但自从第一次被逼逆转玄功后，他体内的真气有时候竟然不受他的控制，自行逆转。

"啊……"辰南仰天大叫了起来，体内的真气被两大高手汹涌澎湃的力量刺激得彻底失控，狂暴躁动起来，最后逆向运转，璀璨夺目的金色真气在刹那间变得漆黑如墨，随后爆发出乌光森森的恐怖波动。虽然是在夜色中，但那乌光依然无比明亮，似有无尽的森森冥魔之焰在辰南体外跳动，黑色的真气汹涌澎湃，竟然比先前的金色真气还要浩大。

凌云和那个四阶高手骇然地望着辰南，不知道他的身体到底发生了什么变化，但有一点是肯定的，眼前的辰南比方才要可怕多了，那狂暴的能量波动，令他们深深不安。辰南虽然无奈，但却无法改变什么，玄功逆转后他双眼射出两道乌光，心中涌起一股杀戮的冲动。看着眼前的大仇人，手中的长刀所激发出的刀芒更加凝练，彻底实质化。"斩！"辰南一声大喝，狂发乱舞，手中的长刀以一往无前之势向两大高手斜斩而去。四丈黑色刀芒似乎沟通了幽冥地狱，伴随着无匹的一击，各种幽森鬼音在场内响起，听得人头皮阵阵发麻。

幻觉？错觉？在这一刻，凌云和刘管家已经不能分清，两人开声大吼，尽全力迎击。惊天霹雳响彻天地，黑色闪电划破了虚空，这惊天动地的响声，惊动了罪恶之城无数修炼者，许多人快速向这里赶来。"嘿！"辰南体外的冥魔之焰更加黑亮，仿佛化成了魔甲，披在了他的身上，他手中长刀迅若雷电，一刀接着一刀向着凌云和刘管家劈去。一道道闪电，一道道惊雷之响，照亮夜空，响遍罪恶之城，凌云和刘管家硬是被辰南逼退了五大步。辰南得势不饶人，坚定地向前迈着步伐，每前进一步，便劈出一刀，硬是以一己之力独抗两大四阶高手！

"轰"、"轰"、"轰"……接连五响之后，凌云已经脸色苍白，而刘管家的嘴角则不断溢出血迹，最后终于忍不住，张嘴狂喷鲜血，伤上加伤，他明显已经不支。"嘿，凌云，你去死吧！"辰南第六步已经迈出，手中长刀在这一刻仿佛化成了天界的神刀，似一轮黑太阳照耀在辰南臂前，光芒璀璨，让人无法正视。浩瀚无匹的力量在天地间震荡着，威猛绝伦的一击终于出手，凌云和刘管家一惊，竭尽全力抗衡着。"轰……"一声震天大响，在耀眼的光芒中，凌云被冲击得退出十几步，而刘管家更加不支，连续吐了三大口鲜血，跌跌撞撞退出十几步距离。刘管家以带伤之躯进行这场强者大战，再次受到的冲击，使其伤势恶化到了非常严重的地步。

凌云和刘管家两人怎么也没有想到辰南竟然强横到了如此境界，竟然以一己之力和他们两人相抗衡而占据上风，如果不是两人联手，他们早已战败了。观战的六名阶位高手见到刘管家再次受创，急忙冲进了场中，纷纷大叫道："师父……"他们拦在了辰南和凌、刘二人之间。辰南大喝道："挡我者死！"他持长刀再次向前冲去，凌云冷笑，飞快倒退，他听到了破空之响，知道已经有修炼者赶来了，他不再拼命。辰南当然也知道有高手赶来了，但他并没有退走，按照计划继续大战，璀璨的刀芒瞬间剖开了一个阶位高手的胸膛，那人立刻死于非命。

其他五个挡在辰南和刘管家之间的阶位高手看到了远处影影绰绰、向这里赶来的人影，大叫道："恶魔辰南在这里，他逃回罪恶之城了，快来杀死他！"辰南冷笑着，双眼中的乌光慑人心魄，大步上前，挥动长刀，阶位高手在他面前就是稻草人一般不堪一击。雪亮的长刀瞬间砍碎了一人手中的长剑，呼啸着划过他的颈项，将那人的头颅斩飞而去，鲜血激涌，空中充满了刺鼻的血腥味。在这一刻，辰南化身成了嗜杀的魔王，长刀再挥，一刀破碎四把长剑，将两人直接腰斩，四段残尸翻滚在地，猩红的血水在尸体的断裂处泉涌喷发。余下的两个阶位高手已经吓破了胆，想要逃去，但瞬间就被辰南的长刀刺穿了胸膛，两人被串在一起，被高高挑了起来。

辰南冷笑着，将两人向凌云甩落而去，而后快步逼向刘管家，长刀如虹，光芒闪耀天地间，夜晚化为白昼，他大喊："无耻的凌家人，你现在可以去死了！"辰南长刀力劈而下，光芒将刘管家的脸色映射得更加惨白，汹涌澎湃的能量波动令空间与大地仿佛同时颤动了起来。正在这时，远处的人影终于冲到了十丈开外，有人大喝道："恶魔辰南还不住手！""住个头！"辰南大吼了一声，手中长刀一往无前的气势表明了他的决心，不杀刘管家誓不甘休。

凌云脸色骤变，长剑飞快递了出去，眼下，罪恶之城凌家的势力可谓彻底瓦解了，如果刘管家这个超级高手被杀，只剩下他一人了，他不能让这样一个为他保驾护航的大高手死于非命。"轰"的一声大响，三大高手各自后退，辰南冷笑，凌云脸色一阵发白，刘管家再次狂喷鲜血，最终摇摇晃晃摔倒在地。这时，赶来的修炼者们冲到了辰南的近前，纷纷对他怒斥。辰南冷笑道："你们这帮愚人，想必赶往这里的时候见到了路上的纸张，在死亡绝地发生的事情，我写得清清楚楚，但你们却偏信凌家那个无耻人的一面之词，难道现在想除掉我，替天行道吗？"

"呸，恶魔休要狡辩！"

"无耻的败类，残害自己的同伴，现在居然想颠倒黑白，陷害凌英雄，无耻！"

"我们一起上去杀死他，替死去的七英雄报仇雪恨！"

……

辰南怒极，身陷死亡绝地，未逃出来的七人被称为七英雄，他无话可说，这七人当得起。但凌云这个卑鄙无耻的小人居然也被人这样称颂，他忍无可忍。不过他也注意到，有一部分人在保持沉默，似乎在思索着路上捡到的那些纸张上的话是否真实。辰南心中一喜，他并不奢望人们相信他的话，但只要动摇部分人就好，只要让罪恶之城的人们议论纷纷，开始怀疑事情的真相，他所散发的纸张就算起到了作用，达到了他预想的效果。

"嘿！"辰南冷笑，大喝道，"事实我已经写清楚，但你们根本不相信我，我无话可说。现在我要离去，如若阻拦，别怪我手下无情！"辰南转头对凌云喝道："无耻小人，暂且让你多活几天，日后定要取你性命！"他擎着长刀向外冲去，无数修炼者呼喝着，拦住了他的去路，远处更多的人影举着火把向这里冲来，罪恶之城一片喧嚣。

"嘿！我说过，挡我者死！"辰南对于拦阻他的人毫不留情，手中的长刀，璀璨夺目，一道实质化的刀芒如惊天长虹划过长空，恐怖的能量波动在场内激荡不止，无匹的刀气冷森慑人，当场有许多人还未被刀芒扫到，就已经被那汹涌澎湃的能量波动掀飞了出去。无匹的一刀，无人能阻，恐怖的刀芒令所有人心胆俱寒，绝大多数人都飞快向后退去。没有退避的人各举刀剑迎了上去，但这些人怎么能够与达到四阶境界的辰南相匹敌呢？无数刀剑断折在地，灿若神光的刀芒划过一个又一个人的颈项，人头飞滚，一股股血浪冲天而起，十几具无头尸体摔倒在地，血雾弥漫在成为废墟的客栈上空。

"愚蠢，我说过凌云才是卑鄙无耻的刽子手，你们动动脑子好不好，所有的一切都是他的一面之词！"辰南手中长刀向天，冷声喝道："谁敢阻我？"此刻这里已经聚集了一百多位修炼者，场内鸦雀无声，无人敢应答，辰南冷笑，回头看了一眼凌云，而后大步离去。一人威震上百人！场内一时静到了极点。过了一会儿，才有人大声喊道："追！我们奈何不了他，但有人能够制服他，现在消息已经传开，一定会有无数超级强者前来捉他。"辰南冲出去百丈距离后，快速冲进一条胡同，而后向空中招了招手，紫金神龙俯冲而下，载着他冲向黑暗的夜空。辰南在高空中俯视着地面那影影绰绰的人影，一脸平静之色。

"嗷呜……小子，事情越闹越大，今晚的行动难以继续了，我们还是赶紧逃离罪恶之城吧。"

"不，虽然发生了不少意外，但并不影响我的计划，好戏才刚刚登场。今晚我必须'死去'，不然绝难引出梦可儿，她不出来，谁为我去洗刷恶名？哼，今后还要看她和凌云大战呢？"

"嗷呜……原来如此，为什么不早告诉我啊，现在我们去干什么？"

"大战罪恶之城各路高手，让罪恶之城乱到极点，简而言之，去杀人！"

"嗷呜……我喜欢！"

这注定是一个流血的夜晚。

此时，凌云的住所围满了人，众人议论纷纷，当然谈论的话题都围绕着恶魔辰南。大多数人都在诅咒他，当然也有少部分人在小声嘀咕在城内捡到的纸张上的内容。毕竟现在是深夜，并不是所有人都发现了纸张上的内容，但可以预想，明日清晨，恶魔辰南回返的消息，以及纸张上的内容必将传遍罪恶之城。恶魔辰南"污蔑"英雄凌云，并杀死凌云二十几名手下的血腥手段，激起了许多热血青年的极大愤慨，当众人得知还有十几个赶来劝阻恶魔的修炼者也被袭杀时，人们愤慨的情绪高涨到了极点。

许多修炼者叫嚣着一定要替死者报仇，建议发动众人的力量，去请真正的超级强者出手，连夜在罪恶之城内缉捕辰南。一时间，群情激愤，众多修炼者各自去通知其他高手。事实上，此地激烈的搏斗，早已惊动了半城的修炼者，无数高手都早已感应到了刚才激烈的大战，正从四面八方向这里赶来。一个时辰之后，罪恶之城各条大街都可以看到修炼者的身影，这是一个不眠的夜晚。

辰南借助紫金神龙之力，在罪恶之城的上空不断变化地点，冷冷地俯视着下方的一切。他看到有些佣兵工会的成员兴奋地在城内搜捕着，许多蒙面杀手在阴暗的角落等地埋伏着……辰南冷笑，这些人为了那巨额悬赏，居然想趁这个机会拿下他，令他无比气愤。还有的修炼者手中拿着他散在大街上的纸张在沉思，这是他乐意看到的。不过有半数人，都在结伙搜索他，想将他找出来，替天行道。这些人先入为主，认为他是一个十恶不赦的恶魔。紫金神龙载着辰南在罪恶之城的上空飞了一圈，而后又回到了凌云的住所上空，辰南发现凌云和刘管家竟然还没有离去，这两人依然待在满是瓦砾的废墟之上。

凌云默不作声，一副高深莫测的神态，这确实是一个可怕的年轻人，的确有成为枭雄的潜质。刘管家受了严重的内伤，正在原地打坐调息，调理受损的五脏六腑。辰南眼中射出两道乌光，冷冷地看着两人，随后握紧了刀柄。此时罪恶之城一片喧嚣，但此处却还算宁静，修炼者亲眼看到辰南从这里逃去，故此放松了对这里的搜索。直到凌云背着双手踱到废墟的边缘时，辰南才命令紫金神龙展开行动。紫金神龙载着他无声无息地来到了刘管家头顶上方十丈处、八丈处、七丈处，在距离刘管家六丈距离时，辰南松开了手掌，与紫金神龙分离，自高空直落而下。他头下脚上，双手握刀，直指刘管家头顶。远处的凌云感应到了异常的波动，急忙大叫道："不好，刘管家小心……"

　　刘管家疗伤正处在紧要关头，心中忽然生出一股不祥的感觉，听到凌云示警时也感应到了来自空中的巨大危险。但为时已晚，他刚刚控制起体内真气的流转，一条匹练已经自空中激射而下。"啊……"刘管家一声惨叫，无匹的刀芒贯顶而入，从他头部穿透而进，自臀部透发而出。辰南未止去势，长刀跟随刀芒插进了刘管家的头颅，直入他的脏腑。

　　凌云怒吼了一声，持长剑奔了过来，但一切已成定局。辰南一个旋身，自空中直落在地，将刘管家的尸体挑了起来，红的血、白的脑浆，顺着刀锋流淌而下，他用力一甩，将死尸抛向凌云。"嘿！凌云，血债终须血来还，我要替我们的同伴向你收债，今晚有你没我，有我没你！"辰南森然地笑着。快要冲到辰南近前时，凌云突然冷静了下来，大声喊道："恶魔辰南在这里……"随后他冷笑着，持剑望着辰南，不再前进分毫。辰南心中冷笑，为了展开计划，他不想现在就和凌云生死搏斗，但不得不装出拼命的样子，向前冲去。

　　此时此刻，罪恶之城各条主干道上都是修炼者的身影，无数的人在搜捕辰南。当凌云话语刚刚落毕，附近高手便冲了过来，随后消息渐渐传开，越来越多的人向这里冲来。辰南大开大合，勇猛无比，在众人赶到时，已经将凌云逼退了十几步。"杀，我们齐上杀死这个恶魔！"修炼者们叫嚣着。这帮人中的绝大多数人都是一个小佣兵团的成员，如此卖命，无非想拿下他去领巨额悬赏。辰南夷然不惧，轻蔑地冷笑，随后向人群飞快冲去，人群中只有几个阶位高手，根本不能奈何他。辰南如虎入羊群一般，一路杀去，无数人头滚落在地，血浪翻涌，地面猩红的血水沸腾不止。当他冲过去后，有半数人倒在了血泊中，重伤哀号者更是不计其数。

辰南冲到了大街上，他开始有目的地下手，凡是穿黑衣、躲在暗中的杀手，都是他重点屠戮的对象。当然，某些居心叵测，为了拿下他领取巨额悬赏的佣兵组织也遭到了他强烈的镇杀。对于普通的修炼者，辰南并没有下杀手，他们不过是不明真相的盲从者。对于这些人，辰南能避则避，以免为以后招来麻烦。不过，凡是不能避免的战斗，他丝毫不手软，将围攻者皆击成重伤，令他们失去战斗力。在四面喊杀的境地下，他心坚如铁，以免因心慈手软而使自己陷入险境。这是一个流血的夜晚，无数人倒在血泊中，罪恶之城的杀手组织在这一晚大伤元气，无数杀手死于非命。

罪恶之城藏龙卧虎，高手无数，但真正的绝世高手肯定不会参与到这样的围杀中来。辰南凭着敏锐的灵觉，从不与超级高手交锋，对实力强横的对手，从来都是一击远退，稍沾即逝。最后，他在城西遇到了一个劲敌，一个四十岁左右的中年人拦住了他的去路，强者气势尽显无疑，莫大的压力在整条街道内激荡着。其他修炼者远远躲了开去，似乎难以承受那沉闷难耐的压力。四阶高手！辰南一惊，他一直在避免和这样的强者发生激战，但这一次到底还是让他撞上了，恐怕不能像前几次那样一触而退。他大步向前走去，每一脚都重如万钧，整条街道都在颤动，一道道巨大的裂痕出现在他的脚下，向前蔓延而去。

莫大的压力向前冲撞而去，和中年人外放的强大力场冲撞在了一起，在街道上激荡起一阵阵剧烈的能量波动，整片空间都跟着震颤不已。中年人巍然不动，辰南放缓了脚步，面露凝重之色，这绝对是一名劲敌，修为恐怕已经达到了四阶中级境界。辰南感觉压力越来越大，他每前进一步，空中便响起一道惊雷，那是两人之间的气劲激烈冲撞的结果，震得远处观战的修炼者双耳嗡嗡作响。当他走到中年人五丈距离处后，他双脚踏出的巨大裂痕已经在街道纵横交错成一道道深沟。

"轰"，当辰南离中年人四丈距离时，一声震天大响过后，两人之间爆发出一团猛烈的能量风暴，街道中央被无形的气劲轰炸出一个一丈多深的巨大深坑，同时街道两旁不少的店铺也在这场暗战中突然崩塌，轰隆隆倒塌声不绝于耳。整片天地仿佛都震荡了起来，远处许多观战的修炼者被一股无形的大力掀倒在地，众人惊得急忙后退。汹涌澎湃的力量震荡起伏，好久之后才渐渐归于平静。

"杀！"辰南口中轻轻吐出杀字，脚踩神虚步，身体在刹那间化成了一道闪电，四丈黑色刀芒爆发出耀眼的强光，以毁天灭地之势向中年人力劈而去。中年人面不改色，面对那凶戾的刀芒，他一拳轰出，一道刚猛的拳劲带起一股猛烈的狂风，迎向刀芒，街道两旁的房舍都被吹得吱吱作响，地面上的青石板如那树叶一般被吹到了空中，最后在拳风中爆碎。

"轰"，耀眼的光芒直冲高空，在这一刻，天地间一片明亮，浩瀚的能量风暴在空中剧烈地震荡着，两旁的房舍，街道的地面，在瞬间化为细沙。中年人和辰南同时吐了一口鲜血，两人稍微对视，辰南毫不停留，快速冲了过去，中年人没有阻拦，只是轻声道："想要洗刷恶名，有证据才行。"

"罪恶之城果然藏龙卧虎！"辰南轻叹了一声，瞬间冲过了修炼者的包围圈。城内一片喧嚣，居民皆惶恐不安，不知道发生了什么大事，罪恶之城从来没有像今天这样大乱过。这是一个疯狂的夜晚，这是一个流血的夜晚，城内喊杀声不断。在这个夜晚，辰南从东杀到南，从南杀到西，从西杀到北，从北杀到城市的中央广场，罪恶之城一片大乱。辰南在一个阴暗的角落毙掉一个蒙面杀手，和他互换了衣衫。他蒙上面纱之后，仔细打量了一番，发现死者的体形和他非常相似。他丢下长刀，而后捡起杀手的细刺剑，从他的背后捅了进去，制造死亡假象。一切布置妥当之后，他佝偻着身躯，拖着尸体"不小心"地让一个修炼者看到了。

"谁的尸体？"

"嘘，小声点，既然你看到了，快点过来掩护我离开这里，我们明天去换取巨额悬赏，千万不要再让人知道了。"

"啊，是辰南？"

"嘘……那可是十多万金币的巨额悬赏啊！"

　　不远处的几条人影已经听到了辰南的声音，一边快速冲了过来，一边大声呼喊远处的同伴前来争抢。众人相信，经过半夜的厮杀，辰南早晚要伤重而亡，故此为巨额悬赏而围杀辰南的人一直没有放弃。这时听到辰南已经不支，被人得手，所有人一齐向前冲去。辰南偷眼观看，无数的杀手，以及佣兵组织，向他逼来，他心中大喜，但却故意做出惊慌之态，拖着"辰南"的尸体飞快而跑，不过一瞬间就被人群包围了。最后，众人一窝蜂似的开始争抢"辰南"的尸体，辰南暗中冷笑，在大乱中，他将那面向地面的尸体头部击碎，而后率先抽出长剑分割尸体，抢出一条臂膀后就开始飞逃。

　　"不要抢，这是我的……"

　　"这条小腿是我的……"

　　为了那十多万金币的巨额悬赏，所有人都疯狂了，人性中最残忍、最贪婪的一面在此刻暴露无遗。众人大打出手，争抢尸体，仅仅片刻间，"辰南"就被人撕成了碎块……在一个隐蔽的角落，辰南丢下细刺剑，随着紫金神龙升上了高空。

　　"嗷呜……今晚太刺激了，接下来我们做什么？"

　　"出城躲上几天。希望那巨大的诱惑能够令梦可儿心动，不要让我失望啊，我非常期待她和凌云的对手戏……"

　　"嗷呜……我们什么时候回来？"

　　"等梦可儿借助我那些纸张的'东风'，揭露出凌云的罪行，将他陷入万劫不复之地后，我们再回来给梦可儿一个惊喜！"

　　"嗷呜……哇哈哈哈……"紫金神龙载着辰南飞离了罪恶之城，躲进了大山深处。

　　今晚这一战，辰南疲累不堪，且受了不轻的内伤，在罪恶之城的城西遇到的那个四阶高手实力着实恐怖，居然达到了四阶中级境界，如果他不是玄功逆转，恐怕真的要饮恨收场了。不过，看那个高手最后的态度，似乎并不想真心为难他，似乎只是有些看不过他大闹罪恶之城的嚣张姿态。人外有人，天外有天，罪恶之城藏龙卧虎。他相信除却神风学院外，城内肯定还有其他绝世高手隐居，只不过这些前辈高人不想对他发难而已，任他"胡闹"。他相信，功力卓绝者也必定是智者，这些人肯定不会单方面地相信凌云的一面之词，除却绝世高手外，或许还有许多四阶高手也在默认他今晚的放肆行动，以期死亡绝地的惨案真相大白。这一夜，辰南疗伤过后便沉沉睡去了，多日来，他身心俱疲，到现在终于长出了一口气，接下来无论如何发展，他都只能静静等待，冷眼旁观。

　　清晨，罪恶之城沸腾了。大街小巷到处都是揭发凌云冷血恶行的纸张，谣言满天飞，人们议论纷纷。在辰南所散发的纸张上，深刻揭发了凌云的丑恶嘴脸，详述了他如何袭杀自己同伴的经过，描述了亡灵魔法师制造出的空间魔法卷轴的特性，以及使用方法。文中重点提到，梦可儿在危急关头，用自己的身体替神风学院第一高手萧风以及仙武学院神秘高手潜龙挡住了凌云的偷袭，重伤之下她大口吐血，昏迷不醒。梦可儿重伤之后身陷死境，但硬是在清醒的刹那，祭出道家至宝玉莲台，将辰南几人推了上去，而自己却没有登上莲台，她想趁无名神魔发狂的时机，遥控玉莲台，分两次将众人送出虚天幻境。然而，那时她重伤垂危，根本难以控制玉莲台载重那么多的人。所有人都深感梦可儿品格之高尚，年轻的高手们含着热泪将梦可儿推上了玉莲台，而后又选出楚国护国奇士辰南跟随保护她。年轻的高手们以死相逼，才令梦可儿洒泪而去……

　　在文中，辰南极尽赞美之词，描述梦可儿的伟大。梦可儿仿佛是一个善良的仙子化身，她的身上笼罩着圣洁的光辉，一次次想舍去自己的性命，挽救他人，悲天悯人的善良仙子形象活跃于纸张之上，能够让人深深共鸣。文章中提到，梦可儿出离死亡绝地后，严重的内伤发作，辰南助她疗伤后出去寻找药草，却不承想回来之际，圣洁的仙子梦可儿竟然消失了。辰南大急，在大山中不断寻找她的踪迹，但却未发现丝毫影迹，几天之后他的噩梦开始了，无耻冷血的凌云竟然派出高手在大山中追杀他……

　　文章中详述了他在大山中险死还生的经过，大战凌家死士的惨烈场面让人身感同受。这篇文章有许多虚假之处，但辰南在写这篇文章时却非常用心，可以说每个细节都含有深意。文中之所以改成萧风、潜龙被凌云偷袭，是想利用这两人的名人效应。萧风乃是神风学院第一高手，在神风学院乃至罪恶之城其崇拜者无数。潜龙异常神秘，料想在仙武学院的地位等同于萧风，将这两人惨遭偷袭的经过写出来，容易让更多的人共鸣愤怒。当然，这篇文章中花费笔墨最多的还是梦可儿，着重突出了她的圣洁伟大，简直成了善良仙子的化身。梦可儿本身就是古圣地传人，在世人眼中的地位是崇高的，细述她的种种舍身救人之举，更能够引起人们的共鸣。

辰南的这篇文章简直就是在"造仙"，将梦可儿的形象刻画到了完美之境。如果被证为是真实的，那么梦可儿在大陆的声望无疑攀升到极点，无论她的师门还是她自己，从此都将被圣洁的光环所笼罩。相信几十年后，她这个圣洁仙子的形象，都无法在世人心中动摇。现在辰南和梦可儿之间可谓势如水火，他之所以这样赞美她，是想利用她洗刷恶名。辰南这次诈死，而置身于事外，想将梦可儿诱出台面，让她和凌云碰撞。关于诈死这件事，他知道肯定无法瞒过梦可儿，他不得不成就梦可儿一番。他给梦可儿抛出去一个巨大的香饵，即便她知道他还没有死去，恐怕也难以忍住那"圣洁仙子"的巨大诱惑，她极有可能出面接受那圣洁的光环。

辰南在文章中处处都将矛头影射向凌云，文章指出梦可儿之所以失踪，极有可能是被凌云杀死或绑架了。原因无他，凌云想灭口，掩盖自己人神共愤的丑行，就如同他不断派人深入大山想杀死辰南一般。文章的最后，是辰南的绝笔，满含悲愤之情地提到，城内所有人都听信了凌云的一面之词，辰南没有更好的办法替同伴们报仇，只能以一己之力，在这个夜晚以死袭之。这样一封绝笔信，配合着昨晚辰南大战罪恶之城的行动，非常有说服力，城内所有人都开始动摇。罪恶之城彻底沸腾，人们谈论着昨晚惨烈的大战，讨论着死亡绝地的真相，凌云的言论已经不再是主导，许多人同情辰南，相信他的话语。

在死亡绝地遇难的高手们都是有一定影响力的青年俊杰，他们的崇拜者纷纷上街游行，要求清查真相，还死者一个公道。这一天，罪恶之城一片混乱，因为言论不合，斗殴时有发生。侥幸抢到"辰南碎尸"的杀手和佣兵们，在去领取巨额悬赏时，受到了许多人的围攻，他们如同过街老鼠一般仓皇而逃。

乱！乱！乱！凌云手中捏着辰南散发的纸张，脸色铁青无比，知道大事不妙，但现在已难以挽回劣势，一切都发生得太突然了，人们已经开始怀疑他所说的话。似乎人的本性中都有劣根，喜欢毁灭美好的事物。在当初辰南如日中天之际，凌云随便挑拨了一下，就收到了意想不到的效果。而如今辰南已死，凌云的声望已经达到了前所未有的高度，这时突然传出关于他的"谣言"，许多人立刻相信了，开始推波助澜传播谣言。当然，人类与生而来的劣根是一个方面，另一方面是辰南成功地上演了一出苦情戏：辰南含冤受屈，在大山中独自挣扎于死亡线上，所有人都不明真相，而攻击于他，最后他又悲愤地以死明志。事实上也不算演戏，大山中的一切都是辰南的真实经历，他能够活着回来简直就是一个奇迹！

两日后，辰南的言论占据了上风，人们开始相信他所述说的真相。凌云简直要咬碎了钢牙，他如何去辩驳？人死为大，他再巧言善辩，也不可能赢得过一个"死人"！大山深处的辰南不会想到，他所发的纸张起到了这么大的作用，完全超出了他的意料。"梦可儿牌"、"萧风牌"，这两张牌的力量是他不能够想象的，梦可儿身为古圣地的传人，近一年来名声大噪，其崇拜者无数，现在生死未卜，牵动了许多年轻侠少的心绪。不管凌云有没有杀死或绑架重伤的梦可儿，他都成了重大嫌疑对象，许多冲动的年轻人都想找他的晦气。至于萧风，身为神风学院第一高手，在学院许多年轻人的眼中，是一个超越、追逐的偶像。罪恶之城可谓神风学院的"势力范围"，在"自家地头"，其拥护者不比梦可儿少多少。

无数神风学院的年轻人都想立刻追查到真凶，有些人自然不可避免地想找凌云的麻烦，当中的女性崇拜者最为恐怖，提着剑想直接斩了凌云。凌云早已放飞了信鸽，向家族求援。现在他已经被四大学院的副院长"请进"了神风学院，在一个幽静的所在，派专人伺候着。这种间接的软禁，令凌云气愤惶恐，而又无可奈何。他知道辰南绝对没有死！他无比气愤，在占尽先机，掌控全局的情况下，竟然在一夜间输掉了一切，凌云气得都快疯了。罪恶之城局势一片混乱，消息传到了大陆各地，全大陆的目光都在注视着这里。死亡绝地的惨案真相到底如何，目前没有人能够说得清，似乎只有找到梦可儿方可辨别凌云和辰南谁在说谎。

无数探险小队再次开赴进大山深处，寻找着梦可儿的下落。罪恶之城外，一片竹林中，梦可儿立于竹梢之上，散发着淡淡清冷的气息，仿佛不食人间烟火的仙子一般。她手中是一页辰南在罪恶之城散发的纸张，绝美的容颜上无喜无忧，一双宛若秋水的眸子在纸张上停了几秒钟，便转向他处。梦可儿立于竹梢之上思忖良久，最后松开了手中的纸张，任它飘落而下。"可恶，竟然逼我出面！"梦可儿原本平静的面容，此刻露出一丝愠色，不过，绝世美女生气的样子别有一番妙态，秀拳紧握，蛾眉轻蹙，银牙紧咬，只是眼中偶尔闪现的寒光，破坏了些许少女微嗔时的美态。

"该死的混蛋，好一招金蝉脱壳啊！"梦可儿一想到此处，心中便怒火汹涌，她讨厌置身于别人的局中，向来都是她掌握主动，从没有像今天这般左右为难。如果出面"证实"辰南所言非虚，她梦可儿的声望定会在一夜间攀升到极点，她在世人眼中必将成为仙子的化身，从此身上将多了一层圣洁的光辉，恐怕几十年以后她在世人眼中的圣洁仙子形象都无法动摇。与之而来的好处是巨大的，她的师门澹台古圣地，必将更加受人敬仰，定会问鼎圣地之最。这是一个让人难以拒绝的巨大诱惑，梦可儿虽然不想置身于辰南的局中，但却不想放弃那唾手可得的名望。"那晚如果你真的战死，我为你洗刷罪名，也未尝不可，但该死的，居然想利用我！"梦可儿犹豫难决。

"嗷呜……"紫金神龙说话前必要狼嚎一声，有时辰南都怀疑它到底是不是一条纯种的神龙，显然它自己也注意到了辰南那异样的目光，大声斥道："混账家伙，本龙乃是神龙中皇者的后代，血统纯正，把你那可恨的眼神收起来！"

"哈哈……"辰南大笑道，"我还没说什么，你自己就心虚了。说吧，究竟是你老爸是一条花心龙，还是你老爸的老爸是一条风流龙啊，我怎么发现你特有狼的潜质啊，难道是隐性即将显现出来？"

"我呸，我觉得这样吼叫有气势，嗷呜……"

......

辰南已经在大山中躲了三天了，其间为稳妥起见，他并没有回去查探消息，就是紫金神龙想偷偷回去探察一番，都被他拦了下来。他怕发生什么意外，而功亏一篑，如今在这特殊的境地下，他凡事都小心谨慎无比。"噢呜……小子，万一那个小娘皮梦可儿真的拒绝诱惑，不出面为你洗刷罪名怎么办？"辰南笑了笑，道："我猜测她绝对无法拒绝诱惑，她和万年前的某人太像了，是同一类人，我清楚她们的性格。嘿嘿，如果她真的放弃那么大的荣耀，不给我洗刷恶名，也无所谓，大不了我隐姓埋名，换个身份。"

五日后，紫金神龙得到辰南的许可，在夜间返回了罪恶之城。它先跑进几家酒楼的厨房，大肆偷盗了一番，而后才在酒楼、烟花之地等热闹的场所偷听人们的言论。紫金神龙神出鬼没，在城内转悠了半个时辰，很快就明白这几日发生了什么，他在高空中兴奋地噢噢乱叫，左爪抓着一只鸡翅膀，右爪拎着一坛酒，晃晃悠悠向大山中飞去。可是，它刚刚飞离罪恶之城十里，一道剑光霍地自黑暗中闪现而出，以极快的速度朝它劈来。

"噢呜，哪个宵小敢暗算你龙大爷……"紫金神龙快若闪电，飞快躲到了一旁，不过爪中的鸡翅膀却被斩去了一大半，只余小半截在爪中。它掉转龙躯，回头观看，发现远处的空中，有一团淡淡的光辉，笼罩着一条朦胧的身影。此刻它已经喝得醉眼蒙眬，没好气地道："公的？母的？到底是哪一头？报上名来，竟敢暗算你龙大爷，我和你没完，噢呜……"

梦可儿气极，飞剑斩空，竟然串着半只鸡翅膀返回，此刻听到这头混账龙胡言乱语的叫嚣，更加恼怒。她催动玉莲台，快速向前飞去，莲台光芒大作，在黑暗中散发出圣洁、祥和的气息，将她映衬得如同仙子一般。"噢呜……原来是你这个小娘皮，竟敢跟你龙大爷抢肉吃，当心我吃掉你。"紫金神龙喝得迷迷糊糊，看到梦可儿后，随着性子，胡乱叫嚷起来。梦可儿脸色铁青，这几日晚间，她一直在罪恶之城守候着，她知道辰南肯定会回来打探消息，而最有可能便是在夜间。今晚，她无意间听到了紫金神龙的鬼叫，不过由于夜色太过暗淡，距离太过遥远，她并没有清晰地捕捉到前方的景象，如果知道辰南没有随行，她说什么也不会打草惊蛇。

梦可儿大失所望，将怒气撒到了紫金神龙的头上，控制飞剑，朝着紫金神龙快速劈斩而去。剑光闪闪，璀璨无比，一道道剑气破空而出，在空中交织成一片剑网，将紫金神龙笼罩在里面。"嗷呜，小娘皮竟敢对你龙大爷下死手，被我捉住以后，我一定要扒光你的衣服，打你的大屁股。"紫金神龙一边快速躲闪着，一边胡乱叫骂。梦可儿气极，这到底是什么神龙啊，满嘴污言秽语，简直让人无语。

"嗷呜，住手！"紫金神龙突然大喝了一声，半空中像打了闷雷一般。梦可儿满脸怒容，失去了往日的从容之色，从来没有人如此对她不敬，这让她气愤无比。紫金神龙如人一般直立在空中，一只龙爪叉着腰，一只龙爪抓着酒坛，向口中猛灌了几口酒，而后醉醺醺地道："你看清楚了吗？你看看我是何方神圣？我是一条神龙，而且是天地间最伟大的龙族皇者！你一个小小的人类看到我，居然不跪拜，还敢跟我胡乱比划，真是岂有此理！"梦可儿当初第一次见到紫金神龙时的确无比震惊，但那一次紫金神龙就对她说了一通浑话，让她第一次开始怀疑神龙是不是都如此无赖。自那一日后，她也如同辰南一般，对传说中的神龙不再怀着敬仰的心理。况且，以她的修为，怎么会感觉不到紫金神龙外强中干呢，早已看出它没有多少高深的道行。

此刻，梦可儿见紫金神龙居然如同人类中的痞子一般，叉着腰，拎着酒坛，在那里胡言乱语，她简直忍无可忍。看着它那醉醺醺的样子，自大狂般的神态，梦可儿直接用飞剑回应了它。飞剑的光华瞬间暴涨，比之刚才不知要强盛了多少倍，爆发出一股恐怖的能量波动，激发出一道璀璨夺目的剑芒，向它劈斩而去。"叮叮当当"，这一次，醉眼蒙眬的紫金神龙没能躲过飞剑的攻击，但却没有伤在剑下，璀璨夺目的剑芒斩在它身上之后，竟然传出一阵如同打铁般的声响。梦可儿惊讶无比，不顾形象地张大了嘴巴，叫道："怎么可能？！"

紫金神龙虽然失去了龙元，但毕竟身为神龙，人间的刀剑难以伤其身，再加上身穿玄武甲，飞剑更是奈何不了它。不过，飞剑虽然难以伤它龙体，但那巨大的冲击力却无法被化解，它被飞剑劈斩得不断翻腾，酒坛也脱爪飞落了出去。"嗷呜，痛死了，小娘皮快停下……"直到这时，紫金神龙才稍微清醒了一些，大叫道，"小娘皮不要这么凶，有话好说，我带你去找混账辰南……"紫金神龙一口一个"小娘皮"，令梦可儿愤怒无比，不过闻听最后那句话后，还是停止了攻击。紫金神龙刚一脱离剑网，便扭头就逃，且口中大骂着："小娘皮，你是混账辰南的，你的玉莲台是我的，等着瞧……"

"该死的痞子龙，竟然如此刁钻，我看你往哪里逃！"梦可儿催动玉莲台在后紧追不舍，其速度竟然和紫金神龙不相上下，当真快若闪电。紫金神龙此刻彻底酒醒，吓得嗷嗷大叫，最后它突然掉转方向，绕了一个大圈，向罪恶之城飞去。

梦可儿盛怒之下，当然是对它紧追不舍。紫金神龙眼珠乱转，这个家伙也算是龙中的一个异类，跟个无赖痞子一般，在临近罪恶之城的时候，突然狼嚎了起来："嗷呜，某人回来喽！嗷呜，某人回来喽！"梦可儿惊得立刻止住了身形，气得差点发飙，痞子龙太无耻了！她进退两难，不想在这种情况下，被人发觉已经回返罪恶之城。她蛾眉深蹙，银牙紧咬，恨恨地看着紫金神龙逃进罪恶之城，但却没有丝毫办法。

这时，梦可儿心中已经有些后悔了，觉得不应该这样靠近罪恶之城，刚才紫金神龙那样一通干嚎，天知道有没有惊动某些修为恐怖的强大存在。她深深知道，罪恶之城藏龙卧虎，许多本领高深莫测的强者在这里隐居。"该死的痞子龙，和那个混蛋辰南一样无耻，当真是物以类聚！"梦可儿恨恨地咒骂着，不敢在空中停留，快速退去。紫金神龙逃进罪恶之城后，在一家酒楼的厨房"休息"了大半夜，才心满意足地擦了擦嘴巴，而后贼头贼脑地飞出了罪恶之城。这一次，它绕了几个大圈子，而且没敢在高空中飞行，在山林中快速穿行，直到天快亮的时候才回到辰南的栖身之地。

辰南听它说完此行的经过后爆笑，笑骂道："许多年轻人都尊称她为仙子，你这条馋嘴的醉龙居然一口一个'小娘皮'地叫她，哈哈，她定然快气炸肺了。哈哈……不过，你这个家伙误打误撞，也许帮了我一个大忙。她心思缜密，说不定怕昨晚追你之际被人发现，今日便会回返罪恶之城，出现在世人的面前。如果真的如此的话，当真要给你记一大功，哈哈……"

　　清晨，梦可儿在竹林内，咬牙切齿，暗自生气。"该死的痞子龙……"梦可儿犹豫良久，终于决定进入罪恶之城，出现在世人的眼前。不过她心中恨到了极点，原本在她的计划中，先将辰南找出来，彻底解决祸患，而后回返罪恶之城，揭露凌云的恶行，使其身败名裂，最后斩杀之。可是昨晚追击痞子龙时，被它一通胡乱叫闹，她有些不放心了，唯恐罪恶之城的前辈高手感应到了她的气息，现在如果不赶紧出现，说不定会遭人怀疑。"该死的辰南，可恶的痞子龙，等我解决掉凌云，定然要将你们碎尸万段！"梦可儿明亮的眸子中闪现过一道寒光，一股杀气在竹林内冲天而起，惊得附近的鸟雀慌乱飞逃。

　　这一日，罪恶之城沸腾了。消失多日的梦可儿突然回返，她驾驭着道家至宝玉莲台，出现在罪恶之城的上空，如同那瑶池仙子谪临人间一般，白衣飘飘，绝世仙姿，散发着圣洁祥和的气息，令所有人为之神驰目眩。普通的老百姓，真以为仙人降临，纷纷跪倒膜拜，修炼者们也兴奋不已，死亡绝地另一个主角终于出现了，惨案的真相似乎要水落石出了，所有的谜底都即将揭晓。梦可儿微笑着冲着下方挥手，径直向神风学院飞去，消息瞬间传遍了罪恶之城，所有的修炼者在第一时间向神风学院涌去。

　　在这一日，神风学院人满为患，学院本就是开放型的，其内高手众多，从来不设置门卫。如今满城的修炼者都集涌而来，学院内到处都是人影，一片喧嚣。当凌云得知这一消息时，脸色惨白无比，他知道灭顶之灾来临了。像他这种心机深沉的人，怎么会看不透辰南的计策呢，奈何四大学院的副院长将他间接软禁在了神风学院，如果想有暗动作，肯定瞒不过他们。不过，即使他有心生出一些事端，也难以奏效，这一次辰南的反击太凶猛了，他已经无力回天。

　　"该死的，离成功仅有一步之遥，偏偏在最后关头，败得一塌糊涂，我真是不甘心啊！"凌云脸色铁青，使劲地攥着拳头，指关节都已发青。事情转变得如此之快，令他心中愤愤不已，可以说辰南在一夜间翻局，那一晚的行动颠覆了一切。他在房中踱来踱去，自语道：

"梦可儿，我就知道你绝非善类，枉我对你心存好感，到头来却要死在你的手上。不行，我不能坐以待毙，一定要拉一个人垫背，实在不行就和你们玉石俱焚！"正在这时，一只金雕在院落的上空不断盘旋。凌云见状一喜，吹了一声尖锐的口哨，金雕快速飞落而下。凌云从金雕身上取下小型信筒，取出纸张展开观看，皱眉道："家族的人终于来了，居然让我不要轻举妄动。家族的势力救我，即便我能够活命，也身败名裂了，对于一个大家族继承人来说，这和死有什么分别呢，我以后如何见人，如何接掌凌家的势力，该死的！"凌云又急又怒，在院子里走来走去。

罪恶之城最近风起云涌，四大学院间青年强者顶峰大赛过后没多久，就传出死亡绝地的恐怖秘密，大陆上许多前辈高手都赶到了此地，如今城内可谓高手云集。梦可儿来到神风学院后，四大学院的副院长，以及一些前辈名宿，已经得到消息迎了出来，并不是因为梦可儿的身份值得他们外出相迎，只因她关系着死亡绝地惨案的真相。众多前辈高手和梦可儿在院长办公室中谈了多半个时辰，才打开房门。神风学院副院长看到学院内到处挤满了人，不禁感觉有些棘手，他忙命令人将凌云秘密转移地点软禁，不让外界的人知晓位置。不然如果宣布消息后，保准有无数人会冲上前去，当场将凌云碎尸万段，毕竟身陷死亡绝地的七大高手来头太大了，每个人都是名动一方的青年俊杰，其铁杆崇拜者无数。

神风学院副院长并不是有心维护凌云，实在因为这件事牵连太广了，必须将几方当事人的家属、长辈都找来，给他们一个满意的交代，让他们决定如何处置凌云。布置好一切后，副院长清了清喉咙，运转无上音功，使得偌大的神风学院内所有修炼者都听到了他的声音："梦小姐回来了，证实辰南所说的话都是真的，凌云是真正的凶手。"

"嗡"，此消息像一个重磅炸弹一般，顿时令神风学院大乱，无数的声音在叫嚷着：

"太没人性了，简直冷血无耻到了极点！"

"可怜七大高手啊，每一个人都是惊才绝艳之辈，如果不是凌云偷袭，梦小姐一定能够将所有人救出来，可悲！可叹啊！替死者报仇，严惩凶手！"

"杀死这个畜生，太自私、太没有人性了！"

……

群情激愤，所有人都怒火汹涌，人们大声地怒斥着，恨不得立刻找到凌云，将他大卸八块。神风学院喧闹无比，怒骂咬牙声不断，尤其是神风学院的学生，在"自家地头"更是无所顾忌。许多学生都知道凌云现在"客居"神风学院，当下齐声怒吼，上千人一起向原来凌云的居所冲去，幸亏副院长有先见之明，不然凌云还没有在大众面前坦白，恐怕就已经被人斩碎了。无比愤怒的人们找不到凌云，无处宣泄愤怒之情，最后硬是将凌云曾经住过的地方砸个粉碎。

这一日，罪恶之城一片大乱，街上到处是人影，大声地咒骂着凌云，就连他的家族——大陆十大修炼世家之一的凌家，都成了万恶的根源。消息通过信鸽，在第一时间传到了大陆的各个角落，巨大的风波席卷了罪恶之城，成了全大陆谈论的焦点。死亡绝地的惨案终于真相大白了，原先被人们推崇的青年英雄竟然是一个大奸大恶之辈，这令所有人愤慨无比。当然有些人是不敢大声喧叫的，他们见不得光，这些人一开始就和凌云共同诋毁辰南，他们心中无是非观念，与生俱来的劣根让他们乐于进行着龌龊的行动，在浩瀚如海的声讨声中，这少部分人灰溜溜地躲了起来。

罪恶之城"倒凌之声"迅速壮大，凌家的办事处，以及旗下产业建筑，在第一时间被愤怒的人们捣毁了。直到三天过后，愤怒的人们才渐渐平静下来，直到这时，人们不得不考虑一个尴尬的问题——辰南的冤案。现在"证实"辰南的所有话语都是真实的，这位真英雄的下场可谓凄惨无比。他"护送梦可儿闯出死亡绝地"之后，不断遭受凌家势力的追杀，在大山中险死还生，后来罪恶之城所有人都坚信他是恶魔，无数修炼者闯入大山深处围剿他，他在那种恶劣的险境中还是闯了出来，但结果如何呢？这个蒙冤的真英雄受到了最不公正的对待，没有人相信他，在那一夜间，他大战于罪恶之城，一人单挑凌家数十位高手，他浴血搏命，想为死去的同伴报仇，可是所有人都认为他是恶魔，城内无数的高手围攻他一人，致使真正的英雄饮恨收场。

无数的人悲恸无比，真正的英雄蒙冤而死，而大奸大恶之徒，在这之前却在享受着世人的称赞，无数人羞愧得无地自容，简直无法正视自己过去的言行。"真英雄辰南"给所有人留下了深深的遗憾，一些修炼界的人士开始反思：从来未见一个活得长久的英雄，难道真英雄不能存活于世？罪恶之城的修炼者都近乎忏悔地反思着，所有人皆感觉惭愧无比。梦可儿无疑成了世人眼中的圣洁仙子，但辰南这个真英雄的名字却深入人心，两者的声望皆达到了前所未有的高度，成为年青一代中最为引人瞩目的焦点，只不过死者更让人怀念。

　　大山深处的辰南从紫金神龙嘴里得知这一消息后，也如紫金神龙一般狼嚎了起来："嗷呜，呜呜，我太感动了，我想哭啊，我是真英雄啊！嗷呜，哈哈……"

　　"嗷呜，哈哈……"辰南和紫金神龙一同狂笑了起来，让人感叹命运的奇妙，恶魔和真英雄竟然只有一线之隔，几天的工夫就能够从一种状态进化到另一种状态。

　　"嗷呜，小子，你现在所有的恶名都尽数洗刷而去，竟然成了真英雄，不要忘记我的功劳啊，要好好地报答我……"

　　"我呸，我才不要做那真英雄，这个时代，真英雄活不长久！不过呢，既然已经被人神化了，我还是不要辜负他们的心意为好，我们准备一下，出山去当神，享受一番被人顶礼膜拜的快感！"

　　第六日，身殒死亡绝地的七英雄的亲人们差不多已经来齐了，准备对凌云公审。凌家也派来了代表，乃是凌云的亲叔叔凌子虚，在凌家这个大世家中位高权重。凌云公审的时间已经排定，定于第十日在罪恶之城公审，罪恶之城所有的年轻修炼者都在酝酿着情绪，准备到那一日用口水将凌云淹没，用刀剑将他斩为碎段。

　　第七日，辰南惬意地泡在温泉中，舒张着身体，满脸享受之态。一人一龙经过一番小心谨慎地探察，了解到目前罪恶之城的状态后，决定收局，返回罪恶之城。在动身前，辰南痛痛快快地泡了一次温泉，而后叹着气，开始大开杀戒，满山林追逐着各种凶兽，让兽血将自己浑身上下淋得血淋淋的，就连黑亮的头发都变成了暗红色。最后他运转玄功，烘干衣服，看起来就像多日前经过一番惨烈厮杀过的样子了。

辰南忍受着刺鼻的血腥味，冲着空中的紫金神龙瞪眼道："笑你个蛇头，要不是为了真实形象些，我至于这样作践自己吗？"紫金神龙在空中嗷嗷乱叫，龙脸上满是揶揄之色。

"先说好，你给我老实点，不许在世人面前出现，人类中有许多你无法想象的高手。以你这种状态，那些人可以轻易地捉到你，万一被人抓去炼药就麻烦了。另外，我进城后，你过几日再去找我，以免被人发觉。"

辰南终于走出了大山，踏上了回归罪恶之城的路途。血色的衣衫，暗红色的长发，满脸的血污，透发着杀气的双眼，再加上手中那把雪亮的长刀，看起来真像一个百战不死的豪雄。当辰南出现在罪恶之城的环城河外围时，立刻引起了轰动，不久前凌云暗中出巨额金币悬赏袭杀他，许多人都看到过他的画像，当下立即认出了他。

"天啊，辰南！"

"他……竟然没有死！"

"真的是他，他……居然还活着！"……

消息迅速传了开去，不多时几乎全城轰动，甚至比梦可儿出现时还要让人激动，一个已死的英雄突然活着出现在世人的面前，这着实是一件让人震惊的大事件。罪恶之城，所有修炼者在第一时间向着辰南出现的地方赶去，大街之上拥挤不堪，一片混乱。辰南血衣加身，步履坚定，眼神森冷，浑身上下，透发着一股惨烈的杀气，整个人就像一把出鞘的利剑一般，锋芒毕露。他每向前迈一步，大地就跟着颤动一下，强者气息弥漫整条街道之上，令所有围观的人都感觉到一种磅礴的气势，和一股彻骨的寒意。所有人都凝望着这个宛如从地狱归来的英雄，他身上透发着无尽的杀伐之气，大街上的众人都感觉到了一股如同秋风般萧瑟的悲意，所有修炼者都知道，这是需要经过无数场生死大战才能够凝聚而成的煞气。

不知是谁先喊了一声："英雄！"接着，整条街道的人们都沸腾了，大声地呼喊着："英雄！英雄！英雄！……"有些激动的年轻人，跑到了街道的中央，在辰南的面前忏悔着："英雄，请宽恕我的罪行吧……""英雄，请原谅我吧……""都怪凌云这个卑鄙无耻的小人颠倒是非……"

远空中,紫金神龙在高空中俯视着下方,激动地叫道:"嗷呜……羡慕啊!不过,这个混账小子装得还真像,还真像个百战而归的赤血豪雄似的……"神风学院的众多前辈名宿自然也得到了消息,四大学院的副院长亲自领着无数高手前去迎接辰南。原因无他,一是因为他们觉得辰南蒙受不白之冤,多日以来太多悲惨。二是十大高手探察死亡绝地,主要是受命于四大学院,当中七人身殒绝地,令四大学院的副院长们觉得特别亏欠这些年轻人。为了给来到罪恶之城的七英雄的家属一个交代,他们特意去迎接辰南,以示对十大高手的敬重。

梦可儿当然也在人群当中,心中不断冷笑,盘算着以后如何斩杀辰南。当神风学院一行人出现时,辰南做出了一个令所有人瞠目结舌的举动,他快速跑到了梦可儿的身前,一把将不知所措的梦可儿揽入怀中,大叫着:"可儿……"

"轰",满街哗然,众人简直不敢相信自己的眼睛,高高在上的梦仙子竟然被一个男人搂抱在怀中,虽然这个男子已经成为英雄,但众人还是难以接受,这实在太过出人意料了。梦可儿又惊又怒,虽然她早就看到辰南向她跑来,但没有料到他在众人面前会做出这样出格的举动。她挣动着,但却没有大叫,不想在众人面前露出女子的柔弱,因为此刻她已经是仙子的化身,绝不能如同寻常女子那样慌乱尖叫。可是,辰南的两条手臂就像钢钎一般牢牢地夹住了她的纤腰,根本无法摆脱他,情急之下她便要催动飞剑斩杀他。

然而,就在这时,辰南激动地叫道:"你果然没有死,我终于见到你了,呜呜,你不知道我每天都在做噩梦,每次都梦到萧风、潜龙他们七人,他们说我没有照顾好你,我是罪人,呜呜……"辰南干号了起来,但却没有一滴眼泪流出。许多人都露出释然的神色,神风学院副院长似有意、似无意,总之恰到好处地替围观的众人解释道:"他近日来血战各路高手,一直在生死线上挣扎,此时已经有些精神失常,遇见生死与共的同伴,难免情绪失控。"围观众人恍然大悟,露出理解的神态,毕竟谁处在那种状态下,都难免会精神崩溃。众人如此"善解人意",令辰南感激得差一点真的哭出来。他一边干号,一边怒骂凌云，一会儿又哈哈傻笑。围观众人皆露出同情的神态。

梦可儿简直要气疯了，这个该死的家伙居然装傻充愣，占她的便宜，但众人偏偏深信他精神失常了。辰南浑身血污，血腥味扑鼻，刺激得梦可儿差一点吐出来，更可气的是这个家伙竟然真的硬挤出了泪水，鼻涕一把、眼泪一把地抹在了她的身上。梦可儿差一点没背过气去，等等，鼻涕泡抹在了什么地方？啊，梦可儿差一点大叫出来，强忍着呕吐的冲动，混蛋的家伙，居然将恶心的鼻涕泡抹在了她的衣领上。

"呜呜，该死的凌云……萧风、潜龙，我终于替你们报仇了，哈哈……"辰南又哭又笑，令围观的许多年轻女性心酸无比，她们看到这位真英雄蒙冤受屈之下，竟然沦落到痴疯状态，顿时同情心泛滥，眼泪差一点流下来。梦可儿暗暗咬牙，恨不得将辰南大卸八块，但不得不露出微笑，安慰着"神志错乱"的辰南。她脸上挂着淡淡的笑容，双手轻轻地拍打着辰南的后背，身体散发着祥和的气息，真如圣洁的仙子一般。但辰南始终无法平静下来，情绪似乎依然处在失控状态，他抱着梦可儿擦啊擦，蹭啊蹭……

梦可儿恨透了辰南，但却不得不强装笑颜，做出仙子应有的姿态。突然，她的笑容一凝，等等，这个该死的家伙把手放到了什么地方，该死的咸猪手居然、居然放到了她的臀部。啊，梦可儿差一点惊叫出声，混账的家伙居然狠狠地在她臀部捏了一把！梦可儿真想一剑劈了辰南，但眼下却无法发作，该死的家伙又将手不动声色地抽了上来，放在了她的腰眼上，而后狠狠地抓了两把。

该死！梦可儿要抓狂了！这个家伙居然将鼻涕、眼泪蹭到了她那洁白如玉的颈项上！梦可儿要疯了，这真是让人无法忍受的煎熬，她一遍又一遍地发誓，早晚有一天要将辰南大卸一百块，特别是两只咸猪手一定要剁碎，还有那该死的鼻子和眼睛也要挖下来踩爆。最后，在梦可儿如同天使般圣洁微笑的感召下，辰南似乎渐渐恢复了神志，恋恋不舍地松开了双手。梦可儿不动声色地快速后退了半丈距离，这时她那原本洁白的衣衫上满是血污，当然辰南鼻子和眼睛造出的污物也点缀其间。不过梦可儿始终带着笑容，和四大学院的副院长，引领着辰南向神风学院走去。

紫金神龙在远空中嗷嗷乱叫："嗷呜……有异性没人性的家伙……哇哈哈……"

众人如众星捧月一般围着辰南从大街上走过，街道两旁无数人在观望，人们议论纷纷：

"看啊，这就是那个以一己之力独抗凌家无数死士的楚国护国奇士……"

"天啊，好浓重的杀气啊，我感觉身体在打战。"

"那一晚，他一个人不仅斩杀了凌家的四阶高手，还和全城的高手们大战了一夜，果然神勇啊！"

"真相终于大白天下了，冤屈终于昭雪。"

"好冷的眼神，好酷的神态啊，凌云那个小白脸一看就是个阴险的家伙，这才是真英雄！"

……

辰南听得阵阵恶寒。回到神风学院，辰南谢绝了一切邀请，首先痛痛快快洗了个澡，而后换上干爽整洁的衣衫，直奔学院最为幽深的所在——神风学院的隐者们居住的地方。一切都和从前一样，未有丝毫变化。辰南快步走到三大绝世高手阁楼的附近，透过婆娑的树影，他看到了一幅难以置信的景象。小晨曦正在舞剑，姿态曼妙，有板有眼，她手中那把细而短的小剑，竟然催发出一道一丈多长的剑芒，在空中哧哧作响。辰南惊得下巴差点掉在地上，几疑自己身处梦中，这简直太不可思议了，一个三岁小童竟然能够催发出先天剑气，这是东方武者达到三阶境界时才应有的功力！他用力捏了捏大腿，感觉到了疼痛，确信自己不是在梦中，而后大叫了一声："晨曦……"

小晨曦身体一滞，快速转身，看到辰南后，立刻抛了小剑，飞快向他跑来，眼中噙着泪水，叫着："哥哥……"辰南眼中也一热，死亡绝地之行，险死还生，差一点命丧在外，此刻别有一番感受。他急忙迎上去，一把将小晨曦抱了起来，笑道："晨曦乖，不哭，哥哥不是回来了吗，呵呵……"

"呜呜，哥哥……"小晨曦满脸的泪水，使劲抱着他的脖子，生怕一松手就消失了一般。辰南轻轻地拍着她的后背，小声地安慰着。这时三大绝世高手走了过来，每个人脸上都带着淡淡的笑意。辰南向他们三人见礼过后，问道："晨曦怎么开始学习剑法了，她不是一直很抵触修炼吗？而且我刚才看到她居然催发出了剑气，这是怎么回事？"

三人微笑着看了看小晨曦，尹风道："是小丫头自己要求学习剑法的……"

"啊！"辰南将目光转向她怀中的小晨曦。此刻晨曦的小脸上挂着几颗泪珠，她扁着小嘴道："哥哥总是不回来，晨曦很闷，前不久我跑出去找学院的大姐姐们玩，她们说哥哥是恶魔坏人。那些原本喜欢晨曦的大姐姐，都不喜欢晨曦了，还咒骂哥哥，想杀死哥哥，后来我又听说许多人在追杀哥哥。晨曦非常难过，非常担心哥哥的安危，回来求老爷爷们教授晨曦剑法，晨曦学好本领后要去救哥哥……"辰南感觉心中一片温暖，用力抱了抱她，柔声道："都怪哥哥不好……"

"不，不怪哥哥，是她们不好，哥哥是好人，她们冤枉哥哥！"小晨曦稚气的小脸上难得露出一丝怒态，最后她又小声道："不过晨曦已经原谅她们了，后来她们和晨曦道歉了，告诉我，哥哥是一个真英雄，所有人都错怪了你。可是她们都说你暂时回不来，所以晨曦更加拼命地练习剑法，好去把哥哥找回来……"

绝世高手奥维道："幸亏你及时回来了，所有人都对她说你快回来了，如果你再不出现，我们真的不知道如何安慰她。也怪我们不好，没有照顾好她，让她知道了一些烦人的事，不过现在一切终于都结束了。"辰南笑了笑，擦干小晨曦脸上的泪水，道："晨曦真厉害，居然能够发出剑气了，恐怕不久之后比哥哥都要厉害了。"

"老爷爷们说那不是剑气，目前威力还没有剑气强大。"

"嗯？"辰南目光转向三大绝世高手，难道看错了，他刚才明明看到晨曦催发出了先天剑芒。

老龙骑士雷烈道："那的确不是剑气，她体内有一股奇异的力量，似乎处于封印状态，她只修习了一些简单的入门功法，就能够将一丝力量催发出体外了。现在虽然远远不能够和剑气相比，但随着她日益修炼，相信那些力量会慢慢复苏，会越来越强大，到时候究竟能够到达何种境界，肯定不能够以常理度之。"辰南若有所思，点了点头。随后，三大绝世高手转身离去，留下两人慢慢相谈。辰南领着小晨曦，回到了自己的居所，简而化之地说了一下这些天的经历。小晨曦远非寻常小童能比，虚假的话瞒不住她，如果将真实的经过告诉她，又不太适宜，所以最后简化了过程。

"那帮女子真是可恶，居然将我的事情，牵连到晨曦的头上，找个机会，哥哥帮你教训她们一顿。"

小晨曦急忙道："不，哥哥不要怪那些大姐姐了，晨曦已经不怪她们了。再说，那个时候并不是所有人都不和晨曦玩，凤凰姐姐、龙舞姐姐，还有小麻烦姐姐一直对晨曦很好，她们都很喜欢晨曦。"

"哦，"辰南点了点头，道，"她们三人总算没让我失望。"

"不过，龙舞姐姐这些日子以来非常伤心，她成天地哭泣，据说她的哥哥永远都回不来了，比晨曦还难过。"龙舞平时总是以"哥哥"自居，喜好穿男服，脸上总是闪现着阳光般的灿烂微笑，神采飞扬，风采自信，洒脱无比。潜龙身殒死亡绝地，想来龙舞心中定然难过无比，当初辰南亲眼看到龙舞面对潜龙时，如同一个小女人一般温柔，想来这次对她的打击是巨大的。

"凤凰姐姐似乎也不是很开心，笑容比往日少了许多。"

"哦。"辰南一愣，东方凤凰居然也有心事，难道是因为……萧风？非常有可能，萧风乃是神风学院第一高手，想来是学院内无数女子心中的偶像，东方凤凰可能也对他极有好感，只不过从来没有表现出来，且不像龙舞那样在感情的沼泽中陷得很深。

"只有小麻烦姐姐还和往常一样，整日笑嘻嘻，她经常骑着那头白虎偷偷溜进来带我出去玩。"

"啊啊啊，什么?! 什么?!"辰南大惊，急声问道，"你经常和那个小恶魔在一起玩?"

"是的，小麻烦姐姐特别好动，她经常带着我去捉弄人。"辰南听闻后，感觉一阵晕眩，道："晨曦你、你没跟她有样学样吧?"

"没有，我只是在一边观看。"

"那就好，那就好。"辰南连着说了两遍，拍了拍胸口，道，"真把我吓坏了，我可不希望你被那个小恶魔带坏。"不过，小晨曦接下来的一句话，差点让辰南坐到地上。

"小麻烦姐姐对我说，我应该多和她学习，免得以后被人欺负。"辰南立即反对道："不准和她学习，那个麻烦透顶的家伙已经入魔、无可救药了！"

"嘻嘻，晨曦明白。"

辰南拍了拍额头，看小晨曦的样子，似乎非常喜欢小公主，如果让她们成天待在一起，保准这个世上又多一个混世小魔头。他决定一定要阻止，千万不能让小公主将晨曦带坏。

第二天，龙舞来访。按理说除了像小公主那样偷偷溜进来外，外人一般不能够接近这片禁地，当然像小公主那般，也需要这里的高手睁一只眼、闭一只眼才行。不过龙舞和潜龙关系非同一般，神风学院副院长觉得亏欠七英雄许多，对他们的亲人格外照顾，破例派人将龙舞领到了这里。辰南当然明白她的来意，当下将小晨曦送到了三大绝世高手那里，方便接下来的交谈。多日未见，龙舞憔悴了许多，此刻眉宇间是化解不开的忧伤。

"我想你应该知道我为什么找你吧，我已经从梦可儿那里了解了在死亡绝地发生的事情，但我还是想请你说一遍，我想知道有关潜龙的每一个细节。"往日脸上总挂着阳光般灿烂微笑的龙舞，此刻泪眼婆娑，点点泪光隐现。辰南叹了一口气，龙舞对潜龙用情真的很深。他详细说了一遍当日发生的事情，当然有些地方肯定是经过"加工"的，毕竟他已散发了那么多的纸张，现在如果如实讲出来，肯定会有变故发生。

龙舞勉强控制着自己的情绪，闭上了双眼，泪珠顺着脸颊滑落而下，过了好久才止住抽泣。她睁开双眼，一眨不眨地看着辰南，道："我想为潜龙报仇，可是凌家势力太过庞大，我担心不能将凌云杀死。潜龙的家族虽然也很强大，但其家族有变故发生，只能由我出面。"辰南点了点头，道："唔，的确是一个问题，我听说凌家宗主凌子空晚年得子，对这个独子向来宠溺，想来他不会眼睁睁地看着唯一的亲子就此丧命。不过他肯定不敢冒天下之大不韪，正面救出凌云，不知道他到底有什么后招。"

龙舞道："凌家肯定早有了准备，这次凌家派来的凌子虚乃是凌家宗主的亲弟弟，传说他的修为已经达到了五阶绝世高手的境界。"

"嘿，五阶绝世高手，哈哈，恐怕注定要折损在罪恶之城！"辰南冷笑着，背负双手走了一圈，道："凌家虽为东大陆十大修炼世家之一，但如果想冒天下之大不韪护短，这次恐怕要自砸招牌、丢大人了。凌云这次绝不能活着离开这里，有一个人比你我还迫切想杀死他，她能够动员的力量是非常可怕的。"

"谁？"

"梦可儿。"

龙舞点了点头，道："嗯，她和你一样，同凌云有着难以化解的仇恨。我听说你们刚逃出死亡绝地时，你去为梦可儿寻找药草之际，凌云偷袭了梦可儿，如果不是她有道家至宝玉莲台护佑，绝难生还，不过即便如此，她在大山深处秘密疗养了很久才恢复过来。"

辰南暗笑，看来现在死亡绝地的"真相"，可以随便他和梦可儿编纂了。"放心吧，你、我、梦可儿，再联合一些四大学院的顶峰青年高手，定可以留下凌云的性命，如果那个五阶绝世高手阻拦，我们连他也斩了！"话虽然这么说，但辰南心中却盘算了起来，和梦可儿联手，他有些嘀咕，天知道在和五阶绝世高手的大对抗中，她会不会搞些小动作。不过对于他来说也是一个机会，如果把握好机会，说不定能够拿下梦可儿。

送走龙舞之后，东方凤凰来访。她和辰南之间可谓冤家对头，两人曾经在神风学院闹出一系列的风波，每当想起那些尴尬的经历，东方凤凰都有一股抓狂的感觉，恨不得抓住辰南咬上几口。可是后来辰南经过晋国都城一战，身份曝光，令她明白无论从实力还是从势力上来说，她都无法奈何对方，从此咬牙切齿，暗气暗生，再也不正眼看辰南。婀娜挺秀的东方凤凰一身紫衣，绝世风姿中散发着一股贵气，无双的容颜冷若冰霜。今日她主动登门造访，大大出乎辰南的意料，他满脸堆笑道："稀客，快往里面请！"

"哼！"东方凤凰冷哼，看得出她心中还存有很大的怨气，不过今日有求于人，她也不好发作。辰南脸上露出笑意，递给她一杯茶水，道：

"请喝茶。"东方凤凰怎么看都觉得辰南的笑容分外可恶，仿佛又看到了他当初"调戏"她时的无赖嘴脸。她偏过头去，不接茶水，咬牙切齿，道："快把你那恶心的笑容收起来，不然我真想立刻暴打你一顿。"

"哈哈，不愧为东方凤凰，什么时候都这样率真和可爱。"

"你要死啊，不要仰仗自己是九英雄之一，就可以如此轻浮，在我眼中你永远是那个可恶的败类。"东方凤凰满脸怒容，眼中冒火，她生平最为尴尬的事情，就是和辰南的几次暧昧纠缠。尤其是袭胸事件，即便现在回想起来，都令她有一股抓狂的感觉。辰南忍不住再次笑了起来，东方凤凰对他成见真是太深了，不过她这种火暴率直的性格还真是蛮特别的，虽然很难让人恭维，但并不讨厌。

"呃，东方小姐怎么能如此记恨于我呢？过去那一切都是误会，揭过去就算了。对了，你找我有事吗？"辰南不慌不忙，端起茶杯，轻啜了一小口。

东方凤凰越是看到他斯文的样子，越是有气，但毕竟有求于人，强压下心中的怒火，道："我想问一下，你们在死亡绝地的经历，我虽然从梦仙子那里得知了一些，但总感觉有些地方她说得并不是很清楚。"如果是别人以这种语气和辰南说话，他会回答才怪呢，不过毕竟他和东方凤凰之间的关系有些特殊，有些微妙，他没有拒绝，当下以他的角度将死亡绝地的"真相"述说了一遍。不过，他有意捉弄东方凤凰，故意回避有关萧风的一切消息，单单将其他人的表现说得清清楚楚。东方凤凰耐心地听着，但可以看到她在暗自咬牙切齿，有对凌云的愤恨，也有对辰南的不满，她怎么会看不出辰南故意在捉弄她呢。

"你有完没完，无关紧要的事情说了那么多，真正的重点却不怎么提。"最后她终于忍不住开始责问辰南。

"什么是重点啊？"

东方凤凰似乎有些恼羞成怒了，脸色通红，气道："关于无名神魔言行的种种细微之处，你说得不是很清楚。"

"哦，说得似乎不是很仔细，让我想想。对了，似乎还有一个人的事情我也没有说，我忘记提萧风兄弟了，他面对无名神魔时面不改色……"辰南不好意思再捉弄她，换位思考，东方凤凰的确处在心情不佳的境地中，他甚至有些后悔刚才的言行了，开始认真地将萧风当时的表现说了一遍。东方凤凰听完之后，久久未语，很长时间后才平静地道："说一下你在大山中逃亡的经历吧，我想听一听。"辰南已经看出，东方凤凰对萧风有一定的好感，但并不像龙舞那样在感情的沼泽里陷得很深，她似乎并没有多少悲伤。

不过，东方凤凰竟然想听他在大山中逃亡的经历，这令他有些诧异，一时摸不着头脑。但现在他不想调侃她，当下耐心地述说了一遍，当然都是有选择性说的，毕竟有些事情太过惊人，绝不能对外人提起。东方凤凰起身告辞，修长的身影显得有些落寞，辰南有些发愣，好久才回过神来。

"嗷呜，小子真是花心啊，刚一进城就非礼那个小娘皮，现在才隔一天居然又吊到了两个妹妹……"紫金神龙不知何时已经来到了院落内，此时正在窗口外探头探脑地"嗷嗷"乱叫着。辰南气极，擒龙手猛地挥了出去，巨大的金色光掌一把将它揪了过来。

"嗷呜，什么臭屁功夫？好像专门针对我似的……"紫金神龙不管怎样挣扎，也无法逃离而去。

"嘿嘿，你说对了，擒龙手专门擒你这样的四脚蛇用的。"

"嗷呜，快放开我。"

辰南没好气地将它丢到了屋子的角落里，道："我不是告诉你过几天再来寻我吗，你这样鲁莽，说不定此处的绝世高手们已经发现你了。"

"嗷呜，我不是放心不下你吗，过来看看。"

"喊，你这头馋龙，恐怕是耐不住馋虫的折磨，跑过来偷盗酒肉来了吧？"

正在这时，小晨曦的声音传了进来，道："哥哥你在和谁说话？"她蹦蹦跳跳跑了进来，看到紫金神龙后，非常吃惊，一双大眼扑闪扑闪，最后认真地道："又一头小龙龙，好可爱哦！"紫金神龙听到这句话后，险些晕过去，堂堂龙族皇者后代，已经修炼了数千年，居然被一个三岁小童欢喜地称呼为小可爱，它"扑通"一声坠落在地。小晨曦高兴得又跳又叫，一把抱起了紫金神龙，娇声道："好可爱、好滑稽的小龙龙，它居然会搞怪……"紫金神龙直翻白眼，但也不好意思对这个粉雕玉琢的小女童张牙舞爪。

辰南满脸笑意，道："喜欢吗？这是龙宝宝的妹妹，叫龙贝贝，我特意把它找回来陪你玩的。""嗷呜……"紫金神龙真有一股吐血的冲动，快速自小晨曦怀中挣扎了出去，一下子扑到了辰南的头上，揪着他的头发，吼道："龙大爷今天跟你拼命了，竟敢如此诽谤侮辱我，嗷呜……"它使劲地揪扯着辰南的头发，"嗷嗷"乱叫。小晨曦"嘻嘻"笑了起来，她当然知道辰南是在调侃这条怪龙呢，不过没想到这头怪龙脾气这么暴躁。

辰南一把将紫金神龙揪了下来，道："行了，开个玩笑而已。唔，这是我妹妹晨曦，以后我不在的时候替我保护好她。"他又对小晨曦道："随便叫这个家伙什么都行，比如说长虫、泥鳅、四脚蛇、龙贝贝……"小晨曦仰着头，眨着大眼，看着气得暴跳如雷的紫金神龙，道："我还是叫它大龙吧，它虽然看起来很小，但给人的感觉似乎不是一条小龙。"紫金神龙连连点头，道："你真有眼光，就叫我大龙吧，小丫头真是可爱！"难得有人承认它是一条龙，而且冠以一个"大"字，紫金神龙自然高兴无比，总比"长虫"之类的名字好多了。

紫金神龙围绕着小晨曦飞了一圈，眼中放光，道："奇怪，我怎么感觉到了仙芝灵参的气息啊？"小晨曦从口袋中掏出一枚晶莹剔透的红色果实，道："你在找什么，难道是它吗？"

"嗷呜，我的天啊，千年朱果，你、你身上怎么会有这种东西？"

"当然是吃呗。"小晨曦毫不在意，张开小口咬了一口朱果，屋中顿时充满了沁人心脾的清香。

紫金神龙馋得口水都快流出来了，一双龙眼睁得大大的，颤声道："你、你平时不会是把这种东西当成零食吃吧？""不是当零食吃，是当饭吃。"小晨曦满不在乎应答道，爬上一张大椅子，坐在上面边吃朱果，边晃悠着一双小腿。紫金神龙闻言，眼睛都快瞪出来了，也不狼嚎了，结巴道："你，当饭吃？！我的天啊，小、小姑娘给我一枚怎么样，可、不可以？"辰南闻言立刻敲了它一下，道："馋嘴龙真没出息，居然和一个三岁小童讨嘴，我都替你脸红。"

紫金神龙修炼了数千年，虽然神经有些大条，但听到这句话还是老脸通红，小声嘀咕道："我不是元气大伤吗，看到这种大补的天材地宝，当然有些忍不住了，再说她不是将朱果当饭吃吗，肯定有很多啦……"辰南看着紫金神龙，认真地道："你可千万不要打晨曦的主意，她不食人间烟火，只能吃这种天地精气孕育而成的奇果，目前虽然还有不少，但那是她未来十几年的食粮，你万万不可动坏脑筋……"

"难道是仙子转世？"接着紫金神龙又哀嚎了起来，"嗷呜，我的天啊，我听到了什么，储备的天材地宝能够吃上十几年，没天理啊，这个世界太疯狂了！"随后，它又小声嘀咕道："本龙再怎么没品，也不会打一个小丫头的主意，不过只要能够给我一枚，我就心满意足了。"小晨曦眨动着一双大眼，笑嘻嘻地道："大龙，其实只要你发誓以后听我的话陪我玩，我可以给你一枚朱果。"等等，辰南怎么感觉这个场景有些熟悉呢，他狐疑地打量着小晨曦，发现她的眼中满是得意的笑容。辰南心中哀号了一声：坏了！小丫头和小恶魔在一起果然学得奸猾了，才多长的时间啊，这个小丫头居然学会动心眼了！

紫金神龙口齿不灵，结巴道："真的可以给我一枚？不过龙族的誓言很庄重的，不能随便发，呃，不过，我还是愿意接受这个建议……"紫金神龙嗷嗷一通乱叫之后，期待地看着小晨曦。小晨曦脸上满是笑意，兴奋得小脸通红，伸出雪白的小手，道："给！"

"嗷呜，两枚！都给我？！"

"是的，都是给你的，你以后要听我话哦。"

"嗷呜，小丫头你真是太可爱了，以后有什么要求尽管对我说，我们龙族只要发过誓，绝不会违反誓言，我现在先去炼化朱果的灵气。"紫金神龙感激涕零，接过两枚朱果，"嗖"的一声飞出了窗外。

"晨曦，刚才那些小把戏不会都是小恶魔教你的吧？"

小晨曦低着头，小声道："其实我觉得小麻烦姐姐教的这些东西很实用啊，只要不去整人害人就可以了。"辰南无力软倒在椅子上，在心中默默祈祷：晨曦千万不要被那个小恶魔带坏啊！

辰南在竹林深处散步时，突然感觉到一股异样的波动，猛地回头一看，只见一把寒光闪烁的飞剑正在迅速地向他逼近。他叫道："梦可儿！"飞剑突然在辰南三丈外凝注了，冲着他颤动了几下，而后缓慢退去。辰南摸了摸刀柄，大步跟了下去，他相信梦可儿不敢在神风学院内对他出手，定然是想和他谈些什么。竹林的边缘地带非常幽静，一个小湖如同明镜一般点缀在那里，梦可儿立身于湖边，静静地观看着湖中游来游去的鱼儿，脸上一片恬淡之色，绝世仙姿仿佛融入了这片天地，与小湖、竹林连为一体。辰南走到她的身边，口中打着哈欠，大大伸了个懒腰，顿时将这种和谐宁静的气氛破坏得荡然无存。

梦可儿霍地转过身来，满脸怒容地望着他，再不似往日的从容镇定，她眼中喷发着无尽的怒火，恨声道："辰南你真个卑鄙无耻、下流无德的混蛋，已经让我动了真怒！我一定要让你后悔两天前对我的所作所为，我发誓要砍下你的咸猪手，剁成碎段，挖下你的鼻子和眼睛，丢在地上踩爆。"

"嘘，小声点，这样可有损你圣洁仙子的形象啊！这里离神风学院隐修的前辈高手住处非常近，当心被人听到。"辰南一派悠闲之态。

"哼，"梦可儿轻哼了一声，情绪渐渐稳定了下来，但绝世无双的容颜上冰冷无比，寒声道，"不要得意，虽然你暂时洗刷了恶名，但我依旧有办法轻易地杀死你。"

辰南满不在乎地道："近期内你我之间肯定有一方要倒下去，不过你不要担心，我不会杀死你。紫金神龙说的对，玉莲台是它的，至于你嘛，是我的！"

"你……"梦可儿柳眉倒竖，再无古圣地仙子形象，此刻她真想用飞剑立刻将辰南劈碎，但此时此地，她不能那样做。"辰南，现在我不想和你进行口舌之争，咱们所有的账，最后一起算！"

"唔，其实我觉得咱们根本没有必要互相仇视，你不就是在虚天幻境中不小心抱住我了吗？其实我根本不在意，是你自己多想了，啊，不要动飞剑啊！"辰南一脸平静之色，但却说着令梦可儿发狂的话语，气得她将飞剑祭了出来，她冷声道："你再敢胡言乱语，我不惜现在就撕破脸皮，和你决斗！"

"哦，好吧，我们都保持冷静。现在，我们出去转转吧，整天待在这片竹林中，太没有新鲜感了。"辰南虽然不再说什么过分的话语，但这种自来熟的语调同样让梦可儿无法接受。她冷冷地道："我今天找你有事情相商，不想听你说些无聊的话语。"

"好吧，既然这样，我们就坐下来好好谈谈吧。"辰南坐在了竹林内的石凳上，不过，梦可儿明显不想和他挨得太近，依旧站在原地。

"想必你已经知道明天便要对凌云公审了吧？"梦可儿看着他冷冷地道："凌子空晚年得子，不可能眼睁睁地看着独子死去，必然要想尽办法留下他的性命。"谈到正事，辰南不再胡言乱语，耐心地听着。

"凌云曾经百般迫害于你，你想杀死他吗？"

辰南点了点头，道："当然，我们的目的相同，都想在尽快的时间内，置凌云于死地，以免夜长梦多。不过，我听说他的叔叔凌子虚来了，凌子虚是一个非常可怕的人物，我们不如集中力量对付他。"许多事情一点就破，话都已经说到了这个份上，两人不再兜圈子，抛开以往的恩怨，直接开始商谈如何联手杀死凌云。梦可儿在此之前早已展开了行动，联合了四大学院近十名超级青年高手，这些人和身殒死亡绝地的七大高手关系非同一般，都想杀死凌云，为昔日的好友报仇雪恨。

辰南道："你觉得他们会怎样救走凌云呢？"

"据我接到的消息说，凌子虚可能要找个理由带着他先回返凌家，而后再想方设法化解他的杀身之祸，比如找替身，代凌云去死。"

辰南皱眉道："这样可不好办啊。"

梦可儿冷笑道："不管他们用什么方法都无所谓，我保证随时能够把握到凌云的行踪。"

辰南心中一凛，万年前澹台璇曾经在他面前展现过一些特殊的技艺，主要表现在真气的运用方面。比如，将一丝真气悄悄打入一个人的体内，在一定的距离内凭借气机感应，能够准确地把握到对方的行踪。当然，这种气机感应只是小伎俩，最为可怕的手段是利用某种特异的真气破除别人的功力。万年前，辰南曾经吃过澹台璇的大亏，在毫无觉察的情况下，被她打入一道浅黄色的无华真气，结果自此之后他功力暴跌。现在他看着梦可儿，心中提高警惕，她既然已经修成气机感应之法，难保没有修炼让人修为大跌的古怪功法。辰南淡淡地笑道："既然你已经做足了功课，一切都已经准备好了，看来我只需去出苦力就行了。"

梦可儿摇了摇头，道："事情哪有这样简单，你不知道凌子虚有多么可怕，传说他的修为已经达到了五阶之境。不过幸好只是传说而已，依据可靠的消息，凌子虚现在处在四阶大成的巅峰状态，离五阶境界还有一线之隔。不过即便这样，也远远不是几个三阶高手所能够对付的。"看到辰南没有丝毫表示，梦可儿接着道："你已经步入四阶境界，应该明白随着境界的提升，不同境界之间的差距是多么地巨大。一个四阶初级境界的高手便可轻松干掉数个三阶境界的顶峰强者，四阶中级的高手更是可怕，即便面对一群三阶顶峰强者围攻，也可以从容离去。至于四阶境界当中的顶峰高手，那便已经是准绝世高手了，修为达到了那般境界就可以降巨龙战巨人了。你自问能够和四阶顶峰强者比拼吗？"

辰南摸了摸下颌，叹气道："看来我能够劈死陶然实属侥幸啊！"

"哼，仙武学院的陶然和凌子虚比起来差远了，陶然是否达到四阶大成境界很让人怀疑，都是他那些徒子徒孙在吹嘘他为准绝世高手，依我看他不过四阶中级境界而已。不过你的逆天七魔刀的确很霸道，和我交手时为何未见你施展？"

"哼，你体内不是也有一道封印吗？为何如此隐藏自己的修为？"两人相互试探着，都想摸清对方的真实本领，不过，显然辰南的话语更加有分量，从来没有人看透梦可儿体内有封印，这是头一次被人点破。她脸色立时大变，疾声问道："你是如何知道的？"

"感应到的。"辰南随便敷衍着，他绝不会将老妖怪说出来。

"不可能，即便是五阶绝世高手也无法感应到。"梦可儿脸上的表情不断变化，过了好长时间才平静下来，道："算了，我们继续商讨如何对付凌子虚。以正常的手段来说，即便十几个三阶顶峰强者一起上，也无半丝胜算，必须以非常手段，才能够对付他。"辰南何尝不知道，上次和龙舞相谈时，虽然说得很轻松，但主要是为了安慰她。如今真要动手了，他不得不客观地估计敌我双方的实力，他问道："你有什么好办法吗？"

"用毒！"梦可儿只简单地说了两个字。辰南嗤笑，摇了摇头，道："以你我这般的修为，平常的毒药能够威胁到我们吗？更不要说准绝世高手了，恐怕他稍有感觉，便将毒素排出了体外，这种小伎俩怎么能够威胁到临近五阶境界的准绝世高手呢？"

梦可儿认真地道："这就要看下毒之人是谁了，这一次之所以找你相商，主要是想请你出马，向一位奇人讨要一些特殊的药剂。"

"我？"辰南不明所以，有些发愣。

"不错，你还记得老毒怪吧？"

"什么？你……"辰南一惊，道，"你为何提他，难道你说的那位奇人就是他？"

"当然。"梦可儿脸上露出高深莫测的笑容，道，"你在楚国时的一切，我了解得清清楚楚。"辰南沉思，显然梦可儿曾经调查过他，恐怕是对他的逆天七魔刀多少有些顾忌，想详细了解他的实力。前不久，神风学院举办四大学院青年强者大赛之际，辰南教训小公主时，小恶魔曾经向梦可儿求援，说她姐姐楚月乃是澹台古圣地的外围弟子。由此，辰南已经明白梦可儿消息的来源，肯定都是得自楚国长公主楚月。

"你知道老毒怪在哪里？我已经好几个月未见到他了。"对于这个老人的毒术，辰南还是无比佩服的，能够入选楚国奇士府足以说明他毒功占着一绝。

"当然知道。当初这位前辈从楚国逃出来后一直跑到了西大陆，最近来到了罪恶之城，被神风学院特聘为毒术教师。"

晕，狂晕！辰南之所以逃到罪恶之城乃是受老毒怪指点，来到这里之后他曾经寻找过他的下落，但未寻到丝毫踪迹。没想到他竟然如此胆小，一口气跑到了西大陆，想想老毒怪过去种种荒唐的举动，辰南嘴角露出一丝笑意。老毒怪毒术精绝，很少有人能够和他比肩，恐怕也只有他能够毒倒绝世高手。凌子虚目前就住在神风学院，如果能够从老毒怪那里讨得毒药，投放进凌子虚的饮食中，到时候即便他有天大的本事，恐怕也难以发挥了。辰南和梦可儿都非古板的君子人物，用药物对付绝世高手，根本不会感觉心中不安，两个人详细地密议了一番，而后分手，各自离去。

当辰南找到老毒怪的住所时，感觉有些不可思议，几乎以为自己走错了地方。院中到处都是花卉，每盆花都是稀有的品种，颜色皆鲜艳无比，整座院落内百花绽放，姹紫嫣红，花香阵阵，沁人心脾。眼前的院落实在不像老毒怪的住处，当初在楚国奇士府，辰南曾亲眼看见过老毒怪院中的恐怖情景：满院的蛇虫爬来爬去，大大小小的毒虫坑，遍布整个院落，坑内奇虫蠕蠕而动，可怕吓人。眼前的景象，让辰南迟疑了起来，正在这时，那熟悉的身影出现在了他的眼前。

"哈哈，小子不要怀疑，这就是我的院子，我们终于又见面了。"老毒怪红光满面，近来似乎心情很好。

"变态老头子！""天杀的小子！"两人先来了个熊抱，而后皆哈哈大笑了起来，当初二人一同叛楚，分别之后直到现在才相遇，别有一番感慨。二人相互介绍了一番彼此的经历，正如梦可儿所说的那样，老毒怪先是去了西大陆，最近才返回罪恶之城。"老头你可是胆小如鼠啊，居然跑到了西大陆，哈哈……"

辰南介绍自己复杂的经历时，并没有花费多长时间。老毒怪对于他的情况已经有所耳闻，近来他一直处在风口浪尖，关于他的传闻早已传遍了大街小巷。"变态老头你是不是受什么刺激了，怎么突然转性养起花草来了？"

"嘿嘿，这主要归功于你给我的毒经，我现在的毒术终于渐渐趋于大成。过去直接提炼蛇虫身上的药液，不过是小打小闹而已，如今我可以随便将几种无毒之物调和在一起变成剧毒，这才是高深的毒功。别小看这些花，虽然单独来看，每株花都没有毒性，但如果将几盆特殊的品种摆放在一起，瞬间就可以释放出有毒的气体。当然这离毒术的至境还有一段距离，不过在当今这个世上，相信已经没有几人能够和我比肩了。"老毒怪扬扬自得。辰南一下子来了兴趣，道："这样说来，你现在的毒术已经大进？"

"当然，我可以让一个人服下去几十种毒药，而安然无事，只需要一个无毒的药引，立刻让他在瞬间死于非命，我也可以用几种无毒之物，让一个人不经意间就丢掉性命，这些就是所谓的组毒。"

"哈哈，好，果然毒术大进啊！现在我想向你讨一个组毒药方，由几种无毒之物构成组毒，服用者却无丝毫感觉，组毒可以在他体内潜伏数天而不发作。但只要用某一药引稍微刺激，他来不及运功排毒，就立刻毒发身亡，有这样的组毒吗？"

"当然有，不过，天杀的小子你想干什么？"老毒怪满脸狐疑地看着他。

"当然是去毒人，而且是身份不一般的人，所以要向你求药，别人根本无法毒倒他。"

"你……你想毒谁？"

"一个准绝世高手！"

老毒怪倒吸了一口凉气，道："你疯了，敢惹绝世高手，不要命了。"辰南叹了一口气，道："我实在没有别的办法，如果你能够调配出这种组毒，把药方给我就行，其他的事情你不要管也不要问。"老毒怪犹豫良久，最后找来纸和笔，刷刷点点写了一个组毒的方子。辰南将毒方收好，告别了老毒怪，找到梦可儿，将组毒的方子交给了她。组毒出世，注定一位绝世高手即将受缚，一场惊世大战在所难免。

公审凌云这一日，神风学院人山人海，几乎全城所有修炼者都赶到了这里。不过，辰南却没有去听审，他知道这不过是走个形式而已，真正的大动作在后面，凌云到底有没有命离开这里，几日后才能成定论。这一日，凌云似乎认命了一般，对所有罪行都供认不讳，就是辰南和梦可儿杜撰出来的那些虚假"事实"，他也没有辩驳，一一承认。神风学院彻底沸腾了，怒骂声不断，口水都快将凌云淹没了。如果不是神风学院出动了无数的高手，愤怒的人们在第一时间就将凌云撕碎了。

凌云声泪俱下，不断忏悔自己的罪行，愿意接受各种惩罚。最后他又不断地冲着东方叩头，大声哭喊着说自己对不起父母和家人。事情闹到最后，准绝世高手——凌云的叔叔联合数十名前辈名宿，向神风学院众人提出求情，希望他们允许凌云回一趟家，尽最后一次孝道，而后将他押回这里，开膛摘心，祭奠死者。请求是诚恳的，但手段却不是光明的，这次审判大会请来的几十位名宿，有大半都被贿赂了，多半人同意了这个请求。所有这一切都是接下来大战的导火索。

尽管怒骂声直上云霄，但还是难以改变什么，凌云回家"尽最后一次孝道"已成定局，无法改变。不过，人的情绪真的是一种奇妙的东西，极易起伏。二十几位前辈名宿，纷纷利用高深的音功，讲述百善孝当先，无论一个人有多么大的罪行，都有权和自己的父母道别。结果，煽动性的话语令喧嚣的声音小了很多，人们渐渐接受凌云要回家"尽最后一次孝道"的事实。凌子虚似乎预感到，离开罪恶之城时将会有危险发生，并未公布哪一天离去，不过凭着梦可儿对凌云的气机感应，公布与否都无关紧要。

两日后，辰南得到紧急通知，凌云一行人即将秘密离去。按照事先的约定，他快速向神风学院龙场赶去。此时，龙场已经聚集了十名青年强者。战神学院的三名亚龙骑士，站在如同小山丘般的亚龙背上，透发出的强者气息给人一股如山似岳般的感觉。仙武学院来了三名武者，其中两人已经达到三阶大成境界，另一人更是达到了四阶初级境界，这是一组实力强悍的组合。幻魔学院来了四名魔法师，他们飘浮在空中，每个人的周围都涌动着一股很强的魔法波动，不过其中一人周围的魔法元素波动要明显强盛于其他三人，很显然他已经初临四阶境界。不多时，神风学院冷锋和两位武者从远处走来。

冷锋依旧如往昔一般，整个人透发着一股寒冷的气息，他乃是神风学院有数的高手之一，也是东方凤凰的世交哥哥。当初他为东方凤凰出面，找辰南的麻烦，两人可谓不打不相识，随后多次切磋。同冷锋一同前来的武者年纪稍长众人一些，大概已有三十一二岁，身上涌动着一股强者气息，明眼人一看就知道此人已经初临四阶境界，实力非常强大。辰南暗暗咂舌，这几组人马的实力太过强横了，有些人在上次的青年强者大赛中并未露面，但实力竟然如此恐怖，四大学院果然藏龙卧虎。

一声雕鸣，东方凤凰驾驭金色巨雕从高空降落而下，她一身劲装，英姿飒爽中尽显性感。辰南没想到参与这次行动的人中会有她，正在这时，又一条修长的女子身影出现在众人的眼前。中性绝世美女龙舞，一身男装，挺秀的身材透发着杀气，强者气势一览无遗。辰南当真有些吃惊，他以前一直未看透龙舞的修为，直到今日方才发现她竟然已经达到三阶大成的巅峰境界，随时有可能突破三阶限制，迈入四阶领域。这么多的青年强者聚集在一起，实力当真恐怖无比！最后，梦可儿脚踏玉莲台，宛如凌波仙子一般，从远方快速飞来。

战神学院三名亚龙骑士、仙武学院三名武者、幻魔学院四名魔法师、神风学院三名武者和两名魔法师，再加上辰南和梦可儿，共十七位青年强者。其中仙武学院一名四阶武者、幻魔学院一名四阶魔法师、神风学院一名四阶武者，再加上梦可儿与辰南，共五大四阶高手，实力之强横让人惊叹。凌子虚即便没有中毒，一身准绝世高手的修为能够运转，恐怕也难以敌住这么多的高手。

梦可儿道："我们虽然人数众多，实力看似强大，但也并不一定必胜。随着境界的提升，不同境界之间的实力差距会越来越大，一名四阶初级境界的高手可以轻松对抗几名三阶顶峰强者，四阶中级境界会更强一些，四阶顶峰境界的高手只能用可怕来形容了。即使我们人数众多，但对上全盛时期的凌子虚，依然很难说能够将他斩杀。"梦可儿并没有对众人说起凌子虚体内已经积淀了不少组毒的事情，以免这些高手掉以轻心。

正在这时，高空中传来一阵虎啸，楚国小公主驾驭着虎王小玉出现在众人上空，她身穿白色长裙，头上束着一条紫带，宛如小仙子一般从天而降。小公主绝美的容颜上，一双水灵灵的大眼来回转动，她笑嘻嘻地道："哎呀呀，总算没有迟到，你们都在等我吗？不好意思，我来晚了。"小公主从虎王背上跳了下来，满脸嬉笑之色。众人你看看我，我看看你，都摇头称没有约她。

东方凤凰一看她那副古灵精怪的样子，就知道这个唯恐天下不乱的小麻烦想随他们去找"乐子"，当下沉声道："小麻烦不要胡闹，我们有重要事情去办，你不能跟着我们。"

"嘻嘻，真的吗？可是舞姐姐愿意带我去。"小公主笑嘻嘻地跑到龙舞的身边，道："舞姐姐不要伤心，我陪着你。"龙舞眼中流露出一丝忧伤之色，而后展颜笑了笑，道："今天不陪你胡闹，赶紧回去吧。"

小公主呵呵笑了起来，道："你们两个真不够意思，哼哼，幸亏我和可儿姐姐是师姐妹，可儿姐姐你一定要带我去。"她跑到梦可儿的身边，摇晃着她的左臂。

"我和你姐姐是同门，你什么时候成为我师妹了？"梦可儿脸上露出笑意。

"姐姐的师姐不就是我的师姐吗？"

"但不是同门啊，呵呵，你这个小丫头果然和你姐姐说的一般鬼精灵，但太过淘气。"看得出梦可儿很喜欢小公主，她抚了一下她的长发，道："今天你不能跟着我们，如果去的话，会很危险的。你不要摇我的手臂，也不要求我，说什么我也不会答应。此外，你不许在后面偷偷地跟着我们，不然我会告诉你姐姐，让她立刻派人将你带回去。"

这时，梦可儿凭借气机感应，得知凌云一行人已经乘上飞龙远去，急忙对众人道："我们准备出发！"

小公主满不在乎地拉着长音，道："知——道——了。"

众人陆续跃上三头亚龙的背部。辰南在路过小公主的身旁时，被她叫住道："败类，哼，别看你现在是什么臭屁英雄了，早晚有一天我要踩着你的鼻子，把你踩在脚下。"

"嗯，继续做梦吧。"辰南满不在乎地应了一声，快速向前走去，他现在可没什么时间招惹小恶魔。

"哼，败类，别以为我奈何不了你，待会儿我带着小晨曦去找你们……"辰南听到这句话后好悬没坐到地上，更不敢和她纠缠，以免她说到做到，他在心中叹道："找机会一定要把侍女养成计划进行到底……"

碧天如洗，万里无云，在长空之下，三头亚龙和一头金雕飞行若电，如四条光带一般向着东方追去。在亚龙的后面五里之外，紫金神龙在艰苦地追随着，它一边疾速飞行，一边大口喘着粗气，狼嚎不断："嗷呜，该死的，这三头大蜥蜴飞得这么快干吗，幸亏炼化了朱果的药效，不然还真追不上。"接着它咒骂连连："如果我没有失去龙元，你们这三头臭虫能让我追得这么吃力吗，嗷呜……"仅仅半刻钟，辰南、梦可儿众人便远远地看到了前方的飞龙。

"截住他们！"亚龙比之飞龙的速度不知要快上多少倍，很快就从旁边超了过去，三头亚龙齐齐仰天长啸，声震长空，将空中的飞龙惊得颤颤巍巍，再不敢快速飞行，速度立刻缓慢了下来。

飞龙背上坐着五个人，一个年过古稀的老人稳稳端坐于众人中间，沉稳而又镇定，一股浩大的强者气息笼罩在飞龙的周围。并不是这个老人有意炫耀强绝的功力，这是他体内真气流转时自然外放的能量波动，一代强者气势尽显无遗！毫无疑问，此人便是东大陆十大修炼世家之一的凌家家主的亲弟弟凌子虚，传说中的准绝世高手。凌云坐在他的身边，面现焦急之色，向他述说着什么。其他三人皆穿着青衣小褂，似乎是凌家的下人。梦可儿眉头微皱，轻声自语道："凌子虚身边不是只有两个下人吗，怎么突然多出一人？"这时，凌子虚紧闭的双眼突然睁了开来，空中像打了两道闪电一般，他冷冷地扫向众人，沉声道："你们这是何意？"所有被他目光扫中的人，都感觉皮肤一阵灼痛，这恐怖的功力令所有人都大惊失色，老人的修为实在太过恐怖，恐怕他已经不在四阶巅峰高手的范畴之内！

　　战神学院一个亚龙骑士的脾气格外火暴，闻言厉声道："老东西少废话，不要装糊涂，我们为凌云那个杂碎而来，替死去的朋友们报仇！你少要在这里摆出一副前辈高人的臭姿态，在我们眼里你不过是一个护短的老狗而已！"龙骑士的话虽然难听，但却说出了所有年轻人的心声，众人纷纷出声附和。

　　凌子虚并不动怒，平静地道："老夫不想和你们这帮小辈纠缠，我们离开罪恶之城是经过几十位前辈名宿相商通过的，你们无权阻拦。""呸！谁不知道你们凌家贿赂了他们，你还有脸提？"这个亚龙骑士性格刚烈，说话根本不留情面。辰南向三名亚龙骑士传声道："亚龙天生克制飞龙……"三名亚龙骑士会意，控制亚龙纷纷冲撞飞龙，同时让三头亚龙发出啸声，恐吓飞龙降落。巨大的龙啸如海浪一般一波接着一波，吓得飞龙瑟瑟发抖，再难继续飞行，快速向地面落去。三头亚龙紧逼不舍，用巨大的龙躯在空中撞击飞龙。

　　凌子虚双眼爆射出两道神光，一股莫大的威压以他为中心向四面八方扩散开来，一股磅礴的大力在空中涌动，沉重的压迫感令所有人都感觉阵阵难耐，巨大的力量阻止着亚龙靠近，护佑着飞龙。众人无不大惊失色，凌子虚的修为实在高深莫测，身体外放的劲气竟然将十几丈的亚龙推拒了出去，这份功力着实让人惊叹。

三个龙骑士相互看了一眼，分别命令亚龙从三个方向，再次向飞龙撞去。凌子虚站立了起来，脚踩着飞龙，冷冷地扫视众人，沉重的压迫感如惊涛骇浪一般涌向众人。梦可儿急忙传声道："小心，他要催发先天剑气，不要靠得太近，以免伤了亚龙。"三名龙骑士急忙喝止亚龙，快速向后退去。准绝世高手的恐怖实力可见一二，一人逼得众多青年强者不得不暂时退去。

　　梦可儿低声道："情况似乎有些不对，凌子虚的实力恐怕已经突破四阶境界，迈入了真正的绝世高手之列。"辰南也小声道："我也有这种感觉，凌子虚恐怕真的已经突破了原有的境界，赶紧将飞龙迫降地面，诱发他体内的组毒吧。"最后三头亚龙，将飞龙团团包围，在远处不断吼啸来震慑它。飞龙虽然战战兢兢，但在凌子虚超强恐怖的劲气护佑下，并没有向地面降落而去，它拍动着双翼，悬浮在空中。

　　十七位青年强者和凌子虚短暂对峙之后，快速商量了一番后，武者开始集聚功力，魔法师开始念动咒语，准备轰击凌子虚外放的气场。众人共同数到三息之后，武者劈出一道道光芒璀璨的剑气或斗气，魔法师发放出一道道巨大的闪电，同时向着飞龙外围的气场袭去。

　　"轰……"一声惊天动地的大响，整片天地仿佛都晃动了起来，凌子虚外放的气场被轰破了。辰南、梦可儿几乎在同一时间挥出了擒龙手，巨大的金色光掌无比璀璨，一左一右向着飞龙的两翼撕扯而去。擒龙手本就是远攻的绝学，以辰南和梦可儿的修为来说，足以挥出去十丈距离。凌子虚大吃一惊，急忙拍出两道巨大的掌力，阻止两道光掌。凌子虚的两道掌力，如排山倒海一般狂猛，迅速切断了两道光掌，不过那散去的淡淡金光，终究还是触到了飞龙的两翼。一声凄厉的龙啸，大片血雨自空中洒落而下，飞龙的双翼被两道光掌伤得血肉模糊，在空中摇摇欲坠。

　　就在这时，一声震荡天地的狼嚎在远空响起："嗷呜……"其声激荡天地，震耳欲聋，三头亚龙与东方凤凰的金雕战战兢兢，不断颤抖，飞龙则吓得身体失去了平衡，快速向地面坠落而去。凌子虚急忙怒喝，同时运转玄功，将自己那浩瀚如海般的护体罡气散发了出去，将飞龙的头部包裹住，隔绝了它的听力，这才使它摆脱了恐惧。飞龙再也不敢在空中停留，挥动着血肉模糊的双翼，快速向地面落去，三头亚龙和一头金雕跟着俯冲而下。紫金神龙在远空得意扬扬，嗷嗷乱叫道："本龙不发威，你们当我是病蛇，竟敢在我的面前大吼大叫，嗷呜……"

飞龙降落到一片山林内，凌子虚一行五人舍弃了重伤的飞龙，冷冷面对着围在周围的十几名青年强者。"老夫一直以为有些老家伙在后面给你们撑腰，原来只是你们一群小辈而已，哼，今天你们谁也别想活着离开这里！"凌子虚冷笑着，恐怖的能量波动激荡而出，整片山林仿佛都跟着颤动了起来，绝世高手的修为果然恐怖无比！

"呃……"凌子虚突然脸色大变，紧皱双眉，恐怖的能量波动如同潮水一般，快速自山内退去。仅仅片刻间，凌子虚的脸上已经满是汗水，凌云似乎发觉到了不对，急忙上前扶住了他，道："叔叔你怎么了？"

梦可儿排众走出人群，绝美的容颜上挂着淡淡的笑容，道："烈血组毒，无色无味，化人精血……"凌云脸上现出狰狞之色，骂道："贱人，你竟敢暗算我叔叔，给他下毒！"此刻，凌云可谓色厉内荏，这么多的青年强者围着他，凌子虚如果倒下去，他必死无疑。

凌子虚推开了凌云，虚弱地问道："丫头是你对我下的毒？"

"不是。"梦可儿否认，道，"我虽然知道是谁下的毒，但不能告诉你，你不要妄想把毒逼出体外。许多原本无害的物质，两天前就开始在你体内沉淀积累，早已渗透到你的骨髓中。刚才经过药引的触发，全部转化为剧毒，你现在可谓毒入膏肓，已经无药可救。"

"呃啊……"凌子虚突然仰天大吼，头上乱发狂舞，一瞬间他的双眼变得森冷无比，在这一刻，他如一个魔王一般，寒声道，"一定是你这个丫头动的手脚，今天就是死，我也要拉上你。"梦可儿大惊，没想到凌子虚竟然如此强横，在身中奇毒的情况下，竟然凝聚起了恐怖的力量，她快速后退。凌子虚一步三丈跟了上去，大喝道："去死！"五阶绝世高手盖世一拳轰击而出，山林内狂风大作，沙尘蔽天，无数树木连根拔起，飘浮到空中，而后爆碎。梦可儿快速祭出玉莲台，腾空而起。

凌子虚仰天怒吼，霸绝天地的一拳直轰而上，一道巨大的光柱仿佛贯通了天地一般，向着梦可儿吞噬而去，炽烈的光芒照亮了整片天地，眼看就要将梦可儿吞噬。这是五阶绝世高手的含愤一击，如果被这威力绝大的一拳轰中，梦可儿恐怕会立刻粉身碎骨。这时其他人想要援救已经来不及了。然而就在这一刻，梦可儿的身体突然爆发出一团比太阳还要璀璨夺目的光芒，一股磅礴的大力自她体内涌现而出。辰南大惊失色，自语道："这，难道她解开了封印，但怎么会这么强呢？难道她的修为早已经达到了……"

"轰……"一声惊天动地的大响，梦可儿竟然硬是和五阶绝世高手凌子虚对轰了一拳，浩瀚无匹的能量波动如怒海狂涛一般在整片山林内汹涌澎湃，所有的林木都在一瞬间爆碎，整片林地彻底毁去。

旁边的人如大浪中的一叶小舟，早已被远远地掀飞了出去，许多人口鼻溢血，重伤倒地不起。梦可儿和凌子虚同时口吐鲜血，倒飞了出去，而后双双摔落在地，梦可儿竟然和一个五阶绝世高手平分秋色！辰南刚才见机快，飞快后退，并没有受到多么大的波及，他冲着离凌子虚最近的几名青年强者道："快杀死他，他现在毒入膏肓，经刚才一震，功力已经散却了。"冷锋等人快速向他冲去，青年强者们几乎一拥而上。辰南没有跟进，他快速冲到了梦可儿的身边，将她抱了起来，在外人看来好像在救助她一般，但梦可儿却脸色大变，露出惊恐之色。

辰南冷笑道："原来你的封印不能随便解开，不然将被反噬。嘿，不要怕，我说过如果你落在我的手里，我不会杀死你的。"就在这时，一个青衣小褂、身躯佝偻的凌家下人，突然如鬼魅一般挡在了凌子虚的身前，一股恐怖的波动从他的身体爆发而出。辰南大惊，自语道："多出来的那个下人，四阶大成境界！"

凌子虚大叫道："阿奴给我拦住他们，我已经有办法了，一刻钟的时间我就可以将毒素逼出体外！"

第五章

谁与争锋

天元大陆中部地带，十万大山无边无际。山内参天古树遮天蔽日，千年老藤交错如虬，各种奇兽异怪层出不穷，猿啼虎啸不绝于耳，当真是一片原始之地。此刻在这茫茫大山深处杀气弥漫四野，自罪恶之城追赶而来的十几个青年强者，正在与凌子虚一行人对峙。

凌子虚已经身中烈血组毒，此刻脸色潮红，鲜血欲滴，满面汗水，牙关紧咬，长眉深锁，似乎异常痛苦。凌云紧张地站在他的身后，另两个二十多岁的随从挡在凌子虚的前方。在最前面是那个年老的凌家下人，他青衣小褂，身躯佝偻，头发花白，看起来实在是一个普通得不能再普通的平常老人。可是任谁也没有想到，这个看起来异常普通的老者，在刚才那一瞬间突然爆发出了一股磅礴的气势，以睥睨天下的强者之姿，站在了凌子虚的身前，挡住所有青年强者。浩瀚的能量波动从他微显单薄的身躯透发而出，令地面上的残枝败叶皆飘浮了起来，围绕着他和凌子虚五人旋转，一个超强恐怖的力场将五人笼罩在里面。

龙舞、冷锋等人相顾变色，怎么也没有想到会突然冒出这样一个高手来。原本看到凌子虚身中奇毒，再无力一战，他们以为很容易将凌云杀死，谁知突然杀出一个四阶大成境界的恐怖强者。地面上，仙武学院的三名武者和神风学院的龙舞、冷锋等武者快速将青衣老者包围。空中，战神学院的三名亚龙骑士，幻魔学院的四名魔法师，以及神风学院的东方凤凰等人或聚集斗气，或聚集魔法元素，准备给予青衣老者最狂暴的攻击。青年强者们知道，一定要在最短的时间内杀死或击败青衣老人，不然等到凌子虚这个恐怖的五阶绝世高手排除体内的毒素，当真再无半丝胜算。

东方凤凰以及幻魔学院的魔法师们最先发动攻击，以他们对魔法的领悟力来说，根本不用念动太过冗长的魔法咒语，只要集聚到足够的魔法元素，就能够快速发动魔法攻击。巨大的闪电撕裂虚空，冷灿的冰枪照耀天际，恐怖的火焰席卷天地，先后自空中狂涌而下，袭向青衣老者、凌子虚等五人。恐怖的魔法波动浩瀚如海，宛若惊涛骇浪一般冲涌奔腾，天地一片炽烈的光芒，将青衣老者等五人淹埋在里面。这是六名魔法师的联手之力，其中幻魔学院的一名魔法师已经达到四阶境界，其余五人也都达到了三阶境界，如此激烈的攻击，当真恐怖无比。

突然，在那炽烈的光芒中出现一点蓝色的光晕，蓝光在不停地旋转着，光芒越来越明亮，越来越璀璨，最后形成一个巨大的旋涡，空中所有魔法攻击所交汇而成的巨大能量俱涌进了旋涡中被吸收了，地面上的五人现出了身影。青衣老者双手画圆，如抱滚球，用东方高深武学太极手法化去了魔法师的凶猛攻击，多半的魔法能量都被导入地下，其余被他用强横的内力强行炼化于空中。他的脚下是一道道巨大的裂痕，恐怖的魔法能量冲进地下后狂暴涌动，直至魔法师停止了攻击，裂痕还在不断向远方延伸，巨大裂痕交织，像蛛网一般。青衣老者如果只顾自己一人，根本没有必要硬抗，但他需要保护凌子虚，为他争取时间。青衣老者一人独自接下这样恐怖的魔法攻击也不太好过，不过并无大碍，只是脸色有些发白而已，四阶大成境界超强高手的实力可见一斑。

众人在魔法能量消失的刹那，便开始了第二轮攻击，六道璀璨夺目的剑气交织在一起，构成一片绚烂的剑网，向着青衣老者奔袭而去，"哧哧"破空之声不绝于耳。青衣老者双目猛睁，放出两道神光，双拳齐动，向前砸去，两道无匹的光束自拳头激发而出，迎向六道剑气。两方的气芒都已经实质化，始一接触，空中便爆发出阵阵"铿锵"之音，宛如金属交击。六道剑气最终与两道光束同时溃散，在空中爆发出一团比太阳还要耀眼的光芒，狂暴的能量流震荡四方。点点光雨所过之处，任何有形之物尽被摧毁，双方之间的山石化成了细沙，变成一片小型沙漠，比之刚才魔法师们造成的声势有过之无不及。

突然，震天龙吼响彻大山，惊得远处山林内鸟飞兽逃。三头亚龙皆有十几丈长，在空中一摆尾，分三个方向同时俯冲而下，荡起一股猛烈的狂风，吹得地面沙尘飞扬。三道数丈长的璀璨斗气，在空中荡起阵阵恐怖的波动，不给青衣老人一丝喘息的机会，劈落而下。青衣老人不愧为四阶大成高手，安然不惧，一拳向高空轰去，三道斗气瞬间瓦解。猛烈的劲气令三头亚龙疼痛得睁不开双眼，吼叫连连，最后同时冲向高空，但三条巨尾却狠狠地抽向地上五人。青衣老人皱了皱眉头，大喝一声，双掌连连舞动，在五人的上空打出层层掌影，一片蓝蒙蒙的光辉笼罩在五人的头顶上空，如一面大伞一般。

三头亚龙数丈长的恐怖巨尾，甩抽之力是何等地惊人，速度之快宛如电光，在空中发出阵阵异啸，刺耳难听的声音似九幽地府的鬼音。三条巨尾皆甩抽在了蓝蒙蒙的光罩上，三条亚龙发出一阵阵哀吼，快速离去。它们的巨尾都被蓝光所伤，和蓝光接触的部位鳞甲脱落大片，渗出大片血迹。青衣老人也不好受，脸色有些发白，胸腹间剧烈起伏。就在这时，空中的五名魔法师以及地面的六名东方武者，集聚了足够的力量，同时发动狂猛的攻击，这些人似乎心意相通，不给青衣老人半丝休息时间。

天上魔法，地上剑气，整片天地间都是无尽的炽烈光芒。绚烂夺目的魔法，似长河直落九天，奔腾咆哮，浩大无匹。而璀璨如虹的剑气，宛若天界神光，震慑九幽，威力绝伦，震荡四野。青衣老人需要守护着凌子虚，不能躲避，空有一身玄妙的武学而不能施展，只能凭借己身的恐怖修为硬撼。虽然他已经达到了四阶大成境界，但同时对抗十几名超级青年强者，也是万万不敌。闪电、冰枪、风刃，一重又一重地冲撞在他所撑起的光罩之上，剑气拳劲，一遍又一遍地轰击着他身外那越来越暗淡的光芒。

"噗"，青衣老人忍受不住，吐了一大口鲜血，脸色惨白无比，脚下一阵虚浮，差一点栽倒在地。正在这时，凌子虚突然大口喷血，吓得凌云和青衣老人脸色大变，青衣老人急忙强打精神，快速提聚功力，将那暗淡的光罩再次撑了起来。凌子虚一连吐了十几口鲜血后，脸色惨白无比，睁开双眼道："阿奴不要担心，我吐的是毒血，并无大碍。"说完这句话，他突然抓住了身前那两个二十岁左右的随从，将他们扯到了身边，道："最为浓烈的毒质已经被我排出体外，但这种毒素实在太过厉害，血液内污毒难以尽去，现在我需要换血，看一看你们谁的鲜血和老夫的不排斥。"

凌子虚划破两人的血管，同时割破自己两条手臂，和两个随从的手臂紧紧贴在一起，片刻后他将一个随从推拒了出去，只留下那个与他血型一样的随从，而后开始用内力逼迫自己的血液，让那些毒血自一条手臂的伤口处快速激射而出。血箭如流，散发着阵阵腥臭，快速从他的体内排出。片刻后，凌子虚脸色苍白无比，他几乎放干了身体内所有的血液，摇摇欲坠。

这时，青衣老人已经被众多青年高手轰击得口吐鲜血不止，眼看就要坚持不住了。众人的攻击时时突破他的防守，冲进光罩里面，如果没有凌云化解，凌子虚可能早已伤在青年强者们的狂猛攻击下了。"阿奴再坚持片刻，我马上就好。"凌子虚一把抓住那个和他血型相同的随从，将两人手臂的伤口处紧紧地贴在了一起，用内力快速地吸纳着那个随从的鲜血。随着新鲜血液涌进他的身体，凌子虚感觉到了力量的归回，脸上的笑意越来越浓。

然而就在这时，"轰"的一声震天大响，青衣老人所支撑的蓝色光罩，被一个巨大的金色光掌轰破。光掌内包裹着一个白衣胜雪的绝色女子，宛如九天仙女谪临人间，在金色光掌光芒暗淡的一刹那，白衣女子破开金色光雾，双手抱剑，自高空中劈落而下，直取青衣老人。绝色女子正是梦可儿，她本是道武双修，此刻双手持飞剑，近距离攻击，威力可称得上浩大无匹。飞剑激发出一道宛如匹练般的璀璨光芒，汹涌澎湃的力量令整片天地都仿佛震荡了起来。场外众多青年强者被这股浩瀚如海般的大力，冲击得摇摇晃晃，快速向远处退去。浩荡的能量波动令青衣老人大惊失色，他重伤在身，根本无法抗衡，仓促间举双拳尽全力轰击。

"轰！"一声惊天动地的大响，青衣老人口吐鲜血，翻飞了出去，而后摔倒在地，再也爬不起来了。梦可儿也喷出了一口鲜血，之前强行解开封印和凌子虚对轰了一拳，被体内封印的力量反噬，已经受了不轻的内伤，此刻再次遭创。这时，一道金色光掌快速向凌子虚抓去。出手的人是辰南，他刚才拼尽全力用擒龙手护送着梦可儿冲进了青衣老人的身前，将之成功重创，此刻擒龙手再出，狠狠地抓向凌子虚。

凌子虚大急，快速后退，但以他目前的状态，哪里快得过擒龙手呢，金色的光掌一瞬间将他和那名随从包裹住了。凌云急忙冲上前去，想要破开金色光掌，但却怎么也无法撼动分毫。金色光掌快速收缩，却无法奈何凌子虚分毫，而他手中那个随从却被挤压得失去人形。凌子虚刚想有所动作，光掌却在一刹那间光芒大作将那名随从捏爆，化成一片血雾。光掌消散，凌子虚怒吼连连，他虽然成功将毒素排出，但几乎放干了自己的鲜血，新的血液还没有补足原来的十分之一就被辰南强行中断。一个平常人体内只剩下如此少量的血液恐怕早已魂归幽冥了，即便是强如五阶绝世高手凌子虚也难以支撑多久，他感觉阵阵晕眩，脚步无比虚浮。凌云快速扶住了凌子虚，焦急之色溢于言表，这可是他的靠山、救命稻草啊，如果凌子虚不能恢复过来，他必将死无葬身之地。

辰南擒龙手第三次挥出，快速将跌落在地面上的梦可儿席卷而回。紫金神龙在他的袍袖中低低问道："这一次，不会再放掉她了吧？"

让时间回到半刻钟前。凌子虚狂性大发，利用绝世功力强行压下体内组毒，想将梦可儿毙于拳下。在身陷绝境之时，梦可儿强行解开体内封印，和五阶绝世高手硬拼了一拳。她遭体内封印反噬，身受重伤，坠落在地。辰南抢步上前，将她擒在了手里。梦可儿一阵晕眩，她也曾打过主意，想在拼战中乘机将辰南除去，但没有想到事情突变，凌子虚困兽之斗，突然发难，令她身受重伤，让辰南捡到了这个大便宜。如此境地之下，她当真无比恐惧，落在辰南手里，和落在凌子虚手里没什么两样。她和辰南从开始到现在一直争斗不休，除非一方败落，否则不死不休。

辰南冷笑道："原来你的封印不能随便解开，不然将被反噬。嘿，不要怕，我说过如果你落在我的手里，我不会杀死你的。"梦可儿又气又怕，心中惊恐万分，脸色一阵发红，一阵发白，当真怕辰南对她无礼，做出某些出格的事。紫金神龙突然自山林中闪现而出，趁人不备钻进了辰南的袖袍中，低声怪叫道："小子行啊，这么快就抓到了这个小娘皮，了不起啊，了不起！哇哈哈，你要人，我要玉莲台。现在趁人不注意，你封了她的穴道，我悄悄把她带走，等你回来以后嘛，哇哈哈……"

梦可儿差点吓晕过去，低低地道："辰南，你我之争，当光明正大地进行，你如此行径，和凌云那种人有何区别？现场有这么多的青年强者，我如果无故失踪，他们肯定能够查探出是何人所为，到时你定会身败名裂，天下之大，恐怕再也无你立身之地……"平日高高在上的古圣地传人，此刻显得有些软弱，再无平日圣洁仙子的形象，眼中闪现着惧意。

"嘿嘿，不食人间烟火的梦仙子这是怎么了？为何流露出小女儿的柔弱之态，这和平日冷若冰霜的你真的相差颇大啊！"

"嗷呜，小子快点穴，以后她就是，嘿嘿……"紫金神龙在辰南袍袖中嗷嗷乱叫，话语甚是邪恶，在梦可儿听来当真如恶魔之音一般，她脸色绯红，又羞又怒，同时恐惧无比，再无往昔高高在上的仙子形象了。

辰南面露凝重之色，远处挡在凌子虚面前的那个四阶大成境界的青衣老者，实在太强悍了，有他护佑，凌子虚定然可以安心逞毒。如果成功，一个五阶绝世高手再加上一个四阶大成境界的高手，这里恐怕没有一个人能够活着离去。辰南犹豫良久，最终没有听取紫金神龙的邪恶主意，四阶大成境界高手的出现是一个意外，大敌当前，他只能放弃成见，联合梦可儿共同对敌。当然，他不会让梦可儿好过，辰南一手抵住她的要害，一手抵在她的后背帮她运功疗伤。短短一瞬间，便将梦可儿体内不断冲腾的力量强行压了下去。

辰南站起身来，将手掌抵在梦可儿的要害之上，道："你有两个选择，一、去斩杀那个四阶高手。二、让紫金神龙将你带走。自己选吧。"梦可儿咬牙切齿，今日之事可谓她平生最大的耻辱。心高气傲的她竟然被对头捉住，且被这样威胁，对于她这样的天之骄女来说，是不可想象的。澹台古圣地每一代最杰出的传人在修炼界都备受人尊重，今日之事可谓澹台圣地的耻辱。梦可儿在世人心目中有如仙子一般圣洁，此刻却遭恶棍挟持，这令她几乎要抓狂了。事已至此，梦可儿渐渐冷静了下来，不再像刚才那般情绪波动剧烈，平静地道："好，我去斩杀那名四阶高手。"没有多余的话语，只是简单地答应了下来，梦可儿又恢复了往昔的从容之色。

辰南右手自始至终没有脱离她的背部，怕她突然发难，揶揄道："生活充满了无奈，冥冥之中一大双手，牵引我们向着既定的方向前进，要怪你就去怪他吧，不要怪我啊。"他看准时机，待青衣老者防守稍微出现破绽之时，擒龙手包裹着梦可儿向前挥去。梦可儿本想挣脱擒龙手，但却发现辰南已经拼尽全力，以她此时的重伤之躯根本无法挣脱出去。无奈之下，她集聚功力，准备和青衣老人对抗，不然贸然闯入对方的身旁，必将遭到毁灭性的攻击。

其实，青衣老人早已不支，此时已经是强弩之末，根本坚持不了多长时间。擒龙手迅速突破了蓝色光罩，闯到青衣老人身前，梦可儿强行集聚起来的可怕力量轰然而至，一剑将青衣老人轰飞了出去。她自己则伤上加伤，刚才封印的力量再次破开，狂泄出的力量不仅将青衣老人击得吐血不止，也令她自己再遭反噬，无力地软倒在地。辰南擒龙手第二次挥出，捏爆了为凌子虚提供血液的那个随从，而后再挥擒龙手将梦可儿席卷而回。

这一切都发生在一刹那，辰、梦二人的"完美配合"令众多青年强者皆露出钦佩之色，众人一齐向摇摇欲倒的凌子虚与扶着他的凌云冲去。紫金神龙在辰南的袍袖中低低问道："这一次，不会再放掉她了吧？"

梦可儿脸色苍白无比，心中对辰南可谓恨到了极点，从来都是她掌控别人，哪曾想过她会有这样狼狈的一天，竟然被当作工具使用，现在又将被人"收藏"，这简直比杀了她还要难受。她道："辰南你要知道，你用这种卑鄙的方法制住我，澹台古圣地是不会放过你的，你如此行径已经算得上奸邪之辈，对付这样的人，圣地从来不会心慈手软。天下虽大，但以澹台圣地的实力来说，要想找一个人并非难事……"

"哼"，辰南冷哼，道："其实即便你不曾想杀死我，我也会主动找上你的，收服澹台古圣地当代最杰出的传人是第一步，早晚有一天我要光明正大地前去拜访澹台圣地……""你、你是太古六大邪道的人？"梦可儿眼中射出两道神光，冷冷地看着辰南。

辰南道："错，我知道古圣地和太古六大邪道针锋相对了数千年，我不想卷入你们的纷争中去，只想让澹台古圣地臣服于我的脚下。"梦可儿冷笑，眼中有轻蔑、愤怒。

"嘿，泥鳅，待会儿你将她悄悄地偷走。"辰南封闭了梦可儿全身的大穴，将紫金神龙塞进了她的袍袖中，而后轻轻将她放在远离战场的地方，转身离去。辰南心中自问，我是不是太过不择手段了？是否真的有一颗暗黑之心？也许吧，不过对待有些人和事，使用些过激的手段也未尝不可，或许这一切都是走向黑暗的借口。

绝世高手的可怕实力果然是常人无法想象的，凌子虚体内血液几乎流尽，但此刻仍然强横无比。众多青年高手刚刚冲上去就被他轰飞了出去，吐血不止。狂暴的魔法，声声震耳的龙吼，炽烈的剑气，场内能量风暴狂涌，惨烈无比。众人怕凌子虚吸纳凌云的血液，拼尽全力将两人轰开。此刻，凌云被逼到了战场的外围，脸色铁青无比，狠狠地瞪着众多青年强者，却毫无办法。凌家活着的那个年轻下人背着青衣老人也退到了战场的边缘。

凌子虚惨然笑道："老夫英雄一世，不想落到这般境地，不过，你们若想杀死我，没那么容易，不付出惨痛的代价，休想拿下老夫。"他失血过多，脸色惨白无比，脚下虚浮不稳，但绝世高手那睥睨天下的强者气势仍在，一股霸绝天地的强者气息在整片空间激荡着，惊得空中三头亚龙和金雕皆在微微颤抖，现出强烈的不安之色。

"吼！"一头亚龙在主人的催逼下，摇头摆尾，俯冲而下。亚龙那巨大狰狞的龙头上一双龙角寒光闪闪，似锋利无比的巨刀一般。血红的阔口内，两排白森森的巨齿森光慑人，宛如利剑。它恶狠狠地向凌子虚扑去，凌子虚冷笑，一拳向上轰去，炽烈的气芒直冲而上，猛烈的拳劲宛如怒海狂涛一般，似欲席卷天地，狂猛的能量流在空中汹涌澎湃，激荡起伏。亚龙似乎感觉到了巨大的危险，在低空中快速转身，向高空中冲腾而去。

"嗷呜……"一声凄厉的龙啸，亚龙的腹部被光芒所伤，洒落下大片血雨，在空中一阵翻腾，险些将龙骑士摔落下去。"吼"、"吼"，又是两声龙吼，另外两头亚龙俯冲而下，青年强者们已经看出，凌子虚失血过多，虚弱不堪，他们想和他进行消耗战，直到他力竭而亡为止。这一次，两头亚龙刚刚冲击到低空，便又突然转身冲飞而起，但两条巨尾却狠狠地甩抽了下来，恶狠狠地劈向凌子虚。

"呃啊……"凌子虚乱发狂舞，仰天长啸，宛如发狂，他的两条手臂前端出现两个巨大的光掌，狠狠地抓住了两条龙尾。辰南眼中露出骇然之色，他明白这并不是擒龙手，这是五阶绝世高手凭借己身强横的修为幻化出的能量手臂。这是最为初级的身外化身，绝世高手的实力果然深不可测！

两头亚龙吼叫不止，不断挣动，但却无法挣脱出去。所有青年强者皆露出骇然之色，五阶绝世高手的实力实在太过恐怖了，竟然能够徒手擒龙！"呃啊……"凌子虚再次一声长啸，震得远处山林中树叶不断坠落。他狂性大发，两个巨大的能量光掌死死地握着亚龙的巨尾，而后，竟然将两头十几丈长的亚龙抢了起来，将它们对撞在一起，最后脱手甩了出去。

"嗷吼……"两头亚龙悲吼，十几丈长的龙躯狠狠地撞击在了一起，清晰地传出骨骼碎裂的响声，一头亚龙立刻暴毙，另一头眼看也活不成了。惨烈的撞击，令一名龙骑士当场化为肉泥，另一名龙骑士则被震得甩落了出去。幸亏空中的魔法师援救及时，一片水蓝色的魔法光辉将他笼罩，阻止了他的去势，将他慢慢地送到了地面。两头十几丈长的亚龙在空中翻腾着，而后坠落到远处的地面，龙尸砸在地上发出震天大响，激起漫天尘沙。所有青年强者皆心惊胆战，直到这时他们才明白五阶高手有多么可怕，不愧被称为绝世高手！

"呃啊……"凌子虚乱发狂舞，如入了魔一般，不过他也不好受，身体无比虚弱，刚才妄动真力，冲击得他气血翻涌，张嘴便吐出一口鲜血。此时，每一滴血对他来说都是命，现在突然失去一大口鲜血，他的脸色更加惨白，身躯剧烈摇晃不已。"呃啊，谁能拦我，谁能奈何于我？！"凌子虚状若疯狂，仰天大叫着，虽然摇摇晃晃，但没有人怀疑他的实力，五阶绝世高手实在太可怕了！当真有撼天动地之力！"你们这帮魔法师都给我去死！"凌子虚一掌拍向高空，狂暴的能量流如惊涛骇浪一般逆天而上，炽烈的气芒似欲撕裂天地，整片空间仿佛都在一刹那间碎裂了。

五阶绝世高手发起狂来当真有毁天灭地之势，浩瀚无匹的能量流如滚滚长江，似滔滔大河，逆天而上，排山倒海般的狂猛能量，惊得空中的魔法师们快速躲避，纷纷向高空中冲去。待那股恐怖的能量风暴过去之后，十几位青年强者或发出魔法，或催发剑气，猛烈地向凌子虚发动攻击。想杀死这个绝世高手，只有一个办法，此刻他严重缺血，只要让他陷入狂暴之境，彻底让他的血液沸腾，那么他离死就不远了。这时，辰南、龙舞二人退出战场，慢慢向凌云逼去，有其他高手牵制神志已经不太清醒的凌子虚，二人不担心突然遭受五阶高手的袭击。

绝美的龙舞，此刻透发着无尽的杀气，无双的玉容冷若寒霜，带着一丝哀伤，带着一丝怒意。她冷冷地扫视着凌云，一步一步向前逼去，寒声道："凌云，你死一万次也不足惜，七大高手皆因你一己私念而死于非命……"说到这里，龙舞如玉的脸颊上挂满了泪水，脸上满是凄然之色，她颤声道："潜龙，呜呜，哥哥……"曾经神采飞扬、风采自信的阳光少女，近些天以来整日以泪洗面，整个人似乎一下子消沉了许多，巨大的悲痛令她痛不欲生，现在的她和先前那个整日喜笑颜开的阳光女孩判若两人。

辰南默然，站在龙舞的身旁，不知如何劝解，只是冷冷地盯着凌云，以免他出手偷袭。到了现在，凌云似乎已经知道难逃一死，似乎根本没有反抗的意图，若有所思地道："潜龙原来是他，一代奇才身殒死亡绝地，可惜，可叹！"龙舞轻轻擦去脸上的泪痕，寒声道："如果不是你，他怎么会死去？你这个卑鄙无耻的小人……"

凌云叹了一口气，道："在死亡绝地我的确做了一些人神共愤的事，但我没有对潜龙不利，你认为以我的修为能够给他造成威胁吗？"龙舞绝美的容颜上挂着几滴泪水，样子让人分外怜爱，她冷声道："难道还有什么隐情吗？"

凌云叹道："你应该知道，我们一行人中没有人可以杀死他，外界传言我偷袭潜龙时梦可儿出手援救，你不觉得可疑吗？以潜龙的修为来说，他需要别人帮忙吗？"龙舞转头望向辰南，目光有些冰冷，她早先就有过怀疑，现在更加确定死亡绝地别有隐情。凌云冷笑道："他的确在说谎，不过是被逼的，想洗刷掉我栽赃给他的恶名，他不得不这样做。不过潜龙的死和他没有关系，不怪任何人，只怨撞上了无名神魔这样的怪物。"

辰南笑了笑，道："你没有乘机栽赃陷害我，实在出乎我的意料。"凌云冷声道："我在罪恶之城已经招了一切，现在再反口谁会相信，现在还能够改变什么？还不如实话实说。"龙舞收拾起失落的情怀，冷冷地道："把你知道的真相告诉我！"

凌云摇了摇头，道："内情很复杂，说起来很麻烦，你只要知道潜龙的死和任何人没有关系就行了，真相只是涉及我、辰南、梦可儿的争斗而已。"说着，他望向辰南道："说到底梦可儿才是真正的大赢家，你知道她为什么联合这么多的青年高手来追杀我吗？呵呵，你当真以为他是为了杀我灭口，遮掩秘密吗？这一次杀我是次要的，她真正想杀死的人是我叔叔凌子虚。你听说过太古六大邪道吗？"

辰南点了点头，道："流传了数千年的邪派圣地，当然听说过。"凌云道："数千年来，几个古圣地和太古六大邪道争斗不断。我的堂弟，凌子虚叔叔的亲子，自小便被六道中的破灭道道主收为徒弟。梦可儿乃是澹台古圣地的传人，和六大邪道可谓势不两立，出道以来一直在暗中破坏着六大邪道势力联盟。我们凌家乃是东大陆的十大修炼世家之一，如果和破灭道联合在一起，定然会令几个古圣地坐卧难安。我堂弟为破灭道的传人，我叔叔自然极力想促成破灭道和凌家的联盟，故而成了梦可儿的眼中刺，她非要除掉我叔叔不可。所以说，这一次梦可儿利用了所有的人，她真正想除掉的人是我叔叔，她才是这一次行动的大赢家。"

龙舞是一个聪慧的女子，从种种蛛丝马迹已经推断出了大概。但这一切都不重要，潜龙的死对她打击很大，她的脸上充满了忧伤，看起来让人格外怜惜。辰南冷笑，梦可儿果然心机深沉，其中居然有这等隐情，她竟然借助所有人的悲愤心理，来剪除敌对势力。

凌云冷笑道："有时候有些事情根本无法让人选择，在死亡绝地所做的事情，我并不后悔，如果上天再给我一次机会，我还会那样做。"当初凌云如果不杀害自己的同伴，绝对无法祭起空间魔法卷轴，那样的话他根本无法逃出绝地。凌云为了活命不择手段，那是他活命的唯一途径。如果换作辰南，绝对无法下手杀害同伴，但那也意味着他无法逃离绝地，从某种意义上说凌云这种人更容易活得长久些。

辰南默然良久，最后开口道："你我之间的恩怨，现在该了结了，你要知道血债终须血来还！"凌云毫不在意，道："你尽管来取我性命好了，事已至此，我即便反抗，也难逃一死，就让你省些力气吧。"辰南向前走去，但就在距离凌云半丈距离时，一道剑光如毒蛇一般升腾而起，直取他的心脏。"轰"，一道刀芒冲腾而起，和剑气冲撞在了一起，如两道闪电在空中交遇，爆发出耀眼的光芒，震荡出震耳欲聋的响声。

辰南手中长刀散发着璀璨夺目的光芒，斜指着半丈开外的凌云，道："我就知道你口是心非，像你这样为了活命而不择手段的人，怎么可能这样轻易将自己的性命交给他人呢。"辰南挥刀向前劈去，炽烈的刀芒灿若神光，斜斩向凌云的腰腹，猛烈的劲气汹涌澎湃，浩荡起伏，场内如同掀起一股能量飓风一般。凌云举剑相迎，不过其修为终究差了辰南一筹，在辰南倾尽全力的劈杀之下被轰飞了出去。这时，幻魔学院的那名四阶魔法师也脱离了战场，飞临到凌云头顶正上空，悲愤地大叫着："我要为艾丽丝报仇！闪电！风刃！冰枪！火龙……"

四阶魔法师陷入疯狂之境，一道道魔法能量自高空中击落而下，天地间一片光幕，耀得人睁不开双眼。辰南暗暗咂舌，这个魔法师真是太疯狂了。凌云在两大四阶高手合力围攻之下，不过片刻间就被击成重伤，最后口吐鲜血，"砰"的一声摔倒在地。辰南用长刀挑起他的长剑，猛力一甩，长剑化作一道虹光，瞬间没入凌云的气海，将他钉在了地上。辰南看也不看，大步转身离去。

凌云发出一声撕心裂肺的惨叫："啊……"空中的四阶魔法师降落

到地面，拔出长剑，吼叫着，不断在凌云身上劈砍，惨叫之声不绝于耳。龙舞自始至终没有出手，定了定神，将头转向了一边。辰南一边向围攻凌子虚的战场走去，一边回想凌云刚才的话语。凌子虚的亲子居然是破灭道的传人，当真让他惊讶无比。

万年前的破灭道和辰家有着难以化解的仇怨，辰战劈死邪道大魔人东方云飞，惹得盖世老魔王东方啸天出世，于岳山之巅和辰战进行生死大战。后，惨败的盖世魔王神志错乱，于深夜闯入辰府，将雨馨击得百脉寸断，雨馨不得不走进百花谷闭死关，和辰南生离死别。当时辰南武功半废，红颜知己又陷入死境，人生的天空一片灰暗，颓废的他最终瞒着他的父亲，和破灭道的传人进行了一场必死的决斗，了结了一生。辰南没想到万年后又和破灭道纠缠在了一起，这一世注定要和破灭道有所了结。

"呃啊……"凌子虚双目血红，如怒狮一般大吼着，他体内的血液几乎干涸了，在这一刻他神志错乱，陷入了疯狂之境。他吼叫连连，拍出的凶猛狂暴的掌力，似浩瀚的大海一般，汹涌澎湃，巨浪滔天，没有人敢靠近他。地面上的冷锋等人都被魔法师带上了高空，坐上了仅有的一头亚龙背上，众人看着那发狂的五阶绝世高手，心惊胆战。如果凭实力对决，所有人加起来也难以和凌子虚抗衡，绝世高手实在太可怕了！可是，凌子虚也已经是强弩之末，他体内仅有的少量鲜血已经沸腾了，再也坚持不了多长时间了。辰南、龙舞也被魔法师们带到了亚龙的背上，地面太危险了，陷入疯狂之境的凌子虚现在已经没有了思考的能力，只知道毁灭。

凌子虚体内那强横的内力如海浪一般涌出了体外，炽烈的白光照亮了整片天地，无匹的劲气横扫八方，大地在战栗，天空在摇动。绝世高手发狂后的恐怖破坏力，当真称得上惊天动地，方圆数十里的野兽都感觉到了一股莫大的威压，皆吓得向远方逃离而去。重伤昏迷不醒的四阶青衣老人，以及凌家那名年轻的下人，皆在这浩瀚如海般的狂猛力量中被绞成了齑粉。

冷锋道："他体内的鲜血燃烧了，五阶高手所有的潜能都爆发出来了，待会儿他可能要爆体而亡。"

"轰"，凌子虚一拳击向地面，整片大地剧烈颤动了起来，已经变成沙漠的地面顿时沙尘飞扬，在一股飓风的席卷下，所有的细沙在一瞬间消失得无影无踪。地面"轰隆隆"响声不断，一个深不见底的巨洞出现在凌子虚的身前，一道道数尺宽的巨大裂痕蔓延向远方。"啊……"凌子虚一声惨叫，一条手臂"嘭"的一声炸裂了开来，耀眼的强光如一轮太阳一般，狂暴的能量流逆天而上，亚龙急忙快速向高空冲去，浩瀚的能量风暴在空中汹涌澎湃。凌子虚断臂处只渗透出点点血迹，此刻他体内的血液几乎快沸腾燃尽了，根本无鲜血可流，如果换作常人恐怕早已死去多时了。他神志错乱，疯狂地轰出一道道惊涛骇浪般的掌力，无须高空中的青年强者们动手，要不了多长时间，他就会爆体而亡。

然而就在这时，东方的天际传来一阵清脆动听的女音。"不好了，老怪物杀来了……"远远望去，一道白光快速自东方天际飞来，众多青年强者们大惊，竟然是神风学院的小麻烦，她骑着那头白虎正在飞快逃向这里。现今，在神风学院有好多人都已经知道了小公主的真实身份，只不过谁也没有点破。在小公主的后面追着一头飞龙，当然飞龙不可能快过虎王小玉，却一直在不舍地追着。小公主一身白衣，头上束着一条紫带，在高空中衣衫飘舞，长发飞扬，如同仙子下凡一般。她虽然在大叫着，却无惊慌之色，不时地回头调笑后面的追逐者。

"哎呀呀，凤凰姐姐、龙舞姐姐你们要做好准备啊，凌家又来了一个臭老头，这个老怪物很厉害……"原来小公主一直悄悄地跟在众多青年强者的身后，不过她并不敢太过接近，怕被梦可儿发觉后告诉她的姐姐，将她捉回楚国皇宫。她在远空观看着众人惨烈的大战，看到兴奋之处跟着手舞足蹈。在战斗接近尾声时她发觉东方飞来一头飞龙，出于好奇她迎了上去。

来人和凌子虚年龄相仿，相貌相似，名为凌子言，是凌家的一位重要成员，和凌子虚是亲兄弟，也是凌云的亲叔叔，风驰电掣地赶来，要接应凌云一行人。他在远空中已经感应到了前方的大战，捕捉到了凌子虚狂暴状态下爆发的气息，心急火燎地催动飞龙向前冲去。但没想到小公主突然驾驭着虎王小玉笑嘻嘻地拦住了他的去路，事情万分紧急，他抬手便向小公主轰了一掌，口中大叫着："老夫凌子言，有要事去办，小丫头快快闪开！"恐怖的力量浩荡起伏，向前汹涌而去，幸亏虎王小玉早已通灵，预感到了危险，提前躲了开去。

小公主知道厉害，驾驭着小玉飞快向前逃去，一边逃一边叫着："死老头火气好大啊，不过你来晚了，前方那个和你长得差不多一样丑的家伙已经疯了，在玩自爆……"凌子言听到小公主的话后怒吼连连，很快就追到了大战之地的上空。东方凤凰驾驭着金色神雕凑到小公主的近前，责备道："你为何跑来了，怎么突然惹来这样一个怪人？"小公主吐吐舌头，道："不是什么怪人，是凌家的一个老怪物，叫凌子言，估计是下边玩自爆那个家伙的亲兄弟。"

这时，凌子言已经看清了下方的情况，目眦欲裂，驾驭着飞龙快速向下冲去。来到地面后，他舍弃飞龙，冲过重重巨大阻力，穿过浩瀚无匹的能量流地带，来到了凌子虚的身前，一把抱住了陷入疯狂之境的凌子虚，焦急地问道："二哥你怎么了？"空中众人大骇，这个老人竟然能够安然地闯到凌子虚的身前，那浩瀚如海般的气浪居然无法伤害到他分毫，着实让人惊讶。

辰南道："凌家老一辈到底有几兄弟？怎么都如此了得啊！"冷锋道："直系似乎有三兄弟，凌云的父亲排行老大，凌子虚排行第二，凌子言排行第三。"就在这时，凌子虚的右脚突然炸裂了开来，一团刺目的光芒照耀天际，恐怖的能量波动浩瀚如海，在整片空间汹涌澎湃。凌子言被轰击得口吐鲜血飞了出去，凌子虚则仰躺在地，不断地吼叫着。

东方凤凰道："你们看，东方又有一头飞龙冲来了，我们还是撤走吧。"众人点头同意，凌子言已经来了，谁能敢否定后面的人没有同样厉害的老怪物？一名魔法师将死去的那名龙骑士的尸体用魔法光罩带了上来，除去东方凤凰和小公主，所有人都跃上了亚龙的脊背。直到这时，众人才感觉有些不对劲，身受重伤的梦可儿竟然消失不见了。在大战的过程中，梦可儿先是对抗五阶高手凌子虚，而后又剑劈四阶大成境界高手青衣老人。所有人都知道她受了重伤，看到她被辰南扶到了战场的边缘，但现在她却突然无影无踪了，让众人一头雾水。

小公主笑嘻嘻道："你们不要找了，可儿姐姐已经提前回去了，她可能伤势过重，急着回去疗伤。我刚才远远地看到她向罪恶之城的方向飞去了，不过好奇怪哦，她居然没有祭起道家至宝玉莲台，好像是围着一条紫金腰带飞走的。可儿姐姐的宝贝可真多，回去之后我一定要向她讨得一两件。"众人释然，龙骑士催动亚龙，快速向罪恶之城的方向飞去。紫金腰带？辰南心中狂汗，幸亏小公主离得远，要是再近一些的话，肯定会穿帮。

这一次十几位青年强者成功将凌云击杀，且杀死一个四阶大成境界的超级高手，还让绝世高手凌子虚陷入疯狂之境，爆掉一臂一足，即便他能够活下来，修为也肯定大不如从前了。十几个年轻人近乎杀死绝世高手，可谓异常惊人，相信消息传出去后定会惊动修炼界。平静多年的大陆，近来很少有绝世高手发生大战，近些年几乎没有传出过绝世高手被杀死或杀伤。今日这一战注定要掀起一片巨大的风浪，一个五阶绝世高手竟然重伤垂死，定然要让许多老怪物心惊肉跳。不过这一战，青年高手们也付出了代价，多人身受重伤，一个龙骑士惨死，两头亚龙被击毙，令年轻的高手们心情有些沉重，同来却不能够同归。

亚龙降落在神风学院的龙场后，无数年轻人围了上来，这件事已经不是什么秘密，在众人动身的同时，梦可儿安排的人便开始在罪恶之城为十几位青年强者造势。几日前公审凌云的结果，令大部分人都感觉不公，尽管当时众多的修炼者没有在神风学院大闹，但事后几乎所有人都异常不满，都觉得不能放凌云回去。这一次，梦可儿组织青年强者们去阻杀凌云，事先经过了精心的布置，在他们刚刚离去后，暗中的人便开始大肆进行有利的宣传，为众人造势。罪恶之城几乎所有人都知道死亡绝地生还者梦可儿与辰南领着死者的亲人和朋友们去找恶魔凌云报仇了。现在人们对死去的七英雄无比同情，对梦可儿和辰南无比敬重，对凌云可谓深恶痛绝，现在知道他们亲自去报仇，皆是支持的态度。

冷锋、龙舞等人自亚龙背上下来时，看到神风学院无数学生早已等候在这里，当真感慨感动，所有人都在像守候英雄般等待着他们的归来。当神风学院的学生得知，青年强者们成功斩杀了凌云后，立刻爆发出一片欢呼声，神风学院一时间沸腾了。可见，这一次斩杀凌云的行动是多么地大快人心，凌云种种真假恶行，真的到了人神共愤的地步。死亡绝地的"元凶"终于伏法了，消息很快传遍了罪恶之城，无数人拍手称快。

一个时辰之后，东方天际传来长啸，啸音由远及近，两头飞龙闯入罪恶之城的上空，一声悲愤的怒吼传遍了罪恶之城，"几个小辈给我滚出来，老夫凌子言来也！"罪恶之城的人们沸腾了，许多修炼者都知道他是凌家家主的亲弟弟，乃是凌家三巨头之一。不过，这里的修炼者们似乎并不买账，无数怒骂之音传上了高空。

"我呸，又是凌家的人！"

"好嚣张的死老头啊，凌家果真没一个好东西！"

"啊呸，哪来的老鸟，在号叫什么？！"……

显然经过"凌云事件"后，所有修炼者都对凌家没有好感，即便是面对一个传说临近五阶，或者已经是五阶的绝世高手，众人同样白眼相向。凌子言在空中半尴不尬，看到大街小巷无数修炼者对他喷口水，他老脸着实有些挂不住。同时，他想到了罪恶之城是一个特殊的所在，传说许多修为达到了难以想象的前辈高手在此隐居，立刻心虚了起来。这时，神风学院方向传来一声震天的龙啸，一头巨龙腾空而起，数十丈的龙躯遮天蔽日，快速向这里冲来。

凌子言身下的飞龙吓得战战兢兢，不断颤抖，差一点就要落荒而逃。说来凌家财力着实惊人，重要人物的代步工具皆是飞龙，这可不是一般的大手笔。不过，此刻这番大手笔在巨龙骑士的面前就显得有些小家子气了，飞龙战战兢兢的样子，差一点让凌子言出丑。显然神风学院的人不满他的行为，派人故意给他来了个下马威，直接用巨龙威慑飞龙。

神风学院自创院以来，已经有千年的历史，在大陆上威名赫赫，每代皆有绝世高手出世。从这里走出去的成名人物多不胜数，许多国家的将军都曾经在这里修炼过，更兼学院内多皇子公主之流的学生，可以说这里是一座圣院，没有人敢小觑神风学院。凌家是东大陆十大修炼世家之一，虽然凌子言是该家族三巨头之一，又是五阶绝世高手，但敢在神风学院的"势力范围"内旁若无人地呼喝呐喊，立刻令院内的"某人"极其不爽。

副院长正在为痛失学生中的第一高手萧风而叹息，听到凌子言在上空高声叫嚷，直接叫人乘巨龙飞上去"请"他安静。黑色的巨龙荡起一股狂风，如一朵乌云一般涌动到了凌子言头顶上方，下方的飞龙立时吓得颤抖不已。这算是相当无礼的举动，巨龙骑士直接用巨龙盖在凌子言的头顶上方，居高临下喊道："何人在此吵闹，难道小觑我自由之城无人吗？"

凌子言心中无比悲愤，恨不得立刻找到凶手为自己的哥哥报仇，心中像有一团火在燃烧。对方如此无礼待他，他心中更加愤怒，不过最终硬是压下了怒火，毕竟他的举动有些轻视罪恶之城的修炼者，此刻人家挑刺也无可辩驳。凌子言尽量放缓声音道："老夫凌子言，刚才太过急躁，若有失礼之处，还请见谅。"

"哦，原来是凌家的前辈啊，来我自由之城有事吗？"四阶巨龙骑士乃是一个中年人，口中虽然尊称凌子言为前辈，但并没有多少恭敬之态。罪恶之城大街上的人见到空中的情景，皆大叫道："骑头带翅膀的小龙就以为能够无法无天了，凌家的人真狂妄……""一看这个老鸟就知道不是好货！"由于凌云的缘故，罪恶之城的修炼者对凌家分外敌视。

凌子言听着下方那嘈杂的叫骂声，脸上一阵红一阵白，但也不好说什么，以免犯众怒，惹得那些人说出更难听的话语。"半刻钟之前，离自由之城百余里之外，老夫侄儿凌云被人杀死。兄长也遭人暗害，身中奇毒，被一群年轻人围攻，致使身残。我一路追随而来，想要为他们讨一个公道。"凌子言动用无上音功，声音清晰地传到了下方，许多人都听到了空中的对话。巨龙骑士还没有说话，下方已经开了锅，人们非但不同情，还齐声叫好：

"凌云本应该凌迟处死，这样杀死他真是太便宜了。"

"活该，该杀！"

……

凌云被杀的消息随着十几位青年强者回归之时，就已经传遍了罪恶之城，不过众人并不晓得他们将一个五阶绝世高手也击得重伤残废。此刻，凡是听到这一消息的人无不惊讶无比，所有人都深深知道绝世高手有多么可怕，十几个年轻人竟然重创绝世高手，这令众人都吃惊得张大了嘴巴。这一震撼人心的消息，令修炼者们既震惊又兴奋，说什么的都有。

"凌家的人最是无耻，听说凌云这一次之所以没有被立刻处死，是因为凌子虚动用了无数金钱，贿赂了许多前辈名宿的缘故。"

"嘿，到头来还是难逃一死，凌子虚自己还搭了进来……"

"凌家这一次损失惨重啊，一个绝世高手伤残，等于去掉了一大支柱啊！"

"嘿嘿，凌家这次可是颜面尽失啊，小一辈冷血无耻的丑恶嘴脸暴露在世人面前，老一辈的绝世高手护短，又被几个后辈击成残废，当真丢脸啊！"

凌子言功力精湛，下方的议论声怎么逃得过他的双耳呢？他气得脸色血红，但却无法发作，将一双拳头握得"咯嘣咯嘣"作响。辰南、龙舞等人显然听到了凌子言的声音，十几个青年强者归来之后，一直被神风学院的学生包围在龙场，众人一致要求他们讲述和五阶绝世高手大战的经过。这时，众人听到高空中的凌子言竟然追到罪恶之城，想捉拿十几个青年高手，顿时群情激愤。

辰南不怀好意地笑了起来，他不怕事情闹大，冲着众人喊道："既然是凌家的人找上门来了，我们所有人都上去见见他，不要让他以为我们怕他。"平时不苟言笑的冷锋看了他一眼，立刻会意，冲着众人喊道："把所有龙骑士都找来，我们一同上去。"唯恐天下不乱的小公主没有在这个时候拆台，她拍手叫好道："哇，数十头龙在空中飞，想想就觉得壮观啊！"众多年轻人当即醒悟，所有人都露出了笑意，在场的龙骑士纷纷去找自己的龙，还有许多人跑去联络没有在场的龙骑士。

片刻后，神风学院龙啸震天，声声巨大的啸音宛如天雷轰鸣，声音传遍了整个罪恶之城。二十几头亚龙、飞龙同时飞了起来，如滚滚乌云一般遮天蔽日，快速向空中的凌子言围拢而去。天地间黑压压一片，数十头西方的龙连在一起，在地面投下一片巨大的阴影。罪恶之城的人都看呆了，如此壮观的场面还是头一次发生，城内所有人都仰望着高空，张口结舌。二十几头龙挥动着巨大的龙翼，荡起阵阵狂风，快速冲到了凌子言的近前。猛烈的狂风吹得凌子言的那头飞龙一阵晃动，数十头龙的怒吼令那头飞龙一下子颤抖了起来，发出阵阵哀鸣。尽管凌子言经得多、见得广，但此刻还是傻眼了……

小公主骑着虎王也混在群龙中，笑嘻嘻地道："喂，凌家的老头你在找谁？"此刻，凌子言冷汗直流，心中一阵发怵。空中的场面太壮观了，几十头龙把他包围了，每头龙上都站满了年轻人，巨大的龙吼，声震长空，吓得他的飞龙战战兢兢。他稳了稳心神，道："我来找伤害我兄长的凶手。"这时他不敢再提凌云被杀的事，事情虽然让他窝火震怒，但他明白在罪恶之城，所有人都恨凌云入骨，如再提起，可能会引起公愤。突然，凌子言在几头亚龙背上分别看到了参与围杀凌子虚的几个青年强者，他指着仙武学院那三个武者，道："凶手！我终于找到你们了，嘿嘿，你们居然还敢上来，今天谁也别想走掉……"

此话一出口，无尽的杀气笼罩了他的全身，数十头龙狂啸震天，围着他盘旋飞舞，许多年轻人拔出了长剑，遥遥对指着他。而且就在这时，神风学院又传出阵阵龙吼，又有十几头龙冲天而起，向这里疾速飞来。声声龙吼，震荡天地，巨大的咆哮之音，声传数十里，如惊涛拍岸，似天雷碎空，响彻天地间，整片罪恶之城都仿佛颤动了起来。

城内所有居民都不由得仰头观望，如此壮观的场面在自由之城的历史上都未曾有过，几十头龙同时咆哮的恐怖景象，比上万军队大战还要声势浩大。城内的所有修炼者都露出了会心的笑意，神风学院的这帮学生简直太有冲劲了，居然如此对待凌家的绝世高手，当真了得！近四十头龙将凌子言环围在中央，每头龙身上都站着十几名神风学院的学生。武者皆将手中的兵刃遥指着凌子言，杀气冲天，冷森的气息弥漫整片空间，高空之上宛如陷入腊月寒冬一般。魔法师则持着魔杖开始聚集魔法元素，空中魔法元素波动异常剧烈，仿佛整片天地都跟着震荡了起来。

凌子言脸色大变，即便他是五阶绝世高手，但如果被这么多人围攻，恐怕在瞬间会化为飞灰。他不知道这些学生是出自神风学院高层的授意，还是一时义气帮人出面，心中有些打鼓。如果是神风学院高层的授意，那后果是严重的，这已经不是私人恩怨的问题，即将演变成两个集团的对抗。不过最后凌子言判定，神风学院高层不可能会如此莽撞行动，多半是这些学生自行生事。他道："哼，老夫凌子言，来此只为缉拿凶手，你们为何阻挡于我？"虽然被强大的力量包围着，但凌子言毕竟为凌家三巨头之一，不可能在众人面前示弱，不然传出去，定然会被人耻笑。

空中杀气顿时冷冽了起来，众多学生的武器隐隐有剑气或斗气冲了出来，哧哧破空之响不绝于耳。同时，浩瀚的魔法元素仿佛在一瞬间都聚集到了这里，在空中汹涌澎湃。高空之上一片紧张的气氛，大战一触即发，这些青年人似乎随时有可能向凌子言出手。在凌子言看来，神风学院的动态耐人寻味，此刻竟然没一个有分量的人上来遣散这批学生。

就在这时，一名男生突然道："凌子言是谁？"

"卖臭豆腐的！"有人答道。

"胡说，搓澡的！"

"不是，蹲在神风学院门口乞讨的。"

"错，是张伯养的阿花。"……

众人大笑，几个学生肆无忌惮地调侃着凌子言，令他一张老脸通红无比。他狠狠地盯着那几个人，恼羞成怒，大喝道："无知小辈找死！"浩瀚的能量波动在空中浩荡起伏，以凌子言为中心，如海浪一般向四外扩散而去，围着他最近的几头龙立刻被推拒了出去，那几头龙在空中一阵摇晃，上面的学生们站立不稳，险些摔落下去。

所有学生皆怒，武者即将催动剑气或斗气，魔法师即将施展魔法，空中大战一触即发。然而正在这时，高空中的那名巨龙骑士发话了。他乃是神风学院的一名中年教师，此刻看到眼前如此紧张的气氛，不由皱了一下眉。神风学院副院长让他便宜行事，并不想和凌家真个剧烈冲突。"大家冷静，不要大动干戈！"巨龙骑士大喝道。

剑拔弩张的局面顿时一缓，所有学生皆忍住了出手的冲动，但凌子言毕竟身为凌家三巨头之一，刚才受了侮辱，怎肯就此装作什么也没发生过呢，他冷声道："刚才那几个小辈给我记住，老夫今天暂且饶过你们，但下次不要让我撞上。不过围杀我兄长的几个凶人，我绝不能放过！"

"哈哈……"辰南大笑，而后喊道，"他在说什么，谁不放过谁啊？"空中的年轻人对凌家的人可谓没有半点好感，俱嗤笑，许多人的脸上都带着轻蔑之色。凌子言老脸通红，拳头攥得"咯嘣咯嘣"作响，局面再次紧张起来，冷冽的杀气在场内弥漫。突然，凌子言的飞龙经受不住几十头龙带给它的巨大压力和刺骨的杀气，吓得夹着尾巴直直向地面落去，龙躯不断颤抖，下落之时晃晃悠悠。凌子言气得险些吐血，飞龙竟然如此不堪，让他大失颜面，一张老脸都变成了猪肝色。

空中众人发出阵阵哄笑。凌子言险些气晕过去，他知道今日的表现定要传遍大陆，必将成为人们的笑柄。他真想一巴掌把这头飞龙拍死，但想到自己不能御空飞行，不得不忍住了这股冲动。地面仰头观望的所有人也都爆笑，围着凌子言的几十头龙又开始咆哮了起来，似乎也在嘲笑凌子言，啸声震天，整片罪恶之城仿佛都在跟着战栗。

所有学生都带着笑意返回了神风学院，凌子言则气得暴跳如雷，直到这时，和他同来的凌家人才乘坐另一头飞龙来到他的身边。他道："气煞我也，老夫还从来未曾这么丢脸过，我定要去神风学院拿住那几个小辈，找那些未出面的老家伙理论一番。"另一头飞龙上是十几个凌家的死士，他们跟随凌子言前来罪恶之城接应凌子虚等人，不想晚来一步，只赶上为凌云收尸。当中一人道："大人请息怒，千万莫要因一时气愤而冲动，神风学院不是一个好相与的地方，在他们的地头上，我们不能和他们硬碰。"凌子言嗯了一声，长长出了一口气，可是他一看到满身血污、昏迷不醒的凌子虚，立刻肝火大动。他调整了好长时间，才带着人向神风学院赶去。

半个时辰之后，神风学院某不良老人的办公室中，凌子言僵硬地笑了笑，面对神风学院副院长这个老狐狸，他理屈词穷。副院长摊了摊手，道："事情的经过我已经说完了，我实在无能为力，目前你们凌家似乎成了罪恶之城的公敌，若有人为你们说好话，估计马上就有人上去抽闷棍，更不要说帮助你们捉那些'英雄'，不，'凶手'了。"

凌子言当然知道副院长在敷衍，不过也没有办法，无奈起身告辞。参与围攻凌子虚的十几个青年强者还没有散去，他们知晓了凌子言找副院长要求缉拿他们的消息。战神学院的一名亚龙骑士脾气异常火暴，闻听这则消息后立时大怒，当场便要求众人同去找凌子言的麻烦。不过却被东方凤凰拦了下来，她自幼在这里长大，早把神风学院当成了自己的家，不想令神风学院和凌家这样的大势力集团对立起来。其他人也觉得不应再起冲突，既然已经成功将凌云除掉，没有必要将事情继续闹大。

　　辰南暗暗计量起来，他和梦可儿可以说是令凌云身败名裂的罪魁祸首，凌家如果要报复，肯定要找上他们两人，但梦可儿身后有澹台古圣地撑腰，凌家未必敢轻举妄动。在外人看来，他辰南为楚国护国奇士，似乎风光无限，但以凌家这样的大势力来说，一定早已知晓他和楚国之间真实的微妙关系，知道他人单力薄，凌家如果要报复，他必将首当其冲。

　　"眼下我们当然不能轻举妄动，不过凌子言如果不依不饶，我们也不能够太过软弱。"辰南看大多数人都不愿再起冲突，也不好鼓动众人去干掉凌子言，只好委婉地表示不排除对凌子言出手的可能。他非常希望众人能够同仇敌忾，共同对付凌子言，如果真能够将凌家这个巨头铲除，那么凌家必定大乱。凌子虚已经半废，在接下来的一段时间内，凌家为了稳定家族，以及平和各种潜在的威胁势力，恐怕无力大动干戈。如果凌子言发生意外，凌家算是彻底元气大伤，到时当真再无力对外。

　　战神学院的那名亚龙骑士附和道："凌云那个卑鄙的小人本来就该杀，如果凌家真的护短，找我们麻烦的话，我们就如同围杀凌子虚时那样，除掉凌子言这个老家伙。"辰南笑了笑，道："凌子言如果还算明智的话，最好不要在罪恶之城惹下众怒，不然我们大可发动对凌家不满的人直接做掉他。"话虽是这样说，但辰南已经动起了歪脑筋，思索着如何铲除凌子言。现在消灭掉这个绝世高手，未来他就少了一个强大的敌人。虽然短时间内，凌家不可能冒天下之大不韪置他于死地，但他和凌家发生冲突恐怕是早晚的事。随后众人分手，各自离去。

辰南回到幽静的竹林居所，在三大绝世高手那里找到小晨曦，而后带着她出去游玩，毕竟这些日子以来没能在她身边好好照顾她。傍晚时分，辰南领着小晨曦满载而归，辰南给晨曦买了很多的小饰物，令她欢欢喜喜。晚上小晨曦入睡后，辰南来到阁楼外，嘀咕道："那头笨龙不会出事了吧，现在天色已经黑了下来，怎么还没有将人带回来？"

"嗷呜，本龙回来了，嗷呜……"紫金神龙摇摇晃晃飞到阁楼外，低低地吼叫着。辰南大吃一惊，紫金神龙的头尾之上竟然有丝丝血迹渗出，除却有玄武甲保护的部位外，其他部位都带着点血迹，颜色已经发暗。"泥鳅到底怎么了，那个女人呢，谁把你伤成了这样？"辰南真的惊异无比，他深深知道紫金神龙鳞甲的坚硬程度，以他四阶境界的修为尽全力击打，都无法伤害它分毫。紫金神龙虽然失去了龙元，但毕竟为龙族皇者的后裔，天赋异禀，水火难侵，刀兵难伤，如今竟然遭创，着实是件异事。

"嗷呜，还用问吗，当然是那个该死的小娘皮！本龙受不了了，竟然被一个女人如此欺侮，我要是人类，一定要将她折磨一百遍啊一百遍！"紫金神龙颤抖着，嗷嗷乱叫，看得出这一次它吃了大亏，气愤到了极点。

辰南一把将它从空中揪了下来，捂上了它的嘴巴道："不要叫了，这里隐居着许多高手，你如果被他们发现，会有些麻烦。"辰南说完，将它放开，走进屋中，不多时取出一枚类似朱果般的奇异仙果，道："把它服下去。"紫金神龙双眼放光，立刻老实了起来，接过仙果激动得一口便吞了下去，而后闭上龙睛，开始炼化仙果的药效。大约过了半时辰，它才睁开眼睛，精神明显好了许多。

直到这时，辰南才开始问它详细的经过。原来紫金神龙掳带着梦可儿，来到距离罪恶之城五十里外时便停了下来，它可不敢在白天大摇大摆地带着一个绝色大美女飞进城中，想等到晚上偷偷溜进去。

在山林中，梦可儿不断眨动着一双灵动的大眼，示意紫金神龙解开她的穴道，她似乎有话要说。紫金神龙当然不会上当，它一脸的痞子相，胡言乱语地说着浑话，以报前不久被追杀之仇。梦可儿虽然恨得咬牙切齿，但并未将怒色显现出来，反而一副从容之态，脸上布满了微笑，只是在暗中不断地积攒力量冲击穴道。紫金神龙口水飞溅，原本想将这个俘虏气得发狂，但没想到人家毫不在乎，还露出了轻蔑的神态，最后它忍无可忍，开始张牙舞爪恐吓梦可儿。它不断和梦可儿瞪眼，没想到最终陷入梦可儿的陷阱。在一人一龙相互对视的过程中，紫金神龙逐渐迷茫起来，最后竟然迷失了自我，身不由己地为梦可儿解穴。辰南不用想也知道，紫金神龙中了类似摄魂术之类的秘法。

辰南问道："你浑身上下不是坚如精铁吗，我上次费劲全力都无法伤到你，她重伤之下怎么可能伤得你自鳞甲内渗出血丝呢？"提到这个问题，紫金神龙一缩脖子，不由自主颤抖了一下，叫道："嗷呜……那个小娘皮太可怕了，开始时似乎还很虚弱的样子，后来竟然散发出一股强者气息，就是比起那个发狂的凌子虚都不遑多让，我就是被她在那种状态下用飞剑斩伤的，可怕啊！"紫金神龙似乎现在还心有余悸。辰南眼中精光闪现，他知道梦可儿体内封印着一股可怕的力量，但不知那股力量为何会被封印。显然梦可儿在对付刀枪不入的紫金神龙时，动用了那股力量，不然绝难伤到这头痞子龙。

"不愧为澹台璇的传人，如果她能够毫无限制地动用那股力量，恐怕比之当年同龄的澹台璇还要可怕！"辰南暗暗嘀咕，如果真个和梦可儿生死对决，对方如果解开封印，他只有跑路的份。突然，辰南似乎捕捉到了什么信息，对紫金神龙道："你怎么从她手里逃出来的？"

紫金神龙道："当然是趁她不备逃了回来。幸亏本龙够机警，不然还不知道被她折磨到什么时候呢！嗷呜……"辰南神色一动，道："难道她没有祭起玉莲台追你吗？"

"似乎没有。"

"你这头笨龙，为什么不早说，走，快带我去那片山林！她连续被体内封印的力量反噬，身体肯定已经非常虚弱，我们要在第一时间内捉到她，以免她恢复功力后来报复我们。"辰南一把揪住了紫金神龙的尾巴。紫金神龙并不笨，只不过受惊过度，没有细想，现在当然明白了其中的隐情，载着辰南快速腾空而起，向着罪恶之城东方飞去。

月色朦胧，点点月辉洒落山林间。夜晚的大山并不宁静，时时传出兽吼之声，闻之令人毛骨悚然。紫金神龙载着辰南在高空中一路东行，翻过几座高大巍峨的山脉，快速来到了距离罪恶之城五十里外的山林上空。月光并不明朗，在夜色中，下方的山林黑压压一大片，显得有些阴森。紫金神龙低声叫道："嗷呜，我就是自下面那片山林逃走的，不知道那个小娘皮还在不在那里。可恶可恨的小女人，如果这次能够抓住她，我和她没完！"

辰南示意紫金神龙向下降落，他将长刀紧紧握在了手中，虽然知道梦可儿可能身负重伤，但其可怕的修为还是令辰南忌讳不已，他已经做好了战斗的准备。紫金神龙也知道梦可儿不好对付，在临近低空时不再开口说话，小心谨慎地向下降落而去。

山林内一片黑暗，冷清寂静。辰南静静地站在林内，放开身心使自己融入这片天地，神识向外延伸而去，感应着周围的一切。在这一刻，他心中一片空灵，他闭着双眼但附近的景物却真真切切传入了他的脑中，一切都能够被他所感知。这就是老妖怪一再强调的灵觉，每个人修炼到一定境界，身上灵门便会大开，能够用心去感知周围的事物。通常所说的"天眼通"便是在此基础上形成的，而"他心通"则是更为高级的境界，人体就像一所宝库，随着修炼境界的提升，宝库的大门便会渐渐敞开，许多神通便会伴随出现。

辰南用心去感应，但并未搜索到梦可儿的气息，他冲紫金神龙做了个手势，示意它去找找看。紫金神龙在空中一摆尾，开始在山林内游动飞舞，半刻钟后它飞了回来，摇了摇头，低声道："嗷呜，没发现那个小娘皮，可恶！难道她已经逃回了罪恶之城？"辰南皱了皱眉，按照他的猜测，梦可儿应该还没有逃离出这片大山，如果她还有能力驾驭玉莲台飞行，绝不会放任紫金神龙逃走。

他凭着感觉一步一步向前走去，右手长刀紧紧握在手中，敏锐的灵觉提升到了极限。山林之外是一片荆棘之地，辰南在穿越丛丛荆棘时，眼中神光一闪，借助月光，他发现一根长长的发丝在一丛荆棘上缠绕飘荡着。一人一龙再次小心谨慎地前行，向前走出去五百多米，到了荆棘丛的边缘地带，又一根黑亮、柔顺的长发缠绕在一条藤蔓之上。荆棘丛林的前方是一个小山谷，谷内有涓涓溪流向外流淌而出，在月夜下溪流散发着淡淡晕光，发着轻轻的鸣奏。小山谷占地并不大，只有两三平方公里的样子，谷内开满了野茶花，阵阵清香扑面而来，沁人心脾，的确是一个环境优雅的小谷。辰南猜测梦可儿极有可能在此疗伤，到这里后他更加谨慎，避免惊动可能在此匿藏的对手。

忽然，紫金神龙兴奋地在空中来回舞动，但并未敢出声，它示意辰南向前望去。只见清澈的泉水旁，一株茶花树上挂着一件洁白的女子外套，随着微风正在轻轻摇曳。辰南双眼急骤收缩，正是梦可儿的外套，他将长刀立于身前，步履坚定地向前走去。在距离那株茶花树不足十丈距离时，突然一道宛如闪电般的强光自旁边的茶花林中飞袭而来，势若奔雷，荡起阵阵恐怖的能量波动，震得附近所有茶花树剧烈狂舞起来，茶花漫天飞舞。

辰南急忙扭转身躯，长刀斜劈，刀芒灿若神罚，激发出一道四丈匹练，迎向飞击而来的强光。"轰"，一声震天大响，炽烈的强光照亮了整座小山谷，辰南被轰击得倒飞出去七八丈远。落地之后，他胸口剧烈起伏，险些吐出一口鲜血。茶树成片成片地倒伏、爆碎，无尽的茶花在空中飘飘洒洒，方圆十丈已经化为平地，所有植被皆被摧毁。辰南稳了稳心神，朝着强光袭来的方向望去。只见梦可儿从容不迫地自茶花林深处走来，一袭白色紧身女装，将曼妙的身材勾勒得性感撩人，绝美的容颜似凝脂美玉一般透发着晶莹的光泽，一双灵动的眸子透发着湛湛神光。

此刻，梦可儿似笑非笑，正一眨不眨地盯着辰南。她本是一个艳冠天下的绝色美女，平日衣着端庄，透发着淡淡圣洁的气息，此刻身着紧身衣服，更别有一番风情，圣洁中带着一丝妖娆，透着一股妩媚。梦可儿身旁悬浮着一道"强光"，细看之下，光芒中笼罩着一把尺余长的短剑，飞剑散发的光辉将她衬托得更显冷艳圣洁，她道："你没想到吧，我在此等候你多时了，你到底还是中计了。"

辰南心中大动，细想之下恍然，梦可儿实在是狡慧无比，佯装重伤不支，放任紫金神龙逃去，其最终目的竟然是想将他引到此处下杀手。如果这次将辰南斩杀于此，当真是神不知鬼不觉。此女果真心机了得。不过，辰南还有些疑惑，梦可儿明明遭受了体内封印的反噬，但为何现在精气神十足，修为更是强胜于往昔呢？她不可能在唱空城计，那悬浮于她身旁的飞剑明显比之往日灵动了许多，竟然发出灿烂的光辉，力量波动强大无比。如果没有强横的力量支撑，根本不可能有此景象，一切表明现在的梦可儿真的强大无比。

紫金神龙怒道："你龙大爷今天不小心落到了你的手里，竟敢那样对待本龙，一会儿捉到你后定然找个男人把你折磨一百遍啊一百遍！"

梦可儿气极，没想到紫金神龙嘴巴如此恶毒，素手轻轻一挥，悬浮于她身侧，原本散发着蒙蒙光辉的飞剑，突然间光芒大盛，散发出炽烈的神光，如惊天长虹一般向空中的紫金神龙飞斩而去。飞剑光华耀眼，拖着长长的尾光，仿佛破碎了虚空，疾若闪电。

紫金神龙长嚎道："小子还不快上！"哪里用得着它开口，辰南一步三丈，冲了上去，手中长刀催发出的刀芒璀璨夺目，如天雷碎空般，发出巨大的"隆隆"之响，整座山谷仿佛都颤抖了起来。紫金神龙大叫着："嗷呜……今天本龙豁出去了，我拼着挨几下飞剑，小子你一定要给我抓住她折磨一百遍啊一百遍！"

"啊……该死的痞子龙，你给我去死！"梦可儿实在怒极，再也没有平时的端庄之态，柳眉倒竖，原本一双灵动的眸子布满了寒光。愤怒之下，她似乎忽略了向前冲来的辰南，一心想将紫金神龙劈落下来。飞剑光芒大盛，高空之上宛如出现了一轮小太阳一般，照耀得整座山谷如同白昼。紫金神龙嗷嗷怪叫着向高空快如闪电一般飞去，口中大叫着："嗷呜，小娘皮，你再发狠也砍不到我，天啊，嗷呜，为什么这么快？"在紫金神龙嗷嗷乱叫的时候，飞剑突然加速，如闪电一般撕裂了虚空，瞬间袭到了它的近前，狠狠地劈在了它的身上。"当"，一声金属交击般的震天大响，响彻山谷，飞剑将紫金神龙横着劈飞出去足有二十丈，令它的身子在空中不断翻腾，险些将它直接劈落下来。

"嗷呜，痛死你龙大爷了，好痛啊！嗷呜……"紫金神龙痛得鬼叫连连，在空中好不容易才稳住身形。可是紧接着飞剑又追到了，连劈紫金神龙六次，将它自高空直直劈落在地，痛得它龇牙咧嘴，眼泪都快流出来了。"呜呜，好痛啊，为什么这个该死的小娘皮这么厉害，可恶！你龙大爷和你誓不罢休！"倚仗紫金神龙刀枪不入，又有玄武甲护体，不然这接连震天六击，恐怕它已经被斩成数段了。这一切都如电光石火一般，发生在一瞬间。在飞剑连续劈中紫金神龙的同时，辰南已经冲到了梦可儿的近前，长刀催发出四丈刀芒向前横扫而去。刀气如惊涛骇浪一般向前汹涌澎湃，浩大无匹的能量波动震得梦可儿身后的那些茶树纷纷爆碎，茶花漫天飞舞，清香阵阵，弥漫于空中。

梦可儿的飞剑还在远方，看似有些慌乱，飞快躲向了一旁，快速地向回收束飞剑。浩大无匹的一刀，劈扫去一大片的茶树，前方花叶纷飞，璀璨的刀芒将前方一切阻碍尽数摧毁，茶树碎屑纷纷扬扬。然而就在辰南刚要劈斩第二刀之际，梦可儿的身前突然悬浮出两片玉莲瓣，每片都足有水盆大小，晶莹璀璨，散发着五彩之光，氤氲彩雾在其上面缓缓流动，若同天界神物一般。一片玉莲瓣飞旋着，向辰南手中的长刀旋舞而去，另一片玉莲瓣则飞转着斩向辰南的腰际，辰南感觉到一股莫大的压力，虽然还未及体，但他已经感觉到腰腹间传来阵阵剧痛。

辰南集全身力量于刀身，狠狠地劈了出去。"轰"的一声大响，玉莲瓣被劈飞了出去，恐怖的能量波动震荡八方，五彩光芒到处肆虐，整片山谷仿佛都为之战栗了起来。这一击的力量是巨大的，辰南被冲击得倒飞出八丈距离，飞旋向他腰腹的玉莲瓣则紧追不舍，在即将落地的刹那，五彩光芒追袭了上去。晶莹璀璨的玉莲瓣虽然看起来绚烂瑰丽，但此刻无疑比之死神的镰刀还要可怕。辰南虽然气血翻涌，身体难受无比，但面对这死亡之吻，硬是迅速将全身的力量集结了起来。长刀在这一刻发出阵阵轻鸣，宛如活了过来一般，刀体异彩纷呈，光华闪烁，锋刃近乎透明。可怕的刀芒仿佛撕裂了虚空，长刀附近一片漆黑，将空中所有的精气都集聚到了刀身。

"斩！"伴随着一声大喝，长刀如虹，凶狠地劈在了玉莲瓣之上。"轰……"山谷在摇晃，大地在颤抖。炽烈的光芒汹涌澎湃，无尽的气芒如决堤的洪水一般在山谷内激荡着，滚滚能量流疯狂涌动，小小的一片山谷发出阵阵雷鸣之响。玉莲瓣被长刀击飞了出去，而辰南则被那巨大的力量震得再次飞了起来，横飞出去足有十几丈距离。无数的茶树皆被摧毁，谷内大片的林地变得光秃秃一片，许多土地都变成了黄沙。

辰南自空中摔落而下，长刀拄地，缓慢而又坚定地站了起来。他抹净嘴角的鲜血道："我就知道你留有后手，不愧为澹台传人，事事都要算计。故意做出气急败坏之态，用飞剑追杀紫金神龙，诱我进攻，而后突然祭出法宝玉莲瓣，想要杀我一个措手不及。嘿，梦可儿啊，你难道对自己的修为没有信心吗，需要耍这些小手段来对付我吗？"梦可儿淡淡地笑了笑，道："既然是生死对决，当然是无所不用，如果能够用最省力的方法杀死你，我何必多花费气力呢？"

"没想到圣地传人做起事来如此地干净利落，完全不似那些迂腐的伪君子。嘿，受教！光明正途有时候也会不择手段啊，看刀！"辰南发现紫金神龙已经摆脱了飞剑，正偷偷而又恶狠狠地向着梦可儿的后背电射而去。辰南当然不会放过这个机会，快速向前冲去，纵身飞跃上四丈高空，长刀力劈而下，一片绚烂的刀芒，当空劈下。梦可儿怎么会没有注意到紫金神龙呢，她对这头痞子龙恨到了极点，但此刻要面对正面的辰南，无暇再控制飞剑，只得狠狠劈斩了它最后一记之后收回。而后催动玉莲瓣，向着辰南旋转而去，五彩之光灿烂夺目，照亮了整片山谷。

"当"，长刀与一片玉莲瓣相撞在了一起，发出一阵震荡天地的金属交击声，声音直上霄汉。这一次辰南并未通过长刀涌动出的气芒与梦可儿的玉莲瓣发生碰撞。而是运用"黏"字诀，长刀所挟带的强大力量全部内敛，蕴含于刀体之内，长刀突破层层五彩光雾，黏了上去，实打实地和玉莲瓣相撞在了一起。因为他知道修道者的元神和其法宝有着千丝万缕的联系，如果能够攻破其法宝，其身体也要遭受创伤。梦可儿虽然武道双修，但毕竟也是半个修道者，况且她现在施展的神通就是道家的驭物之术，如果能令玉莲瓣发生些许破损，那么她的元神肯定要受到震荡。可是玉莲瓣似玉非玉，其乃道教至宝玉莲台上的莲瓣，寻常刀剑根本难以让它受损，即便是四阶高手尽全力攻击，也休想毁它一丝一毫。

震天般的金属交击，震耳欲聋，辰南的虎口都被震裂了，体内真气剧烈冲腾了起来，冲击得他险些大叫出声，鲜血顺着嘴角溢了出来，身子被冲击得倒飞出去十几丈距离。梦可儿并未受到多大影响，迅速将那片莲瓣收回，运转神通，第二片玉莲瓣冲击而去，距离辰南已不过数丈远。可是就在这个时候，她的脸色忽然苍白了一些，她急忙稳定心神，运功快速调息了一番。然而这样一耽搁，第二片玉莲瓣的威力明显弱上了几分，辰南持长刀斜劈，立刻将之击飞了出去，而他自己并没有像上几次那样被震飞，这一次他击飞蕴含着巨大力量的玉莲瓣后，快速稳住了身子。

辰南一阵狐疑，难道是刚才全力攻击玉莲瓣时，令梦可儿的元神受了些许震荡？可是不太像啊。此刻梦可儿已经恢复了过来，一双亮灿灿的眸子透发着无尽的杀意，冷冷地逼视着辰南，天地元气在附近剧烈波动起来，看得出她在集结力量，准备下杀手。辰南骇然，梦可儿的实力太过恐怖了，即便她体内没有封印着一股可怕的力量，恐怕其修为也早已达到了四阶中级境界，甚至更高。只不过她似乎每次不动用全部的力量来对付他，令他感到奇怪。

空中的元气波动越来越剧烈，梦可儿身体光芒大盛，玉莲台突然浮现在她的脚下，她飘浮到了空中。与往昔不同，此时驾驭玉莲台的梦可儿透发着一股莫大的威压，一股恐怖的力量在空中汹涌澎湃，远处幸存的茶树在这一瞬间突然纷纷炸碎，化成木屑纷纷扬扬地飘舞。玉莲台光芒刺眼，其上余下的七片莲瓣也脱离而出，飘舞了起来，散发着五彩之光，一股神圣的气息弥漫在当场。九片晶莹剔透的莲瓣，围绕着梦可儿不断飞舞，五彩光华照耀天际，圣洁的彩光如同仙雾一般。隐约间，似乎有无数各式各样的花瓣在梦可儿的周围纷舞，她所立的虚空仿佛飘洒起了花雨，细小的花瓣飘舞于九片巨大的莲瓣之间，花香阵阵，沁人心脾。

"嗷呜，好厉害的小娘皮啊！喂，小子你怎么这么孬种，干吗要逃啊？"紫金神龙发现辰南竟然头也不回地向着山谷外冲去，它快速跟了上去，在其头顶上方怪叫着："小子你太丢人了，居然开溜！"辰南气道："笨蛋，她现在再一次解开了体内的封印，实力已经快攀升到五阶绝世高手的境界了，再不逃，必将难逃一死。"

梦可儿似乎有些痛苦，脸色忽明忽暗，但透发而出的力量波动却越来越强大，只是一时间还无法追袭辰南，她似乎正在努力压制着什么。辰南一把揪住了紫金神龙的尾巴，跟着它飞到了空中，快速向谷外冲去，喘着气道："我总算明白了，她并不是没有受伤，只不过在强行压制。只要能够躲过她接下来的袭杀，等到她爆发的恐怖力量消失，我们可以轻而易举地处置她。去山林中穿行，免得被她轻而易举地发现。"一人、一龙飞快冲出山谷，穿过荆棘丛林，闯进原始森林中，快速地向前飞奔着。

"嗷呜……真的很可怕吗？这个小娘皮真有那么恐怖吗？"

辰南应道："当然，如果她体内的封印解开后，实力提升到五阶境界，莫要说你我，就是再来十个四阶高手，恐怕也不是她的对手。现在我总算知道了，她一次次被封印的力量反噬，体内的伤势已经非常严重，只不过被她用秘法强行压制了下去而已。但这样压制并不是办法，一旦爆发，伤势会更加严重。只要我们熬过接下来的袭杀，等到她体内封印的力量退却，她的生死就操控在我们的手里了。"就在这时，一股磅礴的力量自远方穿透而来，汹涌澎湃的力量浩荡起伏，整片山林都仿佛晃动了起来。

梦可儿白衣胜雪，发丝如云，肤似凝脂，身上霞光万道，瑞彩千条，整个人散发着一股圣洁的气息，真个如同不食人间烟火的仙子一般。她驾驭着玉莲台凌空飞行，五彩霞光照亮了整片森林，浩瀚的力量如怒海狂涛一般透体而出，整片山林都在狂乱舞动。无数大树在五彩圣光的照耀下轰然倒下，没有林木可以阻止梦可儿的去路，她若划过长空的流星一般，很快就出现在了辰南的后方三十几丈处。"辰南，今天你死定了！"冰冷的话语透出了必杀之心。五阶绝世高手的莫大威压如潮水一般，向辰南涌去。

辰南与紫金神龙感觉如怒海狂涛中的一叶小舟一般沉浮起落，随时都有倾覆的危险，一重重精神威压令这一人一龙都快喘不过气来了。"嗷呜，本龙逃逃逃……"紫金神龙冲出了山林，来到了高空，全力提速，将双方的距离拉开到四十丈。梦可儿冷笑，一片莲瓣脱离玉莲台，如闪电一般向前飞旋而去，若彗星一般拖着长长的尾光。汹涌澎湃的力量浩荡起伏，整片空间都震荡了起来，剧烈的能量波动令在空中飞行的紫金神龙身形一阵晃动。

"嗷呜，莲花斩来了，小子，快给本龙挡住。刚才在小山谷我已经被劈得晕头转向了，这次再被劈中说不定我会失去飞行能力。"辰南用力敲了它一下，道："你这头滑溜的泥鳅还真是没出息，明明刀枪不入，不过是怕痛而已。玄武甲要是穿在我身上，我今天还用逃吗，我一定回去和她缠斗不休，就是累我也累死那个女人。"

"咻"，玉莲瓣发出阵阵破空之声，转眼来到了辰南的近前，其上蕴含的恐怖力量令他阵阵心虚，这可是眼下具有五阶绝世高手修为的梦可儿发出的攻击，比之平时不知要强上多少倍。辰南硬着头皮，右手长刀化作闪电，向前劈去。但炽烈的刀芒冲击到玉莲瓣上之后，就像炎炎夏日的冰雪一般飞快消融，无匹的刀气眨眼间就被散发着五彩光芒的玉莲瓣破散了。玉莲瓣发出阵阵尖锐的破空之响，在这一瞬间突然光芒大作，将辰南手中的长刀绞成了齑粉，碎裂的精铁块迅速向地面洒落而去，辰南手中只余一截光秃秃的刀柄。

辰南心神巨震，五阶境界的高手实在太可怕了，自己根本没有与之抗衡的资本。看着那透发着五彩光芒的玉莲瓣向前绞来，他本能地在空中一个旋身，身体荡向了一边。玉莲瓣与他擦身而过，超过了快速飞行的紫金神龙，挡在了它的前面，而后迅速回旋而来。不过这一次的目标不是辰南，玉莲瓣径直斩向痞子龙，璀璨夺目的光芒照亮了天际，吓得紫金神龙颤声道："嗷呜，小子你为何没有拦住……"

"轰……"一声震天大响，打断了紫金神龙的责备，玉莲瓣狠狠地斩到了它的躯体之上，将一人一龙向下轰击出去足有三十丈距离。辰南被震得差一点松开手掌，感觉自己的虎口阵阵发麻，鲜血自震裂的虎口向外汩汩而流，他的胸腹间气血剧烈翻涌，疼痛无比，猛然喷出一大口鲜血。

紫金神龙更是难过，痛得在空中嗷嗷乱叫："嗷呜，我的天啊，该死的小娘皮，痛死你龙大爷了，呜呜，本龙好几千年没受过这么大的罪了，呜呜……"紫金神龙干号着，痛得眼泪都流了出来。若非它乃是神龙皇者的后裔，且有玄武甲护体，早就被斩为两段了。即便是这样，玉莲瓣上所蕴含的强横力量还是给予了紫金神龙一番最为凶猛的击撞，疼痛深入骨髓，让它撕心裂肺地干号起来。

玉莲瓣旋舞着，向着梦可儿飞去。紫金神龙看玉莲瓣渐渐远去，破口大骂："姓梦的小丫头片子，这个仇我们结定了，反正你杀不死我，我早晚要报复你，嗷呜……"听闻紫金神龙的狠话，梦可儿银牙紧咬，玉莲瓣再次出手。梦可儿可谓恨透了这条痞子龙，对其厌恶程度甚至还在辰南之上。这一次玉莲瓣径直斩向紫金神龙，看得出梦可儿对它动了真怒。"轰"，霞光万道，瑞彩千条，一人一龙再次被轰飞出三十丈距离。辰南虽然并没有被击中，但还是被震得大口吐血，鲜血染红了衣襟，他如荡秋千一般吊在紫金神龙的下边。紫金神龙首当其冲，更不好受，痛得它龇牙咧嘴，龙泪长流，再也顾不得脸面，嗷嗷地咒骂着："该死的小娘皮，我和你势不两立！一百遍啊一百遍！"辰南心中一沉，感觉今晚凶多吉少了，打是打不过梦可儿的，逃又逃不掉，当真是上天无路，入地无门。

梦可儿似乎成心折磨紫金神龙，接二连三地轰击它。紫金神龙身上没有被玄武甲保护的部位，已经渗出了丝丝血迹，它受了不轻的创伤，已经萎靡不振。如果再继续下去，它非被击落不可，到时候也许伤不了它的性命，但辰南绝对会被生生摔死。"窝囊透顶啊，居然要被摔死，我实在不甘心啊，还不如和她决一死战呢！"辰南愤愤地自语道。

"轰"，五彩霞光闪烁，玉莲瓣再次袭来，一人一龙又一次吐血翻腾了出去。紫金神龙气道："嗷呜，不行，龙大爷拼了！小子你如果承诺事后给我三十枚朱果让我恢复元气，今天本龙就拼命使出血龙化身大法，带着你逃离这里。"紫金神龙真个被逼急了，再这样下去，即便它有玄武甲护体，也会被震伤，直至死亡。

"晨曦的那些仙果绝不能动，但我可以给你提供一个灵药宝库，近千年来神风学院收集了无数的芝参，都放在后方药库中，你如果元气大伤，可以在那里补充所需。"

"嗷呜，成交，只要有能够让我恢复元气的灵药，我管他神风学院还是魔风学院，今天本龙拼了！"紫金神龙被逼发狠，冲着后方的梦可儿叫道："该死的小娘皮，早晚我要让你后悔今日所做的一切……"紫金神龙停了下来，张开龙口，连续喷出几大口龙血，猩红的血水并未洒落而去，而是在空中快速化成了血雾，缭绕在它的四周。这时惊人的变化发生了，血雾爆发出耀眼的强光，照亮了整片天空。

一条十丈长的血色神龙快速在空中凝聚化形而成，将紫金神龙和辰南包裹在里面。血龙的样子和紫金神龙异常神似，除却颜色和大小外，等同于紫金神龙的放大版。血龙散发着明亮的血色光华，在黑夜中格外耀眼，一股沉重的压迫感自血色神龙身体散发而出，莫大的威压令梦可儿凝住了身形，她感觉到了血龙力量的强大，不敢再贸然出手。这时，一声嘹亮的龙吟突然自紫金神龙口中发出，血龙也跟着张嘴啸天，其动作和紫金神龙一般无二。巨大的龙吟上震九天，下荡九幽，方圆数百里的鸟兽皆吓得匍匐在地，颤抖不已。神龙气息在这片天地间汹涌澎湃，浩荡起伏，十万大山中万兽朝圣，皆朝这个方向顶礼膜拜！

强大的神龙气息震荡八方，血色神龙是由紫金神龙拼老命吐出的点点龙元混合着血水凝聚而成的，类似于解体大法，消耗施术者的命能。紫金神龙原本强大的龙元皆被玉如意掠夺而去，体内已经所剩无几，要不然堂堂神龙也不至于弱到这个地步。现在再次耗费龙元，简直是在要它的老命，它的心都在滴血。"嗷呜，本龙太倒霉了，呜呜，没有三十枚朱果休想复原回来。"紫金神龙痛惜不已，身形一摆，血色神龙跟它步调一致，正向面对着梦可儿，道："小丫头片子，你给龙大爷记住，本龙不会忘记这笔账，嗷呜，呜呜……"紫金神龙带着哭腔，一摆龙尾，掉头离去，速度当真比闪电还要快。

梦可儿一阵惊疑，以为紫金神龙要发狠和她拼命，没想到它说了句场面话便掉头逃走了。她立时明白十丈长的血色神龙不能维持长久，肯定无法和她进行大战，当下她脚踩玉莲台飞快向前追去。同时一片玉莲瓣已疾速向前飞旋而去，此时的梦可儿修为直达五阶境界，现在全力控制一片莲瓣，其威力当真可谓恐怖惊人，五彩光芒在夜空中格外绚烂，追逐着前方的血色神龙。大山中的万兽惊恐地望着高空，神龙气息令万兽恐惧难安，下方山林中所有兽类都匍匐在地，颤抖不已。

梦可儿发觉和血色神龙相距越来越遥远，被她控制的玉莲瓣根本无法追上那血红发亮的十丈龙身。她暗暗咬了咬银牙，全力催动前方的玉莲瓣，一阵恐怖的波动自玉莲瓣传出，在空中荡起如惊涛骇浪般的能量风暴。玉莲瓣光芒大作，耀眼的强光如同一轮小太阳般出现在夜空中，疾若电光一般向前加速冲去，迅速拉近了和血龙的距离，发着"哧哧"破空之响，旋斩向血龙。

辰南和紫金神龙皆被包裹在血龙的内部，看着后方紧追不舍的梦可儿，一人一龙皆心惊胆战，没想到她解开封印后修为竟然强横到了如此境界，居然能够追得上紫金神龙拼却老命、利用龙元化形而成的血龙。看着越来越近的玉莲瓣，紫金神龙一声低吼，咒骂道："龙大爷拼了！"说着它又喷吐出一大口鲜血，血水化成血雾凝聚在血龙身上，使之明亮且更加实质化。

当玉莲瓣追到血龙的尾部后面时，血色神龙突然一摆尾，狠狠地抽在了玉莲瓣之上。高空中就像打了两道闪电一般，发出阵阵雷鸣，血色神龙的尾部被生生击断，紫金神龙痛得嗷嗷乱叫，仿佛那消散于空中的血色龙尾是它的肉身一般。玉莲瓣则被抽飞了出去，其上的光华变得有些暗淡，梦可儿心神一震，感觉身体微微震颤了一下。她骇然失色，没想到紫金神龙化血而成的血龙竟然如此厉害，居然挡住了那一击。

辰南也不得不对紫金神龙刮目相看，不愧活了数千年的神龙，虽然龙元几乎已经尽失，但还是有些手段，居然将一个五阶绝世高手的全力一击阻挡了回去。"好样的，泥鳅再加把劲，赶快逃！她体内的封印力量快要反噬了，只要我们再撑上一段时间，胜利就属于我们的了！"辰南也不知道梦可儿何时才会被打为原形，只能出言鼓励紫金神龙，以免它泄气。血色神龙飞快向前冲去，梦可儿在后面紧追不舍，不过再也难以追上，只能远远地跟着那道血光。她一阵担心，怕再这样下去，封印的力量会反噬，再加上原本被压制的伤势，到时候情况真的会很不妙。她心中摇摆不定，思量了很长时间才咬了咬牙，道："今天一定要除掉他！"

血色神龙如一道虹芒，一路疾速飞行，翻过几座绵延的高大山脉，罪恶之城遥遥在望。然而就在这时，血龙身上的光芒渐渐暗淡，血色的龙影慢慢归于虚无，光芒最后一闪，竟然消失了。紫金神龙一声哀嚎："完了，血龙竟然消失了，这下若是让那个小娘皮抓住，我死定了，现在我如此虚弱，她定然能够将我斩为两段。"此刻紫金神龙萎靡不振，衰弱了许多，飞行得摇摇晃晃。眼看着梦可儿越来越近，一人一龙干着急，却没有丝毫办法。罪恶之城也越来越近，不过，一人一龙恐怕还没有飞进罪恶之城，就被身后的梦可儿追上了。

"看样子梦可儿今天抱着必杀我的决心，就是逃进罪恶之城，她也会对我紧追不舍。"辰南知道，这一次梦可儿绝不会轻易收手，他暗暗诅咒着："伤势快发作，封印的力量快反噬！"在飞到罪恶之城的边缘时，梦可儿终于追上来，紫金神龙大急，慌乱之下竟然越发无力，最后竟然向下坠去。"嗷呜，实在没力气了，我摔一下是没问题，小子你自求多福吧。"紫金神龙一边喘着粗气，一边出声道。辰南开始时也认为死定了，但忽然发现下方有光亮闪现，心中大喜，急声对紫金神龙道："死泥鳅快给我振作起来，下方是环城河，你快减缓下坠之势，以免我们直接冲击到河底。"

"嗷呜，居然有条河，看来我们有救了！"紫金神龙也开始兴奋起来，强打精神减缓了凶猛的下坠之势，而后一人一龙"扑通"一声坠进了河里。与此同时，一片玉莲瓣自高空激射而下，闪耀着慑人心魄的光芒，跟进了河中。紫金神龙一入水中，宛如吃了灵丹妙药一般，身体似乎又恢复了力气，拖着辰南在水底快速向前游去。

玉莲瓣将河水搅得不断翻腾，但终究没有伤到一人、一龙，两个家伙沿着环城河快速向前冲游而去。梦可儿又惊又怒，眼见要成功，谁知痞子龙力竭后掉进了河中，这样反而保住了他们的性命。她此刻虽然有五阶的实力，但还未有天眼通之类的神通，根本不可能透视漆黑如墨的河水，不可能发现一人一龙到底在环城河的哪一段位。环城河水宽四十米、深十米，成"田"字形缭绕于罪恶之城，是城内的运输要道。梦可儿顺着辰南与紫金神龙坠落的河段疯狂地发动攻击，玉莲瓣在河水中剧烈地搅动着，不断向前推进，似乎想要将整条河流翻腾过来。河水涌动，巨浪翻腾，然而根本没有辰南和紫金神龙的丝毫影迹。

此刻，辰南和紫金神龙在距离梦可儿一千米外的河水中探出了头，远远望去，梦可儿悬浮于空中，似乎正在静心凝神、散发神识搜索他们呢。紫金神龙刚要开口，辰南一把捂住了它的嘴巴，做了个手势，让它噤声。就在这时，梦可儿如心生感应一般，脚踩玉莲台快速向这个方向冲来。紫金神龙吓得一哆嗦，似乎又要开口说话，辰南急忙捂住了它的嘴巴，拖着它一起沉入了水中，而后在河底快速向回游去。

梦可儿其实并未发现辰南的踪迹，只是凭着一种直觉，她觉得一人一龙应该在这个河段。来到这片河水的上空之后，她再次将玉莲瓣祭了出来，使之冲进漆黑如墨的河水中，剧烈搅动起来。环城河水如同沸腾了一般，无数鱼虾被搅成齑粉，点点血光浮现到水面之上。但梦可儿知道绝对没有伤到那一人一龙，她凭感觉知道那两个可恶的家伙就藏身于附近，但就是无法快速寻觅到他们。她越来越焦躁，渐渐失去了往日的沉着冷静。她知道如果再不能够将两个家伙找出来，只能退走了。她已经感觉到了封印力量的强烈波动，化身成五阶高手的强大力量可能要渐渐消散了，她必须在失去力量前赶到一个安全的所在。一千米之外，辰南和紫金神龙再次从水中冒了出来，双眼放光地窥视着梦可儿。

梦可儿非常不甘，这一次是一个千载难逢的机会，如果趁现在五阶力量在身而除去辰南，真可谓神不知鬼不觉。她咬了咬牙，再次松动了一下封印的力量，浩瀚的力量自她体内汹涌澎湃而出，在天地间浩荡起伏。灵觉随着提升了一大截，她眼前的世界仿佛一下子明亮了起来，原本漆黑如墨的河水仿佛也一下子清澈了起来。远处的辰南和紫金神龙都感觉到了一股强大的压迫感，浩瀚如海般的力量在夜空中波动起伏，让人心胆俱颤。

梦可儿脚踏玉莲台，沿着环城河快速向辰南这个方向飞来，紫金神龙拖着辰南立刻沉入了水底。这一次，两个家伙预感到了危险，没有在河流中飞快游移。在昏暗的河底，辰南扯着紫金神龙的尾巴对它做了个手势，一人一龙游离到河底靠边的部位，而后猛力扎进了淤泥中。环城河已有千年历史，河水常年流动，水下淤泥有几丈厚，一人一龙毫不费力就潜进了泥层中。这两个家伙都不是普通的角色，一时半会儿不用换气。此时的梦可儿双眼灿若寒星，两道神光自她双眼透发而出，隐约间仿佛已经实质化。此刻随着修为再次提升，她灵觉大开，原本昏暗的河水此刻仿佛清亮了起来，隐隐约约间看清了河底的景象。

她在环城河上方快速地飞行着，捕捉着辰南和紫金神龙的身影，在路过两个家伙的藏身之地时似乎感应到了什么，身形微微一顿，身旁的玉莲瓣快速冲击向河水中。水中顿时光芒大盛，搅得河中的鱼虾死伤无数，而后玉莲瓣又冲向了河底的淤泥，将河水搅得浑浊不堪。辰南感觉到了玉莲瓣传来的阵阵能量波动，阵阵心惊，不过幸好他和紫金神龙贴在了河底的最边缘地带，没有受到多大影响。梦可儿皱了皱眉，停住了无谓的攻击，快速向前冲去。感觉玉莲瓣的恐怖波动渐渐远去，辰南和紫金神龙从淤泥中费力地脱身而出，来到水面后两个家伙深深吸了一口气。

此刻，梦可儿已经远在两千米开外，紫金神龙直到这时才敢出声道："我们赶紧趁这个机会逃走吧，逃回神风学院，在那里她不一定敢下杀手。"辰南看着远空中的梦可儿，眼中射出两道神光，道："为什么要逃？不要忘了今天晚上我们为何而来。"

"你疯了，这个小娘皮体内的力量那么强大，我们如何是她的对手，天知道她何时才会被封印的力量反噬，一个不好，我们就可能先一步被她抓住处死。"

辰南摇了摇头，道："时间应该快到了，再说现在逃走，说不定会被她发觉，还不如待在河中。我们再等一等，说不定能够活捉她。"就在这时，远空中的梦可儿突然身形不稳地颤动，身上的五彩霞光也跟着忽明忽暗，而后突然自空中向地面坠落，而后跌落在距离辰南一千多米的河岸旁，她周身的光芒渐渐暗淡，最后摔倒在地面。紫金神龙无比兴奋，刚想大叫，被辰南捂住了嘴巴。

"小声点。"

"嗷呜，终于等到这个时刻了，现在还犹豫什么，本龙现在要去报仇！可恶的小丫头让我吃了这么多的苦头，今天我要是不把利息收回来，枉称龙皇后裔！"

"你这头四脚蛇有时候奸猾得像个流氓无赖，有时候却笨得像头猪。你如何确定这不是一个陷阱，要是她故意引我们上当呢，先等等看。"紫金神龙虽然恍然，但口上甚是不服气，道："我猜测她真的被体内封印的力量反噬了，是你多想了。"

"笨龙，不相信的话你直接上去看看好了，但不要把战火烧到我这里来。"辰南用力敲了它一下，道，"你一身蛇皮比茅坑里的石头还要硬，即便被她砍上十剑八剑也无所谓，我可不同于你，别把她引到我这里来。"

紫金神龙仗着浑身坚如精铁，不怕突遇危险，快速沿着环城河向前游去，到了梦可儿附近的那个河段，才腾空飞身到空中。它细细地打量着倒在地上的梦可儿，发觉她似乎真的昏迷了过去，身上所有的光华都敛去了，如一朵凋零的花儿一般静静地伏在地上，就连让它垂涎多日的道家至宝玉莲台都未来得及收起来。紫金神龙直想狂笑，不过它毕竟是一个痞子似的怪龙，虽然有时很粗心，但一点也不傻。它小心谨慎地飞落下来，而后慢慢向梦可儿身边逼近。直到距离梦可儿几米远时，它才真正感觉到梦可儿似乎并不是伪装，因为它再也感觉不到那股强大而又恐怖的力量波动了，相反，此时的梦可儿身体内只有微弱的波动传出，她现在似乎很虚弱。

"哈哈，小娘皮你也有今天，真是风水轮流转啊！今天白天竟然敢那样折磨龙大爷，今天我要让你知道本龙的手段，嗷呜……"紫金神龙虽然口中这么说，但还是小心无比，它这些话主要是为了试探。紫金神龙像是想起了什么，恶狠狠地大叫道，"我说过，报复你最好的办法，就是……一百遍啊一百遍，我去把那个混账小子找来，让你好看！"它身化一道闪电腾空而起，瞬间出现在辰南的近前，道，"本龙的猜想完全正确，那个小娘皮确实支撑不住了，现在已经昏迷，快点随我过去，给她最残酷的惩罚。"它笑得甚是邪恶。

辰南惊疑不定，觉得有些不妥，道："不着急，漫漫长夜，何须急在一时，等上一等再说。"紫金神龙也不傻，细想一下觉得有道理，免得坠入陷阱中。两个家伙到现在可谓奸猾得很，对这种性命攸关的事考虑得特别多。如此过了半个时辰，河岸那边还没有什么动静，梦可儿久伏在地一动不动。一人一龙觉得应该没有问题了，小心地自河水中爬上岸，慢慢向前逼去。辰南将全身功力提升到了极限，将身后背着的那把长剑拔了出来，遥遥指向梦可儿，璀璨的剑芒吞吐不定，散发着慑人心魄的寒光。紫金神龙则不安分地"嗷嗷"怪叫不已，在距离梦可儿四丈距离处辰南停了下来，他高高将手中长剑举了起来，汹涌澎湃的力量自他体内散发而出，炽烈的剑芒激射出去足有四丈长。

紫金神龙惊道："你难道要直接杀死她？"辰南不答，眼中寒光闪烁，最后猛地挥剑向前方劈斩而去，璀璨夺目的剑芒撕裂了虚空，发出阵阵尖锐的破空之声袭向梦可儿。然而就在这时，原本躺在地上一动不动的梦可儿忽然睁开了双眼，两道神光绽放而出，再无先前的楚楚可怜之态，一股磅礴的力量自她体内爆发而出。她在原地留下一道残影，瞬间移到了五丈开外，躲避过了辰南凶猛的一记劈斩，同时玉莲台也被她收了起来。

巨大的剑芒将河岸劈出一道数丈长的巨沟，激得尘沙飞扬，烟雾弥漫。梦可儿手中持着一口短剑，化成一道白光向辰南冲来，璀璨夺目的剑光寒气袭人。辰南大叫不好，脚踩神虚步快速向十几丈外的环城河冲去，然而，刚刚迈出去两步就被对方截住了。梦可儿突兀地挡在了他的身前，手中短剑荡起一股可怕的波动，一道巨大的剑芒激发而出，向着辰南劈来。

辰南知道在五阶绝世高手面前他根本无半丝胜算，快速向旁躲闪而去，将神虚步法发挥到了极限境界。浩瀚的力量如怒海狂涛一般冲涌而来，莫大的压力冲击得他似欲爆裂一般，他全身血脉偾张，肌肤如刀割一般难受。就在这时，辰南的家传玄功在外界浩瀚如海般的强大压力刺激下再次逆转，金色的真气变得漆黑如墨，散发出一股妖异的气息。对于家传玄功的逆转，辰南早已见怪不怪了，现在只要被外界强大无比的力量刺激，他所修炼的玄功就会逆转路线。玄功逆转后，辰南体内的力量刚猛狂暴了许多，比之先前强大了不少。不过在五阶绝世高手面前根本不够看，即便他已经快速冲出了剑芒所笼罩的空间，但随后汹涌而来的力量还是让他无法抗衡，他被掀飞了出去。凶猛的力量将辰南冲击出去足有十几丈距离，在强大压力的挤压下，他的每一寸肌肤都渗出了丝丝血迹，似欲撕裂一般。他在空中翻腾着，大口地吐血，最后一个跟斗栽落在地。

"嗷呜，可恶的小娘皮真是太阴险了，阴谋诡计不断，事事算计。"紫金神龙又恨又气，躲在高空不敢靠近，不过也不怎么害怕，实在不行，它可以躲进环城河。辰南抹了一把嘴角的鲜血，摇摇晃晃站了起来，冷冷地扫视着梦可儿，没想到现在她还没被反噬，料想她必用什么秘法拖延了时间。梦可儿白衣胜雪，绝代容颜令那星月都为之失色，不敢与之争辉。此时她的玉容上布满了寒霜，圣洁的气息渐渐敛去，散发出一股刺骨的杀气。"辰南，现在我看你如何逃去！"冰冷的话语透发着杀机，表明了她的决心。

然而就在这时，一股滔天的能量波动自罪恶之城的方向冲涌而来，浩荡起伏的恐怖波动令辰南和梦可儿同时变色。二人感觉到了一股沉重的压迫感，身体难以移动分毫。高空中的紫金神龙也被一股可怕的力量包围了，它也不能移动分毫，它恐惧地凝望着罪恶之城的方向。梦可儿体内的封印力量遭受外来浩瀚力量的挤压，似乎一下子失控了，她的脸色瞬间变得惨白无比，嘴角溢出丝丝血迹。

这时，一个苍老的声音如炸雷一般响在两人的耳际："两个小辈在老夫隐居之地吵闹了半夜，实在太过无礼，现命你们速速离去，否则后果自负！"辰南和梦可儿皆被耳边那如同惊雷般的声音震得差点摔倒在地，两人都明白老人在用音功和他们说话，恐怕除却他们两人外，无人听到半点动静。

梦可儿被这股力量环绕后苦不堪言，她体内的力量经过这番震荡，终于失控了，封印的力量开始反噬。"噗！"她张嘴喷出一口鲜血，身上那股磅礴的强者气息如潮水一般退却，力量的消失令她变得虚弱无比。辰南暗暗骇然，罪恶之城那个方向的老人实在太过恐怖了，恐怕修为已经达到了六阶境界！肯定是一个能够和楚国皇帝的玄祖老妖怪相提并论的狠角色，不然绝不可能有如此威势，人未至，却控制了这片空间。也许老人就在河对岸的某间房舍中，也许离这里还很远，但绝不是河岸上的两人所能够窥测的。

片刻后，环绕着两人的力量退走了，两人从禁制状态下解脱了出来，但河对岸那个方向依然涌动着一股滔天的恐怖波动。梦可儿在第一时间祭起道家至宝玉莲台飞了起来，不过却摇摇晃晃，似乎非常吃力。她发现那股如汪洋大海般的恐怖力量依旧存在，急忙沿着环城河向前冲去，想绕过那浩瀚如海般的力量进入罪恶之城。体内力量的失控令梦可儿恐惧无比，她不敢耽搁片刻，想立刻找到一个安全的地方调理伤势。辰南见状，冲着空中的紫金神龙打手势示意它下来。此时紫金神龙似乎刚刚惊醒，它内心充满了恐惧，龙元的流失令它感觉时时存在着危险。它载着辰南沿着环城河的方向追了下去，离那股浩瀚如海般的力量渐渐远去。

梦可儿在空中摇摇欲坠，速度慢到了极点，似乎已经不足以驾驭玉莲台。冲出神秘老人的能量波动所笼罩的范围后，她急忙向罪恶之城内冲去。可是就在这时，她发现一人一龙已经追了上来，且快速冲到了她的前方，拦住了她的去路。梦可儿又急又怕，万一落到辰南手里，后果难以想象。慌乱之下，她越发不堪，玉莲台的光华忽明忽暗，似乎随时有可能自空中坠落而下。最后，梦可儿银牙紧咬，快速退回了环城河，向下方河水落去，临近水面时她收起玉莲台，"扑通"一声扎进了河里。真是风水轮流转，前不久她将辰南逼得躲进河水中，现在自己却又反被对方逼得跳进了河中。

辰南毫不犹豫，跟着跳了下去，追逐着河水中的梦可儿。有紫金神龙这个水中向导指引，辰南牢牢将她锁定了。两人都是重伤之身，但相比较而言辰南轻得多了，因为梦可儿的伤势还在不断恶化。不过梦可儿毕竟为澹台派当代最杰出的弟子，在如此境地下还是有着不凡的表现。在昏暗的河底，她如鱼儿一般轻灵，迂回曲折潜行，几次掉转方向，差点真的将辰南甩开。不过最终还是没能逃脱痞子龙的法眼，这令她又恨又气。

半刻钟后，辰南劈水分浪，潜入河底一把抓住了梦可儿的脚踝，触之如滑腻的温玉一般。梦可儿大惊失色，剧烈挣扎起来，一双精致的绣花鞋踢落在河水中，同时薄如蝉翼的丝袜也在挣扎中脱落。一双雪白晶莹的完美莲足暴露在河水中，在辰南眼前晃来荡去，顿时令他心中涌起一股异样的感觉，他一把握在手中。雪白的莲足柔嫩滑腻，尽在他的掌握之中。

梦可儿真是又惊又恨，双脚不断挣动，同时双掌猛力向后击来，辰南急忙松手，举掌相抗。如此激烈挣扎，令梦可儿当场吐了一大口鲜血，急怒之下她呛了几大口河水，如溺水般在水中剧烈挣扎起来。辰南利用这个机会快速冲了上去，将她拉到了身前。梦可儿惊恐地挣扎着，体内伤势再次恶化，急怒之下她不断地呛水，意识竟然渐渐模糊起来，双手胡乱舞动，最后，她如抓住了救命稻草一般缠绕在了辰南的身上。感觉到梦可儿那温软的身子贴了上来，辰南真想狂笑，没想到今晚真的活捉了这个心机深沉、修为高深莫测的圣地传人。梦可儿如八爪鱼一般牢牢地缠绕在他的身上，剧烈地扭动着，不断呛水，最后竟然昏迷了过去。辰南快速封了她的功力，而后拖着她自河底向上冲去。

　　"哗啦"一声，两人破出水面，辰南大口地吸着新鲜的空气。与此同时紫金神龙也冲了出来，这个家伙似乎比辰南还要兴奋，在空中飞来飞去，嗷嗷乱叫着："耍弄阴谋诡计的小丫头到底还是棋差一着啊，一定要……一百遍啊一百遍，不然难解本龙心头之恨！"

　　辰南斥道："你给我闭嘴，如果再惊动刚才那个神秘老人，后果难料。"紫金神龙吓得一缩脖子，刚才的恐怖经历，令它现在还心有余悸，它小声嘀咕道："应该早已离开他的势力范围了吧？"辰南应声道："传说中罪恶之城藏龙卧虎，无数前辈高手隐居在这里，谁知道这个地段有没有隐居着一个同样修为恐怖的老人。"

　　月辉之下，梦可儿绝美的容颜如同温玉一般滑腻、晶莹，散发着淡淡圣洁的气息。两条雪白的藕臂挣脱了衣服的束缚，紧紧地缠绕在辰南的身上，两人的姿势看起来分外暧昧。河风轻轻拂动，梦可儿悠悠转醒，当她看到眼前的景象后羞愤得差点背过气去。

　　"啊，你这个混蛋流氓……"梦可儿再无往日圣地仙子的从容之态，与所有平常女子一般尖声大叫起来。这时她发觉全身的功力都被禁制了，体内伤势严重到了无以复加的地步，她真是又羞又恨，使劲地挣扎，想逃离出去。但以她目前的状态怎么可能逃得出去呢，梦可儿真的要抓狂了，她被辰南环住了腰身，根本难以挣动分毫。

　　"还记得我说过的话吗？"辰南看着她惶恐的样子，他脸上露出不怀好意的笑容，故意恫吓她。梦可儿如玉的容颜瞬间变了颜色，原本那一双灵动的眸子充满了恐惧之色，但随即爆发出两道寒光。辰南暗叫不好，急忙松开了手臂，但为时已晚，梦可儿张嘴狠狠地咬在了他的肩头之上，鲜血瞬间流了出来，痛得辰南龇牙咧嘴。他想运功震落梦可儿的牙齿，但又感觉太过极端了，反正她已经逃不掉，没有必要重创她。

就在这一时刻，河水的对岸，罪恶之城的方向突然涌来一股滔天的能量波动，将辰南、梦可儿和紫金神龙笼罩在了里面。浩瀚的力量宛如一片汪洋大海般瞬间将两人一龙吞没了，沉重的压迫感令他们似欲碎裂，他们的身体难以移动分毫。辰南暗叫："不会吧，难道又出来了一个恐怖的老家伙？"

这时，滚滚音波如同炸雷一般响在了两人一龙的耳际："哎，兀那小辈，我不是警告过你们了吗，为何还在不停地吵闹，难道想要老夫废去你们的修为吗？还有那条四脚蛇，你如果再敢乱吼，我拿你去炼药！"辰南一听还是刚才那个老人，一时有些纳闷，明明已经出离了老人的隐居之地，为何他又跟来了？他琢磨了一会儿，突然恍然，这个老人哪里是在怪罪他们搅扰啊，分明是想阻止他们的争斗。这时梦可儿像抓住了救命稻草一般，大声喊道："请前辈相救……"不管神秘老人是否真的如同辰南猜想的那般，有一点是可以肯定的，他并不会真个出手偏袒谁，想到这里，辰南不再紧张。

这时，那苍老的声音在辰南和梦可儿的耳边回响道："老夫已经不问世事多年，不想管你们的事，但不许再继续在这里吵闹下去，现命你们速速离去，如果再犯，后果自负！"汹涌澎湃的力量在这片空间浩荡起伏，仿佛笼罩了整片天地，梦可儿被这股力量环绕后，被辰南禁制的功力突然冲破了枷锁，恢复了过来。与此同时，辰南和紫金神龙也恢复了行动的能力。梦可儿举双掌对着辰南的前胸击去，辰南已经感觉到了异常，在第一时间意识到她恢复了功力，急忙举掌相抗。

"轰"的一声大响，两人各自在水面上空翻飞了出去。"噗！"梦可儿张嘴喷出一口鲜血，虽然辰南加之在她身上的禁制解除了，但毕竟她曾遭受体内封印力量的反噬，现在状态明显不如辰南。不过这时她好像感觉到一股力量涌进了她的身体，帮助她压制了部分反噬的封印力量，阻止了她的伤势继续恶化。梦可儿惊疑不定，狐疑地望了望罪恶之城的方向，随后快速冲出水面向河岸飞掠而去。梦可儿所上的河岸并非罪恶之城方向的河岸，因为辰南恰好靠近那边的河岸，她只能向相反的方向逃去。

辰南虽然知道暗中的神秘老人不会出手对付他们中的任何一人，但心中还是有些打鼓，犹豫了两秒钟，他飞身而起，向着梦可儿逃去的方向追去。他知道老人也许就此消失了，也许还会出手，但无论如何，他不想就此放过梦可儿。紫金神龙看了一眼罪恶之城的方向，如见了鬼一般，随后扭头跟着辰南一路追了下去。两人一龙远去之后，环城河对岸一个苍老的声音自语道："两个小家伙资质皆绝佳，但恩怨甚深啊，咦，似乎有人赶来了，看来不用我出手了。"

梦可儿没有再次祭出玉莲台，因为那样太过耗费功力，而且即使飞到空中，因为有紫金神龙，她也难以摆脱辰南，还不如在地面冲奔有效。罪恶之城外是茫茫大山，山林遮天蔽日，到处都是参天古树，她快速冲进了一片山林中。但有紫金神龙这个"定位器"，她一切的掩藏都属徒劳。

山林之中幽暗无比，梦可儿躲躲闪闪。两人、一龙追来逐去，半个时辰之后，梦可儿停身站住，不再试图逃走，也不再试着暗算辰南，因为一切都是徒劳的。她知道再这样下去，她非先辰南一步累得倒下去不可，还不如正面拼上一拼。但经过一番剧烈的奔跑，梦可儿体内封印的力量再次成功逆袭，伤势又恶化了，她的嘴角溢出一丝血迹。到了这时，辰南不想再拼命了，他也受了不轻的内伤，现在他只要耗上一个时辰，梦可儿定然支撑不住，非倒下去不可。

第六章
混天魔王

远处突然传来惊呼声："是梦仙子的声音！"

"发生了什么事？"

"梦仙子你在哪里？"

辰南暗骂，居然有人三更半夜跑到了这里。梦可儿双目中泛起一丝异彩，不过随之又消失了，她知道辰南不会这样放过她，众人寻来反倒可能加速了她的死亡。辰南双眼射出两道寒光，虽然他以前没想过杀死梦可儿，但眼前的情况不同，如今救兵来了，如果真的让众人发觉，那时他再想下手灭口就晚了。一旦让梦可儿获得自由，以后她必然要疯狂地报复，他可不想留下这样一个可怕的敌人，即便她是天下第一美女也不行。可是就在这时，紫金神龙"嗖"的一声，自空中落了下来，低声道："一头大蜥蜴降落下来了。"

辰南仰头观望，只见林地上空，一头飞龙缓缓向下降落而来，林地内很昏暗，虽然那名龙骑士还没有发现他，但对方一旦落到地面，他便无所遁形了。辰南眉头紧皱，最终舒展开了，对紫金神龙道："你先躲起来，唉，可恼可恨啊！"原本惶恐不安的梦可儿，此时闻听这句后眉头轻舒，暗暗松了一口气，知道在鬼门关转了一圈。辰南低声道："你我之间有不少的秘密，如果你不想鱼死网破，最好还是配合我一下比较好。你现在刚刚成为世人眼中的圣洁仙子，我想你不愿意败坏了名声吧？不然我可以说出死亡绝地的实情，也可以说出我们之间的恩怨，以及今晚所有的事！"

梦可儿咬牙切齿，她何曾受过威胁，但今晚发生了太多的意外，此刻根本没有选择，同时也无法选择。她和辰南间的恩怨见不得光，只能私下解决，绝不能暴露在世人的面前。辰南见她最终妥协，嘴角露出一丝笑意，而后大声叫嚷了起来，道："你们来了吗？我找到梦仙子了。"无数的惊呼声在远处响起，许多条人影快速向这里冲来，当然最先到达这里的是降落在这里的龙骑士。

　　当众人赶到时发现梦可儿胸襟上满是血迹，脸色惨白无比，无力地软倒在辰南的怀中。一人喜道："辰兄，没想到你也来了，天幸啊，终于找到了梦仙子。"辰南不用想也知道是怎么回事，梦可儿大战五阶绝世高手凌子虚时身受重伤，一直没有回返神风学院，令知道此事件的众人担心不已，定然是他们感觉到情况不妙，连夜出来寻她。他顺着对方的话语道："我和梦仙子曾经同生共死闯过死亡绝地，算得上患难之交，这一次阻杀凌子虚一行人后她一直未归，实在让人放心不下，傍晚时分我便开始出来寻她，天幸让我在这里发现了她。"

　　"啊，真是天幸啊！"

　　"梦仙子吐了好多的血啊，一定受重伤了吧？"

　　"衣衫都被血水染红了。"

　　"梦仙子着实让人佩服，竟然扛下五阶绝世高手最为凶猛的一击。"

　　……

　　神风学院的学生纷纷上前问候梦可儿，并称颂她大勇无畏，临危之际独自对抗凌子虚的全力一击。梦可儿勉强笑了笑，虽然恨辰南入骨，但不得不配合他圆谎。辰南抱起她向着一头飞龙走去，梦可儿虽然百般不情愿，但根本没的选择，同来的这批人中没有女生，辰南当仁不让地充当起了劳力。梦可儿心中的怒火燃烧到了极点，但偏偏却不能发作。辰南一双有力的手臂，抱着她修长的大腿与温软的腰腹，与她的胸部紧紧相贴，姿势看起来颇为亲密、暧昧。梦可儿感觉浑身不自在，像有万千条小虫在身上爬一般，她虽然恨不得立刻杀了辰南，但却只能在心中默念一个字："忍"。

　　几头飞龙同时腾空而起，向着罪恶之城的方向飞去。当众人渐渐远去时，紫金神龙自林中飞腾了起来，它跟在众人的身后，自语道："小娘皮的运气这么好，最后居然得救，嗷呜。不过想来她快气疯了吧？哇哈哈，嗯，本龙回去后要立刻找到那个药库，恢复损耗的龙元，不然这一晚的损失太大了……"

这一夜神风学院许多学生都没有入睡，因为在晚间时分，参与围杀凌子虚一行人的十几个青年强者四处发动人去寻找一直未归的梦可儿。梦可儿在辰南等人的拥簇下回到了神风学院，立时造成了一股不小的轰动，外出寻找她的人接到消息后陆续返回。备受人尊敬的澹台古圣地的仙子终于平安而回，令许多人长出了一口气。虽然已经是半夜时分，但还是有数百人赶到现场问候梦可儿，可见圣洁仙子梦可儿的声望之高。绝色美女东方凤凰看到辰南如此暧昧地抱着梦可儿，立时狠狠地瞪了他一眼，并且快步走了过去将梦可儿抱在了怀中，当真如同防备色狼、恶棍一般。梦可儿脸上露着真正感激的微笑，一路上她被辰南抱在怀中，当真有一股抓狂的感觉，现在终于解脱出了魔手。

这一晚的风波就这样慢慢地平静了下来。第二天日上三竿，辰南还没有起床，小晨曦捏住他的鼻子，闭住他的呼吸，才令他张开双眼。晨曦道："大懒虫哥哥快起来啦。"辰南无奈，起床穿衣。

"哥哥，这把小剑好锋利啊！"小晨曦正在摆弄着一把样式古朴的短剑，剑柄之上镂刻着诸多古代的花纹，剑锋晶莹灿然，隐隐有一股如水般的光华在流动。她不小心将短剑擦到了桌角，立刻将之削落了，切口处平整光滑。辰南一看是昨天的战利品，在活捉梦可儿时他顺手牵羊将她的短剑别在了自己的身上，回来之后也未曾还给她。澹台古圣地最杰出传人所用的飞剑当然不是凡品，从那剑体之上传出的阵阵灵气可以看出其必然是一把神兵利器。

辰南从小晨曦手中接过飞剑，仔细看了看，发现这当真是一口宝刃，剑锋上光华流动间隐隐透发出五彩霞光，剑柄之上镂刻着两个古体小字：朝露。"恐怕除却后羿弓、大龙刀那种瑰宝级的神兵外，此剑已经算得上顶级神兵了。嗯，那些瑰宝级的仙兵宝刃只在传说中出现，这样看来这把朝露已经算得上大陆的名剑了。"辰南轻轻地松开了手掌，朝露坠落而下，"哧"的一声插入青砖地里，直没到剑柄处。

"哇，好锋利啊！"小晨曦发出惊呼。辰南笑了笑，道："喜欢吗，哥哥把它送给你好不好？"

"喜欢！"小晨曦高高兴兴地接了过去，而后跑到院中舞起剑来。娇小的身影翩若惊鸿，婉若游龙。仿佛兮若轻云之蔽月，飘摇兮若流风之回雪。远而望之，皎若太阳升朝霞。自从小晨曦随三大绝世高手修炼之后，每天早上起来都要坚持舞剑，事实上刚才她已经做了一遍早课，之后才去叫辰南起床的。辰南脸上满是笑意，看着小晨曦停下来后，过去帮她将小脸上的汗水擦净，道："晨曦为什么愿意修炼了呢？"

小晨曦娇憨道："因为我怕哥哥再遇到前不久那样的麻烦，晨曦要学好本领，以后能够帮助哥哥。"辰南一阵感慨，心中充满了暖意，溺爱地抚了抚她柔软的长发。

今日清晨，神风学院高层震动。早上，学院药库管理人员突然发现药库的大门破开了一个碗口粗细的大洞，他大急之下快速开门闯了进去，结果刚刚抬脚迈进去就被绊倒在地，同时一个愤愤的声音在地面响起："嗷呜。痛死你龙大爷了，竟敢踢本龙的肚子！"管理人员爬起身来扭头察看，吓得又趴在了地上。只见一个大肚子怪物正四仰八叉地躺在门口处，怪物的大肚子足有水桶那般粗憨，但其余部位却只有手臂般粗细。

地面上躺的当然是紫金神龙，它在这里偷吃了一夜，凡是被它看得上眼的灵参仙芝都被它吞了下去，肚皮都快被撑破了。这一次神风学院可谓损失惨重，紫金神龙几乎将药库里最为顶级的灵药都吞吃净了。如果它的胃口足够大，也许会将这里席卷个干净。不过贪婪的紫金神龙也自食恶果，体内灵气冲腾，五脏六腑似欲裂开了一般，它在这里哼哼唧唧了半夜，难以移动分毫。药库不是没有来过灵兽偷嘴，但今次这个怪物最为奇特，居然能够张口说话，管理员吓得战战兢兢，最后颤抖着爬了起来，大叫了一声，飞也似的逃了出去。紫金神龙一声惨叫，管理员居然一脚踩在了它的大肚皮之上，痛、气之下它差点昏过去。

"嗷呜，该死的小辈，敢在太岁肚皮上动脚。该死的，不要让我抓到你……"

"啊，妖怪，救命啊……"管理员吓得一溜烟没了人影。

神风学院副院长接到了消息，妖怪闯进药库，偷食了大量灵药。

当他赶到这里时，几个住在外院专门看守药库的老古董正在目瞪口呆地看着紫金神龙。副院长看到紫金神龙的样子后，也如那几个老人一般吃惊地张大了嘴巴。身覆鳞甲，头生双角，腹生四臂爪，这分明是神话传说中的东方神龙啊！几个老人原本杀气腾腾，但现在犹豫不决起来，这个贼竟然是传说中的神兽！恐怕也只有这传说中的神兽，才能够无声无息地躲避过几个功力卓绝的老人而潜进药库。

"看什么看？没看过这么帅的龙吗？"紫金神龙一副痞子相，面对几个老家伙时，依然一副流氓无赖的样子，浑然没将眼前几个头发花白的老人看在眼里。几个人面面相觑，这是神龙吗？怎么像个地痞啊？副院长小心翼翼地绕过它，走进药库清查损失情况，不看不知道，一看真是心惊肉跳，第一间屋子中的所有顶级灵药皆消失不见了。副院长声音颤抖着叫过管理员，让他去里面清点。

"三千年的紫金参还在吗？""不在了。"副院长心痛得差点哭出来，珍贵的紫金参是无价之宝啊，功能是起死回生。

"九叶灵芝还在吗？""还剩一叶。"副院长的心像被挠了一下，他使劲地攥了攥拳头。

"火云果呢？""剩下一个果核。"副院长气得身躯微微颤抖了起来。

"紫晶雪梨呢？""连核都未剩下。"副院长的双眼红了。

"九品仙莲呢？""盛放仙莲的盒子都被咬去了半角。""啊……"副院长终于忍不住大叫了起来，双眼血红地叫道："天字阁里还剩下哪几样天材地宝？"

"一样也没剩下，连保存那些圣果的盒子都被吃下去了小半。"副院长彻底抓狂……

副院长自己跑进去一看，天字阁最顶级的灵药被一扫而光，一点都没有留下，即便是别的房间的普通灵药都被扫荡去不少。他心急火燎地推开一间密室的石门，打开了"隐天字阁"，还好，密室未曾遭到祸害，不过即使这样，副院长也快疯了。"啊……神龙！小偷居然是一条神龙！"副院长快速冲了出来，一把拎起大肚子紫金神龙，恶狠狠地叫道，"你为神兽，怎么能够做这样的事呢？"

紫金神龙一被摇晃，大肚子连连颤动，它感觉阵阵难受，不禁龇牙咧嘴叫了起来："嗷呜，小老头快放开你龙大爷。不就是吃了你们一些药草吗，以后等本龙闲暇的时候去采摘些回来还给你们。"

"这些药草百年难寻觅一株，你如何还？"副院长气得都快岔气了，一边大吼着一边用力摇晃着紫金神龙。紫金神龙被摇得七荤八素，晕头转向，最后一声大吼，道："嗷呜，龙大爷就是喜欢吃那些药草，现在已经到了我的腹中，你能把本龙怎么样？"副院长看它一副有恃无恐的痞子样，气得胡子连连翘动，心中最后那点对神龙的尊敬彻底磨灭。他咬牙切齿道："你这恶龙太可恶了，今天我要拿你去炼丹，你吃下去的那么多的灵药，再加上你的神龙血脉，定然可以炼出一炉仙丹。"副院长真的气坏了，揪着大肚子紫金神龙快速向学院的炼丹房走去。紫金神龙不断挣动，口气彻底软了下来，道："小老头，有事好商量，不必如此大动肝火，以后我赔你还不行吗？"

"你赔得起吗？今天一定要将你炼成丹丸。"

"嗷呜，大胆，本龙乃是神兽，你竟敢加害于我，不怕遭天谴吗？"

"啊呸，神兽中也有善恶之分，你便是那恶龙！"副院长拎着紫金神龙走进炼丹房后，命令这里的炼丹师炼化它。几名炼丹师看到传说中的神龙后，惊得下巴差点掉在地上，他们说什么也不肯。其实副院长也只是一时气愤而已，他哪里知道将神龙炼化成丹药的方法，即便是神风学院资格最老的炼丹师也不懂得这方面的知识。紫金神龙见几个炼丹师对着它时战战兢兢的，得意之下，便又趾高气扬了起来。副院长气愤不过，真的将它丢进了一个火炉中。

"嗷呜，老小子你竟然如此狠毒！"紫金神龙嗷嗷乱叫，想从火炉中挣脱出去，奈何大肚溜圆，行动笨拙，且体内灵气乱窜，飞又飞不起来。炉内的高温炙烤得它心急暴跳，它干着急却只能胡乱挣动，没有丝毫办法。紫金神龙在炼丹炉内胡乱冲撞，将镔铁打造的丹炉冲击得"砰砰"直响，奈何此刻它体内灵气乱窜，没有多大神通，根本难以逃离丹炉。副院长亲自摇扇，催动火势，奸诈的老头子今天动了真怒，药库内如果没有一个"隐天字阁"，恐怕神风学院最为顶级的天材地宝会点滴不剩。

"嗷呜，该死的小老头子，我服了，嗷呜……"丹炉火势越来越旺，紫金神龙鬼叫连连，如同沙滩上的鱼一般活蹦乱跳。副院长虽然在催动火势，但心中却在嘀咕，这类神兽必有非凡之处，紫金神龙固然可恶，不过杀之未免有些可惜。炉火越来越烈，副院长惊奇地发现，尽管紫金神龙嚎叫不断，但吼声似乎没有减弱分毫，依然中气十足。到最后，副院长终于发现紫金神龙虽然大吼大叫，但炉火根本不能够伤它元气，只是让它感觉到疼痛而已。

　　当辰南听到消息赶到这里时，紫金神龙正在破口大骂，污言秽语不堪入耳，与泼妇骂街不遑多让。副院长被气得胡子乱翘，卖力地摇动风扇，催动火势。辰南恶寒，紫金神龙实在是痞子一条，而副院长也着实够狠辣。他大叫道："院长大人快快住手，我有话说。"紫金神龙一听辰南来了，立时欢喜起来，炉火虽然难以伤它元气，但皮肉之苦是免不了的，它大叫道："小子快把那个老小子给我踹开，放我出去！"经过长达半个时辰的求情，副院长终于将紫金神龙放了出来，他若有所思地盯着辰南，道："这条恶龙就是你那一晚刺杀凌云，大闹罪恶之城时助你逃走的家伙吧？"

　　辰南大吃一惊道："我听不懂你在说什么。"副院长意味深长道："罪恶之城远没你想象的那般简单，这里奇人无数，你以为什么事情都能够做得点滴不漏吗？嘿，有时间咱们好好谈一谈，我正想找机会和你聊聊这些日子以来发生的事情呢。当然你必须也要将这头恶龙的事情，详详细细地告诉我。"显而易见，副院长发觉了什么。同时紫金神龙的出现，令他大为震动。辰南知他意有所指，不过他没什么可担心的，没有什么见不得光的事。此刻紫金神龙滑稽透顶，挺着大肚子在地上活蹦乱跳，嗷嗷乱叫，咒骂声不断。

　　副院长虽然异常恼火，但也并不想杀死一条传说中的神龙，毕竟这是东方人的图腾，杀之忌讳太大，最后他咬牙切齿地看了一眼紫金神龙，转身离去。辰南看到这个家伙的肚子居然撑胀到了水桶般粗细，将和龙鳞颜色一样的玄武甲都撑了起来，他立时双眼放光，看得紫金神龙一阵发毛。他试着向下扒玄武甲，结果惹得紫金神龙如同杀猪一般嚎叫起来："嗷，该死的小子趁火打劫，快快住手，本龙的肚子都要破了。"最后他无奈放手。

当辰南拎着如同皮球一般的紫金神龙回到竹海深处时，小晨曦被逗得咯咯笑个不停，紫金神龙郁闷无比。不过今次闯祸，它得到的好处难以想象，它吞食了大量顶级的天材地宝，体内灵气充盈，直欲撕裂神龙体魄。回来没有多久，紫金神龙便预感到自己可能要陷入沉睡中，它要求辰南给它准备了一个空房，而后盘卧在里面，陷入了深层次的睡眠中。辰南知道，这个家伙此次得到了莫大的好处，此刻它体内充满了无尽的灵气，急需要彻底炼化吸收。虽非龙宝宝涅槃那样耗费时间，但短时间内它恐怕不会醒来。

"灵兽、神兽的体魄的确让人羡慕啊，吞服仙果后可以直接将吸纳的灵气炼化为本身的元气，换作人类恐怕很难同化那样庞大无匹的灵力。"辰南有些感叹。他知道紫金神龙一旦醒来，龙元肯定会浑厚许多，修为会迈上一个新的台阶，到那时它的形体恐怕会壮大许多。想一想，有一条粗壮的紫金神龙当作坐骑，辰南脸上露出了笑容，以东方神龙为骑，这是何等威武啊！

梦可儿三天未曾走出房间，在静室中静心凝神调理伤势、压制体内的封印力量。这一次她受创极重，先是仓促间解开封印，和五阶绝世高手凌子虚强撼了一掌，不仅遭封印反噬，还在对轰中受伤。随后为了袭杀辰南，她不仅强行压下伤势，设下陷阱，而且再一次解除体内的封印，忍受着封印力量的反噬，和辰南大战。在追杀辰南的过程中，由于一系列突发事件，她不仅没有除去对方，自己反而接连遭受重创，且连续受辱，急怒之下，严重的伤势进一步恶化。

梦可儿运功不辍，五彩光华缭绕于她的体表，万千道霞光照亮了整间房屋，令整片院落都充满了神圣的气息。三日后梦可儿睁开了双眼，此时她受创的身体并没有完全恢复，一身修为仅仅恢复到原来的一半而已。她恨得咬牙切齿，三天前的那一晚带给了她太多的屈辱，堂堂澹台古圣地走出来的圣洁仙子竟然被人百般调戏，她真有一股抓狂的感觉。"辰南，我与你誓不罢休！"梦可儿的双眼射出两道神光，房屋中像打了两道冷电一般。直到这时，她才发觉自己的飞剑已经不在身边，想来定是被辰南夺去了，她秀拳紧握，指关节都被攥得发白了。

梦可儿如今身份非同一般，从死亡绝地归来之后，其声望攀升到了极点，在世人眼中几乎已经成为圣洁仙子的化身。许多人都对其尊崇、敬畏，她刚刚出关不久，许多神风学院的学生便想前来探望。不过幸好她住在学院招待贵宾的寓所，大部分人都不能够踏足这里，免去了被人打扰之苦。但是一般人不能够踏足这里，并不代表所有人不能接近这里，冷锋、东方凤凰等人先后来到这里看望了她。作为曾经同生共死的"好友"辰南，当然也不能够失去礼数，他听到梦可儿出关后也来到了贵宾寓所。辰南在三天前那一晚也受了严重的内伤，但比起梦可儿来说算是轻得多了，经过三天的休养，他基本上已经复原了。

　　当梦可儿看到辰南满面笑容地出现在她面前时，她眼中都快喷出火来了，隐约间可以看到小火苗在她眼中跳动。此时东方凤凰等人刚刚离去，屋中仅有几个辰南不认识的青年男女，他笑着问道："梦仙子的身体可否好了一些？"闻听到这句后，梦可儿气得身躯轻轻一颤，总感觉辰南的双眼在瞄着不该看的地方，她感觉血流加速，怒火上涌，真气澎湃，差一点便要发作，大打出手。

　　"不劳挂心，已无大碍！"梦可儿控制着自己的情绪，轻缓地回答道。

　　"哦，那就好。我带来了一些疗治外伤的圣药，看来多此一举了。"辰南的笑容甚是夸张，两个眼睛都快眯成一条缝了。梦可儿俏脸通红，如果没有几个年轻人在屋中，她恐怕已经狂暴了。片刻后，屋中的几个年轻人起身告辞，辰南见状也赶忙站起身来，现在他可不想和梦可儿单独相处。

　　"辰兄慢走，我有事和你相商。"梦可儿忍着拔剑的冲动，面色温和地出声唤住了他。当着几个神风学院的学生面，辰南不好就此不顾而去，只好停步。梦可儿见那几个年轻人渐渐走远，脸色瞬时冷了下来，如万载未化的寒冰一般。此刻她身上涌动出无尽的杀气，冷冽的寒流弥漫在整座院落内，整片空间仿佛处在严冬季节。她冷冷地看着辰南，许久未语，过了好长一段时间才冷声道："把我的朝露还给我。"

　　辰南似乎并不怎么在乎梦可儿冰冷的神色，浑不在意道："唔，朝露是何物啊？看来像是样好东西。嗯，我决定了，如果我捡到一定要留下，绝不会还给你！"

"你……"梦可儿气得娇躯一阵颤抖，最后用手点指着辰南，道，"哼，但愿不久的将来你还能够笑得出来。"辰南哈哈大笑道："梦仙子，你还是好好养伤吧，不要太过劳费心力，要不我请你出去散散步如何？听说环城河附近风景不错。"梦可儿脸色一阵青一阵红，她从来没有像今天这般羞恼过，那一晚的经历对她来说是莫大的耻辱，现在辰南言语间再次提起，等于在揭她最疼痛的伤疤。这对于一向高傲的圣地仙子来说，是最为严重的挑衅与侮辱。最终，辰南大笑着离去，梦可儿则在原地站立了好久才返回屋中。远远看去，她的房舍中五彩霞光耀人双目，整间房屋似乎都在颤动。

　　一连数日，辰南不是潜研武学，便是陪小晨曦出去游玩，日子倒也过得逍遥快活。其实，他心中已经有了一些打算，准备不久之后便离开罪恶之城，前去大陆各地历练，提升自己的武学修为，以及寻找神魔遗迹。只是，他心中有些放心不下小晨曦，将她一个人丢在罪恶之城，感觉心中愧疚难安。但如果带她一起上路，实在有些不便。他现在算得上修炼界年青一代中的风云人物，肯定备受瞩目，万一在游历的过程中发生什么意外，他将追悔莫及。

　　几日以来紫金神龙依旧处于沉睡中，不过它的外表已经发生了惊人的变化，被灵气撑起的大肚皮已经渐渐消肿，龙躯似乎也粗长了一些。紫色的鳞甲闪闪发光，一道道氤氲霞光自鳞甲间透发而出，光华流转，宛如水流。一团蒙蒙紫气自紫金神龙的口中不断涌动而出，将整条龙躯包裹住，霞光与紫气交融在一起，令紫金神龙看起来格外神异。几日以来，神风学院龙场内的几十头龙伏卧难安，紫金神龙在沉睡中炼化体内的灵气，龙之皇者气息不自觉间浩荡而出，令那些西方的龙皆感应到了，出于对神兽的慑服，龙场内众龙皆恐惧无比。

　　凌家的三巨头之一凌子言到底还是带着重伤的凌子虚秘密离去了，这令辰南感觉有些可惜。如果凌子言再多待上一段时间，肯定会成为罪恶之城的公敌，想来定会有少许机会除去这个大敌。

　　梦可儿经过几日的休养，终于复原了。她曾不止一次在神风学院看到辰南，当着众人的面她无法发作，还要做出一副熟人的样子，这着实让这位圣地仙子恼恨无比。澹台古圣地走出的最杰出传人，可谓头一次吃这么大的亏，称得上奇耻大辱。她曾经想过一系列除去辰南的办法，但细想来却没有办法做到神不知鬼不觉，如果败露，她所面对的将是极为严峻的处境。如此又过了两日，梦可儿先后接到三封重要的书信。一封书信来自澹台古圣地，信中的内容让她感到有些震惊，太古六大邪道中"混天道"的最杰出传人出世了。

太古六大邪道，乃是邪道六圣地，自远古传承至今，是修炼界最为古老、神秘的门派，传说六道全盛时期，曾经统一过修炼界，可见这六道的强绝。混天道便是那六道之一，该派的武学博大精深、奇诡莫测，派内每一道功法皆堪称魔道无上绝学。传说中的盖世奇功"混天虚空道"便是出自这一派，乃是修炼界的"天功宝典"之一，称得上最顶峰的修炼法门。混天道每一代掌教都是修炼界的顶级大魔王，皆具有非凡的神通，每一代最杰出的传人都可谓小魔王，在年青一代中几可为无敌。

梦可儿蛾眉轻蹙，绝美的容颜上现出一丝忧色，一双灵动的眸子一眨不眨地盯着手中的信纸。"混天小魔王出世了，恐怕将是我出道以来的最强敌手。刚刚重创凌子虚，其子乃破灭道传人，想必不久之后也会出世，到时定会找上门来为其父报仇。"正道圣地与邪道圣地的争斗，往往从各自门下最杰出弟子之间的较量开始。两大邪道圣地传人可谓年青一代中的顶峰强者，如果联合在一起，梦可儿处境堪忧。"不知小林寺这一代的传人是否已经出世……"梦可儿想起了正道另一圣地，她现在急需援手。忽然之间她又想起了辰南，当下银牙紧咬，现在她即将面对年青一代中的顶峰高手混天小魔王，恐怕再无暇找辰南报仇了。如果逼得这个家伙和混天小魔王走到一起，那么她就更加被动了。

当第二封信到达梦可儿手中时，她展开信笺，看完上面的内容后，立刻将之揉得粉碎。此信竟然是混天小魔王项天的亲笔书信，上面的言语甚是轻浮，仅仅几行字：恭喜，澹台古圣地的仙子竟然已经成为世人眼中的圣女。如果将你收进房中，真是有莫大的成就感啊！我发誓，一定要将你收为我的女人！梦可儿如玉的容颜布满了寒霜，但忽然间她像是警醒到了什么，自从那一晚追杀辰南受辱后，她总是难以进入空灵状态，心中不再似先前那般平静，情绪似乎极易波动。若是从前，无论发生什么事，她都可以保持从容之态，但现在她却很容易动怒。

"世间一切，皆如烟云，我何必存一执念呢？弃心中之赘石，以出世之心，以入世之姿，来面那人世浮华。"梦可儿似有感悟，最后平静地自语道："辰南，你差一点令我境界下跌，杀你之心依在，但诸多杂念再不在心中。"梦可儿彻底恢复到了原来的境界，淡然出尘，飘逸若仙，整个人透发着一股灵气。但并不是那种拒人千里之外的冰冷仙子模样，相反给人一股亲切感，整个人散发着一股圣洁的气息，让人忍不住亲近。

当梦可儿展开第三封信时，不禁为之动容。这封信来自楚国大公主楚月，请她赶往楚国都城，前去相帮。信上详细叙述了近日来楚国皇宫发生的一系列异象。五天前，月圆之夜，楚国皇宫内突然激荡起一股沉重可怕的能量波动，有如滔天骇浪一般在整片皇宫内浩荡起伏。莫大的威压令皇宫内所有人都感觉到了一股发自灵魂的战栗，每个人都有一股末日来临般的感觉。恐惧充斥在每一个人的心中，仿佛地狱的恶魔觉醒了一般，似乎要降临于世。不过这股让人感觉到恐惧的能量波动仅仅持续了一晚便消失了。当第二晚来临时，楚国皇宫上方突然霞光万道，瑞彩千条，无尽的月华如流水一般，从四面八方聚集而来，整片皇宫上空一片氤氲彩雾，如同仙气一般。

这天地异象令帝都无数人都觉察到了，许多老百姓皆跪下来顶礼膜拜，认为这是楚国国运大兴之兆，是上天在赐福。帝都中的修炼者却不这样认为，因为他们感觉到了异样的气息，觉察到了一股不同寻常的气氛，认为楚国皇宫内修炼界的异宝将要出世。自此之后，每晚楚国皇宫上空都会光华夺目，无尽的天地灵气向着皇宫内聚拢而去，每个夜晚楚国皇宫都会如仙宫一般缥缈，充裕的天地精气弥漫在皇宫的每一个角落。

皇宫内的侍卫在此充裕的灵气下修炼，每个人的修为都提升了一大截，皇室成员中原本有些体弱多病之人，每晚在灵气的洗礼下，竟然也渐渐好转了起来。在皇宫内，众多嫔妃以为天降祥瑞之兆，楚国皇帝楚瀚和大公主楚月却难以露出笑容，他们都是修炼之人，知道这并不是所谓的上天恩泽。他们和帝都的修炼者们看法一致，认为楚国皇宫地下可能有修炼界的至宝将要出土。这令他们感觉有些头疼，凡是能够引得天地间风云变幻的奇宝，必然都有绝大的来头，极有可能和后羿弓一般，是自远古流传到现在的为仙神共惧的宝物，只是这类至宝多半都已被封印，如后羿弓一般很难发挥出原有的威力。而皇宫内即将出土的宝物似乎已经破开了封印，即将自行出土。

如果猜想是真的，那么毫无疑问，将会引来修炼界无数巨擘出场，到时候楚国皇宫必将热闹非凡，恐怕会引起一场大混战。没有封印的法宝，令仙神都会感到恐惧，试问有哪一个修炼者不动心？楚瀚急忙派人去请各路高手前来援助，楚国一些古老的修炼门派都接到了皇帝的亲笔书信，许多老怪物纷纷动身上路。

消息传播得异常迅速，短短几天时间便传到了大陆各处，大陆各地许多高手皆开始向楚国都城进发。这次大事件丝毫不下于前一阵子的死亡绝地秘闻，山雨欲来风满楼，一时间，楚国都城风起云涌，无数绝顶人物赶向那里。楚国大公主楚月希望梦可儿将澹台古圣地的前辈长老请出来相助，在信中详细述说了这几天楚国都城的动态。梦可儿看完信后，略微思索了一下，自语道："混天小魔王必然会在那里出现，也许太古六大邪道的其他圣地传人也会提前出世，去争夺奇宝，果然是风云际会啊……"所谓人为财死，鸟为食亡，仙级的瑰宝必然会引来无数修炼者前去争夺。可以预想，老一辈的强者，以及年青一代中的绝顶人物，都会现临楚国都城，这一次将是一场真正的强者大会。

几日来，辰南做足了小晨曦的思想工作，告诉她会经常回来看她，尽管小晨曦依依不舍，最后还是点头答应了。现在辰南恶名尽去，小晨曦又成了神风学院人见人爱的小宝贝，无论她走到哪里都会有人抢着抱。她每日只修炼两个时辰，绝大多数的时间都活跃在女生宿舍区，和那些女生玩耍。毕竟她还是个小孩子，虽然心智较为成熟，但贪玩的本性还是改变不了的。辰南倒也不担心走后她会孤单。日子已经定下，三日后他将和龙舞一起上路。自从潜龙身殒死亡绝地后，原本如阳光般开朗的龙舞一下子寡言少语了，她心中充满了悲伤，决定离开神风学院，回到自己的家乡晋国。辰南得知她要离去，便和她约好一同上路。

当梦可儿再次出现在辰南面前时，他心中一颤，感觉有些不妙。梦可儿白衣胜雪，周身散发着一股圣洁的气息，宛如临尘的仙子一般。辰南感觉梦可儿的修为似乎精进了一些。澹台古圣地的修炼法门重在修心，他原以为经过那一晚后，梦可儿定然会心绪大乱，修炼境界也许会有所回落。但此刻看来，她非但没有受到影响，似乎还有所突破，当真是一个非同一般的女子。

"辰南，还我朝露。"梦可儿淡淡地道，绝美的容颜无丝毫情绪波动，脸色很平静，似乎忘记了那一晚的经历。辰南摇了摇头，语气坚定地道："不还！"梦可儿脸色恬淡平静，轻轻转过身，飘然离去，似乎对失去朝露毫不在意。辰南一呆，看着她的背影久久未语。

一天后，辰南听到了关于楚都仙宝即将现世的消息，微微皱起了眉头，自语道："楚国皇宫下有一座古墓，上次和老妖怪进去时，只发现一尊不灭体，并未感觉到仙宝的丝毫气息。到底怎么回事，难道古墓中别有洞天？老妖怪已经返回楚国皇宫，如果地下另有洞府，他岂不是有五成的把握先别人一步得到？"

几日来，楚国皇宫地下古墓中，霞光万道，瑞彩千条，自地表渗下来的天地精气充盈在古墓中的每一寸空间。最为开阔的一间古殿，正中央是一座白玉台，玉台晶莹剔透，散发着柔和的光芒，其上站立着一个高大魁梧的中年男子。中年人一头漆黑如墨的长发随意飘散在肩头，古铜色的脸膛，长眉入鬓，鼻直口方，一双黑亮的眼睛摄人心魄，望之令人胆寒。不过，最让人心神震撼的是中年人的气势，绝代的霸气，睥睨天下的雄姿，令中年人看起来如俯视众生的魔神一般。

这就是当初辰南和老妖怪所见到的那尊不灭体，在他的发髻间透发着点点金属光亮，细看之下，那赫然是一把贯顶而没的飞剑露在外面的剑柄。古殿内天地精气氤氲涌动，笼罩在不灭体的四周，万千道瑞彩霞光将他衬托得更加高大魁伟。光华如流水，自不灭体的皮肤不断渗透进他的体内，晶莹宝辉在他的体表不断闪现。就在这一刻，贯顶而没的飞剑突然间发出一声轻吟，自不灭体的脑中弹跳出三寸，露出小半截锋利的剑体，不灭体在这一瞬间颤动了一下，原本黑亮的双眼闭合了，而后又突然睁开，射出两道一丈多长的实质化锋芒，右眼神光湛湛，一片清明，左眼血红发亮，凶残狠戾……

百余年前，神风学院某位绝代高手在大陆中部地带的十万大山中捡到一具古神的尸体，将之带回了学院。近一百年来，神风学院的一些鬼才们不断研究古神的骨质结构，想挖掘神和人骨质的不同之处。经过百年的研究，几代鬼才也没有得到预期的答案。最后有人提出，利用强大的生命魔法将神骨活化，将它们根植于凡人的身上，看看能够达到什么样的效果。这项研究近年来虽然取得了初步成果，但一直不理想。神风学院副院长曾怀疑，辰南乃是古神的后裔，要取他的鲜血去进行"造神"计划。在辰南即将离开罪恶之城之际，副院长终于找上门来，要取其一定量的"神血"。

辰南被请去"献血"之际，竹海深处他所在的小院传出阵阵异样的波动，流氓痞子龙所在的房间，紫金色的光芒璀璨夺目，氤氲紫气荡漾而出，整座小院传出阵阵沁人心脾的馨香，这是它体内灵气散逸而出的味道。此时，紫金神龙浑身上下紫气缭绕，且在氤氲紫气中隐隐有七彩光华绽放而出，璀璨夺目的光芒将整间屋子映衬得霞光万道，瑞彩千条，如同仙境一般。紫金神龙周身鳞甲光芒闪烁，原本被撑起的大肚皮已经彻底消肿，恢复了原来的样子，且龙躯比之先前粗长了一些。就在这时，它的身上传出阵阵"噼噼啪啪"之声，骨节仿佛在剧烈地活动，发出阵阵脆响。

"嗷吼……"一声惊天动地的吼叫，紫金神龙从沉睡中醒来，屋中光华大作，璀璨夺目的紫光穿透了墙壁，令整间屋子剧烈颤动起来，发出阵阵"咯吱咯吱"的响声。紫金神龙穿窗而出，那间屋子在一瞬间倒塌，发出轰隆隆的响声，激起滚滚烟尘。巨大的神龙咆哮之音，如滚滚惊雷，震荡天地，惊动了罪恶之城所有修炼者，所有人都露出了惊异之色，这绝非普通巨龙所能够发出的吼鸣。竹海深处的几个绝世高手和辰南是邻居，近在咫尺的情况下感受最深，不过这些老人并没有露出任何异样之色。因为早在几天前他们就已经感知到了神龙的气息，神风学院药库被盗的事件发生后，他们进一步得知流氓龙乃是辰南自大山中带回来的，故此现在并没有采取任何行动。

神风学院龙场众龙皆吓得惶恐难安，数十头龙一起发出震天大吼，咆哮之音震耳欲聋，一时间罪恶之城一片喧嚣，巨大的啸音让人心惊胆战。城内所有人都大惊失色，无法预料将有什么事情发生。辰南和副院长第一时间赶到了现场，此刻辰南所居住的院落有数间房屋都已经坍塌，紫金神龙正在空中摇头摆尾，上下翻腾，好不威武。竹林深处几个老人静静地仰望着空中的紫金神龙，似乎早已料到会出现这般情景，脸上无丝毫波动。

小晨曦自当中一个老人的怀中跳落在地，快速向辰南跑去。自从她和三大绝世高手开始修炼之后，身体变得轻灵无比，娇小的躯体一跃几丈，快速飘落到辰南近前。"哥哥，大龙似乎长大了一些，呵呵……"看得出小晨曦非常兴奋，一双大眼扑闪扑闪地望着空中。辰南道："是啊，的确粗长了一些。不过这个家伙太过招摇了，告诉它收敛一些，没想到还是搞出这么大的阵仗。"副院长则在一旁吹胡子瞪眼，他对紫金神龙可谓极无好感。痞子龙差一点将神风学院的灵药宝库一锅端，这令老头子好几日都感觉心痛无比，真想将紫金神龙抓住，炼成一炉丹药。可惜，将神兽炼化的方法，几乎已经失传，他只能心中叹气。

"嗷呜，哇哈哈，本龙的龙元又强大了一些，恢复元气指日可待啊，哇哈哈……"紫金神龙如同一个猖狂的老妖怪一般在空中狂笑不止。辰南冲着空中喊道："死泥鳅还不快下来，忘了之前我和你说的话了吗？你如此嚣张，早晚会被人捉去炼药！"紫金神龙闻言，不屑地撇了撇嘴，在空中摇头摆尾，一副自恋的神色，不过最后还是飞了下来。

小晨曦高兴得蹦蹦跳跳，冲着空中招手道："大龙快带我飞起来，我也要到空中去！"流氓龙虽然无赖不堪，对谁都一副痞子样，但唯独对小晨曦有一丝好感，闻言如一道紫电一般飞到她的身旁。小晨曦开始还满脸笑嘻嘻之色，但发觉紫金神龙只有一米多长，似乎太过"弱小"了一些，她皱着秀眉，一时犹豫着到底要不要上去。紫金神龙似乎看出了她的心思，一抖龙躯，脊背之上升腾起一团紫气，最后氤氤紫气化作一片紫色光华，龙背之上仿佛多了一个闪闪发光的紫玉蒲团一般。

"小丫头快上来吧。"无赖般的紫金神龙难得脸上露出一丝"慈祥"之色，有些溺爱地催促着小晨曦。辰南看着它，感觉怪怪的，同时转开了心思，貌似以后"飞天"时不用吊在它的尾巴下面了。副院长也露出一副不可思议的神色，虽然只跟紫金神龙进行过一次"接触"，但他已经了解到这头痞子龙桀骜不驯，很难让人想象它会对一个小女童如此友善。

小晨曦高兴无比，轻轻一纵，娇躯便轻灵地飘落到那团紫色光华之上。紫金神龙一摆尾，飞到副院长的面前，满脸痞子相，道："糟老头子看什么看，没见过这么帅的龙吗？唔，不过真要谢谢你，如果不是你们家后院存了那么多的灵药，我恐怕变不了这么帅。"副院长差点吐血，伸手就去掐它，如果能够捉住它，非要将它剁碎不可，老头实在是被这句话郁闷坏了。紫金神龙哪能被他捉住呢，快如闪电一般冲到了高空，其间夹杂着小晨曦兴奋的笑声。

"你这头混蛋龙，不要让我抓住你，不然我扒了你的皮，抽了你的筋，挫了你的骨！"副院长气急败坏。

"嗷呜……糟老头子，你太小气了，区区几株药草，皆乃身外之物也。我不用的话，你们也只是放在那里供奉着，浪费啊，我这是合理利用资源。"

副院长气得七窍生烟，犹豫着是否要召集神风学院所有龙骑士一起来"灭龙"。这时，随着紫金神龙在空中飞来飞去的小晨曦开口说话了："老伯伯你不要生气，其实大龙也很内疚，这几天它都在屋中闭门思过，不断忏悔，几天来它都不好意思见人。"副院长郁闷不已，他怎么会不知道是怎么回事呢。这条问题龙差点被灵药撑破肚皮，只能老老实实地炼化体内的灵气，想出屋势如登天。他狠狠地瞪了一眼紫金神龙，最后转身离去。

接下来的时间，辰南开始收拾行装，准备明日一早和龙舞上路，赶往东大陆。小晨曦已经知道辰南要离开这里，在接下来的半日内与他寸步不离，小脸上满是依依不舍之色。这令辰南心里有些不好受，有股酸涩的感觉，差一点就要改变初衷，带她一起上路。但他深深知道，如今他已经是一个"焦点人物"，若让晨曦跟在身旁，肯定会有危险。辰南心中真是犹豫难决，最后，抱着小晨曦在罪恶之城到处转悠，一边给她买小饰物，一边给她讲笑话，逗她开心。但看得出来，小晨曦的情绪始终不高，心中似乎很失落。辰南很无奈，其实他心中也很不舍，但他不能只待在罪恶之城，因为有太多的谜底等着他去揭晓，不然他寝食难安。

自从在死亡绝地接触过无名神魔后，他在了解到许多隐秘的同时，也对自身的状况更加迷惑。难道万年前真有一个无上存在，以他的身体为炉鼎，令两色神魔光球来到了这个世上？抑或，只是一次善意的挽救，出现了一些意外？不管怎样，他体内存在两色光球是一个可怕的事实，它们就像两桶炸药一般，随时有可能会被点燃，威胁到他的生命。他暗暗道："难道我只是一枚微不足道的棋子吗，有人在万年前布下了一个惊天大局？"

自死亡绝地出来之后，辰南始终在思索着这个"局"，认为这当中定然蕴含着一个震惊万古的大秘，极有可能远比他猜想的还要宏远。布局的人真的如同无名神魔所说的那样陷入"沉睡"了吗？辰南认为可能没有，那个法力通天的人一定在暗中静静地等待着收获，他可以忍耐万载岁月，其期望定然高远无比，他所期待的结果也许已经在其他处渐渐显现，也许已经到了收官阶段。基于以上原因，辰南不得不离去，要在那未知的灾难降临在他的身上之前尽全力找出答案，不然他心中始终难安。

"晨曦开心一些，不要难过，哥哥答应你，半年之内一定会回来看你。"辰南抱着小晨曦，拍着她的脊背，而后笑道，"哥哥在临走前，给你找一群小伙伴好不好，你可以天天领着他们去女生宿舍区找那些大姐姐玩。"

辰南没有按照原定的时间离开，在接下来的几天里，他以三大绝世高手的名义，将神风学院许多教师的子孙都集结到了竹海深处。美其名曰：三大绝世高手以后将指点他们修炼法门。那些教师闻之大喜，一个个痛痛快快地答应了下来。竹海深处一下子热闹了起来，十几个三四岁的小童凑到一起，像一群小麻雀一般叽叽喳喳，时不时还有哭鼻子的，三大高手哭笑不得。好在其他隐居在此处的老人没有反感，反而很喜欢这些小孩子，这令三个老人长出了一口气。小晨曦虽然心智较为成熟，但毕竟还是个小孩子，贪玩的心性是难以掩去的，很快就成了孩子王。

五日后，辰南和龙舞同一个佣兵团踏上了通往东大陆的大路。为避免引起不必要的麻烦，辰南让痞子龙远远跟在众人的身后。绝美的龙舞近日来明显憔悴了许多，那个曾经如阳光般灿烂的女孩似乎一去不复返了。潜龙陨落死亡绝地，对她的打击太大了，也许只有时间才能够抚平她心中的伤痛。

通向东大陆的大路上，这几日行人似乎多了许多，不时有成批的修炼者超过辰南他们这一行人，急匆匆地向前赶去。辰南明白，楚国都城异宝传闻尽人皆知，这些修炼者多半都是为此事前去，想去争夺那神秘难测的宝物。十日来，路上风平浪静，并没有出现恶匪或怪兽，很快便临近了楚国西境。如无意外，再有半日，这一行人便可踏入楚境。就在这时，一阵急促的马蹄声从众人的身后传来，十几骑人马快速冲了过来。

辰南回头察看，立时露出吃惊之色。冲在最前方的一匹马，如白玉雕琢而成一般，浑身上下没有一根杂毛，通体雪白光亮，隐隐有阵阵光华在其身上闪烁。最让人感到不可思议的是白马的额头长着一只晶莹剔透的白玉角，透发出阵阵光辉。显然，龙舞也注意到了后面的十几骑人马，独角马并未引起她的注意，她呆呆地看着独角马的主人，最后失声叫道："哥哥……"

独角马始终吸引着辰南的注意力，因为他发觉这可能是传说中的独角兽。可是，龙舞的惊叫声惊醒了他，当他看清马上之人的面容后，脑袋"轰"的一声，也险些惊叫出声。这是一个异常英挺的青年男子，竟然和潜龙异常相像，如果不是其身着魔法袍，周围涌动着一股魔法能量波动，辰南真以为潜龙再生，来到了他的眼前。龙舞呆呆地看着越来越近的青年男子，泪水模糊了她的双眼，口中喃喃着："哥哥……"

细看之下，独角马上的青年男子和潜龙还是有些不同之处，他的发泽为深紫，眼球为淡蓝，竟然是一个混血儿。酷似潜龙的青年男子显然也注意到了辰南一行人，也听到了龙舞的惊叫声。他扬起一丝淡淡的微笑，来到龙舞近前，勒住了独角马，右手轻轻挥动，空中传出阵阵魔法元素的波动，一团清亮的光辉出现在他的身前。丝丝凉意在空间蔓延而来，一朵晶莹剔透的冰莲出现在青年男子的手中，他的脸上满是灿烂的笑意，冲着龙舞点了点头，而后那朵冰莲便飘浮了起来，悬浮到龙舞的眼前。

龙舞泪眼蒙眬，仿佛看到潜龙正在向她走来，那熟悉的身影似乎正在递给她一朵冰莲花，她下意识地向前抓去，将那悬浮的冰莲花紧紧抓在了手中。"潜龙……"她一只手抓着冰莲花，另一只手向前伸去，似要抓住独角马上的青年男子。辰南一把抓住了龙舞的纤纤玉手，用袖子擦去了她脸上的泪水，而后对着独角马上的紫发青年男子，道："对不起，她最近心情很不好，认错人了。"

这时，跟着紫发青年男子一起来的十几骑人马都已停了下来，在一旁静静地观望着。这些人当中有武者、有魔法师，绝大多数人都是金发碧眼的西方武者，他们惊异于龙舞的绝世风姿，同时对眼前的事感觉很奇怪。紫发青年男子翻身下了独角马，冲着辰南友好地笑了笑，而后对龙舞道："我叫凯利，今天很高兴认识你这个如同天使般美丽的小姐。"

龙舞已经回过神来，显然已经发觉眼前之人并非潜龙，她微微摇了摇头，道："对不起，我认错人了。"不过尽管如此，她还是一眨不眨地盯着凯利，几乎完全一样的面孔让她忍不住去回忆往昔的一切。

凯利微微笑了笑，道："请问我可以知道小姐的名字吗？"

"龙舞。"龙舞下意识地回答道。辰南有些担心龙舞会将凯利当成潜龙的替身，他拉着龙舞向后退了几步，道："我们上路吧。"龙舞随着他退后了几步，但依然盯着凯利。

"相逢即是缘。"凯利说着，右手轻轻挥动，空中再次荡起阵阵魔法元素波动，龙舞手中的冰莲花飘浮了起来，空中无数道光华向冰莲花涌去。花瓣越来越璀璨，且传出阵阵芳香，冰莲花如同有了生命一般。"我用生命魔法与冰系魔法雕琢的这朵冰莲花，半月之内都不会融化，其中蕴含着无数草木精华。将它带在身边，可以让你心灵宁静。"凯利说着，将冰莲花插在了龙舞的长发间，而后翻身坐上独角马，冲着龙舞笑道："希望在半月内还能够看到你，到时候我送你一朵永不凋零的冰莲花。"他意有所指，随后驾驭着独角马快速向前冲去，旁边的十几骑人马随之绝尘而去。

龙舞看着那渐渐消失的独角马，一阵失神，抚摸着发间的冰莲花幽幽叹了一口气。直到这时，她才意识到辰南依然攥着她的一只玉手，急忙挣脱开来。

"龙舞你不会……"辰南狐疑地看着她。"你少要胡猜乱想！"龙舞脸色通红，轻斥道。

这时，同行的那个佣兵团的团长自语道："白玉一般的神马，且生有独角，这是传说中的圣兽啊！这怎么可能呢？"旁边那个上了年纪的副团长道："传说独角圣兽极少现世，只有最为纯洁的处女才能够得到它的青睐，寻常人根本难以近其身。刚才那匹独角马定然是血统不纯的圣兽后裔，绝不可能是真正的独角兽，不然那个年轻人根本不可能将之驯为坐骑。"

高大的山脉渐渐趋于平缓，一行人离楚国西境越来越近，此时众人明显感觉到气温越来越低。天元大陆中部地带的十万大山气候异常，一年四季树木常青，没有冷暖变化。传说这十万大山被一座浩瀚无垠的绝世大阵所笼罩，保证里面一年四季温暖如春，事实究竟是否如此，世人无从得知。半日后，一行人进入了楚国西境，楚国西部的门户望风城遥遥在望，此刻天地间飘舞着细小的雪花，大地上一片银白，众人都已经穿上了提前准备好的棉衣。行到这里之后，佣兵团完成了任务，被保护的那些客商陆续散去。辰南和龙舞同众人分别后，没有停留，骑着快马奔向楚国腹地。

楚都平阳城这些天来大雪纷飞，但这并没有让这座繁华的大都城变得冷清，只要大雪稍停，大街之上便会传出阵阵买卖之声。这些日子以来，楚都的客栈生意异常火爆，处在最为偏僻的角落的客栈都几乎人满为患。近日，来自大陆各地的修炼者已经不下数千人，而且人数每天都在增加中。这一次平阳城惊现秘宝，引得八方风动，无数真正的高手向这里赶来。这令楚国皇帝头疼不已，传说中的秘宝，每夜都要在楚国皇宫上空引发出天地异象。这么多的修炼者齐聚楚都，所有的眼睛都在注视着皇宫。一旦异宝出土，可以预想，定然会有无数自恃本领高强的修炼界人士强闯皇宫，到那时天知道会惹出怎样的乱子。

楚国大公主发出了一封又一封的书信，去邀请那些隐修的高人，她知道有时军队未必有效，许多修为恐怖的高手都有一闯皇宫的本事。尽管皇宫内有五阶绝世高手诸葛乘风坐镇，但她还是难以安心，她将楚都奇士府众人都请进了皇宫内，这些天来皇宫内可谓戒备森严。直到某一日，外出游历的老妖怪突然出现在皇宫，才令楚月心中稍感安稳，她深深知道这位皇家老祖宗的修为有多么地恐怖。

梦可儿驾驭着道家至宝玉莲台回返澹台古圣地数天，随后又赶到了楚都。她来到平阳城已经近十日，但并没有去皇宫找楚国大公主楚月，而是秘密地在一家毫不起眼的小店中住了下来。她知道如今楚国皇宫四外都是眼睛，如果贸然前去，定然会被人注意到。她不想将自己暴露在暗中的敌人面前，因为她要秘密谋划计策，来对付混天小魔王。

在梦可儿所住客栈的两里地之外，一家客栈中住着一个神秘的青年男子，此人早已来到楚都，只是平日从不出面，所有事情都让手下人去处理。当他得知梦可儿已经来到楚都，且已经查探出其落脚地后，他发出一声长笑："哈哈，你终于来了，居然还想瞒过我，哼，我等你多时了。你我两派的恩怨纠缠了数千年，我发誓一定要将这一代的澹台古圣地传人收为我的女人，嘿嘿……"此人正是混天道当代最杰出的传人项天，身材高大魁伟，英俊的面容如同刀削的一般，尽显阳刚之色。只是那闪亮的黑眸透发着一丝残忍之光，带着一丝狡诈之色，令人望之会不由自主打一个冷战。

项天最为引人注目的是他那一头血红色的头发，如同血染的一般，看起来格外地刺目。传说这是混天道修炼者的修为达到一定境界后自然显现而出的特征，凡红发者皆可被称为小魔王，只有达此境界才可以出师。由此可见，项天的修为已经达到了一个相当可怕的高度。项天冷笑连连，而后对屋中的那名手下道："尽你所能，用能想到的所有卑劣方法，去对付梦可儿。"

"这……"那名混天道的高手有些犹豫。混天小魔王笑道："没关系，这只是小打小闹而已。如果你们不行，我再出手，或者另想他法。快去吧，我给你三天的时间，尽你所能，但不要搞出太大的动静。"那名手下闻言，躬了躬身，而后慢慢退了出去。

在混天小魔王项天准备对付梦可儿之际，梦可儿也在听取手下的汇报。澹台古圣地与混天道这样的千年古派，他们的核心成员并不多。受祖训限制，派内直系弟子，不容超出一定的人数。经过数千年的衰落与繁荣，千年古派发展到现在，其外围势力庞大无比，这些势力不受祖训限制。外围弟子多经商、走仕途之路，几乎每座大城市都有这样的外围弟子，势力庞大得不可想象。这一天，梦可儿面对食物时，秀眉不禁轻蹙。她感觉混天道实在有些可怕，尽管已经接到报告，项天想要对付她，但还是让人有些无法想象，有人监视的厨房，竟然也会被下毒。

这一夜，梦可儿辗转反侧，总感觉暗中有人监视她。事实上，暗中保护她的几个外围弟子，都被人悄悄放倒了。混天小魔王已经发过誓，一定要活捉梦可儿，故此混天道的外围势力格外出力。三更时分，几条黑影慢慢靠近梦可儿的房屋，窗棂纸很快就被捅破了，毒雾慢慢涌进屋内。只是，还未等房屋外的几人高兴，一道冷森的剑光，自屋内暴起，如闪电一般划向窗棂。几声轻响，黑影便倒在了血泊中。如此过了数日，澹台古圣地外围弟子死伤了十几人，而混天道的外门弟子也折损了相当多的人手。

第九日晚间，混天小魔王在屋中走来走去，道："从那些伤口来看，这个梦可儿当真了得，恐怕非同小可，要想拿住她，看来要花费一番大手脚啊。可是我不想等下去了，你们挖的那条地道好了没有？今夜我要亲自动手去捉她！"项天双眼射出两道寒光，高大的身躯挡去半屋烛光，血红色的长发在烛光前显得格外刺眼。

属下道："她在屋中的时候，我们不敢让下方的人挖土，怕惊动她，所以费了一些时间，不过即将挖好。"混天小魔王道："好，今夜我亲自走上一遭。"

半夜时分，梦可儿床铺下的暗道中，混天小魔王手持方天画戟，双眼冷电不断闪烁。戟，为一种强兵，形似长枪，在枪尖之下的两侧有月牙形利刃，可刺可砍。方天，可与上天相比之意。画，指戟身上的刻画的纹缕。方天画戟的意思就是可与上天相比的画戟，命名多有夸张意，旨在说明该戟有多厉害，使用者一定不凡。这杆方天画戟乃是混天道的镇派至宝，打造它所需的金精花费了数代人的心血，倾尽该派所有人力、物力搜集百年之久，才采集够所需的天外陨石，提炼出金精。而后又请当时最为著名的打造神兵的大师，耗费毕生精力才令这杆方天画戟出世。可以说，除去传说中像后羿弓那般的仙宝外，这杆方天画戟足以排在大陆十大神兵之列，比之梦可儿失落在辰南手里的朝露剑还要稍胜一筹，历来只有混天道的派主或者最杰出传人才可掌握。

　　混天小魔王手抚着这杆绝世神兵，深吸了一口气，而后腾空而起，手中方天画戟激射出一道璀璨夺目的光芒，一丈厚的土层如薄纸一般瞬间破开，神兵一击，当真有破天之势！一道血光闪现，刺鼻的血腥味充满了梦可儿的房间。方天画戟破开了一丈厚的土层，散发着璀璨夺目的光芒，混天小魔王如冲天而上的蛟龙一般，快速自地窟中冲腾而起。

　　地窟正对房间中的床铺，木床瞬间碎裂，一股血光闪现，刺鼻的血腥味充斥在房间内。项天眼中寒光闪烁，在闻到血腥的刹那，他暗叫了一声不好。他知道梦可儿绝非易与之辈，不可能被偷袭受伤，那人绝不是她。项天在冲出地窟的刹那，身体横移出去一丈多远，瞬间贴在了一旁的墙壁上。可是就在这时，他感觉身后的墙壁处传来一阵森然寒气，墙壁"哗啦"一声破碎了，一道寒光快如闪电一般贴上了他的身体。

　　"嘿！"混天小魔王冷哼了一声，身体似那游鱼一般，扭动了几下，就将那贴上来的飞剑甩离了身体，而后快速滑向一旁。这个过程中，他始终无法来得及回头，但屋中的景象尽入他的眼帘。破碎的木床旁边躺着一个黑衣人，竟然是混天道的外围弟子，胸腹间是一个血淋淋的大洞，血水汩汩而流，血污不断蒸腾而起，身子还在痉挛颤抖，但眼看活不成了。

项天心中有些吃惊，这乃是混天道外围弟子中的一个头领。很显然，外面布置的人被梦可儿发觉了，极有可能都已经被剪除。此时房中除了他和那具死尸外，没有任何人，显而易见梦可儿在等他入瓮，墙壁外对他出手的人定然是梦可儿无疑。不过此刻不容混天小魔王多想，他快速向前冲去，手中方天画戟横扫向后方，光芒璀璨的神戟"砰"的一声，重重地击在了尾随而来的飞剑之上，将之狠狠地砸飞了出去。像他这般修为高深的人，争的便是那先手，他之所以选择在地窟中偷袭梦可儿，就是想抢得先手，令对方陷入混乱之际，大肆实施杀手。不过他却没有想到，反被梦可儿利用先机，以其人之道，还治其人之身。

在横扫出去飞剑的刹那，混天小魔王刚想转过身来，一道五彩光华快速逼近了他的身体，一片晶莹璀璨的玉莲瓣向他的腰腹斩去，丝毫不给他喘息机会。项天眼中寒光一闪，头上血红的长发无风自动，一股肃杀之气自他身体爆发而出，屋内气流狂暴涌动起来。整片空间仿佛扭曲了起来，混天小魔王的身体一分为二，二分为四，四条虚影出现在屋中，混天道的绝学虚空道应时而出。模糊的身影以肉眼看不到的速度如闪电般移动着，蒙蒙一片虚影迅速冲出了玉莲瓣的攻击范围。紧接着，一杆神戟仿佛那宇宙洪荒冲腾而来的彗星尾光，狠狠地劈在莲瓣之上。

"轰……"一声震天大响，整间房屋在刹那间碎裂，滚滚烟尘中，一个长发乱舞，满脸黑气缭绕的高大魔影，提着方天画戟自废墟中走出。他的双眼似那天上最为璀璨的寒星一般，透发着两道冷电，望之令人不寒而栗。直到这时，混天小魔王才真正摆脱刚才的劣势，冷冷地扫视着数丈开外一身白衣胜雪、宛如圣洁仙子般的梦可儿，冷笑道："不愧为澹台古圣地走出的仙子，竟然让我小小狼狈了一把，既然你已经知晓了我今晚的计划，看来咱们只能光明磊落地大战一场了。"

梦可儿一脸从容之色，看不出喜怒哀乐，淡淡地道："混天道当代的小魔王竟然使出如此下作的招数，不怕被同道人耻笑吗？混天一派毕竟为邪道六圣地之一，你不怕丢你师父的脸吗？"

"嘿嘿……"混天小魔王冷笑道，"我师父既然传我方天画戟，就已经不再约束我的行动，每一代混天道的传人都有自己的行事准则。今晚将是我昭告修炼界的祭旗战，就拿下你这个世人眼中的仙子吧，想必你已经看到我给你的书信了吧，今晚我要折花！"说罢，项天单手提戟，斜指南天。一股浩瀚如海般的精神威压以他为中心透发而出，一股磅礴的力量如惊涛骇浪一般席卷向八方，无匹的气势令他看起来如山似岳，一股莫大的沉重气息激荡在客栈内。在这一刻，混天小魔王那高大的身影如神似魔，仿佛那地狱的至尊修罗一般，让人心胆皆颤。

梦可儿绝美的容颜微微变色，但很快又恢复了平静，她淡淡地道："这就是位列天功宝典的奇功——混天虚空道吗？果然不凡，今夜我要好好领教一番这门邪道无上绝学！"此刻，混天小魔王散发而出的磅礴力量，似惊涛拍岸一般，将附近的几所房间冲击得轰然爆碎。瓦砾到处激射，他所立身的三丈范围内断椽残瓦纷纷飘浮了起来，围绕着他的身体不断转动。

梦可儿也已做好了战斗的准备，澹台古圣地独树一帜的道武双修法门显示出了与众不同的奇特之处。一片片花雨出现在她的周围，无数晶莹璀璨的细小花瓣在漫天飘洒，传出阵阵馨香，场景似真亦幻。一把寒光闪烁的飞剑似一截虹芒一般，悬浮于梦可儿的头顶上方，其上氤氲彩雾不断涌动，万千道霞光映射而出。一股祥和的气息弥漫在当场，梦可儿的身上透发着无尽祥瑞彩光，真个如同瑶池仙子下凡一般，令她看起来是如此地圣洁与高不可攀。一道道波动自她的身体散发而出，如温软的水波一般向四外扩散而去，这看似柔弱的力量波动很快就平复了混天小魔王所荡起的恐怖力量浪潮。

原本许多飘浮在空中的断椽残瓦慢慢降落在地，汹涌澎湃的能量风暴地带，开始慢慢恢复平静。以柔克刚，梦可儿那如水般的力量渐渐将混天小魔王的刚猛力量消卸于无形。不过，这仅仅是两人暗战的开始，项天冷哼了一声，一股浩大无匹的力量波动卷起滔天巨浪，向着梦可儿狂猛地奔袭而去。事已至此，两人不可能再暗战，各自的护体气芒凶猛地撞击在了一起。伴随着震天大响，院落中一排排的房屋轰然爆碎，化为细沙洒落在地。

正、邪两大圣地最杰出传人，都已经尽了他们的全力，毫不保留地进行了第一次交锋。滚滚烟尘激荡而起，但却难以临近两个顶峰青年高手的三丈范围内，无形的力场将无尽的尘埃碎屑阻挡在外。这恐怖的第一次交击，令两大高手都已感觉心神巨震，他们彼此都知道遇到了劲敌，接下来的大战必将惨烈无比。

一道灿然剑光，划破长空，势如流星，飞快向混天小魔王劈斩而去。梦可儿这一次可谓没有受到外界半点干扰，不像和辰南交手时处处受缚，这一次她尽了全力。飞剑璀璨夺目，发出阵阵异啸，荡起一片恐怖的波动，整片天地都仿佛震荡了起来。混天小魔王嘿嘿冷笑，丝毫不在乎，手中方天画戟，以举火燎天之势，向上挑去。"铿锵"，伴随着一声震耳欲聋的金属交击，空中爆发出一大团刺眼的光芒，能量流汹涌肆虐，飞剑被神戟生生砸了出去。随后，项天高大的魔影快如闪电一般，向前风驰电掣而去。血红色的长发如一簇跳动的火焰一般，分外刺眼，他手中的方天画戟似蛟龙一般狠狠地刺向梦可儿的心窝。神戟所激发出的璀璨光芒似那划空而至的闪电，照耀得整片空间亮如白昼，恐怖的能量波动浩荡起伏，似汪洋大海一般在汹涌澎湃。

梦可儿腾空而起，躲避过项天的全力一击，曼妙的身躯在三丈高空如轻灵的鸟儿划空而过，她抓住飞旋而回的短剑，而后头下脚上，猛然向下方袭刺而去。这就是澹台门的与众不同之处，既能够如修道者一般远距离遥控飞剑等法宝对敌，也可以持武器飞临敌人近前作战。她们这一派的弟子既掌握着道家的种种神通，也具有武人一般的强横体魄，端的是厉害非常。短剑散发着万丈光芒，洒下漫天辉光，向着混天小魔王斩去。项天冷笑，手中镇派之宝方天画戟狠狠地向上砍去，月牙形的绝世利刃激射出一道弧形神芒，撞上了短剑。

两人短兵相接，剑光戟影激发出漫天光芒，璀璨夺目的气芒令天上的星月都为之黯然失色。梦可儿得到消息项天今晚来袭，事先早已将客栈中的所有人都疏散走了，故此，虽然成片成片的房舍不断轰塌，但并没有人员伤亡。"铿锵"一声金属脆响，混天小魔王的方天画戟将梦可儿手中的短剑削去半截，他哈哈大笑道："你派名剑朝露呢，难道你没有通过澹台派的考验，是自己偷跑出来的？哈哈……"项天得理不饶人，手中方天画戟神光闪烁，似要撕裂虚空一般，招招不离梦可儿要害，猛烈的气芒光华四射，整片天地为之震颤。

梦可儿闻听此言，心中汹涌而起一团怒火，辰南将她的朝露据为己有的过程历历在目，当日发生的种种情景仿佛就在眼前，她现在想来还有一股羞辱感。混天小魔王明显感觉到了梦可儿心绪的波动，手中方天画戟横劈竖砸，大开大合，出手越来越凶猛。"嘿嘿，今晚我定要把你变为我的女人！"

不过，梦可儿也仅仅情绪波动了瞬间而已，很快就平静了下来，心中一片空灵。她接连躲避过项天的几轮攻击后，手中光芒唰地一闪，一片晶莹剔透的玉莲瓣闪现而出，散发着五彩霞光，一看就知道必是顶级至宝。

"道家至宝玉莲台的莲瓣！"项天眼中寒光闪烁，他知道这乃是澹台派第一至宝。五彩光华再次闪现，又一片玉莲瓣出现在梦可儿的手中，她双手各持其一，霞光万道、瑞彩千条，将方天画戟硬是封了回去。与此同时，玉莲台闪现而出，将梦可儿带到了空中，她如凌波仙子一般，白衣飘飘，似要乘风而去。

"唰"，一声轻响，玉莲瓣旋转而出，晶莹光辉祥和而又圣洁，似虹光一般电闪而至，斩向混天小魔王的颈项。"嘿！"项天闪向一旁，但玉莲瓣完全受控于梦可儿，一击无功，"唰"的一声旋转而回，五彩霞光也难以掩尽璀璨锋芒。"唰"的一声再次回旋而去，狠狠斩向他的腰腹，混天小魔王双目圆睁，早已从长辈那里知晓这莲瓣异常厉害，当下高举方天画戟力劈而下，狠狠斩向莲瓣。只是这莲瓣快如闪电，在梦可儿的操控下异常轻灵，"唰"的一声轻响，迅速掉转方向，向他后背旋斩而去。与此同时，梦可儿手中另一片玉莲瓣也已出手，荡起阵阵氤氲仙光，狠狠地斩向混天小魔王。

"呃啊……"项天大吼了一声，身上的长衫寸裂，露出一身紧身黑衣。在他的双肩之上是一对光华闪烁的玉质羽翼，紧紧地贴在他的脊背之上，刚才有长衣阻挡视线，根本看不出里面竟然有这样的一对奇翼。这对玉质羽翼形如西方天使的双翼，长有半米左右，并不宽大，看起来异常轻灵，透发着阵阵灵气波动，光华闪烁，耀人双目。混天小魔王稍微一运功，光彩流动的轻灵羽翼立刻光芒大作，玉质羽翼宛如有生命一般，迅速伸展了开来，带着他快速冲向高空，瞬间摆脱了两片玉莲瓣的纠缠。

梦可儿脸色大变，惊道："传说中的那件失败品，竟然被你们祭炼成功了？！"

"嘿嘿，不错，就是传说中的神魔翼！"混天小魔王冷笑着，满脸淫邪之色。

传说千年前，混天道的一代大魔王惨败于澹台古圣地的仙子后痛定思痛，认为之所以惨败，乃是因为澹台派有能够飞空的至宝玉莲台，而混天道没有相应的飞空法宝。为了能够抵御澹台至宝，在以后的争斗中占得优势，那一代的混天大魔王命令派中的弟子倾尽全力去寻找能够适合武人御空飞行的法宝。那一代的大魔王可谓疯狂之极，许多传说中的宝物都成了他寻觅的目标。奈何在他有生之年也未有丝毫结果，后来的几代魔王在修为未达到御空飞行的境界时，也如那个大魔王一般不断寻找飞空的法宝。

最后有人建议，与其寻找那些虚无缥缈的神物，不如请出一些名师祭炼出一个。但这谈何容易，武者不同于修道者，两者的本质不同，武人很难如修道者那般驾驭法宝飞天，如果想祭炼出一个适合武人御空飞行的宝物，那真是太难了。混天道发展数千年，核心弟子虽然不多，但外围弟子多不胜数，财力之雄厚是外人无法想象的。最后，该派竭尽全力，请来一个即将破空飞仙的道教奇人，而后又请来西方当年的魔法泰斗，耗费无数天材地宝，将道法与魔法熔于一炉，祭炼出一对神魔翼。这对神魔翼以东方道家的制器手法为主，将一块天然玉精雕琢而成一副羽翼状，而后将无尽的道家阵法刻画在羽翼内。其后辅以西方魔法师的制器手段，将空间法阵雕琢到里面，反复祭炼。

这本是一件夺天地造化的奇宝，融合了道法与魔法的顶级法阵，如果最终完善成功，无疑将会成为一件顶级宝物。奈何，在祭炼这件神魔翼到最后阶段时，那名修道奇人心生感应，知晓天劫即将来临，不得不停下手中的任务，匆匆离去，觅地准备破空飞仙。一件旷世奇宝即将完工，但最后阶段却因这件事未竟其功。混天道的大魔王也不好多说什么，能够请动那位修道奇人，还是仰仗他的祖师当年于那人有恩，现在奇人成仙的关键时刻来临，只能搁置祭炼神魔翼这件事。

西方的那名魔法泰斗，虽然也是祭炼这件奇宝的人之一，但毕竟以他为辅，他还是以东方的制器手段为主，所以他一人根本不能完善这件法宝。事后，当混天道再请其他修为绝顶的修道者出手完善时，竟然无人懂得神魔翼上所刻画的古阵法，没有一人能够接手。祭炼的奇宝最终只成为一个半成品，虽然没有成功，但神魔翼的大名却为各派知晓。后代混天道的传人想另起炉灶，重新祭炼一对宝翼，但天然玉精却再难求得。后来，随着西方空间魔法的消失，重新祭炼神魔翼便又多了一个无法逾越的鸿沟，故此，传说中的神魔翼成了永远的失败品。梦可儿深知当中的隐情，现在看到混天小魔王竟然身具完善的神魔翼，焉有不吃惊之理。

"嘿嘿，神魔翼乃是专门为克制你派的玉莲台而生，今天我一定要拿下你。"混天小魔王现在也能够飞空，劣势尽去，冲着梦可儿不怀好意地笑着，眼神肆无忌惮地在她的身体上游移着。梦可儿脸色有些不好看，神魔翼出世，这对澹台派来说是个不好的消息，以后两派的争斗必将更加惨烈。

正道圣地与邪道圣地的争斗，往往从弟子间展开，老一辈之间已经达成了一个不成文的约定，小辈动手，老一辈不得插手。非爆发剧烈冲突，老一辈的人一般很少正面相抗。虽说混天道被冠以一个"邪"字，但数千年来不但未灭，还有兴盛之势，早已不似数千年前那般人人喊打。如今的修炼界，早已不似过去那般正邪分明，现在正中有邪，邪中有正，就像人性一般，早已不能用绝对的善与恶来评判。现在的修炼界人士已经明白，不能简简单单定位一个门派为邪恶或正义，可以说现在的修炼者比过去要开明多了。现在邪道圣地与正道圣地之所以还互相仇视，那是历史的原因，两道圣地的仇怨已经有数千年的历史，那是万难化解的。

混天小魔王身负神魔翼，手擎方天画戟，立于高空，真如一尊魔神一般。他冷笑道："今晚是我出世的第一战，一定要给修炼界的几个圣地一个大惊喜，你注定将是我的祭旗物！"说罢，项天双翼一展，快如闪电一般，向着空中的梦可儿冲去。方天画戟绽放着万丈光芒，在空中冷森迫人，一道道刺目的光芒冲击而出。

梦可儿此刻不敢有丝毫大意，眼前这个劲敌为她出道以来的最强敌手。从一开始她就已经解开了些许体内的封印，如果不是怕完全解开封印后如上次和辰南大战那般身陷险境，她早已全部解开。如今她身体无恙，自然不似对付辰南时左支右绌地只能控制有限的莲瓣。现在她双手各持一片玉莲瓣，同时脚踏的玉莲台上又放飞出两片莲瓣，快速向项天冲击而去。"当"、"当"，所有气芒在这样的神兵宝刃下都不能成为阻隔，两声震天大响，两片莲瓣和神戟相撞在了一起。毕竟方天画戟握在项天手中，比之梦可儿遥控的莲瓣更加强力一些，将晶莹剔透的莲瓣一一击飞。随后混天小魔王快速冲到了梦可儿的身前，两人开始近身搏战起来，一时间高空中流光溢彩，寒光闪烁。

两大青年顶峰高手在空中快速游移碰撞，浩瀚无匹的能量流如汹涌的巨浪一般，不断向四外扩散。下方的客栈在震耳欲聋的交击声中，被汹涌澎湃的力量波动冲击得轰然倒塌，化为一地瓦砾。高空之上莲芒、戟影交织在一起，在空中形成一片璀璨夺目的光网。两大高手形如闪电，快速冲击、纠缠，而后又快速飞退，激烈的交锋令整片空间都仿佛在战栗。如此大的响动，自然惊动了楚都无数修炼者，不断有人赶向这个区域。人们望着空中的两团光影，惊讶得张大了嘴巴。他们无法理解，从两人交手的动作来看，明显是两个东方武者，但他们竟然能够御空飞行，这简直太恐怖了！

不过，终于有人认出了梦可儿，看清了她脚下的玉莲台。

"天啊，那是澹台古圣地的仙子！"

"那个血发男子是谁，为何他也能够御空飞行？"

"他背负这一对光翼，那是何种宝物，怎么没有听说过？"……

一个年老的修炼者若有所思，自语道："难道是传说中的那件未能完成的奇宝——神魔翼？！"经他这样一说，另外一些老人似乎恍然大悟，同时震惊无比，传说中的神魔翼竟然祭炼成功了！观战的年轻人很快自一些上了年岁的修炼者那里了解到了神魔翼的传说，一时间混天小魔王成了人们议论的焦点，所有人都知道邪道圣地与正道圣地水火不容，现在恐怕是这一代正、邪圣地之争的第一战！这是修炼界的一个大事件！

现在修炼界的人士虽然不再盲目从信正道圣地代表绝对的正义，邪道圣地代表绝对的邪恶，但还是明显偏袒于梦可儿。因为澹台派的口碑一直以来都很好，且梦可儿在罪恶之城的"所作所为"已经深入人心，成了世人眼中的仙子。梦可儿与混天小魔王显然也已注意到地面观战的人越来越多，他们似乎不愿被人看到对敌时的种种神通，一起向着楚都之外飞去，边飞边战。两人很快飞离了楚都。

"轰"、"轰"……天空中传来阵阵爆响，梦可儿与混天小魔王的这场巅峰对决，已经到了白热化的程度。两人在空中凶猛地硬撼了几记，混天小魔王被震得倒飞出去二十几丈，身子斜坠向地面，将下方的一片山林冲击倒一大片。梦可儿也不好受，四片玉莲瓣皆被方天画戟砸飞，她本人也被震得倒翻了出去，差一点直接坠落地面。在最后关头，她总算控制住了玉莲台，没有栽落下去，不过她的嘴角却溢出了丝丝血迹。

"呃啊……"项天一声大叫，手持方天画戟自山林内腾空而起，血红的长发狂乱舞动，在这一刻，他真如一个魔王一般。"梦可儿，你让我动了真怒，捉到你后，我定要让你学会如何做好一个女人！"混天小魔王双眼凶光闪烁，快速向梦可儿冲去。梦可儿真的有些吃惊，项天的实力实在太强悍了，在年青一代中恐怕真的已经少有敌手。他的一身修为最起码已经在四阶中级以上，甚至已经逼近四阶大成境界，她如果没有解开些许封印，恐怕真的已经危险了。

"怪不得混天大魔王会将方天画戟与神魔翼同时传给他，他的实力当真强横到了极点！"梦可儿暗叹，随后收起玉莲瓣，快速向着西方的一片山林飞去。项天则手持神戟，在后面紧追不舍，两人一前一后，快速飞出去十几里地。然而梦可儿在飞临到一片浓密的山林后，突然脚踏玉莲台向下冲去，快速冲进林内消失不见。混天小魔王则相随而下，但就在这时，林内突然万箭齐发，无数支飞羽箭快速向他射来。项天急忙晃动方天画戟拨打，璀璨夺目的神戟激发出一道道光芒，将漫天的箭羽绞成粉碎。他知道中了埋伏，梦可儿竟然早有准备，居然提前掩藏一队人马在此伏击他。但普通的箭羽怎么能够伤害得了他呢，他快速向下冲去，然而就在这时，一簇簇狼牙箭射向高空。

　　混天小魔王大叫了一声不好，急忙向高空中冲去，他感受到了狼牙箭上的恐怖波动，每一支箭羽都有阵阵魔法波动传出，毫无疑问，这是经过魔法加持的威力巨大的魔法箭。不过，此时他的动作已经为时过晚，一支支魔法箭在身边不断炸裂开来。混天小魔王手舞神戟，上下翻腾，激发出一片片璀璨夺目的光芒护着身体，同时快速向高空冲去。但梦可儿早有算计，四片玉莲瓣适时出手，飞快旋转到了他的头顶上方，强行将他压制了下去，令他身处魔法箭的攻击范围之内。

　　项天怒极，仰天长啸，手中神戟似一条神龙一般，舞动出一片绚烂夺目的光芒，阻挡着魔法箭。但威力巨大的魔法箭实在太过密集，仅片刻间就已经将他轰击得衣衫褴褛，如果不是修为高深，恐怕他早已被炸得尸骨无存。尽管如此，混天小魔王还是受了不轻的内伤。这令他分外恼火，今天乃是他出道的第一场战斗，没想到竟然如此狼狈。他暗恨走漏风声的叛徒，不然他何至于陷入如此被动的境地。

　　盏茶时间过后，混天小魔王连续吐了数口鲜血，已经受了不轻的内伤。直至此刻，下方的魔法箭才告尽。他一声大吼，手中方天画戟荡起万丈光芒，将环绕在他周围的四片玉莲瓣生生砸飞了出去。而后他快如闪电一般冲向下方的山林，体外环绕着刺眼的血红色光芒，宛如熊熊燃烧的烈焰一般。项天手擎方天画戟，对着下方的山林狠狠地扫了下去，无数巨木轰然崩碎。声声惨叫自下方传来，神戟所催发出的炽烈光芒，扫断了许多人的身体，林内血腥味扑鼻。混天小魔王得势不饶人，如疯了一般冲进下方的山林，手中方天画戟大开大合，横杀四方。

　　整片山林被他摧毁去小半，数十人死于非命。如果不是梦可儿出现在林地上空将项天的注意力再次吸引了过去，没有一个弓箭手能够逃离。"好一个圣地走出来的仙子，竟然如此暗算于我，今晚我定要将你拿下！"混天小魔王咬牙切齿，双眼血红。尽管他已经受了不轻的内伤，但此刻却战意高昂，当真是一个疯狂的人。他身后被摧毁的无数林木都飘浮了起来，许多破碎的尸体也缓慢飘起，在他四周不断旋转，看起来分外诡异。梦可儿知道，混天小魔王要拼命了，她暗叹，今夜恐怕真个要生死决战了……

　　原本龙舞想尽快回到晋国，但在辰南劝说下决定去楚都见识一番，也许这样会令她的心情好上一些。一路上，两人快马加鞭，顺利到达楚都二十几里外的一座小镇。紫金神龙到底还是在路上露出了马脚，被龙舞发现了踪迹。如同其他人一般，龙舞感觉震惊不已。不过一路上痞子龙种种的无赖表现，又令龙舞啼笑皆非，万万没有想到传说中的神龙竟然会如此地恶劣不堪，她暗自叹道，当真是一条痞子龙啊！多日来的相处，龙舞和辰南渐渐熟稔了起来，不再像过去那般怀有一丝戒备，如果不是心有伤悲，肯定已经和辰南打闹成一片。辰南心中暗暗叹息，那个曾经如阳光一般灿烂的女孩似乎一去不复返了，也许只有时间才能够渐渐抚平她心灵的创伤。

　　这一晚，龙舞似乎没有睡意，披着裘皮大衣来到院内，呆呆望着空中的那轮明月，神情有些恍惚。辰南在屋中打坐调息完毕，向窗外望去，正好发现龙舞黯然的身影。他推门而出，轻轻走到龙舞的身边，轻声道："进屋去吧，外面太过寒冷，你郁结于心，更容易受寒。"多日来，辰南对龙舞有些同情，他明白失去最爱之人的痛苦，他经历过这种令人肝肠寸断的折磨。雨馨的离去，至今仍然让他难以忘怀，每每想起他都会有一丝心痛的感觉。

　　"不，我想在外面待一会儿。"龙舞说罢，纵身而起，曼妙的身躯轻飘飘地落了房脊上。她掸去瓦坡上的积雪，将裘皮大衣铺在上面，而后坐下，静静地望着空中的那轮明月，眼中隐隐有泪花闪现。辰南飞身而起，也落在房顶之上，掸去积雪，坐在龙舞不远之处，也仰头望着空中的明月。

　　天地间雪花飘舞，两人都默不作声。过了好久，龙舞才道："谢谢你陪了我一路。"辰南摇了摇头，道："我们是朋友，说这些客气话干吗。""如果这一路上没有一个人陪在我身边，说不定我已经选择去陪伴潜龙了。"龙舞的话语有些悲戚，她喃喃道："你知道吗？三年前我十七岁，那也是一个寒冷的冬季，雪花漫天飞舞，我就在那时认识了潜龙……"辰南静静地听着，不敢稍加打断，他知道如果让龙舞将心中的话语都倾诉出来，她心中定会好受许多。

龙舞的故事并不像传说中的经典爱恋一般惊心动魄，只是几次邂逅后慢慢发展起来的感情，然而这种普通而又平凡的爱恋，让人听来别有一番感动。潜龙已经一去不复返了，然而龙舞却还如此痴情，此刻她泪眼婆娑，述说着两人间点点滴滴，往日温馨的画面似乎一一展现在眼前。不过，随着她的慢慢回忆，辰南因龙舞的一句话震惊了。"你知道吗？潜龙他竟然是我的亲哥哥……"闻言辰南当场无语。龙舞接着道，"在我三岁的时候，我的四哥龙飞就被我父亲送到一位奇人那里学艺，一去十几载。我十七岁那年和他相逢，恰恰是他刚刚出师试炼之时，一年的相处，我对他已经无法自拔。如果不是他最后试炼成功，他的师父允许他回家，我还不知道他是我的亲哥哥……"辰南目瞪口呆。

人生真的很奇妙，有些巧合让人欣喜，有些巧合却让人无奈。当龙飞回到晋国龙家时，两人才大吃一惊，他们二人竟然是兄妹。也许男生神经有些大条，容易摆脱过去，也许女生真的很重情，很难忘怀曾经的感情。龙飞很快调整了心态，对龙舞更加宠爱，但那只是亲情而已。龙舞却很难忘记那曾经的点点滴滴，龙飞的影子已经深入心扉。

龙飞天纵奇才，跟随那名奇人修炼成一身绝顶武学，在年青一代中几乎已经难逢抗手。龙舞虽然没有详细说明潜龙的修为到底达到了何等的境界，但从其只字片语就可以猜测出定然高深无比。龙飞的爷爷龙老太爷深深知道，木秀于林风必摧之的道理，觉得潜龙尽管修为强绝，但自小在大山中长大，缺乏人生历练，这样走入修炼界必然会惹来祸事。最后把他送进仙武学院，让他在那里潜心研武，等过上一两年再让他出世。

不过，龙家出现一个绝顶青年高手的事，却无法瞒过其他大家族，潜龙虽然未正式出世，但却已经成为各大家族关注的焦点。龙舞的父母，显然注意到了女儿对四子不同寻常的感情，经过反复追问，他们才了解到其中的曲折。最后，他们将龙舞强行送进神风学院，希望时间能够冲淡一切，让她忘记这份畸形爱恋。"潜龙……他竟然是我们龙家的一条龙，我一直无法将他当成我的哥哥，但现在却……"龙舞脸颊上挂满了泪水，甚是凄美。

辰南有些无言，感叹命运根本无从把握，他无声地叹了一口气。龙舞道："我永远也忘不了他……"她情绪有些激动。辰南轻声道："忘不了就不要忘记，但有些人注定只能怀念。你和潜龙不是没有……几年过去后，你终将会渐渐放下心中的那份挂念，到时候你一定可以享受到一次真正完美的爱情。"

龙舞轻轻地说了声谢谢，但细想之下，发觉辰南开头的那句话甚是……她攥着秀拳，"砰"的一声捶在了他的肩头，将他从房顶上砸到了院中。"败类，你真是头脑不健康，你以为谁都像你……"

"唔，这样更好了，你可以考虑一下我，我非常愿意娶你。"辰南站在院中，满脸笑意。

"去死！"龙舞抬手点出一记指风。经过这样一闹，龙舞的情绪似乎好了一些。正在这时，辰南一皱眉，感觉到远方传来阵阵异样的波动，似乎有高手正在大战。他飞身上房，眺望着远处的山林，数里外的山林上空似乎有阵阵光华闪现。龙舞也感应到了一丝异样的气息，皱了皱眉道："可怕的强者大战，居然能够御空飞行，难道是修道者？"

"嗷呜……"紫金神龙懒洋洋地自屋中探出了头，哈欠连连道，"你们两个真浪漫，居然雪夜赏月，什么时候我也能够和龙一起浪漫啊！"

"可恶，去死！"龙舞抓起一个雪团，"噗"的一声砸进了紫金神龙的嘴中，立刻让它住口。"喀……"紫金神龙干咳不已，气得嗷嗷怪叫。龙舞则难得地露出了笑容，真如春花绽放一般娇艳，整片天地都仿佛明亮了起来。辰南道："泥鳅不要胡闹，快随我去前方看一看。"随后他又对龙舞道："前方大战的人修为似乎很恐怖，我过去看一看，你等在这里，不要过去。"

"什么话啊，说得我好像娇娇女一般不堪一击。"龙舞有些不满地道，"我要去看一看，到底是何人有如此强绝的修为。"辰南难得看到龙舞露出一丝雀跃之色，当下不好拒绝，两人快速向山林赶去。紫金神龙率先飞行而去，不过不多时便又仓皇逃了回来。

"嗷呜……小子大事不好了，前方拼斗的人是那个小娘皮，我们还是快逃吧！"紫金神龙嗷嗷怪叫，上一次它被梦可儿收拾惨了，到现在还心有余悸，一发现她的行踪立刻心惊胆战起来。龙舞有些不解，狐疑地看了看辰南，又看了看紫金神龙，问道："难道是梦可儿？"多日的相处，经过龙舞的反复追问，辰南将能够告诉的死亡绝地实情，一一对她讲明了。龙舞知道现在辰南和梦可儿关系复杂难明，故而才猜疑到是她。"嗷呜，没错，就是那个可恶的小丫头！"辰南并没有退走，继续向前行去。

此刻，梦可儿和混天小魔王的大战已经到了关键时刻，胜负即将揭晓，此刻两人都已经受了严重的内伤。梦可儿洁白的衣衫上沾满了血迹，嘴角留有一抹残红，脸色苍白无比。混天小魔王的胸腹剧烈起伏着，嘴角不断向外溢血，由于之前遭受魔法箭的袭击，此刻他可谓雪上加霜，其伤势比之梦可儿还要严重一些。只是项天实在咽不下心中的那口气，不想第一次出手就铩羽而归，现在拼着大伤元气也想拿下对方。两人在空中快如闪电，上下翻腾，一片片璀璨夺目的光芒在空中闪现而出，震耳欲聋的轰击声不绝于耳。

混天小魔王浑身上下皆笼罩着血红色气芒，如同熊熊燃烧的烈焰一般，将夜空照得一片明亮。神魔翼令他的行动迅捷无比，真个如浮光掠影一般，在空中留下一道道残影。他手中的方天画戟横劈竖砸，大开大合，真如那传说中的无敌神魔附体一般，勇猛无比。在大战的过程中，梦可儿再次松动了些许封印，不过现在已经到了她所能够掌控的极限境界，如果再强行破封，恐怕会出现和辰南对敌时的情景。

梦可儿白衣飘飘，九片玉莲瓣皆已脱离玉莲台，她双手各持其一，当作短兵器使用。三片玉莲瓣环绕在她的周围，抵御混天小魔王的攻击，四片玉莲瓣围绕着项天不断旋斩，九片玉莲瓣散发着璀璨夺目的光芒，将天际照耀得一片通明。而她脚下的玉莲台更是散发着千万道霞光，将她衬托得圣洁无比。四片玉莲瓣虽然和混天小魔王纠缠在一起，但并不能够奈何于他，不时被他手中的神戟砸飞。他背后的一对神魔翼发挥了难以想象的效果，在保证御空飞行的状态同时，竟然如同两把阔刀一般，唰唰对着玉莲瓣连续劈砍，"当当"之声震耳欲聋，不时将玉莲瓣劈飞。

混天小魔王和梦可儿生死大战激烈无比，当真已经能够代表青年一代的顶峰之战。辰南看着空中的大战，眼中寒光闪烁。他发觉梦可儿的修为又精进了一步，更令他心惊的是空中那名男子，竟然如此地神勇，当真是天外有天，人外有人。龙舞同样心惊不已，她和辰南掩藏在一里地之外，望着空中两大青年高手的激烈交锋，心中不断惊叹。辰南慢慢转移了注意力，双眼一眨不眨地盯着混天小魔王手中的方天画戟，以及其背后的神魔翼，但更多的时间停留在那杆光芒四射的神戟之上，他的眼中射出两道炽热的光芒。

　　他喜欢用长刀与长矛这样的强力兵器，但每一件武器在他手中的使用寿命都不会超过一场大战的时间，他的家传玄功霸道无比，稍有不慎，就会令手中的兵器寸断碎裂。自出道以来，辰南一直没有寻觅到一件合手的兵器。此刻看到混天小魔王手中的方天画戟，他忍不住露出心动的神色，一望即知那绝对是一把神兵宝刃，而且神戟兼容了长矛与长刀的双重特性，简直就像为他量身打造的一般。"唔，这杆神戟真是为我而生的啊！"辰南双眼中光芒越来越炽烈。

　　龙舞捶了他一下，道："白日做梦，那可是人家的东西，你难道想强抢不成？"正在这时，梦可儿与混天小魔王激烈的战斗已经到了最后阶段，两人快如电光，空中莲光、戟影交织成一片，整片天际都被照耀得一片通明。

　　"轰"、"轰"、"轰"，接连三声震天大响，二人各自翻飞出去几十丈距离，皆不住地大口喷血，最后都摇摇晃晃向地面坠落下去。混天小魔王浑身是血，降落在距离辰南不足百余米处，浑然不知背后有一双眼睛正在火热地盯着他手中的神戟。项天手拄神戟，费力地从地上站了起来。此刻他几乎成了一个血人，浑身上下每一寸肌肤都渗出了丝丝血迹，加之一头血红色的长发，当真如一尊血修罗一般。不过他的双眼始终绽放着凶戾的光芒，他冷冷地看着远处的梦可儿，手持神戟向前逼去。

　　此刻，梦可儿洁白的衣衫也几乎染红了，她的伤势不比混天小魔王轻上多少，皮肤也已经渗出了血迹。在这一刻，她一阵犹豫。她知道混天小魔王同她一样，已经是精疲力竭之身，如果这时她冒险解开全部封印，说不定能够彻底除去大患。但这样做的风险太大了，万一附近隐有其他人，待她除去项天，露出不支的迹象时，她就危险了。和辰南敌对的前车之鉴，历历在目，让她难以轻易做出决定。最终，梦可儿眼中寒光一闪，她实在无法放弃这个令人心动的机会。混天小魔王的实力太强悍了，如果今天没有魔法箭辅助攻击，今天她真的危险了。机会难得，她不能让这个大敌走出这片山地。

"轰……"一声爆响，梦可儿周围五丈范围内的林木轰然爆碎，地面的积雪被冲击得漫天飞舞。她终于解开了封印，九片玉莲瓣霞光万道，瑞彩千条，缭绕在她周身四处，另有无数朵细小的花瓣在围绕着她漫天飘洒。玉莲台绽放出万丈光芒，载着梦可儿徐徐飘浮而起，而后突然快如闪电一般，向混天小魔王冲去。一股浩瀚无匹的力量在空中汹涌澎湃，整片空间都剧烈震荡了起来，无数林木在这股如海浪般的大力冲击下，轰然倒伏。

项天大叫了一声不好，他虽然不知道梦可儿体内封印着一股可怕的力量，她在需要的时候能够将那些力量引导而出，但却真实感受到了此刻的梦可儿有多么地可怕，以他目前的状态万难匹敌。混天小魔王竭尽全力，再次向神魔翼输送功力，而后腾空而起，转身逃去。然而，此刻的梦可儿修为实在太过恐怖了，如浮光掠影一般，"唰"的一声便超过了项天，在空中阻住了他的去路。二人在空中冷冷对视，混天小魔王脸色惨变，没想到出世第一战就要殒身在荒野，他心中羞愧、害怕、恼怒等各种复杂的情绪交织在了一起。

正在这时，梦可儿心有所感，冲着高空喊道："谁？"

"嗷呜……吓死龙了！小娘皮你乱叫什么，是你龙大爷，难道刚分开几天就不认识我了吗？"高空之中紫金神龙硬着头皮答道。"流氓龙！"梦可儿一惊，随后咬牙切齿，不断扫视着下方的山地。痞子龙既然已经现身，毫无疑问，辰南离此地定然不远。梦可儿终于发现了辰南的踪迹，也觉察到他身边还有一名高手。她心中泛起一股凉气，似乎想到了什么可怕的事情，冷冷地凝视着混天小魔王，想要从他的脸上发现什么。但此刻项天满脸血污，眼中凶光闪烁，没有流露出什么特异的神情。

辰南知道，无法再掩藏下去了，向紫金神龙招手道："泥鳅，载着我上去。"紫金神龙早已是一根老油条，眼睛一转就已经明白了辰南的意思，现在梦可儿解开了封印，对场内几人来说是莫大的威胁，现在唯有和她唱空城计。痞子龙一抖龙躯，脊背之上升腾起一团紫气，最后氤氲紫气化作一片紫色光华，龙背之上仿佛多了一个闪闪发光的紫玉蒲团一般。辰南手提长矛跳了上去，随着它升入高空，在距离梦可儿不远处，冲着混天小魔王道："唔，我来得还真是时候，其他人马上就要到了……"

梦可儿闻听此言，脸上骤然变色。自痞子龙出现她就在怀疑，混天小魔王和辰南可能走到了一起，今晚他们可能要联手对付她，往坏处想，也许还会有其他人……她强行解开封印，副作用很快就会显现出来，前车之鉴她不会忘记。梦可儿眼中寒光闪了又闪，而后突然腾空而上，快如闪电一般向着楚都飞去。她要在最短的时间内赶到楚国皇宫，去压制封印力量的反噬。混天小魔王看着辰南脚踏紫金神龙，露出吃惊之色，随后看着梦可儿的背影，露出若有所思的神态。

辰南笑道："敌人的敌人就是朋友，我们下去说话！"混天小魔王不答，一展神魔翼，向下方降落而去。在辰南刚才的授意下，龙舞一直藏在暗中，没有露面。此刻混天小魔王降落下来，她更是利用特异的功法收敛了气息，完全融入了夜色中。辰南降落下来后，抱拳道："在下辰南，敢问兄台尊姓大名？""混天道项天。"混天小魔王说着，眯起了眼睛，道，"多谢辰兄相助，请问你可是楚国护国奇士辰南？"

"不错，是我。"

"辰南你去死吧！"混天小魔王眯着的双眼突然张了开来，绽放出两道凶戾的光芒，手中方天画戟向着辰南力劈而下。璀璨夺目的光芒将三丈范围照得如同白昼一般，恐怖的波动令附近的几棵百年大树轰然爆碎。看着那灿若神光般的戟芒袭来，辰南毫不惊慌，似乎早已料到项天会出手，他大喝道："就知道你是个白眼狼，早防备着你呢！"他手中长矛激射出万千道光芒，如蛟龙一般冲破神戟所催发而出的气芒，斜扫向神戟的铁杆。

"轰隆隆"，一阵雷鸣般的响声，无尽璀璨光芒将数丈范围内的场地摧残得不成样子。辰南退后了三大步。混天小魔王则一连退后五步，脸色一阵潮红，鲜血自他的嘴角溢了出来。项天的真实修为应在辰南之上，但刚刚和梦可儿大战完毕，此刻他重伤在身，故此在这一击中受创，处于下风。混天小魔王血红色的长发无风自动，双眼中射出两道凶狠的光芒，阴寒道："一位好友曾经委托我，如若见到你，定要斩杀！"

辰南一皱眉，思索了一会儿，道："难道是破灭道的凌姓传人？"

"嘿，你果然知道其中的因果，不用我多说什么了吧？哼，虽然今日我已经受了重伤，但杀掉你却是足够了！"混天小魔王的声音寒冷无比，脸上满是狰狞之色。辰南暗叹，眼前这个家伙当真是一个疯子，身受重伤，居然还发下狠话要取他性命，当真自负得可以。他脸上渐渐露出笑意，道："如此说来，今天我可以光明正大地拥有你手中的方天画戟了，哇哈哈……"

混天小魔王一愣，而后暴怒道："小子，死到临头了，居然还做白日梦，杀！"他浑身骨节噼噼啪啪一阵作响，整个人似乎一下子高大了一些，其精神状态似乎一下子恢复了大半。他双手握神戟，向着辰南劈斩而去，神光照亮了雪地。辰南手握长矛，脚踩神虚步，在原地留下一道残影，从旁边以横扫千军之势，斜斩向混天小魔王的腰腹，万千道金色的锋芒发出阵阵异啸。项天不顾体内的伤势，和辰南大战在一起。雪地之上，神戟、矛锋激发出无数道璀璨夺目的光芒，将整片山地照耀得一片通明。混天小魔王不愧为当代有数青年高手之一，尽管身受重伤，但强行激发潜能后，一身恐怖的修为依旧强横无比。然而，正在两人激烈交锋之时，项天突然口鼻溢血，他大叫道："你比我还要卑鄙，竟然使毒！"他快速退后十几步，身体摇摇晃晃，似乎随时都有可能会倒下去。

辰南一愣，但转瞬间就已明白，定然是龙舞出手无疑。就在这时，一条曼妙的娇躯自厚厚的积雪中冲腾而起，一道犀利的剑芒快速刺向混天小魔王的后背。"噗"，血光闪现，项天尽管反应神速，但背部还是被剑芒刺破，鲜血长流不止。"原来是你下的毒，呃啊……"混天小魔王仰天大叫，血红的长发疯狂舞动了起来，像疯了一般，手举方天画戟向龙舞冲去，但是脚步明显虚浮起来，身体摇摇晃晃，就连手中的神戟都似乎拿握不住了。辰南脚踩神虚步，似一道光影一般冲到了他的背后，手中长矛狠狠向前刺去。矛锋自项天的左肋直没而入，而后辰南稍一用力，将混天小魔王生生挑了起来！

"砰"的一声，方天画戟坠落地面，血水自项天的软肋处激涌而出，血水顺着长矛喷涌而下，染红了辰南大半边身子。"想替破灭道的那个凌姓混蛋杀我，那么你就去死吧。"辰南的声音冰冷无比，手中长矛用力向上一挑，将项天甩向高空，而后再次猛力向前刺去，矛锋狠狠地刺进了混天小魔王的右肋，血水如激泉，喷洒而下。项天满脸都是冷汗，但硬是没有叫一声，他的双眼充满了怨毒的目光。龙舞似乎有些不忍，退到了一旁，不再看向这里。

"破灭道这一派跟我总是纠缠不清，你竟然替他们出头，你可以去死了！"辰南的话语寒冷无比，他猛地发力，汹涌澎湃的力量沿着长矛向混天小魔王身体内涌去。在这性命攸关的时刻，项天猛地咬烂了舌头，激发出身体潜能，运转起混天道的无上功法，右手向后猛斩而去。"铿锵"一声，在最后危急关头，混天小魔王斩断了长矛，而后突然冲天而起，展开神魔翼快速向远方飞去。

"辰南，我和你之仇不共戴天，我伤好之日，就是你命丧之时！"阴寒的话语远远传来，最后，项天的身影彻底消失在夜色中。龙舞走到辰南近前，道："你刚才太吓人了，竟然如此残忍，好像妖魔附体一般。"辰南呆呆发愣了一会儿，才叹道："因为他说是为破灭道的传人出头，故此我的情绪有些失控。破灭道让我失去了最爱的女子，也曾经让我身死一次，该派和我纠缠不清，刚才一听到他的话语，昨日之事仿佛又在我眼前重现……"

听闻此话，龙舞似乎勾起了心伤，幽幽叹了一口气。辰南立时醒悟，急忙改变话题道："舞妹妹，你刚才下的毒是怎么回事，为何我没有什么感觉，没想到你还是一个用毒高手。"龙舞啐了他一声，道："不要和我肉麻，这些都只是防身的小玩意而已，他如果不是身受重伤，根本没有什么效果。至于你，之前早就闻过解药了。"

辰南摇头叹气道："可惜，这个家伙太强横了，竟然在如此伤重的情况下，还是逃掉了。"龙舞也皱了皱眉，道："没想到让这个家伙逃掉了，以他如此恐怖的修为，将来要是报复起来，着实让人难以防备啊。而且他竟然是混天道的传人，这个梁子太硬了！"

辰南将雪地上的方天画戟提了起来，握在手中后立刻感觉到了一股血肉相连般的感觉，嘿嘿冷笑道："果然是件顶级神兵啊，有如此宝刃在手，我有何惧哉？"神戟分外沉重，冷森迫人，其上宝光流转，稍一运力，就会激发出数丈长璀璨夺目的锋芒。

龙舞道："这乃是混天道的镇派之宝，你难道想据为己有不成？我劝你还是早些丢掉它为好，不然你一个人如何斗得过一个邪道圣地？"辰南道："反正仇怨都已经结下，他们的宝物我要定了！唔，说来那个家伙身上的玉质神翼也是罕见的奇宝，我总觉得他是专门为我送装备而来的，下次定要夺来！"龙舞感觉又好笑又好气。

辰南惊声，道："咦，泥鳅跑到哪里去了？"龙舞想了想，道："似乎尾随混天小魔王而去。""好一个泥鳅，真是我的一大助力也！"辰南大笑了起来。

辰南和龙舞在客栈中等了多半刻钟，紫金神龙兴奋而回。"本龙已经发现了那个家伙的落脚之地，现在我们可以去袭杀他了。不过先说好，他那对神魔翼一定要留给我。"辰南大奇，道："上次你就想抢夺梦可儿的玉莲台，今次居然又想要混天小魔王的神魔翼，你这个家伙难道也如西方的那些龙一般有不良嗜好，喜欢收集闪闪发光的宝物？"

"啊呸，那些大蜥蜴怎么能够和本龙相比，龙大爷才不会那么无聊，将一些破烂当作宝物。"紫金神龙一副高高在上的姿态，道："今天就给你们这两个小辈讲明吧，让你们长些见识。那玉莲台与那神魔翼都是以道家制器手法祭炼出来的奇宝，当中定然刻画着无数顶级道家法阵，我如果能够得到，将之悟透，嗷呜，那可当真……嗷呜……"紫金神龙兴奋地嗷嗷怪叫。辰南与龙舞听得面面相觑，暗叹这个老痞子还真是打的如意算盘啊！

"好，我们现在就去了结这个混天道传人的性命。"辰南手抚手中神戟，话语冰冷无比。龙舞道："龙痞痞你现在还等什么，还不快载着我们两个进城？"紫金神龙听到这句话，差点从空中栽落下来，气道："小丫头，你还真把我当成拉车的牲口了，让本龙载着你们两人？不要做梦了！"

辰南故意皱着眉头道："唔，将龙舞一个人留在这里，我有些不放心，你还是费些力气带着我们两人一起进城吧，不然耽搁了时间，你的古阵法就成梦幻泡影了。"紫金神龙异常郁闷，最后沮丧地爆发出一团蒙蒙紫气，它的脊背之上璀璨光亮无比，一片氤氲光雾逐渐实质化，形成一片紫玉璧。辰南和龙舞急忙跃身而起，踩在了上面，紫金神龙无比郁闷地飞了起来，不过速度却很慢。如果不是前段时间，它吞食了神风学院无数天材地宝，此刻还不一定能够同时携带两个人。

龙舞本是一个倾城倾国的绝色美女，此刻在夜风的吹拂下，一身黄衣飘飘，舞动了起来，宛如神仙中人一般。她身上那淡淡的清香如兰似麝，飘进辰南的口鼻中，加之那黑亮柔顺的长发轻轻拂到他的脸上，透发着一股别样温馨的诱惑，辰南忍不住向前移动了一下。龙舞似有所觉，回头看了他一眼，如玉的容颜在月光的映射下，散发着晶莹的光泽，一双眸子带着淡淡水雾，凄迷美艳无比，挺秀的琼鼻，红润的双唇，如珍珠般白洁、亮泽的玉齿，当真美到极点。辰南顿时有些失神，呆呆地看着眼前那仙子般绝美的容颜。

"傻瓜！"龙舞似乎感觉到了一股异样的气氛，娇嗔了一句，将头扭转了回去。回眸一笑百媚生！辰南竟然鬼使神差地伸出双臂，揽住了她的纤腰。龙舞大惊，急忙挣动，娇叱道："你这混蛋，放开我！"辰南讪讪地放开了双手，道："舞妹妹不要害羞，我是怕你站立不稳，栽落下去。"

"猪头！"龙舞狠狠地白了他一眼。然而就在这时，不知为何，紫金神龙居然剧烈摇晃了起来，站在其身上的两人更是摇摆不已。龙舞花容失色，她可不比辰南，几乎没有几次飞天的经验。辰南喝道："泥鳅你在干吗？"他急忙揽住龙舞的纤腰，将她紧紧环绕在身旁，轻声道，"没事。"龙舞又羞又气，急道："放开我！"她这样一挣动，两人、一龙摇晃得更加厉害起来，辰南急忙紧紧地将其抱在怀中，不让她挣动。而后对着紫金神龙斥道："泥鳅你不要搞怪，在这高空之中太危险了！"

紫金神龙不满地叫道："真是龙心当成驴肝肺，龙大爷有心成全你们，你们不感激我，居然怪罪到我的头上来了，哼！"当下，它再次平稳地飞行起来。龙舞脸色通红无比，快速脱离了辰南的怀抱，而后抬脚狠狠地踢在了他的小腿之上。"哎哟……"辰南痛得真差点摔落下去。龙舞又狠狠在紫金神龙化形出的紫玉璧上踩了一脚，道："你这头龙痞痞，真是可恶透顶！"紫金神龙身体一晃，大叫道："我不是为你们好吗，到头来反倒怪到我的头上来了，好龙难做啊！"

"你还说！"龙舞羞气得又狠狠踩了一脚。龙舞本是绝色美女，此时露出小女儿神态后，更加艳丽无双，比之当初故意装成假小子时的魅力，不知要大上多少倍。辰南干咳了一声，急忙稳定了一下心神，不然非要再挨上一脚不可。紫金神龙带上两个人后，尽管飞行速度不是很快，但二十几里的路程还是眨眼间就到了。在一座多重院落的大客栈上空，它止住了身形，示意两人混天小魔王就在下方某重院落的房间。

降落而下后，辰南提着方天画戟，向着紫金神龙所指的房间走去。"噗"，房门与墙壁如薄薄的一层纸一般，在神戟轻轻的挑劈下，瞬间粉碎。但屋中并无一人，蜡烛还在燃烧着，茶水还有些温热，显然项天刚刚离去不久。龙舞从桌面上发现一张纸，上面仅有几行字：早已发现那头怪物龙跟在后面，你们注定扑空，等我伤好之日，就是你辰南丧命之时。看得出，混天小魔王走得很从容，要想将他搜索出来异常困难。辰南和龙舞叹了一口气，但也没有办法。两人退走，连夜叫开几家客栈，好不容易在一个偏僻的角落，找到了一家还有空余房间的小客栈。

楚都可谓风起云涌，无数高手向这里赶来，如今随便敲开一家客栈，都会发现许多本领高深的修炼者。东西方修炼界许多传说中的久不出面的老怪物都被惊动了出来，因为修炼界一位奇人夜观天象，认为楚都仙魔两气共同缭绕，即将有非同寻常的大事件发生，甚至会涉及仙神界。

就在这一日，西方修炼界发生了一个足以惊世的大事件，只不过知道这件事的人不多，并未传播出去。西方一个古老的家族所在的古城堡，在这一日突然笼罩着一层圣洁的光辉。远远望去，古城堡被一团洁白柔和的光辉所覆盖，如同上天降下的圣光一般。该家族的老族长是一个百余岁高龄的高深武者，于前天去世，今日正要下葬，所有人都没有想到古城堡内会发生这样的圣迹。所有人都相信，老族长修为高深，生前积修无尽功德，即将升入天界。然而让人匪夷所思的事发生了，天空中突然降下一道璀璨夺目的光芒，直直射入老族长的尸体内。片刻后，这位老族长琼恩斯竟然直直坐了起来，所有亲朋好友都吓坏了，都觉得这件事有些恐怖。

琼恩斯坐立起来，看了众人一眼，低语道："我在人间界还有些心愿未了，现在还不能离去，所以伟大的战神又将我送回来了。你们不要害怕，但千万要记住，万万不可将这件事透露出去，否则会引起神罚。"老琼恩斯一头灰白的头发几乎都已经落光，胡须也没剩下几根了，脸上皱纹堆积，看起来一副风烛残年的样子。不过，此刻他的双眼却透发着两道神光，给人一股巨大无形的压力，沉重得让人喘不过气来。他在复活之前的确是一个高深的西方武者，修为已经达到了四阶顶峰状态，即将迈入五阶绝世高手之列，但远远没有现在给人的压力大。琼恩斯的子孙们战战兢兢，均发誓不会透露出去半点消息。随后，葬礼被秘密取消了，而老琼恩斯则神秘离去。

在这同一天，西方另外两个家族也发生了同样的事情。一个名为卡缪拉的四阶中年武者，死亡一天之后离奇复活。他同样叮嘱自己的家人万万不可透露出去，随后他也神秘离去。一个名为艾美丝的女剑士病逝后仅仅一天，突然离奇复活，死前她三十几岁的样子，但复活后似乎年轻了许多，看起来已经不足三十岁，随后神秘离去。这三起离奇复活事件有几个共同点，皆是死后一天复活，在整个过程中伴随有神迹显现，家宅被神圣光辉所笼罩。且复活之后，三人的修为似乎精进到了让人难以想象的境界，皆变得异常神秘而又强大。三起事件虽然很保密，但这个世上没有不漏风的墙，还是有少数强大的家族得到了消息。

最后，消息通过秘密渠道传到了教皇的耳中，他沉吟半晌道："难道是'圣临人间'，但不对啊，如果真是这样，应该在教内降临啊！"在教皇暗自推测时，三位神秘的复活者已经聚到了一起，他们立身于千百丈高空之上，身上散发着神圣而又强大的气息。三人一阵密语，而后化作三道神光，自西大陆向着那遥远的东方飞去……

罪恶之城简直成了小公主的乐园，在这里她可谓如鱼得水，整日骑着飞天虎王小玉到处闲逛。说来也奇怪，刁蛮的小公主对小晨曦分外喜爱，经常偷偷地溜进神风学院前辈高手的隐修之地，带上她去游玩，当然这都是在三大绝世高手睁一只眼，闭一只眼的情况下进行的。自从跟小公主长时间相处后，小晨曦越来越活泼，虽然辰南临走时给她找了许多的小伙伴，但她只是开始几天还感觉很新鲜，随后的日子里就不大和他们玩了。因为小晨曦的心智太过成熟，跟着那些总是哭鼻子的小孩实在玩不到一起，相比较而言，她更愿意跑到女生宿舍区，去找东方凤凰和小公主等人玩。

今日，小公主再次带着小晨曦乘坐飞天虎王，闯进了大山深处，看到了数头巨龙，令一大一小两个女孩兴奋得手舞足蹈。直到太阳快要落山之际，小公主才带着小晨曦回返罪恶之城。然而就在距离罪恶之城十里之遥时，小晨曦突然叫道："小麻烦姐姐你快看，那里有三个会飞的人！"小公主顺着晨曦小手指点的方向望去，只见三道光影快如闪电一般自西方快速飞来，圣洁的光辉笼罩在三人的身上，令三人的身影看起来模模糊糊。

"啊，真是会飞的人，天啊，他们的修为到底达到了何等境界啊！"小公主禁不住惊叹了起来。就在这时，三道人影电闪而至，一个年迈不堪的武者、一个魁伟的中年人、一个艳丽的青年女子。三人皆是金发、碧眼的西方人，身上透发着一股让人忍不住顶礼膜拜的强大气息，正是西方那三个离奇复活的人：琼恩斯、卡缪拉、艾美丝。三人显然也发现了小公主和小晨曦，卡缪拉快速止住了身形，咦了一声，道："那个小女孩很奇特，我感觉到了一股纯净的仙灵气息。"琼恩斯和艾美丝也同时停了下来，他们似乎也心生感应，眼睛一眨不眨地盯着小晨曦。

虎王小玉似乎意识到了危险，戒备地盯着前方三人。小公主也有些紧张，没想到竟然看到了传说中能够飞天遁地的人。小晨曦则好奇地眨动着一双明亮的大眼，在三人身上转来转去，轻声对小公主道：

"小麻烦姐姐，我感觉好奇怪，他们三人似乎不是活人，好像被一股奇异的力量控制着身体。"小公主吓得冷汗直流，今日在高空上看到三个会飞的人已经够她吃惊的了，此刻听到小晨曦的惊人言语，她立时坐立不安，急忙命令虎王向罪恶之城飞去。然而就在这时，艾美丝右手突然轻挥，一片圣洁的光辉似流云一般向虎王笼罩而去，将两人一虎包裹在了里面。

小公主有些惊心，然而就在这时，一件更让她吃惊的事情发生了。她怀中的小晨曦突然轻哼了一声，她的身体在刹那间绽放出万千道霞光，无比绚烂的彩光如同仙气一般笼罩在虎王的周围，将那片圣洁的光辉逼退了回去。琼恩斯和卡缪拉大惊失色，两人也急忙挥掌，两股强大的力量汇集到艾美丝的圣洁光辉之上，使之更加明亮了起来，向着小晨曦二人包裹而去。晨曦突然闭上了双眼，飘离了小公主的怀抱，娇小的躯体霞光万道，瑞彩千条，如同一个小仙子一般飘浮在空中，静静地面对着琼恩斯三人。

三人所催发出的力量在遇到小晨曦体外缭绕的光芒后，似乎遇到了莫大的阻力，再难前进分毫。卡缪拉三人脸色大变，急忙猛力催动圣洁光辉向前涌去。正在这时，小晨曦的小手突然不断结印，眨眼间十数种不同的印法迅速完成，卡缪拉三人所催发过来的凶猛力量瞬间被消卸于无形。小晨曦周身上下散发出七彩光芒，绚烂的光辉层层叠叠，将其护佑在中间，令她看起来真个如同仙界小至尊一般。

艾美丝低语道："大有来头啊，是个狠角色，我们现在还是不要节外生枝为好。"三人互相看了一眼，急忙后退，而后快如闪电一般向东方冲去。小晨曦唰唰再次结了几个手印，将空中余下的力量消卸于无形，而后才慢慢飘浮到小公主的怀中，过了好一会儿才睁开双眼。她兴奋地叫道："小麻烦姐姐，刚才我做了一个奇怪的梦，我飞了起来，把那三个人赶跑了。"

小公主那双原本灵动的大眼，现在有些失神，她一眨不眨地盯着小晨曦。过了一会儿，突然紧紧将她抱在了怀中，而后狠狠地在小晨曦的额头上亲了一口，道："小不点你真是太可爱了，我爱死你了，这辈子你休想跑出我的手心。"

"嘻嘻，小麻烦姐姐你不要这样，好痒啊，嘻嘻……"

"现在东大陆发生了一个大事件，可惜我姐姐不让我回去。唉，真想偷偷溜回去，小不点，我带你去找你的败类哥哥好不好？"

辰南和龙舞在客栈中住了两天，一位神秘人来访，宽大的斗篷、压低的帽檐，遮去了他的容貌。龙舞不认识来人，但辰南却识得，而且印象异常深刻，竟然是楚国皇帝的玄祖老妖怪。

"前辈你……"

"呵呵……"老妖怪解开斗篷，而后笑了笑道，"不要担心，我没有恶意。唉，你始终对我心存芥蒂啊。"龙舞从辰南的神态得知，眼前这个老人定然是一个大有来头的高手，她静静观望。老妖怪似乎深知龙舞的底细，对她道："你爷爷还好吧，已经有几十年没见到那个毛头小子了。"

"噗……"龙舞端起一杯茶水，刚刚喝了一小口，便非常不淑女地喷了出去。她实在太惊讶了，眼前之人竟然称呼她八十多岁的爷爷为毛头小子，那他的身份岂不是太吓人了。

"你……前辈你是？"

"唔，我是楚国皇帝的玄祖，曾经和你爷爷有过数面之交，想来最后一次见面时都还没有你呢。"

"啊，晚辈给老前辈见礼了。"龙舞急忙行礼。辰南暗暗奇怪，老妖怪为何对龙舞坦白身份呢？他今日到底所为何来？老妖怪喝了一口茶水，道："年轻人，你一定在奇怪我为何再次找上你吧？其实这次我有求于你。"辰南头皮一阵发麻，说实话，他真的不愿意和老妖怪打交道，这个老人心机很深，虽说不大见得再打他身体的主意了，但说不定还有其他目的。

"想必你已经得知楚都将有异宝出世的消息了，最近几日晚间你应该已经感应到了皇城处浩荡起伏的波动。"

"嗯，是的。"辰南点头应答。

老妖怪道："你还记得皇宫下的那座古墓吧，你我曾经共同探究过。现在大事不妙了，大祸将从那座古墓而起。"辰南大惊，不明白他的意思。老妖怪耐心为他解释。原来他刚刚回到皇宫，就听说了异宝即将出世的消息。老妖怪在皇宫内生活了上百年，对于皇宫的每一个角落都无比熟悉。他知道如果真有异宝出世的话，肯定是来自皇宫下的那座古墓。他在第一时间赶到皇家古书库，打开了地窨的入口，向卜行去，想要将那即将破土而出的宝物取到手中。然而就在他向下行进三十余米时，一股无与伦比的大力将他生生推拒了出来。老妖怪的修为已经达到六阶境界，在人间几乎已经无敌，竟然有力量阻住了他的去路，他心中的震惊可想而知。

　　他细心探索之下，发觉阻住他去路的力量竟然是结界，这更令他感觉震撼无比。传说，只有仙人才可以布下结界，当中另成一方天地。老妖怪曾经不止一次进入过这座地下古墓，对下面的布局了若指掌，然而眼前的事让他不得不怀疑，下方是否还另有洞天，引得仙人下凡。随后他想强行闯关，然而就在这时，他突然听到结界内传来一阵低低的话语："神性？魔性？难得清醒，是恶魔重生，还是真我再生？吾当率性而为，还是自灭身心，封魔于此？如何取舍……"那一字字、一句句重若万钧，直直砸在老妖怪的心里，仅仅这短短几句话就已经让他大口喷血不止，后面的话语他再也难以听清，急忙退走。

　　辰南听得目瞪口呆，那人几句话就将修为接近六阶中级境界的老妖怪逼得大口吐血，这实在太过恐怖！

第七章

仙宝之争

"说出来你也许不相信，但那确是真实的。"老妖怪叹道，"我有一种预感，不管皇宫下是否有异宝出土，不久的将来都会有一场祸事发生。"龙舞大惊失色，她知道老妖怪的保守实力最起码也在五阶以上，以他如此修为还遭受重创，可想而知，那人的修为有多么地恐怖。辰南沉思，皇宫下那人是谁，怎么会有如此恐怖的修为？一瞬间他想到了那尊不灭体，那位绝代高手的体内蕴含着一股磅礴难测的盖世功力，难道是他复活了？可是，这也太邪乎了吧！那人头部被贯穿一把飞剑，如果这样死去数千年还能够活过来，当真太过恐怖了！

老妖怪接着道："随着修为的精进，我能够预知自己的吉凶祸福。所谓玄功通神，就是指修为达到一定境界后，感知预测某种未知的因果。我现在已经预感到大限可能接近了，在我离开人世前，年轻人我想求你一件事。"经过几次打交道，辰南已经对老妖怪头疼无比了，此刻听闻他的话语后并没有完全相信，不过还是问道："何事？"

老妖怪道："现在传闻，一件可比后羿弓的神宝即将出土，而且不像后羿弓那般被封印。这件事引得八方风雨齐汇楚都，许多久未行走于世的老古董都赶来了，当中有几人令我都有几分忌讳。我想请你手持后羿弓助我一臂之力，以免数日后皇宫大乱时有人心怀叵测，趁乱灭掉楚国皇室。"辰南道："前辈过虑了，一般的高手根本没有那样的实力。如果真有那样的无敌高手，他们万万不会干涉一国政权，他们只是为传说中的神宝而来，断不会做出逆天之事。"

老妖怪满脸忧色，道："数十年前，我曾经得罪过一个厉害的强敌，原以为他已经死去，但刚刚知晓他竟然还在人世，这次也来到了楚都。另几个老怪物就已经让我无力招架了，现在大敌再次寻来，实在让我感觉情况危急啊！"

辰南暗骂了一声，这个老鬼太不地道了吧，居然想拖他下水。面对那样的无敌的强者，即便有后羿弓在手，也不是他所能够对付的。再者，傻子才会无缘无故去得罪那样的恐怖存在。"前辈太看得起我了，晚辈微末之技，即便手持后羿弓，也万难和那些无敌高手争锋啊！"

老妖怪笑着摇了摇头，道："不要妄自菲薄，你应当知道，你的体质大异于常人，如果将箭羽沾染上你的血液，用后羿弓射出去，即便是六阶无敌高手也会发怵。"辰南知他所指的是"神体"、"神血"，不过他却从未想到过他的血液会有如此妙用，但是他凭什么非要去为楚国卖命啊？这时，老妖怪似乎看出了他的心思，道："你只要在那一天，按照我的要求去射杀心怀不轨的人，事后我绝对不会亏待你。自从回到楚都，我就已经知会楚皇，永远不得再追究你曾经的无礼举动。"老妖怪丝毫没有避讳龙舞，直接说了出来，他接着道，"这一次你如果尽全力助我，事后我将后羿神弓赠送于你。"这句话像炸雷一般响在辰南的耳边，这可真是一个天大的诱惑啊！如果他有后羿弓在手，那他等于晋身到了五阶绝世高手之列，那驾驭玉莲台的梦可儿，还有那身具神魔翼的混天小魔王，还算得了什么，只要他弯弓搭箭便可在瞬间射杀他们！巨大的诱惑令辰南当真无法拒绝。老妖怪的话语如魔咒一般，他轻声道："后羿弓曾被封印过，于别人来说并无多大用处，但于你来说却是天下第一奇宝，如果有它在手，别人万般神通，也难挡你一记神射！"

辰南冲口而出，道："好，我答应了！""好，晚间我派人接你进皇宫，具体的事情稍后与你分说。"老妖怪起身离去。龙舞将他们的话一一听在耳中，感觉震惊无比，她轻声道："你真的要去冒险吗？"

"为了后羿弓绝对值！"辰南回答道，接着又道，"你万万不可相信那个老家伙的话，他所说的事情有一半是真实的就不错了。""怎么讲？"龙舞问道。

"他如果知道大限将至，早就龟缩起来了。什么厉害仇敌？定然是编造出来的。肯定会有六阶无敌强者出手，但绝非他所说的那样。我猜想，他定然是想让我助他夺得那即将出土的异宝。哼，他肯定请了不少厉害的人物助他，我不过是其中之一而已。"

"噢呜，我就知道这个老家伙不是好东西。"紫金神龙从窗外飞了进来，它对老妖怪忌讳不已，始一发现他到来，便飞出了屋子。

辰南接着道："我敢肯定他在打异宝的主意，他的修为已经停滞不前，想通过宝物做出突破，来冲击生死境界，想来他定然对那异宝志在必得。"几次和老妖怪打交道，辰南对他的心性已经有了一些了解。

晚间，老妖怪果然派人来接辰南。辰南对龙舞道："你也随我一起进宫吧，万一那混天小魔王找上门来就麻烦了，你一人留在这里我实在放心不下。"龙舞点头同意，随同他向楚国皇城赶去。对于楚国皇城，辰南并不陌生，再次临近别有一番感慨。龙舞虽然知道他和楚国的关系肯定有些隐情，但也无从猜测。此刻已经是月上中天之时，氤氲仙气笼罩在皇城上空，天地灵气浩荡起伏，万千道霞光绚烂夺目，远远望去，流光溢彩不断涌动。老妖怪见龙舞跟来并不惊异，笑着对辰南道："你可知我为何晚间才接你进来？"

"不会想带我去探那古墓吧？"

"唔，看来你早已明白我的心意。"老妖怪似有所指。

"呵呵，前辈将后羿弓相赠，我定会尽全力，其他不会多想。"

老妖怪带领辰南来到了皇家古书库，这里的灵气密度显然比皇宫任何一个地方都要浓密，置身其间通体舒泰，整片古书库内似乎都弥漫着氤氲仙雾，隐隐有光华在闪现。当掩藏地窟的书架被推开时，一个漆黑的地窟闪现出来，一股剧烈的能量波动自地下浩荡而上，如海浪一般在起伏。龙舞被留在了古书库，辰南随着老妖怪沿着地窟向下行去。洞穴成螺旋形蜿蜒向地下，辰南深一脚浅一脚地跟在老人的身后，那剧烈起伏的能量波动，令他有些忐忑。

沿着黑洞洞的地道向下走了三十几米，前方一片蒙蒙光辉挡住了去路，那便是老妖怪口中的结界。结界处五彩光芒涌动，仙雾缭绕，如果不知细情，还真以为闯进了仙家洞府，难怪老妖怪当初贸然向里硬闯。辰南用手推了推，立时有一股玄秘莫测的力量反弹回来，他身上如过电一般一阵酸麻。他细细打量，发觉那光雾下的结界如同白玉一般晶莹璀璨，宛如实质化的玉壁。这时，老妖怪开口道："你我同样身具灵根，我现在输送部分功力给你，你用心去感应一下，看那古墓内到底有何异常。"他将双手放在了辰南的后背上，一股磅礴的力量涌进了辰南的身体，汹涌澎湃的真气如滚滚长江，似滔滔大河。辰南感觉浑身上下无比舒泰，并未因外界莫名力量的涌入而感觉到丝毫不妥，他全身的毛孔仿佛舒张开了一般，六识变得异常敏锐起来。

在这一刻他感觉耳聪目明，周围的一切景物仿佛变得异常生动起来。辰南将双手轻轻抵在如玉壁般的结界上，但却没敢用力，只是轻轻贴上而已，这时，一股喧嚣的声音传入他的心扉。结界内仿佛另成一个世界，里面竟然传出人喊马嘶的声响，好似有上万匹马在奔腾咆哮，大地仿佛在战栗，震得辰南的耳骨一阵生疼。他大惊失色，这实在太过奇异了，明明是一个古墓，竟然传来这样的声音，简直不可思议。

结界里面仿佛是一个古战场，喊杀震天，辰南仿佛看到了上万人在厮杀，刀光剑影，死尸成山，血流成河。"幻听、幻象，这一切都是假的！"他用力摇了摇头，但那古战场的厮杀之音依然传进他的耳中。在接下来的时间里，辰南感觉如坠梦中，他不仅能够听到声音，还能够看到惊心动魄的画面，他仿佛真的置身于一个远古战场，那里到处都是死尸，到处都是残兵断刃，血水染红了大地，无数的冤魂在空中飘浮号叫……就在这时，一声嘹亮的龙吟响彻古战场，一个长达六十丈的西方超级巨龙驾临古战场上方。

此龙三头，双尾，异常狰狞，浑身上下布满了血红色的鳞甲，宛如是被血水染红的一般，显得森然恐怖。巨大的龙躯比之寻常的西方巨龙要大上数倍，悬浮在高空之中遮天蔽日，当真如一朵恐怖的红云一般。超级巨龙之上一条模糊的人影，看不清面容，看不清身材，但却能够让人感觉到一股妖异的邪气。他的背后插有三杆招魂幡，他双手不停地结印，每个印法都异常古怪、邪异，飘浮在古战场上的无数魂魄如受招引一般向他快速聚拢而去。三杆招魂幡在刹那间，自那人背后冲腾而起，化为三个十丈高的白骨魔，万千魂魄皆被他们如鲸吞牛饮一般吸入腹内。

古战场上交战的双方人马似乎都吓呆了，敌我双方都停了下来，惊恐地望着空中的景象。就在这时，超级巨龙上的模糊人影不再结印，冲着三个白骨魔各拍了一掌。三个原本有些呆滞的庞然大物似乎突然惊醒了一般，身化三道白光向着战场上的万人军队冲去。无数人在刹那间突然爆碎，一条条生魂飘浮而起，向着三个白骨魔口中冲去，古战场上残肢碎骨，血流成河，仅仅一盏茶时间，便再无任何生命波动，一片阴森死气。还未等辰南从震惊中醒悟过来，场景快速转变，一个晶莹如玉、璀璨夺目的白玉手掌蓦然出现在一片虚空中。辰南细看之下，又觉得不像是一只白玉手掌，倒似一个玉质手套。只不过蒙蒙光辉笼罩其上，让人难以看清，无从分辨。唰地一闪，场景再次变化，一片虚无的所在，一个高大的身影背对辰南，口中正在轻轻自语："神性？魔性？杀身灭魔，自封于此………"

那一字字、一句句重若万钧，直直砸进辰南心中，他"噗"的一声吐了一大口鲜血，双手如触电一般，快速脱离了结界。一股磅礴的大力自古墓内汹涌澎湃而出，将辰南和老妖怪瞬间冲推出去十几丈远。方才老妖怪有一半的功力输进了辰南的体内，两人如连体人一般，辰南遭创，他感同身受一般也喷出一口鲜血。两人快速退出了地窟。龙舞看到两人的样子，大吃一惊。过了好一会儿，辰南的情绪才稳定下来，将所感应到的场景一一述说了出来。

"唔，这个样子啊！"老妖怪若有所思，对古战场厮杀的情景并未发表意见，倒是对那只玉手推测起来，自语道，"难道即将出世的异宝便是那玉手不成？"老妖怪在古书库内走来走去，最后停下来道："皇城上空在上一次月圆之时出现异象，如无意外五日之后再次月圆之日，就是那奇宝出世之时，到时定然八方风动，无数强者会闯到这里。我现在就将后羿弓传你，以免你在这期间发生不测。"

当辰南再次将后羿神弓握到手中时有些激动，他现在真想立刻找到梦可儿和混天小魔王试试手！黝黑的后羿弓古朴而又沉重，但辰南只要轻轻输送少许真气，它便散发出万千毫光，氤氲光雾在神弓附近聚拢流转，将整间屋子都映射得流光溢彩。龙舞暗暗称奇，道："给我试试。"只不过当她接过去时，如传说那般万难拉动弓弦分毫，神弓无丝毫异常状况出现。"真是怪事！"龙舞咬着红润的嘴唇，上下打量辰南，道，"许多修为比你高深的人都不能够撼动它分毫，你是如何做到的，为什么只有你能够拉开呢？"辰南笑了笑，道："人品好，连弓都喜欢。"

"呸！"龙舞捶了他一拳，笑道，"快说，到底是怎么回事？"这个问题即便辰南自己现在也不能够确定，肯定不能够和她细说那些不算准确的猜想。紫金神龙自进入皇宫后便一溜烟飞进了御膳房，直至深夜时分都没有回来，辰南只能暗暗祈祷这个家伙千万不要太过分。

第二日，辰南没有知会龙舞，一早起来后就离开了皇宫。老妖怪早已指示过，随辰南任意出入，任何人不得阻拦。看着帝都宽阔的大街，辰南有几番感慨，当初大闹楚都的情景还历历在目，那时还是夏季，现在却已是飘雪的季节，转眼间已经过去了半年。

今日大雪纷飞，大街之上行人很少。辰南漫无目的地在街道上走着，空旷的大街很静，双脚踩在雪地上发出"咯吱咯吱"的响声，冷冽的气流吹得雪花纷纷扬扬。"半年了，时间过得真快啊，若水你现在还好吗？"辰南回想着纳兰若水纯净的笑颜，想起了过去的点点滴滴。自从他复活后，纳兰若水是第一个真心对他好的年轻女子，那些日子她每天都要为他认真地检查身体，小心地帮他针灸治疗，后来还耐心地教他读书识字，让他真正融入了这个社会。辰南最终向左相纳兰文成的家中走去，大雪天纳兰家的朱红大门紧闭，他叩打门环，片刻后有人打开了大门。

"你是哪位，要约见我家老爷吗？"一个年轻人客气地问道，纳兰家的下人并不像寻常官宦家的下人那般跋扈，有时由下人的言行就能够看出主人的品质。

"我想见纳兰若水小姐。"

"啊，你不知道吗？纳兰小姐三个月前就离开帝都了。"

"啊！"辰南一惊，连忙问道，"她去了哪里？为何离开？"

"据说是拜访名师，学习医术去了。"

"这……"辰南有些发愣，自语道，"半年了……若水，愿你从此开心。"他转身离去，走进风雪中。年轻人冲着他的背影喊道："请问你是谁，不想留下什么口信吗？"辰南脚步一滞，但又快速向前走去，直到背影快要消失，才飘来几句话："我姓辰，若水若是回来，请你转告她，如果她有任何麻烦，只需一个口信，我即便是在万里之外，也会立即赶来助她。"

"你、你是辰南，难道你就只有这几句话吗？"年轻人在后面大喊道。辰南顶着风雪，向奇士府走去。只是偌大的奇士府，异常幽静，他翻墙而入后，发现只有一些下人在此，所有奇士均不在府中。他道："老妖怪还真是谨慎小心啊，竟然将所有奇士都调进了宫中，想来被请出山的老怪物也不在少数。"辰南再次回到了大街之上，不知不觉间竟然来到了司马凌空家的大门之外。当初他来此大闹婚礼，用后羿弓毁去了半个府院，现在早已重新建好。

这时，一个路人从他身旁走过，辰南上前问道："你好，请问这是司马凌空的家吗？"那人吓了一跳，司马家乃是帝都的名门望族，不由得多看了几眼辰南，道："是的，不过司马公子前往西大陆了，不在府中。"这和辰南猜想的差不多，他就知道当日发生那样的事情后，司马凌空不可能继续在帝都待下去，想来定然是精修武艺去了。不过，区区一个司马，他毫不放在心上。

辰南回到皇宫，在经过御花园时，双眼精光一闪。他看到了两个熟悉的身影，两人皆绝代风华，美得仿若神仙中人一般。大公主楚月与澹台古圣地仙子梦可儿并排站在一座亭台之中。不远处的梅花暗香浮动，两人素手轻点，似在谈梅论雪，两张倾城倾国的容颜皆带着笑容，似乎聊得很投机。辰南大步向前走去，笑道："月公主别来无恙啊，梦仙子近来可好？"

楚月点了点头，看不到任何情绪波动，淡淡地笑了笑，道："辰南，我知你心中怨我。但我想说过去的事情已经过去了，希望你不要再计较，如果你能够抛下成见，我真的希望你继续做我们楚国的护国奇士。"辰南心中冷笑，暗道：开玩笑，如果不是老妖怪暗中发话了，你肯定早已对我下杀手了。他笑了笑，没有应答，转头看向梦可儿。此刻圣地仙子脸上也无丝毫情绪波动，似乎忘记了曾经的羞辱，不过辰南从她的双眼还是看到了一丝寒光。

"哈哈，梦仙子真的越来越如同那神仙中人一般了，当日与梦仙子切磋的情景历历在目啊，真想和梦仙子再继续切磋一番。"辰南笑得甚是邪恶。梦可儿也淡淡地笑了起来，道："好，那我们就在雪天中热热身。"她唰的一声飞跃向高空，白衣飘飘，秀发飞扬，如玉的容颜比之冰雪还要寒冷。散发着五彩光芒的玉莲台浮现在她的脚下，将她托浮在空中。

　　"好啊，求之不得。"辰南从梦可儿的双眼中感觉到了杀意，不慌不忙地将背后的后羿弓摘了下来，又从箭筒中抽出一支羽箭，便要往那弓弦上搭去。楚月脸色大变，急忙拦在辰南身前，大声叫道："不可！你怎能动用后羿神弓？"空中的梦可儿脸色瞬时大变，她早已得知辰南弯弓射杀巨龙的壮举，现在发觉他竟然要用神弓对付她，当真心惊胆战。她立时望向楚月，眼中满是不解之色，不知道楚家皇室为何又将后羿弓交由他掌管。

　　楚月沉声道："辰南，老祖将那神弓交给你，是让你对付强闯皇宫欲行不轨的狂徒，你怎么能够用它来对付我的师姐呢？"辰南笑了笑，道："最近总是被人喊打喊杀，精神有些紧张，一动手就忘记这是在切磋了，抱歉，抱歉啊！"这些话对梦可儿来说，简直就是赤裸裸的威胁恐吓。

　　"唔，怪我破坏了气氛，要不这场切磋就取消了吧。"辰南笑道。梦可儿自空中降落在地，收起玉莲台，她的脸色有些不好看，不过很快便又平静了下来，她轻移莲步，走进亭台中。这时，辰南也走进了亭台，解开大氅，抖去雪花，道："风雪很大啊。"梦可儿一眼便发觉了他背后的方天画戟，刚刚稳定下来的情绪再次波动起来，失声道："这把神戟怎么落到了你的手中？"楚月诧异，她很少看到梦可儿失态，知道当中定然有重要隐情。

　　辰南哈哈笑了起来，道："自然是从那个混天小魔王手中抢来的。"

　　"什么！你？"梦可儿有些吃惊，当日她以为项天和辰南联手布局对付她，故此最后关头她被惊走，此刻没想到听到这样一个消息。辰南将神戟插在了地上，笑道："上次我误打误撞救了他一命，没想到这个白眼狼竟然反过来害我，被我用长矛给挑了！"

"啊，你杀了他？！"梦可儿当真惊讶无比，如果辰南将混天小魔王置于死地，那当真是一个天大的好消息。没有人比她更清楚项天有多么可怕，当初她如果没有解开封印，恐怕真的要折在对方的手里了。"我倒是想杀死这个混蛋，但他的命比蟑螂还要硬，被我挑了双肋，最后关头还是逃去了。"辰南有些遗憾地道，之所以对梦可儿透露这些消息，是想和她合作，共同对付混天小魔王。他现在和项天已经势成水火，只要见面，定然不死不休。但梦可儿和他的关系就复杂得多了，尽管两人恩怨颇多，不过在大庭广众之下，是绝对不可能发生冲突的。在外人看来两人同闯过死亡绝地，乃是患难之交，他们不可能在世人面前翻脸，只能在暗中争斗。

"你想和我联手对付他。"梦可儿是聪明人，闻言立刻领会其意。辰南道："嗯，这个家伙与你水火不容，你们正邪圣地之间的争斗万难化解，我想他定然是你的最为强劲的敌手之一。如果我和你合作，共同除去他，我想你应该非常乐见吧？这是一件双赢的事。"

"当然，我很愿意。"梦可儿笑了起来。不过辰南知道，如果有杀死他的好机会，她绝对会立刻向他下杀手，这个女人实在很危险。但眼下他却非常需要和她合作，他没有任何势力背景，不能够如梦可儿那般调动人手去搜捕混天小魔王。"呵呵，我给你提个醒，貌似破灭道的传人也要出世了，我们曾经废了他的老子，他可也是我们共同的敌人啊。你如果急于向我出手，可能会非常遗憾、后悔的。"辰南冲着她眨了眨眼。

梦可儿的确恨不得立刻除去辰南，每当回忆起被辰南俘获时的种种情景，她都有一股抓狂的感觉，想立刻将对方斩杀以泄心中之羞恨。不过她脸上却很平静，她淡淡地笑道："我当然不会忘记凌子虚的事情，我刚刚得到消息，破灭道，以及其他几个邪道圣地的传人都会在半年内出世。我和你做个约定，半年内不发生冲突。"辰南笑道："好，我们就来个半年之约吧。"不过他心里清楚，这种约定算不得什么，根本起不到多大的作用，但表面上还是要应允的。

三日后，楚国都城发生了一件大事，两名未知的绝世高手在楚都的广场爆发了大战。当辰南赶到那里时，大战已经结束，他只看到大战的遗迹。方圆一公里的广场彻底被毁去，那里几座巨大的雕像已经化为碎粉，青石板的地面早已变成细沙。原本平整的一片广场变成了一个坑坑洼洼的小型沙漠。同日晚间，辰南在皇宫内感应到了数股可怕的神识波动。他悄悄起身来到房脊之上，先后看到十几条如幽灵般的身影在皇宫内闪电般游移。那恐怖的速度，预示着那些人的修为最起码都已达到了五阶绝世高手之列！这令辰南冷汗直流，楚都异宝出土的消息，将无数绝顶人物都引到了这里，两日后定然有一番龙争虎斗！

在辰南暗暗擦冷汗之际，空中忽然传来一阵异响，他不禁抬头观看，只见老妖怪正冲天而起，飞向夜空。空中一条模糊的身影如鬼魅一般，避开了冲上高空的老妖怪，快速向西南飞去。老妖怪紧追不舍，连连向前轰击，高空之中发出一片绚烂夺目的光芒，两条快如闪电的身影眨眼消失在夜空中。异宝将出世，引得八方风雨来袭，无数强者齐汇楚都，一时间风起云涌……

离那月圆之夜已经不足两日，楚都的气氛顿时紧张了起来，就连普通老百姓都感受到了一股难言的压抑。楚都之内来了无数的修炼者，客栈爆满，许多人甚至花钱住进了普通老百姓的家中。无论有无风雪，大街之上都有无数的军兵在巡逻，称得上三步一岗，五步一哨，帝都几乎已经戒严。皇宫中所涌荡出的异样气息更加明显，所有人都知道异宝即将出土。在老妖怪的命令下，皇族所有人都撤出了皇宫，就连所有宫娥、宦官也不例外，偌大的皇宫显得冷冷清清。不过随后不久，大批的军队被调进了皇宫，把守各个要道，无数高手坐镇其中。

今日一早，风雪终于止住了，辰南和龙舞走在帝都的大街上，看着密集的岗哨不禁感觉到了一丝硝烟的味道。昨日夜间，龙舞同辰南一样，也感觉到有不少绝顶高手闯进了宫中，不过她没有发现老妖怪和人发生空战。辰南看她这两日情绪稍微好了一些，邀她去逛平阳城。两人游览了楚都几座较为有名的景观，不过在这特殊时期，原本繁华的平阳城显得有些冷清。

两人在梅园赏梅之际，忽然看到了一条熟悉的身影，细看之下竟然是那和潜龙长得异常相似的凯利。"当真人生何处不相逢啊！"凯利向辰南点了点头，而后冲着龙舞笑道，"美丽的龙舞小姐，我们又见面了。"龙舞一愣，随后脸色有些黯然。辰南暗叹，这个凯利出现得还真是时候，龙舞的心情刚刚好一些，又碰到了酷似潜龙的他。

"龙小姐，我送你的冰莲还在吗？"凯利笑着问道，紫色的头发，英俊的面容，令他笑起来的样子分外灿烂。"不在了……"龙舞回答道。想起那朵冰莲，辰南就有一股发笑的感觉，那朵莲花竟然被紫金神龙偷去当冰棒吃了。那个家伙一边吃一边赞不绝口，说有百花的清香，异常爽口，最后竟然还问龙舞有没有第二朵。龙舞就是在那个时候得知紫金神龙的存在的。

凯利笑了笑，道："我说过，如果再次见面一定送小姐一朵永不凋零的冰莲花。"说着他从宽大的袍袖中取出一个礼盒，刚一打开，里面就透发出无数道霞光。一朵晶莹璀璨的玉莲花盛放于盒内，花朵能有拳头大小，茎上有两片玉叶衬托重重叠叠的花瓣，玉茎能有半尺多长，晶莹剔透。整株莲花似为一块极品神玉雕琢而成，散发着璀璨的宝辉，透发出一股令人心灵平静的祥和气息，一看就知道是无价之宝。

辰南暗暗惊异，他似乎感觉到了一股魔法能量波动，细看之下，他发现这似乎并非寻常的宝玉，倒似那传说中的极品魔兽晶核。这可是魔法师的最爱啊，乃是极品魔法材料，一小块魔兽晶核就可以制成一件一流法杖。眼前这样一大块魔兽晶核雕琢而成的莲花，完全可以当作一件顶级法杖，对于魔法师来说简直就是无价之宝啊。辰南不禁猜测眼前这个男子到底是何出身，竟然随便将这样的绝世宝物出手，想来身份定然非同寻常。

"好意心领，只是这个礼物太贵重了，我不能收。"龙舞婉言谢绝。凯利笑了起来，道："我曾经说过，如果能够再次和小姐相遇，定然要相赠你一朵永不凋零的冰莲花。"龙舞轻笑道："是啊，不过你也说过，前提是先前的那朵冰莲花在见面之前没有融化，可惜未到两天它就融化了。"

"这……"凯利一阵语塞。正在这时，一个娇甜的声音喊道："我要，我要，给我！太漂亮了，我非常喜欢这朵玉莲花！"一个曼妙的身影快如闪电一般从梅林深处跑了过来，一把将凯利手中的莲花抢到了手中。"哇，还有香味哦，似乎有阵阵波动传出，好像有生命一般。"女孩对着日光翻转着莲花，不停地赞叹。辰南和龙舞看得目瞪口呆，这个自来熟的女孩竟然是小公主，他们万万没有想到，远在罪恶之城的麻烦人物竟然跑到了眼前。

"你……小恶魔你怎么跑回来了？"辰南惊道。"我家发生了那么大的事，我当然要回来了。再说你是谁啊，你凭什么管我？"小公主和辰南的恩怨可谓甚深，她狠狠地瞪了他一眼，接着又甜甜地笑道："龙舞姐姐，你既然不要这朵莲花就送给我吧，我觉得还不错，反正你也看不上眼。"辰南暗叹，小公主果然可恶，丝毫不顾主人的尴尬，不过她似乎是在诚心气凯利。凯利笑道："原来是钰公主殿下，在这里见到公主，当真让人感到意外。"

小公主似乎恍然大悟一般，道："啊，原来是号称魔法通神的凯利王子啊，真是失敬，失敬！我说我怎么看这朵莲花有些眼熟呢，我记得三年前你曾经要将它送给我的姐姐，不过被她拒绝了。"辰南憋着笑意，龙舞也有些忍俊不禁，小公主真是太可恶了。

"唔，又来骗女孩子啊，凯利王兄你可真没长进，为什么每次我看到你送女孩子礼物，都被人拒绝呢？你不是西方的魔法王子，号称少女杀手吗？可是亲眼见识之后，我真的有些失望啊！哦，我忘记了，这是在东方，唉！"小公主露出一副同情的神态。"龙舞姐姐，魔法王子是不是也这样追求你的，先是偶然相逢，而后致命邂逅？"小公主似乎真的和凯利有仇，不停打击挖苦他。不过凯利并没有现出尴尬之色，微微笑道："小丫头你还真记仇，都快过去三年了，你还念念不忘啊！唔，当初还是一个蹦蹦跳跳的小丫头，整天做你姐姐的跟屁虫，现在竟然是一个亭亭玉立的绝色美女了，时间过得真快啊！"

"呸，谁是小丫头，谁是跟屁虫，不要说得那么难听！"小公主像是被人踩到了尾巴一般，叫道，"当初，你仗着会几手烂魔法，为了接近我姐姐，竟然用魔法把我困住。呸，你这个大色狼！还有，当初答应把这朵莲花送给我，后来居然反悔，没有信用的小人！"凯利直到这时才有些尴尬，道："谁叫你总跟在我和你姐姐的后面捣乱，另外我不是不想送给你，只不过我怕你姐姐怪罪你啊，之前曾经贿赂过你，如果再让她发现你收了我的东西，肯定要责怪你。"

这时，梅林深处转出十几个青年男女，众人皆大笑。为首之人是东方凤凰，余者也是辰南和龙舞熟悉的人，竟然是伏击凌子虚的十几个青年高手。这些人可谓四大学院的顶尖高手，想必在罪恶之城驻留时，被小公主拉来凑热闹。小公主尴尬得要死，气愤地将怀中的小玉丢在地上，命令道："小玉给我收拾他！"虎王小玉一声虎吼，瞬间变大，直立而起，向着凯利扑去，同时口中喷出一道巨大的闪电。

凯利毫不惊慌，右手轻轻挥动，一片蒙蒙青光荡漾而出，不仅将闪电消卸于无形，而且瞬间将虎王笼罩在里面，令之动弹不得。最后，青色光辉渐渐收拢，竟然将小玉挤压得快速变小，又成为小猫般的模样。东方凤凰大惊失色，他们是魔法师，自然能够看出凯利的高明之处，只能用恐怖来形容其修为。凯利招了招手，蒙蒙青光裹着小玉飞进了他的怀抱，他用手抚摸着小玉光亮的皮毛，赞叹道："好一只通灵虎王啊，具有东方白虎和西方魔虎最优秀的血统，可以不断进化，当真是一匹极品坐骑啊，小丫头你可真是好福气！"

听闻凯利称呼她为小丫头，小公主气恼地道："你这个大色狼，无耻小人，快把小玉还给我。哼，三年前，让你跑掉了，今次我一定要找人痛揍你一顿。"凯利莞尔，左手轻轻一拂，青色光辉包裹着小玉飘浮了起来，飞进了小公主的怀抱。这时，冷锋、东方凤凰等人走到了近前，众人忍着笑意，对小公主道："草民等拜见钰公主！公主千岁，千千岁！"其实众人在前段时间就已经知道小公主的身份，只不过谁也没有点破而已，此刻故意如此。小公主气道："你们……你们真是可恶！"

通过相谈得知，这些人果然是小公主鼓动而来的，听东方凤凰的话语，小公主还差一点将小晨曦拐带出来，如果不是三大绝世高手乘龙追了上来，还真让她得逞了。辰南听得心惊胆战，真想给她来个降魔十八掌。

"看什么看，哼，臭败类，我和你之间的账慢慢算。"小公主看辰南盯着她运气，她一点也不害怕，反而狠狠地瞪了回去。忽然她发现了辰南背上的后羿弓，惊叫道："咦，这是我们皇家的东西，臭贼你怎么又偷回来了，快把它还给我。"小公主一个旋身，快速到了辰南的背后，伸手便向后羿弓探去。辰南立刻把她的纤手一把抓住了，像钢钎一般狠狠地制止了她的动作。辰南故意板着脸吓唬她，在她耳旁低声道："小丫头你这个惹祸精，不想在大庭广众之下被我打屁屁，就给我老实一点，不然你知道后果。"

小公主还真吓了一大跳，她相信辰南说得出做得到，之前在神风学院广场就曾发生过令她尴尬得要死的事情。她颤声道："放手，本公主现在不跟你计较。"十几人会合在一起，最后向一家酒楼走去。众人边吃边谈，很是尽兴。

原来，凯利乃是西方一国的王子，自小便表现出了极高的魔法天赋，后拜入魔法圣地学习魔法，十六岁时就因极高的魔法造诣，传名于贵族之间。虽然受身份所限，他不可能完全踏入修炼界，但其高深的魔法修为，已经受到老一辈人物瞩目。这些信息都是与凯利熟悉的小公主，以及对西方魔法界有所了解的东方凤凰等人说出来的。众人不由得对凯利刮目相看，可以想象他绝对是一个修为超级恐怖的青年强者。

冷锋道："近年来有人推出东大陆青年高手榜，不过前十当中多半席位都已被正邪两道的圣地传人所垄断。传闻，西大陆近来也有人推出了类似的榜单，想必凯利兄定然位列其中吧？"提到这个问题，龙舞神情明显一黯。辰南明了，潜龙天纵奇才，必然是十大高手当中的顶尖人物。凯利笑了笑道："那个榜单其实也不是很准，据我所知，有数人修为不下于我，但却未被收录其中。"

东方凤凰道："我也曾有过耳闻，只不过却不晓得究竟有哪些人位列榜中。不过据说那是老一辈的知名人物推出的榜单，想来应该很有参考价值吧。"辰南笑道："凯利兄真是太谦虚了，身为西方十大青年高手之一，想必修为早已达到超凡入圣之境。"

"辰兄才令我钦佩啊，近来威震修炼界，不过你可要多加小心啊。自你出道以来，几次成名大战都是拿龙骑士开刀，西方有几个强大的龙骑士准备向你挑战呢。"晕倒，辰南真是无可奈何，这样都行，实在让人无语！小公主最是不服气，她看看辰南，又看了看凯利，觉得两个家伙分外可恶，不过她也没有丝毫办法，她根本无法奈何两人。就在这时，街上一阵大乱，一个苍老的声音，似悠悠古钟，自数里之外传来。

"阿弥陀佛，混天大魔王，你不守承诺，二十年前你曾对老衲发誓，三十年内不得出世……"一声长笑自酒楼下方响起，似滚滚炸雷一般，震得整座酒楼都颤动了起来。"哈哈，老秃驴少废话！话是死的，人是活的。当今天下，我哪里都去得，试问现在还有谁能够阻我？！"两大高手皆在用音功说话，辰南闻听之后大吃一惊，他没想到混天大魔王竟然出现在此地，他刚刚抢到该派的方天画戟，如果被大魔王发现，大魔王绝难饶他。不过他并无惧意，他右手握住后羿弓，脸上泛起一丝冷笑。

龙舞、凯利、东方凤凰等人，快速推开门窗，来到走廊上向下望去。只见一个高大的身影一跃十几丈，自大街上如飞一般向前冲去。一个眉须皆白的老和尚自远方脚不沾地一般，如飞而至，尾随混天大魔王而去。两人当真如两道闪电一般，平常人根本难以看清他们的身影，就是酒楼上的众多年轻高手也只模糊地看到了影像而已。

凯利感叹道："东方武学果然神奇，这样的速度恐怕已经快达到了人体潜能的极限了。"辰南笑道："错，还能够更快，当人百尺竿头更进一步时，就要腾空而起，极速飞行了。"东方凤凰万分惊讶，道："没想到混天道的大魔王和小林寺的高僧竟然出现在了楚都，真不知道到底还有多少奇人赶到了这里！"

这时，冷锋看着辰南身旁宝光闪烁的方天画戟，露出惊奇的目光，道："辰兄这杆神戟难道真的是混天道的神物？上面竟然刻着'混天'两字，从开始我就注意到了这杆方天画戟，真不知道你如何得到的这件神兵？"凯利也露出讶色，道："据说几日前混天小魔王在楚都出现，出世的第一战，与澹台古圣地的仙子打得异常激烈，惊动了楚都所有修炼者，后来两人神秘消失。不知辰兄如何得到的这把神戟？难道说辰兄便是那混天小魔王？"此话一出，除却龙舞之外，所有人都转头看向辰南。毕竟邪道六圣地都非常神秘，而辰南出道至今，还没有人知道其师门，这的确容易让人起疑。

"呵呵，我如果是混天小魔王，还需要等到现在才和澹台古圣地的仙子交手吗？"此话一出，众人立即释然。"只是那混天小魔王太过不开眼，重伤之下居然还想对我出手，我被逼无奈，不得不向他讨要点纪念品。"辰南一副人畜无害的样子，以玩笑的方式将经过轻描淡写，但众人知道其中定然有隐情，他们必然经过一番激烈的大战。众人从凯利口中得知，这一次西方修炼界来了不少人，都想前来见识一下即将破土而出的奇宝。老一辈的奇人异士就不用说了，光年青一辈就来了三四个不下于他的顶峰高手。

时间过得很快，眨眼间便到了月圆之夜。风云际会，楚都在这一晚格外地压抑，整座帝都似乎弥漫着一股无形的杀气，平阳城的百姓们似乎也觉察到了这一晚的异样，皆早早地关门熄灯。楚国皇宫，一片灯火通明，三万御林军将皇宫围了个水泄不通。夜色下，寒光铁衣，剑拔弩张，所有军兵皆在待命，只要入侵者敢越雷池一步，便会遭到疯狂围杀。

"扑棱"，夜空中传来一声轻响，所有弓箭手皆弯弓向天，飞羽箭齐发，一只夜鸟身插数十支飞箭，坠落地面。夜空又变得异常安静，只有士兵沉重的呼吸，寒冷的空气令每人的口鼻前都一团白气。

"扑棱"，夜鸟再次掠空而过，不过这一次再没有人放箭。突然，有人大喊道："不好，向空中放箭！"众多士兵仰头观看，所有人都惊得张大了嘴巴，一只巴掌大的小鸟之上竟然直立着一个高大的人影。士兵们都会些武艺，他们不是没有听说过武学高手的奇异本事，看到眼前的景象后还是无比震惊。来人到底有多高的修为，竟然能够踏鸟飞空，简直到了惊世骇俗的地步！

白羽箭齐发，数千支箭羽一起射向高空。来人双掌齐挥，两团深蓝色的气芒，汹涌澎湃而下，似两面光盾一般，将所有箭羽遮挡在外，无数箭羽纷纷坠地。但箭羽数量实在太多，有些强弓硬弩射上去的狼牙箭硬是钻进了蓝光之中，不过始一靠近那高大身影，便被他的护体气芒所感应，绞得粉碎。踏鸟飞空，高大的身影顺利闯了进去。有些士兵还想跟踪射箭，被一名军官拦了下来。

"不要追击，我们的职责只是守在这里。那个人早已步入绝世高手之列，恐怕已经离无敌强者之境也不远了，他有资格进去。"军队已经得到老妖怪的亲自指示，尽可能地拦住所有闯宫的人，但如果遇到强硬之辈，不能抵挡时尽可放他们进去。

"阿弥陀佛，混天大魔王你难道真的不再守诺了吗？"苍老的话语如那悠悠古钟，声传十几里，整座皇城都听得清清楚楚。一个暴怒的声音如滚滚惊雷一般，在夜空下回响："老秃驴少废话，你已经跟了我几天了，烦不烦啊，本座既然已经复出，就绝不会再回去了！"楚国军兵们大骇，滚滚激荡的音波，竟然震得他们气血翻涌，许多人竟然软倒在地。一个高大的身影快如闪电一般冲到了皇宫近前，众多士兵快速向他发射箭羽。

但来人竟然视而不见，依旧快速向前冲去，不过，他的护体罡气却被激发到了极限，成千上百的箭羽皆被他体外那炽烈的红芒绞得粉碎，他的体外似乎有熊熊烈焰在燃烧。很快，混天大魔王便闯进了人群中，他双手如推水一般，向前推出一道道掌力，将挡在近前的士兵冲向两旁。不过他却未敢大开杀戒，因为他知道楚国皇家内有一个极其厉害的老怪物，如果真的将他得罪了，以后那老怪物腾出手来，自己定然没有好日子过。

很快，混天大魔王便冲过了阻隔，向皇宫深处奔行而去。追赶他而来的是一个老和尚，也快速冲过重重军兵的阻挡，硬闯了进去。皇宫内红墙黄瓦，雕梁画栋，金碧辉煌。一座座殿宇楼台，高低错落，壮观雄伟。皇家的人都已经撤离而去，如今每座院落内都分布着不少高手，这些人中有军中高手、有修炼界人士。他们手中也有弓弩，不过都是魔法箭弩，他们是拦截入侵者的第二道防线。

"空中有情况，放箭！"魔法箭羽一齐发射，空中顿时传来一声悲吼，一头刚要降落下来的飞龙，被近百支魔法箭射中，和其主人瞬间爆碎，化作一片血雾，在空中弥散、飘洒。"自不量力，二阶高手在常人眼中也许是超级高手，但对今晚的大人物来说实在太微不足道了！"一个老人摇头叹气。皇宫的每一个院落，都聚集了不少高手，他们都手持魔法箭弩，冷静地观察着周围的动静。

皇家古书库仙气氤氲，万千道霞光缭绕在古书库的周围。此刻，书库四方皆有绝世高手守护，小公主的师父诸葛乘风镇守东方，南、西、北三个方向则是被楚皇亲自请来的三位宗师所镇守。三人外表看起来也如诸葛乘风一般四十多岁的样子，但真实年龄最大的已经有九十余高龄，最小的也有五十多岁。辰南居于中央位置，手持后羿弓，立身于古书库殿宇之上。老妖怪则飘浮于空中，冷冷地扫视着四方，双眼中射出的两道绿光，能有半米多长。在这一刻，他不再掩藏真实修为，浩瀚如海的力量波动以他为中心，向四外浩荡而去，彻底暴露在众人面前。

"嗷呜……"一身龙啸，西北角的方向，又有一头飞龙被射碎，坠落在地。但高空之中还有几头龙，向着皇宫中央的古书库接近而来。"哼！"老妖怪冷哼了一声，向远方一招手，一套弓箭就被他用强横的功力接引而来。他弯弓搭箭，向着高空射去。本是普通的箭羽，但在老妖怪近乎无敌功力的灌注下，瞬间变得不凡，散发出璀璨夺目的光芒，如一条长虹一般，穿空而上。

"噗"，箭羽正中一头飞龙的头部，其上蕴含的盖世功力，瞬间将飞龙震得四分五裂，随后其主人也跟着碎裂，在空中爆出一大片血雾。老妖怪大喝道："非四阶以上高手，如果强闯皇宫，将格杀勿论！四阶高手，若妄自靠近古书库，将格杀勿论！其他高手，如果在皇宫大肆屠杀、毁坏宫殿，事后老夫得闲之时，定会上门回访！"老妖怪苍老的话语，似自宇宙洪荒传来，浩荡于天地间，整座帝都都在回响着他那森寒的话语。

老妖怪一顿大喝，顿时镇住了所有想强闯皇宫的低阶修炼者，他们方才看到了老妖怪的盖世一箭，感受到了那如山似岳的恐怖力量波动。几乎所有四阶以下的修炼者都退走了，只在皇宫远处的高层建筑物上静静观看里面的动静。辰南暗暗咂舌，老妖怪实在太恐怖了，普通的弓弩到了他的手里，竟然发挥出了和后羿弓不相上下的威力，这就是实力差距啊！一个离武破虚空境界不远的东方武者，其实力实在是太过恐怖了！老妖怪的话很明显，四阶以下的高手无资格进入皇宫，四阶高手只能进入皇宫当观众，五阶以上的高手才有资格争夺那即将出土的奇宝。

皇宫内人影绰绰，许多高手闯过重围，冲进了皇宫。四阶高手在远离古书库的高层宫殿前止住了脚步，不敢再越雷池半步。这些人有男有女、有老有少，夜色中看不清到底有多少人，但整座古书库周围的建筑上都有人影在晃动。唰唰几声破空之响，几道人影在快速闪动，不多时，古书库前先后来了九个武者，这些人当中有黑发黑眼的东方人，也有金发碧眼的西方人。毫无疑问，这些人都已经迈入了五阶绝世高手的领域。显然，这些人前些天都曾夜探过皇宫，都已知晓异宝即将出土的确切位置。辰南倒吸了一口凉气，竟然一下子来了这么多的绝世高手，可以肯定暗中还有未露面的人。这一晚当真风云际会，绝顶高手齐齐出面。

古书库前，各个绝世高手皆面无表情，静静地等待着异宝出世，场内一时安静到了极点。正在这时，远空忽然发出一片明亮的光芒，三个长袖飘飘的老人，脚下踏着光芒闪烁的道家法宝破空飞来，瞬间来到古书库前，收起法宝，立于一角。

围观的四阶高手顿时议论起来：

"一向低调处世的修道者都前来凑热闹了，看来传说是真的，皇宫下的宝物定非寻常之物！"

"三个五阶修道者齐现，实在是多年来少有的事啊，当真是一大奇闻！"……

"嗷吼……""嗷吼……"两声震荡天地的巨大咆哮，高空之中先后俯冲而下两头西方的奇龙。先冲下来的那头龙，身长五丈，头生三眼，狰狞恐怖，绿色的鳞甲在夜空中竟然闪闪发光，身上如同有一层绿色火焰在跳动，一看就知道不是凡龙，其上端坐着一位金发老者。另一头龙，身长也有五丈，四爪粗壮，和其躯体严重失调，森寒的龙爪碧幽锋利，寒光闪闪。其鳞甲呈红色，也同样光芒闪烁，宛如鲜红的血液在流淌。其上端坐的也是一位金发碧眼的西方人。

围观的四阶修炼者，其中绝大多数人是抱着凑热闹的心态而来，他们知道奇宝的"有缘人"肯定在那些绝世高手中产生。他们虽然已经提前"出局"，但每个人依然兴奋无比，因为今晚他们看到了许多传说中的高手。他们纷纷议论道：

"难道这便是那西方的圣龙，当真无比怪异啊！"

"唔，的确奇特啊，今天总算见识过西方的圣龙了，何时才能够有幸见到我们东方的神龙啊？！"……

随后，魔法元素猛烈涌动，远空飞来两位魔法师，毫无疑问，这两人都是踏入五阶领域的魔法师。两人并未降落在地面，魔法师最忌讳近身作战，他们不敢和武者靠得太近。转眼间古书库前已来了十几位绝世高手，但辰南感觉真正的狠角色还在后头。

"哈哈……"一声长笑，声震长空，整片皇宫仿佛都震荡了起来，帝都所有人都听到了这人震天般的笑声。"楚老怪你还没有死啊，你都已经活了一百七十多岁了，还贪慕这尘世浮华吗？"一个模糊的人影出现在皇宫上方，静静立于虚空，周身并无光华闪现，似一道影子一般身处黑暗中。

"李老怪你还没有死，我当然不能死去！"老妖怪怒吼道，他似乎和此人有大仇，一拳向上轰去。绿色的光华瞬间照亮了夜空，天地间一片光亮，猛烈的气芒如滚滚长江一般，向着空中的那人奔袭而去。在绿色光芒的照耀下，众人发现了静立于空中的人影。这是一个骨瘦如柴的老人，须发早已落光，浑身上下的皮肤皱皱巴巴，就像那干瘪的橘子皮一般。显然这个老人是和老妖怪同时代的人物，早已不知多大年岁，外表看起来如同干尸一般。

李老怪右掌用力向下压去，一片紫芒浩荡而下，和绿光冲撞在了一起。"轰……"一声震天大响，汹涌澎湃的力量震荡天地，璀璨夺目的光芒照亮了整座皇城。巨大的气浪令空中像是刮起了一阵龙卷风一般，莫大的压力笼罩八方，浩荡而下的余波令整座皇宫都在颤动。可以想象，如果不是两人都在高空之中，方才的一击足以毁去半座皇宫。地面众人无不大惊失色，两个东方六阶武者实在太过恐怖了！

站在古书库前的十几个绝世高手，此刻再难保持平静之色，当场有三人后退，向着不远处观战的四阶高手那里走去。辰南暗暗擦了把冷汗，就是有后羿弓在手，面对这样的高手，借他十条命也不够杀。就算如老妖怪所说的那样，箭羽沾染上他的"神血"，威力会倍增，但那也只能吓唬吓唬五阶绝世高手而已，对上六阶老怪物根本没戏。他现在已经怀疑老妖怪要他来这里到底有何目的，眼前的情况表明，他就是一个摆设啊，根本无从插手。

"呵呵……你们两个老怪物火气还真是大啊，当年的一点小事，何必斤斤计较几十年呢？如今这个世上，你我一代中已经没有几人还活在世上了，死一个，少一个……"一个脚踩法宝的修道者自远空快速飞来，停在空中两个老怪物的不远之处。

"呸，周老怪你才会去死！""老东西，从来就不会说一句好话！"两个老怪物同时斥责周老怪，两人间剑拔弩张的气氛似乎缓和了不少。辰南感觉到了熟悉的气息，细细回想，发觉这个新出现的恐怖强者，竟然是那一晚老妖怪追击而去的人。再次出现一名老怪物，令古书库前还没有退走的绝世高手们脸色大变。人影闪动，三名修道者脚踏法宝，飞到了远处的建筑物上，两名魔法师也快速向远处飞去。两名圣龙骑士一阵犹豫，最终也驾驭圣龙冲天而起，飞到了远空。场内的绝世高手一个个都不甘心地向后退去，转瞬间只剩下五人还在场中。

这时，缭绕在皇家古书库的氤氲仙雾快速流转了起来，本就霞光缭绕的古书库更加光亮，无数彩光透发而出。高空中的三个老怪物都各自向后退去，无一人敢正对下方的古书库，三人成三足鼎立之势，飘浮在空中，俯视着下方的古书库，辰南见状大惊，急忙自古书库上跳落了下去，飞身上了不远处一座高大的建筑物之上。诸葛乘风等四位镇守古书库四方的绝世高手也急忙退走。所有人都明白，异宝即将出土，在这一刻，场内静到了极点。

近一个月来，楚都皇宫上空本就异象纷呈，每晚都会有无尽的天地精气聚集到皇宫内，古书库附近更是流光溢彩。但今晚明显不同于往日，天地精气似乎已经不再向这里聚集，反倒像是地下开始向上散发灵气。万千道霞光自古书库内绽放而出，附近被映射得一片通明，恍如白昼。浓郁的灵气如水波一般，向四外荡漾而去。但随之不久，一股能量波动自地下浩荡而上，所有人都感觉到了大地在轻微地颤动。此时古书库透发出的光芒更加明亮，灵气更加浓郁，而古书库在这时竟然发出了"咯吱咯吱"的响声。显然，古书库即将被地下传上来的灵气波动冲击得崩塌。幸好楚国皇帝楚瀚早已提前命人将里面的古籍搬运了出去，不然这一次将损失惨重。

"轰隆隆"，伴随着璀璨的光芒，古书库在隆隆声中坍塌了，附近灵气四溢，一片绚烂的光辉出现在废墟之上，与之破败的场景显得格格不入。片刻后，子时来临，一道月华宛如擎天玉柱般从天际射到废墟之上，璀璨夺目的光柱仿佛沟通了天界，神光普照，天地间一片通明！巨大的光柱照亮了整座皇城，月华之力似乎开启了远古的某种神秘结界。地下传上来的波动更加剧烈，大地开始摇晃起来，废墟上所有瓦砾、残椽皆被掀翻了出去，古书库所在的地方变得一片光洁。

一个黑漆漆的大洞出现在众人的视线中，那便是老妖怪所开发出来的地道。只是地下传上来的波动竟然不是自那漆黑的洞口散发出来的。在地窟的不远处，有几道巨大的裂痕，每一道皆长有四五米，宽能有半米左右，绚烂的光芒正是从那里散发而出，灵气自那里不断向外涌动，波动之源竟然源于那里。空中的老妖怪和地面的辰南同时皱眉，异宝的波动竟然不是出自古墓内，竟然别有洞天！这时，空中月华所汇集的光柱达到了最大亮度，巨大的能量波动激荡八方。

"轰"一声大响，光柱击穿了地表，贯通于地下，这时所有人都听到了一声破碎的声响，声音很奇特、很怪异，但众人就是有一种感觉，似乎什么东西被光柱击碎了。不知道谁喊了一声："地下别有洞天，结界已经破碎了，冲啊，去抢神宝！"三道人影快速向着光柱那里冲去，身形当真快如闪电一般，毫无疑问那是绝世高手。原本围观的许多四阶高手，似乎忘记了老妖怪的警告，听到这句煽动性的话语后竟然也有不少人向前冲去。冲过去的人围绕着光柱，不敢有丝毫异动，直至片刻后月华渐渐暗淡消失，围拢的人才立刻向着新出现的巨大地窟拥挤而去。许多人都进入了地窟，在后面观望的人也都有些按捺不住了。

甚至于空中的三个老怪物都要有所行动。他们知道此处的异宝定然可以与后羿弓这样的神器相媲美，而且根据推测该异宝似乎没有被封印，如果被人先行得到，控制在手里，再想抢过来必然要大费一番手脚。然而就在这时，一片绚烂夺目的光芒自地窟内冲腾而起，仿佛要贯穿天地一般，照耀得夜空亮如白昼。原本闯进地窟内的人都被掀飞了出来，无数人惨叫着、哀号着，血雨狂洒，几乎所有人都化为肉泥，坠落在地。如此惨事发生后，原本蠢蠢欲动的人，立刻止住了身形，惨死的人包括刚才冲进去的三大绝世高手，令所有人都感觉心惊胆战。

"轰隆隆"，大地在颤动，整座皇宫都在摇晃。一只巨大的光掌冲出了地表，印向浩瀚无垠的虚空，惊得空中的三个老怪物快速向后退去。光掌初始时只有一丈大小，最后越来越大，竟然变得有方圆千百丈大小，无边无际，仿佛要遮拢天地一般，似欲将整片天空抓在手中。所有人都吃惊得张大了嘴巴，简直不敢相信眼前的景象是真实的。巨大的手掌激荡出莫大的压力，令整片天地都仿佛在剧烈晃动，恐怖的波动在整片帝都上空震荡，令平阳城一片通明。

直到过去盏茶时间后，大掌的光芒才越来越暗淡，越来越模糊，不过那暗淡的光掌却还在慢慢变大，如此又过了半刻钟才消散于空中。夜空下再次恢复了平静，但这时再无一人敢上前一步，皆怕如刚才的那帮人一般被轰击得骨肉不剩。巨大的地窟处流光溢彩，光华涌动，里面仿佛堆放着无数珍宝一般，宝光冲天。

不知道是谁喊了一声："你们这帮废柴，刚才不过是异宝出土所透发的本体灵芒而已，现在已经没有危险，为何无人敢去争抢了？"虚无缥缈的声音在整座皇宫内飘荡，让人无法猜测声源到底在哪里，很显然有绝世高手在用高明的音功传话。这时四阶高手们则不再像刚才那般盲目冲动，再无人敢贸然前进，而十几个五阶绝世高手也冷静地站在一旁，不肯上前。

就在这时，一声长笑自皇宫远处传来，滚滚音波似惊雷一般在激荡："哈哈……既然没人敢下去，就让本座打头阵吧！"

"阿弥陀佛，混天大魔王你真是执迷不悟啊！"

"秃头少废话，你已经跟了我几天了，就像是五百只苍蝇一般，整日在我耳边嗡嗡作响，真是烦人透顶！"一个高大的身影快如闪电一般冲到了古书库的近前，一个白须白眉的老和尚紧紧跟在他的身后。混天大魔王一直躲在皇宫的暗处，此刻见无人敢冒险，他第一个跳了出来。来到地窟处，他毫不犹豫，纵身跳了进去。白眉老和尚长眉一挑，念了一句："阿弥陀佛。"也跟着纵身而入。地窟内光雾涌动，两人跳进去盏茶时间，也没有异变发生。直到这时，所有人才确信，危险已经过去了。

唰唰唰……人影闪动，近十条人影，快如闪电一般冲进了地窟，由那如光电一般的身法可以看出皆是五阶绝世高手。远处的四阶高手蠢蠢欲动，但就在这时高空中的老妖怪发话了。

"老夫曾经说过，四阶高手如果敢越雷池一步，杀无赦！"话语如惊雷一般响在每一个四阶高手的耳旁，震得他们身形一阵摇动，再无人敢迈动脚步。六阶高手警告，没有人敢不当一回事。老妖怪之所以这样做，是怕众多高手一齐涌入地窟后，发生混战时会触发里面可能存在的某些厉害禁制。这时，除去东方的三个修道者、西方的两个魔法师、两名圣龙骑士外，几乎所有的五阶绝世高手都已经冲进了地窟。之前他们曾经因空中的三个六阶无敌高手而退缩，但此刻面对近在眼前的异宝的巨大诱惑，他们再次难以按捺，最后皆忍不住冲了下去。

空中的三个老怪物互相戒备地看了看，三人同时向地窟冲去，可是临到地表时，三人又同时止住了身形。他们相互凝望着，彼此之间忌讳甚深，都怕对方突然发难。可以预想，如果三人进入地窟动手，恐怕非把楚国皇宫掀飞了不可。然而就在这时，西方的天际突然出现三道光影，一个苍老的声音哈哈大笑道："哈哈，我们来得正是时候！"

三条人影中两男一女，正是西方那三个离奇复活的人，老迈的琼恩斯，中年的卡缪拉，年轻的艾美丝。三人快如闪电，高空之中浩荡而下一股铺天盖地的恐怖波动，唰唰唰三响，三人落在了地窟旁边。老妖怪等三个老怪物一脸惊异之色，他们感觉到了对方那强大、恐怖的力量波动，他们万万没有想到在这个时候会闯来三个无敌的西方修炼者。

老妖怪直视三人，双目中爆发出近两丈多长的绿色光芒，宛如两道火炬一般。周老怪和李老怪似乎也感觉到了一丝异常，两人也纷纷运转神通，近乎实质化的光芒直视地窟旁的三人。地窟旁的三个西方人似乎没有想到，此地会有如此强绝的人物，他们感受到了三个老怪物逼过来的可怕气息。

艾美丝惊道："想不到竟然有如此修为高深的东方高手！"他们三人紧紧地盯着老妖怪三人。琼恩斯一脸正色，道："永远不要小觑东方高手，千万不要忘记数千年前的东西方修炼者大决战，那个时代无敌的东方修炼者，曾令仙神界的强者们都感到可怕！有些人明明不属于这一界，却总是不肯离去。"卡缪拉道："还好，他们还没有突破瓶颈，进入仙道之境。不过以我们此时的状态，对付他们会有很大的麻烦啊！"

老妖怪等三个老怪物面色有些难看，他们已经发现面前的三个西方人乃是傀儡人，被人占据了身体，操控着他们的元神。三个老怪物分三个方向，向对方合拢而去，三人联手慢慢向前推掌。老妖怪双掌前出现一片刺目的绿光，李老怪双掌前是一片璀璨的紫光，周老怪双掌前则是一片夺目的白光。三色光绚烂夺目，如实质化的光刀，向着三个西方人推压而去。最后三色彩光渐渐连接在了一起，形成一面实质化的圆盘，将三人围困在里面。浩荡如海的六阶恐怖力量，被三个老怪物生生挤压在一片狭小的空间，向着三个西方人逼压而去。

那三人脸色一变，齐齐振动身体，一片圣洁祥和的气息，自他们身上快速扩散而出，将三人笼罩在里面。圣洁的光芒渐渐将老妖怪三人涌动而出的实质化三色光推拒了出去。然而就在这时，一股邪异的气息，如铺天盖地一般，自遥远的东方天际快速冲来。浩瀚如海的青色光辉浩荡而来，直扑三个西方人。被围在地窟口处的三人顿时变色，艾美丝惊叫道："昆仑妖族！"

西方的三个神秘修炼者急忙举掌相抗，将那片青色光辉抵挡在头上一丈以外。琼恩斯冲着高空喊道："你们这一脉妖族被封于昆仑，不得随意踏入人世半步，难道你们忘记了曾经的誓言吗？"

"哼！"一声冷哼传来，如惊雷一般，响在每一个人的耳旁，"不得随意不代表不能，你们三人的身份更加见不得光，难道要我当众拆穿吗？恐怕那时，你们万难活着离开东方大陆！"

三个西方人闻听此话，脸色瞬间大变。卡缪拉道："看来你也是有来头的人，也许比我们还要见不得光，当真要撕破脸皮，我们都没有好处。"此刻，老妖怪等三个老怪物脸色再变，他们没有想到今晚会出现这么多的意外，以他们的修为来说本应已尘世无敌，但现在却来了几个令他们都感觉有些头痛的神秘恐怖的人物。远处的辰南震惊无比，他无法猜测三个西方人的来历，但那东方"昆仑妖族"四字，他却听得清清楚楚。他擦了一把冷汗，暗道：这才是真正的狠角色啊，真正的妖魔来了，恐怕老妖怪和这样的怪物对上都有败无胜，这才是大个的荏子啊！

这时，所有闯进皇宫的修炼者既兴奋，又有些紧张，传说中的六阶高手平日哪里能够看到，现在居然又出现了妖族，以及三个神秘的西方修炼者，这真的是百年难得一见的盛会啊！空中传来一声冷笑，那昆仑妖族似乎丝毫没有将三人的话放在心上，冷冷地道："现在你们可以退走，从哪里来回哪里去，不然，接下来会发生什么，你们应当清楚。"

艾美丝三人相互看了一眼，三人同时爆发出一团绚烂无匹的光芒，快速震退了三个老怪物的三色光芒，又同时向高空拍了一掌，击散了那昆仑妖族的青色光辉，而后一起向地窟中跳去。三个老怪物相互对视了一眼，而后也一起向下跳去，他们不能再耽搁了，现在已经冲进了十几个五阶高手，再加上三个神秘的西方修炼者，此时再不出手，那异宝就要落入他人之手了。

老妖怪跳进去的瞬间，那苍老的话语自地窟中传来："辰南快快跟进来，事后我将后羿神弓相赠于你。"辰南听闻此话，非但没有过去，还快速退后了几步，他准备退走了。开玩笑，那个地窟简直就是怪物的聚集地，他一个四阶高手跟进去，简直就是找死。但正在这时，一股巨大的压力阻去了他的退路，绝世高手诸葛乘风一脸郑重之色，道："仙家古洞往往会有许多禁制，需要神宝才能够破除。只有你才能够拉开后羿神弓，别人根本无法代劳，烦请你下去助楚前辈一臂之力。"

辰南叹气，诸葛乘风等四位镇守古书库四方的绝世高手竟然没有跟下去，现在四人阻住了他的去路，根本无法逃脱。诸葛乘风和颜道："你不要担心，楚前辈绝不会让你发生意外的。另外我现在传你一半功力，在一个时辰之内，你将处于四阶大成境界。"说着，他快如闪电一般，来到辰南背后，双掌抵在了他的后背之上，源源不绝的功力如潮水一般涌进辰南的身体。这当真是被人逼迫着前进啊！辰南虽然感觉到了体内雄浑的内力，但还是笑不出来，他硬着头皮来到了地窟处。

下方宝辉冲天，好似一个巨大的宝藏一般，几条人影在快速晃动着。辰南虽然暂时功力大进，但远远不能够和那些绝世高手相比，不敢一跃而入，他攀着洞壁向下慢慢移去。待来到下方后，辰南不由得震惊了，这下方一片光明。无数巨大的石柱宛如擎天玉柱一般，支撑起一片空旷而又巨大的空间，在这个地底世界中到处都是殿宇琼台，宛如仙境一般。除去那连成片的宫殿之外，还有无数的雕像散乱地排放在下方这片空间，多半都是一些神话传说中的人物。在每一所建筑物之上都镶嵌有明珠，光芒正是它们所绽放。"这到底是多么浩大的一项工程啊！"辰南感叹。

十几个绝世高手在那片宫殿中不断进出，搜寻着那件异宝。三个神秘的西方人则飘浮于空中，冷冷地注视着下方的宫殿，几道神光自他们的双眼绽放而出，扫射着每一寸空间。三个老怪物静静地站在那片宫殿前，并未有丝毫动作。看到辰南到来，老妖怪冲他招了招手，示意他过去。辰南手持后羿弓走了过去。此刻三个老人皆面现凝重之色，三个西方神秘人以及昆仑妖族的出现让他们感觉到了一股压力，三人已经开始联手。

骨瘦如柴，如同干尸一般的李老怪道："我东方的奇宝，绝不能让西方人夺去，不然传到修炼界，定然会笑我等无能。"另外两人纷纷点头，三个老怪此时同仇敌忾。十几个绝世高手已经在那片殿宇中搜索多时，依然毫无所获。这时他们看到飘浮于空中的三个西方修炼者以及三个老怪物，意识到恐怕就是他们得到奇宝，也不过是为他人做嫁衣。

七八条人影退出了那片宫殿，经过老妖怪的身旁时毫不停留，快速向地窟上方攀爬而去。不过还有八九个绝世高手依然没有离去，异宝对他们的诱惑实在太大了。这些人并没有忘记六阶高手的存在，只不过他们认为只要找到那件奇宝，控制在手中，就可以与无敌高手抗衡。就在这时，空中的三名西方神秘高手与三个老怪物似乎同时感应到了什么，六人快速飞身朝着宫殿前方的尽头飞去。在那里，一面巨大的石壁散发着万丈光芒，仿佛天之尽头一般，阻断了前方的空间……

三个西方神秘人手中，皆突然显现出光剑，三人同时催动剑芒，向着那片巨大的石壁轰击而去。三道璀璨的光芒宛如蛟龙般缠绕在一起，轰击在石壁之上，伴随着隆隆大响，震落下无数巨大的石块。石壁之上出现无数道巨大的裂痕，灿烂夺目的光华顺着那些裂缝散发而出，里面竟然别有洞天。远处八九名绝世高手见状，快速向这里赶来，异宝的诱惑，让他们忘记了六阶无敌强者的威胁。西方的三名神秘高手再挥手中光剑，伴随着一声惊天动地的大响，那面坚硬而又巨大的石壁终于轰然碎裂，露出一片光芒璀璨的空间。

　　一只长约一丈的巨大手掌悬浮于一片虚空当中，光华闪烁，晶莹剔透，仿佛神玉雕琢而成一般。不过手掌似乎是空洞的，倒有些像一只手套。辰南一惊，这手掌竟然和他那天在地下古墓结界处所感应到的一模一样。这时，三个神秘的西方修炼者、三个老怪物，以及那些绝世高手一齐向前冲去，都想第一个将玉掌抢夺到手中。可是众人刚刚冲到近前，便遇到了一股浩瀚如海的力量，宛如水波一般阻挡着众人的去路。这些高手猛烈向前轰击，但强横的力量冲击，换来的却是同样猛烈的反击。许多人被突然反弹回来的力量所伤，摔倒在地。

　　老妖怪低声道："果然如我所料，有结界阻隔着仙宝。"他转过头对辰南道："辰南马上开后羿弓，我们在后面协助于你。"三个老怪物似乎异常默契，走到辰南的背后，各自将双手搭在了他的后背上，磅礴如海的力量瞬间灌进了他的身体。不过三个老人只输送了小半，没敢过多输送，他们怕辰南的身体难以承受。即便这样，这突如其来的力量都快将辰南撑爆了。他暗骂三个老家伙太狠了，居然将三股不同性质的力量强行灌入他的身体，如果是一般人非被错乱的力量给绞碎不可。

　　他急忙将后羿弓摘了下来，将一支狼牙箭搭在弓弦之上，而后左腿弓步上前，右腿后撤，尽全力拉开了神弓。万千道如水般的天地精气疯狂向后羿弓聚集而来，辰南与后羿弓仿佛连成了一体，吸纳着天地精气，绽放出万丈光芒。这洞中本就灵气充裕，经后羿弓这样一吸纳，四周的灵气如水一般朝神弓汇集，一人一弓如海纳百川一般来者不拒。此刻黝黑光亮的神弓光芒璀璨，如水的金色薄雾自弓身快速向狼牙箭涌动而去，眨眼间箭羽便变成了金光色，凡铁化金精，一根普通的箭羽此刻化成了无坚不摧的神兵。

此刻，三个老怪物看辰南并未将弓弦拉开多少，再次开始向他体内催动功力。辰南惊得险些大叫出来，连连暗骂这三个老混蛋简直疯了，再这样下去，他非爆体而亡不可。他急忙松动弓弦，伴随一声惊天动地的大响，空旷的地下世界，响起数十声雷鸣，猛烈的飓风吹得所有殿宇都晃动了起来，可见这一箭的威力有多么地浩大！就在这时，三个神秘的西方修炼者，也同时将光剑劈了出去，三道刺目的剑芒尾随神箭向结界轰击而去。三个老怪物见状，急忙放开辰南，也各自向前猛力拍出了一掌。

"轰……"天摇地动，整个地下世界一阵剧烈晃动，如果不是整片地底空间都有秘密结界保护，这片地底世界可能就此毁去了。神箭贯穿了玉手前方的结界，而后光箭彻底粉碎。一股狂暴的能量风暴自玉手处爆发而出，向着正面对着它的几人冲击而去。所有人都大惊失色，连忙向两旁闪避，狂猛的能量风暴包裹着一个璀璨夺目的光掌，与众人擦身而过，向着前方冲涌而去。光掌所过之处，那些殿宇楼台纷纷被击得粉碎，一切阻挡之物都化为尘埃！众人看得大惊失色，这就是异宝的力量吗？爆发出的一道光掌就能够摧毁一切，如果用玉掌连拍几下，这个世上有几人能够承受？

那道光掌将前方成片的宫殿毁坏大半后，虽然暗淡了不少，但依旧没有停下，继续向前方冲击而去。"轰！"一声震天大响，暗淡的光掌印在了前方尽头的一片石壁之上，整座地下世界再次摇晃了起来，过了好久才平静下来。"哗啦！"一声大响，被光掌轰击的石壁突然碎裂了开来，滚下无数巨石。石壁之后竟然别有洞天，不过里面的景象令众人大吃一惊，再不是什么祥和的仙家洞府景象。

那里是一个如人间炼狱般的古洞，明珠泛着惨绿幽森的光芒，地上白茫茫一片，仔细看去，竟然是万千枯骨。有些白骨已经彻底粉碎，气流稍微涌动，便荡起阵阵粉末，一股阴气在古洞内弥漫。在万千枯骨的正中央是一方干涸的血池，池的四壁黑红而又妖异，泛着森森寒气，仿佛有幽魂在其上方飘荡。这是一个阴森而又恐怖的万人坑，极静之中，仿佛有万千生魂在嘶嚎，令人头皮发麻，心生寒意。这时，悬浮于虚空的玉掌在无任何外力触碰的情况下，突然爆发出一团明亮的光芒。一道辉光快如闪电一般，向前方那个古洞冲射而去。璀璨的光辉射入万千枯骨上之后，整座白骨铺地的古洞突然剧烈颤动起来，万千枯骨纷纷爆碎。三声令人头皮发麻的低沉吼啸响彻这片地下空间，自白骨堆中慢慢爬出三个庞然大物……

玉掌充满了神圣的气息，能够自发净化邪气，不想它所爆发而出的辉光，竟然惊动出三个怪物。三个怪物皆高有十丈，身高堪比远古巨人，只不过面目看起来更像恶魔，身上布满了血红色的长毛。每一个怪物深陷的眼窝处都似有两团鬼火在跳动，碧幽森寒，张开的血盆大口中獠牙如剑，寒光闪烁。三个狰狞凶恶的怪物发出震天大吼，向着众人快速扑来，其速度竟然快如闪电一般，瞬时来到了众人的眼前。如此景象太恐怖了，三个从白骨堆中爬出的可怕怪物，凶残得让人心惊胆战。"嗷吼……"啸声如魔啸，震得整个地下世界都为之颤动了起来。

三个西方修炼者最先展开行动，琼恩斯快速向那悬浮于虚空的巨大玉掌冲去，其他两人手中的光剑化作惊天长虹，狠狠地向三个红毛魔怪劈去。红毛巨怪似乎知道厉害，他们纷纷跳跃、腾挪，迅捷地避开了凌厉的剑芒，而后各自向前挥出一爪，狠狠地向着众人抓去。三个红毛魔怪，三只犀利的巨爪激射出去三道血红色的锋芒，阴气森森、鬼气缭绕，地下世界中仿佛响起无数令人头皮发麻的鬼音。

九名绝世高手共同举掌，拍出一道道排山倒海般的掌力，抗衡那鬼气森森的红色锋芒。而这时，老妖怪却冲向了琼恩斯，因为对方已经将那悬浮于虚空的巨大玉掌抱在了怀里。周老怪和李老怪则和另外两个神秘的西方修炼者缠斗在了一起。"嗷吼……"浑身透发着森森阴寒之气的红毛魔怪咆哮连连，九名绝世高手竟然无法和他们抗衡，被生生击退。辰南看得大惊失色，暗暗惊骇这从白骨堆中爬出的恐怖邪物果真强横得变态。

争夺异宝的老妖怪等人也惊异不已，在快速争抢玉掌的过程中，纷纷向红毛魔怪出手。恐怖的力量波动在整片地下世界内浩荡起伏，不断发出震耳欲聋般的声响。如果没有隐秘结界保护，这地下空间定然早已崩塌。九名绝世高手和三个红毛邪物纠缠在一起。三个老怪物则和三个西方修炼者大战在一起，这六名超级恐怖的强者，就像六道光影一般在空中快速对撞冲击，他们偶尔也会轰击下几道巨大的掌力，助九名绝世高手对付那三个邪物。地下世界一片混乱，绝顶高手间的大战爆发，能量波动浩荡起伏，如怒海狂涛一般。

这时，琼恩斯抱着玉掌突然猛力印向下方的老妖怪，一道璀璨夺目的光掌浩荡起一股狂风，向着老妖怪狠狠地劈去。这下令老妖怪大惊失色，刚才他可亲眼看到光掌的可怕威力，那可当真是无坚不摧啊！他急忙将玄功运转到极限，身体化作一道绿光躲向一旁。

不过被琼恩斯控制在手的玉掌，这一次所激发出的掌力似乎远没有先前自发拍出的掌力强横。但尽管这样，威力绝伦的光掌还是让所有人都感觉到了一丝恐惧，伴随着隆隆大响，光掌快如闪电一般向下印去。一个绝世高手被印个正着，瞬间被击得四分五裂，死于非命。剩下的八名绝世高手与三个红毛魔怪均露出惧色，动作不由得为之一缓。辰南在旁看得心惊胆战，急忙后退，向着出口处奔行而去。这个地下世界对他来说，实在太过危险了，再待下去，他必然会粉身碎骨不可。

八名绝世高手眼看仙宝被恐怖的西方修炼者所得，他们知道再无任何机会，而眼前还要应付近乎不死身的邪物，更是令他们感觉生命受到了威胁，所有人都萌生了退意，边战边向出口处移去。地下世界的大战激烈无比，能量波动似汪洋大海在起伏，巨浪滔天。辰南好不容易冲到巨大的出口处，快速向上攀爬而去。当他快要冲出地窟时，八名绝世高手和三个红毛邪物也已经冲到了地窟的底部，巨大的能量波动险些将辰南震荡下去。

绝世高手们也快速向上攀爬而去，但就在这时，三个红毛怪当中的一个冲腾而起，将那些爬上洞壁的绝世高手们生生震落了下去。当那个红毛怪发现辰南即将脱离地窟后，本已向下降落而去的巨大身躯，居然再次冲腾了起来，向着辰南拍去。辰南没想到这庞然大物竟然会飞！刚才在地下激战时，它们之所以没有飞行，想来是因为场地不够宽敞。辰南被吓得魂飞魄散，如果被拍中定然尸骨无存。

就在这时，夜空之中传来一阵惊讶之声："居然是尸煞！"一片炽烈的青色光芒铺天盖地一般，自高空中浩荡而下，将那巨大的红毛尸煞生生击落了下去。紧接着，一片青色光辉笼罩着一条模糊的人影冲进了地窟。辰南长出了一口气，快速跃上了地窟。刚才当真险到了极点，如果不是那昆仑妖族出手，他定然已经粉身碎骨。

此时地窟四外高大的建筑物上围满了四阶高手，不过诸葛乘风等四位绝世高手却不在场，他们四人分别镇守在皇宫的四方，避免某些"有心人"在皇宫内制造混乱。围观的众人皆紧张地注视着地窟出口，看样子他们将下方的动静听得一清二楚，知道下方正在发生着剧战。那个修为恐怖的昆仑妖族冲下去之后，地窟内立刻传来阵阵怒吼，有尸煞的咆哮之音，也有三个西方修炼者的斥骂之音。地窟内如天摇地动一般剧烈晃动起来，爆发出阵阵天雷般的轰响声。

就在这时，一道巨大的光柱突然直冲而上，照亮了整片夜空，那散发着长约一丈璀璨光芒的玉掌竟然冲腾了上来。辰南双眼精光一闪，擒龙手猛地挥了出去，金色光掌一把攥住了玉掌，裹带着它快速而回，他用力将之抱在了怀中，而后快速冲离了地窟出口处。围观的众多四阶修炼者一阵眼热，隐隐猜到这便是那传说中的仙宝，许多人疯了一般向前冲去，想要强抢。辰南见状一惊，不过又迅速冷静了下来，他刚才已经见过玉手的恐怖威力，现在不用，更待何时？他缓缓向玉手内注入些许功力，而后向着那潮水般涌上来的人群印去。

"轰隆隆"，伴随着震天大响，一道巨大的光掌向前冲去。一片惨叫声传来，冲在最前面的一片人立刻被轰飞了出去，均在大口吐血不止，有些人眼看是活不成了。辰南看着怀中的玉掌，惊得目瞪口呆，未被封印的异宝当真恐怖到了极点！一时间所有人都被震住了，再无一人敢上前去。看到辰南晃了晃那巨大的玉掌，所有人都快如潮水一般向后退去。

这时，地窟内再次传出阵阵恐怖波动，大地在不断震颤，地下世界仿佛即将要崩塌一般。一道青色光辉冲天而起，带着浓重的妖气，显然是那个昆仑妖族。随后西方的三个恐怖而又神秘的修炼者追了上来，再次是老妖怪等三个老怪物，而后是三个如远古巨人般高大的红毛尸煞也冲上了高空。而绝世高手只爬出来四名，另几人再也没有上来。十个修为恐怖的绝顶强者在高空中激烈混战在一起，震天大响不绝于耳，璀璨的光芒照亮了夜空，令少半个帝都都处在白昼之中，莫大的压力也随之笼罩八方。虽然十名强者远离地面能有近千米，但皇宫内的所有人还是感觉到了一股可怕的威压，沉重得令所有人都喘不过气来。观战者们无比震撼，那恐怖的大战、那可怕的尸煞，惊得他们目瞪口呆，恐惧不已。

空中混战的十个强者当中，三个尸煞的防御能力超级恐怖，但真正战斗实力明显要弱于其他强者一大截。不多时便有一只尸煞被击得坠落了下来，它所发出的阵阵吼啸令人头皮发麻。正当它要再次冲向高空时，突然发现了地窟旁怀抱璀璨玉掌的辰南，鬼气森森的尸煞对充满圣洁气息的玉掌充满了无比的惧意与恨意，它恶狠狠地向辰南扑去，似乎要将他与玉掌彻底毁去。

"我晕，这个恶鬼居然奔我来了！"辰南急忙抱着玉掌用力向上印去，这一次他用尽了全力，再无任何保留。在轰隆隆的雷鸣声中，绚烂夺目的光掌浩荡而上，逐渐变大，最后化成方圆十数丈，巨大的光掌快如闪电一般，印上了飞扑而来的尸煞。

"轰……"一声震天大响，高达十丈的红毛邪物被轰击得四分五裂，瞬间死于非命！靠近皇宫的边缘地带，小公主、龙舞、凯利、东方凤凰等人看得目瞪口呆。因为小公主的关系，他们占据了皇宫最为高大、利于观看，且最为安全的建筑物。众人从开始到现在的所有情况尽收眼底。在这一刻，所有人都如木雕泥塑一般，直到过了好久才有人发出惊呼。

空中那参与混战的两个尸煞似乎受了刺激一般，发出阵阵刺耳难耐的尖锐啸声，令下方观战众人不得不赶紧捂住耳朵，那声音实在太过邪异了，竟然似要将人的魂魄召唤出去。这时，一件奇异的事情发生了，被辰南用玉掌轰碎的那个尸煞的碎块，竟然化作一团团血红色的阴气流，向着空中的两个尸煞汇聚而去。阵阵鬼啸之音响彻天际，血红色的气流仿佛幻化成了万千道冤魂，快速向空中那两个尸煞冲去。

"嗷吼……""嗷吼……"两个尸煞将那血红色的阴气流全部吸进了身体，眼窝中的两团鬼火更见明亮，力量似乎暴涨了许多，它们发出震天的异啸声，令人头皮发麻。啸声停止后，它们退出了战圈，凶残地望着辰南，血盆大口中不断向外滴落红艳艳的液体，而后一齐朝辰南扑去。

辰南大骇，这两个恶鬼居然盯上他了，这下麻烦大了。他晃动着巨大的玉掌，猛力向上印去，巨大的光掌冲出晶莹璀璨的玉掌，宛如遮拢天地的神手一般越变越大，快速向上冲击而去。两个邪物见状，急忙快速后退，它们已经知道玉掌的可怕之处，不敢再强抗。尽管如此，光掌瞬间便冲上了高空，印在了两个尸煞的身上，将他们击得翻飞出去近百丈距离。但由于这一次距离太过遥远，两个尸煞口中只是不断喷出腥臭的血液而已，并无生命危险。它们不断吼叫，在高空虎视眈眈地盯着辰南。

这时在高空中剧战的三个西方修炼者，看到光掌在一个四阶修炼者手中还有如此威力，皆露出震惊与兴奋的神色。三人当中的琼恩斯突然自混战之中冲了出来，向着辰南劈出一道璀璨夺目的剑芒，巨大的锋芒宛如天界神光，向着辰南快如闪电般击来。辰南大骇，六阶以上的高手竟然向他出手了，浩荡而下的恐怖波动令他感觉到了莫大的威压，他急忙挥动玉手向上印去。"轰隆隆"，巨大的光掌击碎了那道璀璨的剑芒，之后又冲上去近百米才最终消散。威力绝伦的玉掌令所有人都感觉到了可怕，竟然能够让一名四阶高手和一名六阶高手硬拼了一记。

皇宫内围观的众人，虽然眼中异常火热，但却没有一个人敢再上前去争抢。皇宫的西北角，大公主楚月和澹台古圣地的仙子梦可儿，两人皆露出无比震惊的神色。晶莹璀璨的玉掌实在太过恐怖了，不愧为神物。她们相互看了一眼，看出了彼此的兴奋、担忧等复杂的情绪。皇宫的边缘地带，许多人都在暗暗惊骇，这些人一直在远离古书库的安全地带观望，从开始到现在一直未露面。

"项天，那个小子就是抢了你神戟的辰南吗？"

"哼！"暗中的混天小魔王冷哼了一声，并未作答。

"你师父这次可谓一无所获啊，出土的神物没有抢到，自己还身受重伤逃离而去。如果让他知道你丢了神戟，定然不会轻饶你。"

　　"你少要说风凉话！我不会放过那个小子，神戟很快就会重新回到我的手中！"

　　……

　　皇宫上方的大战激烈无比，三个西方修炼者几次冲出重围，想向辰南扑去抢夺神物，但几次又被那个昆仑妖族与三个老怪物生生截了回去。辰南曾一度想将玉掌丢掉，跳出这个是非圈，但一看到空中那两个对他露出凶残目光的尸煞，便又立刻打消了主意。这两个恶鬼似乎异常记仇，不时扑击下来，有几次险些将辰南毙于它们锋利的光爪之下。"哧"，有一道如长虹般的璀璨剑气浩荡而下，与此同时两个尸煞也快速扑来，几道锋利的光爪自远空飞击而来。

　　辰南连挥玉掌，将那凶戾的攻击一一破除。不过此刻他已经感觉到了阵阵疲累，诸葛乘风以及老妖怪等人灌注到他体内的浩瀚功力已经被他耗尽。正在这时，高空之中的老妖怪喊道："神血破尸煞，天生克制！辰南你此时不开弓，更待何时？"

　　"神血？真的管用？！"辰南自语，不过此刻已经没有更好的办法。玉掌虽然威力绝伦，但以他此时的功力来说，不能将光掌挥出多远，难以有效地伤敌，此刻它倒像是一件防守工具。辰南用力将晶莹璀璨的玉掌插入了地下立于自己的身旁，而后将背后的后羿弓摘了下来，冷冷地扫视着那些蠢蠢欲动的观战者。想要有所行动的人立刻止住了脚步，他们知道眼前的青年能够拉开传说中被封印的神弓，黝黑光亮的宝弓乃是名传天下的瑰宝，不比玉掌弱！

　　辰南将狼牙箭刺破了自己的手腕，鲜红的血液润湿了箭头，令之看起来有些凄艳。随后他将滴血的箭羽搭在了弓弦之上，弓步上前，高举神弓，用力拉动弓弦。就在这时，令人震惊的幻象出现在了辰南周围，令那些想要偷袭夺宝的观战者生生止住了脚步。无头的天使、失去双目的仙子、缺少心脏的战神、断臂的恶魔……传说中的神魔拖着残破的身躯，皆环绕在辰南的周围，死亡气息与神圣气息同时激荡！天地精气疯狂向着后羿神弓与辰南汇集而去，一人一弓绽放出万丈光芒，照亮了整片夜空。那些身躯残破的恶魔与神灵则围绕着辰南不断旋转，一幅幅凄惨的幻象浮现在围观众人的眼中。这是远古的神灵与凶魔，许多仅仅在神话传说中出现的远古存在，竟然幻化成虚影，出现在辰南的周围，这令众多的修炼者大惊失色。他们无从猜测这些幻象是如何形成的，不知道这些虚影出现的缘由，每个人的心中都忐忑不安。

恐怖的波动浩荡八方，滴血的狼牙箭的箭杆通体金黄，散发着炽烈的神芒，只有那染血的箭头冷森幽寒、凄红刺眼。所有观战者都心惊胆战，不由自主向着远处退去。空中的两个尸煞似乎也感觉到了危险的气息，它们快速向高空冲去。那个昆仑妖族以及西方的三个修炼者等人也露出惊异之色。辰南如同一轮耀眼的太阳一般，浑身上下金光缭绕，体外仿佛有熊熊烈焰在燃烧。就在这时，环绕在他周围的神魔幻象，突然被后羿弓生生吸纳了过去，那些光影同时汇聚在了箭羽之上。

"开！"一声暴喝，辰南松开了弓弦，那金光箭撕裂了虚空，在空中划出一道道闪电，震耳欲聋的雷声不绝于耳。无数凶神幻象、恶魔虚影围绕在光箭周围，看起来分外恐怖。"轰……"伴随着一片绚烂夺目的光芒，光箭插入了一个尸煞的胸腔，瞬间将之绞得粉碎。但光箭去势不止，依旧向高空冲去，直奔西方修炼者当中的琼恩斯。

三道炽烈的剑芒同时斩向光箭，但均告无效，光箭一往无前，冲破重重阻挡，贯穿进琼恩斯的胸腔。在琼恩斯爆碎的瞬间，一道白光冲天而起，一股神圣而又强大的气息自天空中浩荡而下。那道白光竟然是一个四翼天使，神圣的光辉笼罩在他的体外，令他看起来朦朦胧胧。他用力抹了一下胸部，一串血珠滚落而下，同时飘下几根洁白无瑕的羽毛。剩余的那个尸煞快速向着西方天际逃去，三个老怪物无比震惊，只有那个西方妖族似乎早已料到会有这般情况一般，蒙蒙青辉中看不出他有什么表情。

地上的人们却开了锅，他们震惊于辰南刚才开后羿弓时所出现的恐怖异象，吃惊于传说中的西方天使出现人间。此刻辰南似乎对接连出现的奇异事件麻木了，没有过多的震惊之色，他在心中一遍又一遍地诅咒着老怪物。刚才光箭离去的刹那，光箭如同一个贪婪的吸血鬼一般，在最后关头竟然莫名其妙地吸去了他近三分之一的血液。此刻他脸色一阵苍白，浑身的力量仿佛被抽干了一般，无力地扶着晶莹璀璨的玉掌。

这时，那个昆仑妖族冷冷的话语响彻天际："私自闯到人间界，你们已经犯戒，按照规则，必将形神俱灭！"羽翼洁白的四翼天使冷笑道："你来执法吗？这个世界是凭实力来说话的！"此刻还原了本体，他的实力强横到了极点。那个昆仑妖族冷笑道："你犯了两个错误，一、我不能除你，不代表别人不能除你。二、你太小看人间界了！"正在这时，逃向西方的那个尸煞又突然倒飞了回来，显得有些慌张。

一声龙啸响彻天地，西方天际遥遥传来一阵长笑："今天真热闹，神龙骑士瑞拉也来蹚蹚浑水。"这时，南方传来一声令人心胆皆寒的冷哼："哼，我倒要看看是何人敢在我东方修炼界如此嚣张！"而就在这时，皇宫中传来一声龙吟，上震九天，下荡九幽，传遍整座帝都。紫金神龙周身上下散发着璀璨夺目的紫芒，从皇宫中某片院落内冲了出来。

紫金神龙快如闪电一般，冲到了辰南的近前，此刻它双眼血红，脸上充满了愤懑之色，身上涌动着无限煞气。辰南惊道："泥鳅你疯了，你怎么能够暴露在世人的面前？！"

紫金神龙怒道："我没疯，我看到了大仇人。小子，现在我可以奉献出我所有的神龙血，只要你能够把天上那个鸟人给我射下来！数千年前，他还在给人当跟班，我就记住他了！"紫金神龙咬牙切齿，悲愤地低语道："当年他的主子杀了我一生当中最为重要的一个人，我曾经发誓，只要还有一口气在，早晚有一天要将他们挫骨扬灰！"平时嬉笑怒骂的紫金神龙，此刻悲戚无比，双眼中竟然滚落出两滴血泪。不知为何，辰南心中涌起一股酸涩的感觉。嬉笑怒骂、满嘴浑话的紫金神龙心底竟然掩藏这么深的悲伤，将真实掩藏，用虚伪包装，他在紫金神龙身上看到了似曾相识的影子。

"好，我答应你，用你我之'神血'、'龙血'来射杀那个鸟人！"然而就在这时，一声叹息响彻天地，一个略显迷茫的声音，传到了每一个人的耳中，话语虽然很低，但却在整片天地间悠悠回荡。"神性？魔性？难得清醒。杀身灭灵？抑或，修成大魔？"悠悠叹息响彻天地，清晰地传到了所有人的耳中。

空中的所有无敌强者皆在瞬时变色，普通修炼者或许还感觉不到什么，但修为在六阶以上的几大高手皆感觉到了一股难言的恐惧。那轻声叹息，似就在他们耳旁发出，但他们却无法捕捉到叹息声到底源于哪里。地面上的修炼者一阵骚动，他们看到高空中的几大高手面露凝重之色，他们猜测发声者定然也是一个无敌强者。每个人都在夜空中搜索，但却一无所获。

老妖怪与辰南的身形皆一震，只有他们清楚那是何人所发。老妖怪的脸色异常难看，他原以为只有几个六阶的东方修炼者会来抢夺神物，结果不仅出现了一个强大的昆仑妖族，连西方的天使都出现了，今日出现了太多的意外。辰南持后羿弓，背靠在巨大的玉掌之上，静静地看着那古墓的出口处。外表看来他很平静，但其内心波澜起伏，他知道古墓中的绝代高手复活了，即将冲出结界。只是众人等了好长一段时间，那发出叹息声音的人再也没有出声，仿佛已经离开了一般。

四翼天使已经从琼恩斯的身体中解脱了出来，他双目中神光如电，冷冷地扫视着四方，寻找那发声人的气息。但他失望了，毫无所获。他感觉心中泛起一股凉意，那人的恐怖修为让他感觉到了强烈的不安。"难道这一次真的错了？我们真的不该下界？"四翼天使心中自问，他感觉到了一股难言的恐惧，似乎即将有祸事发生在他的身上。他冲着艾美丝与卡缪拉秘密传音道："你们万万不可露出本体，只要藏身于和我们同名的三具人体中，最后即使有危险，也将由这三人代过。我现在已经失去了倚仗，你们千万要小心。"

"嗷吼……"一声龙啸，西方天际飞来一头奇龙，此龙长约十丈，浑身上下银光闪闪，在夜空中显得分外明亮。其上端坐着一个金发碧眼的老人，毫无疑问，这便是将尸煞逼回来的那个西方神龙骑士瑞拉。神龙骑士瑞拉看到四翼天使后大吃一惊，不过很快又恢复了平静，但并没有像通常的西方人那般立时膜拜。修为到了他这般天地，已经接近破碎虚空的境界，基本上已经和中阶天使在一个层次上了，他并无敬畏之心。

"嘿！"一声冷哼自南方天际传来，一道紫光快如闪电一般，眨眼间便飞到了楚国皇宫上空。紫色光华将来人笼罩其间，让人看不到其真实容貌。老妖怪等三个老怪物身形一震，显然他们认出了这名强大的东方武者，他们的嘴张了张，但最终没有开口说话。

那悠悠的叹息声消失后，便再也没有出现，空中的气氛又慢慢紧张了起来。四翼天使琼恩斯率先发难，一道巨大的光剑自他的右掌延伸而出，向着辰南恶狠狠地劈去，璀璨的锋芒照亮了夜空，剑气自高空直冲而下。刚刚从南方天际飞来的那个紫气缭绕的东方武者大喝道："你私自闯入间界，必将形神俱灭！"他的话语和那个昆仑妖族如出一辙，语毕，他一拳向琼恩斯轰去。紫气汹涌澎湃而出，似那滚滚长江奔腾咆哮。与此同时三个老怪物也再次出手，向着艾美丝与卡缪拉冲去，空中顿时光芒璀璨，拳风激荡、剑气纵横。那个昆仑妖族周身上下青色光辉笼罩，双眼中光芒闪烁，他双手猛挥，两道青芒化成两条蛟龙，向神龙骑士瑞拉以及逃回来的尸煞冲击而去。一时间，空中再次混战起来，激烈的大战令下方的观战者神驰意动，如此盛会可谓数百年来少有。

辰南连连挥动玉掌方将那四翼天使琼恩斯劈下的剑气化解掉。在此之前，他开后羿弓时耗费了近三分之一的血液，此刻虚弱无比。紫金神龙双眼血红，狠狠地盯着高空中的琼恩斯，直欲冲上前去将他撕裂。它环绕在辰南的身旁，低沉地叫着："我一定要杀死这只走狗！"这一夜，帝都所有修炼者皆在仰望楚国皇宫方向，无数的修炼者皆如痴如醉。皇宫上方的旷世大战，对于所有修炼者来说如同神话一般，无敌强者的境界让他们领略到了修炼的新天地，人竟然可以通神！

"让光明照耀大地，黑暗从此不再，日耀人间！"艾美丝轻轻念了一句咒语，刹那间，明亮的光辉照亮了整片夜空，天地间白茫茫一片，黑夜在一瞬间变为白昼。

看着这如同神迹般的魔法咒语，地面上众人发出阵阵惊呼："天啊，禁咒！"

"我的天啊，光明魔法的极至境界啊！"

"传说中的日耀人间，不可思议啊！"

……

绚烂的光辉，将三个老怪物围拢其间，而后又向着那个昆仑妖族覆盖而去，璀璨的光芒神圣无比，仿佛光明神莅临人间，普照大地。三个老怪物吐气开声，纷纷暴喝，刺眼的光芒自他们的身上爆发而出，将那涌动而来的圣洁光辉阻挡在外。而那昆仑妖族更是强悍，哈哈大笑道："即便是正午的阳光下也有阴影，你们的修炼法门明显走极端，根本难成大器！嘿嘿，看我妖神破魔！无法无天！"青色光辉自他身体狂暴涌动而出，一瞬间天空中妖气遮天，令所有人都感觉到了一股难言的压抑气氛，青色光辉快速将那圣洁的光辉驱散，天地间一片青蒙蒙之色！在那昆仑妖族施法之时，琼恩斯快速后退几十丈，而后身化一道白光，向着地面上的辰南冲去。显而易见，他想趁这个机会去抢夺那玉手掌。那个昆仑妖族喝道："在我端木面前也敢耍手段，哼！"

天地间的蒙蒙青光在击溃那浩瀚的魔法攻击后，开始快速聚拢，向着琼恩斯的身影席卷而去。不过在即将接触到琼恩斯的瞬间，端木忽然又散开了那些光芒，没有继续追击。因为他看到辰南已经再次弯弓搭箭，后羿神弓所激荡而出的恐怖波动令他都有些心惊。这一次，辰南飞身跃到了巨大的玉手掌之上，一口鲜血喷在了箭头之上。紫金神龙则是连喷三大口鲜血，将箭体全部染红，它恶狠狠地盯着快速逼近的琼恩斯，低声催促辰南，道："即便是倾尽我全身的龙血，也一定要将这个鸟人射杀！"紫金神龙的双目赤红无比，辰南看着它叹了一口气，将箭羽搭在了弓弦上，弯弓瞄向飞袭而来的琼恩斯。

"轰……"一道惊雷响彻天地，一道巨大的闪电从天而降，落在了辰南不远处，耀眼的强光比之刚才的禁咒魔法日耀人间有过之而无不及。辰南看着那道从天而降的惊雷，眼中寒光一闪，不过他没有理会，用力拉开了弓弦。"轰……"又一道惊雷响彻天地，一道巨大的光束从天而降，击中了不远处，大地一阵战栗，地面上巨大的裂痕向四面八方蔓延而去。不远处的几座宫殿一阵晃动，发出"咯吱咯吱"的响声，随时有可能会坍塌。这时，皇宫内观战的高手们皆露出骇然之色，他们已经发觉辰南这一次弯弓竟然引得天降雷电，这实在是让人心惊。"轰……"又是一道巨大的闪电劈在了辰南的身旁，璀璨的电光，耀得人睁不开双眼。

紫金神龙也看出不对劲来了，它低沉道："贼老天想要干预，我……"它破口大骂，但还是小心提醒辰南，道，"世间有法则，各个界面都有一个力量极限，太过强大的存在不允许在人间界驻留，除非自我封印。后羿弓在你手中等若未加封印，此刻染上了我的龙血与你的神血，威力强绝到了顶点，恐怕已经超出了这一界所允许的极限。你千万不要将弓拉满，否则将会引来天罚。"

辰南点了点头，事实上以他的功力来说，根本不可能将弓拉满。这一次，不过是因为传说中的神龙血液起到了莫大的作用，才致使天降惊雷。"轰……"接连数道雷电响彻天地，劈在辰南不远处，六道巨大的光束自那浩瀚的夜空直接连到地面，环绕在辰南的周围，宛如六道擎天玉柱一般，惊得所有人目瞪口呆。高空之上，雷声不断。

后羿弓与辰南宛如血肉相连一般，化为一个整体，爆发出万丈光芒。血红色的箭羽散发着妖异之光，浩瀚的能量波动如惊涛骇浪一般向四面八方汹涌而去，不远处那一排宫殿轰隆隆倒塌了下去，激起漫天尘沙。辰南的周围，无头的天使、失去双目的仙子、缺少心脏的战神、断臂的恶魔，以及无数条百丈神龙在环绕、飞舞……死亡气息与神圣气息同时激荡！恐怖的波动浩荡八方，滴血的狼牙箭通体血红，散发着炽烈的神芒！远处的宫殿又连续爆碎了十几座，所有观战者都心惊胆战，不由自主向着更远的建筑物退去。空中的无敌修炼者们也相顾变色，几乎在同一时间收手。

所有这一切都发生在一刹那，这时琼恩斯已经离地面不足百米之遥，他脸上露出惊恐之色。但他最终并没有退缩，开始变线飞行，身体忽左忽右，在空中如同一颗忽明忽暗的流星一般，向着辰南冲撞而去。此刻，辰南如同一轮耀眼的太阳一般，浑身上下金光缭绕，体外仿佛有熊熊烈焰在燃烧。就在这时，环绕在他周围的神魔幻象、紫龙虚影，突然被后羿弓生生吸纳了过去，那些光影同时汇聚在了箭羽之上。

"杀！"神箭如虹，一道冷森、凄艳的红芒，直冲而上，无数凶神幻象、恶魔虚影围绕在光箭周围，看起来分外恐怖，震耳欲聋的雷声不绝于耳。"轰"一声震天大响，血红色的神箭在刹那间洞穿了琼恩斯的左肩，而后直冲霄汉，血红色光芒仿佛贯通了天地，和围绕在辰南周围的六道巨大的白色闪电光束，形成了鲜明的对比。

　　"呃啊……"琼恩斯仰天大叫，英俊的脸孔急骤扭曲，神圣的气息荡然无存，他看起来分外狰狞，两对洁白的羽翼不断拍打扇动，无数根神羽飘落而下，在空中纷纷扬扬。他用双手一前一后死死地按着左肩，但那鲜红的血水最终还是喷洒了出来，天使的血液与众不同，散发着炽烈的红色光芒，血雨飞溅，洒落而下，整片低空仿佛都被染红了。

　　"我要杀了你！"琼恩斯脸色狰狞无比，任那鲜红的血水喷洒而下，快速向辰南冲来。这一次辰南被抽去了六分之一的血液，余下的血液皆是自紫金神龙体内抽出。神箭一出，一人一龙皆变得虚弱无比，他们无力地靠在玉手掌之上。看着越来越近的琼恩斯，紫金神龙狂啸道："杀杀杀，地狱无门你自投！"它用龙尾将玉手掌拖出了地面，而后向着空中急冲而来的琼恩斯猛力印了一掌。"今天一定要爆掉你，你那颗力量本源——天使之心，就给我们当作补偿吧！"

图书在版编目（CIP）数据

神墓 2：精修典藏版 / 辰东著 . —— 北京：作家出版社
2021.6（2025.8 重印）

（网络文学名作典藏丛书）

ISBN 978 - 7 - 5212 - 1432 - 1

Ⅰ. ①神…　Ⅱ. ①辰…　Ⅲ. ①长篇小说 – 中国 – 当代
Ⅳ. ①I247. 5

中国版本图书馆 CIP 数据核字（2021）第 090198 号

神墓 2：精修典藏版

总 策 划：何　弘　张亚丽
主　　编：肖惊鸿
作　　者：辰 东
责任编辑：袁艺方　王　烨
装帧设计：天行云翼·宋晓亮
出版发行：作家出版社有限公司
社　　址：北京农展馆南里 10 号　　　邮　　编：100125
电话传真：86 – 10 – 65067186（发行中心及邮购部）
　　　　　86 – 10 – 65004079（总编室）
E – mail: zuojia@zuojia. net. cn
http: // www. zuojiachubanshe. com
印　　刷：唐山嘉德印刷有限公司
成品尺寸：152 × 230
字　　数：350 千
印　　张：26.75
版　　次：2021 年 7 月第 1 版
印　　次：2025 年 8 月第 6 次印刷
ISBN 978 – 7 – 5212 – 1432 – 1
定　　价：42.00 元